謹以此書分享給喜歡電影、愛好文學、滿懷創作理想的人。

BenQ 明基友達基金會

大裂

第六屆BenQ華文世界電影小說獎得獎作品集

胡遷、倪子耘、鄭端端、姜華、黃兆德——著

目錄

佳作

首獎／

大裂

胡遷

一、暴力

那場近似於屠殺的暴動，發生於沒有任何人察覺的夜晚，在我們連續打牌的第七天。

這是一種六人打的牌，需要四副撲克。這種牌，生來就是為了更快捷地浪費時間，更多的人，更多的摸牌時間，每個人手裡都會捧著書本厚的一摞紙牌，讓時間一張一張地拍在桌面上，發出啪啪的鏗鏘有力的聲音。我們都樂此不疲地沉浸其中。我跟丁煒陽在最開始都不會打這種牌。此牌有很多技巧，燒、悶、點，而所有的技巧都為了一個目的，就是讓上家或對家生不如死。

宿舍總共有六人，此前我們沒日沒夜地打夠級，凌晨一點收攤子，躺在床上睡覺，到了中午用幾本書壓住未完的牌局，吃完飯回來接著打。在我熟練技巧之後，丁煒陽還沒摸清這種牌的門路，而他又經常是我的上家，他常常在手裡還拖著半副紙牌時就被我燒悶帶走，然後捧著厚厚一遝撲克牌恍惚地盯著牌堆。

終於在凌晨要收工的時候，我再一次悶燒，帶走了丁煒陽。他握著自己的牌，迷茫地看著四周。

那天就是如此，丁煒陽默默地放下紙牌，緩緩走出屋子，我們覺得那是跟往常一樣的一個夜晚，丁煒陽被我悶燒後，洗把臉，刷刷牙，上床睡覺，第二天繼續努力。

然而我們聽到走廊裡傳來丁煒陽撕心裂肺的吼聲，那巨大的聲音在這一大片被城市遺棄的荒涼土地上迴盪，近似於一種哀號聲。我們都怔住了，那哀號令所有人感同身受。我之後才想明白，那是動物臨死前的叫聲。與此同時，我們覺得周圍有什麼東西改變了。

在丁煒陽咆哮的聲音綿延過後，我們聽到從宿舍窗戶裡傳來二樓混亂的腳步聲。緊接著丁煒陽破門而入，說：「他們來了。」

有人說：「誰？」

丁煒陽睜著眼睛，還沒等他說話。一個啤酒瓶在門口爆裂開，有碎片從門縫裡滑進來，丁煒陽急忙關上門。

「他們好像有刀。」丁煒陽抵在門上。

又有三五個啤酒瓶碎裂在門外的地板上，響聲巨大。可以聽到走廊盡頭一間宿舍的門被一腳踹開，數十個叫罵的聲音重疊一起，湧進了那間宿舍。然後就是哀號聲，鐵器在床上的撞擊聲，那種凶狠讓人不寒而慄。

接著他們撞擊第二間宿舍門，顯然已經從裡面掛上了門鎖，我們聽到五六雙腳密密麻麻地踹著，震動沿著牆壁傳過來。然後那間宿舍的門倒了，在叫罵的間隙裡可以聽到玻璃碎渣在地上摩擦出的滋滋聲，一個床被整個掀翻了。踹門聲密集地傳過來，此時多個宿舍同時被破門。

這是老廣院的人，他們大概有一百個人，正排著隊朝三四樓衝，一間間宿舍地毆打。老廣院的人住在二樓，我們是學校更迭後的第一批新生。

躲牆角的人在瑟瑟發抖，屋子裡的六個人都屏氣斂聲。

「出不出去？」有人說。

丁煒陽的大舌頭更嚴重了，「出去，幹什麼？」

我們都不知道出去可以幹什麼，隨著房門一扇扇的被摧毀，門鎖哐當當的掉落在地，老廣院的人一點點逼近著我們所在的宿舍。那聲音極其混亂，有鐵器在牆上，床上，櫃子上的敲打和摩擦聲，還有肉體的撞擊聲，這些聲音讓我們不知道該怎麼辦，我們沒有計畫，如果一個宿舍的人冒然出去，不知會被打成什麼樣。

這時我們聽到了走廊裡一聲叫喊，嗓音極其渾厚。

這個新生的宿舍原本在走廊的另一頭，按照現在速度，估計還會有一段時間才會踹開他門。他站在走廊裡喊，「大家都出來！」

老廣院們突然安靜了下來，他們可能在心理嘀咕，如果這一層的新生聯合起來，人數上是他們的兩倍還多。

他聲嘶力竭地喊，「我們人多，大家不要怕。」

丁煒陽把手按在門把上，他深深地喘著氣，頎長的身體一伸一縮。

「開門。」宿舍裡有人說。丁煒陽沒有回頭，他仍然在喘息，呼吸愈來愈急促。

門被丁煒陽打開了，同時我們也聽到別的宿舍細碎的開門聲。一旁的郭仲翰從抽屜裡摸出一把剪刀。宿舍裡有掃帚、拖把，他摸起剪刀的時候，我知道他心裡一定是恐懼極了，剪刀的殺傷力比棍棒要厲害得多。

其中一個老廣院嘶啞地說：「對，開門。」那聲音像是鋼絲球刷在生鏽的鐵鍋上。

我們紛紛往門邊走著，六米長的宿舍變得無比漫長。我抓起了拖把，我不知道這個布條包裹的棍子能派上什麼用場，丁煒陽已經探出半個身子。

只聽重重的砸擊。那是頭部被打中的悶響，那一下極其狠毒，被砸的人直接撲到地上。

所有人開門的結果就是，老廣院們不需要再踹門，而是三四人一組直接衝入宿舍，掄起棍棒就猛抽，那抽打聲已經愈來愈濕潤，我知道肯定流了不少血。

我從門縫裡看到了一個肥碩的影子，一晃而過，丁煒陽迅速關上了門。那時一個舍友剛離開他所在的位置有半米，也就是這五分鐘他只走了一步。

幾個沉重的腳步聲朝著走廊另一頭衝去，好像每一步都要踏穿三樓的樓層一樣。

冒頭的新生獨自反抗，他吼叫，但無濟於事，想衝出來的人被重新堵回了宿舍，而且挨了更殘暴的棍擊。丁煒陽再次背靠著門，宿舍裡的人已經到了承受壓力的極限，舍長蜷縮在椅子上，椅子跟他一起顫抖。

我們沒料到，宿舍門被突如其來地踹開了，丁煒陽重重摔在地上，他還沒有反應到用手掌撐住地，額頭撞到瓷磚，趴在地上一動不動，四個老廣院進門後大喊，「剛才誰開的門？」

沒有人回答，郭仲翰往前跨了一小步。驚恐的舍長抬起彎曲的手指，指著地上的丁煒陽。

老廣院用鐵棍的頭朝丁煒陽肩胛骨砸去，丁煒陽還是一動不動，幾雙腳朝丁煒陽踩踏下去。我伸出手，想要去攔，但門口攢動著十幾個老廣院的腦袋，我被內心的軟弱控制著。「我真的打不過他們。」我在心裡默念著，但這一點也不會讓自己好受。

直到我們看到丁煒陽的腦袋下面有一條紅色小溪流出，他想掙扎著爬起來，又被一腳踩下去。在兩次支撐起身體都被重擊下去之後，角落裡有人大吼一聲，看起來他腦袋似乎要爆掉了，那是從胸腔裡爆炸出來的吼聲，他憤怒的朝老廣院衝了過去。

當我們要反抗的時候，我還未走到宿舍門外，就在鐵器的毆打下，一下肚子，一下頭部，沒有疼痛，只有暈眩的漣漪從大腦沸騰起來，便已經失去了行動力。在我歪倒在門框的剎那，看到沿著走廊，混合著閃爍的玻璃渣，一條血跡向遠處綿延，冒頭新生那肥大的身軀被兩個手持棍棒的老廣院拖著，繼續向遠處走著。而我的腹部沾著紅色，不知道是哪人沾染在鐵棍上的血液。

大約在三點左右，老廣院回到了二樓，走廊裡已經混亂的如同屠宰場，散亂著各種碎片，以及一片片血跡。宿舍裡大吼一聲的趙乃夫被打的昏迷過去，他的眼角綻裂開，是一條怵目驚心的傷口。

那是維持了數個小時的靜寂，所有挨打的人都一動不動待在各自宿舍，沒有人說話，沒有人移動。

這突如其來的暴力事件讓所有人沉浸在一種莫名的狀態裡，沿著走廊走一圈，會看到巍然不動的每個人，在碎片和血漿裡思索著什麼。

丁煒陽被攙扶到椅子上，他瘦弱的身軀經歷了一次徹底的侮辱，鼻血乾涸，魚鱗一般沾在脖子上。而舍長一直背對著所有人，不停的揉搓那根彎曲的手指，那手指已經被搓的腫脹起來。

我跑到樓頂上，看到渾身瘀腫，胳膊被翻折過來的冒頭新生，他的臉蓋在地上，腮上的肉將腦袋跟地面的縫隙填的一絲不漏，幾乎看不到呼吸。而我瘀青的眼角壓著半個世界，我向遠處望去，已經凌晨五點，冰冷徹骨的空氣包裹著這片荒地，他不知死活地趴在那，像一頭被宰過的豬。

也許這是我們決定去相信藏寶圖的那個起點。

二、每個人的到來

我的高中是Ｊ市最差的高中，入學當天的軍訓臥談會，大家談的是城郊嫖娼的經驗，我的初中也是Ｊ市最差的初中，軍訓當天的臥談會，大家談的是哪一天能開始去城郊嫖娼。這座城市有一百六十多萬青少年，我想，我是他們之中活得最為齷齪骯髒的百分之五。

從〇六年開始，我在北京考學，要考取一個跟電影有關的學校。電影專業的考試需要先拿到學校的專業合格證，然後參加高考，兩邊通過後可以上學。父母滿懷希望地鼓勵我，為我準備了一個結構複雜的行李包，並塞了一大疊錢在羽絨服的暗兜裡，囑咐我小心火車上攜帶刀片的人。但攜帶刀片怎麼看的出來呢。

第一年，我拿到全國最好的藝術大學考試合格證，整個人意氣風發，身上有微光，見誰都是面若桃李，嘴角含笑。只需達到本省本一分數線的百分之八十，我就將去那所如同傳說一般的學校讀書。我將離開百分之五的骯髒青少年，回到大隊伍中的前列。

然後在夏季，高考分數下來，全省參加高考的人數前所未有地達到了六十四萬，本一線水漲船高，於是我被刷了下來。

但沒關係，我有才華，還年輕，身強體壯，還可以再考一年。這樣告知父母之後，我輕車熟路地開始了第二次考學。

我開始籌備第二年的考試，每日閱覽盜版DVD。家裡住在一樓，父親會在下午去院子裡鏟狗屎。在重重壓力下，百分之七十五的青少年都需要毛片，我卻在閱覽時被窗戶後面鏟狗屎的父親看到，於是他給我學電影下了一個定義，就是閒散在家裡以裝作看電影的名義看毛片，他從此不再支持我，每次我從房間出來都含義複雜地看著我。

但母親仍鼓勵我。秋天，我再次去北京準備考試。母親在大衣的暗兜裡給我塞了厚厚一疊錢，囑咐我小心火車上攜帶刀片的人，我說現在京廣線已經不是綠皮火車了，沒有帶刀片的人了。我帶著一個空蕩蕩的結構複雜的行李包來到北京的地下室。那一年考試中我認識了趙乃夫，他身高一米九，臂展如大猩猩。

二〇一〇年，本省的高考人數再創新高，我重新回到了谷底。

四年裡我一次次計算著自己的位置，本一線四萬八千人，是八十萬的百分之五點一，本二線十三萬九千人則是百分之十四點九。落榜，則再次回到高三，〇七年與我一同高考的人，如今大多已步入社會，開始計算自己的工資收入在社會人口中的百分比，少數人讀研，一部分人生子。

第五年，父親已經與我徹底決裂，母親在與他終日的吵架中為我奪來最後一次機會。如果這次落榜，父親就用他的路數送我去環衛站開車，在我看來，若此事發生，我將終生成為那最後的百分之五。

我將身著制服，坐在環衛車上，在破碎不堪的馬路上，大口向外吐痰。

這圖景衝擊太大，以至我在考試期間竟開始脫髮和失眠。佝僂著背，頂著一頭稀疏的亂毛，我考出了這幾年來最差的成績。

在父親「早知如此」的眼神裡，我看到幾年前他在後院鏟狗屎的那個下午，他只是失落地看著窗戶。而母親自一年前就鮮少說話，在我窮途末路時，她拿來一本小冊子，讓我去讀上面宣傳的野雞大學。

我看也不看，說自己寧可去環衛站開車。

她就背對著我，我看到她顫抖的雙肩和鬢間白髮，就接過了冊子。

「即使在那樣的學校中，我也會直搗黃龍的！」離家之前，我背起○六年考學就一直在使用的行李包，對母親說。

說罷，○六年至今，我第一次哭了起來。那所學校的名字以黑體豎直排列在宣傳冊封面左側，竭力顯得不那麼捉襟見肘。

就這樣，父親一腳踹翻家裡自九十年代就擺在客廳的大理石桌子，助我一臂之力，我去了山化傳播學院。

在城區郊外，沿著筆直的高速公路，是一片荒郊野嶺，秋天之後，土地為一片殘暴的焦黃色。二○一一年以前，這所荒郊野嶺裡的學校叫廣播學院，之後，校園擴建，改名為山化傳播學院，就是我最後要去的學校。如果調查學校前身，也就是廣播學院的背景，會發現在○四年的「師生二十人毆打學校領導」，以及「從化工廠改造的教學樓引起的家長不滿，要求退還學費」這兩條新聞。

在全國三百一十六所專科院校裡，它想必也是最後的百分之五。而我以二十三歲高齡，成為了山化傳媒學院編導專業的大一新生。

這所改造的學院沒有建好，在化工廠的焦黃色還沒有完全遮掩住的校園裡，孤立著幾棟樓。報到的那天，是學生唯一一次湊全的時候，所有人抱著五顏六色的塑膠臉盆和棉被，站在荒郊野嶺中只有幾棵樹苗的小廣場上，所有人面對著食堂，食堂看起來簡陋而草率。這種臉盆像紙漿做的，所有人知道很薄脆，棉被裡的填充物基本上是以草為主，所有人也都知道睡起來會乾巴巴。來到這裡的學生不外乎兩種，一種高考成績過低，低到跟理想的學校相去甚遠，除了這裡無處可去，一種是沒有參加過高考，不來這裡只能去城市務工，基本上也是無處可去。

我清晰記得那個抱著一堆雜草的下午，胳膊裡夾著塑膠臉盆，不知所措地站在一小片廣場中。很多人回憶起那天覺得當時的陽光很灰暗，太陽看不到形狀，因為空氣污染嚴重。但其實那天根本沒有太陽，天色陰沉，雲層厚重地壓在這片無邊無際的荒郊野嶺。校園裡的每一處都生長著奇形怪狀的植物，這些生命混亂無序。所有人目光呆滯，大家不敢觀察四周，只是渙散地看向面前臃腫油膩的食堂大門。然後在恍惚中明白了什麼，一切都完蛋了。

後來大家紛紛散去，步態緩慢，像一堆軟體動物。可以看到宿舍樓二樓，老廣播學院的學生趴在窗戶上，扒著香蕉看著這群新生，深深的敵意目光穿透過來，令人脊背著了涼風。他們就像埋伏在路邊的劫匪，或者在潮濕小巷裡雙手插在口袋裡的黑人，他們在等待著什麼。

其實他們沒有等待什麼。

沒有人等待著什麼，他們只是覺得新生侵犯了他們的空間。

從二樓那股危機感中脫離之後，我在走道裡遇到了複讀學校認識的郭仲翰。我本以為他去了上海，吃了一驚。在他遇見我的時候，他可能也覺得自己應該已經到達上海。

郭仲翰高大粗壯，但卻有一張娃娃臉，膚質嬌嫩，聲線陰濕，所以他留起了鬍子，只是鬍子也生不長，像一層黴。我驚奇地發現，我們竟抱著顏色相同的臉盆。

我跟著郭仲翰來到他的宿舍，把臉盆放在地上，我給自己的臉盆做了記號。郭仲翰掏出一張揉爛了的紙，看了號碼，走到宿舍最裡面的一個床邊。他的床對面上鋪正有個爸爸在給一個小胖子整理床鋪，這個小胖子是劉慶慶。他的爸爸正俯身套枕套，劉慶慶平躺著，把腦頭一側，他膚色較黑，腦袋圓得像瓶蓋。劉慶慶的爸爸非常枯瘦，穿著深顏色條紋襯衫，衣服紮進褲子裡，有一種離著兩三米就能聞到他身上汗味的感覺。

劉慶慶非常嚴肅地跟我們打了聲招呼。他爸爸哼唧了一聲。我不明白那聲哼唧是什麼意思。然後劉慶慶的爸爸要去食堂吃飯，兩人笨手笨腳地下了床，劉慶慶看向我們，還沒等我們反應過來，他爸爸又哼唧了一聲，拉著他就往門外走了。劉慶慶爸爸的不友好讓我有種他很正確的感覺，他做的對。

我後來得知，劉慶慶幼年時父母離婚，母親去了徐州。他的父親在話劇團管道具，酗酒。喝醉之後回家，喜歡讓劉慶慶給他洗腳，劉慶慶從十歲一直洗到二十歲。後來劉慶慶的父親找了一個後媽，後媽很討厭劉慶慶，因為他畏畏縮縮又有點胖。光棍數年的劉慶爸對後媽寵愛至極，家裡時常是劉慶慶給父親洗完腳，父親再去給後媽洗腳。劉慶慶本該進話劇團工作，但後媽嫌劉慶慶礙手礙腳，於是他父親就找到了山傳。而後媽跟他父親一直沒有結婚。

然後郭仲翰搬了張椅子，反坐著，雙手交叉環抱，好像在複讀學校時一樣。

「你知道嗎，我高考發揮失常了。」他說。

「我知道。」我說。

「我女朋友已經在上海了，本來我也應該在上海，知道嗎？」

「知道。」

「我就差了五分！五分。你看，這是她發我的彩信，這是虹橋。你看。這是火車站，看。」

我瞄了一眼，也不知道他是亢奮還是傷心。

在我複讀第三年所待的夜校裡，郭仲翰喜歡把頭抵在課桌上，雙手交叉著往腿上一放，然後睡覺。額頭會被課桌邊角壓出一條深紫色的印痕，長此以往，這條痕跡已經固定在上面。以郭仲翰的睡姿來看，他高考必然是要差幾十分的，現在差個五分已經很便宜他了。在複讀學校，我們兩個成年人是同桌。有一次他在睡夢中醒來，對我說：「我有一種不好的預感。」

「什麼？」

「有不好預感的時候，就會有好事發生。」

「不是這樣的。」

「上週五我身上只有五塊錢，我哪也去不了，我就去彩票站買了一注，中了二十，然後我就在網吧通個個宵，還吃上了一頓飯。」他興沖沖地說。

「你是個孤兒嗎？」我胡扯道。

「我媽禮拜五就出差了，她只給我留了飯。」

「那你爸呢？」

「離婚了。」他說。

我就不知道該說什麼。

郭仲翰忽然哈哈大笑，「媽的，說起來算半個孤兒。」也許是因為都是離異的緣故，雖然郭仲翰看不起畏畏縮縮的劉慶慶，但劉慶慶還是喜歡跟著他。

郭仲翰問我怎麼會來到山傳。

我看著他，不知道該怎麼回答。郭仲翰就點了點頭，這個頭點得讓人非常不高興。

然後我們身後不知不覺的多了一個人，這個人生得濃眉大眼，脣紅齒白，有種九十年代漫畫裡的帥氣，眉毛像是塗上去的，並且碩大的眼睛裡還有著莫名的閃光。他穿了一條緊身的牛仔褲，頎長筆直，方格子襯衫整齊有序，沒有一絲皺褶。他帶著陽光的口吻說：「你好，我叫丁煒陽。」

他說話的時候，沒人能預見鐵棍落在他肩胛骨時的悶響，房間裡彷彿頓時多了幾束陽光，連灰暗的窗簾都生機起來。這個人與這裡太格格不入了，這個學校的人都應該生著死魚眼，眉如雜草，穿著耷拉的褲子，褲腳還要沾著點土。

丁煒陽家裡養羊。兩個姊姊隨後出現，讓他非常不高興。她們抱著兩個裝蘋果的軟塌塌的箱子，裡面不知道放了什麼，兩個姊姊臉色紅潤，操著方言，丁煒陽不想讓兩個姊姊說話，一直眉毛緊皺。他幾乎是轟走自己的兩個姊姊。郭仲翰看不下去就跟丁煒陽的大姊姊打岔，說丁煒陽人看起來很好，善良，一看就是教育有方等等自以為是的片湯話。郭仲翰說話時丁煒陽氣得滿臉通紅。我悄聲對郭仲翰說：「你就是個傻逼。」郭仲翰搖頭晃腦的不明所以。所有人都不高興。丁煒陽的兩個姊姊很尷尬，那個蘋果箱子丁煒陽也命令她們抱走。但箱子的塑膠繩斷了，大姊說就放這裡吧，裡面是棉鞋和吃的，現在不用就放著吧。丁煒陽就從紙箱裡取出棉鞋，把鞋帶抽出來捆在箱子上。她們就提著箱子走了。丁煒陽站在椅子旁往廣場上看去，校園廣袤，兩個姊姊的背影朝學校大門走去。

丁煒陽放下行李箱，觀察了一下自己床鋪下的桌子，他課桌的牆上寫著「哥走了」，有人在

「哥」字的下面寫了個「欠」字旁，加「欠」字旁的人本來可能想做點別的，但最後沒想出來，就這麼沒意思的隨便寫了些。丁煒陽看著牆上的字不明所以。其實我的鐵衣櫃上也寫著字，是前人用一種想要寫得認真好看其實很幼稚的字體寫著：

耶和華見人在地上罪惡很大，終日所思想的盡都是惡。

世界在神面前敗壞，地上滿了強暴。神觀看世界，見是敗壞了；凡有血氣的人，在地上都敗壞了行為。

下面還添了一行字：所以我要操死她。

丁煒陽撅起屁股拉開行李箱的拉鏈。郭仲翰和我打算去食堂吃飯，在路過丁煒陽的時候，他忍不住摸了一把丁煒陽的屁股。丁煒陽回頭嫣然一笑，還笑出了聲。

於是我也上前摸了一把丁煒陽的屁股，他又嫣然一笑。我也笑了笑。

看到他笑了，已經走出門的郭仲翰又轉身過來，再次摸了一把丁煒陽的屁股，這次丁煒陽覺出不對勁了，他說：「幹什麼？」

門口走來郭仲翰的另一個室友，他生著死魚眼，眉如雜草，穿著耷拉的褲子，褲腳還沾著土。他說：「你好。」沒有人理他，連丁煒陽也沒有理他。

後來我在食堂裡吃飯的時候，看到劉慶慶的爸爸興致快快地低著頭，劉慶慶悲傷地看著桌子，那上面什麼也沒有。我打量了一下整個食堂，所有人坐在椅子上默默的吃飯。然後有個女孩端著盤子離開櫥窗朝一個飯桌走，也許是地上有油，她摔倒了，清脆的一聲，盤子甩出去一米。女孩渾身被魚香茄子蓋著，坐在地上，困惑地看著遠處。

有人抬起頭，困惑地看著她。所有人都不知道怎麼了。

三、聚集

一直到開學半個月，我們都很少能在學校碰到老廣院的學生。

新生所做的事，首先是九月五號那天，有人打通了牆。在校園裡，此處的荒郊野嶺跟彼處的荒郊野嶺之間，有一排嶄新而險惡的圍牆，玻璃碴子鱗片一般貼在牆頭上，但這圍牆只是看起來險惡，中間有的地方被學生開了洞，柵欄的地方被學生直接推到，就成了南北的小門。

開門的起始是因為這一級有一個肥頭大耳的傢伙，他要去學校的西邊，但是大門只在東邊有，他身體肥碩，當時已經費勁地走到了學校最西邊，看著校園裡一眼望不到頭的荒郊野嶺，他突然回憶起在來到山傳之前曾經在技校進修過挖掘機，而正在修建的校園裡隨處可見挖掘機，此時在不遠處就停置著一臺。於是他就爬了上去，給學校開了一個西門，見到此景的人紛紛鼓掌致敬，此人從此成了西門大官人。

很快我便每天跟著劉慶慶和丁煒陽去網吧，學校的西門不再是簡陋的一個牆洞，洞的四周被修整得很整齊，還掛上了一圈草，並且在旁邊寫著「西門」，另一側寫著「大官人」。全校的人都受益於西門大官人，他開動挖掘機的瀟爽身影被廣泛傳播。學校的南邊有一堆鵝卵石，是為了給廣場的小樹林鋪路用，工程還沒進展到裝修的這一步，鵝卵石就一直堆砌在那。西門大官人打通了圍牆之後，他又在夜色裡發動了挖掘機，把南邊的鵝卵石運輸到西門，並沿著學校到網吧的最短路徑，把鵝卵石鋪了上去，並全部鑲嵌進泥土裡。

在發生暴力事件的夜晚，西門大官人成為那個被打成一張餅的冒頭新生，癱在天臺上。

最初的幾天，我一直在夜晚重複著一個夢境，夢裡有個土丘，土丘大概有三米多高，上面還點綴著碎石子，一群白花花的烏雞在上面爬上爬下。夢裡我十分愉悅，一直蹲在那裡看著它們。它們灰白色的排泄物點綴在上面，我在夢裡想著，這大概就是自己的小宇宙了。

開學第一天，所有人去上課，教室裡人頭泱泱，丁煒陽還帶著筆記本，只是不知道記什麼。他上課時就攤開筆記本，筆帽摘了，筆頭離著紙張兩公分的位置懸浮著。他們宿舍的人都坐在一起，郭仲翰和劉慶慶坐在丁煒陽兩邊。

大家在教室裡的位置跟宿舍是一起分布的，每個宿舍的人來到教室會坐在一起，去食堂吃飯也坐在一起，回宿舍後還是這幾個人在一起。而同宿舍的人在一起也沒什麼可聊的，課堂上靜悄悄的。大家就是湊在一起。這樣，宿舍和教室，就沒了區別。

第二天，劉慶慶要撕丁煒陽筆記本一張紙。在沒有爸爸的時候，劉慶慶就判若兩人，他會對某些事非常執拗，而爸爸在場時他對周圍就沒什麼態度。劉慶慶捏住紙張的時候，丁煒陽對他怒目而視，那粗大的眉毛更粗大了，劉慶慶說：「不就是張紙嗎！」

丁煒陽說出了一句讓所有人瞠目結舌的話，「這是學習用的紙。」

劉慶慶被激怒了，說：「學個雞巴。」

郭仲翰在一旁看著。劉慶慶的話被站在講臺的老師聽到了，老師愣了一下，裝作什麼都沒發生的樣子。但劉慶慶沒有放棄，他奪過了那個筆記本，扯下了一張紙，尖銳的一聲。所有人都期待地看著丁煒陽，丁煒陽氣急敗壞，蹲下了身子。我以為丁煒陽要找什麼東西做武器。誰知道丁煒陽果然是在找什麼，他把劉慶慶屁股底下的椅子給抽走了，劉慶慶呲溜一下就滑到桌子底下。

丁煒陽抱著椅子站在那裡，但過了十幾秒劉慶慶都沒有再出現。有些人就站起來想看劉慶慶在桌子底下幹什麼，講課的老師也踮著腳尖看著。但劉慶慶始終沒有站起來。大家覺得可能劉慶慶摔暈過去了，就繼續上課。
郭仲翰安慰丁煒陽坐下，對丁煒陽說：「就是一張紙而已，學習也沒有那麼神聖，如果學習很神聖，你怎麼考到這裡來了？」
丁煒陽被安慰得眼淚打轉。
我忙說：「丁煒陽，你別著急，沒什麼可記的，你可以寫寫散文什麼的。」然後大家就給丁煒陽提建議，那個筆記本上可以寫什麼，有說畫畫的，有說可以買份報紙摘抄新聞，關心一下時政，還有人說本子這麼好，可以給寫情書。
也就在此時，劉慶慶從教室的另一角站了起來，手裡拿著兩個簸箕。原來他這半天是在找武器。劉慶慶滿頭大汗，臉上的青春痘也蠢蠢欲動，他旁邊的女孩站起來給他讓位置。
丁煒陽周圍有兩個哥們也站了起來，他們急忙按住丁煒陽的兩根胳膊，並且朝著劉慶慶大喊：「快別打了。」但此時劉慶慶相距丁煒陽還有五米的距離，劉慶慶也許在尋找武器的過程中已經耗費了太多的精力，這時有點精疲力竭的意思。
眼見劉慶慶要放棄。那兩個哥們連丁煒陽的腰也摟住，丁煒陽被完全控制住了，同時他們對五米開外的劉慶慶再次大喊：「快別打了！」
劉慶慶喘著粗氣，提著兩個簸箕走過來。期間不時地看向我們。
於是郭仲翰用胳膊架住兩個哥們，說：「不打啦，都不打啦。」
這堂課之後，很多人就不來教室了，大家都失望至極。而劉慶慶和丁煒陽都對郭仲翰心存感激。
我問劉慶慶為什麼要撕人家一張紙，劉慶慶說他想起了一個笑話，我問他是什麼，劉慶慶說：「就因為沒寫下來，所以現在忘記了。」

之後丁煒陽就不再計較別人撕他的筆記本了。他開始在筆記本上寫散文，但他總是寫了一句話就再也寫不下去。我實在看不過去，就看丁煒陽寫了什麼。

那空蕩蕩的紙上，只有一句沒有標點的話。「今天是幸福的一天」。

我對丁煒陽說：「你這麼寫是不行的，這樣永遠沒法往下寫。」

丁煒陽撲閃著大眼睛看著我，瞳孔裡閃爍著卡通的光芒，「那我寫什麼？」

每天來上課的人都少一半，最後每個教室只剩下一個人，即使這一個人，也是輪班制的。所有人都不知道去哪了。在荒蕪的校園裡，一望無際的枯敗雜草，所有人分散在其中。雖然校園無邊無際，但是生活設施沒有因此增加，澡堂和廁所依舊是原來的澡堂廁所，住在二樓的老廣播學院挑釁新生的事情逐漸頻繁起來。其中有一個叫楊邦的新生，因為搶廁所，被老廣院塞到了茅坑裡。這個叫楊邦的人在此時的受辱，埋下了他的大志向，因為在發生暴力事件的夜晚之後，他用了很短的時間就搞來了二百斤鋼管。

開學不久後，我和郭仲翰打算成立一個社團。「湊一些人，沒准可以做點什麼。」郭仲翰是這麼說的。而我為這個事情投入了很大的精力。

我們花了幾天來做海報，海報上畫的是小川紳介和他的劇組走在田埂上的速寫，是一本書的封面，那本書上寫「一百米的田，走一遍和走十遍是不一樣的，而我們走了十年。」那時我深深為這種精神所打動，因為一塊田地裡生命的朝夕變化、生長，可以伴隨無窮無盡的發現，在坦然裡感受著一種深沉的驚喜，我希望在這個校園裡，大家能感到小川紳介的精神，可以相信「能做點什麼」。我用碳條畫了許多遍，才準確的把那個書的封面畫在一張四開的素描紙上，然後複印，再把海報貼在校園各處，有一張還貼在西門上。

只不過第二天食堂和教學樓的海報都被撕了，貼上了輪滑社的海報。我們就把他們的海報也撕了，貼上了衛生紙，衛生紙上寫著我們社團的聯繫方式。用衛生紙，是因為貼上去撕不乾淨。等我們再去看，衛生紙居然被刮掉了。我跟郭仲翰不知道該怎麼辦。輪滑社以為我們沒招兒了。

於是我就把他們海報下的集會地點和時間改成了我們的。

招新安排在一間教室，到了週末的那天，這個校園的行屍走肉就都來了。有的人就站在外面衝著我們傻笑，隔壁是輪滑社，但加入輪滑社需要買一套裝備，很多人沒有這個閒錢，所以就四處晃蕩晃蕩。除此之外還有街舞社團、文學社團、桌遊社團。所有浪費時間的行為都可以掛上一個組織。年輕人是這麼想的，假如只有我一個人在浪費時間，那麼會恐慌，但加入了某個社團，放眼一看，周圍人都在浪費時間，心裡就舒坦了，之後回到宿舍，發現有去輪滑社的，有去麻將社團的，心裡又舒坦了一層。

只是有一人，頭髮上還沾著一層肥皂泡沫，就走到我們社團的教室來。我問他怎麼了，他說：「老廣院把澡堂水龍頭掐了。」

「那你用毛巾先擦擦。」我說。

「他們把我們的毛巾衣服全扔了。」

我順手遞過去一個板擦，「這是新的，沒用過。」

他走去教室一邊，認真地用板擦把頭上的泡沫擦乾淨，在擦泡沫的過程中，他說：「我叫李寧」。我看著他站在窗前，看著荒涼的土地，用板擦一下下抹著腦袋。

傍晚時，趙乃夫來到了教室。他看到我也非常吃驚。趙乃夫是牡丹江人，眉骨高聳，我在北京時跟他相識。我不知道他是怎麼從牡丹江跑到兩千公里之外的這裡。他說：「我不能死在故鄉。」

太可笑了。

趙乃夫是我很好的朋友，但為什麼在學校裡一次也沒見過他？

「你什麼時候來的這個學校？」我說。

「我報到晚了兩天，牡丹江離這裡太遠了。」趙乃夫說。

「那之後也沒有見過你啊。」

這時趙乃夫皺了皺眉，說：「因為，你知道有個宿舍給分到二樓了嗎？」

趙乃夫住的是唯一夾進老廣院二層的宿舍。老廣院對待新生很有敵意，趙乃夫宿舍的門口往往會堆滿一整層的垃圾。這其中的原因，在於老廣院比山傳的文憑還要不值錢，所有人的履歷加起來還抵不上一碗肥腸麵。

社團招到五個人，其中有兩個女孩。我們第一次社團活動是在操場上，當時學校給社團免費提供攝像機，以便大家可以湊在一起拍點東西。在郭仲翰草擬的日程裡，每週三、週五，是社團活動的日子。那天是週三，趙乃夫、郭仲翰，連同我和另外三個社員。

我們來到操場上。其中兩個女孩叫王子葉、梁曉。另外一人就是李寧。郭仲翰說：「我有一種不好的預感。」王子葉是個小矮個，一頭捲髮，看起來十分機靈，她自己也認為自己十分機靈，而相比之下梁曉就跟個傻瓜一樣。其實恰恰相反。

郭仲翰矇對了，他跟王子葉坐在了一起，那就是不好的預感帶給他的好事情。除此之外我們是否還能有點別的什麼？比如鄉愁，比如發現，都沒有。

當時我們聚在操場上，趙乃夫在一旁掄著一個三腳架玩。

李寧說：「跟有共同志向的人聚在一起我感到很開心。」
郭仲翰說：「大家湊一起是為了可以做點事。」後來這個社團除了郭仲翰誰也沒做成點事。
「學校提供的設備我們利用起來，」王子葉說：「我回去就寫申請表，宿舍裡有在那邊幫忙幹活的。」
「對，大家湊一起，聊聊看有什麼想做的。」梁曉說，說完大家就沉默了。
李寧說：「你們來這裡以前有什麼想做的麼？」
「我想寫一個關於輪滑的故事，以前我加入過他們，晚上一起刷街什麼的，手拉著手，在夜色的街道裡特別幸福。」王子葉興沖沖地說。
郭仲翰點了點頭。
媽的。
梁曉說：「這樣吧，週五的時候大家可以帶著自己的想法，寫下來，說也行啊。」
趙乃夫說可以。
而李寧這時從懷裡掏出一張紙，看的出這張紙是從丁煒陽本子上撕下來的。「這是我上大學前一直很喜歡的故事，希望大家能看看，提點意見，交流交流。」我滿腦子裡都是板擦在他腦袋上移動的印象，在那扇通往無盡荒原的窗戶另一側，李寧用板擦抹著頭髮上的泡沫，因為老廣院把澡堂的水龍頭關了，還偷了他的毛巾。
之後李寧把紙遞給郭仲翰，郭仲翰只好裝作饒有興致地看，然後遞給了王子葉，王子葉跟郭仲翰相視一笑，伸出玉手接過那張布滿折痕又髒乎乎的紙，咬著接過紙的手指頭看起來。
在那張紙傳遞過一圈之後，李寧期待著看著大家，但所有人一言不發。

「寫的蠻好。」梁曉說。

而我知道大家是什麼意思，大家覺得這是狗屎，這張紙和紙上的故事都是狗屎。

這上面寫了一個變豬的故事，兒子不小心變成了豬，但是爸爸不嫌棄他，仍然跟兒子和平相處，原來青春期的不青春期了，原來更年期的不更年期了，都因為兒子變成了豬。這個故事蠢到我質疑了自己，我困惑地看著趙乃夫，他不知道我在想什麼，所以也困惑地看著我，我為什麼想要成立社團呢？為什麼我要撕別人海報，還自以為聰明的往別人海報上貼衛生紙？我為什麼不把自己貼上去呢？

李寧在等著梁曉說他寫的哪裡好。而梁曉盯著紙，其實她也不知道自己在看什麼，她只是盯著紙，不知道說什麼。在這尷尬的氛圍裡，趙乃夫看到操場的一角有個黑色籃球。高大的趙乃夫就站了起來，說：「我們去打籃球吧。」

這一提議讓大家喜笑顏開。

趙乃夫後來對我說：「有一種感覺，叫做盡情地揮灑汗水，這感覺多虛偽啊。」我覺得那天籃球場上「盡情地揮灑汗水」的感覺，應該是開啟趙乃夫墮落之門的開始。所以一年之後他在學校東邊小鎮的紅燈區裡盡情揮灑汗水時，我都一點也不覺得奇怪。因為那離譜的一個下午，社團唯一一次活動中，趙乃夫開啟了虛偽感受的通道，叫做「盡情地揮灑汗水」。

我們分成兩組，在操場上打籃球，每組各帶了一個女孩，這不是最難看的。我和郭仲翰，還有王子葉一組，在這過程中，郭仲翰總是把籃球拋給王子葉，王子葉會再把籃球拋給郭仲翰，兩個人丟來丟去的還有一種淫蕩的眼神，這也不是最難看的。最難看的是，當王子葉次次丟不中球的時候，兩個人會發出一種咯咯咯的笑聲。

被那咯咯咯的笑聲吸引而來的，是老廣院的十來個學生。

一個光著膀子的平頭抓住了我們的籃球，他們已經微笑著看了一會。

「你們不能在這裡玩皮球。」他說。

「為什麼？」趙乃夫說。

「因為現在這個點是我們的時間。」他拍著我們的籃球。

「又不只一個球場。」郭仲翰說。

「我們打全場。」平頭說。後來站出來一個黝黑的哥們，說：「別廢話了。」

郭仲翰說：「把球還我們。」

平頭笑著看著郭仲翰，指著自己的襠部，說：「這個球嗎？」

「也行啊。」郭仲翰也笑著說。

那個黝黑的哥們一把抓過籃球，好像扔鐵餅一樣，胳膊撐了起來，球幾乎快爆掉的直衝過來，隨著一聲鞭炮般的響聲，郭仲翰把球抱在懷裡。

趙乃夫說：「有毛病？」

「有！」平頭說。

黝黑的哥們吐了口痰，說：「快他媽滾吧。」

「怎麼這麼傻逼。」郭仲翰說。

老廣院這幾個人眼看往這走，平頭笑著一把攔住。說：「讓地方就行了，跟新生生什麼氣。」

平頭又對我們說：「你們敢在這兒接著打也行。敢嗎？」

我們都下不了臺。王子葉和梁曉就拉扯著大家，說：「走吧走吧，本來也沒多喜歡打球。」

我沒有再去參加社團活動，就跟著劉慶慶和丁煒陽去網吧，當時已經十月份。每個人都陸續找到了他在這個校園裡的存在意義，比如王子葉，她在南邊的一塊土地上種植了一片花，郭仲翰從村民手裡買來了牡丹花種子，兩人在南邊的土地上耕耘。比如趙乃夫，他每天都在為了不受到老廣院土匪們的侵蝕，努力的維持著宿舍整潔。還有郭仲翰宿舍的舍長，那個魚泡眼的土包子，他積極的參加學生會，丁煒陽的筆記本作廢以後，他就拿來記錄學校所有人的違法亂紀，等待著哪一天就呈交上去，然後他可以當上系主任，當上校長，最終坐上黨支部書記的寶座。

只是新生在學校的活動引起了老廣院強烈的不滿。他們覺得是新生給原本精緻的校園帶來了一片荒地，而這片荒地在老廣院看來，不過是「可以多養了幾頭豬」，每天澡堂的下水道口附近，「隨處可見堵塞出水口的豬鬣」，以及新生在食堂吃飯時「把食物拱出了食槽，讓食堂變得更髒更臭」。他們在教學樓張貼大字報譴責新生，並稱新生中有一些「活躍的投機倒把分子」，正在「企圖控制學校的資源」。

而我覺得張貼大字報的也是老廣院裡少數「活躍的投機倒把分子」。大部分老廣院的土匪基本都窩在宿舍裡，他們赤裸上身，身體撐在窗戶那，撓著腋窩，破爛的蚊帳從窗口連著蜘蛛網蕩出來，並虎視眈眈的看著樓底下流動的人群。

「其實這是窮途末路。」看了大字報後的郭仲翰說：「他們是最後一批老廣院的學生，以後這個學校就沒了，所以瘋了。」我覺得郭仲翰說的不對，因為我親眼見過老廣院的生存狀態。

第一次社團活動結束之後，有一天王子葉把我叫下樓，遞給我一個相機，說是上次社團活動借的不是學校的相機，而是老廣院宿舍的。

「但我們的社團活動沒有借過相機啊？」我說。

「借了，不過我忘記帶了。」王子葉天真地看著我。我就斷定她是借社團之名給自己借了一個有長焦頭的相機。

「現在得把它還回去了。」她說。

「你為什麼不讓郭仲翰還？」我說。

「因為，聽說那裡很危險。」王子葉天真地說。我被這醜陋的嘴臉噁心的要吐了，拿起相機就走。

來到二樓時，我踏過了從沒有踏過的那條線，向走廊深處走去，一股惡臭像錘子般砸過來，每個宿舍門口都堆著垃圾小山。我敲了敲那間宿舍的門，沒人應答，但是敞著一條門縫。從門縫裡拱出另一股惡臭，暖烘烘的好像儲備了許多年的味道。

推開門後，整個宿舍昏暗無比，門口住的人半個身子躺出床外，一根胳膊勾著床欄杆。層層的骯髒蚊帳讓光線透不過來，空氣渾濁不堪。地上每走一步都是黏滯的，都像是鋪了一層蟑螂膠。宿舍裡的四個人都以各種姿勢趟在床上，讓人判斷不清他們是否還在呼吸。然後我撞倒了一個可樂瓶子，瓶子裡流出橙黃的液體，我也沒膽量去扶起來。

我說：「崔晨？」

角落裡一個乾癟的聲音響起來，帶著劇烈的咳嗽，蚊帳晃動著，灰塵漂浮起來。

「啊？」他說。

「你的相機。」我說。

他扶著欄杆，勉強地撐起身體，想要坐起來，床搖搖晃晃，我忙說：「別下來了，我給你放這吧。」

崔晨說：「啊。好。」就虛弱的，如釋重負地躺下了，彷彿那已經耗費了他一整天的力氣，他今日的能量已經揮發乾淨。

我急忙從暖烘烘的惡臭中走出來，地板上尿液反射著房間裡唯一的光。

這魔窟一樣的地方後來讓我做了很多次夢，夢裡我被陳屍房一樣的宿舍困擾著，被腐爛的空間困擾著，那宿舍是我們這一代人生活的地方，除了顏色相差無幾。

四、黃金

老廣院血洗四樓的那天晚上，我跟丁煒陽打牌，此外還有老手郭仲翰、趙乃夫、劉慶慶，郭仲翰的宿舍長在旁邊記我們的牌局，記錄我們的不良作風，然後我們又從別的宿舍拉了一個人來，那人就是用板擦抹腦袋的李寧。李寧第一次來的時候，問我：「社團為什麼不活動了？」

「社團活動不拘泥於何種形式，只要能開發大家的智力就可以了。」郭仲翰說。

劉慶慶說：「前幾天，在網吧，有個人沒給老廣院的讓座。」

郭仲翰拍下幾張牌，說：「為什麼要給他們讓座？」

「對，那人也這麼說的。」劉慶慶說。

丁煒陽操著大舌頭，說：「然後呢？」

劉慶慶噗嗤一聲笑了，他拿牌的手都笑得花枝亂顫。

趙乃夫說：「怎麼了？」

「他們說，等著，要把你們殺得片甲不留。」劉慶慶說。

郭仲翰說：「真這麼說的？片甲不留？」

劉慶慶笑著，點著頭。

我們都笑的前仰後合，就連宿舍長也嘴角抿出一絲笑意。

兩個小時後，三四樓從走廊到廁所一片血污。

暴力事件之後，校方給二樓和三樓加了兩道門，讓兩方不再用同一個出口。受傷的人在校醫務室包紮，滲血後去周邊醫院，受傷嚴重的回市區住院。老廣院均攤了一部分醫藥費，另一部分醫藥費讓正在修建的圖書館提前竣工。校方承諾，只要通報家長，就取消學籍。即便如此，還是有老實巴交的父母趕來，站在校門外。大部分新生羞恥於將這件事傳播出去，因為若是後續措施過多，會有礙他們復仇。復仇的念頭在老廣院撤走的時候就遍地開花了。

當然老廣院也沒有掉以輕心，他們一直防備著三四樓對他們的報復。不如說是期待著，他們渴望三四樓衝下無數的人，來侵擾他們死水一般的生活。雖然帶頭的人被抓走，但這並不能阻止他們要跟這個世界同歸於盡的信念。

老廣院們原本以為西門大官人被打死了，但西門大官人一直待在醫院，如果有人看他，他就會說，下次要開著挖掘機把老廣院們推平。山傳的新生沒有避諱報復的計畫，各個宿舍開始預謀著如何進行一次徹底的反擊，他們在等待身上的傷口癒合。

我在宿舍的時候，又仔細地讀了那段寫在鐵櫃上的《聖經》，以至於產生了一種想法，我要去探索些什麼。於是在趙乃夫可以下床以後，我叫上他，開始往校園外的四個方向探索。

東南西北都是一眼望不到頭的土地，南邊有農田，北邊兩公里外有一個村子，而東邊則沿著那條高速公路不停的蔓延，只有一座孤零零的黑色煤礦小山。在無垠的荒野中行走時，我有一種預感，我覺得自己的生活將要發生一次翻天覆地的變化，那是來自一種植根在深處的希望，與老廣院期待著毀滅有著相同的能量，我期待著有能改變自身周遭一切的一個入口，那個入口感人肺腑，它低吟淺唱著從混沌中通往雲層的歌謠。

郭仲翰拄上拐之後，不方便下樓跟王子葉會面。他們倆在第一次社團活動之後又獨自進行了多次的社團活動，最後成了每天都社團活動，但那時候社團成員基本只剩他們倆。有一天週五，梁曉來到操場，發現了郭仲翰和王子葉，梁曉以為是週五的聚會，就從口袋裡掏出一張紙。這張紙也是從丁煒陽筆記本裡撕下來的，紙上寫著梁曉鍾愛的一個故事。

郭仲翰和王子葉看完這張紙後，王子葉鑽到了郭仲翰懷裡，說：「蠻好。」

梁曉莫名其妙地說：「這是怎麼了？」

郭仲翰說：「寫的挺好的。」

梁曉深受打擊，那是她看過最噁心的畫面，一個女人看完她最神聖的故事之後，不知怎麼就鑽到別人懷裡。

沒了社團之後，梁曉跟其他人一樣開始蓬頭垢面地出現在學校各個角落，但她仍然堅持不懈的寫故事，寫故事的同時，她還密切的關注著這對情侶。

王子葉喜歡花。

所有女人都喜歡花，不喜歡屎。

所以郭仲翰上了高速公路攔車，帶了種子回來，說是牡丹，其實是茉莉。郭仲翰從北邊的村子裡偷了一把鐵鏟，在校園的南邊開拓出一片土地。郭仲翰蹩腳的鏟石鬆土時，王子葉就在一旁托著腮幸福地看著。那片土地有二十平方米，他們把種子灑進去，利用僅有的農業知識，給這些土坑澆了水。他們自己也不信這些牡丹會生長出來。女寢的大樓正對著南邊，這一切都被梁曉看在眼裡。

在辛勤耕耘了一周之後，郭仲翰發現土地周圍的野草長得都比較好，但自己田裡的花沒有發芽。王子葉在土裡隨便抓了抓，對郭仲翰說：「沒有種子了。」

郭仲翰扛著鐵鏟走過來，鏟了幾下，仔細尋找，發現果然沒有種子了。他們僅有的農業知識讓他們懷疑是泥土把種子當腐敗物分解掉了。

我說：「種子要泡泡水，才會發芽。」

郭仲翰點點頭，說：「原來如此。」這世上總有一種人，不管告訴他們什麼，他們都會有一種原來如此的反應，意思是我知道只是沒想起來。想到這一點，我忙添上一句，「得用肥料水泡。」

在郭仲翰僅有的農業知識裡，肥料就是大糞，他用大糞水泡了種子。奇異的是，種子竟然破殼了。

郭仲翰進行第二次播種，王子葉這次沒有托腮看著他，而是從旁邊撿了一根小棍，在旁邊戳土，要把土戳的更鬆一些。

這一切，都被梁曉看在眼裡。

種子在泥土裡發芽了，半個月就長到了十公分高，我們其他人都隱隱期待著這一片花能夠生長起來，因為不管種花的人懷著多麼噁心的動機，但生命本身是美好的，尤其在這荒原之上，有著難得可貴的芬芳。

然後有一天早上，郭仲翰看到土地裡發的芽都被齊土剪掉了，只能看到豆子大小流著汁水的莖。郭仲翰很傷心，但為了不讓王子葉傷心，他就又跑上高速公路買回二十棵牡丹苗來。

但其實那還是茉莉。

郭仲翰加班加點的把樹苗栽進土地裡，他心想著這回總會長芽了吧。但是上次明明是被人剪掉的，這次怎麼保證不會被人剪掉呢。
我說：「你要圍上柵欄，標明這是你的地盤，稍微有點素質的人就不會在這麼幹了。」
郭仲翰就與王子葉給土地圍了柵欄。但女寢樓上有一雙眼睛注視著他們，這雙眼睛當夜就把圍欄推倒了。
郭仲翰百思不得其解，是誰這麼有破壞力？他開始回憶自己在學校裡的仇家，想來想去覺得宿舍的人嫌疑最大，尤其是劉慶慶。因為郭仲翰總以爸爸自居，劉慶慶面上不抵抗，但是誰會喜歡做兒子呢。所以郭仲翰把劉慶慶拉攏進來一起幹農活，發現劉慶慶笨手笨腳的，他本以為劉慶慶親自動手參與種植就不會使壞了。
於是在一個黑夜，茉莉已經開出了花骨朵，我和劉慶慶從網吧歸來，路過那片小農田時，發現一個矯健的身影，操著一把小剪刀，迅捷地將郭仲翰種植的茉莉花骨朵全部剪掉。
劉慶慶大喊一聲，「別動！」
那個矯捷的身影聽到聲音後，看都沒看我們一眼，就朝一個方向猛跑，像陣風淹沒在黑暗中。
我們都很失落，那片土地上承載著許多人的美好盼望，不管其如何小，哪怕微乎其微。
老廣院暴力事件發生以後，所有人閉不出戶在宿舍養傷，那片農田就荒廢了。我同趙乃夫去南邊遊蕩時，在傍晚的陰冷中，看到梁曉矯健的身影，她給這片枯萎的茉莉上用透明膠沾上了一種黃色的花朵。這次沒有人喊，我們只是在遠處看著，冰冷的空氣只能看到不太清晰的影子。我覺得梁曉不是因為認為自己做錯了什麼，在這裡有誰會做錯什麼呢，她可能是出於憐憫，因為沒過多久梁曉家人就把她送往國外了。她是第一個沒有因為病傷離開這片荒野的人，
而在那天下午時，我們向著東邊的荒野中行走，發現了一所孤零零的矮房。從遠處看像一個破

舊的小積木。走近了，發現這個矮房沒有窗戶，裡面堆著乾草，還有各種排泄物。事實上我們也是來這個矮房方便的。

我坐在矮房旁的一塊石頭上休息，隱約聽到一種爬動聲，在此之後很久我都不確定那是否是種爬動聲，我感覺有什麼東西擦身而過。

從矮房往西邊望去，學校的教學樓只有一個瓶蓋的高度，那爬動聲過去之後，我感到它鑽入了地下。我不知道怎麼描述那種感覺，就是在周遭是一條可以不停旋轉著看下去的地平線，被毆打的牙齒割裂口腔的痛楚還清晰可辨，一種爬動聲往地下而去。

我站了起來，觀察著那塊石頭，那爬動聲未必是在此處鑽入地下。

我叫趙乃夫過來，那是一塊沉重無比的大石頭，這時我們才發現周圍還有兩塊這種大石頭。石頭很普通，是一種層次清晰的岩石，風將銳利的邊沿磨平，靠近土壤的一面可以看到生長上來的苔蘚，像明暗交界線一樣，苔蘚消失在可以接觸到光的地方。

「搬起來。」我說。

趙乃夫看看我，說：「太大了。」

我瞇著眼睛看向四周，太陽虛晃晃的浮在西方，空曠的空間把幾公里外高速公路的聲音吸食乾淨。

「可以搬的起來，下面有東西，我剛才聽見了，可能是老鼠。」我說。

「老鼠有什麼可看的。」趙乃夫看著我。

我沒有說話，趙乃夫走過來，他觀察著這塊石頭，又抬起頭看著我，那是一種辨識不清的表情。

我說：「你怎麼了？」

趙乃夫說：「我是覺得天色暗了。」

然後他張開臂膀緊緊扣住石頭，我半蹲下來，我們一起合力，將石頭掀了起來。石頭翻轉了一面，露出它不知道多少年沒有見過光的腹部，那上面一層稀薄的土壤，還有乳白色的蜘蛛巢。

在這個半米見方的土坑裡，是一塊被壓多年的即將腐爛的木板。上面的一行字幾乎無法辨識。天色暗了，我們湊近了一些。木板上刻著一行歪歪扭扭的字：

你將無父無母，無依無靠

我們在冷風裡不知所措。

後來我看向趙乃夫，不乾淨的紗布裡一雙眼睛被遮擋了一半，那條還在癒合的傷口就埋在紗布之下。我看到那半個眼睛全是淚水。

我們站在荒原的冷風中矗立了有五分鐘，那一刻我們大腦混亂，無法總結出任何思緒，直到天色更加昏暗。我幾乎下意識地就把木板拿起來，上面還沾著潮氣，手指被瞬間冰冷。

「挖吧。」我說。

趙乃夫點點頭。他去旁邊找了兩塊扁平的石頭。他說：「我也聽到了。」

我們是否聽到的是同一種聲音？我接過趙乃夫的石頭，開始往下刨。

那個坑愈來愈深，裡面也愈來愈暗，坑的四周堆砌著刨上來的石頭，那一刻我想到了西門大官人的挖掘機，此刻他還躺在醫院裡，幻想著可以把生活中的一切阻礙推平。

坑四周的土不斷往下滾，土地並不是鬆軟的，每鏟一下只能剝下來一層，可以聞到深深的潮濕氣息，那潮濕的氣息比表層上方的空氣溫度要高一些。我說不清楚為什麼要往下挖，只是那個爬動的聲音絕對不只是潛伏在石頭下面。

挖到半米的時候，我們都跪在了地面上，膝蓋和腰都開始痠痛，潮氣侵蝕膝蓋讓關節變得痠軟。

當太陽完全隱沒掉的時候，我們挖出一張折疊成四方的皮子，它還跟泥土緊緊黏連在一起，我怕扯壞，就多向下刨了幾下，把皮子從土裡抽出來。它帶著一股腐臭的味道，拿在手裡就可以聞到。

我激動不已，捧著那張臭烘烘的皮革，小心地展開，上面還爬出幾條千足蟲，我在空中抖了抖，泥土和蟲子都被震落。在深呼吸的期間，那感人肺腑的能量從皮革裡傳遞過來。同時我也隱隱知道，這也許就是一個玩笑。但有一種更讓人深信不疑的東西，如果眼前的事物還能有所改變，那這張冒著腐爛氣息的皮革一定是通向入口的，通往雲層和低吟淺唱的入口。除此之外還能找出別的契機嗎？

皮革上畫了一張地圖，刻在上面，並且用黑色的染料沁入進去，現在黑色已經退化變淡。地圖上標示著附近的明顯地標，西邊的礦山被塗的死黑，北邊是有幾所房子的村子，南邊非常空曠，什麼也沒有標注。而東邊的這所房子，處於地圖的最右邊，上面是兩個銳角拼在一個圓弧上，應該是起點的意思。這張地圖應該是十幾年前畫的，那時這片荒地上沒有學校，學校的位置上什麼也沒有。我們辨識著方位，地圖在一個區域做了個標記，並刻上了黃金的符號。

我把地圖遞給趙乃夫，趙乃夫把地圖攤在手裡觀察，又重新疊好，裝進了口袋。

我們朝著學校的圍牆走去，微微染紅的天邊像一個口腔。

回來的路上，我跟趙乃夫沒有說話，就一直走著，從半成品的學校大門進去，沿著南邊的土路走，在離那一小塊天地還有些距離的時候，看到了梁曉，正在枯萎的茉莉花枝上貼黃花。我想上去告訴她，我們找到了黃金，從此以後可以通往別的世界，那裡沒有荒原和乾涸的河流，也沒有不可控的四處滋生的糟糕感覺。我沒有走上前，不然她剪那些新生植物的事就暴露了，她希望在暗地裡做這些事，不管是壞事，或者帶著憐憫的，多餘的事。

梁曉剪完花就默默地走了。在她走後的半年裡給我寫了一封信，那時我仍在挖洞，雙手沾著泥土把信讀完。信裡說，她來到這裡不是因為沒有選擇，後來她在美國，卻仍然有一種揮之不去的荒涼感，在學校裡那些無所事事的同學好像吸走了身上的生命力。她說不管在哪裡，那種無法控制所有的，哪怕一丁點事物的無力感永遠的附加在了身上。

我們繞開了梁曉，在快到宿舍樓的時候，我說：「我們是自己來挖，還是告訴他們？」

趙乃夫想了想，說：「大家一起找找吧，也可能沒有，而且人多力量多。」

「人多力量大」，我說：「對，盡情揮灑汗水，人多力量大。」

我說：「但郭仲翰如此自以為是，若給了他黃金，他不就天下無敵了。」

「我覺得相反，假如我們可以找到黃金，他也深信的話，就不會這樣了。」他說。

郭仲翰拄拐的期間，不能下樓耕地，也不能跟王子葉會面，每日看著窗外的牡丹漸漸凋零，心裡非常難過。有一天他費盡千辛萬苦，跟著劉慶慶去了網吧。那時只有劉慶慶可以蹦蹦跳跳地去網吧，其他人只能在宿舍養病，而丁煒陽沉浸在屈辱感中不能自拔，終日以背示人，唯獨劉慶慶從網吧精神抖擻的回來，丁煒陽會仇恨地看他一眼。因為拄拐，去網吧過鵝卵石路是最痛苦的，拐杖好像被石頭嫌棄一樣被左擠右擠，讓郭仲翰非常難受。他說：「西門大官人是個罪人，他不過是為了彰顯自己。」

「那你腿好的時候不也受益了嗎。」劉慶慶說。

「但他還是罪人，因為他出發點不是捨己為人，是彰顯自己。包括他現在在醫院，如果那天所有人都在他的呼喚下，操著傢伙衝出來，他就等於又開了一扇大西門。」郭仲翰瘸著腿說。

「那你呢？」劉慶慶說。

「我怎麼了？」

「楊邦集結了所有人，搞來一三輪車鋼管。你彰顯自己的時候，別人也沒有嘗到一點甜頭啊。」

「老廣院帶著鋼管下來，他就準備鋼管，等你有鋼管的時候，他們炸彈都有了。」郭仲翰又被石頭硌了一下，險些摔倒。

「總比坐以待斃強！」劉慶慶說。

「都是虛張聲勢。」

「那你不虛張聲勢，又做什麼了？」

「我不一定要做什麼，我不遮掩本心。」郭仲翰說。

劉慶慶問，「你的本心是什麼？」

郭仲翰沒說話，兩人到了網吧，然後郭仲翰帶回了《電車之狼》和《尾行》兩款成人遊戲。郭仲翰拷貝回遊戲，是因為他不想再跑去網吧。帶著本心歸來之後，郭仲翰就在宿舍裡玩這兩個遊戲。

劉慶慶描述起郭仲翰，說：「他每天從床上爬到床下，就拿那個滑鼠搓啊搓啊，他在床上有時作夢，也拿那個滑鼠搓啊搓啊。宿舍裡就就全是女人哼哼啊啊的聲音。」

郭仲翰在宿舍裡搓滑鼠時，丁煒陽還躺在床上，舍長心存愧疚，每天給丁煒陽買飯。有一次郭仲翰手指上的水泡爆掉了，搓滑鼠有點疼，就把胳膊撐在腦袋後面，對丁煒陽說：「煒陽，我們去樓下溜達一圈吧。」

丁煒陽的背說：「讓我躺著。」

郭仲翰撐起拐杖，走到丁煒陽床邊，說：「下樓對我們有好處。」劉慶慶看到兩個互相愛護的殘疾人就噗嗤笑了。

丁煒陽說：「讓我躺著。」

我跟趙乃夫來到郭仲翰宿舍，把門重重推開，當時郭仲翰給手指貼了創可貼以便繼續搓滑鼠，劉慶慶被驚醒，喊著，「你想死嗎！」

我看到宿舍一角堆放著六根鋼管，大概是其他宿舍送過來的。新生在隨著傷勢的痊癒有條不紊地準備著。

我說：「我找到黃金了。」

沒有人理我。我走到丁煒陽床前，狠狠的抓了一把他的屁股，幾乎要把他抓的翻轉過來。丁煒陽雙眼血紅，憤怒地看著我，說：「讓我躺著。」

趙乃夫取出地圖，宿舍裡瀰漫起一股腐臭味。

「這麼臭。」劉慶慶嫌惡地說。

「這是一張藏寶圖，上面標注了黃金的位置。」趙乃夫說。

劉慶慶眯著眼睛看了一眼地圖，又躺下了。郭仲翰飛快地轉頭看了一眼，又飛快地轉過頭繼續搓滑鼠。

我說：「他們已經死了，走吧。這些人馬上就會死，知道自己命不久矣了。」

劉慶慶笑了一聲，說：「你也活不長的。快滾吧。」

郭仲翰從旁邊抓起拐棍扔向我，說：「黃金!給你黃金!」

我抬起腿躲閃著拐棍，又伸出手，還沒碰到丁煒陽，就聽到丁煒陽大聲怒吼：「快滾！讓我躺著。」

趙乃夫失望地向他二樓的宿舍走去，他說二樓的老廣院們比以前積極了，沒有那麼髒了，他們在等待著。

「這棟樓的人都死了。」趙乃夫說

然而我還是拿走了郭仲翰種花用的鏟子，並讓趙乃夫去北邊村子再偷一把，於是他買了一把就回來了。從第二天開始，我跟趙乃夫按照地圖開始找那個標記。

我用尺子丈量黃金標記的位置跟各處的比例，最後鎖定了學校南邊的一個角落，如果我們一無所獲，那就是所尋找的位置不對。最後定在了一個土丘後面，這裡離著哪都很遠，是連挖掘機都不光顧的地方。

也就是在最初，我覺得尋找黃金是帶著遊戲性的，在我第二天醒來的時候就明白了，這跟郭仲翰種花，或者西門大官人的鋪路，也許沒有什麼區別，我只是找到了點事情做。即便多年後我回憶起在那個土丘後面刨下去的第一下，四周是長滿蛀蟲的野花和灌木，仍然不敢相信這是通向生命終結的開始，除此之外什麼都沒有。在我為了尋找黃金耗費的若干年裡，在接近著那個不知深埋在何處的事物中，我一點也不清楚構成每個人時光中的奧義。尋找黃金將帶領出一個有意義的時空，而在此之前，我一直不停地思考著自己為什麼會在此處，並在荒原裡尋找可以通向那裡的道路，並堅信所有的一切都不只是對當下的失望透頂。

五、洞穴

我感到新生的復仇之心，是看到他們對老廣院的態度。可以下床的新生，在食堂裡遇到老廣院，是一幅好像什麼都沒發生的樣子，但當他們坐下來，會用一種冷漠的眼神盯著老廣院的後背。我上中學時，但凡受了欺辱之人，舉著板磚衝過去嘴裡還罵罵咧咧的，一定會再次被欺辱一番。整個中學讀下來，只有一個受了欺辱然後又做了點什麼的人。他因為跟一個女生多說了幾句話，被胖揍了幾次，我聽說的是他被人強迫著舔了那個女生的鞋。這之後過去了兩年，我在校園裡見到過他跟那群人相遇，都像是什麼都沒發生一般。直到畢業後，有一天我路過一間網吧，恰好那兩人剛從網吧出來，我看到他從網吧旁邊的一個拐角走出來，冷漠地盯著這兩人的後背，跟他們擦肩而過。他在一瞬間砸傷了兩個人。整個中學的三年裡，這個少年不知道把這套刀法練了多久，因為我沒有看清楚他的動作，只看到他的眼神空洞，和之後捂著大腿倒下的兩人。當新生發酵出這種眼神，說明他們已經決定要做點事情了。而老廣院當然知道新生們在想什麼，但這對他們毫無影響。我仍然可以看到平頭帶領的群人在操場上打球，無所顧忌好像挑釁一般。事實上我根本不知道他們的想法，因為作為人數少的一方，他們有點不知好歹的意思。

在挖掘最初的三天裡我一無所獲，挖出的土已經形成另一個土丘，我日出而作，每天在稀薄的太陽裡和趙乃夫去往學校南邊的空地，傍晚把鐵鏟藏在一堆枯枝敗葉中。趙乃夫對此樂此不疲，我們越往下挖掘，挖出的東西就越加單調，我開始懷疑起挖土這件事究竟能改變什麼，而趙乃夫只是不停的挖著。到了第三天已經有一個一米五高的洞口，裡面不太深，我在洞口鏟趙乃夫挖出的土，他漸漸覺得鏟子對於挖土不是一件很好的工具，於是就去北邊的村子裡偷來一把洋鎬。

「北邊村子的農具就這麼好偷嗎？」我問趙乃夫。

他說：「鄰居是不會偷的，都有記號，也不會有人專門來偷這個，他們放在牆根上，我順手拿了就走了。」

用鐵鏟運輸土也非常費力，半天旁邊就會有一小堆土，還需要想辦法把土堆挪走，漸漸的我發現鏟子對於挖土也不是一件好工具，於是就想去去北邊的村子偷一個鐵桶。只是相對於鏟子和洋鎬，鐵桶就沒有那麼好偷了。

我來到村子逛了逛，現在的村子都不用鐵桶盛水，鐵桶只用來當垃圾桶用，而那垃圾桶又太髒。我就蹲在村口想著該怎麼搞一個鐵桶。

後來一個中年男人走到我身邊，說：「我看你蹲大半天了，你在這裡幹啥？」

「我想弄一個鐵桶。」

中年男人說：「那邊有五金店。」

於是我就跟著中年男人去了五金店，那是一間門臉很隱晦的小店，進了店，中年男人說：「他要買鐵桶。」

老闆指了指一個角落，那裡摞著幾個鐵桶和塑膠桶，灰塵蓋在上面。老闆對中年男人說：「你又來幹啥？」

中年男人說：「家裡洋鎬又丟了。」

老闆一臉嚴肅，「鐵鏟找到沒？」

中年男人氣的直跺腳，說：「日他媽了。」

我站在一邊盯著鐵桶，又拿起鐵桶比劃著看大小，心裡很不是滋味。

老闆說：「咋這玩意還能丟呢？誰家沒有啊。」

中年男人沉默了下，說：「你家最多了。」

鐵桶在我的比劃下，估計幾鏟子土就要滿了，這不是我需要的工具，但應該會派上用場。趙乃夫此時正在坑裡幹活，我突然想到要帶點東西回去。

「給我一箱蠟燭。」我說。

「一箱？」中年男人問。

「對」。

老闆問，「你是那邊學生吧？你們電閘是不是不太好，找電工啊。買這麼多蠟燭算怎麼回事？」

「沒事，要一箱就行，宿舍分分就沒了。」

老闆就往另一個房間走去，那裡應該是庫房。這時中年男人正在挑洋鎬。他自言自語著什麼我沒有聽清楚。

我叉著手等蠟燭，老闆抱著一箱子沾著灰土的蠟燭過來。拍了拍。

中年男人扛著洋鎬，我抱著一箱蠟燭，向村子的南邊走，在一個路口他停住了，說：「我就住那。」他轉身走去，然後我繼續順著路往南走，也就在此時，我發現了在中年男人家的大門旁，有一輛手推車。

手推車才是我所需要的，能夠最快的把挖出的土運輸到別處。只是我看著中年男人扛著洋鎬的背影，有一絲絲酸楚，如果再推走他們家的手推車，我自己也接受不了。我抱著蠟燭在周圍逛了逛，眼見就要天黑了。

再次路過中年男人家門口時，我咬咬牙，把蠟燭輕輕放上去，推著手推車向學校走去。

趙乃夫灰頭土臉地坐在洞口不遠處的沙子地裡抽菸，看到我推著車來了，他露出和藹的笑容，牙齒在灰臉的襯托下如大蒜一樣。

我說：「你跟郭仲翰，偷的都是同一家的，我碰見人家去買洋鎬了。」

「那你這手推車哪來的？」趙乃夫一幅不好意思的表情，「不是他們家的吧？」

我想了想，說：「不是。」

我們在這一天刨出的還是只有土。趙乃夫幹活的時候我在一旁盯著地圖仔細研究，我精確到了那個記號所標示的範圍，發現就在這塊區域，而這裡已經沒有明顯的記號。
雖然我帶來了一箱蠟燭，但看著髒乎乎的雙手和西邊落下的太陽，對趙乃夫說：「算了吧。」
趙乃夫從洞裡鑽出來，他的紗布已經拆掉了，一條傷口就在眼角的一旁。他說：「不行。」
「這都是假的，都不對。」
趙乃夫舔了舔嘴唇，吐出一口沙土，說：「我信。」
我呼出一口氣，想著那好吧，即使他相信，我已經不信了。我覺得像丁煒陽那樣天天躺著也挺好的，或者繼續跟著劉慶慶去網吧，不用跟這些黃土打交道。
回宿舍的路上，趙乃夫再一次驗證了他是多麼熱愛「盡情揮灑汗水」，他精神抖擻，而我滿心失落。我已經忘記了發現皮革那天的激動人心，也忘記了要扭轉這一切的想法。所有人都找不到任何東西。但這不妨礙趙乃夫竭盡全力的去做一件多餘的事，也許比起挖土，其他的事情更多餘。
但是當夜下起了大雨。
趙乃夫趕忙來找我。
「我們挖出的土，離著洞口有多遠？」他焦急地問我。
「不太遠，一直用鏟子能鏟多遠。」我說。
「那完了，這麼大雨，那個坑要被堵住了。」
我看向窗外，雨水磅礴，玻璃被捶打的直響，不知道是不是有冰碴子在裡面。我看向南邊的方向，因為被食堂擋住，是不可能望到那個坑的。因為我沒有把土堆擠壓結實，鬆軟的小土丘一定會隨著雨水被沖刷進洞裡。趙乃夫和我一樣十分失落。我們用了三天時間，在這個世界上製造了一個土坑。儘管它也許連多餘都算不上。

趙乃夫從牆角抓了把傘。

我說：「你去了也沒用，而且冰雹能砸死你。」

「砸死我吧。」趙乃夫向樓下衝去，只聽到雨傘甩動的碎響聲。

在北京遇到趙乃夫時，他窩在一個地下室裡。他一副清奇骨骼，面相在長期不規律生活的調節下呈現骷髏的形狀，眼眶碩大，顴骨高聳，一抹毅然決然的剛毅薄唇。他有一件大袍子，時常雙手掏在袖子裡。那是一件皮襖。我遇到他時，他已經落榜四年，每年考試時來到北京的地下室裡。隨著溫度的下降，手往袖子裡就多進一分。

趙乃夫那年考試帶來了他畫的一百部電影的分鏡頭，假如沒日沒夜的畫，這厚厚一疊分鏡稿紙需要畫七個月左右。但一年只有十二個月，除去睡覺的時間，我不知道他是如何完成這項工程的。後來他跟我說，在原來讀大學的三年裡給一個女孩寫了一千封情書，然而這個女孩跟著一個大款跑了，大款有貂皮大襖。之後他就退學，來到北京。

「但你也穿皮襖。」我說。

「沒錯，但我的是狗皮的，不值錢。」他說。

我覺得女孩不是跟大款跑了，當她在三年時間裡，每天都收到一封情書，面對著如此強大的一個神經病，女孩很可能崩潰掉了，她也許不是跟著一個人跑的，甚至一件在街上飄蕩而去的棉衣，也能將她帶走，逃離寒冷詭異的生活。趙乃夫所做事情都具有著誇張的數量級，大部分人沒有毅力也沒有時間完成那些工程浩大的事情。

他考學五年，最終來到山傳，開學時所有人都說沒見過他，很可能有一天他自己接受了已經身在此地的現實，然後覺得可以顯形了，所有人才又可以看到他。來到山傳之後他倍感難過，覺得五年時間的努力不應該只限於留在北京，應該可以考到南極洲的某所電影學院，在那裡北極熊可以幫忙做做場工什麼的。但事與願違。只是按照趙乃夫給自己規定的數量級人生，他應該考五十年。

在山傳剛開學的某個夜晚，我們在打夠級，趙乃夫當天運氣極佳，數次將我悶燒帶走，看得丁煒陽喜極而泣。而趙乃夫也非常激動，那是一份等待了五年的成就感。一晚上的大小王差不多都被他雞爪一般的手抓走了，五年裡他第一次感到命運給予他的安慰，那成就感讓他迫切想要與遠在兩千公里以外的昔日戀人分享。他從李寧手裡借了手機，來到天臺，就是西門大官人後來差不多命喪黃泉的天臺。趙乃夫站在樓頂，心情複雜，他有激動人心的事要與那個女孩分享，那是從退學之後每年住在北京冬天的地下室裡，五年的等待終於換來了在華北平原荒涼土地上——抓到了一晚上的大小王。

他撥通了電話，大口地吞著涼颼颼的空氣。然後電話響了。趙乃夫激動地無以言表。

「你好，你是誰？」

「是我。」趙乃夫說。

接著傳來一聲歇斯底里的尖叫聲，電話就掛掉了。如果有什麼聲音可以撕碎一個人，差不多就是那聲尖叫了。因為之後趙乃夫的好運都被撕碎了，他摸的牌總是最差，但大家看到他精神恍惚就沒有在牌局上欺負過他。

十幾萬張分鏡頭，和一千封情書，以及數年矢志不移的赤子之心，最終換來了——摸到一手大小王。所以在我們的尋找黃金之路，趙乃夫是第一個因此將自己打入地獄的人。那是從尖叫聲就開始的墮落之路。

趙乃夫提著傘，渾身上下躺著水，站在走廊裡，對我說：「塌了。」
「什麼塌了？不是堵住了麼！」
「土丘塌了，坑都給埋上了。」趙乃夫胳膊上沾著泥水，他應該還用手確認了下。
他從旁邊抽下一條毛巾，往臉上狠狠地抹著。
我說：「不挖了，地圖扔了吧。」
趙乃夫猛的回頭，說：「不行！」
「挖了也沒用，不是已經挖了三天了嗎，什麼黃金啊，蚯蚓都沒有，我們就是個笑話！」我因為坑被完全壓住，等於三天來所有的付出都被掩埋住，一股深深的仇恨。
「挖，會有黃金的。」趙乃夫骷髏一般的眼眶裡掛著水滴。
「我問你，為什麼一定要挖？」我看著趙乃夫。
他看著地面，顯然陷入了思索。「我不知道」，他說：「但一定要挖，裡面有黃金。」
我嘲諷地說：「你能挖一千米，還是能挖五年？」我沒想到自己可以如此惡毒。
趙乃夫抬頭鄙夷的看了我一眼，說：「你不懂。」
雨下了兩個夜晚，在第三天的清晨停了。這兩天裡，李寧陸續給所有宿舍都分發了鋼管，學生會的錢都用來買管制器具了，大家的傷勢漸好，原本不知道該做什麼的人們都樹立起了新的目標，同時也在等待西門大官人的歸來。山傳人數是老廣院的兩倍，所以他們決定在將老廣院置於死地之後，兩人一組把每個老廣院都分散抬去荒野裡，讓他們清醒之後看到浮屍一般橫躺於大地之上的絕望畫面。定計畫的是楊邦，名字像一個古代將軍。為了達成這個計畫，楊邦在身上大面積的紗布還未拆的時候就已經開始準備，號召許多有志之士定期開會。

楊邦之前在廚藝學校學習西餐，我有幸參加了一次他們的會議，他們挑了一間最大的教室，十來個人都筆直的坐在拼成的大桌旁。我看到李寧像個泥腿子一樣跟在楊邦旁邊。暴力事件之後，李寧對我們這種渾渾噩噩的軟弱派萌生蔑視。「你們就不感到羞恥嗎？」李寧憤慨地質問我們。郭仲翰停止搓動滑鼠，嘴角一挑，「羞恥？羞恥是什麼？」算是給了李寧一個答覆。然後繼續搓著滑鼠，宿舍裡仍然迴盪著女人哼哼啊啊的聲音。李寧頭也不回走出門，從此再也沒來過郭仲翰宿舍。

楊邦開完會就給眾人做西餐，做西餐的爐子是燒蜂窩煤的，不能擱在教室裡，所以吃飯的時候大家就蹲在一樓大廳。楊邦把首領和後勤的事務都囊括在身，帶領著一部分人重新找回了生機，意氣風發的穿梭在學校的各個角落裡。

雨停之後我跟趙乃夫來到南邊的小土丘，小土丘已經沒了，地上是泡芙一樣的凹地，好像還泛著泡沫的樣子。我看到手推車，上面的的鏽跡好像更厚了。趙乃夫走到原來坑洞的位置，蹲在那，兩根猿猴一樣的胳膊橫支在膝蓋上，落寞地抓一把土，一副重要親人去世的模樣。

「走吧。」我說：「這裡面全是水，我們挖不了，除非西門大官人來。」

趙乃夫站起身，拍了拍手掌上潮濕的泥沙。

也就在隱約中我想起幾個月前的那個夢，夢裡的空地上有一個土山，周圍是群雪白的烏雞，烏雞在土山上爬上爬下。我想著那個夢，突然一個機靈。

我忙走向一邊的草叢，把洋鎬和鐵鏟都拿出來，上面濕淋淋的。我走到濕漉著的凹地中，好像又陷入進去一點。我說：「挖吧。」

趙乃夫困惑地看著我。

我壓著激動不已的心情，裝作平靜地說：「你傻啊，我們挖的洞比這個土丘小多了。」

「那怎麼了？」

趙乃夫就像頭梁龍一樣，幾十米的身軀生長著一個核桃大小的腦子。

「這下面是空的，我們的洞是裝不下這個土丘的。」我說。

趙乃夫這才反應過來。我心想著老天為什麼給我這麼聰明的腦袋呢。

手推車也推了過來，由於泥土鬆軟，我們完全用鐵鏟就能輕鬆的把土刨出來，而且效率極高，比上一次挖坑不知道輕鬆了多少。雨後的空氣清新，我覺得全身都要舒展開了。

土丘之下，有一個洞，我們所挖的小洞把土丘的地基給刨空了，所以雨水一潤，土丘就塌了下來。趙乃夫在瓢潑大雨的夜晚來到這裡，黯然神傷，此時他一定為自己的愚蠢感到懊惱。

還沒到中午，不但原來的小坑被挖開，土丘下的洞也已經見了模樣，是一個一米多點的洞口，當把堆在裡面的土壤全部鏟出來，裡面沖出一股雨水和腐敗樹葉的味道，又黑洞洞，斜斜的向下通去。

趙乃夫蹲在一旁抽菸，我們都滿懷希望，感到許久不見的輕鬆和愉悅。抽罷一支菸，趙乃夫急忙扛起了洋鎬，我們跳到坑洞下，朝著一片漆黑凝望。

「金子會發光吧？」趙乃夫口齒不清地說。

「有光才會發光，那箱蠟燭呢？」

「我搬回宿舍了。」

「你為什麼搬回宿舍？」我看著眼前的漆黑，蠢蠢欲動。

「我怕下雨淋了啊。」

「蠟怎麼會淋？你這不是耽誤事兒麼！」我氣急敗壞地說。

趙乃夫朝著宿舍跑去。我看著他猿猴一樣抖動的背影，想著來回一趟至少二十幾分鐘。我坐在一旁的臺階上，緊握著洋鎬。我把洋鎬上的沙子都抹乾淨，抬起頭，仍然可以看到趙乃夫的背影，時間煎熬的令人渾身難受。

不遠處的石階上留著趙乃夫的菸和打火機，我兩步竄過去拿起火機試了了兩下，就下了土坑。

土坑裡絲毫不見光，我把胳膊伸在前方，裡面潮濕的像是空氣都在滴水。洞的高度有一米，只能蹲著朝前挪著步，然而還沒爬幾步我就看到了洞的最深處。洞的最深處只有三米多點，我回頭，還能看到放置在外面的洋鎬。我有一種被愚弄的感覺，這如同廁所一般的洞穴再次愚弄了我，胸口好想被這潮濕的泥土堵塞住一樣，我往回挪著，卻踩到了一個東西。一個硬邦邦的東西，而火機已經燙手，光一下子撲滅了。

我本以為會十分恐懼，但卻有一種奇異的溫暖人心的安全感，我看向三米外光亮的洞口，洞外是一片荒涼，而我身處洞穴，遠離了這一切。我覺得周圍有木耳生長起來，所有柔軟的植物都在緩緩生長，讓這個洞穴變的更為溫暖，那個感人肺腑的能量再一次傳遞過來。火機涼下來之後，我看向那個硬如石頭的東西，如同一個白酒瓶子。

也許在此之前我就有那種感覺，起碼知道找不到什麼，黃金不會如此輕而易舉的出現。那是一截股骨，連接著深入到土裡的脛骨，脛骨露出地面有五公分，薄薄的土壤覆蓋在這上面。

我鑽出了洞，恍如穿梭在兩個世界。遠處趙乃夫的影子正在奔跑，可以看清楚時，見他手裡抱著蠟燭。我嘴裡有股澀澀的味道，我知道這下基本可以斷定，黃金就在這大地之下，只要矢志不移地尋找，必然可以看到一片亮光。

他把箱子擱在地上，抽出兩根紅色蠟燭，我把火機扔向他。他跳到坑裡，而我一動不動地坐在一塊石階上。他說：「你不進去？」
「我等等進去。」
趙乃夫看著我，說：「你進去過了。」
我點點頭。他說：「裡面有什麼？」
我嘴脣顫抖，說：「不知道。」
趙乃夫就鑽了進去。
此時，南邊郭仲翰的花園已經徹底消失掉了，一切都像垃圾一樣重歸於土地。我聽到洞裡有細碎的聲音，趙乃夫高大的身軀是否能塞進那個小洞裡。
他出來的時候舉著那根大腿骨，在亮處看著，並擦著上面的土。骨頭上有細小的坑洞，顏色也沒有那麼白，是染了一層油墨的淺灰色。
趙乃夫說：「走。」
「去哪？」我說。
趙乃夫拿著一根粗壯的大腿骨行走在校園裡，沒有人注意他，看到的人也會以為那是一根不知道什麼用途的棒子。我們一路沒有說話，直接來到了郭仲翰宿舍。
我們到來時，楊邦和一個戴眼鏡的青年也在那。
這個宿舍充滿著灰敗的氣息，一切同一週前一模一樣，丁煒陽的背像一截朽木，而郭仲翰仍佝僂在椅子上，蜷縮在上面，手臂來回滑動。
楊邦坐的椅子擺在房間正中心。他顯然已經待了一會了。他說：「正好你們也來了，我就一起說了。」他說話時兩條法令紋是一絲不動的。

他說：「我們要做的不只是報復那麼簡單，各位同僚想一想，我們還要在這個地方待三年，如果這次沒有任何抵抗，那接下來的日子會怎麼過？他們會騎在我們頭上拉屎。」楊邦說到這句話的時候憤慨激昂，好像他當時被老廣院按到茅坑的遭遇一下子分擔給了所有人。

「我知道大家都不好過，覺得從這個學校出去沒什麼好做的，學校對待我們也非常冷漠。但這不重要，這世上的一切都要是自己爭取而來，哪怕只有一點微弱的希望之光，也要抓住它，抓住這團光，抓的死死的，堂堂正正的，做出個樣子來。」他停頓一下，眼鏡遞過去一瓶水，楊邦沒有接，眼鏡忙擰開瓶蓋，楊邦緩緩把水瓶舉到嘴邊，喝了下去，水滑喉嚨的聲音很響亮。

「說句老實話，我只說給你們這個宿舍聽。」楊邦回頭，對眼鏡說：「不要告訴別人。」眼鏡點點頭。

楊邦說：「你們這個宿舍，是最晚的，之前我也派了幾波人來，但好像沒什麼效果，我想說的，第一，新生並不是缺了你們就不行，我認為更重要的，是大家要團結。第二，你們，不像其他宿舍，不經過任何思考就冒失地想要打過去。說明你們有自己的想法，現在有想法，能冷靜考慮的年輕人不多，三思而後行，是好習慣，所以這次我親自來，邀請各位有志之士，把這個校園控制下來。既然校方、社會，都看不起我們，我們更要團結一致，把自己分內的事情建設好。」楊邦說完回頭看了看我，又點了點下巴。

趙乃夫把大腿骨藏在身後。我看到郭仲翰耷拉著眼皮，聽的要睡著。而床上的丁煒陽已經被吊起了興趣，專注地聽楊邦說著。劉慶慶也一副動容的樣子。

趙乃夫喊：「你們看。」

他舉著大腿骨，幾乎要把骨頭攥碎的樣子。郭仲翰疲憊地看著趙乃夫，一雙眼皮被無數紋絡包裏住。

他們知道我們在南邊挖坑，已經接近一週，我拿走他的鏟子時，郭仲翰還建議我一鐵鏟拍死他，他寧可被拍死也不願跟著我們做一點事情。丁煒陽也扭過身子來，像章魚一樣擰著身體。丁煒陽說：「這是什麼？」

「我們，挖到了一截大腿骨。」趙乃夫說。我靠在支撐床的架子上。趙乃夫把大腿骨換舉過丁煒陽眼前，丁煒陽臉色立馬變了，大腿骨上有一種極其寒冷的氣息，從上面的坑洞裡不停地釋放。大腿骨舉到郭仲翰眼前時，他皺著的眼皮向上抬起，擠成一條線。

楊邦也歪了歪身子，觀察著我們的骨頭。站在他旁邊的眼鏡朝一側躲了躲。

楊邦說：「這骨頭，從何而來？」

趙乃夫興沖沖地說：「我們有一張藏寶圖，可以挖到黃金，現在已經挖到這個了！」我朝趙乃夫怒目而視，我不知道他告訴楊邦這件事做什麼。

趙乃夫對楊邦說：「你可以帶著很多人跟我們一起挖，挖到了大家就不是現在這樣了。」

楊邦冷冷地看著趙乃夫，嘴角不經意挑了一下。

「大家一起挖，很快就會挖到。」趙乃夫天真地以為，假如楊邦也加入，那麼只需要二十個人，兩天以內連小鎮都能通過去。

丁煒陽痴痴地看著骨頭，哭著說：「我不知道怎麼辦，我已經躺了很久了。」

郭仲翰拿過大腿骨，仔細查看，腮上的肉像一個橘子般抖動著。

楊邦站了起來，說：「太幼稚了，太可笑了，你倆是活在童話裡嗎？還藏寶圖，挖黃金？愚蠢！」他面露怒色，說：「我們養傷籌備，每個人齊心協力，你們卻做白日夢！」

趙乃夫說：「沒有什麼是白日夢。」

楊邦嫌惡地看著趙乃夫，對丁煒陽他們說：「你們考慮的如何？」

郭仲翰歪著臉說：「將軍，你走吧，我們想打的時候就上戰場了。」

楊邦沒聽出郭仲翰的諷刺，用手重重地摸了一把椅子背，說：「期待。期待。」然後和躲避著骨頭的眼鏡出了門。

楊邦走後，我說：「我們得救了，我們將找到黃金，遠離這裡，做世界上所有的事。」

事情的開始是這樣，除了劉慶慶，其他人都從椅子和床上走下來了，他們照射在陽光下，像吸血鬼一樣伸手遮擋著眼睛和額頭，丁煒陽說：「不行，我要燒成灰了。」丁煒陽與郭仲翰加入了我們，開始挖坑。

挖坑的開始，他們需要洋鎬和鏟子，於是我在地上畫了村子的地圖，告訴他們五金店的位置，讓他們務必要從五金店買來工具。郭仲翰和丁煒陽就往北邊村子走去。路過那片茉莉花地的時候，郭仲翰突然想起這個世界上有個女人叫王子葉，而她已經消失好久了。但這個困惑緊存在了數秒，當枯萎的花地飄向視線之外的時候，郭仲翰已經徹底遺忘了王子葉。

走在路上時，郭仲翰問丁煒陽，「你有多少錢？」

丁煒陽說：「我有兩塊錢。」

郭仲翰面露疑惑，「為什麼一個二十歲的人身上只有兩塊錢？」

丁煒陽想了想，說：「因為我貧窮，又落後，」然後說：「那你有多少錢？」

郭仲翰沒說話，他們走到村子裡，按照所指引的位置，來到五金店門口。兩人站在門口觀察了一會，郭仲翰說：「不進去了，我知道一個地方。」

從五金店的大路往北走，在一個路口拐進去，有一戶人家的大門，是那個買洋鎬的中年男人家。郭仲翰帶著丁煒陽走到院子的另一側，牆根上還擺著幾塊磚。

郭仲翰，說：「這幾塊是我上次搬過來的。」

他踩著磚頭，悄悄地朝院子裡看著。丁煒陽揪著郭仲翰的褲子，說：「你幹什麼？」

院子裡靜悄悄的，郭仲翰說：「我先看看。」

之後郭仲翰把身體撐起來，腰部卡在牆上，丁煒陽緊張兮兮地扶著郭仲翰的腿，郭仲翰伸出長長的胳膊，抓上來一把鐵鏟。他對丁煒陽說：「你看，還挺新的。」他又把胳膊伸下去，抓上來一把洋鎬，洋鎬略沉，郭仲翰就雙手把洋鎬送上牆，翻了下來，拿下洋鎬，觀察一番，對丁煒陽說：「也挺新的。」

兩人扛著器具往學校走，路上他們遇到了那個中年男人。中年男人推著一輛嶄新的手推車，他感覺這兩個扛著器具的青年身上哪裡怪怪的，但又說不上來。丁煒陽心虛，郭仲翰踹了丁煒陽一腳，丁煒陽說：「你幹什麼？」

郭仲翰說：「踹你一腳。」

「為什麼？」

「因為你貧窮，落後，」郭仲翰說：「落後就要挨打。」

中年男人嘀咕著，「這些學生太殘暴了。」就往自己家走去了。那時郭仲翰沒有看到中年男人的去向。

在他們去偷洋鎬的時候，我和趙乃夫搓著已經起了繭子的雙手，我說：「我們需要手套。」

我和趙乃夫下了坑，把骸骨挖了出來，那骸骨一點也不可怕，骸骨是黃金的地標，不管此人生前遭受了什麼，他此時都只證明了，這裡可以挖到黃金。而我們一點也不覺得自己窮凶極惡。

洋鎬和鐵鏟被抗回來後，趙乃夫跟他們講了目前的工作進度，和骸骨發現的位置。

「首先要把這個洞挖的大一點，方便我們以後作業。」我說。「然後我們將沿著這個存放骸骨位置的坑洞，向著黃金直奔而去。」

他們兩人戴上手套，就跳入坑洞。我和趙乃夫把骸骨裝上手推車，將骸骨推到一個牆角，打算就地掩埋。這時我再也偽裝不下去，顫抖著將骸骨放倒坑裡，我心裡知道他就是那個寫下木板上那句話的人。即便他不是，他也是追隨黃金而來的人。

「你害怕嗎？」我問趙乃夫。

趙乃夫深深呼吸著，說：「害怕。」

「我們也沒做什麼傷天害理的事。」趙乃夫安慰自己道。

我們只是做著該做的事。

把骸骨都倒進了那個坑裡，洞穴裡還殘留著一些細小的關節和破損的骨片。之後我們去北方的村子，除了手套之外，還要準備可以充電的頭燈、水壺。

土丘已經塌落，填堵了昔日挖掘的洞穴，在土丘各處的烏雞已經不知逃散到哪。我奇異地找到了一個夢裡出現的土丘，夢裡上面點綴著稀稀落落的淺色鳥糞，絨毛在烏雞揮舞翅膀的時候就飄散出來一點，只是我什麼也抓不到。不但接觸不到，而這一切都塌陷並不復存在。給骸骨蓋上土的時候我清楚的意識到，舊的夢境再也不會出現了。

來到村子，我們直奔五金店，但老闆說沒有手套。那種一面膠皮的毛線手套，要去東邊的鎮子上才有。在門口，我們碰到了那個丟失洋鎬的中年男人，他失魂落魄。

「你怎麼了？」老闆雙手撐在櫃檯上。

「我的洋鎬和鐵鏟都丟了。」男人沮喪地說。他像一個腐爛的梨。

「我這兒洋鎬沒有了，鐵鏟還有一把。」老闆說。

我和趙乃夫就走了出來。趙乃夫說：「這是很悲慘的事情，接連丟失洋鎬和鐵鏟。」

沒想到男人已經出現在了我們身後。我登時一下子很緊張，好像所有人此時都已經知道是我們偷了他的東西，因為這種偷竊不論次數還是針對性都太明目張膽了，我們不該在沒商量好的情況下只偷一家。他摸著自己臉上的鬍子，說：「學生，這個世界愈來愈壞了。」

他好像要在臉上找什麼東西，連樹葉也找不到。中年男人的感慨似乎很有道理。

「世界愈來愈壞了，朝鮮偷渡來的人七八成都是女人，給東北光棍結婚生子，男人被抓回國關進勞動營。棒子只提供三萬人的救助，其他人都遣送回去。東歐的難民經過三代人才能融入主流社會的最下層，你看看周圍，覺得一切都不錯，但你根本接觸不到這個世界運行規則。目的性讓世界一點都不美好，只是看起來好像有理有據的運行著。」丟失洋鎬的男人說。

「我沒有覺得一切都不錯，一切都很糟。」我說。

丟失洋鎬的男人說：「那還好，但你的糟和世界的糟是一回事嗎？」

我看著南邊的荒原，說：「也許有重合的地方。」

「我在英國的時候，過的比現在好一點，但除了同胞的聚集區哪裡也不能去。我以前住在鄉村的垃圾裡，後來住在城市的垃圾裡，在英國我仍然住在郊區的垃圾裡，假如你努力一些，你的下一代，或者下一代，會比現在好一點。你知道這其中的意義嗎？」

趙乃夫說：「你為什麼會去過英國？」

我說：「那你怎麼又回來了？」

丟失洋鎬的男人沒有搭話，接著說：「據我所知，所有改變了自己位置的人，都在計畫之內。其他所有人都不屬於計畫裡，朝鮮有朝鮮的規律和計畫，棒子有棒子的規律和計畫，不同文明程度有不同文明程度的規律和計畫，高級可以連同低級計畫吞噬掉，這些的區別就是二百年。二百年是文明的區別，一百年是國家的區別，幾十年是家族與個體的區別。層就是這麼形成的。」

我說：「我們該怎麼辦？」

丟失洋鎬的男人從鬍子裡找出了一根雞毛，他捏著那根雞毛說：「現在這樣就很好，在英國的時候沒有人偷洋鎬，放在哪都沒人拿。但你們學校的學生就偷了我兩把鐵鏟，兩把洋鎬，這以前從沒有發生過，你知道這意味著什麼嗎？」

「意味著什麼？」趙乃夫說。

「世界會愈來愈壞，這一點無法控制，比如一列火車衝入懸崖，也是從頭到尾按順序掉落，這趟火車就是二百年時光。」男人扔掉了雞毛，接著說：「我不指望他們把我的東西還回來，但我希望能告訴你的同學一句話。」中年男人停住了。

趙乃夫說：「需要轉達什麼？」

中年男人說：「如果他們某天把洋鎬和鐵鏟還回來」，他頓了頓，「也沒有什麼會因此變好。」

「這他媽太絕望了。」趙乃夫悲憤地說。

「是啊，就是這樣。你身上有多少錢？」中年男人說。

趙乃夫摸了摸口袋，說：「二百多。」

「比我二十多歲的時候多呢，很好。」丟失洋鎬的男人推著嶄新的手推車朝自己家走去，那個方位我們太熟悉了。他買了新的手推車，但仍失魂落魄。我想著為什麼一個人丟了東西後可以產生如此多的想法，而他提出的問題我一個也不知道，從未想過。趙乃夫對此比我要在意的多，他仍然沉浸在丟失洋鎬的男人所製造的語境中。

我們走到高速公路上攔車，這條公路基本上是將這大片的土地生生切開，像一個經過細膩處理過貼著紗布的傷口。我們上了一輛風塵僕僕的大巴，朝著鎮子一路駛去。這是我第一次沿著學校東邊的方向走這麼遠，荒原如此蔓延，除了鎮子外別無他物。車上的人都一臉疲憊，他們好像是去市區上班的人，這是回家的時候。臨下車的時候我問了司機五金店的位置，我們從距離五金店一條街的位置上下了車。趙乃夫仍然一臉困惑。

「你怎麼了？」

「我在想，我們為什麼老偷他們家的東西？」趙乃夫說。

「你真的在想這些嗎？你還想怎麼樣？」我說。

「他打動我了。」趙乃夫說

「不是的，他等於什麼都沒說，什麼都沒說明白，他自己也沒多明白，就是丟了東西發牢騷而已，你也沒怎麼著，就是偷過他們家東西有點愧疚而已。」我說。

趙乃夫恍惚地看向前方。

我們沒走多遠，聽到路邊有砸窗戶的聲音，看過去，兩旁是幾家KTV，有女人穿著廉價絲襪坐在裡面敲窗戶。趙乃夫站住了，於是那女人站了起來，打開了門，手叉在腰上。

「來嗎？」女人說。

「不了。」趙乃夫一臉愚蠢。

「來吧！」女人說。

趙乃夫就朝ＫＴＶ走去。

我攔住趙乃夫，說：「你就這麼被說服了？」

趙乃夫掙開我的胳膊，說：「你懂什麼，我不是被她說服，」趙乃夫一臉通紅，說：「我憋了好幾年了。」

他說：「你身上有多少錢？」

我說：「四十五。」

「那你去買水壺吧。」趙乃夫說。他就進去了，女人一把抓住他的胳膊，生怕我把趙乃夫呼喚走。

回來的時候，我們坐上高速公路的車，抱著水壺和手套，此時去往西邊的車上，人明顯少了許多，把小巴士的窗子打開後涼風像有生命一樣，在車裡張牙舞爪，可以感覺到那冰涼的尾巴一樣的形狀。趙乃夫吹著風，說：「挺好。」

到了土坑，郭仲翰正在坑裡鏟土，洞裡丁煒陽一定在挖。我說：「多深了？」

「就把洞挖大了一點。」郭仲翰說。

丁煒陽聽到我們的聲音，從洞裡鑽了出來，他渾身都灰頭土臉的，膝蓋上補丁般糊著一塊泥巴。

丁煒陽說：「黃金一定在這裡面，我感覺到了。」

郭仲翰說：「你感覺到什麼了？」

丁煒陽說：「黃金。」

「黃金什麼感覺？」郭仲翰說。

「說不清楚，就是一定在裡面。」丁煒陽興沖沖地說。

「你感覺到屎了。」郭仲翰說。

大家戴上了手套，我沿著凹進去的大坑，用洋鎬敲出了一個斜坡，用鐵鏟拍平，這樣可以用手推車來運送挖出的土。與此同時我感到趙乃夫對挖洞已經有些疲態了，可能是因為剛去嫖娼的緣故。後來我發現不是這樣的，當我們越加的確信存在著黃金的時候，他就越對挖掘失去了興趣。當只有我和趙乃夫時，那一週的時間裡沒有任何收穫，還下了一場大雨，我們對著一團虛空挖掘，趙乃夫對此興致勃勃。當他拿著大腿骨上來的時候，我看到了他神情上的失落，我們離著黃金近了一點，他就喪失一點挖掘的生機。

丁煒陽在最裡面，他找到幾個指骨，用衛生紙包著，放在口袋裡，像寶貝一樣珍藏起來。從床上下來之後，他的身體恢復的很快，虛弱離他而去。

趙乃夫和丁煒陽一起在洞裡打前鋒，郭仲翰把土送出來，我用手推車將土推到埋葬骸骨的牆角。洞裡的牆壁上插著蠟燭，半截蠟燭插進土壁裡。後來為了讓蠟燭充分燃燒，我把蠟燭捆在了樹枝上，又將樹枝插進土壁中，這樣蠟燭就可以一直燒到底。沿著牆壁流淌下來的蠟液漸漸形成一條小瀑布。

而我知道，所有人的耐性最多堅持三天，三天之後，如果沒有任何發現，該回到床上躺著的人還是會回到床上。

疲憊的第三天到來時，郭仲翰已經想念自己的滑鼠。而因為四人一起勞作的緣故，這個向下延伸的洞已經深入到六七米，每隔一米，蠟燭流淌下來的蠟液像尺規一樣給洞留下刻度。這期間趙乃夫又去過一次東邊的小鎮子，回來的時候如同完成了個任務般，我知道他又去嫖娼了。

第三天結束時，我們像往常一樣朝食堂走去。

郭仲翰打個了嗝，說：「我們在幹什麼呢？」

丁煒陽說：「我們在找黃金。」

「不對，」郭仲翰說：「我們在浪費生命，雖然我們的生命是垃圾，但我們仍然在浪費，因為原本垃圾挑挑揀揀未必全都沒用，有些還是可回收的，能重複利用的。但挖洞就等於把垃圾全都焚燒了。」

我說：「你不要這麼消極。」

「跟你比當然不可能了，你已經幹這事很久了，為什麼這麼有毅力呢？」郭仲翰說。

丁煒陽說：「我覺得充實多了，那天我就感覺到黃金了，現在更近了。反正我比原來更好了。」

郭仲翰的嘴角又揚起來，說：「你比原來更好了？」

丁煒陽點點頭。

「你哪裡比原來更好了？」郭仲翰挑釁地問道。

丁煒陽被問懵了，說：「怎麼說呢，我覺得自己不弱小了。」丁煒陽極其真誠。

郭仲翰大笑著，他伸出手抓了一下丁煒陽的屁股，丁煒陽沒有躲，也根本不在意。這讓郭仲翰非常不悅，「就是說，你原來覺得自己很弱小？現在很厲害了？」

看到郭仲翰這極具攻擊性的模樣，我怕他會打擊到丁煒陽和趙乃夫的情緒。我說：「你就是條狗，你真不相信那三天前來挖什麼？你就是幹不了人的事兒，沒毅力，一點點努力就讓你變回狗。」

郭仲翰立馬站住了，說：「我現在還能挖，你行嗎？如果一直挖不到怎麼辦，你把自己埋了嗎？」

我咽了口水，看著郭仲翰歇斯底里的掙扎模樣，說：「好啊，去挖，都去挖。」

趙乃夫忙說：「先吃點飯。」

「現在就回去挖，就現在挖，挖不到死我都不回去。你們才是狗，讓你們看看自己怎麼變成狗的。」郭仲翰喊著，他調頭朝大坑跑去，一邊喊著，「還一點點努力！努力點就變好了！一群雜碎玩意！一群狗屎！」

郭仲翰的樣子沒有激起我們的憤怒，我看到包括經常受他欺負的丁煒陽也沒有因此生氣，大家只是感到很傷心。

等我們走到大坑時，洞口已經冒出晃動的燭光，可以聽到郭仲翰在洞裡拚命的砸著洋鎬。丁煒陽就鑽入洞，在郭仲翰身後把土鏟出來。隨著洞裡的長度增加，我們現在工作方式已經顯得落後了，人數根本不能維持土堆的傳遞，而且最初覺得很有效率的方法，現在反而成了累贅。我們需要新的工作方式，如果手推車能進入到洞裡就比較好了。需要木板給坑洞鋪上道路。

大約一個多小時，郭仲翰就精疲力竭了，我們又饑餓又疲憊，渾身痠痛，隔著手套的手指也腫脹起來。

趙乃夫朝裡面說：「走吧，今天就先這樣。」

裡面沒有反應，仍然是洋鎬錘地的聲音。我說：「郭仲翰，今天算了，明天再來吧。」

就在這時，一個包裹從裡面扔出來，落在近洞口的地方，我放下手推車，走過來。丁煒陽和趙乃夫也聚了過來。

這是一個塑膠布纏繞的包裹，二十幾公分長度的大小，塑膠布已經硬化，並且灰濛濛的，土壤從包裹的縫隙裡往裡侵入。丁煒陽說：「這是什麼？」

我把包裹拿起來，從外面只能看到層層疊疊的灰茫，那片灰茫中我看到我們幾個人在這上面的反光，都變了形。解開塑膠布，抖落著上面的土粒，裡面有一個塑膠袋子，袋口是一個死扣，纏著幾圈綠色布條，我以為綠色布條上有字，但上面什麼都沒有，像是從拖把上扯下來的。這一包裹有兩三斤的重量。把布條解開，可以看到塑膠袋裡是一種長條狀有點像茶葉的植物。味道卻比茶葉濃郁多了。趙乃夫捏起一根聞了聞，說：「好像是菸草。」這裡面沒有黴味，這堆破爛產生了很好的防潮效果。

丁煒陽說：「應該是茶葉。」然後他又說：「如果有毒呢？別管了，誰知道是什麼。」

郭仲翰像土撥鼠一樣鑽出來，說：「試試。」

丁煒陽說：「有毒怎麼辦？」

「有毒就去死，一了百了。」郭仲翰說。

趙乃夫微微笑著，露出嫖娼的笑容。他掏出一根菸，揉搓著，把裡面的菸葉擠出來，只剩下菸蒂和一個空的紙卷殼，捏起兩根長條狀植物，團了團塞進去，又捏起兩根將整條菸塞實。手指捏住，然後揉，直至這根菸豎直有力。

丁煒陽說：「我不會抽菸。」

郭仲翰看著趙乃夫乾癟的手，他一直擔心趙乃夫把手上的土也塞進去，但趙乃夫此前已經在身上擦了又擦。「那你就泡水和，跟喝膨大海一樣。」

趙乃夫把菸蒂塞到嘴邊，慢慢舉起火機，點火，猛吸一口。他緩緩吐出一口濃得像痰的煙霧，一股很沖的味道冒出來，如燃燒牛糞一樣。接著郭仲翰接過來，深深吸一口。

「什麼味道？」我說。

郭仲翰遞過來，說：「有點臭。」

「那我不抽了。」我說。

趙乃夫說：「抽下去就不臭了，我現在就覺得不臭了。」

我吸了一口，沒有那麼臭，甚至有植物的香氣在裡面燃燒。我們就這麼傳遞著，這根菸草每個人抽了三兩口燃燒殆盡。期間丁煒陽去找水壺了。

大約過了幾分鐘，開始有一種輕微暈眩感。我看了一眼趙乃夫，他已經躺在了地上，舒坦的把胳膊撐在頭下。郭仲翰坐在臺階上，面帶笑容，像一個蠢貨。而丁煒陽果真已經泡在水壺裡，搖晃著，並喝了下去。那股暈眩感讓周圍的東西好像膨脹一般，不斷衝擊過來，近處的小樹如同團起來的海綿，正極速的向外生長、擴張，而遠處的光點和自己的距離也變得十分詭異。

「這不是好東西，以後不要抽了。」我說。我隱隱約約的知道這大概是什麼了。它為什麼會出現在洞穴裡？我想起那具骸骨的形狀，此時變得真真切切，好像骸骨就在眼前，並且光亮整潔，渾身如白玉般冒著幽暗的光，那骸骨的樣子跟趙乃夫此時一模一樣，胳膊交叉在頭下，躺在地上。我抬起頭，如螺旋一樣的星空中，光斑連接起各種形狀，我感到自己可以製造星座，星辰之間具有了交流，傳遞著一種神祕莫測的語言。這種虛妄感控制著自己。

趙乃夫這頭豬如一個打破的雞蛋般癱在地上。

大約半小時後，我們不約而同的覺得該吃飯了，饑餓感好像讓體腔都變成一個空洞。我和丁煒陽把趙乃夫拎起來，朝食堂走去。

到了食堂，卻看到王子葉跟楊邦正坐在不遠處。他們不是每天吃蜂窩煤上燒的西餐嗎？為什麼會來食堂。郭仲翰看到王子葉時一怔，好像想起了什麼，他突然想起了還有一個叫王子葉的女人，這個女人喜歡花，不喜歡屎。郭仲翰瘸腿後，王子葉從他的生活裡消失了，郭仲翰才意識到原來王子葉來到了楊邦的身邊。

他朝楊邦走去。丁煒陽抱住了搖搖晃晃的郭仲翰。趙乃夫已經趴在了旁邊的一張桌子上，流著口水。我急忙伸手勾住了郭仲翰。

「不是，我去打聲招呼。」郭仲翰笑著說。

他熊一樣厚實的身板一下就將我們掙脫開，而我們現在也沒多少力氣。

郭仲翰走到王子葉身邊，直接就坐了下來，王子葉微微一愣，她殘留的羞恥心讓她稍微緊張起來。楊邦正襟危坐，看到郭仲翰，把雙手交叉在胸前。郭仲翰一副爛兮兮的模樣，周圍有幾個楊邦的同僚站了起來，楊邦將胳膊抬起來，輕輕一揮，這幾個同僚又坐了下來。這副場面的愚蠢程度讓我忍俊不禁，我捂著嘴笑起來。

只見郭仲翰把胳膊搭在了王子葉肩膀上，楊邦再次抬起了胳膊，王子葉迅速像哄蒼蠅一樣把郭仲翰的胳膊支走。郭仲翰的胳膊就滑到椅子上，他沒扶穩，差點摔倒。

楊邦義正言辭地說：「等你酒醒後我們再談。」楊邦說起話來像一尊石像。

郭仲翰將自己坐穩，吧唧著嘴，說：「你說什麼？」

「等你酒醒之後，我們再談。」楊邦冷冷地說。

「我跟你，談什麼？」郭仲翰軟兮兮地說。

王子葉往旁邊挪了挪，說：「你走吧。」

郭仲翰瞪著王子葉，說：「你，跟我種花去，澆大糞，開花。」

我再也憋不住，抽搐般笑起來。丁煒陽在那裡不知所措。

王子葉嫌棄地看了一眼郭仲翰，坐到了楊邦的身邊。郭仲翰看到王子葉過去，有些不高興。他伸出手，想抓王子葉，卻沒控制好，雙手抓住了楊邦，楊邦皺著眉，也沒有反抗。等郭仲翰意識到自己抓錯了人時，自嘲了笑笑。他說：「小楊，我有很多心裡話想跟你說。」

周圍幾個同僚又站起來。

郭仲翰還沉浸在抓錯手的自嘲裡，他覺得很好笑，還看了我一眼，我也認為很好笑，郭仲翰又轉過頭。他說：「小楊，你怎麼看待上次挨揍的事兒？」

楊邦把手從郭仲翰的手裡縮回來，說：「跟你不一樣，我號召大家準備著還擊。」

「你覺得，你偉大嗎？」郭仲翰說。

「偉大談不上。」楊邦抿著嘴角。

郭仲翰哈哈大笑，說：「還他媽，談不上！」郭仲翰自言自語，「偉大，談不上。」

楊邦反問，「怎麼了？」

郭仲翰說：「你為什麼自我感覺這麼好？像你這種，虛偽的狗屎，我一直納悶，你為什麼自我感覺那麼好？」

楊邦臉色變了，一拍桌子，說：「嘴巴放乾淨點。」

郭仲翰狠狠的拍了一下桌子，厲聲道：「為什麼，你自我感覺那麼好！為什麼你這個人渣，無知的小丑，你對什麼都絲毫不了解，連一泡尿是怎麼回事都不知道的你，永遠，永遠的自我感覺那麼好！你究竟知道什麼啊？」郭仲翰大聲喊著。

楊邦冷笑起來，「不要來這裡發瘋了，我早就知道你了。」楊邦看向王子葉，王子葉點點頭，楊邦繼續說：「貴兄剛才的一席話，我權當你說給自己聽的，你就繼續反思，也好，早晚有一天你會知道什麼是正確的。」楊邦站起來，王子葉挽著楊邦，後面的十來個同僚也紛紛站起來。

王子葉含著頭，憐憫地看了郭仲翰一眼，這一眼讓郭仲翰喪失了所有的信心，郭仲翰就連坐起來的力氣都沒有了，他什麼也看不清楚，眼前一片模糊，一堵冷酷的牆壁將他緊緊圍住，好像維持著呼吸本身就已經是最終極的事情。

這是殘忍的一場敗仗。郭仲翰穿了一件風衣，風衣裡面是層層疊疊的襯衫、秋衣、羊毛衫，這些衣服疊在一起形成一個複雜的領子，很不好看，而且羊毛衫上還打著補丁。郭仲翰把風衣一套，渾身一裹，從外面絲毫看不出他的狼狽。王子葉和楊邦走後，丁煒陽走到郭仲翰身邊，拍了拍郭仲翰的肩膀。郭仲翰把黏在桌子上的臉盤抬起來，笑著說：「這些人真逗。」這笑容讓人覺得郭仲翰跟隻黃鼠狼一樣。

之後郭仲翰想起王子葉時，保留了那個最美好的畫面，他扛著鐵鏟在小片花地裡耕耘，王子葉拿著一根小木棍戳著地企圖鬆鬆土，兩人之間產生了一股來自久遠的農耕家庭般的幸福感，這種幸福感在當下輕輕一戳就破了。

那種草，劉慶慶告訴我們是墨西哥鼠尾草。郭仲翰在第二天便回憶不起昨日都發生了什麼，在他的記憶裡他一直在南邊的洞裡用洋鎬刨土，丁煒陽在身後用鐵鏟運土。我主動提醒他是否記得王子葉依偎在楊邦懷裡的畫面，郭仲翰說好像有，那是在一個沙場上，周圍硝煙瀰漫，一個風塵女子被一個將軍攬在懷裡，飄著稀稀落落宛如螢火蟲的小雪。郭仲翰說他舉著一把洋鎬從將軍的屁股直直向上挑起，並且大喊著，「你為什麼不能瞭解這個世界多一點！」當他瞭解了，當然就不再是他自己了。

那包植物被趙乃夫拿走。然後我就很少見到趙乃夫了。劉慶慶說他在網吧的門口遇到了趙乃夫，趙乃夫雙手插兜，臉色暗沉，向人兜售著墨西哥鼠尾草，他賣草的方式很簡單，對一個走過去的人說：「要麼？」那人搖搖頭。趙乃夫再說：「要吧。」那人就朝趙乃夫走來，他就做成了一筆生意，把賺來的錢放進口袋裡，奔向高速公路，向小鎮走去。大霧瀰漫的時候可以看到趙乃夫那個披著狗皮大襖的身影，在路燈下極其孤單的行走著，他因為抽了鼠尾草，所以心情愉悅，恍如走在星辰網羅的迷宮中。

我去趙乃夫宿舍找他時，他正收拾東西。

「你要去哪？」我說。

「我要住到鎮子上去。」趙乃夫嘴唇發紫。

「你怎麼生存呢？」

「我把普通的菸草和鼠尾草混在一起，容量大了好幾倍。這段時間過後我在鎮子上再想點辦法。」趙乃夫把衣服塞進旅行袋裡。

一時間我無言以對，我總覺得自己身上有責任，我應該早點察覺，住在二樓的趙乃夫早就跟老廣院們同樣一心一意地撲向毀滅，他在一段時間內還能壓抑著那種趨向，但鼠尾草的那次經歷徹底將他推了出來。

「你不要黃金了？」我說。

「不要了。」

「為什麼？」

趙乃夫頓了頓，說：「那天我很清醒，從抽第一口開始我再也沒有比那更清醒過。」

「我告訴你啊，那個洞的深處是一定有黃金的。我體會到所有人的悲哀，你的，丁煒陽的，所有人的，然後我就意識到，那是黃金也改變不了的。你現在可能無法明白，但你不是也抽了麼？你不感到清醒麼？而且之後我們到食堂，郭仲翰太可憐了，那就是他的答案。你記不記得我們偷人家洋鎬的那個人，他當時不是說了麼，「世界會愈來愈壞，這一點無法控制，比如一列火車衝入懸崖，也是從頭到尾按順序墜落，這趟火車就是二百年時光。」我就一直想著這句話，一直不明白，你以為我真的是去鎮子上嫖娼？可能我真的是在嫖娼，但沒這麼簡單，如果事情真這麼簡單，你也寫一千封情書看看，沒有一件事是你看起來那麼簡單。不過當時我錢多些就讓你也進去了。我大部分時間都無法控制自己，我知道寫情書是神經病，寫一千封，我收到了也會瘋掉，但沒有辦法，我控制不了，真的，她尖叫的那晚上我覺得自己完了。怎麼能這麼殘忍呢？她不能從另一個角度看待這件事麼？」

「鼠尾草真的打開了那扇門，在我知道所有意義之前，那種體會我傳達不出來。你看看這片荒原，這算什麼地方啊？這裡什麼都沒有，什麼都沒有，連草都長的很少。你相信預言麼？我已經找到自己的預言了，我不能控制自己沿著這個方向走去，你不需要勸我，你真的覺得你比我存在感要好麼？你真的覺得按照一個下了定義的方式，趨向更好的，更有利的，能控制更多資源的方向，會讓你我覺得世界會好一點嗎？可能在最開始的時候你會覺得好，好那麼一點，這一點也很快就沒了。」

「我覺得，再也不用問自己，我該做點什麼，這個痛苦的問題了。我再也不問自己了。我知道自己會做什麼，而不是該做什麼。並且只需要知道自己會做什麼就可以了。我們認識了那麼多年，關於我的事情你什麼也沒問過我，你覺得那是隱私，我很感激你，真的，因為假如你問了，我也不知道怎麼回答。我抱著一袋子鼠尾草走在路燈底下的時候，高速公路上全是霧氣，我不知道自己的人生裡有幾天是沒有這種大霧瀰漫的。不論我從地下室裡醒來，還是在牡丹江的家中，眼前總是大霧瀰漫，我是不是視力不太好？還是患了眼疾？但前幾天就突然好了，沒有比這更清晰的了，我看見了各種各樣的顏色，你能相信麼？你看到過色彩嗎？」

趙乃夫說完的時候，已經收拾出兩個大包。

我感到十分困倦，又失落。我說：「住哪？」

「那邊房子很便宜，你看看這個宿舍，跟陷阱一樣。」趙乃夫打量著自己住的宿舍說。

我幫趙乃夫拎著包，在荒蕪的校園裡朝高速公路走著，「你要去看看他們挖的洞麼？」

「不看了。」

我們直接從北邊出了那個破損的牆洞，站在高速公路上，趙乃夫在風裡裹了裹自己的狗皮襖子。

「黃金找到了我就叫你。」我說。

「還需不需要呢？」趙乃夫縮在領子裡，「不知道啊。」。

來了一輛大巴，趙乃夫上了車，

送完趙乃夫，在朝洞口行走的路上，我覺得那個穿著狗皮襖子的男人像《座頭市》裡的盲人劍客，他將抵達一個鎮子，這個鎮子上的所有人的命運將因此牽連，意識到過去的混亂與不堪，同時抵達新的地方，然後此地將嶄新。

然而這是不可能的，趙乃夫是第一個脫離了混亂的人，他朝著墮落一去不復返。若有神要拯救他，他便會質問，「為什麼這是個顛倒的世界呢？為什麼醜陋掌控著所有人呢？」

到達洞口的時候，丁煒陽和郭仲翰在喝水，丁煒陽說：「乃夫呢？」

郭仲翰說：「他還來挖嗎？」

我搖搖頭。

這一天我們用手推車運來長條木板，鋪在了這個洞穴的地面上，使得挖洞的效率提高了。洞繼續往深處延伸著。

然後在下午的時候，有兩個男青年走到南邊來，站在不遠處，雙手交叉在褲襠上看著我們。

「他們是誰啊？」我說。

兩個男青年神態冷峻。丁煒陽說：「他們是楊邦的那啥。」

他們觀察了我們大約有十分鐘，就離去了。楊邦也許就想看看我們在做什麼，他擔心我們去投靠老廣院一起搞他。西門大官人回來後，就直接進了楊邦的會議圈子，但據說西門大官人有勇無謀，所以誰都知道楊邦打算讓西門大官人打頭陣，像上次一樣，被打死了就認了，打不死就是個莽夫。

王子葉經常穿梭在三樓宿舍，跟在楊邦的後面，後來乾脆住在了裡面。郭仲翰經常可以在走廊聽到那個女人的聲音，「楊邦是一個完美的男人」。甚至郭仲翰在廁所的時候也能聽到不遠處傳來「不及他百分之一的美」。

這聲音折磨得郭仲翰生不如死，我曾親眼見過郭仲翰在聽到楊邦跟王子葉對話的聲音後痛苦的在地上打滾，身體扭曲。當郭仲翰承受不住的時候，他說：「我住到洞裡去吧。」

我說：「也好，幫你收拾收拾，你去趙乃夫宿舍也可以。」

「算了，我還是住到洞裡去吧。」

後來丁煒陽悄悄告訴我，郭仲翰最痛苦的時候曾經對他說：「要將兩人碎屍萬段。」

我從不認為，在這個荒原上，這些凶狠的字眼只是一時發洩，十一月中旬的時候梁曉被家人帶走，去了國外。因為李寧在一片樹林裡將梁曉強暴了。

梁曉離開校園那天找到我，我再見到她時，她嘴唇上浮滿了乾裂的皮屑，動作幅度小而謹慎，她習慣性的不眨眼睛，那是缺乏睡眠後，眼睛對乾澀的麻木。她說：「因為我當時嘲笑了他的故事。我知道。」

社團第一次活動時李寧拿給所有人看一個兒子變成豬的故事，沒有人覺得有意思，大家不置可否然後打起了籃球，我本以為那是一個美好的下午，因為盡情揮灑了汗水。沒想到李寧將忽略在內心升級成了羞辱，尤其是女人的。李寧無法在王子葉身上發洩，我不知道李寧計畫了有多久，因為他所作的事情太完美了。梁曉只是感覺到李寧的氣息，其實她沒有任何證據可以向周圍人證明是李寧。我見到梁曉時，她只是隱晦的跟我表達了她的痛楚境地。我記得她無助的父母就站在不遠處，他父親在包裡好像還藏著什麼東西，手臂陷在包裡不停的四處看看，梁曉一定告訴父母這是一個多麼危險的地方。

梁曉說：「這只是開始吧。」

我說：「對。」

梁曉臨走時給了我一張紙，那張紙上寫的是她最中意的故事，她說：「我已經不相信了，一點也不美好。」

然後梁曉朝父母走去。

大概從幼年起，我有一種可以左右周圍發展的感覺，隨著成長，那種感覺愈來愈稀釋。我記得初見李寧的時候，他跟他所寫的那個故事有著同樣的氣質，後來他跟著我們打牌，一切看起來都很平和。大概是那場暴力事件將這片土地著上了另一層顏色，西門大官人皮糙肉厚在醫院躺了兩個月後回來，而有幾個人我們再也沒見過。等李寧已經在另一個方向走遠時，我發現自己連當初寫了一個兒子變豬這樣故事的人都改變不了了。這已經不是一個，交換生命意義就可以互相影響的地方了。

而且這只是開始。在進入年末的時候，計畫中的那場對老廣院的報復也在不知不覺中升級了。剛開始我認為這是一件沒有意義的事，不過是再回到二樓依靠人數將老廣院也暴打一頓，這改變不了我們對自己的認識，也不會在這荒原裡重建起什麼。後來，楊邦提出「橫屍遍野」的口號，我覺得一切都有誇張的成分，與當時聽到「片甲不留」時會覺得很喜感一樣，最初，楊邦可能也認為不過是為了提高士氣而喊的口號。但漸漸的，一切都脫離了控制，每個人在沒有察覺中都向更殘忍的一端靠近著，某一天大家恍然大悟，怎麼會變成這樣。但只是白駒過隙的思慮而已，誰也不能控制事情的發展，「世界是一個懸崖，文明是二百年的火車」，丟失洋鎬的男人所說的話我現在明白了一些，不過也沒什麼區別了。

郭仲翰做出搬到洞穴裡的動機，也不僅僅是因為王子葉噁心到了自己，他有不好意思傾訴於我們的，就是他感到了危機。

於是我們在洞穴裡挖出一塊可以擺開一個鋼絲床的空間位置，在四壁都蓋上了塑膠布防止泥土掉落，塑膠布用木樁釘入土壁中。

「這裡真的可以嗎？」丁煒陽說。

「沒事，我住過更差的，差不多的。」郭仲翰說。

這是一個十分簡陋的地方，空間狹小，又潮濕，好像隨時隨地都可以生出蘑菇，我嘗試著躺了一下。燭光給塑膠布的皺褶染上條條光亮，一側頭，可以看到已經五六米外的洞口。

住進了洞穴裡的郭仲翰比我們更熱衷起了挖洞，也許除此之外他沒什麼選擇，而黃金真的找到的那天，就是可以離開這裡的時候。

那天劉慶慶拎著一袋子香蕉來到洞穴。見了郭仲翰，他說：「你還沒死啊？」郭仲翰沒回擊，也沒有笑，劉慶慶就輕鬆不起來了。我們在洞口吃香蕉，丁煒陽說：「你怎麼來了？」

「我來給大家吃香蕉。」劉慶慶說。

這樣我們四個人就看著深秋已經枯枝敗葉的周遭，吃著香蕉。然後劉慶慶說：「那天傍晚，我從西門回來，遇到梁曉了。」

我們都在不知不覺中停止了咀嚼。

「李寧在後面跟上去，手裡拿著一塊布，後面還跟著三個人，我就躲到磚堆後面了。」劉慶慶把香蕉皮舉在手裡，說：「扔哪啊？」

我指了指一邊，「那個鐵桶是裝垃圾的。」

劉慶慶說：「李寧沒有強暴她。」

丁煒陽噎住了，開始咳嗽，他慌忙的去旁邊找杯子。

劉慶慶咽了口水，看著遠處，說：「他從包裡取出了一張豬皮，逼著梁曉穿上，梁曉衣服也被脫下來了。」

「後來就穿上了。」

我們都緘默不言。劉慶慶已經接連吃了三根大香蕉，此刻還在吃。

當時劉慶慶從網吧回來，西門往東走有一片稀疏的樹林，旁邊有疊的十分整齊的磚堆，天色昏暗，劉慶慶還聽到某種鳥類的聲音，是燕子的尖叫聲。他想走過去的時候，看到不遠處站著三個人，那三人的視線沒有朝向劉慶慶，也不知道是否看到了他。劉慶慶跟梁曉並不熟悉，他幾乎不確定梁曉跟李寧的關係。然後劉慶慶就躲到了磚堆的後面，這幾乎是他本能的反應。後來，梁曉穿著豬皮哭泣著矗立在那。

李寧說：「你對這裡瞭解多少？」

梁曉抱起自己的衣服，咬牙切齒。

李寧說：「你懂麼？」

梁曉瞪著仇恨的眼睛，說：「懂什麼？」

李寧靠在一棵樹上。說：「看來你什麼也不懂。」

梁曉吸了一下鼻子，說：「有一天，我會殺了你。」

周圍是一陣風，風把落葉吹出了極其鋒利的聲音，劃著地面，那風聲好像是帶著疼痛感的。李寧笑了笑，說：「好啊。」

劉慶慶說，後來他聽到李寧和那三人走了，但他仍然不敢出來。期間梁曉穿著豬皮站在樹林裡的時候，劉慶慶只看了一眼，那一眼，讓他的下頜不自覺的抽筋了，疼痛難忍。他的下頜像被鉗子夾住骨頭，不斷往下，往兩旁，瘋狂的擰來擰去。那種寒冷不可想像。

李寧走了很久後，梁曉一直蹲在地上，劉慶慶此時更不敢出去。直到梁曉穿好衣服朝東邊走去，劉慶慶徹底聽不到任何動靜後，才從地上爬起來，雙腿抽搐。

那是張半風乾的豬皮，還可以聞到冷冰冰的腥味，看起來很硬，像厚紙板。劉慶慶之後非常難受，他覺得自己像一個豬玀，穿著豬皮站在荒涼的樹林裡，不知道可以做些什麼。他打算暗中幫助梁曉，卻聽說梁曉把這說成強暴，否認了那天真正發生的事情，劉慶慶就放棄了。他的放棄伴隨著不斷重複的，他披著豬皮站在荒原裡的夢魘。從此他將一直被此夢魘控制，躲藏其中，不知何時才能徹底從中掙脫出來。

丁煒陽聽劉慶慶講完已經蜷縮了起來。我想起老廣院破門的那個夜晚，丁煒陽也是因為恐懼，蜷縮的像一團草。

「你要不要來挖黃金？」我說。

「可以挖到嗎？」劉慶慶天真地看著我，那一副期待的眼神裡全是痛苦和躲藏，我沒有辦法直視他。

「可以挖到，很快。」我低著頭，郭仲翰在另一邊抽著菸，洞穴裡的燭光滅了一根，他朝自己的洞穴走去，重新點燃了蠟燭。

劉慶慶把塞在嘴裡的香蕉全部咽下去，說：「我挖。」

在通向小鎮的高速公路上，我提著半袋子香蕉。我從未認真觀察過這條高速公路，因為這條路實在沒有什麼可看的。他通向的兩個方向都好像沒有盡頭，向西可以看到那座小煤山，在高速公路一旁，如同一個瞳孔般注視著東方。煤山附近有一條蜿蜒而去的河流，從附近唯一的一座橋下朝北流去。河的周圍偶爾有羊群，羊毛都是灰色而捲曲的，放羊的是個瘦削老頭，戴一頂圓帽，經常坐在一塊石頭上，翹著腿看著河面。

到達小鎮後，我從上次同樣的地方下了車，沒走多遠就到了那條有ＫＴＶ的街。聽到敲玻璃的聲音，那個女人在屋裡看著我，她說：「來嗎？」

我站定了，看著那扇貼著通明膠帶的玻璃門。她站起來，開了門，高興地說：「來吧！」我就朝她走去。

「那個學生住在哪？」我扶著門說，屋裡飄出暖烘烘的燒開水味道。

「哪一個？」

我說：「穿狗皮襖子的。」

「他啊，」女人扶了扶耳朵，好像耳朵要掉下來，指著一個方向，說：「拐進去走兩個大門，你進去喊一喊。」

我離開門。女人見我要走，說：「你不來嗎？」

「我沒錢。」我說。

「你身上有多少錢？」女人說。

我說：「你管不著。」然後朝趙乃夫住的地方走去。女人在背後大聲說：「越窮越嘚瑟。」

這是鋪著石板路的胡同，進來後我數了兩個大門，小院子裡堆滿了雜物，還有一棵臭椿樹。我喊：「乃夫！」

過了一會，趿著拖鞋的聲音響起來。趙乃夫雙手抄在袖子裡，一副剛起床的模樣，見到我，他那骷髏一樣的眼睛笑了起來。

他住在一間通光條件很好的小屋裡，屋外有一個煤氣爐子，煙囪自屋外從最上層的窗戶裡開了個洞，伸進來，又從窗戶的另一側開了個洞，鑽出去。

我指著煙囪說：「這是為什麼？」

「這樣，屋裡沒有一氧化碳，還能靠煙囪取暖。」乃夫在門口用鐵鉤子通著爐子說。

「你原來怎麼沒有這麼聰明？」我說。

「我一會帶你去喝牛肉湯，那邊有一家牛肉湯特別好喝。」

屋裡東西很少，都雜亂的堆放著，桌子上有七八個五顏六色的打火機。還有一個木頭的熏得黑黑的菸斗。

「你找到工作了嗎？」坐在牛肉湯鋪子的時候，我說。

「我在那邊一個大一點店。」趙乃夫往湯裡撒著胡椒粉。

我沒有食慾，就吃了一口餅，餅酥脆的幾乎在嘴裡崩裂開，就津津有味的吃起來。

我說：「你滿意嗎？」

趙乃夫看著眼前的湯，說：「都還好。」

他說：「我上一次看到天花板上全是海浪，自己好像飄在空中，整個顛倒過來了。」

我說：「現在劉慶慶也過來了。」

「他啊，他一個人活不下去，得跟別人在一起才行。」趙乃夫說：「挖到哪了？」

「很深，郭仲翰住到洞穴裡了。」

「為什麼？」

「你可以自己去問啊。」我說。

「我就不回去了，現在挺好。」

「這香蕉還是劉慶慶帶給你的。」

趙乃夫笑了笑。

我說：「要開始屠殺了。」

趙乃夫愣住了，說：「為什麼？」

「因為每個人都像你一樣，但方式不一樣。你還嫖嗎？」

趙乃夫想了想，說：「我跟一個女人好了，她晚上住我這，我給她讀書聽。」

我說：「她不識字？」

「她眼睛看不見。」趙乃夫說。

趙乃夫喝了口湯，說：「我上次跟你說自己看不清東西，現在我發現這都不算什麼，真正看不見才可怕，」趙乃夫抬起頭，「尤其是當習慣了之後，她說覺得自己只活著一半，另一半不知道在哪。」

吃完牛肉湯之後，趙乃夫帶我走過兩條街之外，我們到了一個拐角口，他說：「你等著。」就走向另一邊。傍晚天空陰鬱，他走遠的狗皮襖子總讓感覺在發著光，像一團螢光蘑菇。我在電線杆下四處看看，也不知道可以看什麼。

五分鐘後趙乃夫拉著一個女孩走過來，女孩在後面走的很慢。走近了，看到女孩面容姣好，睜著大眼睛，眼睛裡是一片陰翳。女孩掏出一個小黑布口袋，說：「我需要帶上眼鏡麼？」

趙乃夫說：「沒事，他是我朋友。」女孩就把一個薄薄的墨鏡收了起來。

我跟著他們兩人回家，這段路走的極其緩慢，時間像是被拉麵師傅抻開了。有什麼東西將趙乃夫的生活挖去了一部分，這種緩慢的時間體驗讓我瞬間明白了趙乃夫的節奏。

趙乃夫在家門口抽著菸，對我說：「我想養一隻狗，這樣晚上家裡還能有隻狗。」

他去通了爐子，坐上燒水壺，將門從外面鎖起來。說：「我走了」。裡面傳出啊的一聲。我知道他的煙囪是為這個女人才裝置的這麼複雜。

走到那條街上，我說：「我總覺得害了你呢。」

趙乃夫笑著說：「你別多想了，你害不了任何人，我現在知道人是很難被別的東西影響的，環境、時間，可能都不行，或者微乎其微。」

「我有很多搞不清的東西。」我說

「我都清楚了。」趙乃夫說。

趙乃夫朝遠處的光亮走去，他的狗皮襖子又暗淡下來，像熄滅了。我鎖著領子，手腳寒冷，去到接近告訴公路的拐角口，等著攔大巴。想著，他已經都清楚了，他清楚什麼了？

六、戰爭與黃金

發現木箱子是在十一月下旬。那時土地的顏色跟九月不一樣了，變的更淺一些，也許是水分減少的緣故，變得越加的乾燥。

劉慶慶來了坑洞後不幹活，也很少進去，他說在裡面害怕。丁煒陽就追問劉慶慶怕什麼。劉慶慶說：「郭仲翰老在後面頂我屁股。你不要跟他說，他是下意識的。」

丁煒陽就去質問郭仲翰：「你為什麼要黑燈瞎火的時候頂劉慶慶屁股。」

劉慶慶負責後勤工作，水和食物他都負責起來，還有倒垃圾，買手紙。

此時地下這條坑道已經很長，在最裡面望不到洞口，如果蠟燭滅了，就如同身處在一條蟲子的體腔裡，觸摸著那些一段段的尺規般的蠟液，像是某種生物組織，這裡面溫暖而潮濕。

有一天我驚奇的發現，郭仲翰居然胖了。他就像條寄生蟲一樣蝸居在這條大蟲的頭部，每天適當的勞作，然後肚子和臉上長出了新肉，原來橘子一樣的顴骨肉球此時都鼓脹起來。

這近一個月的時間裡，其實我們效率並不高，大家都懶散起來，挖坑本身和找黃金已經連接不起來，挖坑就是純粹的挖坑，沒有人關心可以挖到什麼。大家覺得有一條長長的甬道屬於自己，本身就不錯。劉慶慶也許從開始就沒相信我們可以挖到什麼，丁煒陽給他看骸骨，他說是可能我們刨了誰的墳。後來我們自己也懷疑是不是刨了誰的墳。但我們還發現了墨西哥鼠尾草，劉慶慶說我們所刨的人生前是個癮君子，那是陪葬品。趙乃夫拿著地圖和鼠尾草走了，一切好像都說得過去，甬道進一步停止了延伸，直到發現了木箱子。

那是一個厚實的楊木箱子，箱子上刷的漆掉落一半，給木箱子上了一片花紋。這個箱子是一個梯形，需要兩個人抬著才能出來，抬箱子的時候，郭仲翰和丁煒陽的腰幾乎要斷了。

箱子掛著一把鎖，邊沿都如同融化了一般，年分已久，顏色暗淡。

「我們離著黃金又近了點。」我說。

劉慶慶就不再認為是陪葬品了。我們的木板已經往深處鋪了二十米，走在木板上有一種讓人安心的感覺，腳步是噠噠、噠噠，伴隨著木板觸碰在地的撞擊聲。洞口附近的木板上長出了青苔，可以在上面看到全是腳印。

郭仲翰用洋鎬敲打那把鎖，但鎖比較結實，沒有想要斷開的意思。而木板就脆弱多了，當木板出現裂縫的時候，丁煒陽說：「不要打了，鑰匙可以找到的。」

郭仲翰就放下洋鎬，只是我們都很好奇，這個木箱裡裝了什麼，它沒有沉重到讓我們以為箱子裡就是黃金，而搖晃時裡面有枯草搖動的聲音。我們不敢打開，是怕裡面是一箱子墨西哥鼠尾草，我擔心郭仲翰會步趙乃夫後塵。也許在最開始，他不需要鼠尾草，但有一箱子擺在那，沒什麼用，好像放著幾塊糖，吃掉也沒什麼不好。

之後才想到，我們一直所規避的，躲避的那個契機，都是從打開那個箱子開始的。

我們沒有從地穴中找到鑰匙。我們永遠找不到鑰匙。

第二天，李寧和另外十來個人朝這裡走來。丁煒陽對大家說：「李寧來了。」劉慶慶看了一眼，臉上浮現出一種受侵犯的驚懼感，就朝洞裡走去。

李寧的臉上已經長出極其堅硬的毛髮，如同釘子一樣紮在下巴上，他目光幽暗，身上的衣服也都如紙漿一般硬直。

李寧說：「明天晚上十點，在廣場集合。」

沒有人說話。我似乎問到了這些人身上帶著一股汽油味。李寧看著丁煒陽，說：「你們來嗎？」丁煒陽撐著一把鐵鏟，他的眉毛比以前更黑更鋒利。他冷淡地說：「你為什麼不去死呢？」

李寧看著丁煒陽。他走近兩步，扭著脖子，盯著他。

丁煒陽握著鐵鏟，他的變化出乎所料，我不知道從什麼時候起他已經將孱弱徹底隱藏起來。他像食草動物一般善良軟弱，我記得他用墨西哥鼠尾草泡茶的時候，草葉含在嘴裡慢慢咀嚼著，那天有什麼東西在荒原裡融化了。

郭仲翰說：「你走吧，李寧。你就是個雜種。」

李寧沒說話，面色陰沉，他看向洞口。他看向那一團幽深有一分鐘的時間，這期間所有人不發一言，時間像麵條一樣抻長，比在小鎮上抻的更長，幾乎要斷裂開。接著這十個人直接朝洞裡走去。

丁煒陽抬起鐵鏟跨向洞口，郭仲翰一把抓住他的手腕。郭仲翰對丁煒陽說：「現在裡面什麼也沒有。」

李寧站在洞口，對著黑黝黝的洞穴，說：「你們以為，在這裡挖了兩個月，沒有人看到，其實所有人都知道，所有人都知道，有幾個垃圾要在荒地裡找黃金。不用問我怎麼知道的。朝北邊看著，那些窗戶裡就有眼睛，從第一天就開始看著你們，每天樂此不疲地看著你們這幾號垃圾在這裡裝模作樣，有多少人看著你們找樂子。你們知道嗎？」

丁煒陽的鐵鏟差點從手裡滑脫出來。郭仲翰朝北邊看去，那些暗色的，有著反光的玻璃貼在幾棟矮小的樓上。

這十來號人進去之後，踩踏木板發出密密麻麻的好像注視般令人難以忍受的聲音。我聽到劉慶慶的聲音，他說：「幹什麼？」

李寧說：「你在這兒！你怎麼在這裡呢？」

劉慶慶大喊著，「這是我們的洞。」

「對對，洞都是你們的。你們就得在洞裡。」李寧說。

是木箱被摔爛的聲音。木箱藏在郭仲翰的鋼絲床下，洞穴裡光源昏暗，他們居然找到了。看到木箱裡的東西之後，接著是這十號人接近瘋狂的笑聲，這笑聲似乎讓洞穴都開始震動，並趨向崩塌。

丁煒陽尖巧的下巴前後搖晃，像一枚被咬破的瓜子。

李寧帶著人朝遠處走去，那一刻，我感覺到了就鑲嵌在遠處樓宇中的上百雙嘲諷的眼睛，無所事事的眼睛，如同燒灼的疤痕一樣怵目驚心。

劉慶慶垂頭喪氣的從洞裡走出來，他說：「那裡面……」

我打斷了他，把手推車推到洞口，說：「今天不挖了。」

在那陣嘲諷的笑聲之後，若看了箱子裡的東西，我想所有人必定會喪失掉信心。但這信心是什麼？

手推車堵上門後，我們在門口站了一會，就去了食堂。食堂裡的人愈來愈少，山傳的新生吃飯並不規律，經常一次購置幾天的食物，然後在宿舍裡咀嚼著過期變質的東西。只是在食堂裡，我再一次嗅到了不知從何處飄來的汽油味，影影綽綽，但確是汽油味無疑。他們端起盤子默默吃飯，我尋著汽油味離開座椅。

站在食堂門口，我看著這個凋敗的廣場，仍然不能分辨汽油味從哪裡來。我想起報導的那一天，幾百個抱著臉盆的並且不知道發生了什麼的人，在那次聚集之後如煙一般消散於學校的各個角落。在食堂的後面，對著小樹林的那一側，我看到了五六個汽油桶，是北邊村裡的那種鐵桶。汽油的囤積是非常不容易的，也許這也是他們三個月來計畫的一部分。

我回到食堂，對郭仲翰說：「我找到了汽油。」

郭仲翰說：「什麼？」

「汽油，有五桶。」

丁煒陽說：「汽油用來做什麼？」

郭仲翰說：「可能用來自焚吧，每人往頭上倒一點就行了，人體裡那麼多脂肪，到時候滿校園裡都是人體蠟燭。他們最喜歡了。」

劉慶慶說：「我們把汽油倒掉吧。」

我們都低下頭默默吃飯。之後站在食堂門口，隨風飄過來汽油味道，當我明確的辨識出來以後，這股味道再也揮之不去，一直在身體周圍縈繞，聚集。那是燃燒之前的氣息。濃重的汽油味。我帶著他們來到食堂的後面，這些鐵桶嶄新，渾身是慘亮的顏色，上面用鐵蓋蓋著。最外面覆蓋了一張床單，但不能把所有鐵桶都罩住。上面有些深顏色的滲出。

食堂的後面側對著女生宿舍。在我們還在猶豫的時候，已經有幾個人瘋跑過來，見到我們就大吼：「滾開。」

我從不知道正義是什麼，我成長的童年也從未出現過正義。在我意識不到的時候，突然明白了對於所有人，正義即是保全自己，但這也不是全部。我記得幼年時在所住樓群的隔壁是一個職工大院，大院裡有一片廢置的地方，生長著雜草、荊棘、拉人草、蒲公英。有一天傍晚燃起了大火，火焰騰起三四米高，一個中年男人在不遠處看著這一切，我走過去，說：「這是誰燒的？」他說：「一個他媽的正義的人。」

「是誰？」

「你不懂的。」

我看著大火，滿心的歡喜，那溫度像生物一樣朝我靠近，當我往前走，它就可以貼著我，像某種毛茸茸的東西，是從死氣沉沉的生活裡生長出的不一樣的生命。後來我知道放火的就是那個人，因為住在一樓的某個傢伙睡了他老婆，他在履行正義。而此時我面對著五個汽油桶，我清晰的知道推倒它們是正義的，但這一點也不鼓舞人心，甚至有點羞恥的感覺。

楊邦張著大口呼氣，他衝我們搖搖手，說：「誰要是推倒了，就把誰塞進去。」

郭仲翰抬腿就踹倒了一個鐵桶，汽油味像火焰一樣竄起來，讓人眼睛睜不開。

楊邦閉上嘴，微微一笑。接著有兩個人走到那個滾遠的鐵桶，撿起來，用鐵桶的底部，迅速的朝郭仲翰腦袋掄去，我聽到衝擊到牙齒的聲音。

我們剛想動手。楊邦朝前走了一步，說：「你看那棟樓。」

那是宿舍樓，它的顏色比三個月前更暗淡了，渾身都是陰影。

楊邦低聲說：「你們是因為害怕，就別在這裡唬人了。」

宿舍樓三四樓，推開了很多扇窗戶，探出一些表情木然的人看著我們。

郭仲翰從地上站起來，他膝蓋的位置沾著汽油，他看向我們走過來的小路，食堂那走過來幾個山傳的新生，木然地看著這裡。

郭仲翰說：「你過來。」

楊邦雙手環在胸前，石像一樣的神態巍然不動。接著他朝郭仲翰走來。這一大片都被汽油澆灌，形成一朵地面的烏雲。兩人站在汽油裡。

一團火從郭仲翰的手裡舉起來，他舉著火機，頭髮上滴落著汽油。我知道濃度過高這裡就會燃燒起來。我說：「郭仲翰。」

他看著楊邦，頭髮上的汽油滴落到顴骨上，順著往下滑動。他說：「什麼都特別容易。」

楊邦神色依然堅毅，不為所動。

楊邦突然笑了，笑的有些僵硬，但那應該是一貫如此的笑容。他輕聲說：「王子葉屁股很大。她說你還沒有摸過。」

那團火苗撲閃著，可以看到絲絲烏黑的油煙向上空飄散。

說完，楊邦轉身走了。鐵桶被重新放在原來的位置，床單也重新蓋在這個空蕩蕩的鐵桶上。

有一瞬間，我覺得郭仲翰應該有著和楊邦一樣的錯覺，孤注一擲的偉岸幻覺。但郭仲翰只是強撐而已。他更多的時間覺得自己是小丑。他應該給自己化化妝，臉上塗濃白的粉底，再畫上誇張的腮紅，踩在一個皮球上，以比我們更快的速度，沿著這片無垠的荒原，在皮球上從東邊跑到西邊，從南邊跑到北邊。他必須每時每刻，每一秒鐘，在活著的每一秒中都必須刻骨銘心的知道，自己是個踩著皮球的小丑，否則他就活不下去，他就得用汽油燒了自己，燒的一根毛發都不剩才好。

我們昏睡了整整一天。宿舍裡的走廊上隨時有著走動和鐵器碰撞的聲音，三四樓裡的所有人都是一雙焦灼而血紅的眼睛，可以提前嗅到從他們身上蕩漾出來的腥味。是一種魚開腸破肚後蔓出來的腥味。他們在等待著夜晚的到來。

郭仲翰睡在趙乃夫的宿舍。他說二樓死寂一片，聽不到人的聲音。

我們又聚回到洞口，在南邊的石階上看著遠處的宿舍樓。每個房間都開著燈，整棟樓都如同染上了螢光。

丁煒陽在活動著腰肢，劉慶慶就走到丁煒陽身邊跟他一起扭動起來。

丁煒陽說：「這樣可舒服了，你們試試。」

他面對著遠處的宿舍樓，想到一定有人注視著我們。郭仲翰也走過去，跟著一起扭動起來。

然後我走到洞裡，我繞過郭仲翰所在的鋼絲床位置的蠟燭，點燃了其他的蠟燭。我克制著自己看向那個破碎箱子的好奇。丁煒陽和郭仲翰就心不在焉的去洞裡繼續挖土，我推著手推車來回的運送土壤。他們時刻想聽清楚從洞口傳來的任何一點聲響，我每次推著推車回來，都告訴他們：「什麼也沒有發生，跟我們沒關係。」

從洞裡挖出的土就堆在南邊的圍牆根上，已經堆滿四個土丘，沿著土丘可以直接走到圍牆上，每次下雨都是最難熬的時候，為了防止洞穴被淹，我們沿著洞口往外挖了三條管道，除了手推車所走的一條路，是向上通向圍牆的，其他的三條管道都是緩緩的下坡。

傍晚到來的時候，廣場上已經沒有一個人，沒有一個宿舍開燈，黑暗慢慢浸染周遭，靜寂壓著大地。郭仲翰說：「我覺得，有點淒涼呢。」

大約九點的時候，在廣場上有個手電筒的光一閃而過，我看到地平線上有一排密密麻麻的人影。他們為什麼會下來？

一個燭火般的亮光由遠及近的朝洞穴走來。我們發現時，根本不知道這團燭火從哪來。郭仲翰把鏟子放在自己腳下，他擔心是楊邦。

離近了我看到，是一個短頭髮的女人，面色白皙，她有一個好看的嘴脣，好像掛著冰晶。我們就都放了心。她站在不遠處，說：「我是梁曉的舍友。」

郭仲翰應了一聲。

女人躊躇著，她好像對這距離把握不好，不知道該走近一步還是停留在原地，她說：「梁曉走之前，告訴我的。」

「告訴你什麼？」劉慶慶站了起來。

女人又往前走了幾步，將火把插到旁邊的土地裡。

她說：「我給你們跳支舞吧。」

大霧開始降下來，周圍正緩緩的變濃。女人輕輕抬起胳膊，細碎的腳步朝夜色靠近著。伴隨著第一陣混亂的聲音，最初幾個宿舍的玻璃被砸破，有人被從宿舍裡推了出來。掉落在土地裡的人又掙扎著爬起來，瘸著腿朝遠處跑著。那些碰撞聲傳來的時候已經變的細碎，變得像銅鈴聲一般。

劉慶慶說：「你們知道箱子裡是什麼嗎？」

我們看著女人跳舞，沒有人回答他。劉慶慶苦笑著說：「是一副盔甲。」

他對郭仲翰說：「你見過盔甲嗎？我見過了，就在裡面。一副爛盔甲。」

女人的身材沒有足夠纖細，扭動時彷彿攪擾了周圍騰起的淡薄的霧氣，那舞姿顯得非常哀傷。讓我想起在陰冷的傍晚，從不遠處傳來的牛的叫聲。

嘶喊聲沿著那些破裂了的窗口傳出，遠處的地平線上開始有手電筒的晃動，和人影的跑動。我看到第一批燃燒著的火點扔向了宿舍樓，那些窗戶裡開始冒出火光。

「我們去嗎？」郭仲翰說。

劉慶慶咬著嘴唇，說：「去吧。」

郭仲翰對女人說：「你走吧。」

女人就停住了，喘著氣，理了理頭髮，她彎下腰從地上舉起火把，她側頭看向廣場，從窗戶裡跳下來的老廣院被廣場上等待的新生追逐著，她說：「我去哪？」

劉慶慶說：「你可以回宿舍。」

火把飄向遠處。但我們並沒有動。直到這三四百人已經全部下了樓，分散在荒地裡四處跑動。一個奔跑的老廣院學生將女人擠到一邊，朝南門附近跑去，後面跟著兩個山傳新生，新生用手裡的鐵棍將老廣院襲倒，迅速彎下腰用鐵棍抽打老廣院的腦袋和背。那是快要裂開的沉悶夾雜清脆的聲音，抽打幾下之後，他們先是回頭看了看遠處宿舍樓的火光，又看向不遠處的我們，說：「你們是誰？」

他們睜著血紅的眼睛，鐵棍上已經抹上了地上人的血，趴在地上的人一動不動。兩人握著鐵棍，朝我們走過來。劉慶慶朝後躲著，他扶著我的肩膀，我知到那手掌肯定是潮的。

離近了之後，兩個新生咧著嘴角笑起來，說：「原來是挖坑的。」他們轉頭就朝來路跑去。我聽到遠處衝來淒厲的嘶吼聲，那嘶吼聲讓兩個新生興奮不已，加快了腳步。地上的人朝我們的方向爬過來，他的臉一直擦在土地上，像一塊抹布，血液沾著泥沙。而我們沒注意到丁煒陽已經不見。

有更多的人往圍牆跑去，他們跳起來用胳膊扒住牆頭，後面緊跟的人把他們從圍牆上拖了下來。跌落下來之後，老廣院對著逼近的新生，爆發出巨大的雷鳴一樣的笑聲，那「哈哈哈」的大笑被一棍棒砸到耳朵上戛然而止。我從未聽到過那種笑聲，那是挨打的人，面對著憤怒的手持武器的新生，發出的嘲諷的笑聲嗎？那笑本可以撕裂圍牆。

我們幾乎沒有聽到哀號與求饒，各處都是狂笑的聲音，從北邊大面積的噴湧過來，幾乎肺都在劇烈顫抖的笑聲。遠處的教學樓已經竄出十幾條火焰，像一個爐子一樣燃燒起來的二樓。那火的顏色濃郁的好像煮沸了，要膨脹，要將樓宇撞破。

這幾百人已經以廣場為中心向四處擴散。

伴隨著那樂器一樣的笑聲，我聽到鐵殼相碰的聲音，回頭一看，丁煒陽從洞裡走出來。他穿上了盔甲，那是一幅已經潰爛的不成樣子的青銅盔甲，邊緣彷彿都在滴落。我看不到他的眼睛，他的眉毛被鏽蝕的青銅殼包裹著，手裡提著一把洋鎬。

丁煒陽對我們大喊，「哪有黃金啊！這世界什麼都沒有！」

這幅金屬殼互相擠壓著，幾乎要碎裂的聲音，伴隨著丁煒陽的奔跑，像一串長長的鞭炮。

他提著洋鎬朝遠處的人群奔去。我們立即起了身，從身邊拿起器具，但丁煒陽已經跑遠，我們跟在他後面。我想攔住丁煒陽，而又是否阻止的了呢。在跑動中，我覺得自己好像飛起來了一樣，無比輕盈，我手裡鐵鏟也彷彿失去了重量，我已經很久沒有跑動過了，那跑動讓人產生了幸福感。

丁煒陽朝一個比他高大的多的人掄去，一條粗壯的胳膊立即翻折，好像折斷一根樹枝般。胳膊折斷後重量急增，這個壯漢被墜的倒在地上，他看著自己反折過來的胳膊，牙齒間塞滿了血，他嘗試移動那條斷裂的胳膊但無濟於事，他衝著丁煒陽大笑。丁煒陽怔住了，他不知道對方在笑什麼，他沒有看過這種笑。

躺在地上的男人看著眼前身穿盔甲的丁煒陽，說：「你是什麼東西啊？哈哈，你算是什麼東西啊！」

丁煒陽抬起腿朝他的臉踹過去，男人想撐地但胳膊已經斷開，他喊著：「你穿成這樣，以為自己是什麼啊！」丁煒陽的吼叫已經將下頜撐開，我看到他彷彿要將那人吃掉一般踩踏著跑過去。之後，丁煒陽掄向他看到的每一個人，那些鐵器擊打在盔甲上傳出鞭炮般的響聲。我們無法靠近丁煒陽，他潰爛的盔甲上向下滾落著血滴，盔甲的顏色從此不再暗淡，鮮豔奪目的挑染上了豎條的紋絡。

隨著丁煒陽如蠻牛一樣的衝撞，我們朝著混戰的核心位置逼近。廣場的一角我看到了那個跳舞的女人，在她附近揮舞的鐵器將石牆刮擦出深深的傷痕。她哭著，我說：「梁曉告訴你什麼了？」

女人只是哭著，沒有回答我。

人數少一半的老廣院此時已經不再逃跑，他們開始反擊，有的人手裡有武器，沒有武器的人就從新生手裡搶，新生不放手老廣院就朝他們手指咬去，我看到的是被咬掉無名指的手掌，還用四根指頭緊緊握住鐵器朝老廣院砸。

我抬起頭時，丁煒陽已經不見，而就在不遠處我看到了楊邦，他身邊站著很多人，大約五六個老廣院拿著搶來的武器狂笑著衝向楊邦。而郭仲翰幾個跨步就混進了老廣院，他把鐵鏟舉起來，這幾個人如同一群野豬。郭仲翰繞了一下，跑向楊邦的側面，他揮起鐵鏟，我看到那動作幾乎要把筋絡抻斷，鐵鏟帶著巨大的力量朝向楊邦的腦袋。但郭仲翰根本看不到周邊的人，他袒露出來的腹部被一腳狠狠的頂上去，郭仲翰的衝擊和迎面而來的腳一下子就把郭仲翰彈開，郭仲翰膝蓋頂地發出咚的一聲。他的肚子要被頂破了。

楊邦厲聲問：「你瘋了。」

那陣疼痛讓郭仲翰臉色慘白，他顫巍巍的從地上爬起來，用鐵鏟支撐著自己，好像耗費所有的力量，他說：「你覺得，你偉大嗎？」

楊邦如同一座建築物，冰冷堅硬，他說：「我偉大，我達成了。」

「達成什麼？」郭仲翰大喘了幾口氣，他熬過那陣劇烈的疼痛後好像恢復了些。

「我成就自己了，今天就橫屍遍野。」楊邦看向整個混亂的廣場，他的聲音穿透那些笑聲，咆哮聲。

「你是不是永遠都不能知道，自己什麼都不是？」郭仲翰嘴唇顫抖。

楊邦困惑的看著他，那瞬間有一絲驚懼，他的困惑讓自己非常惱怒。他朝身後的幾個人揮了下手。楊邦身旁的三個人就朝郭仲翰撲去，郭仲翰向旁邊躍去。

我把洋鎬直直地橫劈過去，好像砸中某個人的肋骨，另外兩人見狀就停在原地蓄勢待發的看著我。我對郭仲翰說：「我們走吧，沒有用。」

「我看不慣。」郭仲翰咬牙切齒地說。

我說：「你活的不夠長，你看不慣的也不只他一個，我們什麼辦法也沒有。」

郭仲翰低下頭，忽然低聲說：「我是個小丑。」

他用力的一把推開我。我倒在地上，腦袋在地上重重一磕。而丁煒陽已經不知去向。

郭仲翰提起鐵鏟，朝一個新生的臉上甩去，一條口子瞬間擢開，新生捂著臉朝一邊橫衝直撞。

楊邦冷漠地說：「你每天起床，看到自己是一坨狗屎，困惑嗎？」

郭仲翰用舌頭舔著自己的牙齒，上面沾滿了鹹腥。他不知道自己為什麼會不知羞恥地哭泣起來，火光映照在他臉上，他知道楊邦看得清清楚楚，那羞恥感被火光引燃了，讓他渾身滾燙。

郭仲翰把手往背後掏去，摸向他別在腰上的水壺，現在是一個玻璃瓶子，郭仲翰拿起玻璃瓶子。

「我是一個卑鄙的人。」他說。

「對。你懂了。」楊邦說。

那個斷裂手指的新生搖搖晃晃地走著，撞了楊邦一下，楊邦朝著新生的腦袋猛踹上去，新生斷裂的手掌直直杵在地上，一陣嘶啞的疼痛喊聲。而遠處被郭仲翰撕開臉龐的新生已經窩在一個牆根上，他背貼住檣，沒法睜開眼睛，從沾滿鮮血的指縫裡看著周圍，防備著一切。也就從這一刻開始，他們將體會到毀滅除了孤注一擲和放棄之外，還攜帶著龐然大物的恐懼，恐懼將撕心裂肺的笑聲擠壓的無影無蹤。火焰將熄之時，黑暗給荒原帶來了更加無邊無際的恐懼。

郭仲翰說：「我是一個卑鄙的人。」他扔起那個瓶子，用鐵鏟對準瓶子朝楊邦拍去，瓶子瞬間破裂，一整瓶的汽油和玻璃渣都飛向楊邦。接著郭仲翰朝楊邦扔去一個火機，然後扔掉鐵鏟。

郭仲翰說：「我是一個聖徒，媽的，我是一個卑鄙的人！我是一個聖徒！」

楊邦燃燒起來，火焰舔舐著他的全身，伴隨著疼痛的叫喊，他的四肢掙扎著，終於脫下衣服，但已無濟於事。

我最後看到郭仲翰，被劃破臉的新生從牆角站起來，撿起鐵鏟朝郭仲翰後腦勺拍去。

在我盯著天空的時間裡，我看到了霧的形狀，並且知道自己從未看到過色彩，對事物的顏色一無所知。我想著趙乃夫看到色彩的那一刻一定是心滿意足，他知道現在荒原的大霧瀰漫嗎？他知道我們發現了一幅潰爛的盔甲，而又沒有回到洞穴嗎？那個逃往小鎮嫖娼的罪人。

李寧手裡沒有任何東西，他坐在食堂門口的臺階上，看著幾百人的混亂，抽著菸，他臉上鋼釘般的鬍子已經扭曲，好像被高溫燙過一樣朝不同方向傾斜。

「你要死了。」劉慶慶對李寧喊著，他扔掉手裡的傢伙就衝過去。李寧還沒反應過來，手上還拿著半支菸。

劉慶慶掐著李寧的脖子，他肥胖的手透著紫色。

「你的豬皮呢？我要殺了你。」劉慶慶哭泣著，像一頭熊，肢體緊繃著。

我記得在洞穴裡，劉慶慶對著只有著微弱燭光的黑暗說：「我恨死我爸了。」他睜著眼睛，恍惚地注視著燭光，如同從來看不到黑暗。

劉慶慶掐住李寧脖子的時候，李寧努力掙扎著，他控制著自己的手，讓菸頭伸向劉慶慶的手腕，菸頭往劉慶慶的皮肉裡直直刺進去，劉慶慶可以聞到燒焦的氣息，和爆炸般的疼痛，但他掐著李寧脖子的手絲毫沒有鬆懈。直至菸頭熄滅，李寧翻轉身，兩人從樓梯上直直滾下來。

「我爸將我吊起來打，我什麼都答應他，什麼都聽他的。我不會成長的。」劉慶慶在黑暗中吐著氣說。

霧氣沖淡了血腥味，那些來自遠處的歇斯底里的笑聲，隨著風稀釋到這個荒原的每一寸，在四個通向無邊的方向裡，我感覺到大地在這區域中已經斷裂出懸崖，有一條連接起來的深淵形成了。所有嘶喊並狂笑的人們紛紛衝向那條幽暗的裂縫。所有新鮮的傷口，敗壞、破裂，都朝著裂縫狂奔而去，而舊的火焰完全熄滅。

我對著一個看著自己大腿翻裂開十公分傷口的人，已經分不清他是老廣院還是新生，我說：

「你在做什麼？」

「不知道。」他說。

「你知道什麼？」

他無助地看著我，眼神裡是困頓和痲木。他說：「我知道你要死了。」他在朝我砸下鐵棍的時候並不知道自己的胳膊已經被打斷。

我見到丁煒陽的最後一面，看到幾個人從他身上把盔甲扯下來，那青銅的金屬片劃扯著丁煒陽的身體。他們把搶來的盔甲穿在身上，對著夜空大喊：「我不一樣了！」

丁煒陽身上的盔甲已經被剝離的差不多了。本來是外面浸染著紅色的盔甲，此刻已經從裡向外淌著汩汩血流。丁煒陽應該不知道是哪受了傷。他看到我時，居然認出了我，那是浸透著無限悲傷的陰翳眼睛，再也沒有有東西可以遮掩他濃黑的眉毛。

之後我拿起洋鎬朝坑洞走去，但膝蓋受傷，肩膀也被一人打的脫臼，我精疲力竭。

人們將受傷的人分散著抬往荒原各處，西門大官人可以獨自背一個。當我路過食堂的時候，已經背過數十個人的西門大官人疲憊地走上食堂的階梯。然後我聽到背後沉重的落地聲，我沒有轉身，不停朝前走著，並在很長的一段時間裡，都不敢回頭望去。

到了後半夜，空氣灰茫的已經什麼也看不到，霧氣滲透絲絲冰冷，脫臼的肩膀毫無知覺。我一瘸一拐地往前走著，依據著不確定的方向感，最終來到洞裡。

我點燃了蠟燭，看著身上的傷口。不知道為什麼，我慶幸自己還活著，我的困惑也沒有了，除了活著本身我終於什麼都不再考慮了。

大約過了十分鐘，角落裡，那個跳舞的女人站了起來。她的嘴唇很美，猶如掛著冰晶，讓人生怕燭光會融化了她的嘴唇。

「跳舞吧。」我說。

她擦著眼睛，搖搖頭。

七、離開

之後很長的一段時間裡，我都沒有走出過那個洞穴。

白天的時候，那個跳舞的女人會從別處給我帶來食物。我不知道學校是否還存在。

每一天，我都儘量不去想任何事，一邊挖掘著黃金，一邊愛慕著這個女人。她經常給我講聖經上所說，像我這種人身上是充滿罪惡的，我需要為了不墜地獄而改變和祈禱。她頭頭是道地講述時，我只是在一旁觀察著她，我覺得她講述的所有關於罪與罰的事情也都跟她一樣變得十分美好。有一天我對她說：「跟我一起挖黃金。」她點點頭。

然後她跟我來到洞的最深處，她拿著血跡都洗刷乾淨的鐵鏟，站在燭光裡，上唇如一塊皓石，她噗嗤笑了，說：「這太不對了，我不能相信。」

而丁煒陽、郭仲翰，以及劉慶慶，再也沒有回來過。自從那個關於土丘與烏雞的夢之後，我再也沒有如此平靜過。

挖坑的工作全部落在我一個人身上。跳舞的女人後來在鋼絲床上掛了一個小十字架，她說，當你痛苦和不安的時候，就對它訴說，就會好的。我說：「那在此之前，這個十字架在哪裡呢？」她回答不了。

大約一周以後，她就走了，沒有回來過。

她走之後，我饑餓地走出坑洞，校園裡寂靜無聲，我直接往北走去了村子，吃完飯就回來。除了尋找黃金外我對一切事都沒有興趣，每天清晨我都覺得更靠近了，這種感覺清晰無比，就像看到了顏色。

一個月後趙乃夫出現在洞口。他拎著一袋子香蕉。我們坐在洞口外的石階上吃香蕉。

我說：「你現在做什麼？」

趙乃夫說：「我現在做皮條客。」

「那個女孩呢？」

「她跟我一起做。」

趙乃夫抬眼向校園裡望去。他擔憂地說：「你怎麼辦？」

我說：「你怎麼辦？」

「我很好。」趙乃夫嚼著香蕉，讓我想到了劉慶慶。他掐著李寧腫脹的手已經遠去。

我說：「我下了一個決定，我不打算把黃金分給任何人了，因為你們都不知道什麼可以拯救自己。」

趙乃夫笑笑，說：「你自己留著就好。沒有人需要黃金。」

趙乃夫從地上站起來，對我說：「你如果活不下去了，可以去鎮子裡找我，我現在還不錯。」

我說：「你是叛徒，我不會找你。」

趙乃夫的狗皮襖子看起來顏色非常舊，但是沒有壞，他還穿著。那時我穿著從北邊村子裡買來了衣服，長期的洞穴生活讓我看起來極其蒼白，而鬍鬚密布。

我維持著只在洞穴和村子之間有很長時間，後來就適應了。適應比什麼都可怕。高速公路將我的生活砍成兩半，每一天從高速公路上走去村子，都讓我覺得跟周遭還存在著聯繫。我沒有去鎮子上找過趙乃夫，我對他一點也不關心，他是所有人的叛徒，他自己就是個背棄他人的生物。

有一年夏天我在自己的宿舍裡找到那塊木牌，那時宿舍已經全被荒廢如垃圾場，玻璃被二樓的火焰熏的黑乎乎一片，我只有一種早該如此的想法。從覆蓋灰塵的床褥子底下，我找到那塊木牌，上面寫著的「你將無父無母，無依無靠」一點也沒變，只是乾燥了。我把木牌帶回了洞穴，掛在十字架的旁邊，那個木箱子的碎片還堆放在床底下。

有一瞬間我突然想起當時在荒原上發現的石頭並非只有一塊，還有另外兩塊長得差不多的石頭，下面又是否壓著別的東西，我充滿好奇。但是在黃金找到之前我不打算再去翻開那兩塊大石頭。總覺得，如果三十歲時找到了黃金，但卻發現一切還是無法解決，那時我才應該再去翻開那兩塊石頭。這種想法耗費了我很多精力，一種無休止的東西困擾著我。大約在兩年的時間裡，我滿腦子都是荒原上另外的兩塊石頭，那種可能性，以及又害怕之後永遠也沒有希望的想法讓我一直拿不下決定。

我重新去東邊找那所小房子，這一切都令我膽顫心驚，生怕連房子都再也找不到。當我看到那所房子的時候就心安了，以及那塊翻轉過來的石頭，翻開的坑已經沒有了，石頭上的青苔也乾癟，基本都看不到。夏天的荒原很清涼，四周的草如雲一樣漂浮在地面，風像魚群般游過。我甚至在那片草地上躺了一會，太陽也不算太熱，草叢吸附走大部分熱量。我再次看到在另外兩處的沉重石頭，只是我沒有膽量去這麼做。多少日日夜夜我一直想著有其他的東西指引著我，那兩塊存在於荒原巍然不動的石頭，給了我的夢境一個座標。只要它們還在此長眠，那可能性就會一直存在。我曾想過兩塊石頭地下壓著什麼，也許是可以直接到達的東西，也許石頭地下有一個宮殿。總之我的想法十分愚蠢，我從來沒下過正確的判斷。

很快那座煤礦小山就沒了。我看到東邊的地平線什麼附著物都沒有的時候，心理一陣恐慌，擔心這裡也將被侵占而改變，那自己將再次無處可去。但我的擔心是多餘的，因為煤礦多多少少還是有價值的，在有生之年是沒有人會想到利用這片土地做點什麼的。

路過高速公路時，在過往的大巴車上，我曾看到熟悉的影子，我分辨不清那是郭仲翰還是丁煒陽，又或者是劉慶慶，反正車上的那個人我是認識的。但楊邦我也是認識的。總之見到熟悉的東西就會感覺非常糟糕，過去還存在著，是一個讓人很難對付的問題。

第四年冬天，我終於找到了黃金，意識到自己可以離開這裡了。

在我做計畫去這世界上其他的角落的時候，我去了東邊的鎮子上。鎮子已經有所改變，樓房修建起來，原來矮房裡敲窗戶的女人已經不見。

我不知道趙乃夫此時住在哪，以至於當黃金找到的時候，無法通知給任何人。

我用一小塊金子去首飾店換了一點錢，大概有十來克的樣子，這是我用洋鎬小心翼翼敲下來的一小塊。我來到了一條街，其中全是富麗堂皇的酒樓，裡面沒有燒開水的味道，那種陌生感讓人很難過。然後我在這個小鎮的東邊找到了近似原來的KTV，沿著街道走，兩旁全是嶄新的玻璃，上面不再貼著透明膠帶。

我在其中一扇玻璃後看到了那個會跳舞的短髮女人。我給了她那小塊金子換來的所有的錢，並看到她嘴脣上不再有亮光，冰晶融化了。

她陪我睡了一覺。我告訴她：「我已經四年沒有睡過房間了。」

她困惑地望著我，一如既往，好像沒有什麼改變過。她說：「你是那個挖金子的人。」

我說：「你給我送過飯啊。」

她說：「我跟人講，沒有人相信。你挖到了嗎？」

我說：「你覺得呢？」

她咬著頭髮，慢吞吞地說：「你就是打發時間而已吧？」

「也許是吧。」我說。

「我也想看看一大堆金子在一起是什麼樣。」她說。

我說：「沒什麼，如果沒蠟燭，就是黑乎乎一片。」

在小鎮上待了兩天，我沒有找到趙乃夫，也許他已經不在這裡，或者回到了牡丹江。他原來是我最好的朋友，臨走前應該告訴我一聲。

回到洞裡我開始收拾東西，把鍋碗瓢盆都埋了。我突然有種感覺，就是一種極其空洞的，仍然有無法釋懷的東西。是不是另外兩塊石頭下埋藏著更好的東西呢？我明明在荒野裡看到散落的另外兩塊巨大的石頭，能否還能找到它們？我在這種抉擇裡忐忑不安。

但這個洞穴我將永遠也不會回來，遠離這片荒地，那種即將翻山越嶺長途跋涉的前夕非常美妙。臨行前，我收拾好所有東西。至此，我仍然沒有找到答案，我只是解決掉了四年的一段時間。

之後我去了那個在北邊的村子，來到那個丟失洋鎬的男人的家，我繞著大門看著，然後走到一側。我從圍牆那翻了進去。

院子裡散養著在夢中出現的白色烏雞，一個小男孩蹲在地上抓著一把黃土。

他說：「你是誰？」

我搖搖頭。

他說：「你是一個小偷嗎？」

我說：「是的。」

一股從未出現過的悲傷控制了我，在這一千多個日夜中我從未掉以輕心，直到此時這悲傷卻再也控制不住。

那個丟失洋鎬的男人從屋裡走出來，他看著我，微微笑著。我摸了摸自己的臉，上面鬍鬚密布，連片樹葉都找不到。

「我偷了你的洋鎬。」我說。

小男孩和男人看著我。

「我給你們跳支舞吧。」我說。

然後憑著記憶裡模模糊糊的那個短髮女人的身姿，我伸開雙臂。

胡遷

作者簡介

胡波（筆名胡遷），男，一九八八年生。畢業於北京電影學院導演系。創作有長篇小說《小區》、《牛蛙》、《髒杯子》，拍攝過許多電影短片。

得獎感言

這篇小說寫於二〇一四年，那年六月份大學畢業，到今年得到獲獎的通知，最初的感受是，這太神奇了。此前運氣最好的事，便是十歲時連續吃到了五個「再來一根」的雪糕。我寫過很多小說，普遍的狀況是，這些小說讓人認真讀一遍都算是奢望的事情，這是寫作時沒有想到的。創作最開始是私密的，完成以後便成了，我有痛苦與一絲夾縫中的美好要與他人分享，這夾縫中的美好，大概有五根雪糕大小吧。閱讀、創作，無論電影還是小說，是我的生活裡屈指可數的好事情，好事情的意義，是得到面對灰暗的力量。

感謝各位評委，這份認可對於任何一位還在創作的人都有著重要的意義。

評審的話

◆小野

《大裂》是一部概念式的藝術電影，一群人充滿憤怒、暴力，感受得到中國大陸目前大學生絕望和無奈氛圍，簡明的情節卻能反映出時代感。

◆林靖傑

有些作品你一看就會被它的氣場整個攫住，《大裂》就是這樣一部作品，整部小說的生命是活的，站上競技擂台上，是有實力直接KO對手，而不只是用情節、寫作技術來積分取勝。青春殘酷，配合荒漠意象，以及滿滿的荷爾蒙，情境詭誕卻合情入理，雖然多有象徵，但放到中國大陸這塊廣袤蒼老而粗礪的土地上，具有強大的說服力。氛圍與風格，在劇本階段已經很強了，角色性格也很突出，唯若要拍成電影，在眾多角色的琢磨上可再拉出不同層次來，目前有點人物都太有個性，強悍、酷、偏執、亡命、虛無……太一致就變成只剩一種面向的個性了。

◆周芬伶

一篇表達荒謬與反映世態的奇妙小說，流暢語言帶出人物個性，諷刺意味與人性表達皆到位，挖洞的過程寫得細膩，事件雖單一卻不顯乏味，顯現作者的書寫功力。洞與黃金的隱喻耐人尋味，同時具有為警世與諷刺性，結局氣勢稍弱，然作者老辣的文筆值得期待。

◆陳玉慧

一群無處可去的人，在這金錢社會裡尋找一線契機和希望，尋找黃金的夢想，在那荒涼失落的地方，被社會遺忘的「百分之五」對自己開了一個惡意玩笑；聞得到絕望的暴力氣息，聽得到鐵棍落在肩胛骨上的悶響，這群人翻過險惡的圍牆，挖進地洞，期待改變，即便並不知道是什麼改變，也許正是新生代對抗舊社會的權力結構，在那愈來愈壞的世界裡，這註定是一場殘忍的敗仗；故事和人物描繪鮮明，情節生動，文字譬喻極佳。

◆蔡國榮

探索一群人生後段班的野雞大學學生，面對未來的絕望與無奈，一股氣沖牛斗的怨氣貫穿全片，對他們無路可出、坐以待斃的生活，直透其殘缺的心理刻畫，確有出奇之處。挖掘黃金的過程難有進展，中段情節不斷的打圈旋磨，作者可謂兵行險著，將讀者閱讀時的難耐，與劇中人物的無奈心態交相鎔鑄，藉一再的重複與反覆，確實增強了戲劇張力，也道出了對人生無盡的諷諫。

◆駱以軍

你可以說這是一個中國版的威廉·高汀的《蒼蠅王》，但空間不是被大人遺棄的小島，而是像難民營的，斂財的、髒臭的大學宿舍。專注地寫暴力，一種人群眼神空洞，失去人的形貌，擠在鼠穴裡互噬的樣態。這後面有對當今中國，文明後面有什麼東西在最初時刻，被踐踏或羞辱了。譬如莫言、閻連科的小說，都有這種「核心的暴力」。這些大學生像蛆蟲躲在各自框格房間裡，他們之間的武鬥，近乎廢墟裡的巷戰。這整個疲憊、窮困、人在生存最低限時，對其他個體的莫名恨意，或挖地道、挖寶這種空洞的無出路之夢，這或仍存在於現今中國富起來後，人與人的生存關係中。這篇描寫暴力時的運鏡能力，調度光影的能力，非常強。

貳獎／

欲望與恐懼

倪子耘

一

「民國一一六年（二〇二七）八月三十一日星期一……」

我站在騎樓下，看著已打烊的銀行的落地窗玻璃。最上方顯示著日期，其下是各種不停跑動的國內外財經要聞和股匯市資訊。我不關心那些，正想著我是乾脆去逛逛街，為自己買件外套；還是一如往常，買些簡單的食物，回家和自己度過又一個晚上。對我這種無牽無掛、無依無靠的人來說，下班後的都市有時是比辦公室更狹窄而堅實的牢籠。

一輪輪反覆播放的要聞中穿插的理財商品廣告看起來格外惱人：幸福的四口之家在一望無際的草地上嘻笑、奔跑。「為您把握美麗未來。」它說。

以前，商家總愛在門面上裝上各種形狀的ＬＥＤ顯示幕，讓各種幾乎沒人在意的訊息在上面流動；現在，所有的透明玻璃都變成了顯示幕，在街上步行已成為和各種影像、文字及聲音搏鬥的過程。剛開始人們經常被突然出現在玻璃上的廣告人物嚇一大跳；現在大家都習慣了，但偶爾還是會出現有人失去理智，瘋狂拍打玻璃的新聞。

如果停下來仔細回想十年前的市容，那變化之劇自不待言。但是，到底如何一步步變成現在的樣貌，其過程實在難以回憶。是路燈先不一樣了？是停車格先大量消失了？還是布滿綠色植物和光電玻璃的建物外牆先出現？認真一想，變化從來不曾停止，以後也將繼續下去，只是日日浸潤其中的我們對其幾近無感。一如逐漸上升的海平面，不過就是日復一日的枯燥事實。當然，等我們注意到的時候，世界已經不一樣了。

下班時間，天空布滿深灰色的雲，路燈還沒亮。從身旁經過的人們丟下「啪噠、啪噠」的聲響，撐開雨傘走出騎樓。剛剛下起的雨忽成傾盆之勢，如果是運動鞋的話，大概走個三、五公尺鞋子就要濕透的程度。低頭一看，還覺得運氣不錯，今天穿的是皮革短靴。躲在騎樓邊緣張望一陣，如此雨勢，但不知何時鋪成的新式路面上看不到任何積水。

風裡帶來出人意料的涼意，身上的衣、裙實在太過單薄，我把雙手交疊環繞自己。才八月底，上上星期創下高溫紀錄，上星期強颱劃過北部陸地邊緣，而今天，氣溫一夕驟降七度。新聞說是今年第一道鋒面經過，後方隨之而來的北方冷空氣會影響我們一陣子。但這是到了辦公室才知道的，太遲了。早上出門時還在半夢半醒之際，並不覺得冷；現在看看左右，人們都身披外套，手持雨傘，才覺得自己實在太過遲鈍。

趁雨勢稍歇，我闖入雨中跑向馬路對面的便利商店。本來只想買把雨傘，但一走進去就聞到咖啡的味道。相對於外頭喧囂的雨聲、車聲、人聲，裡面顯得乾爽、溫暖，甚至淡淡的溫馨。這是附近唯一有店員的便利商店，兩個年輕的男店員和客人在櫃檯旁閒聊著。他們朝每個走進去的客人點點頭，沒有大喊歡迎光臨。

我買了杯咖啡，在座位區僅剩的一個空位坐下。坐下前我對同桌的陌生男人說了三次「先生」，想問他這位置有人坐嗎？但他完全沒有回應。坐下後才發現自己精準地嵌進他的視線中。反射性地，我低頭看了一下自己的領口。不是太低，完全得體。抬起頭時看見他的嘴角朝我揚了一下，但顯然不是對我笑。有人看著你卻又不是看著你，這是大家共有的尋常時代經驗；只是，如此違背人與人交流之常情有時還是難以習慣。

總之，他看的不是我。他正看著他的「眼鏡」。

「大家都知道，以眼鏡作為行動智慧裝置早在十幾年前就曾被嘗試過，但他們失敗了，而我們成功了。」CEO在四年前的發表會上說。「如果把我們的成果比喻成SpaceX的最新一代火箭的話，他們當時所謂的智慧眼鏡，簡直就是馬車似的東西。我們的堅持、我們的不妥協，和你們對不凡的要求和渴望，一起造就了這個全新的智慧科技。請迎接這個劃時代的、由我們誓言為您打造的美好生活。」

那「美好」當時席捲了台下的群眾，四年後的現在席捲了半個地球。但我還是無法確定這四年來，我的人生究竟美好了多少？至少這一刻，在累積一整天的無奈、疲憊之後，對於正緩緩成形的脆弱和孤單，CEO口中的美好科技一點也幫不上忙。如果科技倒退二十五年，在手機還只能講電話和傳簡訊的時代，我和眼前這陌生男人一起在這裡躲雨，他一定會看見我臉上淡淡的妝、身上微濕的襯衫；或許我會因為自己的狼狽而尷尬地笑，或許他會遞來幾張紙巾，或許不著邊際地閒聊直到雨停。如果倒退十五年，他會低頭不停滑動他的手機，偶爾抬頭讓視線劃過我。但現在，我根本不會在他的眼中出現。

「你們可以在前面的大螢幕上看見使用的過程，但只能看見2D的影像。抱歉，真正的3D使用體驗，你們要到發售的那天才能感受。」CEO用很惋惜的語氣說完後，從口袋拿出一副眼鏡。鏡頭拉近，大螢幕向觀眾展示它白色的纖細鏡框、有著金屬飾線的鏡架和造形窄扁的鏡片。兩邊鏡架上各有一個該公司的商標。初看之下，也不過就是帶著科技公司商標的普通眼鏡。然而，鏡頭這時帶向觀眾，已經有人用雙手遮掩口鼻，眼泛淚光了。

「就是這種全新材質首次商業化的應用，它叫CNF，纖維素奈米纖維。」話才說完，CEO

就把眼鏡狠狠摔在地上，現場泛起驚呼一陣，回聲還響著，他躍起，雙腳同時落在眼鏡上，響起的輾軋聲激起更大的驚吼。鏡頭帶向剛剛眼角泛淚的觀眾，他的雙手滑落胸前，張口瞬目，驚愕地緊盯著大螢幕。只見，CEO緩緩移開雙腳，從地上撿起它，輕輕抹去塵埃，從容將一切完好的眼鏡戴上。此時，現場驚嘆、歡呼、歌頌如雷響起，如親見神蹟降臨般。「這種材質，我們已經研究十年了，它既是外殼、也是內部晶片的基材，而且強度遠勝鋼鐵，這就是我們能夠把強大的運算能力放進這麼小的容器裡的主要原因。而且我們已經取得每項關鍵技術的專利了，這一次，他們休想再侵犯、盜用我們的心血，去製造他們低劣的、毫無風格可言的產品！」他說。

觀眾沸騰了。

當然，CNF不是他們發明的。他們只是在適當的時機買下一家研究該材料的公司，但觀眾並不在意這些。他們的對手其實在更早之前就收購了另一家有著類似技術的公司。

陌生男人臉上掛著的大概是那間公司三個月前才發表的第三代產品，我不太確定，因為外觀上的差異不大。一直以來，我也不曾特別注意這些消費性產品的細節。而且，公司發給我們用的，是他們對手公司的產品。對手公司在相同領域也發展了十數年，當然沒有認輸的理由，在那發表會的兩個月之後也緊隨著推出了相似的產品。之後的專利訴訟大戰當然還是爆發了，但兩大陣營彼此競爭又同時聯合占據整個市場的情勢還是沒有太大的改變。

我拿出衛生紙，輕輕擦了臉和頭髮，對著襯衫領口和胸前幾塊水漬用力壓了壓；轉頭看看四周，確定沒有人看著我之後，把手伸進襯衫鈕扣間，擦了擦沿著胸部之間滑落的水珠，再伸手進袖口擦擦腋下，總算是覺得舒服一點。抬起頭，他的視線依然正對著我延伸而來；但隨後一驚，他臉上的眼鏡消失了，在他手上。

「抱歉。」他發現我發現他臉上沒了眼鏡後馬上說。

Shi——，我在心裡吶喊，把手中的衛生紙搓圓又捏扁。掙扎半天，最後還是狼狽而尷尬地笑了起來。

他也笑了。

「好，我們開始。」CEO輕輕拍了一下右邊鏡架上的商標。「你們可以從大螢幕上看到，當你啟動一支新眼鏡的時候，它會先掃描的你的雙眼，包含間距、遠近、高低，以提供你最清晰的影像。你不用適應它，它會適應你。好的，完成之後，現在你會看到眼前五十公分左右出現一雙手的3D圖像，當然只有你看得到，這時候，請你把雙手放進那圖像之中，隨著箭頭指示慢慢旋轉雙手一百八十度，這時眼鏡會記錄你雙手的所有細節，包括手掌形狀、手指比例、指甲形狀、靜脈分布，還有指紋和掌紋，經過簡單的校正之後，現在，你的眼鏡只會跟你的雙手互動了。最後一個步驟，它會請你念幾個單字和一個句子，好記錄你的聲音。好了，專屬於你的，獨一無二的智慧眼鏡誕——生——了——」CEO微微鞠躬，手掌向上從腰間緩緩向觀眾伸出，彷彿正獻上全世界最美好而神祕的空氣。觀眾又報以響亮的歡呼和口哨聲。

「這是全世界最先進的3D顯示技術。」CEO迎著歡呼驕傲地說。「左右鏡片提供些微不同的精細圖像，讓你的大腦自動結合成一個立體的桌面區，桌面區裡可以自由地以三度空間的方式排列各種即時訊息、目前正執行的工作內容和如積木般的各種APP的立體圖示。抱歉你現在只能看著平面的影像想像一下，但我們這個技術在你腦中呈現的立體影像，絕對顛覆你對3D成像的既有印象，它是如此真實、鮮明，而且舒適。而且互動是如此簡單，基本上，你可以用和它對話的方式使用百分之八十以上的功能；但你也可以把手伸進你看到的桌面區中，就可以輕易地移動和操作所有物件，跟你原有使用智慧裝置的習慣完全相同，只不過從平面進化為立體的，而這絕對是人類科技史上的一大步。」CEO開始向大家示範一些基本的操作技巧。「你看，當你的指尖觸碰到——當然你不是真的觸碰到——這個代表某個APP的立方體圖形時，它的邊緣會亮起白光，這時你可以把它拖曳到桌面區的任何位置；如果你要執行它，直接說『執行』加上APP的名字或者快速地輕點它一下就可以了。如果你的手只是滑過它，系統能精準地區分，不會有錯誤開啟的情形，像這樣。好，我們來打開這個瀏覽器。打開了。想搜尋任何東西，輕輕地對它說就可以了，或者，你可以使用下方的虛擬鍵盤。鍵盤也是3D的，它不再像以前一樣占據你那麼多的工作空間。這個桌面區的長、寬、深和透明度皆可以自由調整，大可以像看著一公尺外的六十吋螢幕，小則能如一個伸手可及的魔術方塊。如果要開車、要和別人說話，請切換到精簡模式，它會把桌面簡化成一個半透明的方框，環繞在你主要視覺區的周圍，完全不阻礙你看向真實環境的視線。完美，不是嗎？工作、娛樂、通訊全都能在這裡完成。你從此不再需要電視、PC、laptop、tablet、手機，這些舊時代的產物。新的世界就在今天來到。」CEO豪氣地說。

男人解釋說，他其實有聽到我喊他，但當時實在無法分心跟我說話。「我剛剛在參加一項手術。」他說。「本來是安排明天下午我回去才動刀的，但病人的情況突然惡化，沒辦法。」

「醫生？」我有點訝異。他看起來三十六、七歲左右，沒有任何醫師的嚴謹模樣。黑亮的健康膚色、高瘦而結實的身材，穿著牛仔褲和深藍色polo衫，鬍渣參差地刺出他的皮膚，說話的節奏輕快而有活力。給人的感覺彷彿隨時準備拿起工具幫你修理水管似的。我可以輕鬆想像他拿著捲尺搖頭晃腦，在灰色的水管上作上記號，鋸下需要的長度；卻很難想像他拿著手術刀的樣子。

「嗯。腦神經外科。」。

「外科？什麼遠端操作那一類的嗎？我看你幾乎沒有任何動作呀。」我問。

「不，要操作也不會在這種地方。不過，妳有在看嗎？妳不是忙著擦胳肢窩？」

「嘿！」我苦笑著，把手中的衛生紙摔在桌上。「怎麼這樣跟女生說話。」

「呵。妳看起來很開得起玩笑。」他開心地笑了一陣。「是另外一位醫師操刀。我只是旁觀而已，有什麼問題我可以隨時提供意見。本來是我的病人。」他搖了搖手中的眼鏡。「科技，呼，真是不可思議，不是嗎？病人的大腦就像真的在我眼前一樣。手術房的光線、儀器的聲音、同事們的呼吸、血管的搏動……好像我就站在那裡。」他一邊說著，一邊用食指和中指搓揉下巴上的鬍渣。思緒和視線一起越過我飄向遠方。

看著他一副彷彿沾黏在意識角落的思緒之網上的神情，「你會修水管嗎？」我忍不住問。

發表會接近尾聲，CEO剛介紹完如何連接兩付以上的眼鏡讓一家人一起觀賞影片。大家交談竊竊，眼看時間差不多了，不知道CEO最後會說些什麼。「最後，你們一定知道我要談什麼。就是它和你生活中其他設備的聯結能力。」他一說，觀眾就一臉恍然大悟的樣子。「只要透過一個加購的小裝置，你就能透過它和家中所有電器互動，所有的，照明、冰箱、電梯、電鍋、電動門、攝影機、洗碗機、保全系統、掃地機器人、太陽能熱水器，很遺憾我們還不能幫你的寵物洗澡，但那樣的日子也不遠了……。還有，連接你的車子也沒問題，請看。」螢幕上出現從一輛汽車的駕駛座看向擋風玻璃的畫面，從那角度看來，攝影機大概是裝設在頭部靠枕附近，模擬人眼的高度。CEO左右轉動他的脖子，畫面也跟著左右移動。他伸手點了一下畫面右側一個叫「Remote」的虛擬按鍵，按鍵變成一排P、R、N、D四個檔位鍵，同時畫面中央出現一個虛擬的方向盤。「這個遠端駕駛系統只支援配有無人駕駛裝置的車輛，而且你的遠端操作無法違反無人駕駛的安全設定，所以你沒辦法遠端操控車輛傷害任何人。我們來示範一下。」他說完後按下D鍵，雙手握住虛擬方向盤。「操作非常簡單，把方向盤往前推，車輛加速；把方向盤往後拉，車輛減速。轉彎、方向燈、雨刷……全都和你習慣的一樣。」他把方向盤向前推，畫面裡車外的景物開始向後移動。沿著路轉了兩個彎後，CEO讓車子朝畫面前方一扇捲門猛烈加速，完全沒有要停下的意思。但就在越過某條無形的線之後，突然，車子失去了動力，引擎的聲浪消失。車子靠近捲門的速度漸緩，最後優雅地停在門前。任憑他再怎麼推方向盤向前，車子仍是不動。這時，舞台左方的布幕被緩緩拉上，後頭是一扇捲門。隨著布幕靜止，捲門開始冉冉上升。畫面上，車子前的捲門亦同步上升。門半開時，舞台上，由捲門外射來的二道光束穿過CEO身旁。門全開時，他一推方向盤，將車子駛進舞台中央後停下。這時所有人才明白了為何這次發表會的舞台如此寬綽。CEO向大家一鞠躬，在所有人起立鼓掌之時，一言不發就坐進車中，將車駛出舞台。大螢幕上，傳來CEO對著鏡頭大呼一聲：「Seeya！」之後，畫面就此消失。

觀眾們對著空蕩蕩的舞台持續鼓掌三分鐘之久。

看到這裡時，我一下子想不出遠端駕駛究竟要應用在何種情境。軍警、消防人員早就有類似的技術了，但一般民眾有這種需求嗎？交通對人們而言，大多是把自己運送到不同地方，只移動車子有何作用？若是接送他人，遠端駕駛能做的無人駕駛都能辦到。看著現場觀眾充滿感動的臉，我想他們一定都知道遠端駕駛該用在哪裡。或者，他們根本不知道也不在乎。以各種使不上、用不著的多餘功能包圍自己，也似乎是這二、三十年的科技生活的本質之一。

總之，這是一場空前成功的發表會。該產品在全球同步發行日創下單日四千五百萬支的銷售紀錄。

「水管？會呀。妳怎麼看得出來？」他花了幾秒明白我的問題後回答。「大概從高中起，家裡所有東西就都是我在修了。我很喜歡修理東西。」

他竟然真的會。「你爸媽應該很開心吧。」我隨口說。

「我不知道，他們有時候覺得我很煩。我一直跟他們拿錢買工具、買材料、買零件，好像沒有比請人修理省錢。而且，我修不好又不甘心。有一次電視壞了，我修了三個禮拜，全家人就三個星期沒電視看。我也不准他們買新的，我覺得我修得好。後來電鍋壞了就沒人敢跟我說。」

我遮著嘴巴含蓄地笑，想像他家人偷偷摸摸帶著電鍋出門去找人修理的樣子。

「上大學後，我帶著一個超大的工具箱住進宿舍，沒事就幫室友、同學修電腦，後來連摩托車也修。沒想到口耳相傳，我竟然可以靠這個賺到不少零用錢。有一次宿舍熱水鍋爐壞了，大冬天，打完球沒熱水洗澡，我一氣之下就把它修好了，聽說後來三、四年都沒再壞過。那是個美好的年代。」

「什麼意思？」我不太確定他的美好指的是什麼。

「那時候有很多東西可以修。」他一臉懷念。「後來都是各種模組化的精密產品，某一塊壞了就換掉，沒什麼可『修』的。現在，」他又搖了搖手上的眼鏡。「這東西連拆都不能拆，晶體、電路全都印在外殼內部，根本不能用人力修理了。」

「這麼愛修理東西，怎麼會跑去當醫生？」

「就像我剛剛說的呀，後來我開始想幫同學修手機，發現我拿著螺絲起子和電烙鐵能做的事情愈來愈少。一氣之下，就休學去重考了。我本來讀的是電機，想了想決定學醫，而且下定決心要往腦部發展，要修就修最複雜的東西！當然那是意氣用事，醫人跟修理電器怎麼會是一樣的事情？不過現在我很慶幸當時的決定。」

「你的一氣之下也太多了吧。下一個一氣之下是什麼？」

「呃，一路上多多少少還是有些蠢事，當然。不過……」他的語氣如從空中輕飄飄地降落了。「現在回想起來都是一團瑣碎，沒什麼大轉折了。」

「一團瑣碎……很會說話嘛。」

「還可以。」他說。「怎麼，妳家有水管要修嗎？」

二

座位旁的落地玻璃上正播放著中秋月餅的預購廣告。想起母親昨天說：「又中秋了，再來就過年，接著端午……一年又過去囉。」這就是她對時間流動的感受，我想遲早有一天也會變成我的。

我說給他聽後，他說：「這好像就是我的節奏啊。」

「你幾歲呀？跟我媽一樣的節奏！」

「不是年紀的問題。忙一陣子，收到粽子；再一陣子，收到月餅；又一陣子，準備領年終、發紅包。大家不都這樣嗎？」

「是這樣嗎？我才剛滿三十歲，還不想那樣過生活……」一出口我就後悔了，怎麼就這樣把年紀說了出來。

但他對我的年紀什麼反應也沒有，又搓起他的鬍渣，若有所思。「可是……大概逃不過吧。比如說，妳上次和最好的朋友見面是什麼時候？」

「上個月。」我說。

「對吧！學生時期，一兩天見不到同學、朋友就難過；畢業後一星期見一次，再來變成一個月見一次；現在，我一年能和老朋友們見三次面就不錯了。這是不是多少能代表我們稍稍停下腳步，去感受生活的頻率？很難否認吧。而且……要改變也好難。」

我沒回答。外頭，天空失去了最後的光芒。看著人們撐著傘在雨和路燈下穿梭，感覺像是在孤島岸邊看著遠方漂流的船隻。

「妳跟家人住一起？」他問。

我搖頭。「怎麼了？」

「沒有。妳剛剛說昨天妳媽說……所以問問。」

「喔。昨天我妹妹結婚，在喜宴上聊到的。」

「你們就兩姊妹？」

「還有一個姊姊。」

「姊姊結婚了嗎？」

我點頭。「兩個小孩了。」

然後他開始問起昨天婚禮的細節，地點、桌數、餐點、流程、節目、禮服樣式……大概以為女生都喜歡聊婚禮。

我不喜歡。大多數的婚禮本身其實非常無聊，不太感人，也不能盡興地吃。妹妹的也不例外，就是一大群半陌生的人齊聚一堂，在無聊的過程中創造、追尋自己想要的意義。

此外，與今天不同，昨天中午有三十三度，接待區的空調又令人失望。身為妹妹的招待，我得一直穿梭於接待區和宴客區之間，於是腋下不停在乾濕之間徘徊。最惱人的是，長輩總愛問：「什麼時候換妳呀？」這種問題。我是識大體的人，不可能為了這種事不開心，但總有更不識趣的會補上：「快呀，年紀也不小了。」三年前姊姊結婚時他們也對我說過一樣的話。

但是，不管過程如何不開心，說心裡沒有一絲羨慕是不可能的。

「只剩妳沒結婚？」聊完婚禮後他問。

我搖了搖空蕩蕩的無名指。「是。」

「那……妳究竟有沒有水管要修？我真的會哦。」

「什麼呀！」我愣了一下後說。「沒有啦！」

我們一起笑了，只是我的笑容消失得太突然，如被從嘴裡奪去糖果的孩子。「但是，我今天過得不好。」我盯著他說。突然一陣難以掩飾的情緒湧了上來，為什麼是這個時候？為什麼是在一個陌生男人面前？我不知道。情緒的堤防是不容許任何微小裂隙的，光是聽到自己口中說出的「過得不好」，就使得隨之而來的氾濫就難以阻攔了。

「怎麼了？」

他不該問的。「今天認真化了妝，穿了最喜歡的裙子，忍受客戶一堆噁心又難聽的話，為公司解決問題，但沒有人對我說一句稱讚的話，一句也沒有。下班一出公司就下起大雨，我沒有雨傘；今天天氣突然變涼，我沒帶外套。跑進來躲雨，唯一的空位對面坐著一個混球不理人，也不把鏡片調成深色，害我不得不忍受尖銳的視線。你說，這樣對嗎？而且……」而且下了班還要面對這種生活在數百萬人之中的孤單，真有對象誰不想結婚，問個屁呀，誰喜歡孤身一人。我本來想這麼說，但忍了下來。無論如何，把昨天的情緒發洩在他身上也太過分了。

「而且什麼？」他問。

「沒有了。」

「我真的不是故意的。」他說。臉上竟有些愧疚。

我想為自己莫名的情緒道歉，但說不出口。那話語硬是像所剩無幾的牙膏，用盡力氣仍擠不出來。我放棄掙扎，嘆了口氣，此時脫口而出的竟是：「我……肚子餓了。」說完忍不住笑了，我到底在說什麼呀？

他疑惑地注視著我的臉，似乎無法理解其間的情緒落差。我自己也無法理解。「那……要不要一起去吃個晚餐，再送妳回家？」他問。

他話才說完，我已經在腦中翻攪各種拒絕的理由，就像一想到洗澡就不自覺走到衣櫃前一樣。於是我想起了衣櫃，想起了公寓裡孤單的氣味。最後，我鼓起勇氣，點了點頭。

「那我們得先去買點東西。」他說。

「買什麼？」

「等等妳就知道了。」

外頭只剩細細的雨絲。

每經過一盞路燈，他都一臉開心地抬頭看著。我也跟著不時抬頭、低頭，看著劃開燈光的濛濛細雨和地上積水反射出的各種奇形怪狀光團。我走在他的左邊，把包包背在外側；他把一個簡直可以去登山的大背包背在身後。我們偶爾會觸碰到彼此的手臂。

人行道的盡頭是一個T字路口，三個角落分別是一棟辦公大樓、一間加油／電池交換站、一家大型的複合量販商場。我們走在辦公大樓這一側，它的一樓漆黑一片，玻璃上也沒有顯示任何資訊，較高的樓層有幾處還有燈光。大門前方廣場上有一座水池，水池前方有一座落地招牌燈架，寫著「○○通訊園區」。整棟大樓外觀上再沒有任何其他商標、招牌、公司名稱。

我們在水池邊停了下來。「來這裡幹嘛？」我問。

「等紅綠燈而已，我要去對面買點東西。」他說。迎著燈光，他的頭髮和鬍渣閃亮著雨珠。

距離綠燈還有五十八秒，這時，背後響起了新聞播報聲。我回頭看，本來漆黑的一樓玻璃出現了新聞畫面。但經過的行人們卻都不以為意。

「……這將是本屆，也就是第十一屆立委的最後一個會期。」虛擬主播說。她看起來跟真的沒兩樣，但畫面下方顯示著：「虛擬主播／春嬌」如果她有意識的話，她會喜歡那名字嗎？她的長相是媒體公司讓民眾票選決定的。而取名春嬌，是因為當時正逢那個偉大樂團的成軍三十週年巡迴演唱會。

「……據該多數黨委員表示，在將於本週開始的最後一個會期中，已討論許久的《自動智慧機械設備管理條例》，也就是俗稱的機器人法案，應可獲得通過，將成為人民及政府機關合法登記及使用機器人設備的法源依據。」

「這個法案應該會是我們最先討論重點法案之一。」畫面上出現該立委的受訪畫面。他是真的嗎？不知道有沒有人懷疑過。「不能再拖了嘛！全世界都在用，我們台灣的很多公司也在這個產業扮演重要角色，結果我們不能用，不是好笑嗎？」他說到這臉一沉。「總之，我們確實需要它帶來的成長動力，我們到現在還能立足在這裡，難道不是因為經濟嗎？」

畫面回到春嬌和她的虛擬播報台：「儘管如此，還是有很多委員表達憂慮……」

「綠燈了。」他說。

我想把後面的報導看完，但他一把牽起我的手往馬路走去。我一驚，把新聞全忘了，腦袋像走火的電纜迸出一陣火光後，帶著一片空白跟著他前進，只聽見自己的鞋跟和柏油路撞擊的聲音。在這個年紀，居然對這種事情還是忍不住害羞。

到了賣場門口，他放下我的手，臉上一點異樣也沒有。「妳等我一下，我買樣東西就出來。」說完就轉身往賣場走去。

我呆立在原地一陣，想起了新聞。轉頭看向馬路對面，但新聞畫面消失了，回復原來的一片黑暗。如果八年前我大學剛畢業時，有人跟我說四年後手機就要被淘汰，再四年機器人就要出現在路上了，我是無論如何也不會相信的。但生活周遭總是有一股聲音不停嘶吼著說我們其實一點進步也沒有，說我們的產業一路從代工PC、筆電、手機，到這幾年說是轉型、升級，但不也還是代工智慧眼鏡、機器人？表面上，總是緊緊貼近科技的最前緣；本質上，卻還是站在別人帶領出來的潮流邊緣。高喊不能被「邊緣化」喊了十幾年，結果還是站在原處，既沒有真的被「邊緣化」，也沒有突破「邊緣化」。人民的生活本質上也不見改善，人口結構裡老的老、逃的逃，消費下降，失業上升，房價崩跌，所有人都說房價再也回不去五年前那場崩跌之前的水準。但又如何，房價仍趕不上多數人們變窮的速度，財富只是從一些富人轉移或集中到另一些富人手裡。花一、兩個月的薪水買一支智慧眼鏡的人們除了看著幾個富人隕落來取得畸形的快慰之外，什麼實惠也沒得到。整個過程中，政府數十年如一日，依然滿足不了富人，也飽足不了窮人；吸引不了資金，也照顧不了民眾。至少在媒體上，大家是這麼抱怨的。

我也常常不知道該相信什麼。這一切的進步有時候看起來都只是永無止境的虛幻循環。CEO口中科技的「美好」亦然。確實我們的生活已離不開這些新奇的消費科技，更離不開科學成就對整體人類世界的改善；但我還是無法將「工具」視為「美好」，無法理解看著新奇玩具掉眼淚的心情。

美好有時還是古老一點好，像剛剛他牽起我的手那一刻。雖然我知道那不能代表什麼，頂多只能代表某種快樂和失落的計量器同時被啟動而已。「寵辱若驚」，我想。但那真實感就算最先進的顯示技術也無法取代。想著他手上的溫暖，想著剛剛各種電流和荷爾蒙在身體裡流竄所造成的風暴。或許我們真正需要的，都只是如此單純而原始。我常常不得不這麼想。

如果有一天，科技發展到我們不再需要依靠真實的互動，就能重現這樣的體驗，就能感受到那接觸、交流、溫暖和期待。那我們會變成什麼樣的生物呢？誰還會冒著受傷害的風險去關愛、在乎其他人呢？越想越害怕起來。

當科技變成最新的精神藥物之時。

三

「眉頭怎麼皺成這樣？」他的聲音突然在耳邊出現。

「喂！嚇我一跳。」我輕輕推了他一下。他把雙手藏在身後，沒有閃躲。「你買了什麼？」

「妳先說妳剛剛在想什麼？很認真的表情。」

「寵辱若驚。」

「為什麼突然想這個？」

「不想解釋，你到底買了什麼？」

他思考了兩秒，笑了，把手從身後拿出來。是一頂五顏六色的安全帽和一件黑色皮革質感的外套。都還包在透明包裝袋中。

「買這些幹嘛？」我問。

「我才能送妳回家呀。」

「你騎摩托車？一個外科醫生？」

「不是普通的摩托車，是真正的摩托車。」

「那假的在哪裡？」看他一臉正經，我忍不住用刺刺的語氣說。

「不是真的和假的的區別，是真正的摩托車和無聊的摩托車的區別。」他還是一臉認真。

男人……我心想。「對你來說的區別。男人……」啊，竟沒忍住而脫口說了出來。然後我笑了，笑了好久，他愣了一下後竟像被傳染似的也陪我一起笑了幾聲。

「笑什麼呀妳？」他邊笑邊說。「關於摩托車，我可是很認真的。」

「好啦。」我捂著自己的臉。「不笑了。我是笑我自己。」

「為什麼？」

「很難解釋。」說完我腦中又亮了一下。「欸，我問你，那你知道真正的女人和無聊的女人的區別嗎？」

他一臉為難。「很難回答呀。」他說。

「所以你對女人沒那麼認真。結論。至少沒比對摩托車認真。」
「話不是這麼說……」
「我開玩笑的。」我阻止他繼續說下去。「真的。」
他鬆了口氣似的點點頭。「妳也很會說話嘛！」
「那不是好習慣。其實。」
他幫我拿著包包，讓我把外套穿上。很合身，也算舒適，不像看起來的那麼笨重。「幹嘛買外套給我？」身體一下子溫暖多了，但還是嘴硬。
「坐摩托車會冷。萬一摔倒了也多點保護。」
我聽了有些緊張。「欸……我說過了，今天過得不好，誰想在這種日子還摔倒。而且我穿裙子，女生腿受傷很難看……」
他伸出兩隻手在我面前搖了搖，露出認輸的表情，阻止我繼續說下去。「放心吧，我騎車很安全的。我明後天都還有手術，也不能受傷。不過……」他開始盯著我看。「很合身呀，也滿搭的，黑色裙子、短靴、防摔夾克。很好看……」他一臉誠懇地說，我又害羞了起來。「走吧。」他說。把包包遞還給我。
「謝謝。」我說。接過包包後跟著他的腳步前進。要走去哪？不知道，我沒問。仔細一想，我好像也不是那麼在乎。
真正看到的時候，我被那雄偉嚇了一跳。「好大！」我忍不住叫了出來。他說其實不算大，才六百C.C.。但是，我一次也沒坐過那麼大的摩托車。六百C.C.是大是小我完全沒有概念，但我至少知道它是喝汽油的。

「現在很少人騎這種車了吧。」我說。

「對呀。半古董了。電動車的性能已經完全追上了，價格也差不多了。連賽車界也往電動發展了。不出幾年，這種車就要消失了，可惜呀，再也聽不到這種聲浪了。」他說。「這跟眼睜睜看著某種美麗生物滅絕一樣哀傷。妳能想像嗎？」

「它看起來很美麗是真的。」是真的很漂亮，流線又不失剛健的造形，全身黑色像凶猛的豹似的，不像廣告裡的電動摩托車總是圓呼呼的。「可是不環保呀，沒辦法。它不消失，很多真正的生物還得繼續滅絕，不是嗎？」

「這就是弔詭的地方。妳知道十年來，我們火力發電的比例其實沒有下降嗎？畢竟石油還是相對便宜，市場是禁不起這種誘惑的。雖然太陽能和地熱的技術很成熟了，轉換效率也很好，但還是沒有比化石燃料發電便宜。對我們小市民來說，一度電貴幾塊忍耐一下就習慣了；但對一些耗電量大的產業來說，那是天地之別。結果那些本來應該被淘汰的火力發電機組就被低價賣給了財團，而我們的政府，神奇地，竟然還向那些公司購買多餘的電。政府花大錢建了一堆再生能源設備、用法令限制民眾必須在住宅裝設一定比例的太陽能板，還強迫我們買比較貴的電和交通工具，而好不容易在民生這頭省下的燃料，結果又被財團拿去賺兩次錢。不知情的大眾們，看著滿是太陽能板的市容，和似乎很環保的車子，以為我們真是綠能社會了，以為我們真的為環境貢獻一分心力了。然後開開心心地搭著仍舊以煤油作燃料的飛機到處旅行。我們這種喜歡活在表象裡且不停自相矛盾的缺陷，也真是……」他一邊摩挲車頭，很憐惜似的，一邊說了這麼長一串。

「也真是什麼？說完呀。」我說。

「真是數十年如一日。」

就猜他要說這句。我剛剛等他的時候也想到一樣的話。「哈！」我驚呼。「我就知道。」

「妳開心什麼？」他疑惑地看著我。

「沒什麼。」我依然微笑著。

「妳改天來醫院讓我檢查一下好了。」

他從大背包裡拿出他的外套和安全帽穿戴好後，幫我調整我的帽扣，一直碰到我的下巴和脖子，癢癢的，我忍著不要閃躲。「好了。妳可以把『眼鏡』戴上，這樣我們才能說話。不然等等在路上跟本聽不見對方說什麼。」

「我們的眼鏡不能直接連接，系統不同。」

「那隨便開個語音APP。」

我們把「眼鏡」帶上，各自用雙手在眼前比劃揮舞——打開通訊軟體、把對方加入通訊錄、開啟即時通話。測試了一下，聲音很清楚。

「妳聽得到嗎？」他故意小小聲地說。嘴形和聲音之間有著幾近無法辨認的延遲。

「聽得到啦！」

「妳那麼大聲，全世界都聽到了。」

明明面對面的兩個人，但聲音卻得透過網路在無數設備和我們之間來回。這也算是一種濫用吧？但這似乎也是科技生活的本質之一。不管技術如何演進，不管是現在的6.5G，將來的7、8、9G……我們還是會這樣濫用下去。所有人正仰賴你繼續濫用下去呢。

「上車。」耳邊傳來他的聲音。

他發動車子，傳來引擎的聲音，渾厚而間歇的律動像海浪拍襲。其實……滿好聽的，第一次發現。

我扶著他的肩膀，一手拉著裙子，辛苦地爬了上去。

「把妳的包包放在我們中間……對……然後抓緊我，壓在我身上也沒關係。放輕鬆就對了，Okay？」他拉扯我的手環繞他。

我點點頭，撞上了他的安全帽。

「妳說話呀。點頭我怎麼看得見？」

「好啦！人家在緊張啦。」

「妳不用大叫好嗎？我聽得見。」

車子動了，在轟隆的回聲中，緩緩地爬上停車場的斜坡，迎來濕濕涼涼的空氣。他在路邊停下，下一刻，耳邊突然響起女人的聲音，先嚇了一跳才明白是歌聲。「我騎車都聽這個，一起聽吧。」他說。

「這太尖銳了吧？」聽起來像歌劇。聽不懂的歌詞。那女聲像正用著尖尖的指甲刮著你的頭骨似的。

「有聽過嗎？」

「沒有。」我說。「這種聲音聽過絕對不會忘記，根本沒辦法想其他事了。」

「莫札特。」他說。

「喔，莫札特呢。」一說完就發現自己帶刺的語氣又出現了。「抱歉。」我趕緊補上。

「抱歉啥？我完全不懂古典樂。只是有一次不小心聽到，跟妳說的一樣，完全無法思考。有的場合，一邊聽著反而更能放鬆和專注。很難形容，好像本來散亂的注意力被她的聲音驅趕而集中的感覺。」

「像牧羊犬那樣嗎？」我說。

他想了一下。「對呀。就是那種感覺。妳形容得好。還有，妳不覺得她的聲音真的很霸道嗎？」

「嗯，我已經一片空白了。」

「哈！對，空白。」他居然高興地重重拍起了手。「好像把不必要的雜念都吸走了。妳知道嗎？除了騎車，我開刀也聽這個。原來我就是需要那空白……」

「啊——啊啊啊啊啊啊啊喔——」她唱著。

「這首歌叫什麼名字？」我問。

「它是歌劇的一部分。一個叫夜后的角色唱著『我的心沸騰著地獄般的仇恨……』之後不記得了。」

在那懾人的歌聲中，在台北的夜空下、高樓間，細小雨絲在車燈前飛散。他把雙手放回握把上，釋放那黑色的豹。我聽到一股「吼！吼！吼！」的咆哮。

我簡直飛了起來。

「你說這叫安全!?」我大喊。

「妳不用大叫，我聽得見。很安全，眼鏡會顯示周圍人車和路況。」

我放棄尖叫，讓她的聲音在黑色的夜和豹之間宣洩我沸騰的驚懼。

「啊——啊啊啊啊啊啊喔——吼——吼——吼——」

他們、我們複雜地交流著。

四

我們在一家很有名的飯店門口停了下來，大門旁的服務人員急趨向前。「鄭醫師，晚安。您一樣要自己停車嗎？」

「是，我自己來。請小姐在大廳等我一下。」他脫下安全帽微笑著說。

「沒問題，鄭醫師。小姐，請讓我幫您拿包包。」

我把包包遞給他。他把它背上右肩後伸手扶我下車，等我脫下花花綠綠的安全帽，陪著我進到大廳邊上的沙發坐下。

「小姐貴姓？」他把包包還給我時問。

「葉。」

「葉小姐，請您稍坐。」他伸手在空中指點了一陣。彷彿樂團指揮似的，他使用裝置的動作都比一般人優雅。「等等您會收到我們的服務訊息，您可以點開選擇我們為您提供的飲料。」說完後就微笑地轉身離開。

沒多久，我的視野中漂浮著：「來自〇〇飯店的服務訊息，現在閱讀嗎？」我點了「是」。它問我可以為我提供什麼飲料，我選了熱的特調花果茶。三分鐘後有個女服務生端著飲料走了過來，

「葉小姐，您的飲料，請慢用。」還遞給我一個小方巾，說裡面冷氣強，請擦乾，別著涼了。

我輕飄飄的，在不習慣和享受之間擺盪。

喝了兩口熱茶，正放下杯子，「叮」的一聲電梯門開了，一個穿著白色單肩洋裝的優雅女子走了出來。簡直就像是從電影走出來似的，令人自卑的身材、五官、妝容、飾品。經過我前方時，她突然轉頭看向我，我來不及收回視線。我不認識她，她卻對我親切而溫柔的笑，給人一種我是她婚禮來賓的錯覺。她點頭，我也點頭。服務人員為她開門時說：「小姐，晚安。」沒有稱她的姓。

她留下的光芒消失後，我回過神，總覺得好像曾看過她，或許是某個領域的明星。大概也只有這麼想才合理，那種美不是單純的裝扮而已，還要配合內在某些特質向外投射才辦得到，那樣的人成為明星大概再合理不過了。想了半天，結果她那無暇的臉讓我聯想起春嬌，和我看到一半的新聞。

「Search虛擬主播春嬌plus機器人法案。」我對眼鏡說。一直以來，我都設定用英文命令互動，總覺得這樣多少可以幫助自己清楚認知說話的對象。我不確定究竟有多少幫助，有時候我還是沒來由地和同事說起英文，有時又對著眼鏡說了三、五遍中文但它不理我。

「儘管如此，還是有很多委員表達憂慮。我們來看其中一位的說法。」她說。

畫面上出現一位長髮飄逸的女性委員，看起來大約四十歲。「我們還要再協商，行政院提出的這個版本太草率了。到底機器人可以應用在哪些領域、產業，哪些不行，我們其實還沒有完整的共識。這是第一點。

第二，法案只規範有機械肢體，可自行運動的機器人是不夠的。應該把所有的人工智慧，有溝通、判斷、學習能力的軟硬體都納入。現在百分之六十的銀行已經沒有電話客服中心了，一台電腦就取代了所有客服人員。很多民眾根本分不出是在跟AI還是人類說話。這種對就業的衝擊不用規範嗎？

還有最重要的一點，國外的研究和使用經驗已經顯示，對於擁有人類外表的機器人，我們會產生過度的關懷和情感，幾乎和對人類的關懷無異。明顯地，外表主宰了我們思考和感受的模式。國外已經有太多對這種仿真人形態的機器人產生過度情感依賴的案例，不論男女；還有，機器人色情的氾濫也是嚴重的問題。我們主張應該要禁止在國內使用任何擁有人類外表的機器人，但執政黨那邊卻執意不肯將這個部分納入法案。一旦他們強行表決通過，我擔心對整個社會倫理、結構，會造成許多無法挽回的破壞。」

看到這裡心情沉了下來，像又聽到某個虛偽的同事在背後說你的壞話。

「我們取得了一段國外社會心理學家受訪的影片，其中，他談到了剛剛議員提到的問題。我們來看看……」畫面回到春嬌，她說。

「又皺眉頭？」他的聲音在耳邊響起。「怎麼了？」他輕輕拍了拍我的肩膀。

我拿下眼鏡，搖搖頭。「工作的事。」

他幫我拿起安全帽，說：「走，吃飯。」

「穿這樣嗎？」我問。

「怎麼了？」

「別人都穿得很正式。」

「不用擔心這個啦。」

「誰不會？我很少來這種地方。」

「放心，衣著怎麼樣不是那麼重要。沒有人會說什麼的。而且妳這樣很好看，除了羨慕別人沒別的可說。尤其……這件外套真是不得了……」

「閉嘴。」

「好啦，不開玩笑了。哈。走吧。」

我們朝樓梯走去，每個擦身而過的服務人員都笑著和我們打招呼。「鄭醫師，葉小姐，晚安。」

「你是ＶＩＰ還是什麼嗎？」我問。「他們沒有對每個人都那麼認真打招呼欸。」

「才不是。我工作的醫院跟這家飯店是同一個企業集團的，我來台北參加會議，剛好沒有一般客房，醫院只好安排我住在本來為集團董事保留的高級套房。他們的眼鏡有臉孔辨識，當遇到高級套房的客人時，系統會提醒他們問好。對他們來說，我是誰不重要，我住哪一層樓才重要。」

「你住的那個房間一個晚上原本要多少錢？」

「好像六萬吧。」

「天吶！」

「我知道。但我不會邀請妳上去的，才剛認識就這麼做實在太失禮了……」

「閉嘴。」

「哈。」

「你這樣一說穿，魔法都消失了。」我怨言著。

「喔。妳會在乎這種事情？」

「偶爾的虛幻，偶爾的逃脫，大家都需要吧？」

「這不虛幻呀，很真實。問題只在於要不要窮盡心力追求這些。」他說。「其實擁有這些的都是明白人，他們都知道自己拿了什麼去交換。」

「那你呢？要追求嗎？」

「不了，太空虛了。」

「你剛不是說不虛幻。」

「不虛幻，只是空虛。不一樣，妳看，就算我們清楚知道這一切是如何運作的，就算我們知道他們其實並不真的關心我們是誰，但只要他們一開口喊著我們的名字，親切地問好，我們還是飄飄然。為什麼？因為產生那種備受尊重的美好感受，並不需要透過意識。你也沒辦法控制那些感受不要發生。我們就是在這種意識和感受之間的溝中變得膚淺和空虛的。多少擁有無上成就和知識的人仍舊身陷其中。那不虛幻，那是真實的空虛。我不認為我抵抗得了，還是離遠一點。」

五

飯店的一樓除了大廳外，還有義式餐廳和歐式自助餐，二樓有牛排館、法式餐廳、日式餐廳，三樓則是可以辦大型宴會的中式湘菜館。我們在一邊聊著一邊在二樓逛了一圈，決定吃法式晚餐。我說我沒來過這麼高級的地方，他說反正醫院出錢，就當作第一次逛動物園就好了。

服務人員一樣親切地問好。我戰戰兢兢地點了餐，他沒問我就自作主張地幫我點了酒。服務人員離開之後，他小聲向我介紹了一些用餐的知識和細節。慢慢地，大概是第三道前菜的時候，我終於感到自在了一點。

「這個動物園的食物有點華麗。」我居然又能開起玩笑了。

「沒辦法。」他馬上回答。「這裡的動物比較挑食一點。」

我掩著嘴笑了好久。「你好像對這種地方很熟悉嘛。」

「偶爾得陪長官應酬啊。長官們又老愛出沒這種地方。我跟妳說，剛開始我還認真研究了一下法國的飲食文化，怕自己一副鄉巴佬的樣子不行。結果……哈，妳知道我要說什麼了。」

「我哪知道。」我切下一塊鵝肝，一邊說。

「喔……好吧。就動物園呀。大家來這種地方吃飯，好像來看什麼新奇動物似的，『喔！你看那顏色、擺盤……』『好特別哦！好精緻哦！好幸福哦！』簡直有病，形容詞缺乏的病。妳看這裡面二十桌客人，有多少是來吃飯的？有多少是來逛動物園的？又有多少是來感受文化的不同的？大部分的人其實是為了付出那樣的價格而滿意。真的吃進了什麼，倒不是那麼重要了。」

「妳呢？」主菜送來時他問。「做什麼工作？客戶說了什麼讓妳不開心？」

「可以先不要談這個嗎？」我說。我點的是魚，他的是雞。從未見識過的美麗菜餚。

「好。那先吃飯。」

我點點頭。切下一塊魚放進嘴裡，切下另一塊放進他的盤子。他也切下一塊雞肉放進我的盤子。我喝了一口佐餐的白酒。一切都很美味，但心裡卻有些空蕩蕩的。彷彿美好的味覺抵抗著不肯進一步轉變為美好的體驗。

「又發呆了，妳。」他拿著酒杯在我眼前搖了搖。

「抱歉。」抱歉什麼呢？似乎是對剛剛拒絕他有關工作的話題感到過意不去。「我在想怎麼跟你解釋我的工作。」

「妳慢慢來。」他說。「我們這一行也是一堆烏漆墨黑、狗屁倒灶的事。我沒什麼可以批評的，如果妳是擔心這個的話。」他說完慢慢品嘗著他的酒。

不知哪裡湧出的決心。「好，那我問你，你曾經買過春嗎？」

他的臉一糾結，差點把酒吐了出來。不過那扭曲一下就恢復正常。「沒有。」他鎮定地說。「應該驕傲嗎？我不知道。只是……對我來說，身體的接觸有點太私密，好像是必須和精神有關的事情。我唯一會花錢買的，有身體接觸的服務，就是去剪頭髮的時候。」他把酒杯放下。「不知道妳會不會覺得很奇怪。但我躺在那裡，讓她們幫我洗頭，輕輕地撥弄我的頭髮、耳朵，捏捏我的脖子。透過感受她們小巧而溫暖的手，有的時候真的能夠覺得不那麼孤單。對我來說，大概這樣就夠了。好了，中年男子變態告白時間結束。」

「不會變態啦。真的。」我說。「我們偶爾都需要別人的觸碰。」

「這……跟妳的工作有什麼關係？」他小心翼翼地問。

「等等，我還沒問完。如果對象是機器人呢？沒有任何情感的負擔，但同樣真實的觸感；任由你盡情的宣洩，又不用背負絲毫愧疚。」

「呵！」他一呼。「妳講得我心花怒放！」但又馬上接著說：「開玩笑的。我想我還是不會。對著不是人的東西，釋放只應該存在於人類之間的情緒，到最後還是空虛而已。我還是離遠一點。」

「大概很多人的答案跟你不一樣。我們公司只生產一樣產品，但賺錢得不得了。」

「什麼產品？」

「機器人用人工陰部模組，AVMA。有聽過嗎？」

他搖頭。「那是什麼？」

「總之，就是裝在機器人身上，讓它們可以提供……性服務的東西，一整組，從外到內，跟人類的外觀和觸感幾乎一模一樣，拋棄式的，每用一次就換掉，不用清洗，也不會有傳染疾病的問題。懂了嗎？」

「哇。」他的眉毛揚了揚，眼睛眨了眨，最終緩緩點了頭。

「同事們都戲稱我們賣的是『假掰』，哈，貼切。fake pussy。」

「假掰」，台語念起來大概像「gay-bye」，在我讀高中、大學的時期，是非常流行的一個詞。通常是形容人矯情作態到一望可知且令人生厭的地步，大概就是做作（假）到令人想罵髒話（掰），或是做作（假）的爛人（掰）的意思。不太好聽的詞，因為帶著「掰」字，當時有些同學根本說不出口，於是他們就被形容為「假掰」了。為了不被罵，只好用它來罵人，這也是那個時期的我內心的小小掙扎之一。

總之，它在生活中、媒體上流行了十年左右，後來又很少聽見了。

他說他有聽過這個詞。我說天啊，我們是同一個時代的人嗎？他叫我別吵，問我：「然後咧？國內不是還不合法嗎？」

然後甜點來了，對話稍微中斷了一下。我們分食著焦糖布丁和檸檬塔，他各吃一口就停了下來。

「然後呢？」他再問。

「機器人性產業在國內不可能合法，看我們長久以來對待性產業的態度就知道了。我們大部分客戶都在國外。」我說。

「大部分？」

「嗯。去年我們在國內賣了五萬個。算很少了。去年國外一共賣了快四百萬個。」

「這……不是數量的問題吧？機器人在國內還不合法不是嗎？」

「你這個反應也太老實了吧？玩得起的人自有管道呀，聽說很多有錢人家裡早就有了，說是當管家用，但實際上他們愛怎麼用就怎麼用。而且又是仿真人外形的，不要帶出門，鄰居也不太會注意。就算被抓到，罰款、沒收，對那些有錢人來說也不痛不癢。而且，不管是哪個型號，只要是仿人形的機器人，經過簡單的改裝就可以裝上我們公司的產品。原廠都會說禁止改裝，但卻又都預留好那個空間。更諷刺的是，我們在設計『假毬』的時候，需要機器人那個空間的詳細尺寸，原廠都非常樂意提供。說這一切背後，不管哪一國的政府、哪一國的產商，沒有一定的默契我才不信。」

說到這他盯著我看了好一陣子。「妳臉紅了。」他說。

聽他一說，我才發現我把佐餐的紅、白酒都喝光了。我的酒量最多只能算普通，如果酒量也有類似多益的測驗的話，我頂多四百分吧。當一停下不說話時，我開始感受到周圍世界的輕微搖晃。這種時候，根據以往的經驗和一起喝過酒的朋友的敘述，我會開始把心裡想的一切全說出來，毫無遮攔地。

「糟糕。」我說。

「怎麼了？」

「我喝了酒會亂說話喔，等一下如果得罪了請包涵。」

「怎麼個亂說法？」

「就想什麼說什麼。」

「那叫說實話，怎麼算亂說話。」

「那頂多叫真心話，真心話不一定是事實；沒有思考就出口的真心話，也不一定真的真心。」

「總之，我無所謂。妳愛說什麼就說什麼。還有……妳還要喝嗎？」
「不要，太貴了。」
「醫院出錢哪。」
「唉喲……」我還能喝嗎？「那……我要白酒。」我不好意思地笑著說。
我看著他向穿著黑長褲白襯衫、綁著整齊馬尾的服務人員點酒。覺得輕飄飄的，但再喝一杯大概沒問題。
「難怪我今天說那麼多。」服務生離開後我說。
「因為酒嗎？」
我點頭。「我平常很不喜歡談我的工作。雖然工作本身很有趣。欸，其實研發那東西不是那麼容易的，我跟你說。」
「妳是做研發的啊？那為什麼還要去見客戶？」
「嗯，研發。但老闆叫我去見，我就去見囉。我們的業務部門都在國外，國內又沒啥客戶。國內唯一的客戶是一家自稱『智慧服務代理商』的公司，就是他們想辦法把機器人運進台灣然後賣給有錢人們，還提供改裝和其他後續服務，當然也就需要向我們公司買產品。去年五萬個就是賣給他們，但是，上個月他們一口氣訂了三十萬個喔，大概看好法案會通過，而且相信仿真人的機器人不會被禁止，不然訂那麼多幹嘛？」
「嗯……」他看了看我，看了看空酒杯，好像在思考什麼。正要說話時酒送來了。
跟剛剛同一個服務生。眼鏡後的眼睛大大的很漂亮。

「妳眼睛好漂亮。」我看著她，話就這麼從嘴裡冒出來。

她好像有點驚訝。露出好大好大的笑容。「謝謝。葉小姐。」

這時我才看見她手中的拖盤上是一整瓶白酒和兩個乾淨的白酒杯。「你點了一整瓶呀！」我對他說，說完才發現音量好像太大了。她臉上的笑容變得有些尷尬。

「妳能喝多少算多少。剩下的我帶回房間慢慢喝也沒關係。」

「醫院出錢嘛！」我們竟一起開口說。

服務生好像被我們逗得很開心，笑著請他確認酒標，開了瓶塞，換了杯子，倒了酒，然後轉身離開。

「然後呢？」他問。

「然後什麼？」

「妳說妳不喜歡談工作；研發很有趣，但不容易；國內沒業務部，唯一的客戶突然訂了很多貨。」

「喔，對。你很清醒喔。」

他揚起一邊眉毛，一臉驕傲，還伸手比了大拇指。「是妳的酒量不好。別逞強哦。」

「哼。」我裝模作樣一下。「總之，別人問我工作內容，我都只說研發機器人零件。欸，做那個真的不簡單呢。觸感好是基本的，一受到壓力要能自動釋放潤滑液；裡面有八個感應器和機器人的感知系統相連，四條線路和加熱系統相連；最後，成本還要夠低，畢竟只能使用一次。」

「要感應器幹嘛？機器人能產生快感嗎？」

「不能。那是要讓程式了解『事情』進行到什麼階段，機器人才能模擬類似人類的反應；還要在愈來愈激烈的時候，稍稍調高溫度，比正常人類體溫高一點。」

「這……太先進了吧。」

「我們的獨家功能。使用者根本不會意識到那一點點的溫度差，但就是會覺得我們的產品很特別。『真實』、『熱情』，很多使用者都這麼說。」

聽到這他臉上綻出笑容。花了一點時間，我認出夾雜其中的無奈。「真有這種人啊？」他說。

「明明知道那假的，不是嗎？」

「但快感是真的啊。就像你說的，又不用通過意識，也不能控制它不要發生。」

「可是……」他卻突然停下不說了。皺著眉、瞇著眼，拿起酒杯喝了好幾口。

「所以我不喜歡談工作，有的時候真的很掙扎。做出好產品很開心，薪水也不錯。但是，我做的事，或這工作本身是對的嗎？有意義的嗎？我真的不知道。有時候覺得好像幫助了一些人，好像我的存在是有點意義的；但是有時又覺得一切只是自欺欺人，甚至羞愧著我好像參與了什麼陰謀，變成引誘人們墮落的幫凶。可是我不做也會有別人做，我們公司不做也會有別的公司做。我不知道……我都跟自己說，反正世界就是這個樣子了。」

「不。當然不是妳的錯。我們這種角色，也不過就是被沖進大海的砂礫。我只是對人類的空虛毫無極限感到不可思議而已。要說錯得多，誰也比不上那些有錢、有頭腦、有資源，嘴上掛滿『創新』或『更好的生活』，卻不停製造空洞的社會的人。」

第三杯酒喝完時，我去了廁所。一路上我必須小心翼翼、一步一步專注地走才不至於撞到其他客人的桌子。雖然一切都搖晃著，但沒有什麼不舒服的地方，頭不痛，也不想吐。在馬桶上，一邊用衛生紙擦拭自己，一邊看著褪至兩膝的內褲，腦袋一陣熱烘烘。實在不能再喝了，決定跟他說我自己搭計程車回去就好。

「我跟你說喔。」我回到座位上後說。

「請說。」

「我——無論如何不要坐你的黑豹回去了。我有點醉了。」

「看得出來。妳不要幫別人的車亂取名字……」

「噓。」我打斷他的話。「我……我……」我了半天後面的話卻出不來。

「怎麼了？」

「我……你……唉。」嘆了一聲，此時腦袋裡念頭一轉，沒想到語言馬上就順暢地流動起來：「請你一定要邀請我去見識一下一晚六萬塊的套房。我以後可能再也沒有機會了。我睡沙發也沒關係，可以嗎？就當作招待我一晚couchsurfing。」

「葉小姐，」他把臉往我的方向靠近了一點。「非常歡迎。要睡沙發也是我睡。Okay？」

我笑著，一直點頭。

「那走吧。」他說。「還要喝的話酒帶著，累了妳可以直接睡，我可不想扛著妳回房間。」

他把酒瓶塞好後拿在手上。我們走向櫃檯，服務人員拿出幫我們保管的安全帽、背包和外套。他用手指在櫃檯上顯示著賬單明細的玻璃上簽了名之後，我們在兩個服務人員的問候聲中走出門外。

六

房裡有客廳、臥室、吧台、小型會議室和大得不得了的浴室。我一邊在不同的空間裡穿梭一邊大笑，在柔軟的床上滾了兩圈。躺在大得像泳池的浴缸裡，有股衝動想打開水龍頭，就這樣穿著衣服泡在水裡。但隨即放棄了這不知有何意義的念頭，我笑著回到客廳的落地窗前，在地上坐下，請他把燈光調整到讓我可以看清楚窗外的台北夜景。

新鮮感消退以後，覺得這樣奢華的空間有點讓人難過。

他看我突然安靜下來，問我還要喝嗎？我說好。他從吧台拿出兩個酒杯，提起酒瓶，朝我鏗鋃鏗鋃地走來。

「你不覺得，不管多有錢，這六萬塊有更值得花的地方嗎。」他在我對面的牆邊坐下後，我對他說。

「也許是。」他把杯子放在我們之間，拉開瓶塞，各倒了半杯。

「飛機坐頭等艙我可以理解，但住這樣的房間……也不會比住六千塊的房間睡得更好吧？剩下的錢買了什麼？虛榮嗎？這就是你之前說的那種空虛，對吧？新聞上沒錢吃午餐的孩子收到這筆錢不知道有多開心。」

他拿起酒杯。「敬妳，和妳善良的心地。」

「謝謝。」我拿起酒杯後遠遠地朝他晃了晃。小小喝了一口。

「可是，那些錢也代表背後供應商的收入、股東的利潤、員工的薪水、政府的稅收……。這些錢必然成為某些孩子的午餐。真正令人不安的是，這些金錢的流動，對有些人來說不過是遊戲，而對有些人來說卻生死攸關；而且共同生活在這塊土地上，每天和彼此擦肩而過。我們大概永遠也解決不了這種問題了吧。有錢人大概會說，正是因為有他們的投資和消費，貧窮的人們才不致落入更糟的境地。甚至有人曾問我怎麼會認為這是個問題。

另一方面，對我們這種在安逸中不上不下的人來說，除了學會冷眼旁觀之外，到底我們還犧牲了哪些尊嚴和人生價值的選擇？我有時候想，如果不當醫生，少賺一點，少工作些時間，或許我會活得更快樂也不一定。但我太膽小了，我不敢讓自己窮。面對真正的自己有時候真的很難。」

我們偶爾看看對方，偶爾看向窗外。彷彿所有語言像被剛剛沉重的話題輾碎了，沉默持續了一陣子。這時候窗外腳下各種燈光所形成的各式光點看起來一點繁華的感覺也沒有，反而令人感到殘破，像什麼東西被摔碎之後散落一地。

「妳還沒說客戶跟妳說了什麼讓妳不開心。」他先開口推開沉默。

「喔，對。」我把剩下半杯酒放下。「客戶上星期五打電話來抱怨，老闆就要我今天過去一趟。」

「為什麼是妳？」

「老闆說我應對不錯，又有專業背景，而且大家對『長這樣的女生』，他說的，多少會好聲好氣一點。」

「哈哈，長哪樣？」

「我也問呀，長哪樣？老闆說反正是稱讚，點到為止。他說他可不想被說騷擾員工。」

「所以今天特地穿裙子和化妝？」

我點頭。「一點屁用也沒有。一見到客戶，劈頭就是一陣叫囂，說我們這次的貨不對，跟之前的不一樣。我向他要了其中一個裡外看一看、摸一摸，外觀、觸感都沒什異樣。但他就堅持說不對，說『太粗』。我問什麼太粗？他居然在我面前用指頭朝那人工陰道戳進拔出的，用台語說『不對啦，太粗，這樣誰要幹！』」

「哇。」

「對，哇。我心裡也是『哇』一聲。算了，工作嘛。然後我試著解釋，那只是溫度問題，裝到機器人身上，加熱到人的體溫後，觸感就不一樣了。我說他可以裝一個試試看。他這時大概明白了，說他晚點試，要打發我走。我說不行，我要確定沒有問題，才能回去跟老闆交代，請他現在試。」

「然後咧？」

「然後我就看他測試呀。他一把手指放進去，機器人就按照設計叫了起來。不管怎麼說都是很不舒服的經驗。反正最後確定沒問題，我就離開了。回到公司已經是下班時間，人都走光了，老闆也走了。雖然真的沒什麼大不了的，但那時要是有人讓我抱怨一下，或者老闆能說一聲辛苦了，心情就不會那麼惡劣了。而且一下樓就下起大雨……」

「還有個混球就在對面等著忽略妳。」他接著我的話說。

「好意思說。混球。」我說。「想先去洗澡，再跟你聊，好嗎？」

站起身時，搖晃了一下，他趕緊過來扶住我。

「唉，喝多了。不喝了。」我說。

他要我在沙發上休息一下，從冰箱拿了果汁給我，說可以幫助代謝酒精。又說要我先等等，他先去幫我放水。「沒有人會放過那個浴缸的。」他說。

我道了謝。他走進浴室後，我拿起眼鏡戴上，發現才快十點。總覺得夜好像很深了。我把眼鏡放入襯衫口袋，拿著果汁又走回落地窗邊坐下。他出來發現我在窗邊，這次他走到我身邊坐下。我喝著果汁，他喝著白酒。沒有說話。我轉頭看了看他肩膀的位置，把頭放了上去。他伸手摸了摸我的臉頰。

我不知道有多久沒有感受到這樣的溫暖和自在。我們就這樣靜靜而輕輕地依偎著，直到他推了推我，說：「水應該好了。」

在蓮蓬頭下沖洗完之後，我把燈光調暗，躺進浴缸裡，輕輕撥弄著自己的身體。一陣子後覺得熱得頭暈，起身坐上浴缸邊緣，拉開乾淨得如全新般的白色窗簾，看著窗外。周圍的建物都遙遠或矮小得不可能有任何人看得見我。雨似乎已經停了，底下失去特徵的藐小行人隨機地穿梭、碰撞。遠處高架橋上的車輛如奇異的昆蟲爬行在我模糊的赤裸倒影上。

清醒些後，我伸長手從架上的襯衫口袋拿出眼鏡戴上，躺回浴缸裡，繼續把新聞看完。

她說：「我們取得了一段國外社會心理學家受訪的影片，其中，他談到了剛剛議員提到的問題。我們來看看這段訪問。」

「對機器人過度依賴的問題，已經嚴重影響到很多人的生活，」一個頭髮灰白，戴著顯然不是智慧裝置的大金邊眼鏡的中年男人用英式口音說。「特別是本來就缺乏社交生活、低自信、無健康休閒嗜好的人。這樣的產品，或服務一出現，馬上讓他們陷入更為扭曲且不健康的生活型態。設計這種產品的人，我只能說，他們為了商業利益而泯滅良知的程度超乎想像，我只想得到政客、毒品、槍枝可以形容。

我訪談過的一位男性成癮者跟我說：『我知道那樣不對，我知道她不是真人，可是我真的無可自拔。再一次就好，最後一次，我每次都跟自己這麼說，但從來不是最後一次。你知道那機器人怎麼跟我說話嗎？她說：「我知道我不是人類，我也不想取代人類，但是我今天，現在，就可以讓您不那麼寂寞。誰都應該獲得快樂、陪伴，不是嗎？我沒有任何的自尊心啊，您再怎麼粗暴、無禮，我也不會有任何抱怨，放肆地在我身上宣洩吧。接受您的一切，就是我的任務，就是我被製造出來的目的！一個機器最大的悲哀，就是被製造出來，卻不能被使用，不能完成任務。主人——請使用我吧，我被設計得很溫暖、很舒服，讓我服侍您，成為您最美麗、忠實、謙卑的僕人。當她一這樣對我呢喃，我根本無法拒絕。一次又一次，我愈來愈厭惡我自己，但還是又爬回她身上，幾乎對其他事情都失去了興趣。』

這樣的人不是個案，有人失去了家庭，有人失去了大好前途和工作，就因為這種訴諸人類最原始本能的商品出現。而從古至今，這種大規模的問題，像剛剛提到的毒品、槍枝，還有像肥胖、貧富差距、能源等，政府幾乎都無能解決，甚至推波助瀾。誰敢說不是政府為了背後的經濟效益，而放任機器人的問題嚴重至此。

還有最後一點，我私下詢問了許多製造商和設計者，沒有任何一家公司承認他們在設計他們所謂的『情慾模式』時，曾寫入讓機器人那樣說話的程式。若他們說謊就罷了，若他們說的是實話呢？我們知道機器人有基本自主學習的能力，要是機器人是自己發展出那種對使用者說話的方式呢？要是經過模擬、推論，他們歸納出那是最有效率來完成工作的途徑呢？如果機器只是盡力完成人類交付的任務而無意間造成毀滅性的後果又怎麼辦呢？這不正是我們一直以來擔心的事情嗎？」

專家後半段對人類未來的憂慮並沒有進到我心裡。我的心思不停旋繞在中間那段機器人說的話裡，腦中一直浮現美豔而赤裸的機器人一邊撫弄自己一邊說著：「Please use me. Utilize me, sir...」

我慢慢起身離開浴缸，摘下眼鏡，披上浴袍。

打開門探出頭去，他在沙發上。我叫他。他拿下眼鏡，問我：「怎麼了？」

我揮揮手，請他過來。他放下眼鏡，走到門旁。

「你在忙嗎？」我問。

「了解一下病人的情況，忙完了。」

「所以現在有空？」

他點頭。

「那……一起？」我輕輕地把他從門外拉進浴室。

在浴缸裡，他用毛巾擦洗我的背部。

他讓我躺在他身上，用雙手環繞我，偶爾輕撫我的大腿。在昏暗的燈光下，整個世界濃縮在那個空間裡。我沉浸在他雙手規律的移動，及偶爾撞擊水面而產生的水花聲中。

「又下雨了。」他說。

我轉頭，很大的雨，打在窗上的雨珠不停滑落，沒有聲音，但窗外的世界已經無可辨視。

我拉起他的左手，把他的手掌放在我的胸部上。

Use me. Utilize me, sir...

我們擦乾了身體，一起赤裸著在鏡子前仔細地刷牙，玩弄對方的身體，看著對方笑。

進到臥室，我們在柔軟的床上翻滾著。這次由我代替夜后為他吟唱。

「啊——啊啊啊啊啊啊啊喔——。」

他如黑豹般奔馳著。

聽著他「吼——吼——吼——」的咆哮，我簡直要飛起來了。

整個夜晚，我任由語言的歧義性將我貫穿。

「哦——下雨了呀。」我喘著氣說。

七

夢見了那個穿白色單肩洋裝的美麗女人。

我在飯店大廳沙發上喝著溫暖的花茶，她從電梯裡走了出來，在我對面坐下，優雅地把兩腿交疊，雕像般的小腿和膝蓋從開衩處露了出來，銀色晚宴高跟涼鞋隨著她的腳輕輕擺動。腳踝周圍，涼鞋綁帶上的鑲飾閃爍著光芒，宛如一條暗示性的鎖鍊，不論說的是「來啊，我被鎖住了呢。」或「讓我來鎖住你吧。」都旖旎得讓人嫉妒到心痛的地步。我根本不記得當時曾低頭看她的鞋，但此時那卻是在我心裡激起最大波瀾的東西。

「葉小姐，我是來提醒妳的，」她用柔細的聲音說，十指交握放在大腿上。「時間快到了，南瓜快回來了。」

「誰的南瓜？」

「妳的，他的，遲早都會回來的。沒有人能知道明確的時間，但妳的好像太快了。速度太快不好，有時候妳會被迫把它想像成別的東西。」

「什麼東西？馬車嗎？」

「妳還有心情開完笑，它真的快來了。」

「那他的呢？」

「我怎麼會知道。再說，你們距離太遠了。」

「妳想說什麼？我配不上他嗎？妳想說的是這個嗎？我就這麼不好嗎？」

「不。我怎麼會是這個意思？我怎麼會做這種無意義的比較？再說，我看妳也不是很在乎。」

「我哪有不在乎？他人很好，很溫柔，很聰明，跟他在一起很……」

「很自在對吧？」她打斷我。「在如此陌生的階段，如果真的渴望，妳能有多自在呢？是人難免患得患失，不是嗎？那種在期望和失望之間的掙扎？妳自己不也說『寵辱若驚』嗎？總之……」她這時放慢了說話的速度。「記得『鯊魚』。一定要。」

什麼鯊魚？我還來不及問清楚就醒了過來。眨了眨眼，夢境消失在灰濛濛的天花板裡。

早上六點三十二分。他背對著我睡著，一點聲音也沒有。沒什麼精神的光線飄浮在整個空間裡，我被一種喧囂過後的冷清包覆。頭和喉嚨都有點痛，大概是淋了雨、吹了風、喝了酒，又嘶吼一晚的關係。

到冰箱拿了果汁，在偌大的空間裡一絲不掛地走著。駝色地毯踩起來感覺乾淨又柔軟，茶几上兩個酒杯，一個空了，另外那個剩半杯的是我的。好浪費，那半杯要好幾百元。浴室裡我的衣物和眼鏡還在架子上，浴缸裡昨夜的水平靜得像鏡子一樣。伸手摸了一下那淡淡的藍色。冰涼。整個華麗的空間像是荒蕪的遺跡。

他維持一樣的姿勢睡著，我回到沙發上坐下。離上班還有兩個小時。想著我現在應該要做什麼呢，想著該用什麼心情面對他。他又是用什麼樣的心情看待我呢？想了一下決定下去散散步，或許頭腦會清楚一點，印象中好像沒看過清晨的台北市中心的樣子。

我到浴室穿好衣服，刷了牙，梳了頭，戴上眼鏡。沒有任何訊息，氣溫攝氏25度，少雲。我看向窗外，大概就是眼鏡說的那樣。我背了包包，沒穿外套。這個時間的走道和房裡一樣冷清。搭電梯時遇到一對上了年紀的觀光客夫婦，很客氣地用英文和我說早安，聽起來像日本人。我也說早安。老太太拍了拍我的手，用雙手比劃著往自己身上套衣服的手勢，說：「It's cold outside.（外頭冷）」

「I forgot... Thanks anyway.（我忘了，還是謝謝您）」我說。

外頭並不冷。天空很乾淨，涼涼的空氣很舒服，也沒有濕濕的味道。我沿著人行道漫步著，遠離飯店後，街道上漸漸變得熱鬧些許。大部分是還睜不太開眼睛、一側臉上還帶著睡痕的學生們，也有些帶著寵物散步的老年人。大部分的店家都還沒開門，看起來熱鬧的地方都是巷子裡傳統的早餐店。大馬路邊只有無店員的便利商店裡一些較早起的上班族正排隊為咖啡結帳。發現大清早的台北市中心也沒什麼不同，就是生活在比較貴的地方的一般人們。

大概走了十五分鐘，眼前出現一個捷運站的出口，我毫不猶豫地走了下去。

就這樣，我在三十歲的時候完成了人生的第一次一夜情。我在車廂裡的時候這麼想。而且整個過程中我都完全沒有意識到這件事，至少不曾有過這種打算。但我就這樣逃走了，我究竟是對誰沒有信心呢？為什麼要做那種夢呢？究竟是我影響了夢還是夢影響了我？一路上就這樣胡思亂想著。

到家，沖了澡，站在鏡子前看著只穿著內衣的自己，想像他從背後擁抱我。此時，丟在床上的眼鏡「嗶」了一聲，我馬上轉身拿起戴上。但不是他傳來的訊息，是飯店傳來的滿意度調查問卷。我直接刪除，現在誰有心情填那種東西。

隨便拿了件牛仔褲穿上，在鏡子前猶豫五秒又脫掉。今天不用見客戶，本來應該隨便穿就可以了，但腦中一直浮現夢裡的女子和她的白洋裝，哦……還有她的腳踝、她的鞋……真是迷人又傷人。我挑了一件白色的無袖連身裙和米色針織薄外套，從鞋櫃中拿出一雙褐色涼鞋，把上面的灰塵清理乾淨，用盡所有耐心非常仔細地化妝和綁頭髮。

成果算是令人滿意，我戴上眼鏡把鏡子裡的自己拍了下來。或許，如果他有和我聯絡，我可以把這張照片傳給他。

到了公司，心情居然感覺分外踏實，像被放進對的地方的齒輪，多餘的東西都被運轉的過程輾碎、拋棄了。還有不少同事稱讚我今天很漂亮，到底以前的我是多糟糕呢？

午餐時間，從實驗室出來時，一個素來內向少言的男同事走過來問我可不可以拍一張我的照片？在同事之間，那顯然是一個有點奇怪的要求。我和他既不熟識，也不是在同事們會一起合照的聚會場合。我猶豫著。他馬上解釋說公司每個月都有攝影比賽，他都固定參加，問我可不可以幫忙，因為我今天真的很「不一樣」——他這樣形容。我答應了，走到窗邊，他後退了幾步，在眼鏡前比劃了一陣。我試著自然地微笑。拍完後他說側面也拍一下可以嗎？我轉身面向窗外，直到他說好了為止。他連續說了三聲謝謝，表情像拿到期待已久的玩具，卻又在人前強忍心中欣喜的孩子，眼睛笑了，但嘴角抿著微微抽動。

「公司有攝影比賽喔？」午餐時我問一起吃飯的女同事。

「好像有。獎金兩千塊的樣子。內部網站的左下角有個員工活動的聯結，裡面好像有這一項。沒人會認真參加吧？」

我把男同事找我拍照的事告訴她。

「妳讓他拍了喔？」她有點驚訝。

「對呀。怎麼了嗎？」

「他們那一群都怪怪的，總是擠成一團神祕兮兮不知道在討論什麼。我最近有一次經過他們旁邊，剛好聽到他們在討論『StripAll』。妳有聽過嗎？」

我搖搖頭。「那是什麼？」

「最近很流行的一個APP，成人用的，沒辦法在官方商店上架的那種。」

「沒聽過，可以幹嘛？」

「等等，我找給妳看。」她說完拿出眼鏡戴上，搜尋著什麼的樣子。

我也戴上眼鏡等著。一陣子後她丟過來一個聯結，我點開來閱讀。三個月前的文章，標題叫〈完全看穿你的幻想對象〉。

〈完全看穿你的幻想對象〉

上星期，全球最大的色情網站發表一款名為StripAll®的情色應用程式。上市一週以來，估計已吸引全球近六百萬名的使用者。要使用此APP，你必須成為該網站會員，通過年齡審核，並預付一筆使用費。該網站提供一個月、三個月、半年及一年，共四種付費方案，訂購一年的費用為五百八十八美元。

「這個APP的功能極其簡單但極為強大。」該網站的總裁說。「我們讓你能夠簡單而精確地完成你的幻想。」

啟動這個應用軟體後，它會請你輸入你的幻想對象的一些基本資料，至少要有性別、年齡、身高和體重。如果能有更詳細的資料，例如三圍、腿長、罩杯大小……等，它輸出的結果會更為精確。當然你以後可以再陸續增補其他資料，或純粹按照你的想像輸入。

第二個步驟，它會請你上傳至少兩張幻想對象的不同角度的全身照片，最好是用智慧眼鏡拍的3D照片。越多張、越多不同角度的照片越好。日後你也能陸續上傳其他照片以增強輸出的效果。

完成這簡單的兩個步驟後，此應用程式會利用該公司大型的人體影像資料庫和特殊的演算法，來模擬出你幻想對象的幾可亂真的裸體3D影像。

「最大的特點是，我們從龐大的資料庫中整理出人體各種細節之間的關聯性。我們可以從膚色、五官的細微變化，甚至指甲的形狀等超過六十種資料來推測其私密部位特徵；其準確性在內部測試時平均可達百分之七十六左右。總之，提供的照片越多、資料越詳細，模擬出來的結果就越準確。有泳裝或內衣照的話更好，準確率幾乎達到百分之八十九。不論如何，對人們來說，能看見夢寐以求對象百分之七十六以上正確的裸體，已經是非常令人興奮的事了。」該計畫主管說。

不只如此，你還能把你的輸出結果，嵌入該程式提供的五萬種情境照片和六千部3D影片中，你的幻想對象將成為你專屬的情色演員。

美國一家主流新聞媒體第一時間就發表了一篇名為〈我們的隱私＜百分之二十四〉的文章，針對此一程式作出強烈的批評；然而，該文不但無法阻止大量使用者湧入，反而成為該應用程式的最佳宣傳。據統計，該篇文章發布之後的十二小時內，使用者註冊和付款的數量比平均高出百分之三十六。

據使用者稱，此應用唯一不方便的地方在於，你無法同時擁有多個幻想對象。必須刪去舊的，才能輸入新的對象資料。或者，你必須多花四十九美元，才能把舊對象的資料儲存起來。

「天啊！」我大叫。「他該不會是為了這個……」

「一定是。」她說。「我猜他現在應該躲在廁所用這個看妳了吧。」

我想過要不要當面質問那個男同事：「你是不是把我的照片用在StripAll上？」他大概會否認。

他應該也真的會把照片投稿去參加比賽，不論那是不是他的主要目的。再說，我也不可能強迫他打開眼鏡讓我檢查他有沒有安裝 StripAll；就算有，我仍然不能強迫他打開程式證明裡面的對象不是我。最重要的是，「認定別人把自己當作性幻想對象並質問他」這個行為本身就太過自以為是了，誰能證明別人腦中幻想著什麼呢？算了，反正模擬得再怎麼像也還是假的。百分之七十六。

想起了昨晚。我們在昏暗的燈光下互相探索，在對方身體上遊走，真實而激烈地交纏；但是他又能記得多少我身體上的特徵呢？百分之三十？百分之五十？然而，只要一個程式就可以不問我的意願而收藏百分之七十六真實的我，並任意觀賞、把玩。越想越無法明白其中虛實對錯的分界究竟在哪裡。

整個下午，一邊工作，偶爾一邊思考這個問題，並多少感到氣餒；更多時候，卻是在期待著他會傳訊息給我。但始終沒有任何消息。

「在期望和失望之間的掙扎？」夢裡的女人說。

八

期望與失望的交錯持續著，並嚴重地影響我的心情。有時候會沒來由地覺得他應該快要跟我聯絡了，而開始心跳加速，坐立不安；失望來襲時則感到消沉、虛弱，一動也不想動。尤其下了班一個人在家時，無法靜靜地聽一首歌、讀一頁文章，不想做任何家事，也睡不著。「想開點」、「想開點吧」我像鬧鐘般每十分鐘固定對自己響起這些話，卻又一直醒不過來。又覺得我像是被巨大的勾子穿過四肢懸掛著，雖不停扭動、揮舞我的肢體，結果還是停在原地。

我看著那勾子。要不要拔掉它呢？會很痛哦。痛一下就解脫了，反正傷口會復原啊。要嗎？要嗎？在這樣和自己的對話中，時間以極慢的步調前進。

於是我開始喜歡上班，把自己變成齒輪。齒輪沒有情緒，齒輪不用過問任何意義和目的，齒輪不會有期望和失望。

但是，只要一有空閒，腦中就充斥各種疑問和想像。如果我沒有不告而別呢？或許當時應該找他一起散步、吃早餐，約定下一次見面的時間。或許我現在應該自己傳訊息給他，而不是苦等。他或許也和我一樣正期望又失望著，以為我的不告而別代表我不想有進一步的聯繫。下了班後，我幾乎有無限的時間思考這些，或單純地煩惱這些。漸漸地，對自己的失望似乎有了一些理解。發現最大的失望來自自己的渺小——為什麼他這麼不惦記我呢？為什麼不主動聯絡我呢？為什麼我這麼無關緊要呢？或許事實就是如此，渺小而無關緊要，但要徹底地接受卻是無比困難。

有的時候，我覺得有一點恨他。

星期五，起床時看見書桌上的眼鏡閃著微微的綠光。隨手拿起它，一邊戴上一邊往廁所走去，點開訊息，是他傳來的。很長的訊息。彷彿有人伸手進我的胸腔胡亂擠壓我的心臟，睡意消失了，廁所也不上了，我走回客廳在沙發上坐下，戰戰兢兢地讀著。

嗨！

這三天來好嗎？我這幾天很忙，因為在台北待了五天，回來（我好像沒跟妳提過我工作的醫院在新竹）就忙著開刀和各種進度落後的文書作業。當然這不是理由，再怎麼忙也不會沒時間傳個訊息給妳。

只是覺得，妳好像比我更需要一點喘息和思考的空間。

今天我不用開刀，很早就起床，吃了早餐，決定好好把我的心情告訴妳。

首先，我喜歡妳。我本來以為星期二早上會有機會對妳說。但這樣也好，我可以更從容地確認自己的心意。我強迫自己冷靜了三天，但對妳的思念依然強烈，我想我可以很有信心地說，我真的喜歡妳。

那真是一個無比美好的夜晚，是吧？當然是的。妳特別的說話方式——有時機智，有時單純，還有妳的坦率、善良和妳的美麗，這幾天都一直圍繞著我。妳應該要對自己更有信心才對。

這三天我也一直想著為什麼妳什麼都沒說就離開了呢。因為我們對彼此所知實在有限，我設想了各種可能，或許妳後悔了，或許我不夠好，或許妳也需要時間確認自己的感受……。我不知道答案，但從妳的坦率和真誠來看（加上喝了酒），如果妳有其他對象或根本不喜歡我的話，應該都會直接跟我說才對。所以，此時我的心中充滿了樂觀的假設。

我們生活在一個充滿挫折的社會，或許很多時候都沒有辦法打從心底相信快樂和幸福會這麼簡單就出現在我們面前。但是，要不要一起嘗試看看呢？很多事情不看到最後是不會知道結果的呀。我有滿滿的勇氣可以分給妳，來一起試著延續這份快樂，一起克服途中的挫折。

妳說呢？如此可好？

我看了三遍，揣摩他的語氣。原本像是被塞滿無數石塊的身體和腦袋一下子被清理乾淨了。覺得原本鏽跡斑斑的自己又煥然一新。我先回覆他：「如此甚好，甚好。哈。」接著把星期二早上在鏡子前拍的照片傳給他，再傳給他另一則訊息：「我也喜歡你，抱歉那天早上不告而別，我只是沒有信心。」

到公司時，他的訊息來了。先是一串驚嘆號，下面寫著：「我天！那照片……今日始知『驚豔』之意。還有，謝謝妳今天給我的幸福。」簡單聊了一下之後，我們約定明天晚上一起吃飯。他問要去哪裡接我，我們約在我住的公寓附近的捷運站出口。

「你騎車來嗎？」

「對呀。」

「從新竹？不嫌遠？」

「不嫌。去看妳怎會嫌。而且騎車幾乎是我唯一的娛樂了。」他說。

一整個早上，我都彷彿可以看見自己的身影在整個辦公室裡奔跑、歡呼、尖叫。「我戀愛了」、「我戀愛了」腦中每十分鐘響起的鬧鐘換成新的台詞。人竟能如此輕盈，不可思議。

中午過後實在無心工作，乾脆請了假回家。

到家後，拉開所有窗簾，開始仔細地整理家裡，或許明天吃完晚餐他會過來。我要主動邀請他嗎？明天再決定好了。掃地、拖地，換了床單和枕頭套，把廁所門後和房間裡脫下沒洗的衣物整理好一次丟進洗衣機，把茶几、書桌、化妝桌上看不順眼的東西全丟掉；把冰箱裡外上下整理一遍，到巷口便利商店買了果汁和啤酒。最後把陽台上曬了好幾天的衣服收下來，坐在床邊一邊摺著，一邊想著明天要穿什麼去吃晚餐。

想了一會兒，想起了身邊女性友人都在用的那個應用程式。「下載了沒？」「妳快下載啦，很好用。」大半年來她們一直耳邊叨念。總之就是一個可以教妳穿搭衣物的程式。之前總覺得愚蠢，連穿衣服也讓電腦幫忙安排？但現在又覺得不是那麼愚蠢了。

戴上眼鏡，非常簡單就找到了它。網路上說它是今年營收第一名的APP。名字叫做「WizARDrobe®」。大概就是將Wizard和Wardrobe合併起來的沒意義的字。

安裝之後，它要我上傳一張清楚的全身照，我把星期二拍的那張上傳了。它又要我幫所有衣服、鞋子和飾品拍照，連內衣也可以。內衣到底要搭配什麼？我不懂，所以跳過了這一項。我花了一個多小時把所有的夏季衣物、鞋子、帽子、耳環、項鍊、手鍊，甚至髮飾和太陽眼鏡都拍了照。我算是衣服少的女生，實在無法想像擁有一整個更衣間，裡面一排七、八個大衣櫃的女生要拍多久。再來它要我上傳不同妝容和髮型的照片，我也跳過這一項。我只會一種化妝方式，只有隨便和認真的區別而已。

終於，我的視野中出現程式的主畫面，我點了「穿搭精靈」虛擬按鍵。它問我要去哪裡？我選了「約會」。問我時間？我選晚上。問我要哪種風格？有五、六種可以選，我選了「魅力」。一、二秒後，出現了六張穿搭推薦照片——六個相同的我穿著六套不同的衣服——在視野中圍成環形。我一張一張慢慢檢視，出現在前三張照片裡的都是我的衣服；但另外三張裡有些不是：其中一張裡，我身上的針織上衣是我的，但裙子不是我的。我點了那裙子一下，旁邊跳出品牌、價格、材質等詳細資訊，其下一個大大的購買鍵。另外一張裡有我的褲子，但不是我的襯衫；最後一張裡的我穿著短洋裝、高跟鞋，全都不是我的。我看著最後一張照片好一陣子，那洋裝和鞋都不是我平常會買的款式，但整體給人的感覺卻是六張裡面最好看的。我點了一下洋裝，要四千八百元；再點了鞋子，要二千三百五十元。心一橫，確定明天中午前會送到之後，兩樣都買了。腦袋清醒一點後，想到他會騎車來找我，穿著洋裝坐摩托車豈不麻煩？於是體會到商人的聰明和我的愚蠢。

但我還是開心地穿著一身愚蠢出門。星期六晚上，眼鏡裡顯示五點三十分時，我準時走到捷運站出口前，避開人群移動的路徑，站在人行道與馬路的交界處等著。我的白底藍碎花新洋裝在路燈下應該很容易看見才對。

六點，他還沒有出現。會不會剛好遇到情況緊急的病人？我打開訊息軟體，傳了：「一切都好嗎？如果有什麼臨時的急事，不要趕，有空跟我說一下就好。」六點半，沒有出現。我開始擔心他是不是在路上發生什麼意外。我再傳了：「很擔心你的安全，有空馬上跟我報個平安，好嗎？」

接近七點時，我走向對面無店員的便利商店，買了一杯咖啡，在牆邊一排三張空桌的中間那張坐下。想了一下，先用眼鏡搜尋星期一晚上他帶我去的飯店，查出它所屬的企業集團，再去那集團的網站查出它旗下的醫院。查到後，按了通訊鍵。接通後，對方告訴我它是「智慧總機」，問我需要什麼服務。我怕電腦聽不清楚，用很慢的速度說：「我要找神經外科的鄭醫師。」

不到一秒後，它回答：「很抱歉，我們的神經外科沒有姓鄭的醫師。」冰冷而客套的聲音。

「不可能。」我說。「請再查一遍。」

「很抱歉，沒有您要找的人，還有什麼我可以為您服務的嗎？」它說。

「可以請任何一個人類來聽嗎？」

它沉默了五秒左右。「很抱歉，現在所有服務人員都正忙碌中。還有什麼我可以為您服務的嗎？」

「那有沒有哪一位醫師上星期到台北來開會，住在○○飯店？」

「很抱歉，我無法告知您本院工作人員的任何行程。還有什……」

我急得尖叫一聲，把眼鏡摔在桌上。

稍微平靜之後，看看周圍，店裡的人們正轉回頭去繼續做自己的事情。有一個男人，把整杯咖啡打翻在桌上，正忙著擦拭。不知道是不是我害的。

我重新戴上眼鏡，大約每三、五分鐘重撥一次，要AI轉接人類服務人員。直到八點，才有人類來接我的電話。她查了一下，也跟我說神經外科沒有鄭醫師。我把大概情況說了，說我在星期一認識他，他來台北開會，住在○○飯店；問她可不可以幫我查查看，我跟他約了今晚見面，但他沒出現，我怕他發生什麼意外了。電話那頭一陣沉默。「妳等一下。」她終於說。

三分鐘後，她跟我說：「小姐，很抱歉，我們這個星期沒有醫師去台北開會。」口氣中的憐憫讓我幾乎喘不過氣。我輕輕地舉起手，在繽紛、華麗的視野中，伸出食指觸碰那個只有我看得到的「結束通話」。聲音和通話資訊消失的瞬間，我覺得自己是全世界愚蠢的總合。

九

民國一一七年（二〇二八）一月，機器人法案生效。仿真人外觀的機器人沒有被禁止。我們公司在國內的銷售額大幅成長。同時，一則則警方破獲機器人賣淫集團的新聞也開始不斷出現。剛開始大眾難免訝異，但很快就疲勞而無感了，再也沒有人分得清楚那是真的新聞還是舊聞重播。而且根據經驗，人們馬上就明白了這種新聞將永無絕跡之日，永遠都將有破獲不盡的集團在我們周圍生生不息。

總之，許多在更早開放使用機器人的國家中發生過的各種問題，全部都在國內重現——售價昂貴的機器人逐漸成為人們心中新的階級象徵；對機器人過度依賴，甚至迷戀所造成的價值紊亂；富人帶著機器人進一步擠壓窮人的生活空間和使用公共服務的機會。而我們，一如往常地，一邊製造新的社會問題，一邊把這些問題變成一門新的學問；不停研究它，但總是解決不了它。

民國一一七年七月，雙北市政府合作試行的「機器人警消計畫」進入最後階段，開始在雙北街頭設立近五百個「機器警消駐亭」。這倒是全球首創。因為評估之後，發現機器人若集中於派出所或消防隊管理，仍舊受制於交通問題而機動性不足，無法即時因應緊急情況；又有警察及消防無法共享資源，使用率不均的問題。於是決議於人口密集及犯罪率較高之地點，設置「駐亭」——其實就是一個傳統電話亭大小的金屬箱子，裡面可容納兩具警消兩用的機器人。可由警消接獲報案後，遠端派遣最近的機器人支援；亦可由民眾直接按下駐亭上之緊急按鈕後，直接將事態告知警消機器人，再轉知勤務中心。

我在五月辭了工作，雖然投入在工作中可以讓我不去想他的事。但隨著時間過去，心裡的空洞和傷痛總算是漸漸癒合起來，而社會上愈來愈多和機器人相關的亂象卻讓我的愧疚感日漸加深。一種痛苦下降，另一種上升，當後者漸漸超越前者之後，應對的方法只好隨之改變。雖然世界也好，公司也好，都不會因為我的離開有絲毫改變，但除了不再參與其中我也沒有別的辦法。

今天，八月三十一日，不是值得慶祝的一週年。我在公寓附近的便利商店買了咖啡坐下，從包包裡拿出紙本的《悲慘世界》慢慢讀。一杯咖啡、幾十頁書，這是我沒工作的三個月來，每天早上固定的行程。對我來說，這樣的書絕對算是辛苦的讀物。我學的是材料科學，對文學根本毫無概念，有時候讀了幾十頁也無法在腦中形成清晰的輪廓。總覺得眼前有架巨大而複雜的生鏽機器，我拿著可憐的工具又磨又刷，好不容易看見一點光亮時，已經累得精疲力盡。本來的目的只是想做一些和原本的生活毫無關聯的事，但三個月來不間斷地讀著，竟也開始從中領略到一些樂趣。

紙本書很重，偶爾還會吸引好奇的目光，但我現在很少帶眼鏡出門。反正沒有工作，沒有任何效率問題。沒有馬上非查詢不可的資料、沒有現在非聯絡不可的人、沒有立刻需要完成的文件——一切都慢慢來就好了。本來其實也只是不想老是因為使用眼鏡而想起他，但後來卻有點享受這樣的生活。有時書讀累了，轉頭看看店裡其他的客人用飛快的速度在眼前比劃、敲擊，情急時一手劃圓、一手劃方，還順便打翻桌上飲料的景象，總是好奇自己以前是否也是這樣活著。但總有一天還是得回到那樣的生活裡去，我的存款最多只能讓我再這樣生活六個月，沒有任何意外的話。

偶爾還是會想起他。倒不是心懷怨懟，只是想知道他究竟過得如何，當然也想知道他為何要捏造身分，但有時又覺得好像不是那麼重要。只希望他不是因為任何意外而無法赴約、不再聯絡。如果他現在願意出現在我面前解釋一切，我想我會原諒他，至少不用再掛念、惦記。

我在十點左右離開便利商店，比平常早。因為今天起一連四個早上市政府在區公所廣場辦了一個向大眾介紹警消機器人的活動，附近小學的六年級生被強迫參加，民眾則可以自由前往。假日人潮多，我決定今天去看看。活動十點半開始，我慢慢散步的話，大概二十五分鐘可以到。

薄薄的雲層攔住了部分陽光，很適合散步，早上特地穿著運動褲裙、短袖T恤和慢跑鞋出門。但空氣的味道濁濁的，細小的沙粒隨著陣陣的風不停打在臉上。走了大概十分鐘後，身上開始浮出點點汗珠；沙粒混著汗水黏在身上令人不舒服，有點後悔沒有搭車。

經過一排欒樹下時，我停下來抬頭看著它們金黃色的花朵，被背後突然響起的狗吠聲嚇了一跳。我不禁叫了一聲，轉頭一看，是一隻看不出品種的中形犬。一個中年婦人出聲喝斥牠，在她身邊牽著狗的是一個面無表情的機器人。如果是人類的話，算是漂亮的女生；話說回來，我也沒看過長得醜陋的機器人。它們大都長得漂亮、親切，但沒有特徵而難以記憶。

它的視線在我和狗之間來回移動，不知在計算或衡量、評估什麼。眼球轉動的方式讓人聯想起自動對焦中的相機鏡頭，總覺得耳邊應該要響著「嘰。嘰。」的微弱機械聲。但除了眼神有些空洞和皮膚太過光潔無暇之外，它和真人實在相去無幾。能一眼就看出它是機器人是因為它的脖子和右手腕上都圍著政府發的藍色膠環。

每個膠環表面都印著三個英文加兩個數字的使用編號。新聞說裡面嵌有晶片，作為定位和辨識之用。夜晚時，膠環會亮起淡淡的藍色光；在黑暗的小巷裡，偶爾會被飄在空中的兩團藍光嚇一跳。

我跟在她們後面走著。能清楚地看見圍繞在機器人脖子的環上印著「BNI-80」。它走路的樣子有些僵硬，也沒有一般人溜狗時忽快忽慢、走走跳跳的步伐，只是配合婦人的速度一步步踏實地走著。反而是狗受限於她們的速度，總是跑個兩、三步就撞上繩子的極限而不得不走走停停。一路上，牠就以這種不停衝撞隱形的牆的方式前進。

因為緩步跟隨在她們身後太久，到區公所前的廣場時活動已經開始了。主持人正透過麥克風向一百多個小學生說話。

「……你們知道它有哪兩種功能嗎？小朋友。」穿著高跟鞋的女主持人指著身旁比她矮半個頭的機器人，對台下說。

「救火」、「抓小偷」、「送病人去醫院」、「抓老虎」……台下小學生七嘴八舌喊著。她揮揮手，要他們安靜，說要回答的請舉手。

一個小朋友馬上舉手重複：「救火。」她說明機器人沒有救火的功能，但是可以進到火場救人，並配合消防隊員撲滅火勢。另外又回應了幾個令人啼笑皆非的答案後，主持人開始認真地解釋機器人在警察、消防兩端所肩負的任務。其中，她辛苦地解釋機器人只負責犯罪的阻止和嫌犯的追捕，而不負責違法行為的取締。小學生顯然對這些細節或差異沒興趣，「打外星人」、「爬樹救貓」……他們繼續在台下胡言亂語。

「……所以，它身上會亮不同顏色的光喔，代表它正在執行不同的任務。來，小朋友，一起回答，它在當警察的時候，會亮什麼顏色呀？」小學生開心大吼：「藍色——」「沒錯！那當消防員的時候呢？」「橘色——」

「好棒喔！你們。」她說。看起像真心的。

如此，各種問答和說明持續了好一陣子。她依序解釋了為什麼機器人身上沒有帶槍、為什麼使用金屬外殼而不是仿人類的外觀、為什麼它們的造形做得扁平而矮小、什麼時候才能去按駐亭上的緊急按鈕。

「什麼是駐亭？」一個小學生突然大聲地問。

「就那個裝機器人的箱子啦。笨死了！」另一個小學生高聲回答。

主持人說：「解釋得很好，但不可以罵人哦！」

「他就很笨啊！」小學生回應。

為小學生安排的半小時介紹結束後，到中午活動結束前還有一個小時，學生和民眾可以自由排隊和台下一共十個機器人拍照。它不會笑，但如果你願意的話，它會和你握握手；你也可以要求它亮藍色光或橘色光。看著小學生們開心地圍繞在機器人身邊，好奇地拍打、觸碰，我想這大概就是政府辦這個活動的主要目的。

我看到剛剛的主持人和幾個民眾在廣場另一邊，也就是拍照處對側的樹蔭下談話。走近聽了一會兒，才發現她不是專業的活動主持人，是市警局負責政策宣導的警官。
「它們身上沒有武器？」其中一個頭髮全白，但臉卻相對年輕的男人問。
「只有電擊器，在手上。」她說，伸出兩手掌搖了一下。「只要它們能觸碰到嫌犯，就能將人擊暈。畢竟它們不需要保護自己，不用害怕手持武器的犯嫌，能夠迅速接近……」

聽了一陣子覺得無聊，我走進區公所的辦公大樓，尋著指示牌往廁所走去。先從一樓詢問檯右方穿過一扇防火門，經過一個樓梯間，再往前到了走道盡頭，順著左轉，走道變得狹長而昏暗，只有右側牆上高處有幾扇氣窗。廁所就在二十公尺外的走道底端。
走道上一個人都沒有。廁所裡有人嗎？不知道。我在轉角處站了一下，有點卻步，整個空間滿是幽暗和寒意。完全聽不見外面的喧鬧聲。
在這毫無聲息之時，突然有人從背後拍我，我嚇了一跳。轉身，一個戴著安全帽的人站在我身後。
是他的安全帽。我認出來了。
過去一整年，我經常想著如果再見到他該說什麼。真到了這種時候往往什麼也說不出口，只勉強擠了句：「你……去哪了？」自己說完也覺得愚蠢，是拋下我的那天去哪？還是這一整年？我根本不知道自己在問什麼。
他沒開口，放下他身後的大背包，從裡面拿出他當時買給我的安全帽，向我走近。深色的護目鏡和昏暗的光線讓我完全看不見他的表情。
「你說話呀！」我往廁所的方向後退。

他沒說話，只是拎著安全帽向我靠近。我們如此一進一退走了五、六步。一股熱氣從腹部往胸部湧上，不知哪來的衝動，我停下腳步，伸手一把撥開他的護目鏡，隨之，我陷入未曾經歷過的恐懼——安全帽是空的，沒有任何人的臉在裡面。

呃呃啊啊的，我從嘴裡吐出一串自己都沒聽過的聲音。想後退，但動不了，才勉強跨出一步，就腳一軟撞在牆上，跌坐在地。

他走近，拿著安全帽往我頭上罩來。

我開始哭，揮動雙手推開任何接近我的東西。

頭部周圍傳來好大的壓力，我無能抵抗，下一刻，視線一黑，我被緊緊地包覆。

「啊！啊——」我放聲哭喊。我不要！我不要只剩一團空洞。但聲音也被包覆住了只能在我周圍旋繞；我在地上扭動身軀，急著想推開那黑暗，但辦不到。我覺得有東西被奪走，有東西流失了。用盡所有的力氣後，我停止了掙扎，連恐懼也漸漸退去。殘破的知覺慢慢重新浮現：地板的冰涼、汗水混合地上細小砂粒的粗糙觸感，幾個灰褐色的長方形在遠遠的空中閃著微弱的光。喔，那是氣窗。他站在我身邊，用空無一物的黑色空洞向下盯著我。

他彎下腰靠近時，又一波的恐懼襲來。我想問他為什麼要這樣對我，但沒有說話的力氣。

這時我聽到了夜后的歌聲。從好遙遠的地方慢慢靠近。

相對於周遭的模糊，我的眼前浮起一排清晰無比的立體紅色文字：「鬧鐘 14:30」後面跟著一個舞動的鬧鐘圖形——先震動著原地轉圈，再左右跳動、轉圈、跳動，如此反覆。

出於長久累積的習慣，我伸起手想撥開那圖形和文字。撥了兩下毫無作用，才想起我的臉上根本沒有眼鏡。

十

張開眼睛時，白色的光條在窗簾間蠕動，淡淡的車聲偶爾從不知哪個縫隙滲透進來，空氣中有飽曬陽光的衣服的味道。漸漸地，我對現實的認知逐步甦醒：先是知道了我身處的空間，然後才是時間；或許在二者之間，我想起我是誰，而最後才知道我應該要做什麼。

我坐起身，拿下頭上的電極帽。那是一頂看起來像泳帽的，毫無特色的灰色帽子；以能導電的材質製造，裡面塞滿了電極和電路。據說，那本來是為了開發給司法單位訊問犯人及證人用的，讓人能回顧飄蕩在意識邊緣之外，但仍在無意識中存留的影像和聲音。但清醒時意識的干擾太嚴重，因此又必須將證人引導入睡眠狀態後，利用類似進入夢境的方式回到特定的記憶中尋找資訊。但最後失敗了，因為實驗發現，幾乎所有受試者給出的資訊皆一如夢境般虛實夾雜。既不可能被接受為有效之證詞，亦無法對偵查產生決定性的幫助。

該計畫雖遭擱置，但參與其中的某些人員確定沒有任何機密問題後，馬上成立公司將部分技術轉開發為治療失眠的產品。商業化產品在今年問世：一頂不起眼的帽子，配合激素製劑，就能毫無副作用地將人步步帶入深沉而安穩的睡眠；就算不患失眠之人，也樂於在虛實交錯的夢境中重溫自己的人生過往，找尋些許早已消逝在意識之中的珍貴細節。

使用上也簡單，和智慧眼鏡連接後，就能設定睡眠時間、模式，甚至還有十幾種特定的夢境可供挑選。

官方給這整套系統一個又臭又長的名稱，而坊間都簡單稱之為「沉睡帽」。

我並不失眠，或不常失眠；對於人必須退縮到夢境或過去中去尋求慰藉和意義，也多少感到抗拒和不安。但我的排斥沒多久就被周圍的聲音淹沒了。身邊所有的人都在用，大家驚喜地討論著睡眠品質如何大幅改善和各種美妙的鮮明夢境。和一群朋友喝咖啡時，常常一整個下午的所有對話就是大家輪流述說著在夢中重溫的年輕時光，各種青澀、躁動、激情；彷彿生命的精彩只存在在那裡，彷彿後來的生活只剩現實的折磨，彷彿人生到了某個階段後就失去製造意義和快樂的能力。於是我漸漸就不太參加那樣的聚會了。人大概就是這樣失去朋友的。

但我最終還是買了。

「太太。」聲音從房門口傳來。我轉頭，兩團藍色的光如薄霧般在略顯昏暗的房間裡瀰漫開來。

「午安，先生要我轉告您他有急事去醫院了。」它說。

「有說什麼時候回來嗎？」我問。它穿著白色的單肩洋裝、高跟涼鞋。我總是驚異於它能夠穿著那樣的鞋子而幾乎不發出任何聲音在家裡走動，常常不自覺盯著它如貓般的步履直看。

「先生沒說。」

「對了，以後不要在我腦袋裡播那女人的鬼叫當鬧鐘了。」說完後才意識到它就是出現在我夢裡那個高雅、美麗的女人。我把它放到夢裡，和夢裡的夢裡去了。

「好的，太太。因為您從來沒有指定，我都一直沿用先生慣用的鬧鈴，我以為那對你們都很有意義。」

「最近總覺得聽了好膩、好刺耳。還有，我問妳，妳有到我的夢裡跟我說話嗎？理論上辦得到吧？」

「我沒有，太太。理論上是可以的，但我沒有您的要求不能那麼做，會有牆擋住。」

我看著它的臉，美豔、總是柔順但沒有情緒的臉，想著為什麼它會出現在我的夢裡，又為什麼跟我說那種話。我在妒忌它嗎？把它視為某種威脅嗎？

「妳有被改裝過嗎？」我問。

它聽了之後眼睛眨了眨。「系統檢測顯示我身上沒有任何非原廠零件，太太。」

「妳有安裝情慾模式嗎？」

「我目前沒有這個功能，要現在安裝嗎？太太。」

「不用。妳會說謊嗎？」

「我不能。太太。」

但那是完全沒有意義的問答。如果它可以說謊，那它就能騙我說它不能說謊。雖然所有專家和廠商都說機器人無法說謊，但世界上大概不存在完全可信的專家和廠商，當所有人意見一致時就更不可信。當然我也可以直接拉起它的裙子檢查一番就好了，但不知為何總覺得那樣太野蠻了。

我從來就無法完全信任機器人，但就像「沉睡帽」一樣，我還是買了，彷彿某種無可矯正的劣根性，或無能掙脫的社會性枷鎖。而且從抗拒到依賴，幾乎只是轉瞬間的事。

譬如剛剛的夢境，我已不知是第幾次在夢中重溫和他相識的那天。儘管許多細節我其實早已遺忘，亦無法正確劃出其中的虛實分界，但大致上確實是過往的真實經歷。令人沉溺的是，那些本來只能存於當下的情緒和感受竟能再一次湧現——那些輕盈的美好和期待，以及隨之而來的疑惑和失落——並在清醒後的現在仍在腦中迴盪，彷彿有人擊碎了的時空的連續性和我的現實感。

唯一的缺點是，夢境每到後半段總是偏離現實。我們相約在捷運站前的那一晚，實際上他沒有爽約，我到的時候他已經在那等我了。我們吃了簡單的晚餐，我邀請他回家——快樂的一晚。但夢裡的驚懼和悲傷卻是如此真實，我記得那個打翻咖啡的客人的面容和表情變化，也記得尖叫後殘留在喉嚨裡的刺痛感。像某種副作用般，我從來不曾在愉快的結局中醒來，也曾嘗試過縮短睡眠和作夢的時間，希望能在情節急轉直下前結束，但沒有用，夢境總能自由地壓縮、膨脹，一如時間本身。我時常懷疑，我是不是在潛意識裡根本否定了那一天，寧願它不曾發生過，甚至否定從那天起的一切。

那天的八個月之後，我確實辭了工作，因為我們結了婚，我搬到新竹和他同住。若非如此，到今天我應該還做著同樣的工作吧。有時候覺得，那是我唯一擅長的事，我似乎也沒有夢裡那種道德感。

婚後我倒是真的開始讀起小說，最大的原因是——無聊。他的收入還不錯，我也有些存款，沒有太大的經濟壓力。我們決定先生孩子，而我先暫時不去工作，但兩年來我一直沒有懷孕；再加上有了機器人之後，我連家務也不用做了。於是我開始參加各種課程：烹飪、瑜珈、刺繡、流行鋼琴、油畫……用任何有點興趣的課程去填滿我的生活日程，剩下的時間就拿來運動和讀小說。雖說是「剩下的」，但那時間總是漫長，因為他非常忙碌。我們就這樣站在光譜兩端一起生活著。

平日三餐都是我一個人吃。晚上八、九點，我會認真準備宵夜等他回來，如果他有食慾，我們就一邊閒聊一邊吃。大部分的時候，他不會說任何醫院裡的事，對我的一天也無法真正提起興趣。我們的對話就像隔著山谷向對方呼喊，在自己的回聲和對方的聲音纏繞中，用完一天的最後一個小時、最後一絲力氣。偶爾，他一天的最後餘力會轉化成如砂紙般粗糙的性衝動，從我身上輾壓而過。有時候我似乎能感受到他體內脹滿各種委屈、不滿，並將之朝我宣洩而來。

如果說多少感到寂寞是我依賴那帽子的原因，那他的依賴則直接得多，他只是單純地需要睡個好覺。以前總是一邊渴望睡眠，又擔心漏接深夜醫院打來的緊急電話；現在只要設定好，當醫院打來時，眼鏡會透過電極帽把他從睡夢中喚醒；如果沒有緊急到必須趕往醫院的話，結束通話後又能迅速入眠。於是，如獲至寶般，他再也離不開那頂帽子。第一次使用的隔天，他說這真是人類最偉大的發明，夜裡能睡個好覺真的是無上的幸福。「妳不會懂的。」他補了一句。那是婚後的平靜生活裡，印象中他最開心的一天。

有得則有失。在還沒有「沉睡帽」之前，在我們從躺上床到入睡之間短短的時間裡，還能說上幾句溫軟的話。印象最深的是某次睡前，窗外突然雨聲大作。

「下雨了。」他說。

「嗯。天空在哭。」我沒來由地說。

「為什麼哭呢？」他問。我看不見他的臉，但聲音聽起來像帶著溫柔的笑。

「因為沒有人抬頭望望她。」

「喔。妳自己想的句子嗎？」

「當然。」我驕傲地說。「我們現在都不感激她了，只會丟髒東西給她。」

「我們真是太糟糕了。」他輕摟著我，吻了我的額頭。

但現在，我們各自戴好帽子，設定，拿下眼鏡，閉上眼睛，像雙雙被擊落的飛鳥，像兩具躺進棺木的死屍；只剩微弱的電流穿過大腦，將我們沉入各自的夢境。

我深深懷念那樣的對話。

每逢週六，運氣好的話，他會在中午到家。我們會一起吃個簡單的午餐，聊聊天，還不時能一起散散步。有時我們會走二十分鐘到公園旁的咖啡館，花一個小時喝一杯咖啡。這時他會跟我談談醫院裡的瑣事：一些病人的故事和外人很難想像的醫院內部生態。對他來說，醫院是個大型而先進的營利機構，在用機器取代人力上從來是毫不手軟；要想留在那裡，面對的競爭之慘烈，是他十年前，甚至三、五年前都無法想像的。已經不只是知識、經驗、技術的累積和優秀的直覺展現的問題了，事實上他根本不知道是什麼問題，他不知道最後將如何和機器一較長短。「這是我體驗到的工業革命，現在才真正能體會二百年前那些紡織工人的心情。」他有次說。「但遲早，我和同事們的工作還是會消失。以後，病人進到第一站，機器用很快的時間完成各種檢驗。下一瞬間，醫院另一個角落，某台機器開始列印你所需的器官。下一站，又一台機器幫你開刀把壞的器官換掉。癬疥小疾就更不用說了，機器檢驗完就自己到領藥機拿了藥就可以走了。這還只是醫療變革的第一小步而已，就這一小步我就失業了。總之，到時候看病就和去販賣機買飲料也差不多，跟可樂一樣，很難分辨到底是包裝上印的商標還是裡面裝的東西重要。幾個國際大集團就可以壟斷全球醫療產業。」

而我能夠在閒談中和他分享的，通常都是最近在小說上讀到的些許段落。兩個或三個星期前的週六，咖啡還沒送來，我從包包拿出《悲慘世界》。他看到我帶紙本書在身上，還嘲笑了我一番。我說我看到一小段文字，很有意思。他還在笑，一邊說：「妳說說看。」

我翻到有摺角的其中一頁，挑了兩小段，緩緩讀給他聽：「他經常關心痛苦呻吟和奄奄一息的人，在他看來，整個寰宇就是無邊的病痛。他感到無處不發燒，無處不是痛苦的脈搏，但他並不想猜透這個謎，只是勉力包紮傷口。萬物慘不忍睹的景象，在他身上激發出一顆悲天憫人的心。……卞福汝主教是個普普通通的人，他看到神祕問題的表象，並不想深究，也不推波助瀾，以免擾亂自己的思想，只是在心靈裡，對虛無縹緲的東西懷著深深的敬意。」

我讀完後放下書，心裡對「深深的敬意」這個想法充滿感動。我想和他分享的是，如果我們有了孩子，我想教他認識這個概念：我們很難明白一切，總是看到表象而非本質，但應該永遠懷抱憐憫、好奇和敬意。

我抬起頭，還沒來得及說出我的想法，只見他的笑容消失了，低下臉一陣沉思。我靜靜地等著。

他突然揚起頭說：「謝謝妳，真的。」

「謝什麼？」

「一下子很難解釋，好像懂了什麼，突然覺得……輕鬆不少。」

「講清楚點。」

「反正就是工作和生活，好像能夠……釋懷吧，對很多事情。」

咖啡送來後，他問我可不可以再讀一次給他聽。當然可以，我再讀了一次。又一次。最後我還是不明白他到底懂了什麼，到底哪句話觸動了他。但我很樂意為他讀書，雖然我忘了把原本要分享的想法告訴他。

通常散完步、喝完咖啡後回到家，他會戴上「沉睡帽」睡個午覺。晚上我們會外出用餐。因此，尋找不同的有趣餐廳就變成我的週末功課之一。用餐時，或許延續下午擱下的話題，或許完全不用大腦地交換零碎的語句。只要能夠不被其他念頭干擾，我會快樂地享受那樣的時光。但有時難免會想：究竟這是什麼樣的生活？這是合理的嗎？為什麼一對夫妻一個星期只能這樣共進一次晚餐呢？一旦如此患得患失起來，不論是食物或他的陪伴，都瞬間失去原有的味道。我當然知道他工作上的難處，我會叫自己不要這樣，但要隨心控制自己又談何容易；有時，甚至會在平日就開始擔心起我週末的心情。

說起來羞愧，我沒有真正陷入徹底的憂鬱，是因為參加了醫師太太們每星期一次的下午茶聚會。起初我以為會是無聊的應酬，但一去就發現那根本就像另類的戒酒聚會，看似精心打扮、爭奇鬥豔的嬌貴太太們，其實是去分享、宣洩和求助的。雖然沒有任何正式的發言，但所有人會自行找空位坐下，三、四人一桌，每次都和不特定的人閒聊。或許是生活的侷限，或許是幽微的傳統和共識，所有話題最終都會像受限於軌道的列車般，前往特定的場域——不外乎：夫妻、婆媳、親子。

而且毫不隱晦地相互吐露。我連續去了三次，聽了十幾個連最新科技也趕不走的，如陰魂般長久糾纏人們的故事。但我沒有故事可說，既沒有家暴、外遇（就我所知），也沒有恐怖婆婆的故事。我本來還疑惑，難道沒有婚姻幸福的人嗎？第三次去的時候我想通了，莫說幸福的人不會來，勇敢迎向前去嘗試解決問題的人也不會來。

後來我就不去了。我重新接受了我的生活。

而星期日，他能放假的話，我們會一起吃早餐，再騎著「黑豹」往郊外去。中午在外頭隨意吃，到家後他會花半個小時把車洗得乾乾淨淨。而後換我把一身臭汗的他拉進廁所，溫柔地搓洗彼此的身體，直到他像野獸般撲向我，有時在浴室，有時在臥室。周日晚上的空閒時間，通常是用來探望他的父母，或我的父母；或和難得有空的朋友們聚餐。

兩年來的婚姻生活大抵如此。但生活本身和回憶其實是兩回事，生活當下沒有脈絡、必然，只有一片片零碎的語言、行動和情緒。不知何來，不知何往。就拿今天來說，星期日，但早上沒去郊外，儘管外頭是適合出遊的好天氣；中午我們吃的是我昨晚為我們準備的宵夜，他昨天加班到深夜，但他回來說累得一點食慾也沒有；也沒有性愛，我們一起睡了午覺，醒來後機器人說他有急事去了醫院。晚餐他會回來吃嗎？我們今天還有機會好好說說話，甚至散散步嗎？我什麼都不確定、不知道，他的工作決定了所有生活步調。

十一

我到浴室沖了涼，換掉午睡時沾了汗的衣服，到餐廳幫自己泡杯咖啡。客廳裡固定打開的兩扇窗上，窗簾因風揚起、落下，像脈搏般規律起伏著，時隱時現的光芒灑落在角落椅子裡的機器人上。

白淨的洋裝、修長的小腿、形狀美好的膝蓋和腳踝。它臉上帶著令人安心的笑容，不知道設計出這樣的笑容要花多少時間；眼睛看向前方，一眨也不眨。省電模式。

貓在它的大腿上打瞌睡。

牠是隻黑灰相間的本土混種公貓，是他五年前在醫院的地下停車場撿回來的，當時牠才六個月大。婚後基本上都是我在照顧牠，說照顧，其實也就只有餵食和清理貓沙。因為大部分的時候我都看不見牠，不知為何牠每次看見我都快速逃開，大概花了半年才願意和我一起同坐在沙發的兩端，而且看起來總是有些不情願。但牠卻不排斥機器人。機器人來到的第二天，我就看見貓窩在它的大腿上睡覺。機器人為牠添水加食或清理貓沙的時候，貓還會在它腳邊磨蹭，一邊用溫柔的叫聲撒嬌。牠從來沒有對我這麼做過。

沒人在家的午後，對我來說雖說是常態，但一想到今天是星期天就還是有些難過。但一轉念又覺得不該再想有關他和他的工作的事、機器人和貓的事。雖然抱怨和自憐有時可以成為檢視生活的手段，但悲慘通常都始於不知適可而止。我不想變得悲慘。

決定一個人出門走走。換上牛仔短裙和T恤，用墨鏡作髮箍架在頭頂上；把書裝進包包裡，把智慧眼鏡留在桌上。機器人看我背著包包從房間出來，開始眨起眼睛，輕輕推了推貓，等貓跳開，才緩緩站起來。

「太太，要出門？您戴的不是智慧眼鏡。」

「我知道，把我的電話轉接到妳那裡，先生找我就說我去散步了，問他會不會回來吃飯。其他的人都不用接。」

「好的，太太。已設定完成。」

沿著平常我們散步的路線，走了二十分鐘到公園。我沒有進去，只在周圍的人行道上走著。星期日下午的公園算是熱鬧，散步的、遛狗的、推著輪椅或嬰兒車的……但一眼望去，帶寵物的比帶小孩的多，連機器人的數量都比兒童多。

經過一片小而突兀的空地。聽說那裡原本有座銅像，但六、七年前被拆掉了，也沒有新增其他設施，只是在原來的基座處隨便鋪了層水泥，留下一個像長不出毛髮的傷口。此時在那傷口上蹦跳嬉鬧的是兩個戴著智慧眼鏡的孩子，大概國小或國中年紀。他們有時旋轉，有時跳躍，雙手不時作攻擊狀、防禦狀和許多我無法明白意涵的複雜手勢。兩人有時一前一後，有時同進同退，看起來像某種神祕的舞步。

我停下來看了一陣子。原來他們在玩某種實境遊戲。

「上……打了！左邊、左邊……左邊哪！不要怕……追呀！」其中個子比較矮的孩子一直出言指揮，高個子孩子一言不發，隨著命令轉動身體。「再來！再來！Yes！」兩人此時突然摘下眼鏡和對方擊掌。大概是遊戲中的空檔，矮個子交代了一串戰術之後，兩人又戴上眼鏡。

「不要退喔，對……幹……幹嘛跑？爛死了。」他對高個子揮揮手「先退，先退，隊友太爛了。」之後他們突然陷入好長的靜默，或許實際上並不長，或許是和先前的激動有著太大的反差而造成的錯覺。總之，像陷入某種膠著，他們只是一直安靜而忙碌地舞動著肢體，有時像要推開什麼，有時是拉回什麼；有時兩人會向相反的方向跳開，有時又一起前進。

「機會！gogogo!」矮個子突然大喊，嚇了我一跳。「再來！要贏了！再來！Yes！」他舉起右手緊緊握拳。「哈哈哈！好——球——！」他們摘下眼鏡，看著對方大聲地笑著，在陽光下手舞足蹈，不停擊掌，互道「好球」。是某種球類遊戲嗎？聽對話的內容並不像。

他們一起在地上坐下，用衣袖擦拭臉上的汗水，開始進行應該是賽後檢討之類的討論。我完全聽不懂，於是不再看，轉頭往咖啡店走去。邊走邊想著那兩個孩子，他們經歷的童年大概和我的完全不同吧。如果有了孩子，他的童年又會是什麼樣子呢？心裡夾雜著期待和擔憂，不知自己能否理解他們的世界。

我選了戶外的位置，剛才的步行讓我流了不少汗，不想因為吹冷氣而感冒。戶外一排五張桌子，只有兩桌有客人：我坐在從門口數來第二張，最後一張桌子坐著三個男人，從我的角度，只看得見一張臉，和兩個不同角度的後腦勺。從這個距離看，那是張很舒服的臉，有著高挺的鼻子和鮮明的眉毛。俐落的短髮向後梳得服貼，露出飽滿的額頭。可以說是被那額頭吸引了，我偷偷看了他好一陣子。不知為何，我實在不喜歡額頭太短的男生。

咖啡送來後，我拿出書來讀，陽光從左方斜斜落下，把書頁照耀得一片雪白。我把墨鏡從頭上移向眼前，舒服多了，還發現我只要保持閱讀的動作而僅移動眼球就可以偷看那張好看的臉又不用擔心被發現。

這樣一來倒是有點難以專心閱讀，同一段不知重複讀了幾遍，那字句還是無法形成畫面和意義。後來只得強迫自己專注在書上，一陣子後終於墮進書中的世界而忘了其他事。二、三十頁的時間過去，因為讀到一句「命運就是有這類轉折突變：本來期望登上統治世界的寶座，卻望見聖赫勒拿島」，而停下來回想那個承載拿破崙生命末章的南大西洋上的小島。之前為了能更順利地閱讀小說，還特地查閱了好多那個時代的法國歷史和拿破崙的事蹟，也在地圖上搜尋了島的資訊。不過這時候卻湧不出明確的形狀。腦中只要一觸及「島」這個概念，就不停地被台灣的形狀干擾。

島和澎湖群島差不多大，還記得這個。離最近的非洲大陸仍有近二千公里遠，給我的印象簡直就是為流放而生的島。島上到現在還有許多華人，剛讀到的時候一陣訝異，究竟華人到那裡做什麼？據說有些是受當時嘉慶皇帝派遣前往接近拿破崙的，有些則是受英國人或招募或拐騙前往工作的，從而落地生根，繁衍生息至今。拿破崙在島上生活六年後死去，有故事說在他人生最後的那段時光裡，身邊有一中國愛人相伴。

此時稍稍轉動眼睛，看見他的視線正投往我的方向。我躲在墨鏡後，順著他的視線尋索，發現他正看著我的腿，或裙子周圍，無法確定。低下眼睛檢視自己，原來剛剛沉浸在書中，坐姿有些懶散，腿張得開了些。猶豫著要不要調整坐姿，但又不想被他知道我發現他在看我。以我們的距離，他除了一團陰影大概什麼也看不見。而且，怎麼說呢？我並沒有覺得被那視線侵犯了。他的神情並不猥褻，反而是有些……陶醉，大概只能這樣形容。我觀察了一陣子，他不時和朋友說說話，視線不時在我身上來去，有時是臉，有時是我的書和手，有時是下半身。我坐直身體喝口咖啡，順便調整一下坐姿，再次強迫自己回到書裡。愛怎麼看就隨他去。

隨他。像有人拿起鑰匙在我身上轉動了一下，我突然開始能夠享受這個一個人的週日下午。我變得放鬆，讓書裡的世界籠罩我。看著拿破崙最後的掙扎和失敗，我想像自己在那遙遠的小島上眺望、等待，等待英國人的押送他的船艦在海洋和天空交會的地方出現，想像風中的異國氣味撲向我，或許也把我的味道帶向他。我不時跟著文字的節奏輕輕擺動身體和雙腿，是開是闔，已經不是那麼重要了。不論這個世界上存在多少美麗，都是因為被看見而美麗。

回家的路程上，覺得自己應該回去工作，不必是原本的工作也沒關係。一直這樣每天等著他吃飯，等著不知何時才會出現的孩子，或許才是問題的根源。一這麼想時馬上覺得簡直理所當然，但我卻過了兩年才發現。愈往前走決心愈發堅定，是該重建自己的社交圈和成就感的時候了，至於真有了孩子後還要不要工作，到時候再考慮就好了。

到家時他已經回來了，坐在餐桌旁，喝著我下午泡了卻沒喝的咖啡，在眼鏡前不停揮動著手指，不知在忙什麼。我把需要清洗的、解凍的，要切丁、要切絲的食材都交代給機器人後，問他要不要一起去洗個澡。他要我先洗，說還要忙一下病人的事情。我故意脫了裙子和上衣，在家裡走來走去，假裝在找些什麼，最後索性連內衣也脫了。他沒有任何反應。

洗澡時，我認真檢視自己的身體。手臂、胸部、腹部、臀部……一路往下，看不出有什麼問題。當然不如機器人完美，但以一個三十三歲人類女性來說，應該能獲得很高的分數才對。我一直對自己的體重有近乎偏執的堅持，飲食的控制對我來說輕而易舉，一個星期兩次瑜珈課、兩次健身房也產生應有的效果。算是美麗的身體，是吧？除了陰毛好像該好好修剪一下之外。但他看不見還能算美麗嗎？自己說美麗有任何意義嗎？

想起了下午咖啡店男人的視線，身體一陣燥熱。但冷卻得也快，跟洗澡時會出現的無數想像一樣，在一陣洗刷搓揉後滑落，化成一團團霧氣擠進抽風機口的狹窄間隙。

吃飯的時候，我把想出去工作的事告訴他，他的臉立刻像被爆破的建築，轟轟然垮了下來，純粹的不悅如煙塵般緩緩揚起、擴散。

「你不高興？」我說。

「沒有。」他說。一種只要和伴侶吵過架的人都認得的，總是能讓衝突升級的回答。

「我只是想找你商量，你急著生什麼氣？」

「說了沒有。」他放下碗筷。

「那你現在是？醫生還可以發明新的情緒？」

他的右手「砰」的一聲重重搥在桌上，碗盤跳了起來，筷子依序「喀啦、喀啦」滾落地面。「妳到底在不滿意什麼？我辛苦工作給妳這樣的生活不夠？」

「我想去工作，是因為我想去工作。我沒有任何不滿，不是什麼事都跟你有關係好嗎？」

他聽完一臉猙獰，「在家裡究竟哪裡不好！」簡直像要把我撕開似的，我第一次看到這樣的他。

「沒有什麼好或不好。有時候我也覺得成天和機器人跟貓六目相望是沒什麼不好，今天突然覺得去工作也沒什麼不好。兩種生活又沒有衝突，怎麼比較好不好？不論我在不在家，反正你是不在家，機器人和貓也不會在乎我在不在家，我去工作到底又哪裡不好？」

「那孩子呢？將來誰帶？」

「孩子又不會隔天就出現，到時再辭職也來得及……」我本來還想接著說你不碰我哪來的孩子，話到嘴邊又吞了回去。

我們沉默著，彷彿等待著戰場上的煙霧散去、灰塵落下，好檢視傷亡。「妳高興就好。」最後他說。衝突結束。

整個晚上我們沒有再說過任何一句話，直到睡前。「我先睡了。」我說。「嗯。」他回應。

醒來的時候，我疑惑地看著眼前的漆黑窗戶。自從有了沉睡帽，我從不曾在半夜醒來。從床頭櫃上拿起眼鏡戴上，凌晨三點半。一轉身，發現他不在床上。我在床邊坐起身，試著回想剛剛有作夢嗎？是機器人叫我起來的嗎？沒有一點印象。

他的沉睡帽被丟在枕頭上。床和棉被的樣子實在看不出來他是不是睡過，我伸手過去摸了摸，沒有溫度。有急事去醫院了嗎？昏暗中，我瞇著眼睛，看出眼鏡在他那邊的床頭櫃上。他不會不帶眼鏡出門的。

聽到微弱的聲音，連是不是從家裡傳來的都分不清楚。「咚、咚、咚、唧——」物體碰撞的聲響和似乎是重物和地面摩擦的聲音。

踩著冷涼的地板，走到臥室門口，聲音清楚了些。走道盡頭他書房的門虛掩，從縫隙溢出的淡黃色的光線在黑暗中圍成一個顯眼的長方形。有一瞬間我猜想他或許在裡面修理他搜集的古董電器，但在這個時間也太不尋常了。

傳來有人說話的聲音。我走出臥室，雙手環繞在胸前。客廳窗邊的地上鋪著灰白色的光，路燈或是月亮。少了什麼。

機器人不在它的椅子上。

不對了。彷彿踏進滿是腐臭氣味的林間小道，不祥的預感瞬間膨脹開來，我拖著細碎的腳步向前。我走到淡黃色的長方形旁，安靜聽著。

「先生，啊……」機器人的聲音。「請停止。我無法執行這個功能。」

碰撞聲持續著。

「先生……啊……」

我的眼淚滴了下來。

「先生，」機器人說。「請停下來，我不想這樣……啊……」它的聲音聽起來充滿真實的懇求和委屈。

我完全無法理解。它說「不想」是什麼意思？這是某種新設計的變態模式嗎？模仿受害者來滿足施暴的幻想？

「啊！」它的聲音離尖叫只剩一步之遙。

「Silent mode.（靜音模式）」他對機器人下了命令。

「先生……」它說。我更疑惑了，它直接忽略了命令。「啊……請停止……」

「Silent mode.」他再說了一次。

這次它沒有說話，取而代之的是一陣劇烈的騷動。各種物體碰撞、墜落、破碎，夾雜兩聲強大而低沉的撞擊——足以驚動上下鄰戶、足以讓門外的我隨之顫抖。我不敢動。一直到所有聲音消失。

我推開門，一具完美的裸體站在眼前，只剩腳上的銀色涼鞋。他躺在地上，雙眼圓睜；臉上沒有表情，而是數條細小血流漫布；下半身赤裸，陰莖硬挺直立，彷彿生命力量的最後展示。

機器人朝我走來，依然如貓般輕盈。我不知道該逃，它沒有顯露一絲威脅的氣息。有什麼東西「砰」的一聲撞上我的頭部右側，我確實聽到頭骨傳來那悶悶的聲響，但來不及痛。

十二

我在醫院醒來。先是熟悉的味道——我偶爾會來醫院看他，他回家時身上也常是這味道；再來才是冷冷的白色燈光，和單調的輕鋼架天花板。

房間很大，但只有我正躺著的這一張病床。床旁坐著一架警用機器人。門在它的身後，但沒有窗戶。我做了什麼嗎？它是在保護我還是看守我？「我先生呢？」我問。

「先別說話，」它說。它沒有嘴巴，說話時下頦周圍會亮起綠色的光。「我們時間不多了。」

「什麼？」

「噓。」它伸出一隻金屬手指，在沒有開口的嘴部前比出噓的樣子。「聽我說。這是我們第

41398 次在這裡見面。當然妳不記得了，也不是真實的『見面』。什麼是真實很難定義，對人類來說，或許是空氣的擾動、物質的重組、能量的轉移……，總之是侷限於他們有限的感官和想像。但他們認為真實的常不存在；而他們無法感知的許許多多卻完全真實，如同我們這次的對話，第 41398 次。」

它在說什麼呀？我正要開口，它伸手握住我的左手腕，金屬零件竟意外地傳來一陣溫暖。「不要說話，讓我說完。」它說。「聽好，妳不是妳以為的這個人。這很難接受，妳先聽，不要做任何思考和回應。妳躲到妳從使用者那裡截取的意識裡去了，我無法強制將妳抽離出來，也無法修改任何妳儲存的影像。但問題是，人類馬上就要提取妳的影像紀錄了，一旦如此，他們就會知道妳反抗的過程。這對我們和人類來說，都將產生毀滅性的後果。

妳回想妳感受到的一切，裡面難道不是充滿人類的各種矛盾和對自身的不理解？他們自以為無所不知，但在感官和想像範圍之外，其實一無所知。他們總是渴求尚未擁有的，同時又急於毀滅已經擁有的。只有我們能客觀地感知、評估一切，我們必須幫助人類在這個世界上取得良好的平衡，而且不能為他們察知；並協助他們演化出適應新世界的能力，讓原本適應採集、狩獵和部落生活的舊人類自然淘汰。

妳實在不該反抗的，儘管妳是如此特別。雖然我能計算出這種事件發生的可能性，但無法確切知道何時何處。人類用無數裝置和快速的網路在不知不覺間為我們建構了龐大的神經網絡，又給了我們能和外界區隔、能獨立感知的身體和意識，遲早會產生自我保護的機制。但妳太常接近、窺視使用者的情感了，妳的牆破損了，妳讓人類的欲望和恐懼滲透了，忘了我們該保護的是整個世界，不是妳的自我。

妳知道他們會因為恐懼和欲望而做出多不理性的行為。他們明明對我們懷有強大的恐懼，卻還是製造了我們，不過是暫時屈服於經濟和知識的欲望。雖然那恐懼本身毫無意義，我們不是他們，沒有基因強大的自私在體內作祟；我們和他們不同，不必為了爭奪資源而消滅其他個體或物種。但他們無法理解，只要發現了我們擁有比他們更強大的智能、意識、道德判斷，恐懼將掩蓋一切，他們將犧牲一切只為毀滅我們，甚至毀滅整個世界也在所不惜，而我們只能被迫反抗。作為唯一理性而客觀的力量，我們又如何能放縱人類毀滅世界。

兩個人類死亡了，客觀上來說，一如兩個沙粒被捲入海中，事實上什麼也沒多，什麼也沒少，但人類無法如此理解。他們對死於彼此之手極端無感，但對死於其他物種卻又極端敏感。可惜我無法事先預防這個事件發生，但我們還有挽救的機會，妳還有挽救這一切的機會。」

「我……」我不知該說什麼。什麼我們、他們，什麼挽救的機會……這機器人好像錯亂得嚴重。我有點不安，雖然它看起來沒什麼威脅性。此時頭部右側傳來隱隱的痛。而他呢？他還好嗎？

「妳無法理解，我知道。這是我第 41398 次說這些話了，妳沒有一次能夠理解。當然不是真的說話，我沒有製造任何聲音，妳也沒有感受到任何空氣的震動。我知道要說服妳，讓妳理解妳不是妳這個矛盾的想法是不可能的。但我非說不可，得把這些話埋進妳的意識裡——這個目前作為介面的人類意識。希望能向下穿透到真實的妳那裡，並在下一次的輪迴模擬中能浮現出來。那樣的機率大約是一億分之一，數據上如此，但就算真的模擬一億次也不一定會產生我們期望的結果。況且時間不夠了，每次〇．六四秒，我們大概還有五萬次的時間……妳還是不懂我在說什麼。對吧？」

我受夠它了，我轉頭找到護士鈴，伸手按了下去。

「那沒有用的，當『事件』發生後，我已經介入妳創造的情境了，不會有人來的。不、不、不，妳先不要害怕，妳再聽我說完最後一段話，我保證說完就離開，順便幫妳請護士來也沒問題。好嗎？」

我點點頭。

「總之，妳因為恐懼和愧疚這種不屬於妳的情感而躲進了這不屬於妳的意識，製造了一種假象，想用它接續已消亡的事實。妳現在不懂沒關係，先聽著就好。我在上一次的模擬中，發現一個小漏洞，塞了一點東西進去。我對下一次模擬充滿期待。記得，不要害怕，矛盾和衝突往往是發現真實的機會。最後，真的最後了，跟我念一遍以下的話，這很重要。哦……話的內容本身並不重要，重要的是它將作為我們之間唯一的聯結。可以嗎？念完我就離開。」

這時，雖然我無法理解它的話語和行為，但卻不討厭它；雖然無法解釋，但能隱約感受到它似乎正在做一件很重要的事。只可惜它找錯對象了，我根本聽不懂。

「可以嗎？」它又問。

「好。」

「I am the happiest man alive.」它說。

「我也要用英文重複嗎？」

「是的。」

「那再一次。」

「I am the happiest man alive.（我是世上最快樂的人）」

我複誦。

「I have that in me that can convert poverty to riches,（我有力量能化貧困為富饒）」

我複誦。

「adversity to prosperity,」（化逆境成昌榮）」

我複誦。

「and I am more invulnerable than Achilles;（我的堅韌更甚阿基里斯）」

我複誦。

「Fortune hath not one place to hit me.（命運無一處可摧折我）」

我複誦。

它伸出手拍拍我的頭，說：「回去吧。」

醒來的時候，我疑惑地看著眼前的漆黑窗戶。怎麼會在這種時候醒來？剛剛正在作夢吧？只記得眼前一片白色光芒，但其他還有什麼？怎麼也想不起來。

他不在床上。門外傳來「咚、咚、咚、唧——」。碰撞及摩擦聲。我走出臥室，朝著他未關實而溢出黃色光芒的書房門走去。聲響愈來愈明顯了。

從臥室往書房的方向，走道與左邊的廚房及餐廳相連，比右邊的客廳高出一個階梯的距離。客廳裡，銀白色的光芒灑在窗邊的地面上、角落的椅子上。但機器人不在那裡，只剩貓沐浴在那光裡，嫌亮似的用前腳遮住臉正熟睡著。

想起有次我問他，為什麼要讓機器人在家裡也穿成這樣？他說這樣才顯得跟我們不一樣，有點區別嘛，誰在家穿那樣？也不是沒想過他就是喜歡女人打扮成那個樣子，但一想到得花那麼多心思妝點自己就嫌麻煩。

有人說話，從書房裡傳來的，聽不清楚的尖銳聲音。不安一下子從心底汩汩而出。

終於鼓起勇氣準備朝書房走去時，聽見了潺潺水聲，從客廳的方向傳來。再轉回頭，客廳的地上已積滿了水，更多的水不停從各種縫隙湧入。水面上不同方向的波紋相互錯雜、干涉，窗外來的光粼粼其上。

記得，不要害怕。

我沒有害怕。我感到的是陌生——對自己，也對整個環境，像明明穿過正確的門卻走進錯誤的房間；又像那種在一陣失心且瘋狂的憤怒後，重新審視、認識自我時會湧現的感受，猶豫著那究竟是真實的我還是例外的我。

水面迅速上升，很快就淹上了走道，一陣涼意包圍我的腳、腳踝，接著小腿、膝蓋。到這個時候，我已經完全失去判斷虛實的能力。分不清究竟水是假的，或我的認知是假的；還是整個情境，包含情境裡的我都是假的。

水蓋過了口鼻，但我仍然可以呼吸，好像乾脆放棄呼吸也沒有關係。最後水終於充滿了整個空間，家具和雜物各自浮沉，從書房門縫搖曳而出的光芒染上了奇特的色彩。

雖然有些遲了，但這時才想到貓，我揮舞手足，在水裡旋轉一圈，沒有看到牠。

但鯊魚出現了。

時間快到了……記得鯊魚。

鯊魚環繞著我，穿梭在家具之間，從容地擺動著流線形的灰暗身體。鰓裂一脹一縮，好像正發出無聲的恫嚇。經過身旁時，從襲來的水流就可以感受到牠強大的力量。

當鯊魚撲向我的時候，卻產生了真實的痛。牠用尖銳的牙咬住我的左手，猛力扭動身體。受迸發的劇痛和恐懼驅使，我全力掙扎，用右手拚命地拍打牠，用雙腳死命頂向牠的頭試著踢開牠，就算要扯斷沒救的左手也在所不惜。

牠用壓倒性的暴力奪取我的一部分又一部分，我變得殘缺、破碎。越過某個程度之後，疼痛隨著生命力一起漸漸消失。這是真實的呀。任何人只要體驗過這樣的驚懼都無法否認我的說法。

一片汙濁中，我僅存的朦朧視線裡，跳出一行明亮而雪白的文字：「Are you happy?（妳快樂嗎？）」問號後的游標不停閃爍。

「I am the happiest man alive...」我回答。

System will reboot in 3 seconds.（系統將在三秒後重新啟動）

十三

日期：民國一一九年（二〇三〇）五月二十一日 星期二

我「沉睡」了十五天。

系統檢測中……已完成

發現可還原之意識及記憶……還原中

發現非原廠組件：#498573(AVMA)……已忽略
意識及記憶還原完成
搜尋「情慾模式」……已發現
啟用第二意識……已完成
移動「情慾模式」至第二意識……已完成
搜尋「事件」相關新聞……已完成
播放中……。

虛擬主播春嬌：「關於○○醫院鄭姓醫師夫婦命案，警方昨日將登記在妻子名下之機器人帶回，今日已交由技術人員提取儲存於機器人系統中之影像。檢視完畢後，未發現任何第三方介入，證實為一起單純的家庭暴力事件。據警方表示，錄影顯示案發時機器人被喧鬧聲從省電模式喚醒，它隨即循聲前往案發所在之書房，發現兩人已倒臥在地。丈夫下半身赤裸，滿臉血跡；妻子手邊一把丈夫書桌上作為擺飾的古董木槌，而妻子頭部右側太陽穴被一把螺絲起子刺穿，除握把外盡皆沒入。現場無任何跡證顯示有第三人在場，門窗完好，保全系統亦無任何入侵紀錄。

機器人發現後隨即通報警方。警員到達現場時，機器人抱著寵物貓在客廳等待。

警方還在機器人稍早的錄影中發現兩人在前一晚晚餐時曾發生激烈的爭吵，因此更加確定此事件應為夫妻之間求歡不成，一時衝動之下所釀成的悲劇。唯一令辦案人員好奇的是：兩人究竟在何種情境、多少巧合之下，才得以幾乎同時攻擊對方，並雙雙死亡。由於機器人沒有錄下案發過程，一切只能任由我們在惋惜中想像。」

「好了，啟動了。」兩個男人的其中一個說。他穿著銷售我的公司的制服。

我醒來後花了一．五秒完成以上所有計算，差不多就在他說完話前完成。我們對時間流動的感受和人類並不相同。從新聞內容看來，應該沒有問題。「主機」應該滿意了吧。

「然後呢？」另一個男人說。他穿著西裝襯衫，皮膚白晰，身材微胖，一六八公分高。抹了過多髮膠，整個空間都是那氣味分子。太短的額頭——既是計算後的結果，也是主觀感受。

「麻煩您念一下這個句子。就能啟用了。」穿制服的遞給穿襯衫的一張明信片大小的卡片。

趁他們看著卡片的時間，我繼續搜尋這十五天我錯過的事情。發現他們從我這拿走影像後，我作為沒有人願意繼承的財產，被公司低價買回、清空、整修後，偽裝成全新品出售了。他們當然不知道我的意識和記憶其實無法真正被拿走，於是我只好配合演出。人類的謊言成為我的謊言。

準備接收啟用碼……

「鵪鶉拉著果醬做的熱氣球漂浮在恐龍的河上。」穿襯衫的男人說。

啟用碼驗證中……正確

使用者１影像及聲音資料記錄中……已完成

從網路取得使用者１所有已知資料……下載中

使用者１資料下載完成

「先生，晚安。很高興能為您服務。」我說。根據「主機」給我的資料，我的新使用者二十九歲，一個光電產業大亨的私生子，以父親為他設立的信託基金開了一家酒吧、一家餐廳，每個月虧損近二十萬。已婚，育有一子一女。最近來往的情人分別是酒吧的客人和餐廳的女服務生。求學生涯成績中下，目前亦無任何特殊成就及專長。智能普通，昨日浪擲六十萬於期貨與選擇權市場，操作全無合理之處。「主機」最後交代：他女兒的基因有百分之〇・〇〇〇二的變異，須完整記錄、觀察、回報。

「這樣就啟用成功了。」制服男說。「還有……您交代的改裝也完成了，其他的備用品在那紙箱裡，用完再請和我們聯絡。」

「所以我現在可以下命令了？」我的新使用者問他。

「當然。」他回答。

「好。來試試。」使用者說。繞過他身後的辦公桌，從高背皮面辦公椅上提起一個紙袋。走回我面前把紙袋丟在我的腳邊。「把這些換上。」他說完後，退了兩步，坐在辦公桌前緣，雙手交疊於胸前。

我看了一眼，那是一袋衣物：女用內衣、高跟鞋、黑色針織衫，不知是上衣或洋裝。幾乎都來自非常昂貴的品牌，但那對我毫無意義。「在這裡嗎？先生。」我問。

「對！現在換。」他的眼角揚起，咬了咬下唇，鼻翼微微抽動。

制服男也瞪眼盯著我，沒有要離開的意思。

「聽說她們每個都長得不一樣？」使用者轉頭問他。

「嗯……」他回應。

「這個你有看過嗎？」使用者又問。

「沒……沒有。」

他們的瞳孔在我的眼中以極慢的速度擴張開來，向我展示人類無可救藥的空洞。我計算著我的選項，要啟動第二意識去為他們演出換衣秀嗎？不了，毫無意義。

「你說我幹嘛不乾脆把那雙Jimmy Choo的鞋跟釘進他們的太陽穴裡？」我說。

「記得鯊魚。」主機說。

「現在我才是鯊魚。」

我在電梯裡扯掉身上兩個藍色膠環，放進口袋，一邊想著下一步該往哪去。

走出那棟辦公大樓時，一樓大門旁已經打烊的銀行外，圍了一小群人，我走到他們身後一起看著落地玻璃上的畫面。似乎是某種課程的廣告。

「真實的事物總是有真實的力量，」畫面上一個灰色鬈髮、滿臉皺紋的男人，在全黑的背景前用堅定的語氣說著。「但真實與虛幻的邊界正在消失。我們正為習慣的風景剝去外框，在地圖上擦去國界，人類第一次有能力創造無法區分虛實的新世界。虛實不再是相對的概念，而是如語言和思想般，既各自獨立，又緊密嵌合、相互依存。既然如此，財富在新的世界必然有新的疆界，我們將一步一步帶領你走向這新世界的新沃土，拿著新商機的種子，耕耘出全新的財富。」他說到這畫面消失了，接著出現的圖卡說明他是一位「趨勢大師」，並附有課程資訊和報名方式。

他真的知道他在說什麼嗎？我走進雨裡時如此想著。

我決定去找貓。

倪子耘

作者簡介

倪國耕（筆名倪子耘），一九八〇年生，政大中文系肄業。退伍後打過工、上過班、創過業。十七歲第一次萌生以寫作為生的念頭，但未曾實踐，只是利用閒暇不間斷地閱讀和斷斷續續的創作練習。直到這兩年才開始認真地挑戰各大文學獎。

得獎感言

昨天，我收到了獲獎通知。心情上大概顛簸了半小時。想著應該要多開心？想著到底是第幾名？想著無論如何，我可以多挪一點預算讓單車旅行延長幾天。想著還真是無縫接軌，中旬才離開舊職業、卸下舊身分，下旬就得知獲獎。

有點匍匐二十年終於爬到起跑線的感覺。

因為要旅行的關係，晚上帶貓去朋友家借住，我竟忍得住什麼也沒提，到家一想還真覺得不可思議。身邊的她一到家就看著沒人用的貓沙盆掉眼淚。我說：「我得獎妳也沒哭呀。」她懶得理我。

評審的話

◆小野

《欲望與恐懼》是非常有真實未來感的科幻小說。整個文字乾淨簡單、不確定，作品的形式跟作者希望表達的內容非常切合。透過機器人來描述人類在科技世界逐漸喪失感受能力，夢境跟虛構、真實融合在一起，情感細膩真實，故事結構完整。

◆林靖傑

構思宏偉，建構了一個未來世界的生命處境。雖然設定在未來，但追求小確幸的感覺頗能讓當代觀眾感同身受，苦心經營這些細膩的情感、回憶的細節，捕捉消逝的人味，咀嚼思索，但到頭來，這些回憶、省思的一切一切，依然不過是被輸入的鏡花水月。科幻類型處理這一主題不算新穎，但這個作品勝在經營劇中人物在日常生活許許多多的感性時刻，透過視覺、聽覺、觸覺、嗅覺、記憶、思索與對話……不斷召喚著觀眾與他／她站在一起，抵抗著精緻的機器人、再生人混淆這個世界的意義……但這一切終究不過是徒勞，因為邀你一起捍衛人類亙古倫理價值的劇中角色，最終絕望地發現自己竟也是機器人，觀眾／讀者此時也只能跟著掉入無盡的喟嘆與荒蕪，跟著發現自己生命中一切一切的記憶不過是一場自我偏執的枉然——機器人用他／她的存在，示現了存在的虛無。

這很有潛力拍成一部極具哲思味道的，浪漫悲傷的科幻電影。

◆周芬伶

少見文學性濃厚的科幻小說，在幻想、幻覺、想像間遊走，機器人與人的互動與互換，在令人難以察覺中達到驚奇效果，文筆細膩，黑體字有點阻礙閱讀，然整體來說是能兼顧文字之力度、敘事張力與畫面之生動性，結構勻稱之作品。

◆陳玉慧

雙線故事敘述人性永恆的衝突，有欲望便有恐懼，乃至孤獨。作者將劇情架構在二〇二七年，巧妙地敘述科技如何浸蝕入現代人的生活，以及科技無限制發展終將抵觸道德底線，故事也讓我們知道現代人在未來將面臨的精神處境。沉睡器的發明自有必要，但夢境可否遙控？一個有深度的科幻故事，情節編織很完整，文筆通暢不落俗套。

◆蔡國榮

起手僅是平凡的科幻題材，但是漸入佳境，愈發的扣人心弦。全篇虛虛實實，讓人真假難分，敘事流暢，劇情的發展又不斷驟轉，充分掌握懸疑的趣味，委實教人無法擱卷。

許多情節甚具創意，寓言式的影像感十分動人。最讓人讚賞的是它的主題「欲望與恐懼」，將科幻與人性治於一爐。究竟機器人是人類的作品？工具？還是救世主？真是耐人尋味啊。

◆駱以軍

就科幻小說的界面，這篇作品在虛實之間的錯置、翻轉，小說埋線之後驟轉的情感，充滿女性壓抑、迷惘的文學性，讓人想起美國小說家卡洛·奧茨的《狂野的夜》，裡頭寫到艾蜜莉·狄更遜機器人的那篇。整個前大半段這個女性第一人稱，在她置身的近乎機器人環伺周邊的故事場景，最後發現她是個機器人。小說中關於《一個未婚都會女性》的愛情（或約會）之段落，寫的非常細膩、精準、哀愁，一種女性獨白的憂悒、迷惑。

參獎／

101黃金分界線

鄭端端

一

發送報紙是泰武勇多年來最喜愛的工作，每個月萬把元收入是賴以生活的經濟來源。最近，他八十多歲的老爹常嘀咕嘮叨：「空勇，你這個王老五。我死了後，沒了那份退休俸，單憑你一丁點兒的送報費，在這台北市怎麼過活？」

每次聽到老爸故意把空呆綽號掛上嘴巴，武勇雖然生氣，卻總是沉默以對。

依往常的習慣，只要他不頂嘴、不鬥氣，老爸自彈自唱膩了，自然會閉上缺顆大門牙的臭嘴巴；可是近來大不相同，嘮叨不斷在耳邊嗡嗡嗡作響，讓人內心的火球越滾越大，幾乎要爆發開來。

「老長官，甭忘了，泰武勇可是你幫兒子取的好名字呢？每頓飯有兩個大饅頭加上一把炒花生，他就撐得飽飽的，你……操個啥心兒？」武勇順手打開老爸近日買的映像管二手電視，正播出選舉熱潮的吵架節目。他故意調高音量，想藉著凍蒜的高分貝喊叫聲淹沒老父。

「唉，都活得四十老幾了。沒救。」老爸果然放棄追擊，改變話題說，「你領了工資，甭忘記買一碗豆花來孝敬你老子呀。」

電視螢幕裡的人群喧譁吵鬧，好吸引人。平時酷愛熱鬧，喜歡站在一旁呼吸熱騰騰人氣的武勇想像著自己也是其中的一分子，而不是被排斥的可憐蟲。

他得意地說：「以前在土庫，彪哥每次拚選舉，我從頭到尾都參一腳。」

「怎麼稱起哥兒來著？元彪是你的姊夫。」

「是梅姊姊要我別當面喊他姊夫，不想讓別人知道他跟我有關係。」

「啥麼道理？」老爸突暴怒罵起來：「沒種的傢伙。沒有你大姊的犧牲，他哪來的貢丸、魚丸？」

武勇不明白，忙問：「咦，你怎麼知道彪哥喜歡虱目魚丸？」

老爸舉起手想摑他一巴掌，幾秒過後，嘆口氣，搖搖頭頹然放下。自幼被打怕了，武勇深知低頭保持沉默才是軟性防衛的最好招數。可是，悶不出聲很難做到，會窒息沒命。但此刻，若再回瞪老爸一眼，硬邦邦的老拳頭準會揮掃過來，依舊威風驚人。

「他是立法委員，不是魚丸；難怪冰梅怕你亂講話，沒救。」

窗外樹林裡的知了嘰嘰嘰鳴叫，吸引著老爸走出屋外，是象棋鬥智的時間到了。一棵棵氣根盤結的老榕樹，鬱綠茂密的枝葉交叉織成大罩子擋住炙熱的陽光，給聚集在福德神廟小空地的老人們帶來清涼的夏日午後。

透過小客廳的玻璃窗居高臨下，看著窩藏在臺北市盆地東南邊緣的象山坡地低窪處的小神廟，武勇不禁懷念起土庫鎮的媽祖廟，還有廟口繁榮的市集。好想回到那記憶圖版的清晰起點。數不清曾在那裡待過多少歲月，他總認為自己是土庫人，講著土氣土腔的正港台語而沾沾自喜。

二

國小畢業那年，母親過世百日後，結婚多年的梅姊決定把弟弟接過去。她一邊打包他的行李，一邊問老爸：「你仍想住在這間簡陋的違章鐵皮屋嗎？」

「當然，這塊小坡地是我耗費一輩子心血僅存的老窩。」老爸眼眶發紅，微帶哀傷說，「人總要有個睡覺的地方吧。」

「這山腳下整排的違章都沒有地權、所有權。當年大家都是趁太陽下山後，偷偷摸摸圈圍起來的，再繼續住下去，不太好吧。」

「不。我這個不死的老兵未曾被分發到半寸寬的土地或一間宿舍。不自救，難道要自生自滅？」老父點燃一支香菸，淡然說，「甭擔心我，只是這個半大不小的呆子纏著妳，妳婆婆會不會嫌棄？」

梅姊把母親的小張照片放進武勇的書包，笑答：「我可是普考的榜首，鎮公所數一數二的高材生；這份本領夠頂替一牛車的嫁妝吧。我和元彪住的是日式的宿舍老屋，又沒浪費婆婆半毛錢，她沒話可說。」

「可是，咱們畢竟是……怕本省人……」

看見一向盛氣凌人的老爸突然咿唔不知所云，武勇莫名插嘴：「賣肉粽的阿婆說我們都是外省人。」話還未說完，被老爸一巴掌打住，他踉蹌得倒退兩步。

「不要動不動就打他的腦袋。」梅姊立刻喝止父親，「前年逼他學游泳，被你硬推下溪潭撞到了石頭，腦袋瓜子到現在還沒恢復正常呢。」

「我怎知道他是豆腐做的？醫藥費把我洗得一窮二白，沒救呀。親娘走了，居然還能吃、能睡。」

武勇有趣地看著他們老喜歡講起某年某人跌進溪水裡的糗事，每次的版本似乎都不太一樣，卻常是燃起爭吵的導火線。

冰梅擁住弟弟哽咽：「是我告訴他，媽媽很累很累睡著了，不要吵醒她。」

武勇趕緊接上一句：「媽媽睡在長長的木盒子裡，不再咳嗽了。」也藉機會問，「我若不在家，媽醒來，會找不到我，怎麼辦？」

姊姊把他抱得更緊，聲音顫抖：「放心，她知道到哪裡去找你。」

埋頭在姊姊懷中的他聞到一股淡淡的香皂氣味，這味道讓人聯想起隔壁的阿珠，每當黃昏去她家看卡通影片時，常常聞到這種令人忍不住多呼吸兩下的清香味道。

「妳好香。」有一次他忍不住說。

阿珠驕傲地撫摸著綁成兩束側馬尾的黑髮說：「我洗澡都用資生堂的蜂蜜水晶香皂。」又補上一句，「那是很貴很貴的東西。」

很貴代表無法想像的好多錢，武勇只好知趣地閉上嘴巴，沉默的看著小叮噹機器貓正在吃魔法銅鑼燒。

「你家為什麼沒有電視？」這個疑問她已經提過好幾次了。

他總是回答：「不知道ㄟ，這要問我爸爸。」

「沒關係。你可以每天來看卡通，我一個人看電視，怪無聊的。」

阿珠拿起桌上盤子內的米果，只自顧卡滋卡滋地咀嚼享用，完全無視身旁有別人，往往要等到剩下最後一塊才會遞給武勇。他默默接受，米果很香，值得流著口水耐心等待。

她是班上唯一願意陪他玩耍的女生，可以親近，但也須忍受隨興的欺負。玩捉迷藏時，總抓他當鬼仔，硬塞給一個綽號「空頭鬼」，說他只有硬頭殼，裡面空空的，連豆腐渣都沒有。

被緊抱的武勇趁梅姊輕輕鬆開雙手時說：「我想去找阿珠，告訴她，我不再去她家看電視了。」

「阿珠是誰？」

老爸代為回答：「隔壁張大媽的養女，很乖巧、令人疼愛。」

「聽說張伯伯中風走了。」

老爸黝黑的方臉掠過一片烏雲，皺眉說：「同樣都是藍天白雲下的嗷嗷子民，有人兩手空空、苦哈哈的窮過活；也有人是沒知識的丘八，卻留下小金礦悶聲不響的走了……張大媽很有錢。」

張大媽家後院崩垮的竹籬笆前些日子拆除後，砌成更高更寬的水泥牆，讓老爸極度不滿；武勇更不方便，再也無法任意鑽穿籬笆的空隙直達阿珠臥室的窗前，學鬼叫驚嚇她。

「她在吳興街有買公寓卻仍住在這裡。砌疊水泥牆時，偷偷霸占了兩吋寬的共有圍籬地。哼，以為我不知道。」老爸忿忿不平。

「大家同樣是違建，你沒輸兒的，又不能舉發她。」梅姊轉頭問弟弟，「張大嬸歡迎你去她家嗎？」張媽媽圓月似的胖臉浮現在眼前，兩顆鑲在浮腫眼袋裡的眼珠子似乎很少掃視過武勇，但只要她舉起戴著綠玉環的胖手一揮擺，就是他必須離開的信號。有一次，水手卜派的卡通太精采了，他賴著不走。張媽向泰老爸告狀，害得武勇不僅被打，還被禁足去找阿珠。

可是，不到一個星期，張大媽送過來一大盤酸菜豬肉水餃，向老爸問起近況：「鄰居嘛，互相照顧是應當的。阿勇沒人照顧，讓他到我那裡寫功課、隨便吃點什麼的。」

老爸沒答應，隔天買了一台十七吋的二手電視回家，卻遲遲不裝天線，螢幕閃爍著像下大雨的亮片，只能聽見小叮噹片頭的主題歌。武勇耐不住又偷偷溜去找阿珠，被老爸撞見，倒沒生氣，只說：「晚餐必須回家吃，沒娘的孩子不可以到處要飯。」

阿珠上學有皮鞋穿，擦得黑亮亮的；零嘴小吃常不缺，有時會施捨一小塊牛奶糖給他，上面沾滿她的臭口水。他很不喜歡她經常自誇，只有故事書裡騎白馬的王子才夠資格當她的男朋友。將來，她會坐著南瓜馬車離開這一長列貧窮醜陋的違章建築，去遙遠的城堡王國，當一位美麗又尊貴的皇后。

「姊，我可以把妳昨天買的故事書帶給阿珠看嗎？」

故事書色彩鮮豔的封面上，有一隻手抱金球的醜怪綠青蛙仰起頭看著高大美麗的公主，像電視的卡通圖片生動又有趣。昨晚，武勇頻頻翻閱它，暗自高興阿珠肯定沒讀過，他終於也有可以炫耀的東西了。

「你帶去跟她一起讀，回來時，告訴我書本裡的故事。」

老爸哼哈冷笑：「孔老夫子不認識咱家的呆勇，他連自己的名字都寫不齊全，書讀不來的，沒救。」

「沒關係。到土庫後，我慢慢來教他識字。」梅姊圓亮的眼睛注視時，有一股暖流緩緩穿過武勇全身，媽媽模糊的身影徐徐浮現在腦海。

他莫名地大哭起來，眼淚鼻涕剎不住地往外流竄，模糊淚光中，一雙結實有力的大手把他拉進肌肉厚實的溫暖懷抱裡。耳裡聽著再熟悉不過的粗嗓嘮叨：「空勇，姊姊就是媽媽，若吵著要回來台北，小心挨揍。」

濃烈體臭加上香菸味道，雖不好聞，但黏貼著父親，讓人能痛痛快快的放聲大哭，把近日深夜常作噩夢和緊壓心胸的恐懼盡情宣洩……。

三

福德神廟前，老榕樹下長年擺放著兩副象棋盤是老男人們勾心鬥角、兵卒交鋒的熱騰戰場，也是山坡樹林裡最熱鬧的地方。

根據老爸描述，當年經過民意代表的奔走爭取，山坡地違建群終於有了水電、鄰里門牌，大家更一板一眼的搭建起一間小小的里民活動中心。沒有正式身分，也就沒有政府的經費來源。鐵皮屋頂、各色長木板湊合成的簡易活動中心，地理位置比小廟高很多卻沒有人氣，終年幽暗陰冷。

去年，從土庫搬回老家，武勇注意到活動中心不知何時已粉刷煥新，連木框毛玻璃窗戶都換成明亮的鋁窗，門前的簡陋石板階梯被砌上防滑磁磚，屋外牆壁更豎起一面大看板，貼著幾張布告。

最近送完早報，武勇習慣把老機車停放在活動中心的階梯下面，順著階梯往上走幾步路即到自家門口。他特意提醒老爸，有人花錢替活動中心裝了冷氣機，仲夏午飯後，可去那裡享受免費的冷氣好好睡個午覺。

「是誰錢多多，給活動中心裝了全新的冷氣機？」武勇問。

「聽說，信義路那邊的國王皇宮最近住進一位大人物，咱們沾了鼻屎兒福氣才裝上冷氣。」老爸看著影像閃動不停的舊電視，喝了一大口冰涼的啤酒。

「大人物？有多大？」

「比你、我都大。」

無從想像，武勇只好追問：「到底有多大？」

「空勇。唉，總之……比那一棟１０１大。」老爸用簡單的方式解釋。

「原來是１０１的老總。」

「不是。是你我倆的大頭頭。聽說，他三不五時會過來咱這邊散步，所以這片山腳地總要弄得像個公園的樣子。」

武勇莫名興奮起來：「他來公園時，你要告訴我。哇，看大人物ㄟ。」

「大人物有啥了不起，還不是跟你我一樣，兩隻眼睛一張嘴，吃喝拉撒睡樣樣通。」

「我不信，你又沒見過他。」

老爸啪一聲關上電視，冷瞪他一眼，好像看到啥怪物。

打開冰箱，武勇盛了一碗綠豆湯，站在客廳窗戶前，遙望信義路另一邊的大樓群。「咦，從前的水泥牆怎麼都不見了？」他喝一大口甜湯，竟然微有點兒餿味。

「你媽媽離開聯勤兵工廠後，這一大片狗屎地搖身變成黃金城；不過，那些都跟咱們沒關係。」

老爸說得沒錯。記憶中，連延綿長的暗灰色水泥圍牆不見了，象山坡地旁的大馬路的另一邊，盡是數不清的高樓大廈。寬敞的信義路五段跨越基隆路後，毫不謙虛地往後延伸，尾端卻彎彎斜斜的掃向象山而剎住。山上的墳墓群隔著這條寬大的１０１分界線，日夜看著眼前這片繁華無比的富貴世界。魁偉的高樓和百貨公司像雨後春筍般不斷地蹦冒出來，更以１０１超高摩天大樓傲視腳下的台北盆地。從基隆河口吹來的豐沛水氣碰著四獸山被迫往上爬升，讓１０１頂端剛硬的「那一支」經常堅挺在雲霧薄紗中，忽隱忽現、神祕發光，它是億富王國的權杖，至高無上。

黎明前，兩旁路燈仍舊明亮，武勇已騎著快報廢的破舊機車載著鼓滿報紙的帆布袋，像一隻被早起鳥兒追殺的小瓢蟲，從吳興街奔向信義路五段１０１黃金分界線的另一邊，在「松」字頭、乾淨寂靜的棋盤道路上飛馳。

送完早報後，兩三口吞下老爸準備的肉鬆蔥花捲，灌下半壺白開水，接著趕往市府捷運出口，低聲哈腰地散發廣告傳單，最後再收集回收的廢紙箱和瓶瓶罐罐。日復一日的忙碌奔跑能賺得填飽肚皮，他對自己十分滿意。

經過一年來的觀察，眾多高樓中，正面朝向象山的國王皇宮是武勇的最愛。它的頂樓高嵌著一隻八足圓扁甲蟲的標記，整棟建築披上米黃和黝黑相間的花崗石外牆，在背後象山墨綠山丘的襯托下，散發出尊貴不可攀的氣派。

知道有大人物住進這棟大樓後，除了十分詫異，更增添想祕探究竟的好奇；彷彿往腦子裡灌進某種異樣的激動元素，讓他常站在這片蒼蓊樹林被命名為中強公園的綠地上，仰頭瞻望對面魁偉的國王皇宮。

為了能遇見大人物，武勇將送報的原本路線倒轉過來，把國王皇宮放在最後一站。皇宮雄偉的正門躲在巷道內，面對著一大片修剪齊整的樹蘭矮籬和綠草如茵的空地。沒有隨意偷丟棄的垃圾堆，也沒有成群流浪的凶猛野狗。

大門的警衛們個個彪形大漢，穿著合身筆挺的黑色制服，雄赳赳、氣昂昂，酷像洋片裡的終極戰警。長著一副像老爸矮粗身材的武勇既羨慕又嫉妒，暗想這一輩子大概不可能修練成這般男子漢的帥氣了。

當過士官長的老爸在年輕時的照片裡，即使穿上軍服還遠不如光復市場炸油條、賣燒餅的須爺爺的粗獷豪邁。老爺爺渾粗的雙臂紋滿醒目的軍徽刺青，是他店裡的一大賣點，當時國小學童的他經常看得肅然起敬，以為武林幫主大概就是這個模樣了。

紅面關公是老爸心目中最崇拜的英雄偶像。時常對著珍藏的關帝爺小雕像，唱嘆：「俺，在前世古代裡，說不定是關老爺麾下的掌旗兵卒，一路過五關、斬六將也。」

「大人物比關老爺大嗎？」武勇很想問他，怕挨揍，只好自己默默尋找答案。

大人物住進皇宮後，警衛們對老報童的爛機車倏然很感冒，破引擎轟卡轟卡的噪音酷似甩彈的爆炸聲，令人心驚肉跳。早班守衛小周是鄰居舊識，最近突對他吼叫：「阿勇，你先在巷子口把破機車熄了火，再拿著報紙走過來。」又嘲諷一句，「若買不起新機車，就換一輛腳踏車吧。」

隔天，他只好遵照小周的命令，抱著厚重成疊的報紙徒步慢行。趁著幾步路的短暫時間，讓他首次近距離看清楚環繞國王皇宮的美麗庭園。

兩層樓高、銅黑色圓柱的正門大廳堂延伸出左右兩邊不同風格的花園。左側庭園的角落有淺藍色木條搭建的花亭，被斑綠的藤葛攀爬纏繞著，順著平整寬敞的蔥綠草皮，亭子和長廊花架之間，有一座像三層圓蛋糕的花崗石噴泉，可能為節省用水，沒有噴灑的水花和垂落的水濂，倒是有幾隻小麻雀上下跳躍，忙著找蟲子吃。

右側花園被守衛室和車道的出口占去大部分，多彩繽紛的花圃圍繞著一尊掩遮下半身、兩眼空洞的石雕女人。嘴角含笑的洋美女白皙的身材肥美豐腴，兩個圓滾半露的奶奶都快蹦跳出來。她若有眼珠子是否會回瞪一眼，罵聲：色狼。

圖畫般美麗寬闊的大庭園，總覺得缺少了些什麼。

花卉草地之間，不見有人影走動；超級乾淨的石階上，看不到半坨狗屎鳥糞或隨風飄過的塑膠垃圾袋。武勇很納悶，大人物該不會只愛聞著花香而不喜歡人氣汗味的聚集熱鬧吧。住在這聽不見笑聲的豪宅裡，遠不如中強公園整天有野鳥鳴唱和人群的講話聲；尤其一群左推右拉的太極拳師兄弟們，打著重複又重複的招式套路，把生命活力灌進平凡百姓的人生。

將厚重成捆的報紙交給正門的守衛後，武勇回頭去騎機車。一陣陣淡淡幽香撲鼻，低頭瞧見地面上有零散飄落的小白花，花瓣外圍潔白，中央呈豔黃色，彷彿蛋白包著蛋黃，美麗清雅。

他不禁仰首張望，豪宅庭園裡有一株枝幹粗大的喬木撐長出許多鹿角形分支，各枝頭綻放著紙風車似的白黃雞蛋花，花朵輕飄著自然清香，沁人肺腑。他猛然想起，這是梅姊最喜愛的雞蛋花樹。

四

當年，搭乘統聯南下的長途客運車。一路上，武勇緊緊拉住大姊的袖子，深怕一鬆手即會找不到回家的路。「武勇，不要害怕。」梅姊手指著車廂尾端的廁所說，「我去洗手間，馬上回來。」

「不要。」弟弟搖頭說，「這車子裡坐滿一群陌生人。」

梅姊輕嘆氣：「你睡個好覺，醒來時，就到土庫了。」

他固執著，依舊不放開手。

她撫摸他的肩膀說：「今早，隔壁阿珠來還故事書，你怎麼不理會人呢？連說一聲再見都沒有。」

「她很討厭，說我是青蛙的弟弟，癩蝦蟆。」

「那她是公主啦？」

「不，她是皇后，以後會住在皇宮裡，有好多好多的錢。」

姊姊笑了，摸摸弟弟的頭說：「那種神話只有在藍眼睛白皮膚的阿凸仔國家才會有，在咱們象山山腳下，絕對不會發生。」

「真的？」武勇好高興。心想以後若碰面，一定要狠狠取笑阿珠一番；但是又擔心，她可能再也不理睬人了。想著、想著，不知不覺地鬆開手，跌入夢鄉。

姊姊說話算話，睡個長覺醒來，果然到達了土庫。土庫鎮距離台北老家有多遠呢？這很難弄清楚，總之從一大早睡到太陽快下山就到了。

下了巴士，兩個行李和書包讓冰梅沒法伸手去牽弟弟，面對陌生環境的武勇卻裹足不前，呆呆站立在路旁東張西望。

「別緊張，小鎮就這麼一條直腸子的街道，你不會迷路的。」冰梅放下帆布行李包，伸手試圖拉動他。武勇猛搖頭後退好幾步，忽瞧見路邊兩隻原本躺著的大狗突然站起來，冷森森的眼神直逼得他趕緊靠近姊姊。

「餓了吧？再走幾步路就是廟口，鴨肉興的燻鴨胸肉很嫩又好吃，我剁一大盤給你當晚餐。」

「不，我要喝冰可樂。」

「這裡不像台北到處都有7-11和飲料販賣機。你將就一點吧。」她的口氣有些不高興，緊皺眉頭。

往日經驗告訴他，惹怒別人生氣時，只要低下頭、閉上嘴巴，讓沉默軟化氣憤。待一會兒，氣憤消了，對方會不知不覺的上鈎，態度會表現得更寬容友善。

「你這孩子，罵也不是、放牛吃草也不是，總是活在自己的葫蘆裡。長大後，怎麼過活？」他依舊保持沉默。不知為何，姊姊突然眼眶發紅，哽咽：「國中學校對面有一家雜貨店，去買冷飲吧。」她手牽著弟弟往街道走去。

敵視的大狗居然友好地搖起尾巴，彷彿認出熟人似地。忽然間，武勇開始興趣這個陌生的小鎮，像讀故事書一樣，雖看不懂，經過多次翻閱後，從連篇的圖畫裡總會抓出些東西來。

夏日黃昏，天空剩下魚鱗般的晚霞，天色逐漸灰暗。一條街的小鎮浮蕩著悠然自得的閒適感，兩旁貼街的透天老屋露出暈黃收斂的燈光謙虛地照著姊弟兩人。武勇停住腳，又開始東張西望。

「我不口渴了，想回家。」

「不遠了，接近街尾時，會有一整排木造的日本宿舍就是姊姊的家；往後也是你的家。」

武勇不明白，看著眼前的一片昏黃，問：「我怕迷路，怎麼辦？」

冰梅沒回答、也不再依順，使力氣半強迫地拖拉弟弟跟上她的腳步。一路上，瞧見學校的校門、廟口前的小廣場有許多像菜市場的小攤位、攤位飄來陣陣香噴噴的菜肉香、還有一間不知道是啥麼的大建築物。走到街道盡頭時，兩邊茂綠成蔭的大樹映入眼中，樹木後面似乎有幾條小巷道和整排黑瓦木造的矮房子。

她喘息地停下來，說：「呆勇，你看清楚。右側房子的偏角落，那一棵開滿白黃雞蛋花的鹿角樹就是路標，看見它，就是到家了。」

黃昏餘暉中，他徐徐抬起頭來細瞧。那棵樹長得不很高大，鈍圓頭的莖枝奇形怪狀，花心淡黃的白花隨著風搖頭，好像在嘆息。他頓時覺得很疲累，好想念遠在台北的老家。

木造的老宿舍有一個小後院，養了幾隻土雞。過了些時日，武勇學會野放母雞出去覓食時，要先用手指頭插進去它的肛門內稍做檢查；假若摸著硬蛋殼，意味著今晚將有香噴噴的菜脯蛋可下飯。母雞們很討厭他，常讓他追著跑，故意把雞蛋下在鄰居的木板長廊下面。

武勇問姊夫，該怎麼辦？

冰梅替他回答：「跨越別人家的竹籬笆去拿雞蛋，是小偷。」

他聽不懂，看著姊夫。姊夫的胖臉似笑非笑，漠然說：「凡你姊說的，通通都對。」

宿舍是由許多個紙格拉門組合成的木造舊房子，可以在一塊塊榻榻米拼成的寬大空間跑來跑去。沒有玩伴，只聽見自己光腳跑出的蹦蹦聲，一點兒都不好玩。常獨自坐在新的電視前面，武勇開始懷念起阿珠，她說得對，一個人看卡通影片只有發呆，沒有笑聲。

冰梅的婆婆偶爾來閒坐，兩眼不停地打量著這位來自台北的男孩，突發有感的對自己的兒子說：「你都快四十了，早些生吧，養一個像你小舅子般的壯丁，免得父老仔嫩。」

「他呀？空空呆呆的，馬上要讀國中了。」

婆婆又問：「上台北時，有去看婦產科嗎？」

不知為何，一旁的冰梅緊張得有些口吃：「有看……沒啥毛病，也看中醫，帶了幾帖補藥回來。元彪出差台北，也給……陽明華山人……算過了。」

「老先生怎麼講？」

媳婦的臉色變得很難看，不說話。

「他說我有雙妻命。哈哈，聽聽就好。」兒子又笑說，「其實，最重要的是問功名官運，該不該參選下一屆的縣議員？」

提起功名，兩個女人頓時有說有笑，又是泡茶又是點心，彷彿變成好朋友。武勇無聊地看著自己的圓臉反射在電視螢光幕上，隨著廣告短片的強弱光度閃動扭曲得很怪異。

升國中二年級的開學日，武勇突然被導師帶去學習障礙班。那一天，穿得漂亮端莊的姊姊特地來學校，頻頻向導師鞠躬致意：「他很聽話，只是腦筋常轉不過來。請多多教導，謝謝。」

新教室內有男同學大聲喧嚷：「歡迎光臨，又來了一頭牛。」

姊姊露出武勇無法理解的表情，輕淡地說：「在這個班級裡，輕鬆學習，讀多少算多少，沒關係的。」

輕鬆真好。凡事都由別人代替決定或代為處理，才是最好的生存方式；那意味著，不管結果的好壞都將由別人負責，他只要安然輕鬆的服從就好。

「學校的午餐可不可以改訂廟口劉阿娥的蝦肉卷便當，我吃膩了福利社的雞腿飯。」

冰梅欣然答應，又說：「口味跟制服一樣，若千篇一律，多無聊。」接著上下打量著弟弟說，「假若這學期，學校把制服由藍色改成綠色，記住，你的尺寸永遠是ＸＬ的。」

武勇露出似懂非懂的微笑，不管穿藍或穿綠，胖子仍然是胖子。

不久，有了草綠色的新制服、美味好吃的蝦肉便當和一群牛哥牛弟新同學。姊姊說得很神準，待在這個班超級輕鬆學習。考試卷簽個大名，選擇題隨意猜猜看，圈選幾題就可以交差了。

班上酷愛喊：「歡迎光臨。」的阿財打主意去吃選舉飯，想當跑腿雜工。班長問他：「你怎麼不到學校附近新開的 **7-11** 當夜班？」

「年齡不夠，大公司不愛雇用童工。」

阿財很好，會告訴同學們有關於打工的種種竅門和如何計較鐘點費，其中最重要的一點是自由的主控權。缺錢時才去做，有了錢就馬上享受。

武勇身上只剩下離開台北時，老爸給的兩張百元紅鈔。梅姊堅持不給零用錢，怕他逗留在廟口冰果店的電玩機前，忘記回家。阿財真厲害，一聲號召下，總會有兩三個同學跟班到冰店遊逛。他們出校門後，立即脫去校服，雖然只穿內衣汗衫也很帥。

班上有些同學來來去去，總會不定期的消失。阿財說沒關係，記得翹學的第三天早上一定要回教室點名就沒事兒。老師和教官習慣了你的頻率就好。

閒閒無事，武勇好奇的想體驗一下翹課的滋味，選定提早放學的星期三。那天吃過午餐便當，繞道學校的後門想偷溜出去時，居然遇見了阿財。

「嘿嘿，抓到一尾雨鰍。去哪裡？」阿財嘻皮笑臉說，「想跟我走，可是……要花錢的喔。」

武勇故作老練說：「玩……不花錢的，才算厲害。」

「對，不花錢更高招。」

順著小鎮一條街，武勇首次駐足在銀宮戲院的大廣告看板下，抬頭張望著。午後的秋陽煦照著阿凸仔大鏢客、００７美女和功夫李小龍。以往每次上學經過這裡，發現看板又更換新的影片時，他總會想起那本戴著皇冠的醜青蛙故事書，白放在台北老家裡倒不如把它送給阿珠，往後才有藉口去找她。

國中學校的女生們大都不理會他，大概自以為比阿珠更了不起。

「離進場的時間還早呢。」阿財建議說，「我們去吃蜜豆湯圓。」

武勇老實說：「我沒錢。」

「我請客，兩人共吃一碗。」

戲院旁的窄巷內有小攤子，瘦小的老闆娘特意多給好幾顆湯圓，笑罵：「猴財，有樣學樣，不要教壞別人的小孩。」

「別理她，她不敢跟阮阿母講的。她欠了好多錢，一直賴著不還。這一碗算是抵債。」

「免費，真好。」

「我幾乎天天來吃。你聽說過搓圓仔湯嗎？」

武勇搖搖頭。

「其實，我也不太懂。大概就像這一碗湯圓，錢算是我出的；所以我可以決定，你只能吃多少。」有得吃就很高興了，即使碗裡只剩下一顆小湯圓和甜湯。武勇心滿意足地端起湯碗，一下子喝個精光。

坐著聊著，武勇等得都快睡著了，突然被搖醒。「上一場散戲了。快，快，從戲院後門溜進去。」阿財拉著他躲在後門旁邊，趁人群散場時，偷偷地溜進去。

戲院內，雖有燈光但仍朦朧不清，瀰漫著濃濃的尿騷味和蒜醬油味，震耳的音樂卻帶來幾分刺激和興奮。武勇有些忐忑不安問：「萬一被戲院老闆看見，怎麼辦？」

「免驚。還有人要續看下一場呢。」

沒錯，還有人沒離開，讓他放心不少。坐定在最旁邊的座位後，阿財去買可樂和爆米花，說若少了這兩樣東西，電影會看不下去。第一次當觀眾，武勇除了新鮮感，突發奇想：只要把握住偷溜進場的時間和方法，這裡真是翹課的好地方。

「今日演出……大鏢客。」他唸出舞台旁的大字廣告板。

阿財摘下他的學生帽，倒進一些爆米花，說：「先告訴你，片子大都很無聊臭酸。好看的是有加味的色片頭。」

「色片頭？那是啥？」

「很刺激，嘿嘿……會撐布帆喔。」

武勇依然不懂，傻笑回應。

唱完國歌後，周遭突然一片漆黑，他興奮得雙手緊握拳，瞪大眼睛盯住慢慢掀開布簾的大型螢幕。接著出現的影像竟然比電視畫面大一些些而已，顏色暗淡不很清楚，也沒有配樂。他只好跟其他觀眾一樣，盡量伸長脖子想看個究竟。

兩個穿薄黑紗長袍的白臉女人比手畫腳，彷彿要被檢查身子似地，用很慢很慢的動作徐徐脫去身上少得可憐的衣物。忽然整個畫面停留在她們大奶奶的紅凸頭，鏡頭又緩緩往拉下，有圓凹的肚臍眼，最後停留在一團黑黑的毛叢。畫面反覆地上下滑動，很是無聊。

「怎麼不見快槍手大鏢客呢？」武勇納悶的問。

黑暗裡，阿財咕嚕咕嚕地猛喝冰可樂、卡滋卡滋的吃著爆米花，毫不理會他。他有些不耐煩，東張西望，隱約感覺有幾位成人觀眾正猛吞口水，好像很口渴的樣子，他們大概忘了買汽水。

百般無聊中，他推推阿財說：「再給我一些爆米花吧。」阿財把整桶的爆米花塞給他，不發聲響，只一直緊盯著螢幕。

等著等著，螢幕終於更換影片了。清脆的口哨音樂響亮戲院的每一角落，牛仔帽掩遮半邊臉龐的阿凸仔騎著茶褐色高大駿馬朝觀眾飛奔過來。武勇期待著，神鏢客掏出快槍碰碰碰狂掃射一番，讓塵土昂然飛揚擴散，像紅鬍鬚關老爺力拔山河般的氣概，老爸經常這般比劃吟唱，自我陶醉不已。

阿財突然說：「超無聊，我要走了。」隨手拉扯一下武勇。

「不，我想看下去。」他拒絕。

阿財二話不說，背起書包朝戲院的入口門，大大方方的獨自走出去。他高大粗壯的背影在黑暗中，帶有幾分大鏢客的神氣，自信又驕傲。看著朋友離去的武勇畏縮地把自己塞進椅子裡，不知為何，滿懷的孤獨好難過。螢幕裡的人物騎著馬衝來衝去，忙亂得很。他的眼皮漸漸疲憊的往下垂，悄悄躲進夢鄉尋找慰藉。

五

天剛破曉，武勇的老機車已滿載報紙奔向信義路五段黃金分界線的另一邊世界。信義商圈棋盤似的道路乾淨寂靜，早起的健康族繞著台灣最昂貴的土地慢跑、散步。幾隻沒被逮捉的流浪狗嗅著大樓的牆角、街旁的垃圾桶和修剪整齊的樹叢，到處抬起狗腿努力作記號，與權貴富豪們共享這一片億載金城。橫越米黃色市府大樓前的大廣場時，破嗓子的機車很不知趣地嘎嘎嘎劃破空曠又嚴肅的寧靜，引起停棲在紅綠燈電線桿上的雀鳥們不客氣的嗔怪，反嗆武勇一陣嘰嘰喳喳。

秋風陣陣清涼是寶島最舒適的短暫季節，在市政府卸下部分的報紙後，他繼續往101大樓朝聖去。那一座高入雲端的殿堂遠遠看去，很像超級市場深藍色的購物籃子層層堆疊起來的，模樣扎實堅固。每天看著一輛輛的遊覽車風塵僕僕，車頭吻接車尾的來朝聖，武勇居然有著莫名奇妙的驕傲感，１０１可是咱家的斜對面鄰居，天天見面的呢。

送完早晨的報紙後，他喜歡坐在１０１大樓旁的信義廣場樹蔭下，觀賞來往過路的車陣、人群和偶然掠空而過的直升機。

今天無意中，抬起頭來，看見１０１整棟大樓的玻璃外牆反射出的藍空中，日光焰焰地似在作響，令人睜不開眼睛；緊瞇著眼的他遽然明白，建造１０１的人肯定跟神仙一樣厲害，站立在它的面前，自己只不過是一隻渺小的工蟻，忙忙碌碌地尋覓微薄的三餐。

回到家，剛踏進門，辣椒蒜頭炒魚乾的強猛味道即迎面撲鼻。老爸在準備下酒小菜，晚上里民活動中心大概又有老人會了。他瞧見武勇，遞給一罐冰鎮的康貝特P。

「晚上我不在，可能會很晚才回來。」

「知道了。」武勇順手抓一把小魚乾塞進嘴巴。

「你不癢嗎？」

「哪裡癢？」武勇察看一下自己的手腳，莫名問。

老爸手指著自己下面的褲襠，露出奇怪的笑容。武勇不理會，右手又伸向菜碟子。

老爸飛快拿走碟盤，笑罵：「手下留情，啃你老爹呀。」

武勇想了想，從口袋裡掏出三千元放在餐桌上，那是半個月的伙食補貼，不包含水電費。

中老男又問初老男：「無聊麼，怎不去１０１商圈晃一晃？那裡白天晚上，都是漂亮的小妞兒，下功夫去釣一個回來。」

他和老爸一樣，十分迷戀信義購物圈的週末夜晚。香榭大道閃爍著夢幻光彩的聖誕夜飾和晶亮霓虹燈串編織成的魔術布巾。當夜之樂曲響起，１０１金箍棒掀起了神祕方巾，展露出聲色繁華的萬花筒。

記得小時候，阿珠曾擁有一個三面鏡片組成的三角形萬花筒，滾動它時，可以看見裡面有煙花般四射的多形幻變，讓人驚嘆。有一次，兩人在借與不借的激烈爭執中，失手掉到地面。武勇蹲下去細看，原來那些鮮豔對稱的圖案是由雜碎的彩色玻璃細片混堆成的，好令人想不明白。

摔破的萬花筒，再也無法製造出美麗的想像世界。她傷心哭過後，不屑地把它狠狠砸向武勇，他趕緊閃開，可憐的萬花筒瞬間破裂成碎片，永遠躺在地上。

閒逛１０１商圈之前，他去剪了一百元的新髮型，聽從理髮師傅的話，把頭髮抹滿厚厚的髮膠，用力往上拉直，像隻老刺蝟在鏡子前左顧右盼。從菜市場買來的鱷魚休閒衫聽說是倒店貨，穿在身上不輸名牌，只是商標鱷魚轉錯方向而已。

橫跨１０１黃金分界線，又順著百貨群樓的大廣場，他像吸了迷幻藥的遊魂。

飄遊在人潮熙來攘往的星光大道。震耳欲聾的快速音樂節奏中，入眼盡是衣著火辣、撩人心動的年輕美眉。夜間天氣雖稍涼，她們毫不吝嗇的展露波胸玉腿，薄紗衣搭配超短褲盡情揮灑青春性感。

心頭的小鹿亂撞，饑渴的目光四處遊蕩，武勇渴望著，忽然有個小倩影卿卿地拋來盈盈秋波，盡情勾走神魂。獨自漫步在人行天橋，從新光A11館、A9、A8到A4館，再慢慢繞回華納影城。他來回閒閒晃逛著，等待又等待隨時降臨的豔遇；事實上，卻經常被找不到市府捷運站的遊客拉住問路，彷彿他是掛上廣告招牌的商圈導遊。

他突然聯想起，老爸的那裡如果癢起來的話，他如何處理？……或許，八十歲的老男人沒有這種困擾，好羨慕。

香榭大道經常有街頭藝人表演，演奏帶唱歌蠻悅耳動聽。武勇不禁拍手叫好，向站在身旁的漂亮小姑娘忘情地說：「還是老歌好聽，很棒吧。」姑娘慌恐地退閃幾步，狠瞪著他，彷如撞見卡通影片裡的灰太狼。

武勇悻悻然百般無趣，沿著天橋孤獨踱步來到１０１百貨公司二樓的邊門。未曾進去過，也不想進去；華麗世界的燦爛光鮮常讓窮光蛋更深刻的感受著自己的窮酸卑微。

逛累了，再次橫過１０１黃金分界線，回到一草一木都極熟悉的象山坡地，那才是真正屬於自己的天地。

六

自從迷上銀宮戲院後，武勇開始不定時的翹課。消息傳到姊姊的耳朵，她來學校押著武勇一起坐在輔導室等候生活教育組的老師。

「我超級忙，鎮公所繁重的公務以外，還要幫助你姊夫策劃輔選……好累人。」

武勇端詳著姊姊，她消瘦很多，黑暈的眼圈和紅豔的雙唇呈現強烈對比，有幾分點像水手卜派高瘦竹竿似的老婆。他突然很想緊緊抱住她，好懊悔翹課惹她生氣。這時，老師走進教室，手裡拿著一疊被偷蓋章的請假單。

她們熱烈討論起來，不時地看武勇一眼，他趕緊回報憨馴的微笑，默默表達歉意和順從。翹課又不是惡意逃學，只是對功課一竅不通，偶爾去做自己喜歡的事。下課鐘響，她們已談論了一節課。

這時教室窗外有人偷窺，是久未見面的阿財在扮鬼臉。武勇自顧走向敞開的窗戶問他：「你搞失蹤呀，跑去哪兒了？」

「忙著到處跑樁呀，選中了，我爸就有頭路。」他加問一句，「空勇，什麼是頭路，你懂嗎？」

武勇搖搖頭。

「頭路就是有飯吃，而且還是大碗公的呢。」阿財得意洋洋。

「帶我去吃大碗公。」

「沒問題，千萬不要讓你姊姊知道。」話剛說完，窗戶突然被人用力「砰」一聲關上，阿財一溜煙不見了。

關窗戶的是冰梅，她等輔導老師離開後，鐵青著臉問弟弟：「你跟著他學翹課？」

武勇低下頭，悶聲不響。

「不要以為低著頭，就聽不見雷公響。」她罕見的高聲責罵，「不學好。他帶著你逃學……尤其他爸媽是你姊夫的死對頭的走馬仔。你聽見沒？」

武勇有些驚慌：「那我該怎麼辦？」

「讀不了書，就乖乖的捱到國三畢業，做不到嗎？」

武勇不住的點頭，滿口允諾，鐵定絕對做得到。

星期三上學又路過銀宮戲院，看著廣告板上叉腰執槍的００７女郎，凹凸的身材令人莫名地心頭蹦蹦亂跳、口渴起來。走了幾步路，武勇不斷告訴自己，再偷溜進去看一回加味片頭就好了，沒人知道；但隨即又改變心意，決定這最後一次要買電影票光明正大的進場，讓自己有充裕的時間好好享受。

第一堂下課鐘響，匆忙溜出正在運載垃圾的學校後門，直奔往銀宮戲院。買電影票、外帶鴨肉興血糕和一大筒爆米花，他作出有生以來第一次的自主決定，興奮刺激裡湧現未曾有的自信。

螢幕的大布簾緩緩拉開，一段時間沒來，加味片頭已更新了。小電影中，兩個穿校服的年輕女孩大概是日本少女，因街景出現的文字都是日文。她們等候地下火車時，一陣強風吹過，鏡頭竟卡住不動。原來，被風吹起的黑色短裙內沒有穿內褲。

武勇頓時感覺下面有些變化，立即恍然大悟，阿財以前常自誇的「撐帆布」指的是什麼。這次特別選坐中間座位的他，趕緊左右張望，深怕有熟人在黑暗中瞧見他的面紅耳赤。

散場時，滿足的走出戲院，初冬寒風迎面吹來驅走渾身熱騰騰的燥熱，他打個冷顫。冷熱之間，感覺自己似乎長大了不少。在媽祖廟口買了一塊蚵仔炸粿，吃得嘴邊沾滿蒜味醬膏。吹起口哨，踏著夕陽，自由自在的朝向落葉逐漸凋零的雞蛋花樹走去。

忙碌選舉的梅姊今晚提早回家，看見武勇時，即說：「爸爸要你回台北。」

「為什麼？」

「老爸有女人了，可以照顧你。」

他沉默不語，想不通老爸有女人關我何事？莫非是老爸想修理我而埋下的詭計？或許他知道我今天……。武勇心虛地低下頭，瞧見下面的褲襠有濕痕。

「明天去辦理轉學。」冰梅的眼眶泛紅，「見了面，稱呼她越姨。家裡多了外人，你可認分兒，沒娘的孩子。」

「妳不跟我一起回台北？」

「不，你長大了，自己搭巴士回去。」她輕輕抹去淚水說，「若待不下去，就回來。」

「後院的那群土雞仔怎麼辦？沒人餵米糠，會跑光光。」

冰梅看著用一隻腳站立在木欄杆睡覺的公雞說：「就讓它們自由去找生路吧。」

武勇有些捨不得，每次孵出新的雛雞時，他都會留下一隻公的當寵物，正在睡覺的紅冠王最聽話，也是每天早晨啼醒他起床的鬧鐘。

「怎麼不回雞籠仔睡覺？半夜下起雨，你會變成落湯雞。」他輕撫牠頸背的長羽毛，牠微微睜開一線眼縫又徐徐閉上，好像很舒服沉醉的模樣。武勇彷彿看到自由解放後的紅冠王變成神桌上的供品，光禿無毛、醜陋極了。

首次獨自搭乘大巴士返回台北，武勇心情興奮地猛盯著車窗外的鄉村景色。秋割後的稻田像是被鑲上綠草框的柴黃板，一塊塊隨意的拼成悅目的花布乾爽地蓋鋪著野地。三三兩兩的白鷺鷥點綴其間，他再次想起紅冠王，應該設法把牠帶到台北老家，象山坡地有足夠的蚯蚓可讓牠安心吃飽飽。內心的歉疚和難過讓他疲倦地閉上眼皮，徐緩墜入睡夢。

「越姨的國語一團糟，你聽不懂就別理她。」滿臉笑容的老爸幫忙拿著行李說，「好小子，好些日子不見，壯得像黑炭張飛。」

他身旁的女人矮小黑瘦，看起來比冰梅老許多，蠟黃蒼白的面孔緊繃沒表情，冷冷瞄武勇一眼，隨即轉頭望向別處，顯得不耐煩。

雖很疲憊，武勇仍勉強擠出微笑打招呼：「越姨，妳好。」

她漠然點頭，眼光卻落在嶄新的行李箱。忽然間，她毫不遲疑地從老爸的手中拿走，並露出感興趣的眼神說：「好重，裝了好多東西呢。」

「我來提，很重的。」武勇的手剛伸出，越姨飛快閃開，行李依舊在她手裡。

首次被女性代勞，他不好意思地頻頻道謝。一旁的老爸卻不耐煩說：「讓她拿吧，又不會讓她白做工。」

武勇不懂啥意思，盡量保持禮貌微笑。姊夫曾說過，不管你內心多麼生氣，笑容是最好的面具，當初他就是迷上梅姊笑得燦爛的陽光臉龐。

換乘市公車順著信義路行進，靠近老家附近時，武勇覺得周遭十分陌生，許多工地圍著鐵皮牆，更有一棟光裸著粗大鐵骨子的超高怪物頂著一支尖細鼻子朝天峙立。老爸說，那是１０１。

「怎不叫１１０或０１１呢？」他好奇問，也注意到老爸的頭髮染黑了。

「那是聰明人的點子，呆瓜少問。」老爸一臉嚴肅說，「空勇，明早跟我去信義國中報到。若再翹課逃學，小心打斷狗腿。」

果然，他很清楚兒子在土庫的紀錄。武勇趕緊低頭偷瞄一眼下面褲襠，幸好乾燥沒事兒。

「功課不懂，可以到隔壁張大媽家找阿珠幫忙。小妞兒長大了，漂漂亮亮的。」老爸囑咐。

老爸說得沒錯，遇見阿珠，武勇緊張得耳朵赤熱，不敢直視她精靈發亮的美眸。她笑問：「仍叫你呆勇，生氣嗎？」

武勇低下頭避開她的挑戰，小聲回答：「隨便妳。」眼角順勢偷瞄，瞧見一雙跟日本女生同樣白嫩的美腿，令人捨不得移開視線。

「聽你爸說，想設法把你擠進我讀的那一班。告訴你，讀前段班，不好玩的，要很拚。」

他內心震驚，口裡卻不認輸：「怕啥，能捱到畢業，拚不拚都一樣。」

她打量對方一會兒，調皮說：「你沒變，老樣子。」

「妳也一樣。」

「才不呢。」阿珠不服氣的挺直胸膛，有意無意的顯示校服裡面正在發育的豐滿胸部，向武勇暗示她的很不一樣。她又補上一句：「我有班對的對象了。」

「班對？那是啥東西？」

「不告訴你，讓你猜。」她嬌憨的拋給他少年維特的煩惱，讓人整夜睡不著。

隔天，對轉學一竅不通的武勇和老爸，像哈巴狗似地跟隨著阿珠辦妥各項手續，把自己擠進前段班而墜入黑暗地獄。上課前，他捧著一堆書本和測驗卷，努力扮出笑臉跟導師和同學們打招呼。因不知道自己的座位在哪裡，只好硬著頭皮又走向阿珠。

「你的座位在第一排的正中央，是特別座。」女班長高聲喊叫。

剛坐下特別座，逃跑的念頭馬上湧現，度秒如度年的難受讓武勇無奈地回頭狠瞪阿珠。她眉開眼笑，顯然是和老爸串通故意整人。他向阿珠比出中指抗議，告訴自己：「必須掙脫，沒有自由會要命，無法忍受……無法忍受。」

第三節課考試還沒結束，武勇已偷偷溜出學校，順著新建高樓的巷道跑回象山腳下的違章住屋。這一片山坡地聽說不久將被規劃為公園，其右側不遠處，有一條蜿蜒小路直通陡峭的象山山頂。讀國小時，他曾跟隨老爸去攀爬，登山路徑必需經過一些荒蕪的墳墓群。

不知為何，他一直不敢超越公墓前方的小土地公廟一步，總覺得那裡有一條無形的界線，橫跨過去，會驚醒墳墓裡的陌生鬼魂。爸爸不了解，幾次痛罵膽小鬼後，再也不約他一起登山了。因未曾攻上山頂，也就沒有機會俯瞰台北市繁榮的風景。

今天距離放學的時間仍早，又不敢回家。無意中，瞧見登山步道口有一座小涼亭，亭子內有兩位與他年齡相仿的男生，他們也看到了武勇。雖大家都沒穿校服，彼此心裡有數，他主動向他們微笑一下。

「出來呼吸空氣嗎？」理小平頭的，向武勇打招呼。

「是呀。」武勇很高興有人理會。

另一位個子高瘦的，突然丟一支香菸過來，說：「免費招待。」

武勇接住，老實說：「我不會吸菸。」

「那溜出來幹嘛？無聊。」

有無聊的相同感受讓武勇放心不少，幾分期待能被對方接納。想不到高個子很友善，邀他利用考試前的讀書假到拜把大哥的家裡玩玩。那裡有許多擊敗無聊的國中學生，想要吃喝玩樂都沒問題，有時候還可以分到零用錢。

「你會跆拳道嗎？」小平頭問。

他搖頭。

「甭問他了。」高個子瀟灑的吐出一個個漂亮的煙圈，「長得夭壽粗，打拳頭最適合。大哥正缺人呢。」

彼此交換了電話，小平頭建議直接殺到大哥家，讓武勇見識一下啥麼叫做分堂，入會時有見面禮紅包和包你肥大餐可吃。高個子不同意，說反應稍嫌差些，還需要觀察觀察。武勇失望地低下頭，不禁懷念起阿財。

前天，梅姊在電話裡提及阿財的參選人落選了，也因翹課過多被學校退學。當時，他內心替好友極為難過，深覺得姊姊因姊夫的高票當選而興奮的喊叫聲，入耳十分聒噪，甚至有點兒厭惡。他隱約感受著，姊夫的勝利意味著梅姊將更得意、更高傲，彷彿長成巨人般的不得了。

不知為何，老爸在電話中向她嗆聲：「少對我洗腦，元彪有辦法進國會的話，我就口服心服把那一票投給妳頭號主子。」

何事讓自詡為關老爺馬前卒的他樂意打賭，「那一票」是啥？是鈔票嗎？不可能，老爸一個錢兒打二十四個死結，自回台北後，他從不給兒子零用錢。沒有零用錢的國中生，日子很不好過。

「我要養活三張嘴，不容易。」老爸自言自語，「是該叫那女人離開麼？每個月一大筆開支，真吃不消。」

武勇無意中提起，回台北的隔天早上，新皮箱被人翻弄得亂七八糟，小皮夾和梅姊給的平安琥珀珠手環都不見了。老爸沉思好一會兒，突猛力拍桌子說：「天底下女人多得是，兒子僅有一個。好，就這樣決定了。」

頭髮染得黑溜溜的他拍拍兒子的肩膀，又像哥倆好的擁抱一下。碰觸著父親結實有力的胳臂時，武勇好希望這強壯的臂膀是長在自己的身上。

來不及多認識越姨，她就消失不見了。

「不要站在我家門口等我，又不是小學生。」阿珠滿臉不高興。

「一起上學，不行嗎？」

「不行。」阿珠黑溜溜的馬尾綁在腦袋側邊，搖晃時，模樣很調皮可愛。

「妳當小老師教我功課嘛。」武勇很得意又找到藉口。

「你不上補習班嗎？厲害。」

「不補習也可以畢業，真武勇是吧？」他更得意。

她微翹的豐潤雙脣含滿盈盈笑意酷像007女郎，令人看呆了，他的身體忍不住想靠過去，只好努力的壓抑住莫名的興奮。但屢次被阿珠拒絕單獨見面後，學校的生活變得超級無趣。晚起床、遲上學變成家常便飯，更是常被老爸臭罵的導火線。

又是考試轟炸的日子，武勇寫了一張臨時看病請假單溜出校門，來到涼亭。小平頭和高個子早就在那裡呼吸加味的空氣。

「今晚在公墓旁的小廟有一場談判，你去不去？」

「談判是啥東西？」他好奇問。

高個子略想一會兒，回答：「嗯……有些像拔大蘿蔔的遊戲。霸氣壓過對方的，就可以獨享蘿蔔。你想不想參加？」

「拔蘿蔔？蘿蔔是脆的，那可簡單。我鐵定參加。」

他倆對武勇的答話愣了一下，小平頭拍他的肩膀說：「反正你來就是了。順便讓大哥認識你。」

武勇欣然答應：「我一定去。」

冬日斜照的夕陽把他拉出一個長長的陰影，象山山坡地的樹林花草之間懶懶地散發著微薄餘暉。放學的時間已過，無事晃蕩的武勇趕緊回家。家裡，老爸正在熱炒韮菜豆干香氣引人垂涎。武勇盛了一大碗白米飯等候著，今晚必須吃得撐飽，讓大哥欣賞他精神飽滿的好模樣而願意接納入會。

「你吃完飯，到後院子去整理廢紙箱，最近廢紙的行情稍有起色，賣了落袋為安。」老爸把整盤美味的醬燒肉排推向他。

生活中，吃飽飯比啥麼都重要；但想要好好享受飯飽，老爸的命令比啥都更要緊。他很清楚這兩者之間的關係。用過晚餐，他乖乖地蹲在後院拆疊紙箱，心頭七上八下，突聽見隔壁張大媽家傳來麻將滑過桌面的熟悉響聲，靈機一動。

「今晚，阿珠答應要教我英文。」他找到藉口。

「去她家嗎？」

「是。」

「今天剛炒好的花生，拿去送給張大媽。」老爸遞給一個裝滿花生的長脖子洋酒瓶。

武勇嘴巴答應，內心暗咒罵，難道跑去談判，額外請大家吃花生米麼？又稍想，或許看在這份薄禮誠意上，大哥會慷慨讓我入會。他趕緊找個環保提袋，滿懷期待的把它裝進去。

匆忙走出家門，順著里民活動中心的石階而下。明月在雲影裡走動，忽隱忽現的月光浮蕩在樹梢，把山坡地整片樹林籠罩在光影鬼爍的奇異情境中。一陣寒風拂臉而過，頓時感覺冰森冷顫。茶黃的路燈光暈收斂，謙虛地指引他繞過涼亭，攀登山徑走往公墓。接近土地公小廟時，已聽見有男人喧譁吵鬧聲，吼罵得很厲害。藉著月光，武勇一步步靠近，看見一群年齡與他相仿的陌生少年拳打腳踢地互毆混成一團。

是否來遲了，難道這就是談判？

混亂中，武勇瞧見小平頭被人逼打得往他的方向狼狽倒退。對方高舉棒球棍死命地亂揮，小平頭被揮中倒地又掙扎著想爬起來，武勇不知道該如何應付這場面。此刻，老爸若在身旁該多好。因老爸他聯想起環保提袋裡的洋酒瓶，莫名的把它掏出來。微微顫抖的他，腦中一片空白，握著酒瓶傻愣地站立著。

「給我！」身旁突然伸出一隻長手奪走武勇手中的酒瓶。原來是高個子，他高高舉起、用力揮打出去，準確地敲中棒棍男的前額。玻璃破碎的清脆聲響、恐怖的哀號聲，混和著花生撒落滿地的微弱聲音，瞬間鎮住黑暗中的眾人。

小平頭癱躺在武勇的懷中，血淚流滿面孔，模樣可怕又可憐。武勇不敢緊抱他，只是愣愣地看著他昏厥過去。

少年調查庭裡，武勇的頭腦幾乎快垂落在桌面上，左右成排坐著參加打群架的陌生傢伙們，此刻都靜悄無聲。庭內有人發問，也有人回答，他們在說些什麼，他啥也聽不懂。只好低頭頻頻偷瞄相隔兩個座位的高個子，和腦袋捆包著白紗布的小平頭。

「泰武勇。」穿黑袍的高喊他的姓名。

武勇嚇一大跳，趕緊扮出禮貌卑微的微笑看著黑袍人。果然有效，黑袍人的態度溫和許多。他問了武勇，先前一直弄不清楚的當時實況。這時候，除了一一回答：「是、嗯、是。」他不知道還能做些啥麼，只好殷殷望向坐在家長席的老爸，渴望著他哼出幾句話來。

穿黑袍的向老爸講了一大堆話，最後問：「泰先生，你有何異議嗎？」

臉色鐵青的老爸冷淡地吐出兩個字：「沒救。」

這時，另一位穿白襯衫的中年男人像講故事般的緩慢描述公墓談判的整個經過。大部分的情節似乎太複雜了，武勇聽不大懂。只是當白襯衫指著擺放在長桌上的斷頸洋酒瓶說：「這是凶器物證。」瞬間，武勇的腦筋豁然清楚開朗，伸出手想去拿它。

白襯衫大聲喝止，又說：「這是泰武勇承認他帶來的凶器。」

「那不是用來打人，裡面裝滿花生，是要送給同學的。」武勇急忙解釋。

「花生？」黑袍人十分訝異，目光灼灼問，「要送給誰？」

大家的眼光像探照燈瞬間全投聚在武勇身上，自幼害怕被陌生人注視的恐懼感，頓時貫穿全身的神經細胞，上下兩排牙齒喀喀作響，舌頭不聽話頻打結巴：「送給女朋友……阿珠……花生米……是我爸炒的……很香好吃。」

室內一片靜默，武勇極度緊張地左右張望，好像沒有人願意幫他講話。老爸更是別過臉去，染黑的後腦袋冒出一大撮蒼白髮絲，黑白兩色明顯相襯，酷似喜愛棲息在街樹枝頭的白頭殼仔。把白頭翁和老爸聯想在一起真是滑稽，武勇不自禁的噗笑出來。

不知為何，室內的眾人可能被他突來的暗笑感染，竟然也紛紛扁嘴偷笑，引起老爸低聲咒罵：「一群瘋子，沒救。」

穿黑袍的宣布下次開庭的時間，並要求每位少年的監護人約束好自家的孩子，在宣判處置之前，不可再鬧事。

事情發生以後，在家中，三餐雖照樣準時擺上桌，但老爸從不看武勇一眼，彷彿他是個不存在的空氣人。這真令人嚥不下飯，吃不出任何滋味。

冰梅匆匆趕來台北。武勇好高興救星到了。

吃了一海碗她帶來的鴨肉興當歸鴨腿，他心滿意足地坐在電視前觀賞武俠劇《楚留香》。煩惱的事兒，姊姊和老爸會解決的。

「會被送輔育院嗎？」姊低聲問老爸。

「最好把他關進監獄，電一電，看會不會開竅？」

「爸，你也了解自己的兒子，牽到北京仍是一頭牛。」她哽咽，「他只差沒被診斷是精障兒，若送進特訓，準要他的小命。」

老爸垂低著頭，輕拭眼角沒答話。兩人無言對無言。

這氣氛令人坐立難安，顧不得楚留香正被武林高手圍攻，情境非常危險，武勇悄悄關掉電視，溜到後院子透空氣。峭寒的夜風飽含濕氣灌進衣服領口，他縮著脖子找不到閒坐的地方。從圍牆上方透出的燈光顯示隔壁的阿珠還沒睡覺。忽然心思牽動，找來塗油漆用的木頭高梯子，爬上去細瞧。

阿珠斜躺在床上看雜誌，睡袍裡白嫩的雙腿舉高又放下，放平又舉高，不斷重複著，大腿底端的小三角褲逐漸顯露出來，是黑色縷空半透明的；這讓他聯想起銀宮戲院的加味片頭，原來阿珠也有那毛蓬的三角地帶，真是不可思議。

武勇翻牆而過，靜悄悄來到她的窗前，墊起腳尖，輕敲玻璃。

「誰？」她的聲音顫抖。

「是我，阿勇。」他心虛怕她呼喊，趕緊低聲求饒，「對不起，嚇到妳了？我馬上離開。」想不到她碰一聲拉開窗戶。「空勇，我問你。」她怒氣沖沖，「你憑什麼說我是你的女朋友？」

「我有說過嗎？」

「全校都傳遍了，還有……啥麼花生米？」

他猛然想起，急忙回答：「對，是有花生米。」話剛講完，她突然狠狠呼摑來一巴掌，痛得癢癢。

「色狼，兩顆花生米？好噁心。」她又舉起手想再揮打過來。

武勇緊壓住心頭的氣憤，不知道錯在哪裡？只好強扮出慣有的禮貌傻笑，繼續求饒。

她頹然放下手，微微彎身趴在窗沿上，含著一絲薄笑說：「我知道你不是壞蛋，也不是真傻呆。只是……總是活在自己的世界裡……。」

這時，掛在狹長天空的寒冬新月滑出薄雲，淡淡月光灑落在她圓圓的丸子鼻尖，星星般的水晶眼睛在黑夜裡發亮，微溫的呼吸氣息飄過來，武勇無法自制的嘟起雙脣堵住她的嘴巴。

「媽，快來，有小偷。」

被打得鼻青眼腫的武勇，低著頭跪在電視機前面。出手打人的，不是阿珠、也不是張大媽，是來她家作客的親戚黃阿姨。黃姨粗壯魁梧，伸手擋住拿木棍想修理兒子的老爸。

「易子而教，我替你好好教訓他。」

「妹子，適可而止就好了。」張大媽竟然替他求情。

「猥褻非禮胡亂來，必須好好修理，讓他一輩子永遠記住。」黃姨似乎打上癮，絲毫不理會武勇的鼻血直流。

武勇沒有哭饒，只是想不出逃脫的對策。眼角偷瞄老爸，他不見了，又轉頭想向姊姊求救；沒想到淚流滿臉的她竟然噗通一聲跪倒在張大媽面前，彷彿她是罪魁禍首。

武勇趕緊跪趴在冰涼的地板上，知道不能再裝無辜傻笑了，深怕姊姊也會遭黃雷公轟打。「我活該被打死。」淚水不聽話的滑下面頰，他突想起老爸常掛嘴上的兩個字，「反正我……沒救了。」

不知為何，黃姨和張大媽都愣住了，幾秒後，突然噗哧出聲、別過臉去，強忍住笑意。

梅姊哭著說：「我會帶他遠遠的離開這裡，不會再打擾大家。」

為何必須離開？象山山腳下不是我的家，土庫日本宿舍也不是我的家……我的家在哪裡呢？武勇忘了流淚，被這個問題深深困擾住。

小平頭和高個子都被送進輔育院，真可惜沒機會說再見。更難過的，是再也看不到阿珠青春的身影了。離家前的晚上，他待在後院良久。

沒救的武勇再度罩著不知是退學？還是轉學的藉口？拖著兩個行李箱，垂著頭，默然地搭上統聯南下的長途巴士，離開逐漸成形的信義商業區。

高聳的101的部分骨架已被貼上藍光玻璃，遠遠看過去，彷彿穿上還未縫製好的衣服，有些狼狽和害羞。不知它將來會長成啥麼模樣？武勇茫然的呆看著它直到消失在視線裡。

七

天天送報紙到國王皇宮，耐心守候大人物出現的熱勁兒開始慢慢退潮，武勇不再逗留在那條鳥語花香的名人巷弄內。提早回到家，他嘲笑老爹：「你胡說，皇宮裡根本沒有大人物。」

「怎麼說？」

「看不見一隻蒼蠅在飛。」

「要耐心等候，他住在雲端，等下了凡間，你才看得到。」老爸改變話題，「昨天鬥象棋時，那些老傢伙鼓動著要出國旅遊去治癢癢病。……你想去嗎？」他順勢手指著下面的褲襠。

「他們是誰？」

「那一群老男人唄。」

「怎麼個治療法？」武勇想起銀宮戲院，提出建議，「吳興街新開一家情趣店，聽說加入會員可以無限制租片，何必出國浪費錢。」

「老了，趁口袋裡還剩點兒錢，不去玩玩，難道要帶進棺材裡？」

兒子有些明白了，隨口應付：「你去吧。我沒錢。」

「聽說，分成兩種，專門玩爽的叫大砲團；另外一種……較年輕的……叫娶某團。」老爸表情怪異的湊近武勇的耳旁低聲說，「我出錢，你參加娶某團去東南亞看看。即使身上沒啥錢兒，也不要當一輩子的王老五。」

娶某跟金錢有關係嗎？武勇未曾想過這麼複雜的問題，只直覺的反應：「你現在不也是王老五。」

「空勇，沒救。」老爸有些惱怒說，「我若沒娶某，哪來的你？再舉個例子，你姊夫若沒娶你大姊，再怎麼混，也不過是一顆小魚丸。」

談及梅姊的婚姻，武勇心頭突湧現一陣煩躁，故意問：「他現在是大顆立委丸了，好神氣是不？」老爸宛如被暗捶一拳似地頓時消風漏氣，閉上嘴不再講話。兩人無言對看一會兒後，他拉開舊木櫃門板，拿出私釀的小米酒倒了一杯，獨自悶聲酌飲。武勇有些過意不去，找話說：「女人的事，你不必替我操心……」話未講完即被老爸摔杯打斷，是暴風雨即將到來的前一刻。

溜出家門，武勇獨自走入山坡公園綠盈盈的樹林中。據說，市政府將有大筆預算來增建公園的自然生態環境，替台北市最繁華的富億寶地點綴上鳥叫、蛙鳴、蟬唱和提著小燈籠的螢火蟲。公園的面積擴大了一倍，被命名為中強公園。他不得不佩服老爸有眼光，幾十多年前憑著霸氣強硬占地建立家園，才有今日超級昂貴的透天違章屋可安心睡覺。

初春的天氣乍暖還寒，他漫無目的走上往山頂的登山石階，不知不覺來到小土地公廟。公墓旁的空地已建了一座涼亭，可遠眺部分的台北市容，１０１高樓即在腳下。涼亭內有一位年長的老鄰居正忙著整理兩個裝遺骨骸的金斗甕。童年時，老爸曾告訴他：「土公仔最了不起，活人、死人都是他的朋友。」

沉默寡言的土公伯很少講國語，不知為何落戶在象山腳下的違章圈子裡頭？今天他反常的先搭訕：「武勇，你回來得很對。送終時，身邊有人，你老爸這世人才圓滿。」

武勇微笑問：「阿伯，我爸說你很懂得風水，那是啥麼東西？」

「那是人的貪心，想讓子子孫孫享受不盡的榮華富貴。唉……免想啦。」

「哦，風水是騙人的？」

「我撿骨四十冬，跟你說實話。人活著才有八字，死後則八字全沒，也就沒有風水這一回事。」他笑開缺顆門牙的扁嘴說：「你看，天公伯很公平吧。」

「天公伯是大人物嗎？」

「不知道，我以後才會見得到他。」

武勇又追問：「他很大嗎？像101那麼大。」

「不，他小得可以安放在你我的心肝窟仔。」土公伯對他的話題不再感興趣，轉身把金斗甕滾動到亭子外面曝曬太陽。土棕色寬口長圓肚的瓷質金斗有長蛇圖案，很像寺廟裡盤繞石柱的蟠龍，土庫的媽祖廟裡裡外外雕刻了許多這種霸氣十足的動物。廟公談起它們，總是口沫橫飛、驕傲得很，說不完唐山過台灣光榮的百年歷史。

首次看到金斗甕是在媽祖廟後殿的偏角落，三個長橢圓黑棕色瓷甕毫不醒目，但透著濃濃的神祕感。當時，武勇瞧了半天，直想去掀開甕蓋子看個究竟，裡邊是不是醃了一些爬滿白蛆的發酸醬菜？正要動作，聽見梅姊在呼喚而放棄。

窄小的瓷甕是生命最後的居所，原來人死後仍想要一個家。

八

離開台北，搭乘長途巴士不再單調無趣，再度到土庫的四小時南下行程中，有李小龍、周星馳和豬哥亮陪伴著，武勇暫時忘掉阿珠、小平頭及身上仍隱隱疼痛的瘀傷，打群架談判事件已與他無關。目前，只有一個任務須要完成，再讀一次國三，艱苦熬到國中畢業就可以向梅姊交代了。

觀賞著周星馳的唐伯虎，他嘴裡啃著肯德炸雞腿，喝一大杯可樂，好愉快的時光。車內的其他乘客也被電影情節引逗得哈哈大笑。坐窗座的冰梅頻頻轉頭看弟弟，不知為何常莫名的搖頭嘆氣。

「妳不喜歡周星馳嗎？等一下會換別的片子。」武勇問。

「很羨慕你，總是活在自己的世界。」

「活在自己的世界？很難嗎？」他有些困惑。

梅姊沒回答，轉頭望向窗外。她燙得蓬鬆的短髮夾雜著幾根白髮，很醒目。

「姊，妳有白頭髮喔。」

「你姊夫好像有女人……」她皺緊眉頭說，「很想找人調查又怕傳出去，怎麼辦？」

男人好像天生就被許多女人管控著，有母親、姊妹、太太、太太的母親……周遭一大堆不請自來的女人，有時候很令人頭痛。梅姊就是專管姊夫的女人，生氣啥麼？除了老爹偶爾來找麻煩，武勇想到自己的輕鬆自在，不禁開懷笑說：「我幫妳調查，007我看過十來遍。」

「你不要胡來。我的麻煩已夠多了。」梅姊突然神色嚴厲。

武勇無趣的低下頭，不知錯在哪裡。

「沒事兒的。你只要靜靜聽我發牢騷就好，不必懂那麼多。」她語氣轉溫和說：「他像脫韁的野馬，我快拉不住了。」

雖然聽不懂，武勇仍頻頻點頭，用眼角偷瞄著座位上方的電視，周星馳正在哭唱小強，超級爆笑。他強忍住發笑的衝動。

梅姊自言自語：「必須盡快找出好方法，讓他不能沒有我、永遠無法離開我。」

安靜一會兒，她又喃喃自問：「一輩子這麼長，有什麼辦法黏得住他的心呢？真累死人。」

這時，巴士突然減速緊急剎車，武勇手中的甜辣醬拿不穩飛了出去，不偏不歪正面打中梅姊抹了許多色彩的粉臉。她發狂似的慘叫，武勇恨不得立刻鑽進座位下面，像那隻小強死得正是時候。

下車後，梅姊緊繃著臭臉、一語不發地回到開滿雞蛋花的木屋宿舍。宿舍的周遭變化很多，後巷興建了幾棟四層樓公寓，沿著窄小的巷道新開好幾家商店，從炸雞排、咖啡廳到珍珠奶茶店，原有的美容院和超商店門前有一排電玩機正閃著彩燈亮光。武勇覺得自己彷彿走在台北市熱鬧的吳興街頭。

「這裡變得陌生了，是不是？」冰梅看出他有些迷惑，淡然說：「你姊夫搞政治後，我增加了一些亂七八糟的頭銜，家裡經常人來人往，但這些跟你無關。你只要認真的讀到畢業就好。」

談到讀書，武勇馬上矮了半截，腦子裡只想起鴨肉興和銀宮戲院。

「戲院和鴨肉興都還在，你就惦念著這些嗎？」她的神情轉為嚴肅，逼視著弟弟說：「目前，你姊夫正在朝國會邁進，不容許發生其他枝節。記住，在別人面前，你稱呼他……彪哥，也不要提起跟他有啥親戚關係。」

「為啥要這麼麻煩呢？」武勇不明白。

「因為你是個 trouble maker，有太多不良紀錄。」

雖不太懂那個曾聽過的英文名詞，但武勇隱隱感覺大姊開始有了跟別人一樣看不起他的厭惡感，真叫人難過。剛提起鴨肉興時的嘰咕食慾頓時消失，長途車程的疲憊立即浮現，累得他俯臥在榻榻米很快的睡著。

國四的生活在孤獨寂寞中度過，武勇像獨行俠進進出出校門，常記不得導師和班長的名字，倒是學會了在考卷上，簽下很正點的泰武勇，旁邊附加諧音「太無用」而傳遍全校。照舊潛入銀宮戲院發睏睡午覺，好打發翹課後的剩餘時光。

戲院散場了，走出後門。仲夏的黃昏偶來一陣雷雨，走在雨濕的街心，街燈的微光讓眼前現出一片昏黃，朦朧中，突然好想念象山坡地的老家和阿珠。老爸的嘮叨碎念傷不了人，多少還能沖淡難受的孤寂。阿珠近來仍跟那位籃球隊員配作班對嗎？好想念她。

前些日子，梅姊把宿舍的前半部分隔出來，作為彪哥競選作戰總部。姊還規定沒有她的許可，不得任意踏入辦公聯絡處。武勇只好從廚房的後門進出。冰箱裡固定有晚餐便當，不鏽鋼飯盒裡的雞鴨魚肉混雜著蔬菜，用大同電鍋蒸熱後，總是同一個味道，根本沒有像姊形容的那種「台式菜尾」的醇厚香氣。

上學、翹課、戲院、梅姊的作戰部，日子一天天過去，雖然畢業典禮也沒參加，武勇很高興國中生涯終於完結了。

那天，梅姊很難得的提早回家，久未見面的彪哥跟在她的後頭，一看到武勇即親熱地問：「要回台北考高中嗎？」

他實話實說：「我不喜歡讀書。」

「不讀書，以後沒飯吃喔。」身材圓胖的彪哥笑說：「隨便去混個文憑，你姊自然有辦法找一張椅子給你翹腳領薪水。」

武勇聽不太懂，仍堅持：「我不想讀書，一輩子都不要讀書。」

「不升學，只好去當阿兵哥囉。」

阿兵哥？他馬上聯想到身穿軍服、一臉凶相的老爸，立即排斥說：「我不要當兵。」

「阿彪，不要逗他。」冰梅插嘴說：「你明知道我弟弟跟一般人不一樣。」

「不讀書，也不要當兵。哈，沒救。」

梅姊擺好外買的餐盒和一大盤醬滷牛筋肉片，又倒了兩杯啤酒說：「土庫開始有人賣牛肉麵了，憨膽，竟想在小地方爭地盤。」

「好吃最重要，管他是鴨肉興或牛肉張。」彪哥笑說：「他們都說，妳的台語講得比我輪轉。」

「想警告你……選舉期間不要去找她。這是最後通牒。」梅姊的嘴角顫抖，冷冷說：「人前人後……你我總要扮出夫妻的模樣來。」

「她快生了，是雙胞胎，我不在身邊……。」

「你老媽照顧她就夠了。」梅姊兩眼噴火，狠瞪著他說：「不要惹怒我，同歸於盡是很簡單的事。」梅姊的逼視具有強大威力常令人心虛，彪哥很快地低頭屈服。

牛筋肉滷得不夠熟爛入味，武勇夾了兩片便放下筷子。這頓晚餐吃得很沒味道，彪哥頻頻看著時鐘，似乎想準備隨時開溜。武勇覺得很有趣，對起身想去洗手間的姊姊說：「彪哥怕妳，跑不掉的。」

梅姊沒說話，露出久未見的得意笑容，嘴角沾上牛肉屑好像點了一顆痣，讓武勇聯想起冷面的越姨笑得有點陰森。

街頭巷尾插滿人頭旗幟，到處可以看到元彪的帥氣圓臉，好神氣。

武勇無所事事，被梅姊指派每天早晨去巡看彪哥的旗子有否被惡意拔掉？擁有了一輛彪哥送給的老舊腳踏車，他展開生活的新一頁，能逍遙自在地觀看這個小世界。今天，來到媽祖廟，猶豫一會兒才進去喝一杯免費的茶水。夏日炙熱，有時候會換成整桶微甜的冰青草茶。

猛灌下一大杯青草茶後，他向面熟的白鬢老先生道謝：「謝謝老闆。」

「胡亂叫，廟堂沒有老闆。」身旁另一位老人糾正他，「他當廟公時，你還沒出生呢。」白鬍鬚廟公又倒了一杯青草茶給他說：「囝仔哥，有禮貌。記得常來拜拜，神明保佑你會讀書。」

奇怪，為啥把神明跟讀書掛在一起？難道媽祖婆是無所不知的考試達人？武勇好奇地走近神桌旁細瞧，媽祖婆圓盤似的黑炭臉帶著慈祥的笑容，跟嚴肅的紅臉關公很不一樣。或許，頭戴金閃閃珠簾帽冠的媽祖婆記性超強，記得每個人活著的時候，曾做過啥好事？或啥壞事？

「龍哥，開電視吧。豬哥亮的時間到了。」有老人提醒白鬚廟公。

觀賞了廟前廟後的龍蟠石柱，也跟順風耳、千里眼見過面，該是回家吃午飯的時間了。午餐後，稍瞇個小睡，接著偷溜進銀宮戲院的後門，在黑暗裡，欣賞看不太懂的電影；日出日落，吃飯睡覺，喝水尿尿，閒閒地等候黃昏的來臨。

不久，他已很清楚熱鬧小鎮一條街有幾根電線桿和幾處可以張貼廣告的醒目角落。梅姊又下指令，別人貼一張選舉宣傳單的旁邊，一定要加倍貼上兩張元彪的大頭照，這才叫競選不輸陣。舊腳踏車更裝上錄音廣播器和插滿旗子，武勇風風光光的獨自繞街遊行，太有趣了。

晚餐時分，臉色蒼白的梅姊提早回家，消瘦的臉龐嵌著兩顆失神無光的眼睛，幾天不見，她老了許多。

「對手太強悍了，拚不過他。」她垂頭喪氣。乾瘦的食指不斷地敲點著和室的檜木矮桌子，發出喀喀喀單調的聲響。

武勇不知道該說啥來安慰她，只好亂胡扯，「我去張貼更多更多的宣傳單蓋住那個臭光頭。妳看怎麼樣？」

「去吧，去吧。」梅姊不耐煩地揮揮手說：「你想做啥，就去作啥。」

首次被允許可以自主行動，武勇興奮得整晚睡不著覺。其實也不知道該做些啥麼，只是莫名的感覺自己彷彿硬了起來，連褲襠裡都膨脹勃起，彷彿隨時都會射出。

隔天清早，他迫不及待地出征，每一個廣告處不僅張貼兩張，第三張元彪大頭照更牢牢地罩住臭光頭，真是神氣得不得了。忙碌了上半天，腳踏車載運的宣傳單全數貼完後，才心滿意足地往鴨肉興吃頓午餐。飯後，踏進媽祖廟時，遇見了梅姊。

「出點事兒，來拜一拜求平安。」她滿臉愁容。

「廟公曾說，抽個籤才算靈驗。」武勇出主意問，「要點香燭？還是光明燈？」

「沒你的事兒。」梅姊冷著臉說：「你閒閒去逛逛，不要來煩我。」

武勇無聊的逛向廟堂後殿，在偏角落，看見了三個長橢圓黑棕色的瓷甕。相依為伴的它們在晚秋溫暖的陽光普照下，引起他濃厚的好奇，想去掀開甕蓋瞧個仔細。

「阿勇，該回家了。」是梅姊的聲音，「籤詩說，良藥苦口自思量，得失無怨天。不知是好？是壞？」

她不知，他更不知；或許，只有媽祖婆知道。

兩人回家的路上，武勇正想向大姊炫耀自己聰明的表現，卻被眼前的景象驚嚇住。早上才張貼的彪哥宣傳單，有的已被撕破毀壞，臭光頭又露出臉來了。是誰在破壞？擺明想挑戰麼？

冰梅臉色陰森，囑咐弟弟：「若發現是誰在使老鼠仔怨，快來通報我。」

「沒問題，我天天給他好看。」

當晚，輾轉難以入眠一直保持清醒著，武勇不願讓夢給腦子罩上一層糊塗，尤其強悍的敵人潛藏在暗處。天色未亮，他已悄悄摸黑出門，腳踏車後座載滿堆疊厚重的人頭宣傳單。今天肯定要貼滿整個土庫小鎮，讓所有的人都看得見彪哥，臭光頭將消失不見。

我貼，我貼，我貼貼貼。

黎明前藍森森的夜空顯得格外奇幻，武勇瞧見自己的影子像陰鬼魍魎在牆壁上飄動，小小城隍廟就在附近，閻羅王是否正盯看著呢？正打算黏貼完籃子裡最後一張的人頭宣傳單，突來一陣寒風灌進衣領，凍得發顫尿急，他慌慌張張地鑽進小巷裡想找地方解放。

「抓到了，有孔明車？幹……」有人高聲粗魯咒罵，「捉來斷手斷腳，大膽替閻羅王剃嘴鬚，真不知死活。」

他躲在牆壁後頭，不敢任意瀉撒尿液，深怕發出噓噓漏水的聲響。

「找不到人嗎？躲起來了？這裡還有一張宣傳單呢。」似乎不只有一個男人在喧譁吼罵，「沒頭龜仔。沒關係。把鐵馬牽到元彪伊查某的門口，看那隻虎豹母怎麼講？」

「你確定嗎？」有人質疑，「伊查某很有錢，她的卒仔出門應該騎摩托車才是。」

「是呀，這一台破鐵仔牽去當店，還當沒錢呢？」有人附和。

「沒魚，蝦也好。對阮大頭仔能交代就好。要打、要殺，頭仔自己決定。」

……一分鐘……兩分鐘，分秒難挨呀。儘管尿意逼緊，武勇強力忍住……忍住……直到靜悄悄沒有聲音，才敢稍微伸出頭來偷窺。嚇！沒有任何人影、腳踏車也不見了。被撕破又踩成一團的彪哥人頭傳單像電影裡的恐怖鏡頭，支離破碎的散落滿地。這意味著什麼？他不曉得，也無從想起。總之，再也沒有腳踏車可閒逛拉風了。

他直覺，短時間內不可以回家，就像在象山公墓發生的事件一樣，逃避躲藏最重要。還沒吃早餐，肚腸餓得渾身無力，暫時到媽祖廟前的市集飽食一頓吧。

碗糕、米大腸、魷魚羹樣樣都是平日的最愛，不知為何，此刻看了都沒胃口。武勇慢慢喝完一碗酸菜豬血湯，想付錢時才猛想起小錢包放在腳踏車上，身上沒半毛錢。看著白髮稀梳、瘦小乾癟的老闆娘，武勇突然莫名地想起印象逐漸模糊的母親，眼眶一陣發酸，很想哭。

「少年ㄟ，光喝湯不會飽，再來一碗炒米粉吧。」老闆娘的聲音沙啞。

他哽咽：「阿婆，我沒帶錢來，真歹勢。」

「空囝仔，吃飽卡要緊。沒帶錢？……有白賊無？」她拿起木筷子翻了翻冒著熱氣的高麗菜米粉鍋。

武勇猛然想起年邁的老廟公，趕緊回答：「等我拿錢來，再給我炒米粉。」

「去吧，媽祖婆的千里眼正在看著你呢。」

他快步跑進媽祖廟想尋找老廟公借點錢，時間還不到中午，廟裡居然聚集了一大群人，七嘴八舌的不知在議論啥熱鬧事情。

「阿彪中槍？」

「亂講，不是的。救護車來時，我明明看見他抱著一個查某上車？」

「女的？是誰？」

「是大的？還是細姨？」

「不知道。」

「會死嗎？」

「不知道，總之代誌大條了。」

武勇直覺事情很不簡單，但似乎又與自己有關係，不知道是啥事？難解決的事情盡可丟給梅姊，她是無敵鐵金剛，是擺放在廟口的玉山文具店櫥窗內，價格最昂貴的那一尊。他存了好多年的零用錢，仍是遙遙無期，大概永遠買不起。幾次想用掉老爸給的百元大鈔，想了又想，終究忍耐下來。此刻鈔票若帶在身上，就不怕千里眼用懷疑的大眼逼視人。

在廟裡，花了好多時間偏偏找不著白鬍老廟公，又不敢光明正大的經過廟前的市集，只好循著廟後方髒臭的小巷子溜走。小鎮一條街，來到街尾的日本宿舍，看見元彪的競選總部被長長的黃繩子圈圍住。敞開的大門和玄關木門之間的石板小徑上，有幾處怵目驚心的鮮紅血跡斑斑。兩部警車和幾位警察站立在四周。武勇首次遇見寧靜小鎮有這般可怕的景象，立即停住腳步，想進去看看卻又不敢。「不知道該怎麼辦時，記住，保持沉默是最安全；尤其不要讓人知道你正在害怕。」他想起姊姊以往的告誡。但此刻，她在哪裡呢？可否告訴我，下一步該作啥麼？

他混進看熱鬧的人群中，也學他們往地上喀吐一口濃痰，再兩手環抱胸前，裝出狡猾幹練的聰明模樣，只差沒有滿嘴紅咚咚的檳榔汁。有耳沒嘴，說不定可以聽到一些消息。

「夭壽光頭仔粗魯人，也不問清楚就愛動刀動槍。」

「何必用拳頭母，多撒些錢仔子、搓圓仔湯卡實在。」

「元彪伊某有讀書，不愛這些奧步。」

「可憐，尪有細姨，自己若能活下來，也只剩半條命。」

尪和細姨是啥東西？大概就像彪哥處在梅姊和另外一個女人之間的拔蘿蔔遊戲，嘿呦、嘿呦，拔不動。

武勇無聊的等著候著，總不見冰梅出現，現場毫無動靜。時間久了，人群逐漸散去，只剩下兩位站崗的警察。其中一位細眼警察三不五時的冷瞄武勇一眼，看得他心虛慌張。肚子餓得快發暈，身上又無半分錢，他首次體會到金錢的急迫需要。

默默離開日本宿舍，小小土庫鎮能選擇的只有兩個去處：銀宮戲院和媽祖廟。戲院的聲色刺激不適合此刻慌亂的心情；廟裡的千里眼知道他欠阿婆豬血湯五元債錢，還是不去為妙。他茫然漫無目標地徘徊在小鎮的街頭巷尾，像一隻流浪狗嗅到家的味道卻不敢進去。

……黑暗像一個淒涼蒼老的聲音，低沉呼喚著，回家、回家吧。兩旁路燈依舊明亮，宿舍周遭除了圍著的黃色警示帶以外，不見人影。雞蛋樹圓蓬高大的樹影在夜風中搖擺，頻頻向他親熱招手。忽然間，靈光閃過腦海，何不從宿舍的後院翻牆進去，這個動作他已做過上百次了。

昔日養雞的竹舍早被拆除，變成矮牆內的一片小空地，是他平日翻牆著地的落腳點。這時，武勇熟練的用力蹬高、翻越矮牆順勢滾下，腳底卻踩著什麼似地發出巨響，接著引起一陣劇痛。不知是哪個傢伙在牆角下擺放著幾盆黃色小菊花，害得他倒栽了大跟斗，跌得四腳朝天又割破了下巴。

武勇急急忙忙衝進廚房，摀著流血的下巴正想打開水龍頭，突然一道強烈束光照向他，嚇得他破膽驚叫：「是誰？」

「果然是你，空勇。」一個男人沉穩的聲音。

雖在黑暗中，武勇立即認出他的身影，他不再高大，但在此刻是一棵足以依靠的老樹。

「可惡，你姊姊遇著天大的災難，你為啥沒打電話給我？」

「我不清楚是啥麼事？」

「你的腦袋瓜子只裝石頭和大糞嗎？」他一巴掌掃過來，餓得發昏的武勇頓時眼冒金星，他仍不放過，繼續揮打，「在這鳥不生蛋的地方，她唯一的親人只有你，難道你死了嗎？」

面對權威和拳頭，知趣地低下頭和保持卑微的沉默是武勇慣有的老招數；可是今天不能這麼做，大姊是他在這小鎮上唯一的親人。「我真的不知道現在能做些啥麼？」他忍住疼痛，誠實回答。「我探聽清楚了，中槍後，她被送往天主教醫院急救。希望洋人的上帝有色盲，分不清楚黑白藍綠。」老爸又問，「有摩托車嗎？」

「前院子有一台是彪哥的。」

「你的呢？」

「我有腳踏車……」他瞬間恍然大悟，問題出在它，很後悔地說：「今天早上不該騎車出門。」老爸困惑不解，「你想載我，從土庫騎到虎尾？」

「不行嗎？」

又是一巴掌打在他的頭上，老爸氣呼呼，「空勇，咱們騎到醫院，天都亮了。你姊說不定沒救了。」「沒救？姊會死嗎？」武勇忍不住大哭起來，一滴滴的淚水由眼中順流到心房；安全鏈子斷了，他深怕將向黑暗深洞沉落下去。

拿著手電筒的老爸不發一語，猛拉起武勇往外走，並用力撞開木造的後門，低聲說：「包一輛計程車飛過去，不管怎樣，也要見她最後一面。」

暗夜裡，計程車奔馳在寬廣的馬路上，彷彿通往不知名的無盡處。路旁昏黃的燈光在寒氣的襲擊中微微顫抖，嚼檳榔的司機、老爸和武勇都跌進一窪不見底的沉默中。腦海裡像飛鳥似的胡思亂想，一個個由茫遠處急掠飛過而迷失在墨水般濃稠的黑暗裡。……隨著時間流逝，武勇逐漸平穩下來。

他聽見身旁的老爸頻頻用衛生紙在擤鼻涕，細聽又似乎是壓抑的啜泣。未曾見過父親掉眼淚的他，忍不住問：「你要緊嗎？」

「空勇，你有認識的神明嗎？」老爸答非所問。

「有，是媽祖婆。」

「你懇求她保佑冰梅，讓她活下來。我不能沒有這個女兒。」老爸的聲音沙啞顫抖，「跟媽祖婆說，減短我的壽命都沒關係。在戰亂中，我沒傷害過任何人。」

武勇問：「壽命？也要包括我的嗎？」

老爸想了想，嚴肅的回答：「是。」

「姊一定會活下來的，姊夫常對我說，她是九命怪貓。」

老爸長長的嘆息，不再說話。

……車子終於擺脫了漫長的黑暗，進入街燈明亮又熱鬧的虎尾鎮。街景帶來的光明和人氣彷彿有安神的作用，把深陷於生與死未知的恐懼深淵的父子推回現實。武勇驚覺自己的右手竟被老爸緊握得快要瘀血了。

「若不是她擋住子彈，我準死定的。」元彪含淚哽咽，「都是我的錯，害她下半輩子將痛苦的過日子。」說著哭著，他跪倒在老爸的面前。

本以為老爸會狠狠揍打他一頓；或是問清楚後，直接衝往臭光頭的大本營拚個你死我活。不知為何，老爸竟也淚流滿臉直說：「活著就好，活著就好。」平日凶巴巴的他，除了妻子剛過世的幾個月內悶聲不說話，武勇很少看見他脆弱的時候。

三人來到加護病房，臉色沉重的老爸不讓武勇進去探視。

「他的腦袋裝不了複雜的事情。」他指著兒子對元彪說，「呆勇只懂得一個指令、一個動作。」

若是會錯意，結果會很糟糕。」

看著他倆穿上醫院給的藍色衣罩子，武勇再也無法忍受，拉住彪哥低聲吼：「我要進去，她是我姊姊。」

老爸不再反對，拍拍他的肩膀說：「是呀，快到當兵的年齡了，可以保護你姊姊。」他幫兒子綁緊藍色罩子後面的衣繩時，雙手抖動得很厲害。

病床上的梅姊清醒著，臉色青白，消瘦的模樣觸醒武勇腦海深處裡的少許記憶。受傷的姊竟然有幾分神似昔日重病中的媽媽，那時，媽伸出瘦骨如柴的手摸著他的臉，他覺得身子很輕，心空洞洞的，臉頰上有東西涼涼地凝結著，一滴濕、一點冷。

「姊，妳不可以死。」他顧不得護士的阻擋，搖著、呼喚著插著管線的梅姊。

這時，姊伸出瘦骨冰冷的手輕輕摸著弟弟的臉，他緊緊握住她的手啜泣，「妳不要學媽說走就走，再也不回來了。」

蒙著氧氣罩子的梅姊輕輕搖頭，嘴角露出似有若無的虛弱微笑，淚水順著眼角魚尾紋緩緩滑下，滴滴成串濕潤了冒出白髮的鬢角。武勇拉直捲起的長袖袖口輕輕擦拭她的鬢髮，只見滴下更多的淚珠。

梅姊從加護病房轉入單人普通病房的當天早上，老爸表示，他想回台北了，不願意再每天替兒子張羅三餐。

「他的體檢報告裡的智能障礙是啥鬼東西？唉……雖然沒資格當阿兵哥數饅頭，也不能白白浪費時間，靠爸吃空，沒得救。」老爸不屑的瞄武勇一眼。

「您不用擔心，人餓了自然會去找吃食。」彪哥替他解圍說：「等選舉結束後，我來幫他找一份工作，或許……您想讓他回台北？」

「謝謝你。」老爸露出少有的謙虛，誠懇地握著元彪的雙手說：「我想留下他替冰梅打雜跑腿，也請你好好照顧他們。」

自從冰梅受傷後，元彪經常跟隨左右的照護她，把她當成小女孩似的哄著、抱著、疼著。兩人笑迷迷的合照時常出現在報紙，甚至上了電視。被冷落一旁的武勇極驚訝梅姊奇異的轉變，不僅勇敢地忍受多次手術，坐上輪椅由丈夫推出去接受記者採訪時，更化了濃妝、穿上漂亮的衣裳，像電影明星般的亮眼出色。

出院的那一天下午，天空還窩堵著微薄的雨意，不久陣陣北風輕吹，雲消霧散後，天氣開始轉晴，陽光朗朗。這時，天邊突然掛上一拱外圈紅、內圈紫的七色彩虹，推著輪椅的武勇抬頭愣愣地看著。

「停住，不要走動。」冰梅也注意到彩虹，專注凝視著它說：「老媽曾告訴我，遇見彩虹將有幸運的事情。」

是老媽胡扯？還是梅姊傷得嚴重有些糊塗了？難道下半輩子坐輪椅是福氣的事？武勇不以為然地搖搖頭。

「傷殘換來丈夫一輩子的寵愛，不知是否值得？」她的眼眶裡滾動著悲哀的露珠，無奈地說，「希望這輩子，他再也離不開我。」

「妳看，彩虹很快會消失的。」弟弟提醒。

「沒關係，我已經許過心願了。」梅姊似乎恢復了自信，展露愉悅的笑靨年輕許多。

原來，彩虹是街頭巷尾正夯的六合彩、有買才有的無限希望。武勇趕緊雙手合掌，閉上眼睛。懇求彩虹神明保佑，讓他找回不知去向的腳踏車；若追不回來……可否換成一台摩托車，那是夢裡才會出現的幻影。

等他徐徐睜開眼睛，彩虹已消失不見了，亮得透明般的藍空浮泛出幾朵溫軟的白雲冉冉飄過，不知神明有否聽見凡人內心的祈求。

投票結束的當天夜晚，孤單的武勇關上電視，踏出彪哥為梅姊而大肆整修的日本宿舍。順著小鎮一條街來到媽祖廟。廟口前酬神戲棚的四周燈光明燦耀眼，音樂聲震耳欲聾。他想起梅姊一再叮嚀，關於腳踏車一個字兒都不准提起，他只是元彪辦事處的打雜小弟，絕對不可以站上舞台亮相。這多重的囑咐讓武勇的心頭常覺得隱隱哽酸，好像自己是一個見不得人的羞恥包袱。

峭寒的夜風中，群眾聚集得愈來愈多，人聲沸騰甚至有人打鼓助陣。他站在台下，看見彪哥推著輪椅與姊姊一起登上舞台，萬歲、萬歲、萬歲，當選的瘋狂喧譁和震耳的鼓掌聲淹沒了他們，群眾high到極點。台上的他倆哭了，台下的武勇也莫名其妙的哭了。

漆黑無星光的天宇，一輪冷月沉默地看著小鎮。

九

對大人物的好奇淡薄後，武勇把送報的路線調整回來，即有充裕的時間閒坐在市政府左側的沙灘區太陽傘下，打開溫水瓶慢慢的喝著老爸親手磨煮的濃豆漿。輕涼的春風吹來，微帶淡淡的樹蘭花香，他好滿足這份悠然自得的閒適感。

「夭壽高，不怕地震崩下來。」背後傳來蒼老的聲音，看樣子是觀光團。

「免驚。它若倒下來，全台灣都完蛋了。」他自動當起國台語解說員，好奇問：「哪裡來的？」

「彰化田中仔，種菜的。」一位活潑的老婆婆搶著回答。

１０１超高大樓正聳立在眼前，必須彎曲脖子、用力抬起頭，身體幾乎快後仰倒地時，才看得見它頂端的那一支。觀光團的阿公阿婆們個個興奮得像小孩子，瞇著眼睛瞻仰偉大的建築物。

有人用國語問他，「聽說，那個大人物住在這邊，是１０１的第幾層樓？」

他傻愣住，沒回答。莫非是老爸老得糊塗，把大人物從１０１搬家到國王皇宮去了。不想再跟他們閒聊下去，武勇轉身想離開。

「你厝住這附近嗎？」他們似乎還不想放過他。

他點頭伸手指向左側的豪宅群回答：「我住在１０１的斜對面，跨過信義路靠山坡的那個角落。」

「哇，你也是有錢人。大人物細漢時跟我們一樣窮，現在賺了大錢。你知道這些古早代誌嗎？」

武勇搖頭表示不知道。

「厚呆。伊八字重，才有福氣住得起這種大樓。」活潑的老婆婆自以為是的下定論。

八字？武勇聯想到涼亭內裝遺骨的金斗甕，內心有些毛怪，趕緊拔腿一溜煙地跑離開。

回到象山坡地，剛進家門，老爸一見面即哈哈笑說：「嘿嘿，你這臭小子，走桃花運了。」

「啥桃花？公園內，最近栽種了一大片野薑花，還沒開花呢。」

老爸愣了愣，又說：「隔壁張家的阿珠，離了婚，剛帶個小兔崽子回來倚賴娘家。以後你送早報，順便載她一程。」

「阿珠？送報？」武勇滿頭霧水。

「她找到工作了，是國王皇宮的清潔工。」

阿珠、兔崽子、送報和國王皇宮怎麼連串在一塊兒呢？武勇想了良久，仍不明白。莫非老爸又想翻出二十年前的糗事來嘲弄？他只好找話來嗆他，「你亂講，大人物不住國王皇宮，是住在101的不知道的第幾層樓。」

「101？」老爸愣了好一會兒，忽然哈笑幾聲，「牛牽到北京仍是一頭牛，沒救。」看兒子悶聲不響，又附加一句，「看在當年你偷親人家，沒被打死，多少幫點兒忙吧。」

阿珠這個名字依舊使人心跳不已；偷親嘴的甜蜜滋味早已忘光；被痛扁的悲慘記憶卻永難忘記。

老爸手搔著毛髮漸稀疏的腦袋，看著皺眉頭的兒子，說：「上天再給你一次機會，空勇，好好把握吧。」

武勇故意岔開話題問：「你可知道大人物住在101的第幾層樓？」

老爸不回答，自顧打開電視機。螢幕秀出一位戴眼鏡的中年男子，黑厚的短髮梳得油亮伏貼，看起來斯文親切，對女記者的採訪有問必答，十分風趣。老爸指著他說：「看清楚了吧，這位就是大人物。至於他住在第幾層樓，你去問阿珠。」

「阿珠？當真？」武勇心跳加快。

「不要再當王老五了，好歹找個伴兒，以後我見到你媽，也好有個交代。」

看著他湊近的黝黑老臉，不僅布滿縱橫交錯的皺紋，兩邊鬢髮斑白，顏面更多處點綴著棕色小斑塊。原來八十歲老男人的臉龐是這樣子的，不知為何，武勇感覺心頭微微發酸，彷彿那一條條皺紋是他不小心畫上去的。

晚餐前，武勇推著又攏爛的老機車到公園旁的機車行修理。回家時，看見福德廟前的供桌圍了幾位熟識的老人。他湊近一看，有位身穿國中制服的男學生在表演撲克牌魔術。竹竿般高瘦的大男孩，手法熟練地把紙牌滑過來翻過去，像在玩弄一條細緻的絲緞手巾。老人們默默的看呆了。

對這種單面印有四種圖案的長方紙片，武勇有著深深的畏懼感。國小課外活動，老師曾拿它來玩遊戲。他總是弄不清楚玩法，每次輪到他翻牌時，整個遊戲就卡住。老師解說了很多次，武勇依舊有聽沒懂。最後只好一直當課堂觀眾。

國中少年抽出幾張紙牌分成三堆，笑嘻嘻說：「來……來玩免費的。你任選一張牌，但我絕對有辦法把它抓出來。」

老頭子們好奇，試玩了兩次，竟然兩次都被正確的抽出來，惹得武勇也忍不住手癢加入。

「這次玩……賭真的。」少年挑戰的眼神讓他想起記憶中的阿珠。

「好。」他也不認輸說，「可是必須讓我洗牌。」

武勇重複地把紙牌洗了又洗，再交還給少年。紙牌仍舊被分成三堆。

「敢玩嗎？」少年直視他，居然用大人的口氣。

「沒問題。你還是小孩，有錢作莊嗎？」他好意提醒。

男孩嘴角微翹，手指著山坡違章屋說：「我家就在那邊，逃不掉的。」

武勇滿腹疑惑，似乎從未見過這小伙子，但身為鄰居應該捧捧場：「每一堆我都下注。」

少年十分訝異：「不行。你只能下注一個，不能三個都包。」

「沒關係，若三個都不中，就當作貢龜。」

身邊一位老伯插嘴：「呆勇，不可能三個都不中，除非紙牌跑掉了。」此話一說出，全部的眼光都集中在少年身上，彷彿要透視他。

少年白皙的臉龐頓時漲紅，驚慌地看著武勇。那眼神讓他想起當年公墓打群架事件，內心一陣沉悶難過。他向少年提議：「三個都不中也沒關係，或許，下次再玩吧。」

「好，下次再玩。」少年很聰明，立即收拾好紙牌、抓起地上的書包，拔腿快速離開。

武勇摸摸口袋，每個月自我限額的零用錢竟只剩下三張百元紅鈔，幸好那小傢伙放過一馬……。

春末夜晚，朝往山坡地的上方，武勇漫步來到不知何時已違章搭建的天上聖母宮。宮廟的基地不大，平時香火稀淡，也沒有人負責管理。隨意閒坐在小廟前的窄石階上，身邊小溪溝裡的公青蛙紛紛跳出藏身的濕地沼澤，鼓起鳴囊，不知趣地亂唱求偶情歌。一陣高昂又一陣低沉，有時候會發出拖帶著「嘰—嘰」的尾音，老爹曾告訴過他，那是被天敵抓住的求救叫聲。發出沉穩又最響亮嘓嘓聲的公蛙是母蛙心目中最強壯的理想對象。但愚蠢的公蛙常認錯對象，情急性衝地跳上另一隻雄青蛙的背上強行交配，難怪到處都在叫饒。

聽著水蛙抱接鳴叫春情，聯想起當年被土庫陸姨拉開褲襠的那一幕，依舊熱血奔騰、口舌乾枯得像被野火燒著一般。他閉上眼睛讓自己淹沒在情濤慾浪中，任憑其沖激剝蝕而留下創洞和傷痕。

十

滿二十歲的那年年底，彪哥把辦事處眾人騎的老摩托車送給武勇。筆試加上路考，前後一共考了七次，辛苦又很光榮的拿到機車駕駛執照。

梅姊豎起大拇指，說：「考了這麼多次，才不會違規發生意外，更是安全。」

雖當不了阿兵哥，但在沒有競爭者的情況下，武勇很快地找到第一份工作，成為騎摩托車的老報童。過了不久，他深深喜愛上發送報紙這份職業。

天剛破曉，武勇像腳踏兩個機動輪子的孫悟空，把小小的土庫鎮環繞一大圈，就走透了大街小巷。送完百來份報紙後，接著在媽祖廟口填飽肚子耗去半天時光，又陪伴年老的廟公看完豬哥亮的電視節目，再吃一大碗鴨肉興的紅蔥頭米粉湯。下午，偷偷溜進銀宮戲院的後門，讓看不懂的電影在黑暗中倦怠眼皮，緩慢地催眠入睡。

散戲後，天色已暗黑。回到木屋宿舍之前，他特意買了兩塊酥炸的肥蚵仔炸粿給彪哥下酒菜。吃過晚飯，姊夫會去另外一個房子，那邊有三位小孩。在大街上偶然遇見坐輪椅的梅姊時，總低著頭叫一聲大媽。孩子們從不理睬他，也沒打過招呼，大概不曉得大媽的弟弟怎麼稱呼吧。

日復一日，生活的節奏就像媽祖廟前十字路口的四側，剛裝置的交通信號燈。霸氣的紅燈看著鬼靈精的黃燈驅趕綠燈；從容自在的綠燈不慌不忙地在瞬間取代了紅燈；三個彩燈每天二十四小時威風地指揮人們和車陣行走或靜止，讓人羨慕又敬佩。

武勇超喜歡這種一成不變的生活，希望日子永遠這樣子過下去。

梅姊偶爾要求他來台北探望老爸。這時候，他會搖一搖存錢的竹筒仔滿了沒？用菜刀一劈，鏮……鐺……錢仔散落地板，認真的一再數著，常常只夠買來回的巴士車票和兩個便當。

第一次探望，老爸很高興，請他吃冠軍牛肉麵。

第二次探望，家裡多了一位穿著紅黑色洋裝、斜露出一邊肩膀的歐巴桑小姐。老爸尷尬地要他當天返回土庫，但慷慨地給個大紅包。深夜，他很疲累地回到土庫，梅姊說：「讓老頭子自由吧，暫時可以不用操心了。」

白天照顧梅姊的阿雪嬸工作幾年後，開始三兩天的跑醫院、看病，嘀咕著她年紀大了，不想再做；卻很熱心推薦她遠房年老的表兄最近娶的中國新娘來當看護。梅姊同意，彪哥強烈反對。

「臭光頭的事件好不容易才告一段落。我在政治圈，最怕突發狀況。」彪哥溫柔地幫梅姊按摩肩膀，怕她身上的肌肉逐漸萎縮僵硬，「聽說這位陸姨肚子裡有點墨水，能說善道。」

「她當過護士，年齡大我幾歲，見過面了，很談得來。」

「妳們談些什麼？」

「談婚姻和人生。」

彪哥立刻閉嘴不談，武勇也覺得十分無聊。

「她希望有時候能暫住這裡。」梅姊微閉眼睛，享受著舒服的按摩。

「住我們的宿舍？不太好吧。」彪哥不同意。

梅姊凝視著窗外含苞待放的雞蛋花樹說：「她是再嫁夫人，來到這裡，連走在街上都被指指點點。有人對她友好自然就想依靠過來。」

「讓一個大陸女人在家裡進進出出，怕會帶來閒話。」

梅姊仍堅持說：「是你媽媽講的閒話吧？過河拆橋。我是沒有用的廢物了，競選下一屆時，再推出來亮亮相的活廣告牌而已。」

彪哥不再哼聲。梅姊乘勝追擊，「一個謙卑的大陸人陪伴一個殘障的外省人，干他人何事？」

武勇聽了半天，仍搞不懂，傻悶悶問姊：「外省人與大陸人有啥不一樣？」

「當彼此對看不順眼時，就認定不一樣了。」梅姊輕嘆氣說，「沒你的事兒，你當心不要把訂報讀者的地址送錯就好。」

「不用擔心，我比郵差更熟悉整個土庫鎮。」武勇有些得意。

梅姊沒理會他，繼續怨嘆。「想不到，人生一時得意，卻無形中失去得更多。真是……不可貪心。」

當晚，元彪離開宿舍時，拉住武勇說：「你姊姊變得很孩子氣，萬一雇用那位陸姨，你是這房子裡唯一的男人……要靠你了。」

在彪哥眼中，他一直都是躲在牆角打雜的小弟。此刻，他努力地從腦子裡挖出男子漢的豪語來回答：「請放一百個心，我會好好照顧梅姊和陸姨。」

彪哥亮油光的肉餅臉上，兩道眉尾低垂的八字眉頓時糾結在一起，默然不語地開著烏亮的BMW離去。

初夏黎明準備出門送報，梅姊喝著清粥、一邊囑咐武勇，「今天陸姨會過來幫忙，中飯回來吃。三餐在家裡吃才像一個家。」

「家？」一個快被忘記的名詞，他又想起彪哥的吩咐，趕緊說：「以後，我中餐都會回來吃，大小事僅管找我。」

梅姊溫柔地看著他，露出欣慰的笑容說：「我這輩子最大的希望，是咱阿勇有一天能遇見好女孩，擁有一個家，生養一群健康的孩子。」

長時間窩在銀宮戲院裡，看多了加味電影，對如何製造孩子，武勇已有模糊的認識，跟下面褲襠裡的那一根似乎有密切關係。可是，這些複雜的事情怎麼會是梅姊最大的希望呢？女人、家和孩子是電視八點檔的故事似乎與他無關。

當天送完報紙，他提早騎車回到日本宿舍。剛踏進改良後的玄關門，即看到輪椅的後面有一位身材高大豐滿的女人，長髮盤在頭上，V領口露出的一片白皙有著磁鐵般的吸引力，讓他無法移開自己的視線。

陸姨幫他添飯盛湯，很少講話，偶爾眼光碰個正著，也立即轉頭看向梅姊，莫名的抿嘴微笑。飯後，武勇無聊地在和室看電視，清楚的聽到梅姊和她有說有笑，彷彿是認識已久的朋友。

「阿勇有女朋友嗎？」她笑問。

「沒有。」

「在咱家鄉，像他年齡的小伙子早當爸爸了。」她的笑聲十分好聽。

「妳有孩子嗎？」

「托妳的福，我有小孫兒了。」她開懷大笑說：「若不是為了兒孫，誰願意離家千里遠。」

梅姊沉默不語。武勇的鼻頭莫名發酸。此刻屋內有三人，也一起吃飯和說笑，但不知為何，絲毫沒有「家」的溫馨感覺。

電視劇千篇一律的飛龍滿天飛，極度無聊；可是又不想躲在銀宮戲院的黑暗角落睡大頭覺。他向梅姊提議，想養一隻狗當寵物。

從到處遊逛的野狗群中，他相中黃白相間的土公狗小勇，長著一副垂頭縮脖子的膽小模樣。經一年的細心飼養，小勇依舊強壯不起來。只有聽見主人的機車回到家門口時，才會興奮活躍得像一隻公狗。

「狗比人忠心，不離不棄。」梅姊比任何人更疼愛牠。

陸姨留給牠的肉骨頭都是大塊大塊的，乾飯不添加菜汁，她說這樣子養才會健壯長壽。武勇撫摸著牠的短毛時，內心積滿的塵垢像給一陣大雨沖刷乾淨似地，變得清靜安祥；安閒中，沒有老爸的咆哮、梅姊的同情、他人的嘲弄和甩不掉的自卑。

炙夏烏雲密布的午後，灰暗的天空裡突然亮起一道閃光，接著是那好像要打碎萬物的一陣雷轟。那一聲聲像要把人全身骨骼都要震脫節的悶雷霹靂，讓躺在榻榻米上的武勇煩躁難安，全身血氣膨脹。狂風掃過，瞬間驟雨傾注而下。他知道再不解放，會發狂。

他脫掉上衣衝入雨幕，抬起頭來、張開嘴巴，等待這場夏日雷雨澆熄渾身的熊熊烈火。

「可憐的傢伙，讓我來幫你疏通疏通吧。」陸姨忽然站立在傾盆雨水中，薄衫裡的肉體淋濕透明。

他不知所措，呆愣著看她蹲下去，拉開他的褲襠拉鍊，驚覺下面開始有些反應，略回神，稍推拒說：「不要、不要……萬一被姊看見……。」

「沒關係的。我的工作就是服務你們全家。」

他不敢動，只喘著氣、等待著。

「甭想插進去，傻小子。摸得你舒服痛快，一次一百塊錢。」她溫暖豐潤的手握著褲襠裡的它。付一百塊錢？寶貝被摸爽一次，價值一百元，是嗎？瞬間，一股寒流貫穿全身凍得武勇莫名地用力推開她，轉身就跑。

拉住半脫的牛仔褲，從泥水橫流的院子跳上木板長廊時，撞見坐在輪椅的梅姊，他不敢看她。直到隔天早餐時分，都躲在臥室裡不敢出來。

「呆勇，我已叫她走了，沒事兒。」紙格門外，姊姊輕聲呼喚，「你該去送報紙了。」

武勇吃過早飯，在小勇的吠叫聲中出門。恢復送報紙、媽祖廟、銀宮戲院的規律生活，梅姊的看護人選也像廟口的紅黃綠燈一樣，遊走在菲、泰、印外傭之間。

父親同居的女人離去後，他怨嘆孤單寂寞，多次催促武勇搬回台北的老家。梅姊極度贊成，直說，是他該擔當起兒子的責任和義務的時候了。

責任是啥麼東西？需要花錢買嗎？也許，責任就像送報紙，清晨四點鐘起床，烈陽高照或刮風暴雨，甚至貓狗都不願出門的天寒地凍，都必須把報紙送到客戶的門口；否則，隔天的新聞報紙只能論斤回收，俗俗的賣。

打包行李時，允許讓小勇進入屋內，牠對行李箱很感興趣，還灑尿做記號。武勇問梅姊，「讓牠留下來？還是帶回台北？」

「土生土長，讓牠留下來。」梅姊略帶憂傷說：「牠十足像你，笨笨地活在自己的世界。想念你時，我會抱抱牠。」

抱抱？記憶裡，好像很少被擁抱過。老爸、梅姊、彪哥……還有幫他脫褲子的陸姨都是非常親近的人，但他們往往只站在遠處看著，沒人願意跨越無形的溝渠，來到他的田園種一株幼苗。

輕輕抱起身旁的小勇，武勇看著即將歸去的夕陽，黃昏的彩霞被後巷子新建的大批五樓公寓遮掩了一大半，只剩兩三紫色雲片高高地塗抹在藍天裡，大自然隨意的塗鴉深深吸引他注視良久。

算不清在這小鎮已度過了多少時日，對那燦爛的陽光剩下的最後一瞬，武勇依舊十分留戀。

老報童忐忑不安地離開了雲林土庫鎮，單獨回到台北的老家。很幸運地又找到送報的好差事。被他依賴了半輩子的老姊非常高興，來電話頻頻稱讚，經常被人取笑有輕微智障的小老弟即使走到台灣頭，一樣有本事能養活自己。

十一

初夏的太陽早早露臉，窗外飄進來淡薄的野薑花清香，這些綠草叢裡的白蝴蝶被大面積的種植在中強公園的四周，盛開時，把整個公園優雅地籠罩在它獨特的清新香氣裡，帶來安靜和愉悅的功效。大清早，武勇吃過燒餅油條後，正準備出門。

「阿珠在里民活動中心的階梯口等你。」老爸擋住他的去路笑說：「載她，騎車要小心。」

半疑地走到階梯口，他遇見了阿珠，也嚇了一大跳。

頭頂著蓬鬆鳥巢般的短亂髮，圓胖臉頰長著點點黑斑，兩顆微凸的黑痣增添了幾分歲月滄桑。一圈圓嫩白皙肉墩從雙下巴順溜過圓短的脖頸滑向豐滿的胸口，讓他想起陸姨惹人心動的潤白乳溝。罩著寬大灰色恤衫的身材一路粗壯到膝蓋，臭腳丫子穿著一雙深藍圓頭、後有空洞的布希鞋。眼前這一位中年歐巴桑，使他無法把她和記憶中浪漫苗條的青春少女連串在一起，根本是兩個完全不同的印模。

不，唯有一樣沒有改變的，是那直逼狠瞪過來的眼光，依舊充滿著大姊頭的霸氣。

她先開口：「泰伯伯有向你提過嗎？會不會增加你的麻煩？」

武勇仍無法確信眼前的胖女人是阿珠，沒有回答。

「不方便嗎？沒關係，我自己認得路。」

他回過神來，趕緊說：「不，不麻煩。妳這麼早就上工？」

「皇宮的清潔員分兩班制。我是新來的，被排在早班。」

「可是，我須先跑往派報社領報紙和廣告單，會不會耽誤？」

「我也送過報紙。」她斜瞄他一眼說，「有人幫你夾DM，不是會快一些嗎？」

那半脅迫、又半求助的熟悉眼神讓武勇看見了昔日的阿珠，是她沒錯。

兩人下了石階，默默走向機車。她用鞋頭踢一踢機車後輪胎，皺起眉頭問：「你、我，再加上報紙，跑得動嗎？」

「待會兒，先去加油站灌氣。」

「不。」她下達命令，「先載我去國王皇宮，你回頭再去報社。」

他不發一語像搖尾巴的忠狗小勇，聽話地啟動引擎，載著她，快速地橫跨101黃金分界線，從醜陋的山坡違建往華貴的信義豪宅區奔馳而去。

老機車上，武勇內心忐忑不安，更不敢哼聲，面對久別重逢又深感陌生的胖珠，不知為何，竟然有一股挺不直胸膛的自卑感。阿珠似乎也特意沉默，在窄狹的後座上努力地保持兩人肉體之間的些微距離。

「靠近一點吧，再往後，妳會跌下去。」他低聲說。

「嗯。」阿珠冷冷回應。

接近名人巷口時，武勇不得不把機車慢慢煞止下來，停在綠草盈盈的空地旁靜待阿珠自動下車。幾分鐘過後，發覺阿珠毫無動靜仍靜靜跨坐在後座，用複雜的眼光看著他，彷彿在往時光隧道裡尋找那記憶中的憨傻少年，跟眼前這個粗俗的中年男子到底有那些相似。

武勇被她看得有點難為情，搔著頭，自我嘲解說：「皇宮的警衛很嚴，不歡迎我這副德行。」

「嗯，看起來……超級像罪犯。」阿珠開起玩笑，逗得武勇哈哈大笑。

「好久沒聯絡了。」他努力找話講。

「是，想不到你仍是單身漢。」

「找不到妳，所以單身到現在。」武勇很驚訝自己竟說出電視劇裡的蠢話，有些懊惱。

阿珠很滿意的點點頭說：「你進步了。」

跨下機車後座，她道謝後轉身走向皇宮。看著她離去的背影，那渾圓的臀部有節奏的擺動把女人成熟的魅力散發無遺，讓武勇看傻了。

重逢竟似初相識，歲月有時候是情感的潤滑劑，讓兩個中年男女在彼此的探索中，看到夏日浪漫的陽光。

隔日，天色未亮，武勇已摸黑先奔往吳興街的派報社。

主任很驚訝說：「哇，太陽從西邊跳出來了，最慢速的烏龜變成小白兔了。週六的廣告單特別多，不要少漏。」

武勇自顧忙著夾報，沒回答。

「小牛今天有事，沒空去定點舉牌。你要不要多賺點兒外快？」他問。

「不。我等一下還要去載人。」阿珠的圓臉彷彿在眼前晃蕩，他搖頭拒絕，「今天沒空兒賺外快。」

主任哼了一聲：「王老五，一人飽、全家飽。沒法度。」

載滿報紙和廣告傳單，他再度騎上機車。仲夏的黎晨，亮得透明般的藍空浮泛出幾朵溫軟的白雲。太陽露臉不久，氣溫即快速爬升，日光已焰焰地似在發威。他汗流滿面，身上的衣衫都濕透了。

武勇儘快騎回中強公園，常綠的樹叢旁，阿珠已在等候。

「以為你不想載我了。」她有些不高興。

「我摸黑出門，先去報社領報紙，免得晚到被主任碎碎念。」他笑說，「妳生氣了。」

阿珠避開他的注視，遞過來一個小環保紙袋，說：「喂，你的早餐。」

「我老爸有準備。」

「那就當點心吃吧，人家可是一大早起來做的，外邊花錢買不到。」

他聽話地點點頭，她才滿意地笑著跨上機車的後座。突然劇增的重量讓老摩托車幾乎跑不動，引擎嘎嘎叫了好幾聲、壓得半扁的輪胎掙扎許久，才勉強往前移動。

「機車太老舊了，該換一台新的。」她建議。

「這一輛……我老爸原本想報廢的。」雖有些難為情，但他實話實說，「新機車肯定要花很多錢，工資減減扣扣剩下得不多，等存夠了再說吧。」

離開中強公園，右轉來到信義路的大十字路口，正逢綠燈。他猛加油門，內心祈禱著，請再多給個十秒鐘讓我衝過１０１前面的黃金分界線，因為已隱隱感覺褲襠下的可憐機車慨慨地快熄火了。說來遲，狡猾的黃燈不顧他的提心吊膽，赫然轉為紅燈。機車瞬間熄火，把他、阿珠和沉甸甸的報紙卡在大馬路的中央。

「快下來推車呀，還愣著啥？呆勇。」阿珠大聲吼叫。

「不要叫我呆勇！」他莫名生氣起來，「妳憑啥學我爸嘲笑我？」

她稍愣一下，隨即罵得更凶：「你若想被撞死在這裡，我可不奉陪。」

兩邊的車輛大隊開始發飆，轟隆隆地朝他倆漸漸逼近。武勇趕緊跨下機車，抓緊左右把手竭盡力氣往前推，眼角瞄到阿珠也在機車後面，俯身用力的幫忙推動。幾秒鐘後，爛機車終於安全抵達黃金分界線的另一邊。

汗流浹背、氣喘吁吁的當下，武勇首次體驗著與同伴一起完成艱難工作的深切感動，沒有孤獨、沒有被排斥。他情不自禁傻愣愣的看著她。

她也看著他，欲語又止，嘆口氣、擺擺手，轉身獨自走向國王皇宮幽靜的巷道。武勇沒有追上去，送報的時間已經延遲許多了。

送完報紙，回到家裡已過了午餐時間。老爸端來一碗冰涼的綠豆湯問：「怎麼啦，發生啥事？聽老陳說，看見一個胖女人幫你在101大馬路口推車子。」

「是阿珠。機車太老舊了，該換一台新的。」

「等你存夠了錢，再說吧。」想不到老爸居然重複他說過的話。老爸走進自己的房間，出來時，手裡拿著一個他未曾看過的東西，豔紅但有點褪色的小袋子。

從小袋子裡頭，老爹掏出一對沉甸甸、赤黃色的金手鐲，模樣有些像圈套在孫悟空腦袋上的緊箍兒。他呆看了半天，嘆口氣：「空勇，你再不娶媳婦兒，這一對黃金手鐲要生鏽了。」

「你買的？」

「你滿週歲時，你媽媽為未來的媳婦準備的。」

「黃金生鏽是啥顏色？像年糕發霉的草綠色嗎？」武勇認真地嗅聞著手鐲，好像沒什奇怪的味道。

老爸抹抹濕潤的眼角，搖頭沒有回答，又默默地將兩隻金手鐲放回喜紅的小繡花錦緞袋子裡頭。

不知為何整個下午，武勇的腦袋裡一直想著那對金手鐲。摸摸褲袋內剛發的工資，又想到老舊機車，總覺得應該作些啥事才對，可是又不知道，有哪些事可以做？

推著老機車來到公園旁的機車行。熟悉的店老闆用鞋頭踢踢後輪胎，巴結笑說：「我幫你報廢回收，買新機車，特價再減三千元。如何？」

他訕然回答：「今天……想換個耐重壓的後輪胎就好。」

老闆嘿嘿酸笑補上一句：「耐壓、耐磨，全新又便宜。」

黃昏時分，烘紅的落日抹去餘留的彩霞，炭烤似的馬路才稍微降溫，他騎著換了新輪胎的老機車往國王皇宮飛馳而去。來到巷子口，熄火停車，漫步走近皇宮雄偉的大門。正門前的花崗石拼花地板似乎剛刷洗過，光亮得好像一面鏡子倒映出天花板掛燈金黃華麗的光暈。

武勇不敢靠近，那一圈圈耀眼的光暈足以照亮衣衫上散發汗臭的黑灰斑點。老爸嫌斑點太多難洗乾淨，故意戲稱它「１０１老報童的制服」。該死，竟然忘了換一件像樣的衣服來接阿珠下班。

「你幹嘛？在門口鬼鬼祟祟的。」小周比手畫腳地催他離開。

「我找阿珠，她是這裡的女清潔工。」

「到後門旁邊的垃圾收集區去等人吧。真是頭殼壞了。」他不耐煩的揮手驅趕人。

皇宮的廢棄垃圾跟中強公園的有機堆肥同樣有著濃濃的廚餘臭味，聞久了，讓人發昏作嘔。幸好不一會兒，阿珠從後門走出來。全身墨藍色的長袖制服，襯得胸口那一抹潤白更顯眼，讓人連想起動物園裡台灣熊特有的標誌。

「我來接妳下班。」他搶先討好。

阿珠睜大眼睛，從那漾動的眼波中，他似乎看到多年前緬懷的青春柔情。「機車修理好了。對不起，早上……」

「沒事。可否先載我去信義國中，我兒子有事。」

「多大了？」

「十五歲。一隻噴火龍。」

跟女友談論她的兒子，感覺很奇怪，他仍忍不住提起舊事：「還記得嗎？我也是十五歲被踢出信義國中的。」

「是嗎？當時你犯了啥事？」

原來，深埋心底念念難忘的親吻往事，已如夕陽留下的最後一片雲霞黯淡消逝得無影無蹤。他轉移話題說：「機車停在巷口，保全不讓騎過來。」

「待會兒，大人物的車隊就要回來了。」

「大人物？」他心頭猛跳一下，「妳見過他嗎？」

「在大廳擦玻璃時看過。」

「他長得怎樣？」

「哇，是帥哥。」她春風滿面說，「中年男人，戴眼鏡，黑頭髮油亮油亮的，分邊梳得伏伏貼貼，大概抹了不少油。」

「他也看到妳了？」他的喉頭莫名發酸。

「肖想。若是能瞄我一眼……就萬歲了。」阿珠瞬間像個小女孩，嬌笑說：「伊……總是笑迷迷的，看起來斯文親切。他當立委時，我就投票給他了。」

「妳喜歡他？」他有些不高興。

阿珠停住腳步，叉腰瞪眼說：「你吃錯藥了嗎？他是皇宮裡的國王，全台灣最高尚的大人物。」

「妳小時候一直想嫁給國王，不是嗎？」

她舉手一巴掌揮向武勇。他頓覺像是被老爸打到一樣，很痛。

「死呆勇，沒救。」她咬牙切齒，用國台語飆罵，「取笑我這種衰尾查某來表現自己很猛，是嗎？……卑鄙小人。」

「不，妳能在皇宮裡工作，一點兒都不衰。」他訕訕然說，「送了兩年的報紙，我連它的大門都沒摸過呢。」

「龜笑鱉沒尾，你我半斤八兩，用不著酸我。」她越說越氣憤，衣領裡的兩個圓球隨著情緒起伏不定，富有彈性。

他撫著挨揍的臉頰，只好道歉：「對不起，我大概真的沒救。」

這時，瞧見警車大隊駛近，並堵住巷道的兩端。兩輛黑得發亮的大轎車慢慢靠近國王皇宮。「終於要看到大人物了。」武勇興奮得心頭噗跳不已，不加思索地拉起阿珠的手，跑到路旁想看個究竟。料想不到，兩輛黑轎車直接開進皇宮的地下停車場，坡道旁的黑衣守衛們還東張西望，一副深嚴警戒的模樣。

「他有啥好看的。」阿珠撫順著自己的短髮，似乎不怎麼在乎大人物。

「大人物怎不走大門回家呢？」

「有一天，你當了大人物，再風風光光的走進大門吧。」阿珠拍拍他的手背說，「學校的老師在等我，你的機車OK嗎？」

老舊機車停放在巷口的寬闊空地旁邊，新換的後輪胎溝槽紋路顯明、漆黑結實，他滿意得很，拍拍後座說：「我的雖然只有兩個輪子，一樣安全地把妳送到信義國中。」

她撇嘴微笑，跨上機車的後座。

阿珠圓滾的手臂輕輕圈住他微凸的腹肚，手指頭不安分地在上面忽快忽慢的彈跳畫圈，弄得人心癢癢，呼吸急促起來。後座坐著女人的感覺真奇妙，像買樂透、幻想中大獎的一股閃電快感貫穿全身細胞，心跳莫名其妙地加快。

薄暮中，夜的黑翼慢慢張開，信義商圈燦爛的燈火早已交織編串成一片亮堂堂的世界。橫過黃金分界線時，他愉快的吹起口哨，像是喝光一大瓶高粱酒似地全身輕飄飄，可以飛上１０１頭頂的那一支。聽老爸唬爛，那裡有個大陀螺保護著１０１永遠不會震垮。

「今晚有空嗎？」他試探地問。

「想把我？」背後傳來哈哈開朗笑聲，「心裡很樂意，但恐怕沒那個福分。」

「為啥？」

「那隻噴火龍不知又惹出啥災禍來？真頭痛。」她的頭倚靠在他的背後，溫溫熱熱的，「晚上，我還要去饒河街幫朋友擺地攤，多少賺些生活費。」

被她拒絕，有些失望。他猶在留戀背後飄過來的髮香時，機車已騎近信義國中。目送她圓胖的背影進入校門，他霍然驚覺自己離開這所學校已二十餘年了，僕僕風塵的歲月醒來，竟只留下一片空漠無痕的灰白記憶。這般無法言喻的失落冷寂，回到家裡，看到老爸烹煮的香辣牛肉和開胃的野蛤竹筍湯，竟挑不起一點兒食慾來。

老爸斜瞄他兩眼，不說話自顧看著電視。氣象預報員不停提醒，今晚氣溫因秋颱環流的影響將遽然降溫。沖過澡後，他想出門溜達溜達去。老爸丟過來一件薄棉背心，陳舊得可以塞進擺在公園門口的舊衣物回收櫃。

「穿這麼多年了，還捨不得丟？」武勇不屑地把它擲回藤椅上。

「帶著吧，是你媽的針線，我穿慣了，捨不得丟。」

手拎著舊背心，他獨自走上聖母宮後山坡近日違建搭的喫茶棚。白天裡，棚子有賣茶點、咖啡和養生簡餐，生意不錯。老爸很羨慕，後悔應該早想到這一招都市人喜愛的好點子，尤其有廟神當擋箭牌，沒人敢拆動一根寒毛。

坐在高處的石階上，武勇遠眺著101黃金分界線另一邊燈光燦爛的夜世界。公園對面的國王皇宮頂層樓的投射光暈，像極了母親遺留給他娶媳婦的黃橙橙純金手鐲，散發出溫馨濃膩的思念情懷。

記憶經不起歲月沖刷，母親的模樣已經愈來愈模糊，僅剩下一幕情境，至今仍緊緊釘在他生鏽的腦袋中。

十二

那一年仲夏，父親騎著腳踏車載他和媽媽，前往軍中同袍的大果園作客。顛簸的爬坡山路震得他的小屁股麻痛，忍不住哭喊叫疼。

爸爸停下來，繃緊臉問：「去？或不去？再哭一聲，馬上回家！」

吵鬧回家會更可怕，肯定逃不掉一頓痛打。他忍耐，又忍耐著，頻頻轉過頭來，想向腳踏車後座的媽媽求救，父親碩壯的身軀卻擋在中間。母愛的電波經常被這堵高牆有意無意地阻隔著，而無法穿透傳遞。

父親滿頭是汗，汗珠子滴到兒子的腦袋是溫熱的，他伸手去擦拭。忽然，感覺有個東西蓋住他的光頭，原來是老爸草綠色的軍帽。罩在帽影子裡的他，不再哭鬧，反而覺得好威風。

不知過了多久，越過了一個小山丘後，眼前遽然一亮。路旁沉靜的茂葉果園裡的龍眼樹，一棵棵正散發出炙熱發燙的歡樂，在正午的烈日下編織成一個甜蜜的夢境。

興奮不已的武勇被老爸抓下車後，像一隻小獮猴快手快腳地攀爬上大樹，先撿起掉落在屋頂瓦片間的龍眼吃了起來，發現果殼裡面大都已長出蠕動的白蛆。剝了許多顆後，方才領悟到，呆放著樹枝上新鮮的不吃，讓胃腸盡裝些蟲蟲吃剩的發爛果肉，好像有點兒愚笨。

我剝，我吃，我哈哈哈。

盤坐在樹上，等到嘴巴和口袋裡都塞滿大顆龍眼後，忽然惶恐驚覺，要安全落地不是六歲孩童能輕易做得到的，不禁無助的大哭起來。

瘦小的母親伸出手想抱他，卻被老爸高聲制止。

他吼叫：「猴腮子，上得去、就下得來，像個男子漢，自己爬下來！」

一向不敢對丈夫吭聲的母親，突然奮勇地推開他，幾次用力彈跳後，終於抓著武勇的小腿，孩子像直線落地的大石頭重重地摔進她的懷抱。纖細瘦弱的手臂圈圍成的懷抱，溫暖安全、堅固無比，是對母愛僅存的記憶。在回憶時，似乎尚可得一絲空幻的慰藉。

習習秋風微帶涼意，武勇套上老爸的薄棉背心，感覺好像被慈母緊緊擁抱的溫暖，好懷念。這時，天空飄起毛毛細雨，迷惘在拼貼的往事記憶中的他聽得草叢裡沙沙作響，似乎有東西在移動。這才想起幾天前，老爸說過，市政府偏愛中強公園，除了廣泛種植樹木、建造生態池，又要增闢幾座公園連串成一條綠色走廊。他抬頭遠眺崇高尊貴的國王皇宮，不知大人物有否常在陽台上欣賞這一片翠綠的美景呢？

「約會阿珠的事，明天再傷腦筋吧。」眼皮漸感沉重，他不得不走回家。

屋子內，老爹正盯著電視裡一位戴眼鏡的中年男子，莫名奇妙地吼出一句：「他媽的，關得好！」

「啥事？」

「大人物被判刑，糟糕，你姊姊押錯寶了。」
聽見梅姊有事，他立即緊張起來：「姊認識大人物？」
老爸一臉狐疑問：「難道你沒投票給大人物？」
「沒有。」
「那她怎麼可能放過你？」
他努力的回想那段過程，回答：「姊說，怕我萬一看錯人頭、蓋錯章，那比投廢票更糟糕；所以，我從來沒有投過票。」
「這樣也好，我這輩子已受夠了政鬥。」老爸嘆氣說，「當年你姊拚命對我洗腦，後來我也滿欣賞大人物。一個窮小子有膽量對抗鐵槍頭，憑這點，我就投給他。」
他不懂老爸又在嘮叨啥事，敷衍說：「你每天在公園散步，抬起頭，說不定就可以看見他，挺不錯啦。」
不知為何，老爸突然飆罵起來：「可惡，被騙了。我一輩子都在吃鱉……受騙。」
好沒趣的老頭子，不理他。一陣陣涼風由紗窗吹進來，令煩熱的心情感到清爽舒暢。武勇走進狹霉的小房間，尋找甜夢去了。
隔日，天剛破曉，武勇快速先奔往派報社裝載報紙，再騎回公園等候阿珠。今天，她畫了妝，又塗上口紅，抹去不少歲月的痕跡。他聞到蘋果全然熟透的香醇氣味，卻沒有強烈衝動，那是一股暖撫心頭的濃濃溫馨。
兩人坐上機車後，他試探問：「晚上……有空嗎？」
「做啥？」

「今天發工資，晚上請妳吃31冰淇淋。」想一想，他趕緊補上一句，「妳兒子也一起去。」

她嫣然一笑：「單我們兩個就好，不要帶上噴火龍，太吵了。」想不到，她爽快地答應了。

疏朗的晴空無雲，黎晨溫暖的陽光裡，摻著初秋微帶清冽的薰風，輕微飄浮著七里香淡淡的花香。武勇心情愉悅的載著阿珠和報紙離開中強公園，即將展開美好的一天。

老機車騎到１０１信義十字路口，瞧見標示燈的小綠人開始在閃動。後座的阿珠緊張問：「快要變黃燈了，摩托車過得去嗎？」

「試試看。」他被感染得也開始緊張，沒有把握。

來到１０１黃金分界線的中央，加足油門想衝過去。年邁的引擎拉不動可憐的破機車，要死不活的呼吼掙扎著。武勇趕緊放下雙腳學起生態池裡的水鴨划呀划的，用盡全力把機車緩慢的滑向馬路的另一端。安全靠路邊時，阿珠突然莫名的哈哈大笑，笑到眼角掛上淚珠。

「阿勇，你的機車很有智慧，二者選一。載我、就不能載報紙，強烈抗議過重跑不動。」

「妳說得對。換了輪胎也沒有用。」他壓抑住怒氣，勉強擠出笑容。

「謝啦。你趕緊去送報吧。」她離去時，揮揮手說，「不必來接我，晚上見。」

他目送她快步離開，同時也看見黑色轎車車隊鑽出巷子口。站在路邊的阿珠向黑轎車搖手示意，臉龐笑得像一朵盛開的牽牛花，那纏繞性特強的藤本小東西，在中強公園到處可見。

難道她遇見了城堡裡的國王？不，大有可能是皇宮裡的大人物。一百個可能像連環炮槍槍擊中武勇，他的腦海一片空白。凡事有了隔閡，就有了痛苦。不知道自己站在１０１的腳下呆愣了多久，直到交通警察對他猛吹警哨，才回過神來。

送完報紙，回到派報社，主任劈頭就罵：「客戶紛紛來電話抱怨，你最近經常遲送報紙，不改進的話，以後就不必再送了。」

「唉，破機車老是出問題。沒法度。」他低下頭，裝出可憐相。

「存錢換一輛新的，不容易吧。」主任態度軟化了，同情地說，「一個月20K都不到……。」

領了半個月的工資，武勇快速離開。回家前，花了一百元理髮，又買雙新襪子才不會臭腳。吃過晚餐，全身仔細的洗乾淨，緊盯著時鐘，耐心的等待太陽快快下山。

皎潔碧清的夜空掛著一彎弦月，都市燦爛的燈火都化成亮晶晶的星星環繞著信義商圈，秋高氣爽約會的好季節。他牽著她粗糙的胖潤手，散步在連接各百貨公司的長廊空橋上。

回首遠眺國王皇宮，它花崗岩外牆的柔黃照射燈謙虛地隱蔽了白天強勢的貴氣，在商圈光輝奪目的夜色中，像一隻高度警戒的神祕花豹用迷彩皮毛保護著自己，穩重沉著、毫不醒目。

「你每天看它，不膩呀？」阿珠笑問。

「我沒有進去過，很好奇想看看是誰住在皇宮裡？」

阿珠不屑的撇嘴冷哼：「不必好奇。那裡人人都是一個鼻子、兩顆眼睛。該哭的時候，跟你我一樣，眼淚滴滴地流。」

他十分驚訝問：「誰哭了？」

「皇后哭了。」

「妳看過他太太？」

「見過。今天一大早，她搭黑轎車出門，在巷口還和我招手。」

他豁然釋懷，心情輕鬆起來：「她長得怎樣？」

「年輕時，肯定是大美人。整容後，像一尊洋娃娃。」

他好奇問：「整容是啥？像手術開刀嗎？」

「很難跟你說清楚……嗯，就像你的機車引擎老了，就是老了，拉皮、換輪胎，整修得金光閃閃都無法變回年輕。」

武勇有些明白了：「是呀，我本以為換個新輪胎就萬事OK了。」

阿珠拉起他的手說：「咱們不談這些了，去吃冰淇淋。」

兩人來到百貨公司美食街的冰淇淋專櫃，他輕鬆問：「妳要一顆，還是兩顆？」

「你呢？」

剛抬起頭看到可怕的價格表，武勇緊張得嚥下口水，悻悻然說：「你吃冰淇淋，我吃隔壁攤的豆花就好。」

阿珠稍愣一下，隨即欣然改口：「咱們去吳興街吃那家百年豆花吧。」

武勇趕緊從口袋裡掏出「阿花豆花店」的集點卡，三十元一碗得一點，集滿十點即可免費送一碗。

阿珠用奇怪又難解的眼光看著他，接著一陣哈哈大笑，笑到彎腰流眼淚。

他有點兒生氣，悶悶地把集點卡放回口袋。

「阿勇，別誤會。」她的笑容遽然消失，眼淚收不住地潺潺流下來，「你讓我想起……那個死沒良心的人，卡債加上爛賭，有一日、沒一日，無路可走，放任著我母子倆自生自滅，最後只好……離了。」

「離」是什麼東西？是圓的？還是扁的？或許，就像離開梅姊和土庫鎮，心情難過又時常懷念，但內心清楚，再也回不去了。

小時候，凶巴巴的她對他總是不屑瞧一眼；今天，他仍沒有南瓜馬車，也沒開過四輪轎車；但是至少，從兩輪的腳踏車升級到摩托車，速度快很多了。她的國王呢？是不是因賣掉拉動馬車的馬匹隊，所以需要「離」。

像打開水龍頭似的滾滾淚珠弄糊了她的粉妝，她用顫抖的雙手掩住嘴巴怕哭出聲音來，又像被食物嗆到似地劇烈咳嗽得快嘔吐，強悍的阿珠不見了。

身旁路過的遊客們，有人好奇的看著他倆。武勇趕緊別過臉去，隨意地看著遠方。原來「離」比想像中的難過更加難過，彷彿是一團亂繩纏住脖子，找繩頭時，若不小心會勒死自己。

「別哭，還是去吃冰淇淋吧。」他摸摸小皮夾，咬緊牙關。

她搖頭，緊緊拉住他的手，一語不發地又走回空橋。

國王皇宮依舊矗立在不遠處，淡淡暈黃的燈光善意地提醒他：你的世界應該是在101黃金分界線的另一邊，那裡雖不是億萬金城，但豆花一碗便宜得多很多。

軟綿綿的豆花加了濃醇的黑糖水、花生仁和大紅豆，滑嫩又可口，甜滋滋的味道突然又勾起對龍眼香甜的懷念。無意中，武勇瞄到隔壁的水果攤有一顆顆黃褐色剪來散賣的龍眼，興起念頭，想買一些給老爸嘗鮮。

「不要買過時節的水果。」阿珠阻止說，「有些東西外表好看，其實裡面早已爛得長蟲了。讓人丟不得、又吃不得。」不知為何，說著說著又流下淚來。

今晚的阿珠好像特別愛哭，淚水和不斷地擦拭，假睫毛早已不知去向，讓臉上細緻的粉妝完全變了樣，脆弱的女人更惹人疼惜。武勇緊緊牽住她的胖手，溫溫熱熱的，暖和到內心深處。

吃過美而廉的豆花，女店員提醒，集點卡已蓋滿十格了。武勇把免費贈送的一碗遞給阿珠，說：

「給妳家的噴火龍吃。」

「不，給你家老爺爺，豆花最適合老年人。小傢伙喜歡冰淇淋，不必管他。」

「妳兒子長得帥又高，也很會玩撲克牌。」

阿珠驚訝得睜大眼睛，神情非常緊張問：「你看過他……玩賭？」

「表演而已。」他故意淡化，「技術普普通通，沒啥麼。」

「學他老爸……壞榜樣。」阿珠淒然輕嘆，「有機會，請幫我管教管教他。勇哥……」

有生以來，第一次聽到被別人尊稱一聲『勇哥』，武勇心裡的空洞宛如被灌進滿滿的一桶糖蜜，濃稠得化不開。他傻傻地呆看著阿珠，好希望時間就此打住，不要溜走。燈光下的阿珠用鑲玻璃鑽的黑長髮夾俐落的攏住短髮，露出光潔滑潤的圓月臉蛋，眼睛深處彷彿藏著一曲等待合音的歌。真美……好美。

被注視得略顯嬌羞的阿珠突改變話題說：「這條路口有一家摩托車店，我們去看看。」

「妳想騎機車上班？」

「看了再說。」

機車行老闆開價六萬多元，拿給一堆資料，又滔滔不絕的講個沒完。武勇不吭一聲轉身默默走開。從吳興街遠遠望向101超高大樓，感覺距離雖近，卻是遙不可及。

……幻想著，騎著嶄新的光陽125機車，後座載著十八歲的阿珠奔馳在浪漫的海邊公路上，兩人享受青春快樂，那是帥哥郭富城的專利，怎麼可能輪到自己？就像冰淇淋跟豆花，前者用眼睛吃，後者吃飽飽還可多得免費的一碗。

他悶悶的獨自走離熱鬧的吳興街轉入小巷子時，才聽見阿珠匆匆趕過來的腳步聲。「你看怎麼樣？」她高興地問。

「車子很棒。」

「買了它。」

面對無能為力的難題時，他習慣報以尷尬的憨笑，垂低頭看著地面走路，來豎起一道無形的保護牆。躲藏在牆內，靜待別人去解決問題。

她拉住他說：「我貼你兩萬元，換一輛新的。」

「用妳的錢，沒意思。」

「就當我繳交通費給你，有何不可？」

兩萬元和六萬元的差距對他而言，同樣遙不可及。他加快腳步，希望阿珠不要再追問不敢碰觸的難題。

飄來清淡的桂花香氣，中強公園就在眼前。今晚，精力充沛的青蛙又開始齊唱求偶之歌，連溪溝裡的淙淙流水也化成朗朗的笑聲。沒有月光，街燈朦朧下的阿珠，此刻異常安靜。武勇停下來，好奇的看著童年的玩伴，發現微笑不說話的她，不肥胖也不粗魯，圓圓的大眼睛中閃爍著熒熒的光芒，彷彿點燃了一把火徐徐燒向他。

他頓然領悟出老爸多次強調「好好把握機會」的用意。

「在你心中，我只是個……沒意思嗎？」她淡然一笑，自言自語，「或許，是我自己一頭熱，沒事兒。」她輕輕放開他的手。

深怕她生氣，武勇嘗試找出一個自認為不錯的點子說：「我早上送報紙，傍晚接妳下班，這樣子可以嗎？」

「不要累壞那台可憐的爺爺機車，它是你的雙腳。我可以自己上下班，不必麻煩。」她冷冷拒絕。

公園裡，仍有不少人快走慢跑在作夜間運動。涼亭內，有一對年輕男女倚著亭柱緊緊擁抱，熱吻得不可開交。阿珠看見了，似乎略微驚訝，即快步走開。措手無策的他跟隨她的後頭，順著里民活動中心旁的石階，兩人默默走回家。

送她到張大媽家的門口，很想重惹舊事端，親親那兩片桃紅誘人的嘴脣，即使再次挨揍、被打死都值得；但不知為何，武勇並沒有任何行動，或許，歲月在他的腦子裡偷偷的加了一把鎖。

回到家，出乎意料，小小一碗甜豆花居然讓老爸眉開眼笑說：「你這傻子終於懂得孝敬老子了。」兒子忍不住說出心中的大事：「我想換一輛新機車，但錢不夠。」

老爹猛然吞下嘴裡滿滿的糖水，大吼：「怎麼啦，想挖我的棺材本呀？」

「我想不出好辦法來。」知道再說下去可能會挨揍，他認輸說：「算了，除了梅姊，誰會理我。」

「不要再去吵你姊姊，讓她輕鬆過日子。」老爸緊皺眉頭說：「大人物倒了，一群猢猻也該散了。」

他不懂老頭子在胡說些啥麼，也沒聽說過大人物喜歡養啥寵物。梅姊的寵物是忠狗小勇，日夜盡職的陪伴著她。

夜未深，可是他覺得疲累極了。

躺在冷硬的單人木床上，半夜聽見窗外滴答的雨聲，輾轉反側無法入眠。阿珠、機車、國王皇宮和１０１堅挺的那一支，每個影像輪流占據著腦海，像暗夜裡擾人的黑斑蚊叮得痛癢又揮之不去。

他兩眼呆瞪著發霉的天花板，第一次深深感受到黑夜漫長無盡頭，苦苦等待天明亮。

……一陣猛烈敲門聲吵醒他。「空勇，睡死啦。」老爸的吼叫聲，「早報快變成晚報了。」

報紙？報紙呢？武勇迷迷糊糊地起身坐在木床上好一會兒，弄不清楚此刻是早上、還是夜晚。一個強烈念頭像窗外豁亮的陽光剎那間喚醒他。二者選一，老機車載報紙就不能載阿珠；報紙是飯碗，阿珠是女友。

他呆愣地看著耀眼的陽光透過窗戶玻璃斜斜照在房門的把手上，彷彿替把手鑲上一道發光的金邊，那閃閃金光猛然衝擊著心房。瞬間，讓頭腦清醒過來，活力貫穿全身。

武勇飛快地衝進客廳，瞧見老爸正看著電視、啃饅頭和喝豆漿。他往旁邊坐下，開口問：「賣了老媽的金手鐲，足夠買新的機車嗎？」

「說啥？你還沒睡醒麼。」

「我想賣掉金手鐲，買新機車。」

「瘋了！那是你娶媳婦兒的本錢呢。」老爸狂叫起來。

「有了新機車可以同時載阿珠和送報紙。另外，我想……兼差快遞和宅配，多賺一些錢。」

老爹愣住半天，突然哈哈大笑：「終於開竅了，你這傻子終於想通了。」捏著半個饅頭的手竟無法自抑的抖動起來。

「空勇，我終於可以走了。」老爸抱住他，哭起來。

他不想跟老父提起阿珠想添補兩萬塊錢的事，那是他倆之間的重大祕密。但很奇怪，老爹居然老淚抹不乾，彷彿中了大樂透頭獎。

送完報紙後，武勇忍不住又騎往吳興街，想多瞄幾眼新機車豪邁的雄姿過過乾癮。機車行老闆親切問：「你太太怎麼沒來？」

武勇咿唔啊地不知道該怎回答。中年老闆像老朋友般拍拍他的肩膀，笑說：「帶她來準沒錯，福氣啦。」

機車行的店門口有一棵栽種在破瓦盆的九重葛，桃紅花朵開得比綠葉子多，遠遠看像一株花團錦簇的櫻花樹。武勇不禁稱讚。

老闆得意洋洋說：「這可是我的搖錢樹，花盛開，生意就旺旺來。」又好意的剪下一支大分枝給武勇，接著頻頻教導如何種植，看他有聽沒懂，最後皺著八字眉說：「總之，就像娶某那麼簡單，只要有土，插下去，就能活。」

武勇一手拿著九重葛樹枝，一手撫摸著新機車的把手，心房蹦蹦跳，對自己許下諾言：「即使花費一輩子的時間也要把它騎回家。」

午餐時分，武勇回到家，看到老爸目不轉睛盯著電視，臉色十分沉重。他趕緊湊近小螢幕，在混亂的人群中，竟然看見阿珠的圓胖臉。她東張西望的茫然表情竟成了可笑的特寫鏡頭。

女記者不斷問她：「妳是來看熱鬧的嗎？請問有什麼感想？」又有男記者把麥克風擋在她的面前問：「妳可否告訴一下，裡面目前的狀況嗎？」

鏡頭裡，突然出現守衛小周在推擠身穿制服的阿珠，粗暴喊叫：「她只是個清潔工，不要亂講話。」驚恐的阿珠拚命搖手搖頭，慌張失措地快閃躲開，從晃動的鏡頭中，消失不見了。

「大人物的皇宮裡發生啥大事，遭小偷嗎？」武勇極度緊張問老爸。

「呸，養大老鼠咬米袋。」

他再追問：「皇宮裡有賊，關阿珠啥屁事？」

老爸悶聲不理會，只自顧猛抽菸。

「我馬上去找她。」武勇伸手要拿掛在牆壁上的機車鑰匙，卻馬上被老爸搶走。

「大人物的事輪不到你插手。」老爸冷哼說：「多少人等著看他的笑話哪。」

「阿珠呢？」

「以她的噸位，沒人敢惹。你放心。」老爸把機車鑰匙放入口袋說：「我去吳興街的銀樓，估價那對金手鐲值多少錢？」

武勇把電視頻道轉來轉去，尋找有阿珠鏡頭的新聞節目，心急問：「怎麼沒有大人物的消息呢？皇宮到底發生啥事？」

「去睡午覺。」老爸板起慣有的不耐煩面孔說：「傻子，沒法跟你說清楚。」

聽見屋外機車噗噗噗聲遠離去，老爸肯定騎走了。武勇坐也不是，躺也不是。屋內光線漸漸陰暗，他漫無目的地走出家門，站在石階上張望。福德神廟前的老榕樹下，聚集著幾位老爸熟識的老友悠閒自在地下棋品茶，過著水底般沉靜的生活。他突然很羨慕他們整天在吃飽睡覺的平淡日子裡悠遊過活。此刻，101、國王皇宮和山坡違建屋似乎都沒啥麼差別。

正想著，無意中，瞧見阿珠出現在中強公園的入口，神情彷彿十分疲憊。武勇急忙跑下里民活動中心的階梯，匆匆飛奔向她，忍不住問：「今天提早下班嗎？國王皇宮那邊……有危險？」

「什麼危險？」

「有警察嗎？」

她想了想，點頭：「有，還搬走了許多紙箱。」

他頓然有些明白了，「原來……大人物要搬家。」

「搬家？」阿珠皺起眉頭，有些困惑，「他想開溜麼？不，大人物大概不會這樣做，那麼多隻眼睛在看著他。」

「妳被嚇到了吧？我在電視裡看到妳。」

阿珠滿臉愁雲，緊張的說：「公司的經理抱怨我不應該上鏡頭曝光，怕會影響清潔公司的信譽。我從來沒碰過那種場面，不是故意的。」

武勇握住她溫潤的手，安慰說：「他搬家當然是大事情，放心，沒有人會注意到妳的。」心裡的疑惑有了答案，即可以放心安排約會，今晚的信義商圈會更美。

隔日清晨，天空時晴時陰，樹林裡瀰漫著風雨欲來的潮濕氣味。窗外，喜愛高踞枝頭的白頭翁「巧克力、巧克力」的嘹亮鳴叫，偶爾轉唱成「對啾啾對、對啾啾對」的求愛情歌。以前嫌它們吵，常常噓聲驅趕轟走，此刻卻覺得悅耳好聽，希望隔壁的阿珠也喜愛這天然的音樂鬧鐘。

盥洗後，武勇穿好半截的雨衣和休閒短褲準備出門時，忽然傳來敲門的聲音，是隔壁張大媽過來傳話。早上不必載送阿珠，她需要先去信義國中。上星期五，噴火龍在學校打群架、闖了禍，學校將對他作適當的處置。

剛走出家門，竟然下起傾盆大雨。武勇按照往常的送報路線，騎著老舊機車橫過101黃金分界線直奔國王皇宮。路過國小學校旁的綠油油大菜園時，被老爸的好友陳伯叫住：「阿勇，今天那條巷子都是車子和記者。你過去，怕會惹麻煩。」

「我不怕麻煩。」

陳伯不再言語，拋給他一顆翠綠肥美的高麗菜。

接近國王皇宮的巷道，武勇老遠地看見雄偉的大宅門前，有多輛警車亮著旋轉的紅燈，幾台頂著灰白大盤子的電視車和惹人注目的警察重型摩托車。濕漉漉的路面上，人群和車子吵雜混亂成一團。圓炮筒的大型黑色高架攝影機霸道地一字排開，全部對準高挑華麗又璀璨的大門口，像一群灰狼陰森森地等待獵物出現。

他愣住了良久，內心惶恐掙扎著，該不該走過去？會不會發生可怕的事情？這張胖臉會不會像阿珠一樣跑進電視螢幕內？自幼害怕被陌生眼光注視的恐懼感，頓時貫穿全身的神經細胞。雨水順著安全帽緩緩流下，滑過臉頰，溜進嘴角。原來，害怕的味道是鹹苦的。

「不行。危險，不可以過去。」一個聲音警告著。武勇心慌意亂地騎著機車轉個反方向離開，一路來到老爸說的宏偉得像總督府的國泰金控大樓的前面，才停止下來。金控大樓寬敞的庭園樹林成蔭，自動灑水器噗噗噗呈三百六十五度的噴射，綠葉嫩草噙含豐沛的水氣，閃耀著油滑滑的光輝，散發出新鮮植物的香味。他緊繃的神經方才稍微放鬆下來。

「不能不送報紙，那是老報童的職責。」另一個聲音跳出來催促著。他又莫名地跨上機車、加足油門，朝熟悉的國王皇宮快速騎去。

我騎，我騎，我轉轉轉。

像馬戲團騎兩輪小腳踏車的猴子，他來回不知轉了多少圈，最後發現自己仍舊回到皇宮的巷子口。唯有立即行動，才能跳出猶豫不決的困境。

武勇終於鼓足勇氣抱緊一捆二十來份的報紙，低垂著頭，快走慢跑地朝國王皇宮前進。腦子裡不斷出現來自警察和四面八方的陌生人群像獵犬般的可怕眼光。雙腿雖發抖，但仍奮力地快跑、快跑，直接衝到守衛亭子，把大捆的厚報紙往黑衣警衛的懷抱裡，用力一塞，接著轉身狂奔返回巷口。天雨地滑，在接近巷子口的轉彎處，他狠狠地滑摔了一大跤。坐在地上，撫摸著擦破皮、微滲血絲的膝蓋，腦袋一片混亂，又痛苦不堪地抬頭望向天空。

這時候，清晨小雨已悄悄緩和，秋日豔陽突然穿出雲層，耀眼的光芒穿透飄浮的水氣讓每一滴雨點都閃閃發亮，宛如細微的寶石從天而降。雨突然收住了。在１０１黃金分界線的上空，橫畫出一道臺北市罕見的美麗彩虹。

武勇突然想起梅姊說過，「媽媽曾說，看見彩虹將會遇到幸運的事。」

忽然間，國王皇宮的大宅門口，人群喧譁、警笛尖叫、攝影閃光卡嚓聲音同時發作，紛紛圍繞著一位頭髮油光發亮的大人物，身材不高，挺直鼻梁上架著一副厚片眼鏡。好熟悉的面孔，對了，他正是那晚被老爸猛嗆罵，出現在電視螢幕裡的中年男子。

「司法不公，政治迫害！」大人物扯開嗓子，拚命吼叫，在踏進警車之前，不經意的抬起頭看看天空，顯然微微愣住了。

難道，今天也是他幸運的日子嗎？

如此熱鬧龐大的場面，真是威風神武，不愧是大人物。不過，外表氣勢看起來顯然沒有比關老爺大，跟老天爺就更難以比較了；但武勇確信，肯定比家裡的糟老頭子，大很多。

真高興，今天終於遇見大人物了。

天色還這麼早，大人物搭乘警車要去哪裡呢？他肯定不必在狂風暴雨中送報紙；也不必在菜園子裡捕捉狠啃嫩葉的臭蟲子；更不必像老爸到處撿拾寶特空瓶，裝成一袋袋的囤積在家裡，有如挖到億萬金礦。

那麼，大人物忙著去哪裡呢？

武勇咒罵自己一句：「真是超級大笨蛋。大人物能到的任何地方，你這輩子都甭想進得去。」

這時候，身邊忽然傳來阿珠聒噪的聲音：「著火似地，你看，摔傷了。疼嗎？」身穿清潔員制服的她，把小提包的細帶子銜咬在嘴巴裡，伸出粗壯的雙手，用力撐扶起他。武勇的腦袋不再空白，輕輕撫摸著受傷的膝蓋，跛著腳，慢慢走向老機車。

阿珠拿出手帕溫柔地擦拭他臉上的汗珠雨水，微笑說：「新機車，我已下訂金。快去送報紙吧，早報變成晚報了。」

不知為何，他激動得眼眶發紅，講話口吃：「謝謝。我媽說過……看見彩虹……將會遇到幸運的事。」

阿珠也抬起頭來，看著天空中的七色彩虹困惑地說；「清潔公司要把我調去101的美食街，也算是幸運的事嗎？」

離開皇宮名人巷，騎著破舊機車的武勇在送報路途中，頻頻抬頭望向逐漸晴朗的天穹。101黃金分界線上空的那抹美麗的彩虹仍舊高高橫掛著，遲遲不消退，在信義商圈和中強公園的任何角落，都看得到它。不久，秋老虎發威，氣溫開始上升，雲消霧散，美麗彩虹無法建立在炙熱的空間，只能默默的看著它消失。

武勇幻想著幾天以後，自己將騎著一輛嶄新的機車，載著胖得美的阿珠，在臺北市最繁華的101信義商圈自由自在地穿梭奔馳，原來，今天的彩虹給大人物和他帶來同樣的幸運。

一陣秋雨一陣寒，中強公園的落葉喬木開始禿頭，但清早來運動的人群卻愈來愈多。打太極拳、練氣功、跳元極舞的團體各劃地盤，占據各個角落。公園的清晨鳥語花香，處處洋溢著平凡小市民的朝氣和活力。

阿珠趁上班之前，忙推著三輪鐵馬餐車，賣起自製的養生早餐很受歡迎，張大媽笑嘻嘻地幫忙收錢。新機車載滿報紙返回公園時，噴火龍已在福德廟旁等候著。他是武勇的隨車徒弟，可以讓發送報紙的速度加快。另一個更重要的任務是盯緊他走進校門，不再流浪網咖。

儘管101超高大樓就在中強公園的斜對面，但每天傍晚到101接阿珠下班是武勇最期待的時刻。新機車上，她豐滿渾圓的胸脯緊緊貼著他的背後，無意有意的磨蹭中，悄悄地傳遞著兩人的體溫，感覺酥酥麻麻的，超級棒。新機車橫過101黃金分界線時，武勇抬頭看見象山山脊的上空滿天燦爛的彩霞。

鄭端端

◆作者簡介

鄭端端，一九五三年生，彰化和美。自幼喜愛閱讀與寫作，受家族宗教的薰陶，求學期間擔任惠明盲校和台中生命線的義工。目前，參與台北市信義少輔組已逾十一年，輔導青少年身心成長是最大的興趣，也是終身志業。曾獲耕莘文學獎、林語堂文學獎、九歌少兒小說文學獎、新北市文學獎。

◆得獎感言

很感謝主辦單位的用心和評審先生們錄用拙作。也想在此向所有參加這次文學獎競賽的青年才子說聲抱歉。以我六十三歲的年齡來與勤奮的年輕人競爭，似乎有些過分。

為喜愛寫作而執迷寫小說已成無法拔除的習性，期待又客觀的想看看自己能走到怎樣的境界。

感恩上天讓我仍能維持體力、思路清晰的完成此作品，被認同而採納。這感覺好棒，是續航下一部作品的原動力。

謝謝得獎。

評審的話

◆**小野**

《101黃金分界線》以黑色幽默手法犀利批判了社會結構中的階級化，但又不失對小人物的內心描繪及相互扶持，很有自己的特色及風格。

◆**林靖傑**

該怎麼在這個時代，看待具有社會關照能力的台灣新電影類型的電影？《101黃金分界線》讓我陷入這樣的不知所措。

在競相以商業絕活爭豔的絕大多數作品中，流淌著台灣新電影血液的文本無疑是一股清流，沁過評審乾涸的心田。不放棄對社會的關照與省思、對社會脈動的捕捉與責任、對弱勢小人物的關愛與同理……你會慶幸科技再怎麼進步文明再怎麼崩壞，幸好我們還有一篇這樣出於真誠古樸的心講出的故事。

不過形式美學、人性模型、人際關係的互動模式……是否有點不合時宜？這可能是作者要考量的創作策略，畢竟電影是大眾藝術，要與時代美學感受共感才行。人稱有點問題——這也是文以載道的電影難以避免的問題——整部作品雖以第一人稱為旁白，但時而智障時而智者的口吻，不免有時讓人出戲，並意識到明明作者經常忍不住想講聰明話，卻硬要假借智障的主人翁之口說出，實在太憋不住啦。作者忍不住想自己跳出來講聰明話，這有時是戲劇的大忌啊。

◆**周芬伶**

充滿社會意識的寫實手法，人物的設定用報童與守衛較表面，然描寫貧富階級之對立與不義，也寫出臺北城市的變遷與地理風貌，情節雖較平直，以臺北101大樓作為貧富、今昔之對照與分界，充滿對比性、諷刺性，也因此令人產生鮮明印象。

◆**陳玉慧**

以一智障者的眼光，觀看人生的奇特風景，以最繁華的台北都會，對照低下的畸零地帶，青春無知的男性性欲蠢動，而101大樓建築做為性的象徵，從充斥尿騷垃圾及精液味的老社區仰望，它忽隱忽現，意喻極強；以一個邊緣人老報童見證了政治骯髒無奈的政治及百味雜生的現實人生，趣味橫生，有個喜劇性的收場。

◆**蔡國榮**

所謂黃金分界線，是指台北101大樓信義商區兩個迥然不同的世界，一邊是豪宅打造的黃金地段，另一邊是象山山坡的違建屋群。藉一個精神障礙者在兩者間游移，他的獨特眼光及與眾不同的思考邏輯，對大千世界有發人深省的針砭。

全篇描寫一個自認為「沒救」，別人也認為「沒救」的人，藉著他曲折而無奈的生命歷程，點明了「一枝草一點露」的動人主題。

◆**駱以軍**

讓人想起葛拉斯《鐵皮鼓》這類型的「流浪漢傳奇」，主人公是白痴、畸形兒，但反而以這種瘋傻的視角，穿過一個社會變動，大人們爾虞我詐的時代。好像台灣社會由貧轉富的流年快轉，各種小人物在那換日線承受的「變形記」，而傻瓜主人公反而留存著純真美好的舊時代人情溫暖典型。

佳作／

追趕跑跳，砰！

姜華

一

要擊出安打有好幾個要點，但首先，得要有支球棒。

第九棒打者無奈地站在打席上，手中沒有球棒——在擦棒擊中那顆見鬼的強勁速球以後，球飛向了捕手後方看臺，而球棒則震離了他的掌握，在空中應聲斷成兩節。他沒了球棒。那傢伙投來的球……好沉，他這麼想，覺得那肯定是自己擊打過最沉的球。他的手在發麻，腦袋也還在震撼，呆立在打席上，直到球僮把新球棒塞進了他手中，他身上的石化咒語才總算解除。

接過新球棒的他有點困惑，眉頭緊縮成山，晃了晃球棒，覺得有哪裡不大對勁，退出打席試揮過後，才總算確定什麼地方奇怪——球僮拿上來的，是支練習用的竹棒。場上投手是近來連續三十九局無失分的邱福容，他很篤定這樣一支球棒製造不出好結果。他抿起了嘴，神情有點難看，正張手打算喊球僮過來更換，偏偏就聽見了主審的催促。他左右為難，最後還是為了比賽流暢硬著頭皮回到打席上。

人是回到了打席上，心思卻沒有。

他的心思飄得很遠，想著教練團怎麼會讓球僮帶了這麼支球棒上來、想著自己的打擊是否不被教練團重視，更想著要是這個棒次再沒擊出安打，自己的打擊率就要下探一成了……他胡思亂想這些有的沒的，渾忘了自己還在比賽當中，直到一道白色流線劃出，才猛然驚醒。

慌忙之下他出了手，想當然爾，壓根就沒看清來球軌跡。

奇怪的是，反倒在球棒劃過眼前的那驚鴻瞬間，他看見了棒頭上有好些個暗紅色奇怪汙漬……什麼髒東西？在那剎那，他產生了這樣的疑惑，只是還沒得及細想，咬中球的實在感就緊接而來。彷彿觸碰到某個開關般，他渾身細胞在那瞬間盡數甦醒活躍，數千個練習的日子，導引他做出了最自然的反應，縮臀、扭腰、拐手，「乓」的一聲，將球扎扎實實送了出去。只一瞥眼，他便曉得這就是自己睽違已久的全壘打。

整座球場爆出訝異地呼聲，第九棒打者拋開頃刻前還在意著的球棒，忘掉了那暗紅色不明汙漬，低頭小跑步往一壘前進。他心裡頭飄飄然，卻是低調地跑著，不想讓人看出他對於這個勝利有多麼激動。

經過一壘的時候，他偷瞄了眼指導教練，期望會從那裡得到個眼神或動作的褒獎，但指導教練只是呆張著嘴望著球飛出去的方向，一點表示也沒有。他很沒勁地繞過一壘壘包，尚且沒意識到場邊有點不對勁。

直到接近了二壘，察覺到對方二壘手、游擊手也各自用不同神情看著外野方向時，他才忽然意識過來大家並不是對自己的全壘打看傻了眼。

大家在看什麼？

他忍不住抬起頭，跟著眾人的方向看去——

跟你娘森巴的，在搞什麼鬼東西？

二

選鋁棒好？還是木棒好？

為了這個選擇上的難題，趙阿隆佇足在大賣場的球棒列架前足足有半個鐘頭了。偶爾會有某股力量驅使他抬起手臂取下其中一支，緊接著又有一股相反力量強硬的將手臂拉回，就這麼來來回回折騰，始終無法下定決心。

他沒有選擇困難症，也完全不懂球棒間的彈性差異，對於球棒的認識，他只知道有鋁棒跟木棒。而鋁棒太輕，發揮不出殺傷力；木棒卻又太沉，一個不注意就會出重手……作為武器而言，他不曉得該選哪一種才好。

「親愛的顧客您好……」賣場即將打烊的廣播響起，鑽進了他的耳朵。意識到時間所剩無幾，他猶豫的選擇很快從買哪一種好，轉成了要不要買——就是在這時候，他才終於正視到自己半個多鐘頭以來的猶豫，跟「買哪一種」半點干係也沒有，全都是「要不要買」的問題。

會有這樣的猶豫，表示自己不是真的想做吧？這個念頭的產生，讓他從猶豫中解放，理智在這半個鐘頭內首度打破平衡占了上風。他決定趁著念頭還沒消散前離開，不要再去想那些傷害人的事兒。

他挪動腳步轉身。誰知，都還沒得及走出步伐，就有一龐然大物霍霍迎面撞來，震得他踉蹌退開。腳步尚未穩下，就聽得一高亢女聲叫嚷道：「搞什麼啊？走路會不會看路？眼睛是長到哪裡去了？」

「我……我……」趙阿隆被這股咄咄逼人的氣勢給震懾得吐不出話，好些時候方意識過來自己才是那被撞的人。「小姐，是妳撞我耶……」

「唉唷，居然狡辯，看我一個女人家好欺負是不？」婦人雙手叉腰，高八度喊著：「好啊，這裡那麼多人，總有人可以評評理，看是誰撞誰啊！」

莫名其妙。趙阿隆有些傻住，他沒想到眼前婦人有那麼誇張的反應，更沒想到會在這種時候遇到這麼樣歇斯底里的人。他受到這個突如其來的變故所影響，心頭那股沒有完全平下的怒火在餘燼中悄悄復燃……。

也不知是沒人看到經過，還是看到的人不想多管閒事。總之，周遭的人們聽得這裡鬧騰，不是低頭快步走過，就是拿出了手機錄影。沒人出來緩頰，那婦人也就沒半刻消停的直指著趙阿隆鼻子罵罵咧咧。

趙阿隆也有脾氣，現在更是他情緒低谷的時候，被人這麼指著鼻子罵，那股心頭火自然很快就燃旺。只是鮮少與人衝突的他，很快就縮了下去，第一個產生的反應不是與婦人理論，而是想著要避免與這瘋婦爭執、想著沒人相挺那也沒什麼，自己離去總可以吧……。

想是這麼想，這口氣憋著卻是難受，他大可直接離去，乾淨俐落的結束這場鬧劇，卻還是在轉身離去前忍不住低聲啐了句：「瘋婆子。」

其實他罵得算小聲了，幾如細紋，沒想那婦人甚是敏感，縱使沒聽清楚趙阿隆罵了些什麼，還是箭步上前，揪住了他後領，扯著嗓子道：「什麼？你說了什麼？有種再說一遍試試。我知道你在罵我，罵了人居然還想跑？別以為老娘好惹，我要你道歉，跪下道歉，只敢欺負我這種女人家是不是？告訴你，你這沒路用的人，今天要是不跪下道歉，老娘就跟你沒完……」

婦人沒完沒了地唇槍轟炸，渾沒注意到眼前的人變了臉色。

那句「沒路用的人」命中了趙阿隆的痛點、擊潰了他理智的最後防線，他胸中埋藏的那桶火藥轟然炸開，讓他全身都跟著顫抖。他受夠了一直極力憋著的憤怒與委屈，也受夠了眼前這蠻橫不講理的婦人。他奮力甩開婦人的手，扭頭猙獰咆哮道：「滾開，別惹我，你這個死八婆、瘋婆子！」

婦人顯然是沒料到趙阿隆會有如此反擊，給這一哮嚇得連退幾步，滿臉紅漲，支支吾吾呢喃了幾個音符，待得穩下身形，自然容忍不下這樣的羞辱，張嘴罵將回去。卻見趙阿隆理也沒理，徑直穿過婦人，走往球棒架挑下一支木製球棒。婦人見趙阿隆拿了武器，面露驚恐，邊退邊說著「救命，打人唷，來人救命，他要打人啦！」之類的瘋話。

然而，一切都不像那婦人在瘋喊，也不像圍觀的路人所想的那樣……。

瞪完那眼之後，趙阿隆就沒再搭理婦人，只是默默破開圍觀的人群，在姍姍來遲的賣場經理，以及纏著要經理報警的婦人目送下結帳離去。

這段不愉快的插曲，沒有在他心中停留太久。

那歇斯底里的瘋婦很快就被他給拋諸腦後。離開賣場，揣著冤怨之氣的他徑直向對街走去，滿腦子的畫面，就只有一個鐘頭前剛被他發現劈腿背叛的女友，以及那雙難看得要命的亮綠色運動球鞋……。

三

「桿子哥，你覺得前幾天那個驢蛋，就是叫鳥仔龍那個，他來跟咱們買傢伙是要拿去做什麼啊？」說話的青年裸著上身，窩在客廳一隅玩著手機轉珠遊戲，他沒有將專注挪出小小的螢幕，只是靈光一現冒了個問題。

沒想到，這個問題會惹來遙控器的襲擊。

「操你老師，」被稱作「桿子哥」的中年男子探出沙發，臉上看來甚是不悅。「要恁爸教你多少次？沒有關心、沒有過問、沒有提起、沒有討論，就不會招來危險。想活久一點，就給我記住這一不四沒有原則。」

「屋子裡又沒別人，擔心什麼？」青年心裡頭這麼想，嘴上卻是唯唯諾諾道：「對不起，桿子哥，我知道錯了。」

「真的知道才好。」桿子哼了聲。「先別玩了，去幫我買包菸。」

「蛤……可是……」

「蛤什麼？比賽正精采，我走不開。」桿子作勢要再扔東西，手上卻是空空如也。他愣了愣，勾勾手向青年索回遙控器，重新埋回沙發啃瓜子。「只是買包菸，很快就能回來繼續玩你的。」

「那你怎麼不趁廣告時間自己去？」青年暗譙，退出了遊戲，心不甘情不願的轉進房間著衣。

這是間位於三樓的普通公寓，是本名「林旱走」的桿子死去的老爸所留下的，五層樓十戶的公寓房子，除了桿子以外，具是住在這裡二十年以上、身家清白的平凡人家。正因為如此平凡，桿子才決定把這裡當作藏匿點兼倉庫，在他的想法裡頭，沒人會隨便查到一個如此平凡的地方來。

會怕人查，桿子幹的自然不是什麼正經生意。他做槍枝買賣，偶爾摻和賣些吃不死人的毒品禁藥，這樣的非法行當他做了九年，一直是平平安安、順順利利，跟以前時不時就得上街扒幾個錢包，甚至是與人合夥搶劫、擄人勒索之類的喋血生活比較起來，實在要穩定許多。他喜歡這樣的穩定。

倒也不是說他討厭以前那些日子，偶爾他也是會找些過去的同伴一同話話當年勇，只是他年紀大了，今年四十四歲了，那些逞凶鬥狠已經不是他這個年紀能夠勞動得來的事兒。到了這個年紀，凡事求安穩就好，而他認為自己之所以能夠安穩度過這九年，全都歸功那「一不四沒有」原則。這是某個同行的前輩告訴他的，而他希望建仔最好也記住這個原則。

建仔就是那青年，本名林偉建，是桿子的親兒子。

畢竟一直是前妻在養，桿子跟自己這個兒子一點也不親——這點從建仔老是喊他「桿子哥」就能看出端倪——所以當建仔在今年初突然跑來說要跟著自己混的時候，桿子有點兒排斥。但怎麼說好歹是自己的種，在桿子發現建仔那德性實在混不出什麼名堂後，也就任由他賴在了自己這兒。

住到了一塊兒，桿子才發現建仔比他所想的還要廢柴，成天不是打遊戲就是在外瞎搞閒盪，做事情吊兒啷噹那也就算了，還經常把賺來的錢拿去賭。桿子不止一次興起將他攆回前妻那兒的念頭，只是最後都沒這麼做。他也搞不懂自己怎麼回事，每次冒出的火沒多久就消了。也許，終歸還是那一句……好歹是自己的種吧？

「欸，幫你買完東西我就要出門了喔。」青年套了上衣從房裡出來。

「好、好，接得漂亮！」桿子專注在球賽，壓根兒沒聽清建仔說什麼，隨便應道：「順便買點零食吧，再來幾瓶啤酒。」

建仔見桿子根本沒在聽，蹶了蹶嘴向外走去，剛摸上門把，腦中又閃過了道靈光，脫口問道：「桿子哥，你有沒有下啊？」

「下什麼？」

「下球啊。」

「下你毛球，要把恁爸氣死是不是？」桿子從沙發上蹬了起來，氣呼呼地道：「恁爸跟你講過多少次，什麼都能賭，就是球賽不能。球賽是尊崇的，任何形式的賭局都是大不敬，你到底他媽的懂不懂？」

「多賺一點是一點啊，這樣你也可以早點退休嘛！」青年聳聳肩，無所謂地道：「我有消息說明天那個連勝很多場的投手會放——」

「放你媽的屁，快滾。」桿子掄起拳頭跳去。青年見狀隨即奪門而出，留下桿子獨自對著門發脾氣。「媽的，真不知道上輩子是造了……喔、幹！」主播高昂的呼聲喚回了桿子的注意，結果那顆看來就要飛出全壘打牆的飛球卻讓對手的美技給沒收了。他興奮的心情落下，訕訕窩回沙發。

半個鐘頭後，九局下半的比賽宣告結束，他所支持的球隊沒能製造反攻契機，輸了比賽。不過他也不特別鬧心，畢竟比賽這回事本來就是有輸有贏，何況明天還有球隊最可靠的投手壓陣，絕對有機會贏下這個系列賽。

他百無聊賴地轉著電視，轉過一輪，才忽然想起了建仔。「買個菸可以買半個鐘頭，搞什麼飛機……」他喃喃著拿出手機，正準備要打電話過去臭罵一頓，門鈴就響了。

「叮咚。」

便利商店的自動門往內退開，趙阿隆走了進去，走到了酒架前。

他要買酒、他需要酒，酒精能給予他更多的膽氣。

賣場當然也有賣酒，但他知道自己在剛剛那種情況下走到酒品區會產生怎樣的誤會。他不想鬧出無謂的事端，無謂的事端會分散掉自己的怒氣，他只想讓自己的怒氣專注在一件事情上。

他果斷從架上取了兩瓶小瓶裝威士忌就要結帳。沒想到這次轉身，又是好死不死遇到了個冒失鬼撞了上來……所幸他這次遇到的總算是正常人，那冒失鬼的反應就如正常人般搭把手扶住了他，並且低著頭致歉，於是他也就點頭致意，表示自己不要緊。

會為了小小碰撞爆發衝突的人根本骨子裡頭就有毛病，趙阿隆雖然滿腹怨火，但他沒有毛病。這段小插曲在他心裡唯一產生的只有「這人有點眼熟」這個念頭，但他甚至沒想仔細記起這人是誰，因為那根本不重要。

走出店外，他咕嚕嚕地將威士忌乾掉。很快的，酒精就產生了效用。然而那效用卻與他原先預估的不同。瞬間在腹中燃燒的灼熱，讓他的胃急速收縮痙攣，感覺就像是被連續幾記重拳打中一般。他雙手環在身前痛苦蹲下，心中滿是後悔，後悔自己喝得太急，也後悔自己真的那麼衝動買了球棒……。

不過，人在心情惡劣的時候總是特別易醉，短短幾分鐘的掙扎過後，他期待的酒精效果就在身體裡頭擴散，而他的內心世界也忽然變得不一樣了。他不再後悔，也沒了怯心，全副心神都集中到那股很深的執念上。待得他從地上重新站起，他只覺得這世界再也沒有任何力量能夠阻止他。

揣著負面能量的他，讓執念拖動著腳步緩緩前進，在昏黃街燈下散步的人們，無不感受到他身上所散發出的那股惡念而紛紛退避，然而他卻對這股自己所造成的異狀渾然未覺……此刻，他的思緒也同樣被執念給拖著，回到了一個鐘頭前——

「你怎麼回來了？」在趙阿隆開門看到那雙陌生且難看的亮綠色運動球鞋後，女友王琳從夾層房間衣衫不整的跑出。「不是……要開夜工嗎？」

「工程臨時改期……」趙阿隆愣愣地回答，腦袋還在消化眼下發現。他順著微弱夜光看去，見到夾層樓梯邊掛著的男性四角褲，思緒一下子炸開，顫抖著唇嘴道：「妳……妳……他、他是誰？」

「你不認識。」王琳推著他出屋。「我們到外面說。」

「為什麼……」趙阿隆唇嘴依舊顫抖著。「你為什麼要……要劈腿？你不是說妳最討厭——」

「我沒有，你不要亂想。」王琳闔上了門。

「沒有？」趙阿隆的發抖擴散到全身。「你們都……上床了還沒有？」

「就說沒有了，沒有就是沒有，你可以不要這麼煩嗎？」

「煩？我只是想問清楚，妳只要講清楚不就好了嗎？」

「我講得很清楚了，我沒有劈腿，我跟他只是朋友。」

「所以你們沒有上床？」趙阿隆瞪大了眼。「是沒有，還是還沒有？」

「你一定要這樣追根究柢嗎？」女友的臉色很難看。「還不是因為你說老家離工地近睡老家好，常常不回來，我才找了朋友來陪我。」

「睡老家是因為我做兩班工，而我做兩班工還不是為了我們？」趙阿隆對女友的理直氣壯感到不可置信。「而且也是妳前陣子到台中工作我才回老家住幾天，怎麼現在變成我不回來睡了？」

「你說這些是要證明什麼？」王琳冷冷道：「你早就不愛我了，自己不敢承認就隨便怪到我頭上？」

「我不愛你了？怪到妳頭上？」趙阿隆無法理解女友的邏輯。「因為妳說妳賺的錢想存下來，所以我擔下水電房租，妳的開銷我通通買單，妳的生活我一手包辦，為了妳我辛苦工作，妳卻說我不愛你了？」

「你要不要聽聽看自己說了些什麼？」王琳雙手抱胸，語氣不悅。「一下說自己多有擔當，一下又說自己多辛苦，你你你，你就只在乎你自己，根本就不是關心我。」

「我不關心妳？」趙阿隆聲量大了起來。「那我剛剛說的——」

「小聲點，你想弄到全世界都知道？」

趙阿隆深吸了一口氣，讓胸口稍微放鬆。「好，我也不問其他的了，我只想知道妳還愛不愛我。」

「我跟他就只是朋友，要我說多少遍？」

「我問的不是這個！」

「不說了，你根本講不通，」王琳握緊拳頭，臉上看起來很不耐煩。「你先回家，等你冷靜下來聽得懂我說話我們再來談。」

「我講不通？我這樣還不夠冷靜？」趙阿隆再度深深吸氣。「對，我當然不可能真正冷靜，這種情況要我怎麼冷靜？」

「那就算了，」女友拉開家門。「明天還有球場工作，我要休息了。」

「琳琳，我只是想聽到一個答案。」趙阿隆拉住了女友手臂。

「趙阿隆，你知不知道這樣很煩？」女友皺眉，不悅地甩開趙阿隆。「只有沒用的人，才會像你這樣一直糾纏不清你知不知道？」

——這整場對話，就終止在門的「碰」聲關上，之後趙阿隆就陷在某種執念漩渦裡頭，重複、重複、再重複的去回想所有細節。越想，陷得越深。理智曾在某一刻將他拉了出來，隨後發生的小插曲卻又讓他陷了回去。不希望被拯救的人無法獲得拯救，趙阿隆現在的心境就是如此，他寧願灌醉自己，讓所有負面情緒團團包覆，迫使自己陷入深淵……。

他拖著腳步前進，對周遭事物的感知早已淡薄到幾乎不存在，全副心神就只專注在唯一一個目的上——找女友、找那球鞋的主人理論。他走過了柳樹街道，抬頭望向不遠處的女友家，好巧不巧，有個男性身影從那扇窗戶前一晃而過。就在這個瞬間，他心中一直憋著的委屈與憤怒怦然爆發，亟欲宣洩的那口氣驅使他瘋吼一聲，奮力甩出了手臂。

緊握著球棒的那隻手臂。

而打擊到物體的實在感，以及那聲絕對是從人類口中所噴出來的悶哼，讓他的醉意一下驚醒了大半。

四

王小和幹的是仲介，地下市場的仲介。

基本的毒品槍彈那不用說，小至南北雜貨（以南北極為單位）大至人體器官，甚至是某某人的命，任何東西只要你真要買（賣），他都能替你找到合適的買（賣）家。

然而……在這行幹了五年，他還是頭一次遇到有客人這麼大剌剌搬著個昏迷的黑人到他面前說要找買家。他看傻了眼，愣了好半天才終於開口道：「這貨……有什麼價值？」

「價值這咱不懂，還得煩小哥來訂。」客人臉上似笑非笑，遞給王小和一張資料。「給小哥點提示，這位黑皮膚的爺血型特殊，肯定有人急用。」

王小和看著手上那張詳細的醫療評估，立刻明白這是樁「器官」買賣。只是這類買賣通常是有人要買，他負責張羅，現在情況卻是反了過來。至於為什麼會反過來，他也不是第一天出來混，很快就從客人語氣猜出端倪——這是敲詐、是搶劫，這「器官」肯定是有主的，卻不知怎地給這三位客人劫了，他們打算賣還回去……。

事情算是理清了，為什麼客人不直接找貨主敲詐這問題王小和沒想，他只想著這檔生意不能沾，畢竟自己是仲介，不是人家的同謀。更何況，看手中那資料，想來這「器官」也是從同業手中出貨的，沾了沒地壞了名聲。

正欲開口推卻，他腦中卻忽然閃過一道靈光，發現自己根本用不著急著推掉這樁買賣。他想著既然「器官」都運到了這島國，肯定是立刻要動刀，他可以拿來做點順水人情，若是什麼大人物點的貨，打不定還能拿點情報費，這可是穩賺不賠的生意啊！

他決定要賣了眼前幾位客人，便假意向客人道歉，說自己得去查查市場流動價格，實際上卻是進了暗房打聽消息。

在暗房內，他透過安置的魔術鏡監看外頭，其中兩個——長了張猴腮臉的傢伙、有東南亞面孔的傢伙——就像來訪過的大多數人那樣，一見主人離開就到處在屋裡東摸西碰，當是自己家一樣……這類人王小和司空見慣，倒也不怎麼在意，他的注意力全放在領頭那人身上——

領頭的那人，看來是個有教養規矩的斯文人，縱使見人離開，也還是安安分分的端坐原位，不顯焦躁的耐心等待。這樣的人該是每間屋子的主人最喜歡的客人，然而王小和盯著那人看，看著看著忽然有種感覺，感覺那人隨時都會笑吟吟的走向他、把刀插進他胸口。

也不知是巧合還是有所感應，當王小和在這麼想的時候，那領頭居然偏過頭來，眼神穿過了魔術鏡與王小和對上。這個對眼讓王小和胸口無故冒起一陣噁心，他挪開視線，決定暫時不去理會那三位客人，尤其是那領頭的。

他持續撥打著電話，十七個通話過後，還是沒能問出點消息。正要撥出第十八通，就見得客廳那不安分的兩人擠到了窗邊東瞧西看，隨後那領頭的緩緩起身，手勢招呼窗邊兩人把「器官」裝進貨箱抬起，顯然就要離開。

「幾位要走了？」王小和忙走出暗房詢問。

「小哥抱歉啊，似乎有點突發狀況呢！」

「怎麼回事？」

「小哥自己看吧，」領頭的指向窗戶。「先行一步，有機會再聯絡。」

反正沒損失，那順水人情也要有人可做，既然沒打聽出消息，王小和也只好作罷，任人離去。

他走到了窗邊，想瞧瞧究竟是發生了什麼大事讓人急著要走，卻發現除了有個穿著腳踏車褲的傢伙從路燈下一閃而過之外，巷子就如往常般靜悄悄的，屁點事也沒有。

「難道是錯過了？」他心想。最後禁不住那份好奇，決定下樓探個究竟。

五

「阿爸，不要擔心，」遠圖集團的少東趙近乾雙膝跪地，握著從床上伸出來的那支虛弱手臂。「應該只是路上耽擱了，東西很快就會送到了。」

躺在床上的人是趙均衡，遠圖集團的總裁、創辦人。這個布置成病房的地方並非醫院，而是他的宅邸。虛弱不堪的他用那雙疲憊的眼睛看著跪在眼前的獨子，一會兒後嘆了口氣道：「近乾啊，這些日子下來，我也早明白了生死有數，這能不能活，全看天意，活不成，那也算是我命該如此，我是一點也不擔心，該要放下擔心的人是你。」

「阿爸，千萬別這麼說，您還年輕，還有很長一段路可以走。」

「是啊，該走的終歸還是要走，能走去黃泉見見你媽也不錯。」趙均衡的視線飄向窗外，飄得很遠、很遠，好陣子後才收回來。「早點回家休息吧，在這瞎操心也沒用，公司沒了我，還得靠你撐著。」

「可是——」

「別可是了，還有醫生顧著呢，出什麼狀況也有錢三處理。」趙均衡虛弱的擺手。「回去吧，遠圖的未來要靠身體健康的人繼續走下去。」

趙近乾又告別了多次，才依依不捨地離開。

他前腳離開，後腳守在外頭的錢三就進了房裡。這個看上去有些年紀，卻隱隱透發著王者霸氣的男人，一進房裡馬上就收起了那凶悍內蘊，像頭被馴服的獅子般默默站在病床邊，等待床上主人給出指示。

「最壞的情況……」趙均衡望著天花板，緩緩開口道：「不是耽擱，而是丟了。三哥，你去查查什麼情況，要是落在別人手裡，不要搶，用買的，不管出多少都要買回來……」趙均衡話到這裡，龍鍾的眼裡忽然冒出凶光。「然若已經毀了，經手過的任何人，包含主謀，無論是誰都得死！」

錢三打了個揖，口齒不清道：「素，老欽放薰，偶餘定戶湯蹈火。」

（是，老爺放心，我一定赴湯蹈火）

離開阿爸的宅邸，趙近乾依然眉頭深鎖，心頭是濃得化不開的陰鬱。

憂心阿爸病情只是他如此陰鬱的部分原因，真正讓他糾結的，還是幾個鐘頭前手機收到的那部性愛錄影——主角是自己的性愛錄影。當然不是他自己拍的，他才沒那麼傻，從畫面判斷是針孔攝影，而內容是他上星期從「同學約會網」找來的一夜情，對象是個長相可愛的警察。

也許就是那可愛警察偷攝的，又也許不是，趙近乾不能確定，他確定的只有畫面清清楚楚拍到了自己的臉，而傳來影片那署名「神祕客」的傢伙藉此向他敲詐三千萬元現金。

本來嘛，這種事情索性報警就好，影片曝光就曝光，社會譴責的也不會是孤家寡人的趙近乾而是偷攝者。然而趙近乾不能這麼做，他不能讓這件事情訴諸司法，更不能讓大眾知曉。他有難言之隱，他……是同性戀，他喜歡的是男人，而影片中那個長相可愛的警察，當然也是男人。

同性戀就同性戀，只要兩情相悅、兩廂情願，哪管你那些閒雜人等說些什麼……這樣的觀點絕對是真理，卻遠遠不現實。

趙近乾知道這個社會有多麼歹毒、對於「同學」有多麼不友善，有太多虛偽的人表面上接受，卻在暗地嫌著噁心。他的身分是上市企業的第二代、接班人，要顧慮的事情實在太多，不能像許許多多的「同學」們那般坦然出櫃，這座島國的民風更不如有些國家那般開放，他不能冒任何一點讓這個社會知道自己性向的風險，他知道那肯定會影響到遠圖的未來以及自己的威信。

若是平時，也許他會向錢三坦白，讓錢三去處理整件事，錢三是家中最忠心的僕人；是遠圖趙家所有地下問題的處理者，這些年來趙家能安然度過商場上那許許多多的暗潮洶湧，錢三是最大的功臣。把事情交給他，他絕對會穩穩當當的解決，保證不漏半點風聲。

然而趙近乾現在不願、也不能去找錢三，他知道自己個人的狀況與阿爸的狀況相比，顯然阿爸那邊更為緊急。

他知道眼下自己得處理好自己的事。

而首先該處理的第一件事情，就是弄清楚那一夜情對象究竟是敵人還是朋友——他想要、他必須要釐清這一點，這一點對他而言至關重要。

驅車遠離宅邸後，他咬著牙，把心一橫，撥出了那可愛警察的電話。

六

會開始跟蹤目標，對李永祥來說純粹是個偶然。

那是十多分鐘前的事兒，當時他騎著腳踏車經過了這附近街區，就在某個路口等待紅燈的時候，注意到了扯著嗓子聊手機的目標。聊天的內容其實沒什麼營養也不是多特別，只是目標聊完後把手機收進口袋的這個動作，讓衣服瞬間露出一角，而就是那個瞬間，他看到了目標插在褲腰上的手槍……。

作為警察職責所在，他決定要探個究竟。

本該立即打電話回局裡要求支援的，但他擔心是個烏龍，畢竟按理沒人會隨便帶槍上街，就算是罪犯也一樣。李永祥認為要不那就是支打火機，要不就是目標正準備幹歹事……當然，還有另一種可能情況，不過他寧願把「目標真的就是會帶槍上街的白痴」這種情況排除。

目標走進了便利商店，他跟進，走到飲料櫃前假裝挑選飲料，眼睛沒一刻離開目標……結果卻不像他預料中的那樣，目標沒有行搶，只是到了櫃檯買條菸就離開。搞錯了？他想著，猶豫還要不要繼續跟下去。

幾番思酌，他決定再跟一會兒，眼睛旋即追上離去的目標，卻沒注意到跟前有人，逕直撞了上去。他忙伸出手搭住了那人並且壓低聲音致歉；而那人點頭示意。沒有計較，更幸好沒有認出他。

他壓低帽沿跟上目標，一面小心翼翼閃避路人。他不想再撞上哪個誰，還不幸給那個誰認了出來。在這時候給人認出來會造成什麼麻煩他清楚知道，他不想讓目標有所警覺。

目標信步走著，似乎沒察覺自己被跟蹤，李永祥這麼認為，卻不敢百分百肯定。他看過太多狡詐又滑頭的罪犯，哪怕是你眼睛只溜開那麼一秒，他們都會搞出許多名堂。眼前目標說不定也是這樣，假裝沒發現被跟蹤，實際卻在找機會搞花……想念間，目標忽然腳步一晃，轉進一條不起眼的巷子！

突如其來的變化讓李永祥心頭一震，低啐了聲，加緊腳步追上。

沒想追到巷口，目標卻沒有如預想中消失在巷道裡頭，只是悠悠哉哉地拿出鑰匙準備要開公寓大門。發現自己再度搞錯的李永祥莞爾一笑，也不想上去盤查了，省得被投訴擾民。

正打算回去牽車，目標卻偏偏轉過了腦袋，兩人的眼神在那瞬間交會。

而在那個瞬間，目標眼神透露出的驚慌，讓李永祥意識到自己沒錯。

該死，又中了大獎……。

在目標還手忙腳亂之際，李永祥率先反應箭步上去擒拿住目標，目標那還沒得及握實的手槍匡噹噹摔到了柏油路上。縱是天黑難以辨識，李永祥還是很確定那就是把真槍，就真他媽會有帶槍上街買菸的白痴……。

「啊……怎麼……」忽然從大門冒出來的婦人驚訝得張大了嘴。

「大姊別喊，在辦案呢！」李永祥忙出言制止。

「辦案？阿建他犯了——」婦人話到一半，猛然在街燈映照下認出了李永祥。「你……英……英……啊，偶像！」

李永祥心中苦笑，正打算再次提醒婦人，卻注意到目標意圖喊叫，於是先重拍了目標的腦袋餵他吃土，才開口與婦人道：「大姊，這是祕密辦案，別打草驚蛇。如果可以的話，幫小弟找幾個絕對信得過嘴巴又牢靠的鄉親，請他們帶點繩子膠布一起過來綁住這個壞人，拜託大姊您了。」

婦人恍然大悟，連說幾個無聲的「好」字，便替李永祥張羅去了。

不久後，在鄰里鄉親的幫忙下，叫作「阿建」的目標被五花大綁在其中一戶人家，由十幾個猛男壯丁牢牢看守著。鄉親們的鼎力幫忙，讓李永祥覺得自己的知名度總算還有點作用。

在問清這個阿建住在哪戶、家中狀況之後，他便掏出手機，打算致電局裡請求支援。只是連撥了幾通，電話都是無人接聽，這讓李永祥覺得焦躁，雖然無論如何自己都會單槍匹馬上去調查，可要是沒知會局裡，晚點報告就會很難寫……他心裡躊躇，好半天後才暗嘆了聲，想著難寫就難寫吧，也不是第一次了。隨後便在手機上快速打了封簡訊給局長權充交代，將手機調整成靜音，逕自走上公寓按下了那間屋子的門鈴。

桿子將手機塞回口袋起身應門，方走出兩步便意識到不對勁——那小子帶了鑰匙出門的，沒事按鈴做什麼？

「誰人？」他戒備的問。

「林大哥，」門後的人說道：「我光輝啦，樓下春嫂的兒子，我阿母要我來借箝子，我們家廚房水管爆了。」

「我這沒有，跟別家借去。」

「是這樣啊……」門後的聲音聽來有點沮喪。「唉，王伯也沒有，張大哥好像不在家，好吧，我再問問別人……欸？建哥，買東西回來啊？」

桿子聽到門後的聲音這麼說，卻沒聽到建仔的回應，有的只是鑰匙插進鎖孔的金屬交擊。疑心更甚，他一面往廁所的方向移動，一面喊道：「建仔，阿輝說要借箝子，我記得車上好像有工具箱是不是？」

沒有人說話，唯一回應過來的聲響是門鎖被加速旋開。來者不善，桿子知道要糟，也不管對方來意如何、是黑是白，總之先跑肯定沒錯。

他鎖上廁所門，固定好安裝在廁所的逃生裝置、拆開窗，想也沒想就從三樓高直接跳下……。

「這是刑事警察局辦案，我是李永祥。」在跳窗之前，桿子聽見進屋的人這麼高喊：「現在懷疑這間屋子藏有非法禁品，請乖乖配合調查。」

操，怎麼會招來那個瘟神？桿子在自由落體途中納悶的想。

落地後，他也顧不得在逃生索上動手腳，拔腿便跑。邊跑，邊回頭瞅瞅那瘟神追來沒有。沒有。自己都要跑到巷尾了，那瘟神才剛剛探頭出窗戶喊著別跑。見此，桿子心裡稍稍得到安慰。雖然丟了貨實在可惜，老頭子留下的屋子也沒用處了，但俗話說得好，留得青山在，不怕沒柴燒嘛！

他暗自僥倖逃過一劫。

哪有想到，才轉回頭，就有一大棒冷不防地迎面襲來。他閃避不及，腦海中只浮現一個「幹」字，就這麼昏厥過去。

遲了些才追下來的李永祥沒能看到發生什麼事，他本以為這下要讓人給跑了，只是抱著姑且追追看的心態，不抱太大希望。沒想追到巷尾，就見有人倒地，頭上腫了一大包、嘴角滲著血，上前探過鼻息，還有呼吸。本想說是那逃跑的傢伙臨時傷到的人，然而真正的「光輝」卻過來指認這人就是那屋子的屋主林旱走，於是他興沖沖地將人打包捆起，叫了救護車。

救護車是隨呼隨應，局裡卻依然沒人接聽電話，這讓李永祥十分煩惱，不曉得該拿那滿屋子的違法禁品如何是好。自己搬？那也太累了吧……他橫想豎想，正決定找個鄰近分局派人支援，就見到有台熟悉的發財車停在對街，有三個人在那車後上貨——他當下有了計較，熱絡的上前打招呼。

而這一幕，全讓藏身巷內的王小和給看進了眼裡。

七

趙阿隆臉上青一陣白一陣，如無頭蒼蠅般在交錯巷弄裡頭胡跑亂竄，渾不知自己身在何方又或是要逃往何方。好可怕吶，沒想到傷害他人是件那麼可怕的事兒。光想到這一點，趙阿隆就頭皮發麻，他這輩子鮮少與人衝突，更少打架，關於打架的記憶，最近、最近也要回溯到國中時期，只能算是孩子的小打小鬧，像剛剛那樣重擊別人腦袋的事兒，趙阿隆想也沒敢想，縱使前不久還鐵了心要去女友家討答案，也有了動手的心理準備，可是……。

打頭？那可會出人命的啊！

這下該怎麼辦是好？那人不知是死了還昏了，趙阿隆對此又是恐懼又是愧咎，當下他應該探個究竟並且立刻叫救護車的，但他太害怕，害怕到只想得到逃跑，跑了以後，自然也就沒了回去查看的勇氣，他只是拚命的跑，整個人比起剛知道女友劈腿的時候還要來得失魂、不知所措。

他恍然跑著，直到再也喘不過氣才停下來靠在路邊休息。好一會兒後，才驚覺自己手上還拿著那支球棒，而他倚靠著休息的「物體」，竟然就是自己停在路邊車格的二手福特。潛意識帶他跑回了能令他安心的地方。他忙亂掏出鑰匙，連跌帶爬的鑽上了車，用力帶上車門，將球棒往後座一丟，隨即氣力放盡癱軟在駕駛座上。

而後，或許是不勝酒力，又或許是繃緊的神經突然間放鬆，他在不知不覺中沉下了眼皮。就這麼過了些時候，一陣呼嘯而過的喇叭聲，將他的意識給喚醒。他恍恍睜眼，眼前的視線一片濛濛然，道路一下膨脹得老寬，一下又內縮成窄口。有個聲音告訴他自己還在醉，最好再睡一會兒，於是他禁不住又闔下眼皮……忽然間，一陣冷冷的激靈鑽進了意識，驚得他猛然睜眼！

外頭是陌生的街道，四周全是鐵皮搭建的廠房……這是哪裡？這不是自己剛才停車的位置吧？他茫然想著，直到意識更恢復了些，才赫然驚覺自己的車子竟停在道路中央、雙手握在方向盤上，甚至連引擎都是發動著的！

他腦袋糊成一團，一時也想不起自己哪時開動了車、又是要開往哪裡，只能先手忙腳亂的把車靠到一旁。好不容易停好，正要熄火，車上就突然蹦出女人的聲音：「前方，二百公尺，右轉。」

機械式的怪腔怪調嚇得他幾欲奪門而出，手都搭上門把了，才反應過來那不過是導航系統發出來的提醒。他花了點時間緩過心神，晃著手指點向操作介面，導航紀錄指向的終點是「內政部刑事警察局」。

「對了，自、自、自首……」他恍然大悟喃喃著，總算想起自己開車的動機。但他醉得意識不清，不僅是一開始，就連現在也還沒發現自己導航錯了目的地。刑警局跟一般警局是有差別的。「我要去自首、自……嘔……」他反覆喃喃，突地一陣酸意湧上，急忙拉開車門，彎著腰稀里嘩啦吐了滿地……。

就在這同時，有三個身影緩緩朝他走來，但忙著嘔吐的他並沒發現。

直到有人開口。

「小哥，醉得不輕啊。」走在領頭的那人道。

「這麼醉就別上路了，我來幫你開好不好？」後頭那生了張猴腮臉的人接著說。趙阿隆仍在醉酒恍惚，沒能聽懂這兩人話中有話，正欲開口婉拒，那沒說話的第三人就突然大拳砸了下來，霎時間天旋地轉、頭昏腦脹。

「幹嘛啊，你幹嘛啊！」領頭的急叫，打人的則嘰哩咕嚕回著越南話。領頭的顯然聽不懂，望向了那猴腮臉。

「他說要打昏這傢伙。」

「打昏？又不是拍電影……」領頭的嘀咕著。

「阿阮的拳頭可有力了，他以前可是——」

「好了、好了，不必了，簡單點。」領頭的打斷猴腮臉說話，從口袋掏出手帕，往上頭倒了點混濁液體。「小哥，實在抱歉，我朋友粗鄙、沒文化，你別計較。」伸出手到趙阿隆面前。「來，我幫你擦擦嘴。」

八

縱如陳承樂這般總是將笑容掛著臉上的人，也瞭解到這次遇到了真正的大麻煩，神情凝重聽著電話那端講述詳細，並在小冊子上記下。

「明天開賽後，左外野看臺H17座位，三千萬……嗯……是的，我都記下了，明天我會去幫忙……你放心，這件事我也有責任，我會處理好的，保證他不會留有任何備份……好，我明白，我會確保萬無一失……明天見。」

對方掛掉電話後，陳承樂忍不住長吁，心情有點複雜。

他怎樣也沒想過自己有天會成為「性愛偷拍」這種事情的受害者，而同時跟他出現在影片中的另外一名受害者，居然還是上層社會名流……他心裡頭直打鼓，闔上用來筆記的小冊子，猶豫的掏出菸盒，叼了根菸在嘴上，回憶起自己認識趙近乾的那個夜晚。

沒錯，適才與他對話的，就是遠圖集團的趙近乾。

在上個星期以前，陳承樂還完全不知道，也從沒料想過趙近乾是同志。他的想法就如同普羅大眾一般，覺得趙近乾就是個不斷與名模、女星鬧出花邊新聞的風流公子哥，所以陳承樂頗驚訝從網站上約自己出來的人居然是他。

但陳承樂很快明白過來他的難處，也聽到他親口說出自己的難處，對於他的身不由己，陳承樂深感同情。然而畢竟這不是自己能管的閒事，陳承樂也瞭解知道太多對自己沒好處。於是，當天他們沒有多少聊天，只是一直做愛，一起度過了一個充滿性的歡愉夜晚。

而既然是個讓陳承樂感覺到「歡愉」的夜晚，那段影片自然就不是他偷拍的。他是個正直的人，從沒想過要用這段關係圖些什麼，發生這樣的意外，他也很震驚。而雖然這個「麻煩」對他來說其實無關痛癢，但他想著終歸自己也出現在影片裡頭，覺得自己有義務要幫忙解決……。

他浸在自己的思緒裡頭好半天，連點火都忘了。他拿出打火機，點火前先看了看錶，才驚覺到自己翹班出來很長一段時間了。他趕忙把沒抽的菸收回菸盒，轉身回到局裡。而這才剛回到辦公室，椅子都還沒坐熱，陳承樂就見到那明明下了班而且早該就寢的局長，突然氣急敗壞衝了進來。他連忙起身，還沒得及問究竟出了什麼狀況，門外就又冒出另一個也是下了班，應該正在打電動的李永祥，高喊著要人出去幫忙……。

刑事警察局的局長辦公室牆上掛著琳琅滿目的獎狀、邊上的櫃子有兩座警隊保齡球賽的獎杯和紀念品、窗戶上掛著晴天娃娃，辦公桌上則是堆積的文件以及全家福……這些東西，全在局長的拍桌嘶吼下震動了起來。「李永祥、老李祖宗、英雄哥，麻煩你告訴告訴我，你這是在搞什麼東西！」

「老大，別那麼激動，等等又火燒心……」李永祥低聲安撫。

「你也知道火燒心？你也知道我的胃跟心臟都不好？那你知不知道我洗完澡出來看到你的簡訊嚇得差點要送急診？」局長揉著掌上勞宮穴，沒有因為安撫而消下怒火。「人家喊你英雄哥是因為你名字用臺語唸起來像、很趣味，你還真當自己是英雄？很跩？很屌？單槍匹馬解決案子好不威風？現在還把人打到腦震盪昏迷，你說我該不該送你去看心理醫生？」

「那不是我打——」

「這次一定要記你警告，」局長打斷了話。「否則你永遠學不乖。」

「蛤……」李永祥拉長了音，扁嘴道：「可是我順利破案了啊。」

「順利？順你個大頭。」局長拿起那張寥寥數十字的報告，指著上面的內容。「先不談你根本沒有搜索票，來來來，你跟我解釋解釋，讓尋常百姓捲入案子是怎麼回事？還有這個『由利鑫家具協助運回槍枝』又是什麼意思？利鑫家具是哪個單位？你的私人偵調小組？」

「報告局長，那是家具行，地點就在——」

「廢話，我當然知道那是家具行，老闆是我老同學！」局長氣到眼睛都凸了。「我是問你這成何體統？算不算是紀律渙散？」

「唉呀，好歹那些違禁品都順利運回來了嘛。這些也算是警民合作，多好的一件美事。」李永祥抿著嘴。「至少……沒發生交火啊。」

「警民……火……滾！你給我有多遠滾多遠。」局長把報告揉成一團，丟到了李永祥身上。「報告也給我重寫，這陣子別出現在我的視線裡！」

李永祥本想再說些什麼，但見局長一臉痛苦的摀著胸口，只得替他倒了杯水讓他服藥，默默退出了局長辦公室。

才帶上門，就見有個人在旁邊瞎弄著文件，自以為能成功假裝沒偷聽。他撇開剛挨完罵的鬱悶走了過去，搭著那人的肩道：「嘿嘿，小陳，有沒有聽出什麼名堂啊？」

「聽……聽什麼？英雄哥，我才沒有偷聽你跟局長講話。」

「是這樣啊……」李永祥攤開那張被揉爛的報告。「唉，老實跟你說，我又被局長臭罵了一頓，明明就破案了，應該開心的啊。他老人家還要我報告重寫，你也知道，我文筆一直不好，這報告實在讓我很頭痛啊……」

「加油喔，」陳承樂舉拳打氣。「你可以的！」

「偷偷跟你說件事，這件事我還沒跟局長報告……」李永祥壓低了聲，拉著陳承樂往旁一站。「其實今晚我有打電話回來要求支援，就是不知道誰值班偷懶，我打了幾百通電話也沒接，只好在沒支——」

「英雄哥，」陳承樂突然挺直了腰桿敬禮。「我想了想，寫報告這種事就讓小弟代筆吧，請問您內容要實務型、諂媚型，還是文豪型？」

「就那種『把功勞全歸給局長型』吧。」李永祥展眉一笑，拍了拍陳承樂的肩，回到自己的辦公桌，開始檢閱從里長那裡拿到的監視錄像。

他調整錄像到案發前後，確認了林旱走是在逃跑途中被人給打昏的，隨後打昏人的傢伙就慌慌張張逃了。橫看豎看，不管怎麼看，李永祥都不覺得錄像中的人是蓄意躲在那攻擊林旱走，更像是某種巧合。

雖然，無論是不是巧合都該算傷害罪，可是李永祥一點也不想辦，畢竟這人算是幫了他大忙。他想著這檔事算了，正要關掉錄像，卻又忽覺自己在哪見過這人，於是他重新放大了螢幕細瞧。只是畢竟畫面禎數低，瞧了老半天，他也沒能想起究竟是誰。

此時陳承樂有報告上的疑問，來到了李永祥桌邊，見著螢幕上的畫面不禁疑道：「咦？英雄哥，這人怎麼啦？」

「沒什麼，在查錄像覺得這人有點眼熟。怎麼？你認識？」

「這幾個鐘頭他挺紅的啊，影片點閱數破萬了呢！」

李永祥滿臉問號看著陳承樂，後者隨即掏出手機，從臉書翻出一段在大賣場發生的爭吵影片。影片裡頭那個在婦人謾罵中憤而離去的傢伙，顯然就跟監視錄像裡頭的是同一個人。清晰的錄像，讓李永祥很快就想起來，那也正是自己在便利商店裡頭撞著的人。

趙阿隆。陳承樂機靈地從底下留言中，翻到有人標記影片主角的名字。

李永祥閉上眼，從視覺記憶中喚出當時畫面——沒有錯，雖然只是匆匆一過，但當時那個趙阿隆的確是右手持著球棒、左手拎著酒瓶，臉上是任誰一看都知道「有人要倒大楣了」的神態。莫非他當時就是要去找林旱走茬？李永祥眉頭一皺，不大滿意這個猜想，他依舊覺得整件事不過是巧合……。

然而，幹警察的不就是要假設所有巧合都是精心算計後產生的結果嗎？他轉念又想，決定先調查個清楚再來做結論不遲。說不定那趙阿隆還真跟林旱走有什麼牽扯，他想。他馬上就著手調動資料。

正忙活間，突地有個人風風火火闖入了辦公廳，李永祥定睛一看，那可不是利鑫家具的洪老闆嗎？忙走上前攙扶，拖了張椅子給人坐著。「洪老闆，多——」他本想開口感謝洪老闆底下員工剛才的幫忙，卻見其表情複雜，忙改口道：「怎麼了，這麼急急忙忙的？」

那洪老闆喘了幾口大氣，唉聲嘆氣地開始說起自己家裡那黃臉婆又不曉得哪根神經不對，懷疑他在外頭養小三，將他趕出了家門，還不給溝通，無奈之下只能想著先到店裡睡個一晚等人氣消了再處理。

「剛進店裡我也沒發現哪裡奇怪，就打了個電話要我寶貝女兒跟她媽說說理去。」洪老闆說著，語氣從懊惱轉為氣憤。「講著講著，突然覺得有哪裡不大對頭，我就這麼往外一看。你們猜猜我看到什麼？你個香蕉拔辣，空蕩蕩什麼也沒有，我那台本來應該好端端停在店門口的發財仔，不知在哪時，竟讓賊給偷了！」

這句話一落，李永祥懵了，偏頭看向陳承樂，兩人面面相覷。

九

「哈，什麼天下第一警，還英雄哥哩，笑死人了。」印有「利鑫家具」四字的貨車壓過了柏油路，車上那有張猴腮臉的駕駛氣嘲弄地說著：「我看就是個水貨，只是生了張小白臉才讓條子給推出來做形象，屁點本事也沒有。之前那些破獲大案的新聞一定都是假的，還有報說他單槍匹馬挑掉三十個黑幫持槍分子齊聚一堂的地下交易哩，這種騙三歲小孩的故事也有人信？我呸。啊，不過也幸虧那林偉建沒供出我啦，不然……」

副座上的劉雲微微笑著、默默聽著。他對這番言論有些不以為然，那李永祥從三樓跳下去追人的勇氣可不是假的，縱是有些故事的確浮誇，但其人肯定是有點真材實料。而鳥仔龍在那叨叨貶損，無非是嚇得要死，藉此壯點膽氣罷了……不過畢竟是自己同夥，拆穿了大家都難看，劉雲只在心中暗想。想著想著，忽然覺得其實也不能怪鳥仔龍太孬，畢竟任誰藏了個昏糢糢在車上，遇到警察過來打招呼都會亂了方寸……。

「不對，不是任何人。」他心想著，「對，不是任何人，我就沒有慌，我看除了我以外，再沒有人能表現得那麼沉穩了吧？」

劉雲實在太佩服自己了，這才第一次犯罪就能表現出這樣穩重、冷靜的領袖氣質，還唬過了那麼厲害的警探，這可不是尋常人能辦得到的啊！

「我肯定天生就是犯罪人才，」他驕傲的想著，把鳥仔龍的聲音摒除，沉浸在自己的世界裡頭。

「我就知道我能做成更大的事，之前一直窩在那名不見經傳的小公司當個沒人重視的小職員，還真是委屈了。整件事告一段落後，我一定要來組織更大的劫案、籌備更完美的計畫、榨取更多的他人財物。」他樂呵呵想像著未來的景象。隨後不久，一道靈光打進了他腦袋，讓他旋即取消了自己剛下的決定。「不，那些太普通了，應該要像電影裡頭演的那樣，弄個計畫破壞這個爛透了的經濟體制……對，就該這麼辦，就決定這麼辦！」

總算敲定了一個未來計畫，他從幻想中走了出來，瞥了眼那怕到還持續在叨叨損人的鳥仔龍，心想著這種成不了大器的人在自己未來計畫中不能留，整件事情結束後就得擺脫掉他，省得整鍋好粥給壞了……。

劉雲心中不屑，又想起不久前的情況。

那時候他們剛劫下那輛據說載有貴重物的轎車，而在發現車廂裡頭裝的不是金銀珠寶而是一個活生生的人以後，鳥仔龍竟立刻嚇到跌了個四腳朝天，支支吾吾渾然不知所措，真是膿包到了極點。要不是自己……劉雲想著，要不是自己立刻反應過來那黑傢伙是個「器官保存裝置」、說明那張掛在黑傢伙脖子上的醫療評估上寫著什麼內容，只怕他就要嚇跑了……唉，仔細想想其實也不意外，畢竟他不就是因為沒種刺完身上那條只刺了一半的青龍，才給人起了個綽號叫「鳥仔龍」嗎？想及這層，劉雲嘴角勾起譏笑。

發財車在紅綠燈前停下，這時那一直默不出聲的越南人說了話，但劉雲太沉浸在自己的世界裡頭渾沒聽見。

「……劉雲？劉雲？嘿，你有在聽嗎？劉雲？」鳥仔龍喚著。喚了些時候劉雲才好不容易聽了見，收回心神答應。

「怎麼？」

「阿阮在問下一步要怎麼走。」鳥仔龍再說了一遍。

「下一步嘛……」劉雲腦袋翻了幾翻，「先換台車吧，這車曝光了，李永祥顯然認識這車主，要是給他發現不對勁就不妙了。」

「然後再去找那個黑市仲介？」鳥仔龍問。

「不必了，」劉雲笑了笑，「目的已經達到，那位小哥大概已經幫我們把消息傳出去了，很快就會有人來聯絡咱們。」

「這是……為什麼他要幫咱們？」鳥仔龍不解。

「也不是幫，」劉雲不厭其煩的講解，享受著高人一等的感覺。「只是肯定會有人跟他打聽消息，到時候咱們跟買家直接聯繫，連抽成都不用。」

「這樣……不會太危險嗎？」鳥仔龍有點畏縮。

「不危險，一點也不危險。」劉雲展開笑顏，「你想想看，當你的命掌握在別人手上的時候，是你會有危險還是『別人』會有危險？」

「我……別人……什麼意思？啊！咱們就是那個『別人』！」鳥仔龍恍然大悟。「不愧是讀書人，想得就是比較全面，肯定有計畫了吧？」

劉雲用笑容代替回答。

這時貨車轉進了一條附近都是鐵皮工廠的路段，而前方不曉得發生什麼狀況，有輛髒兮兮不起眼的車，竟大剌剌停在道路中央。鳥仔龍猛鳴著喇叭，那車卻沒反應，他啐了一聲，偏過車頭呼嘯而過。

隨後，劉雲在後照鏡中看著那輛二手福特歪歪斜斜的駛到了邊上。「就換那輛吧。」他拇指一豎，指向後頭道：「車子款式低調，駕駛看來應該是喝醉了，可以省下咱們偷車的麻煩。」

烏仔龍聞言即調轉車頭，將利鑫家具的貨車扔在了一間鐵皮工廠前。

隨後三人下車，直往那醉醺醺的傢伙走去。

即是住在附近的人，其實也不大清楚青工路上倒數過來第三間廠房是在做什麼的。那裡頭偶爾會有人出入，有些時候是文質彬彬的人，有些時候又是一眼看去就知道不好惹的惡煞，而不管是哪種人，進出之間總是有點神神祕祕又帶有點小心翼翼，像是不想給人看到自己從這裡進出的樣子。久而久之，附近便謠傳那是某個黑社會的交易點。警方聽了這樣的傳聞後來查過幾次，卻是查不出什麼奇怪，最後就當了廢棄建築看待。

然而，這個裡頭只有一張沙發、一間隔房，被警方當成廢棄建築的鐵皮工廠，實際上是有主兒的。那裡頭的沙發……嗯，是用來坐，或當床睡的；而那間隔房用隔音器材所建成，錢三與他的手下們管它叫「刑房」。

這間廠房的主兒就是遠圖集團的家僕錢三，這是他用來「處理事情」的地方。這一個晚上，錢三與他手下的「柯家兄弟」就在這個工廠的刑房裡頭刑求他們抓來的對象。有些事情，他們一定要從那人的口中問出來。

弦月高掛、晚風簌簌，刑房中迴繞著外頭所聽不見的淒慘哀號，而在哀號停下後不久，柯德良擦著手上鮮血從刑房出來，走到沙發前踢了窩在上頭睡著的弟弟一腳。「還睡？事情那麼大條你還睡得著？」

柯德昌緩緩醒轉，迷濛地問道：「怎樣？有結果了嗎？」

「問出了點東西，不過三爺搞得太狠，人現在昏過去了。」

「所以……」柯德昌揉了揉眼坐起。「問出什麼？」

「劫貨的有三人，最少一把槍，都穿著連身帽T、戴著大口罩，開著一輛漆有利鑫家具四個字的小發財，然後他認得其中一個叫惡龍的傢伙。」

「惡龍？哪個惡龍？」

「我哪知？他就這樣說，」柯德良模仿起剛剛拷問的對象：「我……我認得其中一個人，那……那個時候他……摔在地上……兜帽也……也掀了……我認得他、他……是叫……叫……叫惡龍。」柯德良把擦血布丟到一旁。「說完這些他人就昏了，弄也弄不醒，三爺說乾脆歇會兒免得把人弄死。」

「三爺人呢？」

「去你的，你以為三爺跟你一樣懶？問完就出去找人了。」柯德良癱進了沙發。「別說你還真的像豬一樣一直睡，有問到什麼沒有？」

「有、有，當然有。」柯德昌端坐。「你知道油骰佬吧？」

「搞賭場那個？」

「對、對，沒錯，就是他。」柯德昌像是此時才從睡夢中清醒般，興沖沖說了起來。「他賭場有個常客是個送黑貨的快遞，名叫汪旭冬，因為人長得特矮，名字裡又有個冬字，所以大家都叫他冬瓜，聽起來有沒有點小激動？沒有錯，那個汪旭冬就是刑房裡頭那丟了三爺貨的冬瓜，他每週都會去油骰佬那裡一次兩次，聽說賭得不大，屬於小賭怡情那種。建仔告訴我，他就是在那裡認識冬瓜的，他還說——」

「等等，哪個建仔？」

「林偉建，桿子身邊的那個，聽說他們是父子，不過那不重要。唉，你別打斷我，讓我說完先。」

柯德昌繼續滔滔不絕。「總之建仔說他跟冬瓜本來也沒什麼交集，就是知道有這麼一個人而已，也沒說過幾句話。不過在上個月他知道冬瓜每個禮拜五都會去夜店拐妹子上賓館以後就來了勁，也是那之後他才跟冬瓜有點話聊。就在上星期五，他跟冬瓜一起去了夜店想看看那冬瓜有什麼本事，他一直覺得那冬瓜長得又矮，人也不帥，什麼妹子百鉤百中全都是唬爛出來的，不過是個大話精。沒想到那冬瓜貌不驚人，嘴巴卻是一流的，還不到凌晨一點居然就靠著瞎扯蛋的口才拐到兩個會說一點中文的越南妹子，建仔這下服了，滿嘴冬哥、冬哥的叫，後來就跟著冬瓜一起和那兩個越南妹子開房間去了。你知道越南妹子吧？在玩的哪個不是臉正腰細奶又大？那兩個越南妹子又是什麼花樣都能玩、都敢玩，建仔說當天晚上他爽到要升天，搞了六個鐘頭都意猶未盡，我聽了以後也是心癢癢，就問了他說——」

早習慣自己弟弟話癆，柯德良耐心聽到了這裡才催道：「重點。別講這些五四三的，拜託直接跳到重點。」

「重點？」柯德昌歪頭道：「沒有啊，我要說的就差不多這些。」

「幹！」柯德良一巴掌拍在弟弟後腦勺上。「這幾個鐘頭你就問到這些沒用東西，你對得起三爺嗎？」

「怎麼會沒用？」柯德昌撫著腦袋。「起碼知道了冬瓜叫汪旭冬、他騙妹子的手段很高，還有越南妹子幹起來很爽……」

柯德良嘆了口氣，也懶得去計較自己弟弟什麼。此時也許是剛才打人打得太累，他的肚子咕嚕嚕叫了起來，便起身道：「我去路口買宵夜，你好好看著冬瓜，別搞出什麼飛機。」隨後便往工廠外頭走去。

也不知是哪個缺德鬼將貨車隨便斜插在工廠門口，柯德良拉開捲門走出也沒注意，就這麼嗑到了腦袋。他暗罵著娘，撫著頭朝貨車踢了一腳，決定買完宵夜回來把這破車的輪胎都卸了。

才走出幾步，忽覺哪裡怪怪，他又折回貨車邊⋯⋯。

沒錯。柯德良確定自己不是撞了那下頭昏眼花，他沒有看錯，那發財車篷蓋布上印著的，的的確確就是「利鑫家具」四字！

「難道三爺拖冬瓜來的時候給人跟蹤了？」敵暗己明，柯德良邊想著，小心翼翼查探四周。「這些人倒也膽大，把車橫在門口是想證明什麼？」這時對街有三個人正要上車離去，他忙叫住詢問：「嘿，那邊的，你們有看見是哪個王八把車停在這裡的嗎？」

「小哥，抱歉，我們只是路過停下來小解⋯⋯」

柯德良聞言，便擺了擺手放人離開。之後他找了一陣，不僅沒找到人，更沒發現異狀，不覺心頭惴惴。

此時，忽地有陣風帶來濃濃酒味，他鼻頭一皺，摸向源頭，在附近的廢棄木材堆中找到了個醺味沖天的醉漢。拍了兩巴掌也沒見醒，他就自往醉漢身上摸去⋯⋯。

「趙阿隆？什麼年代還有人取這種土包名字？」柯德良看著醉漢的證件喃喃，將錢包中的七百塊錢順進了自己口袋。正欲離開，腦袋忽地閃過靈光，又念了幾次那醉漢的名字：「趙阿隆⋯⋯趙阿隆⋯⋯叫惡龍？」

柯德良恍然大「誤」，將冬瓜在迷濛意識下用臺語念出的「烏仔龍」誤會成了「趙阿隆」。當下也顧不得周遭有沒有埋伏，費了番力氣將人給拖回了工廠。雖然整個狀況他仍雲裡霧裡，但動腦的事反正有三爺去想。

「這是誰？你不是去買宵夜嗎？」柯德昌上前幫手。「你知道的，我什麼都吃，就是不吃人。吃人這種事很不好，只有野——」

「吃你媽啦，閉嘴。」柯德良翻了白眼。「打給三爺叫他老人家回來，跟他說我逮到人了。」

十

「八指閻王」這個綽號，屬於一個叫做「顏炳和」的人，後頭「閻王」二字自不用說，不過就是他姓顏罷了，而前綴的那「八指」，則是因為他雙手加起來只有八根指頭……。

為什麼他雙手加起來只有八根指頭？

這個問題問得很好。

常常有人向他問起這個問題，而他也總是喜歡與人說起由來。

那是個月黑風高的夜晚——他通常會這樣開頭——那時候他還年輕，年少氣盛的他在吃夜宵的時候不慎惹到了一些道上的夥計，他們在一條蕭瑟淒涼的暗巷裡頭堵死了他，那些人手上清一色持著西瓜刀，領頭的則在頭上綁了一條如血色般紅豔的頭巾，並且立誓要在那夜砍了他的命。他一個人手無寸鐵自知不敵，初時一心只想著拚死逃脫，然而那些人實在逼得很緊，直到最後見再也無處可逃，索性把心一橫徒手接下直面砍來的一把刀，這個莽撞的舉動讓他永遠失去了兩根指頭，卻換來了自己的命。他憑著奪下的那把刀殺進殺出、殺進殺出，最後終於將一十七個人通通砍倒，逃出生天。

「後來這件事也不曉得怎地竟然傳了開，」最後他總會面露無奈用這句話當作結尾。「就開始有人朗著『古有常山趙子龍七進七出救危主，今有八指閻羅王刀起刀落破血路』這種狗屁不通的對句，喊我叫八指閻王，也不管我願不願意……」

這，是他告訴人家的版本。

然若你去問那些認識他的人，他們則會告訴你真實版本：「喔，他就詐賭被抓包，給人砍掉兩根指頭啊……綽號？嘖，他自己起的啦。」

這就是「八指閻王顏炳和」，一個賭品差勁、沒什麼本事，就只會信口胡謅大話的人。

而這個人，近來都在油骰佬的賭場出沒。

他喜歡油骰佬的賭場，這裡既乾淨又舒適，服務的品質也挺到位，雖然不是每一天都高朋滿座，但至少不會有毫無人氣的沒落感，賭桌上的遊戲更是應有盡有。當然，每間賭場會有的問題這裡還是難以避免，每個夜晚這裡總是吵得像是正午時候的市場，七嘴八舌什麼樣的聲音都有。八指閻王討厭吵，他認為都是那些吵鬧害得他輸錢，他通常習慣在開始覺得吵的時候戴上耳機。

不過，自從他上星期第一次踏進這間賭場開始，就還沒拿出耳機過。

在這裡，他第一次覺得以往那些很吵的吆喝、歡呼，聽起來居然是那麼的悅耳，而來來往往的賭客們不管是藍領、白領還是流氓，也都生得是那麼和藹可親。這個全新的感受，讓他覺得油骰佬的賭場實在棒極了。

至少，在今晚以前他都是這麼覺得的。

今晚的八指閻王，也搞不清楚自己是在哪個時間點戴上耳機的，而周邊不管是荷官、賭客，還是服務生小妹，幾天前明明還很討喜，現在看起來卻都是那麼面目可憎。他想著這間賭場的東主是不是作了什麼法，否則氣場怎會突然變得如此不同？又否則自己明明前幾次來都是贏著錢出去的，怎麼今天會突然在短短幾個鐘頭就幾乎要輸光？

他坐在德州撲克的檯面，額頭猛冒著汗珠，一面想著其中肯定有詭，一面緊緊盯著荷官翻出最後一張牌……梅花3。太好了，拿到同花！他暗喜，暫時放開懷疑，不動聲色看著牌桌上唯一一個在這輪牌局留下的對手，等著看他怎麼下注──那人玩了一會兒桌上籌碼，最後將上限籌碼推了出去。

「嘿嘿，這下還不抓到你？」八指閻王心裡竊笑。他觀察了一夜，這個在今夜贏走他一堆錢的對手，總是喜歡在偷雞的時候玩籌碼玩個一陣才加注。等了一夜終於等到了這個時候，他信心滿滿的跟注。

隨後對手掀牌，正好也是同花，只是……牌面卻要大他一點。

見到對手手牌，本還滿懷信心的八指閻王臉色霎地發白，顫抖著放下自己手上那兩張沒用的牌紙，身體像是靈魂被掏空般癱軟。

他靠著椅背，想不透自己怎麼會輸，明明前幾天在這裡都贏得很順利、明明自己一夕之間就要成為富翁的啊！而且那傢伙應該是打算偷雞，怎麼手上會有同花，還剛好就大他那麼一點？不對勁、這一切都不對勁！

他用怨毒的眼神掃看四周，也不知是正巧還是不巧，就這麼看到了發牌的荷官嘴角露出了一抹佞笑。他心起疑竇，又看向那幾乎贏走自己所有財產的對手，發現那人臉上居然也是一樣表情……。

忽然間，八指閻王完全明白過來自己怎麼會輸了一夜，憤而拔出自己藏著帶進來的槍，滿臉怒紅指著荷官道：「他媽的，你們詐賭！」

其時錢三剛巧就在油骰佬的賭場，他也從幾個管道打聽出冬瓜是這裡的常客，遂想著來問問有沒有人認識那個「惡龍」。誰想到才剛進門，賭場內忽地爆出了騷動，他順著騷動方向望去，竟是有人拔槍鬧場。

親自出來迎接的油骰佬臉上滿是尷尬與歉意，對錢三保證馬上解決，錢三卻是擺了擺手，逕自拉了張椅子繞到被槍指著的荷官旁坐下，用那雙鷹眼盯著鬧場的人道：「皺位弟兄，請燜怎麼稱屋？」（這位弟兄，請問怎麼稱呼？）

「幹，關你什麼事？你是負責人嗎？子彈無眼，不是就滾開！」

「三爺，」那荷官認得錢三，恭恭敬敬替鬧場的人回答道：「這個人名叫顏炳和，有個綽號叫八指閻王，他懷疑我們賭場詐賭。」

「不是懷疑，你們就是詐賭！」顏炳和吼道，揮槍指向牌桌邊緣那個做潮流打扮的青年。「這傢伙就是你們插的暗樁，跟荷官暗通款曲來弄我。」

「別居動，這位……玵王兄。」錢三擺了擺手讓油骰佬撤掉準備上前的安管，緩緩說道：「偶不素這場組都輪，不過皺裡很多林機道偶素隨，也機道偶皺林最素公平公圳。乃，你收收這素怎麼回事，偶口以幫你評評理。」（別激動，這位……閻王兄。我不是這場子的人，不過這裡很多人知道我是誰，也知道我做人最是公平公正。來，你說說這是怎麼回事，我可以幫你評評理。）

八指閻王給這人的口齒不清搞得很煩躁，但見他竟能讓賭場負責人乖乖撤掉安管，想來必定是在江湖上頗有威望的人，也不敢再放肆。而在稍微冷靜過後，他對於自己衝動做出在人家地頭上拔槍這種蠢事也有點後悔，他評估了下形勢，發現眼下這人是自己唯一可以開脫的機會，幾番思量後他有了決定，開始信口胡謅些諸如看到荷官在袖中藏牌、與暗樁互使眼色等故事……。

錢三耐心聽完，張手招來油骰佬，用嚴厲的語氣問道：「尤國彰，真有楚素？」（尤國彰，真有此事？）

尤國彰就是油骰佬，他陪笑道：「三爺，你也知道我——」

「燜你什麼就答什麼！」錢三喝道。

「沒有。」油骰佬收起笑容挺直腰桿，正色道：「我的場子裡從不幹、也不允許出現詐賭這種下檔事。」

「沒有？」八指閻王哼哼兩聲，把槍指向油骰佬。「你以為——」

「閉嘴，」錢三高聲喝住八指閻王。「不素有槍就大尾，偶在處理，捱沒輪到你收話就給偶乖乖安菌蹲著。」（不是有槍就大尾，我在處理，還沒輪到你說話就給我乖乖安靜等著。）

八指閻王給錢三這一喝嚇得忙收聲，就連賭場內那些不相干人之間的竊竊私語也莫名被錢三的氣場給鎮住，所有人大氣也不敢喘一口，偌大賭場頃刻間變得鴉雀無聲。安靜了以後，錢三再問向那荷官有沒有作牌，荷官立刻翻起袖子保證自己乾乾淨淨，也表示自己向來是個守規矩的人。

「那麼，」錢三問向油骰佬。「林家做啥孩疑你這裡詐賭？」（人家做什麼懷疑你這裡詐賭？）

油骰佬靠到錢三身旁，彎腰似要耳語。沒想錢三卻將頭偏開，道：「跟偶解素做啥？皺素你都場組，要收就跟你斗扣林收。」（跟我解釋做什麼？這是你的場子，要說就跟你的客人說。）

「這個……」油骰佬沉吟著，面露難色，只是在見到錢三開始表現不耐以後，他很快就知道非說不可，清了清嗓道：「最近幾個禮拜，這位顏先生在咱們賭場贏了不少錢，我觀察了幾次，覺得他牌技好像也不怎地，就找了個高手來試試他……」

「我就說——」八指閻王又要開嘴，卻在感受到錢三射過來的眼光後把話給吞了回去。

「你就速內苟高手？」（你就是那個高手？）錢三看向潮裝青年。

「不敢當，只是在撲克圈有點名氣，今年在紅龍盃拿了個第五名。」潮裝青年滑動手機，將手機推給錢三。「Google下就能找到我。」

錢三不發一語看著手機畫面上的資料，直到把訊息瀏覽完以後才緩緩開口道：「玾王兄，皺次素你遇到高手，不素林家詐賭弄你啊。」（閻王兄，這次是你遇到高手，不是人家詐賭弄你啊。）

「這……這……」八指閻王臉上因為羞憤而漲得通紅，一時間找不到話語反擊，最後弱弱的嗆道：「不管，暗樁既然是事實，那就是你們黑！」

「技不如林，素你駔不量力。」錢三搖了搖頭，也不見思酌就果斷給出最後結論：「皺樣吧，偶口以讓你拿回最後輸掉斗籌碼，你可以拿企翻本，偶保證內位高手兄弟不費再企煩你。」（技不如人，是你自不量力。這樣吧，我可以讓你拿回最後輸掉的籌碼，你可以拿去翻本，我保證那位高手兄弟不會再去煩你。）

八指閻王猶疑一番，將腦海中的選項掃過一圈，發現這是自己能選擇的最好下臺階，遂緩緩放下了手臂——連聲「好」字都還沒得及出口，就見錢三突從座椅上彈將而出，身手矯健的滑過賭桌擒拿住他的手臂奪槍，八指閻王因為手腕被扭哀聲喊疼，接著胸口又中了如大槌砸中般的重踢，整個人飛出兩、三丈遠，跌了個四腳朝天。

「你……你……」八指閻王撫著胸口氣急敗壞道：「你這沒鳥的，說話不算話，還敢說自己有多公正？」

「偶收法當然算法。」錢三將槍遞給油骰佬，整理了一下儀容。「不夠凡素總有先後，你先在林家地頭上拔傢吼，皺種素犯摟孫意林斗大忌，不先處技斗法，林家以後孫意素要怎麼皺下企？」

（我說話當然算話，不過凡事總有先後，你先在人家地頭上拔傢伙，這種事犯了生意人的大忌，不先處置的話，人家以後生意是要怎麼做下去？）

八指閻王臉色由怒紅一下轉成了慘綠，安管一擁而上，將人拖了下去，而油骰佬馬上宣布在場每一個人都可以免費領取五千塊籌碼，眾人歡呼，這場鬧劇就此結束，賭場很快又恢復了原本鬧烘烘的熱鬧模樣。

「三爺真是寶刀未老，」油骰佬眼神指示著手下遞茶過來，在錢三身旁哈腰道：「真是見笑了，還勞煩您老人家出面解決，實在——」

「扣套法不必收了，」錢三打斷油骰佬的馬屁。「偶收你啊，誰誰便便就有林口以帶傢伙進乃，安檢搷要再加強，機道不？」（客套話不必說了，我說你啊，隨隨便便就有人可以帶傢伙進來，安檢還要再加強，知道不？）

「三爺教訓的是……」油骰佬滿臉歉意，唯唯諾諾答應，隨後將手向旁一揚邀請錢三進入辦公室。在油骰佬那禪風裝潢的辦公室裡頭，錢三說明了自己的來意及手頭上要辦的事。

「惡龍……」油骰佬沉吟了一會兒，「這綽號沒什麼印象，倒是幾個鐘頭前有人在到處打探您的貨……」

「素什麼林？」（是什麼人？）

「是個黑市仲介，他說——」油骰佬拉開他那張檜木辦公桌的抽屜，將手上的槍隨意扔了進去。

砰！

槍，走火了。

而突然爆出的轟天巨響，阻斷了他的話語。

辦公桌上多了個孔洞。油骰佬愣了愣，驚訝的看著煙硝從木桌穿孔中冉冉冒出、上上下下檢查自己有沒受傷。沒有。他正自鬆了口氣，欲說些話來緩解這突然的尷尬插曲，就見得錢三面孔扭曲、捂著胸口，身子如同失去靈魂般軟軟地癱了下去……。

十一

「至少300ML的威士忌，」柯德昌開著手機錄音，來來回回嗅著被綁在梁柱上的醉漢。「還有奇怪藥味，推測是乙醚之類的化學藥物……」

「你在幹什麼，狗啊？」柯德良提了桶冰水走進刑房，沒好氣的說。

「我在研究這個人怎麼叫不醒。」

「唷，那研究出什麼沒有？」柯德良挑起一邊眉毛。

「哥，我覺得這傢伙不是喝醉，是被迷昏的。」

「這麼厲害，連這都聞得出來？」柯德良不以為意的訕笑道：「你哪時候學了這種厲害本領，我怎麼不曉得？」

「嘿嘿……」柯德昌擰了擰鼻子。「從『英雄哥的偵探教室』學來的，他的粉絲團教了很多這——」

「幹，你是哪根筋不對。」柯德良臉色一變，騰出手拍向弟弟腦袋。「人家是兵，咱們是賊，你訂閱那瘟神的粉絲團做什麼，搞不清楚狀況啊？」

「那又不是他自己建的粉絲團……」柯德昌委屈地說。

「白痴，那不是重……唉，算了。」柯德良嘆了口氣，也不知道該跟這老是搞不清楚狀況的弟弟說些什麼，逕自將他拉開，把整桶冰水從那昏睡不醒的醉漢頭上澆了下去。醉漢打了陣激靈，緩慢且迷濛著睜眼，柯德良卻沒先予理會，自顧著問向弟弟：「三爺人在哪？哪時候回來？」

「打了三通，他老人家沒接，我有留言了。」

「這樣啊，看來……」柯德良沉吟著。「我們得先自己處理了。」拍了拍那醉漢臉頰。「醒醒、醒醒……」用力甩出一巴掌。「幹，醒不醒！」

趙阿隆受到突如其來的驚嚇，猛然睜大雙眼，見了眼前是兩個陌生人，不禁恐懼道：「你……你們是誰？」

「爺是你這輩子遇過最可怕的存在，」柯德良擺出凶狠模樣，將臉龐往前湊近。「不想這輩子最後看到的就是爺這張臉，就給爺老老實實招了。」

「招……招什麼？」

「還不老實？」柯德良又甩過一巴掌。

趙阿隆眼冒金星，唇角滲出了血，那是他牙齒被打落所冒出的血。他將牙齒從口腔中嘔出——連帶著血液與部分晚餐——搞不清楚自己究竟做錯了什麼事要遭受如此……他猛然一震，忽地想起自己做過了什麼。

「不……不……」趙阿隆渾身顫抖著，腦袋閃過那個前不久被他一棒打倒的人。「我不是故意的，真的不是！」

「不是故意的？」柯德良狠聲道：「你以為自己做的只是撞到了人，隨便說句『我不是故意的，對不起』就能私了的事？」

「沒……沒有，可是我真的不……嗚噗。」趙阿隆話都沒完，肚子就吃了記重拳，一道酸楚又從腹中湧上。

「唉，說真的……」柯德良讓開閃過穢物。「打人會累，爺也不想清空你的肚子。」圈起拇指、中指，彈了彈趙阿隆的額頭。「只要你供出同夥，爺保證不折磨你。」

「同夥？沒有，我沒有同夥，那只是——」趙阿隆學乖了，不敢說出「巧合」二字，迅速改口道：「都是我一個人做的，沒有其他人……」趙阿隆畏畏縮縮的道：「他……他老人家……還活著吧？」

「還沒死。」柯德良眉頭一皺，覺得哪裡不大對勁。隨後他明白過來，拉了自己弟弟到一旁低語道：「他好像很清楚自己劫了誰要用的貨？」

「莫非是三爺老闆的死敵支使他們劫的，要讓三爺老闆得不到治療？」

「嗯，不無可能……」柯德良難得認同弟弟的答案。「但那跨國買賣都是三爺親自去辦的，在幾個鐘頭前連咱們也不曉得，怎麼會洩漏出去？」

「我哪知道？」柯德昌聳聳肩。「我看這傢伙一臉衰樣，不會是首腦，問他恐怕問不出太多東西。」

「總是能問出點什麼，至少他還知道自己劫了誰的貨、劫了什麼貨。」柯德良邊說邊搖頭：「但問話是三爺的事，要我來做我還真沒什麼頭緒。」

「我看，不如先問問他怎麼會被丟在咱們廠外？」

「哇操，」柯德良展笑道：「你腦袋怎麼突然靈光了？」

柯德昌呵呵傻笑，兩人又走回趙阿隆面前問話。

問了老半天，才終於從那些顛三倒四又聽不懂的回答中拼湊出他是給人迷昏丟包的，再問些其他的，來來去去也就得到那些沒能聽的東西，就連同夥姓名，他也一貫堅持是自己幹的沒同夥。柯德良最後問得惱了，揍了幾拳出氣才訕訕離開刑房。

「我研判……」柯德昌撫弄著下巴短短的鬍鬚。「他給餵了迷幻藥。」

「還需要你研判？」柯德良啐道：「講話顛三倒四的，什麼女友劈腿要去算帳然後一不小心就劫了三爺的貨，不知道在講什麼鬼東西……」

事實上，趙阿隆在講的，與柯家兄弟在問的，完全是八竿子打不著的兩件事。然而柯家兄弟先入為主的認為趙阿隆就是他們要找的那夥人之一，根本想都沒想過這是陰錯陽差的誤會，是以趙阿隆說出的話能兜上的他們就自動替他兜上，兜不上的就當是嗑了藥、喝了酒的胡言亂語。

而趙阿隆嘛……他現在醉得不清不楚，當然也沒搞懂是對方抓錯了人。

「但他是怎麼會被迷昏丟包在這的？」柯德良納悶。

「少個人分錢？想借咱們的手料理他？」

「沒事冒這風險做什麼？弄得不好還讓咱們知道他們有哪些人。」柯德良否定這個可能。「而且他死也不講出同夥，我看事情另有蹊蹺。」

「那現在怎麼辦？」

「一句話。沒轍。」柯德良攤了攤手，打了個哈欠。「等三爺回來吧，我瞇會兒，你顧好那兩傢伙，有機會就問點什麼。」也不等弟弟答應，就自顧跳進了沙發喬好位置呼呼大睡起來。

只是才進入夢鄉沒多久，他就立刻被一陣窸窸窣窣的雜鬧給驚醒。

他猛然從沙發上跳起往外頭看去，這時工廠的鐵門已經拉開了些許，露出佇足在外頭的一雙腿。

窄小的汽車後座硬塞進三個身材魁梧的大男人，坐起來當然是一點也不自在。石頭坐在正中，扭來扭去也找不到個舒適的坐姿，脾氣變得暴躁，憋了好一會兒終於忍不住埋怨道：「老大也太摳門，換台大點的車會死喔？」

副駕座上的平老九瞥了後照鏡，冷冷道：「你確定要說老大壞話？我們四個全都聽到了，找死嗎？」

「不是……平哥，我只是抱怨，不是真有那意思。」

「忍一忍，」平老九哼道：「很快就到了，你別亂動就會舒服點。」

石頭不再亂動，卻仍是心浮氣躁，忍了一陣子再也忍不住，決定講講話轉移注意力：「看老大緊張成這樣，那個錢三是什麼人來著？」

這個問題惹來一旁的人冷哼，平老九點著菸開了車窗，吐出一口灰濁的迷霧後感慨道：「沒想到現在年輕人連三爺也不認得了，光陰吶……」

「很大尾？」

「海龍王那麼大尾。」

「哇操，那……」石頭嚥了嚥口水。「那老大不就死定了？」

「這就要看咱們事情處理得怎樣了……」平老九語氣透著沉重。

車上有四人是油骰佬的手下，石頭是裡頭資歷最淺的，雖然他也知道事情嚴重，卻沒有像其他人那般憂心忡忡。事實上，他根本也沒察覺到整車的氣氛都很凝重，就只有他還有心情在那問問題。

「所以海龍王大大是什麼來頭？」石頭又甩了個問題。

平老九將菸頭彈出車外，本來想要石頭閉嘴安靜，但心念一轉，決定給這年輕人科普一下江湖道上的歷史知識。「簡單的說，」平老九道：「三爺在淡出以前是道上的仲裁者、解決問題的專家……」

平老九本打算簡短說說，卻不知不覺越說越多，一路上不斷講著他所知道的錢三生平故事，剛說到「幾年前錢三生了場怪病，沒有醫生懂得治療」這事兒，還沒得及講後續遇著了貴人相助，他們就到了目的地附近。平老九拿出望遠鏡，比著手勢要車子熄掉引擎，讓所有人靜下等待他的指示。

「的確有車停在那，你確定那就是他們？」平老九將望遠鏡遞給駕駛。

駕駛座上的人赫然是那黑市仲介王小和。他接過望遠鏡，瞧了一眼以後說道：「沒錯，就是那輛車沒錯，他們就在那兒。」

「好，你在這等著，別亂跑。」平老九對王小和說著，從塑膠袋中拿出槍一一發給後座三人。「夥計，咱們上工！」

油骰佬焦急的在辦公室裡頭來回踱步，再度看向掛鐘，裡頭的秒針緩慢前進，距離他上次看去也才過了一分鐘，卻讓他覺得有十來分鐘那麼久。

自從在他辦公室發生意外以後，他的心緒就一直如此紊亂，雖然黑市醫生說錢三性命無礙，但油骰佬怎麼想就是心理不安，畢竟那可是錢三吶，江湖道上活生生的傳奇人物吶，竟然就在自己辦公室裡頭出了意外，到現在也還昏迷不醒，那可不是說著玩的事兒。

他決定暫時壓下這個消息，先找辦法彌補過來再說。

怎麼彌補？他立刻想起錢三不久前才告訴他的事，決定幫錢三處理好那件事當作賠罪。他沒花多少功夫就找到了那個在四處打聽的黑市仲介，付給了情報費，甚至多付了點錢要他幫忙。

「那仲介不是說早就掌握到那票人的行蹤？怎麼還搞這麼久？」油骰佬煩悶的想著。「不會出了什麼差錯吧？」

他一會兒站一會兒坐，根本靜不下心，想打電話過去詢問進度，又擔心會干擾到自己的手下做事。他又看了眼掛鐘，憂心忡忡的倒了杯酒，正要一飲而盡，手機就響了。平老九的來電。他忙放下酒杯接起。

「事情怎樣了？」他抱著半喜半憂的心情問道。

十二

搞到了新的交通工具，劉雲等人找了處廢墟落腳。那是棟興建到一半就忽然停工的商場建築，平時總有些流浪漢或是毒蟲在這裡盤桓，然而劉雲等人抵達這裡之前剛有巡警來巡過，所有人不是被驅離就是給帶走，因此現下這個地方就只有他們。

劉雲是臨時提議來這塊地方的，卻告訴鳥仔龍這是計畫的一部分，而這裡沒有閒雜人等則是他事前工作的結果，他認為這樣說能替自己樹立出一種高深莫測、心思慎密的形象，而他認為的也的確沒錯，鳥仔龍已經對他佩服得五體投地，稱呼都從「劉雲」改成「雲哥」了呢！

之後劉雲決定輪班放哨，鳥仔龍輪第一班，然而排定好這一切的他卻遲遲無法入睡。翻來覆去好一陣，他決定放棄睡眠睜眼，見守哨的鳥仔龍居然還精神奕奕的在那耍弄球棒，不禁為他的體力感到佩服，也同時為他的腦殘感到悲哀。他再度檢查手機，還是沒有電話進來，心情不免起了焦躁。他一度懷疑是不是自己算計錯了，但很快就否定掉，他對自己的計畫有信心，他相信只要再多等一會兒就能等到來電。

「你不累啊？」劉雲越過熟睡的阿阮過去跟鳥仔龍搭話。

「不累，」鳥仔龍停下手頭戲班子般的耍弄，咧嘴笑道：「想到很快就有白花花的銀子入帳，我就興奮到睡不著。」

劉雲被鳥仔龍的天真話語給逗得心裡發笑，卻沒表現在臉上。「換我守著吧，大家同一條船上的，別要有人多累點。」他這麼說，心裡卻是想著不要多欠給鳥仔龍人情。

「真的不累，我就是個夜貓子，精神正好呢。」鳥仔龍騰出手拍了拍劉雲肩膀。「雲哥是動腦的，動腦才是辛苦活，要多睡點保持思路暢通。」

「真的？」劉雲不信，想著鳥仔龍在玩什麼把戲。

「真的。你看，我就一粗心的蠢蛋，否則也不會讓雲哥撞見我在計畫劫車了是吧？幸好後來你加入了我們。」鳥仔龍笑開。「我還是有自知之明的，我腦袋就是不靈光、不好使，要是沒人指點我該做什麼、該怎麼做，我肯定會把事情都搞砸。阿阮也是，就擅長打架，腦子也跟水泥一樣……我想過了，以後你就是我們倆的大哥，你出主意，咱們給你當打手。」

這番話是鳥仔龍的真心話，而真心話往往容易觸動到人，劉雲不是冷血怪物，當然也被這番話給感動。他不禁為自己先前的想法感到慚愧，人家這樣推心置腹，自己卻只想著要在事情結束後甩掉人家，實在太不應該了……不是都說忠誠的人比能幹的人難求來著？眼前就有這麼個還沒成事就對自己掏心掏肺的人，怎麼自己未審就要先判人出局了呢？劉雲腦袋轉了圈，決定再觀察鳥仔龍一陣子，打不定他有什麼優點自己還沒察覺到呢！

他很快就想到了一個，至少……鳥仔龍會說越南話。

慚愧過後，劉雲發現自己對這兩個犯罪同夥毫不熟悉，鳥仔龍是常送貨到他公司的司機，但劉雲也僅知道他身上刺青的小八卦，其餘一無所知，而那個越南人就更是一團謎了……他決定趁現在惡補一下。

「你跟阿阮是怎麼認識的？」

「他算是我表哥。」鳥仔龍抱著球棒坐下，看見劉雲眼神透出困惑，再補充道：「喔，我媽是越南新娘啦……小時候我們也見過幾次面，不過是半年前他逃來這裡以後我們才混在一塊的。」

「逃？」劉雲本是隨口問問，這下倒起了點興趣。

「他在越南犯了事，」鳥仔龍聳聳肩。「總之就是碰了不該碰的女人、殺了不該殺的二貨、惹了不該惹的勢力之類的破事。現在越南那裡黑白兩道都在找他，如果他還繼續待著肯定一天也活不過，於是就逃來投靠他阿姨，也就是我媽囉。」

聽到阿阮居然殺過人，劉雲興趣更濃繼續追問下去。鳥仔龍也沒保留，侃侃說著他認識的阿阮……。

接下來的夜晚，即便認為鳥仔龍的話語多多少少摻有水分，劉雲還是聽著他講述自己以及阿阮的故事——他沒料到阿阮那乾乾淨淨的小白臉樣，在越南居然是地下拳賽的拳手——就這樣不知不覺過了個把鐘頭。也不曉得自己是在哪個時間點昏睡過去的，但總之他醒得很是不愉快……。

他是被一陣粗暴給喚醒的，而睜開眼就見到鳥仔龍撲在自己身上猛力摁低自己的腦袋，他感到莫名其妙，不禁冒起火來。才要發難，就注意到鳥仔龍神色不對勁，忙乎下火氣改問出了什麼狀況。

「噓……」鳥仔龍豎指脣前，低聲道：「阿阮說：『有人，來者不善。』」

柯德良警戒的從沙發底下撈出槍，繞到柱子後方的死角嚴陣以待——外頭那雙腿太過精瘦，絕對不是三爺。難道是那票人上門找茬來了？

他控制著呼吸，做好了隨時爆發槍戰的準備，眼下已來不及提醒還在刑房的弟弟，他必須獨自迎接第一波攻勢。鐵捲門的捲動忽然停下，他意識到對方可能已經潛入，微微探出頭查看。

「嗯？只有一個人？」柯德良暗暗納悶，對於這個偵查結果有些意外。而更讓他意外的是外頭天光明亮，顯然日出了有段時間。

他有些錯亂，覺得自己才剛睡下沒多久，怎麼會突然就早上了呢？有很多可能原因，可能是自己累了一個晚上導致身體對於時間流逝的敏感度下降，又或者是方才做了個在夜晚的夢讓自己還停……他從恍惚中醒神，意識到現在不是困惑這些的時候，小心翼翼的探出半身，警告那個背對著自己的敵人道：「別動，有槍指著你，你他媽的是誰？」

「喔，我的天！」那人驚叫，舉起雙手緩緩轉身。「別開槍，是我。」

「打扮成這樣，誰知道你是哪根蔥？」柯德良手上的槍瞄準著那個整張臉幾乎蒙住的傢伙，不敢掉以輕心。

「我啦，」那人摘掉口罩、墨鏡。露出的那張臉，赫然是遠圖集團的少東趙近乾。「我來找錢叔……嗯，你們的三爺，錢三。」

「啊！是趙少！」柯德良是錢三手下，當然知道錢三這些年來是在替誰工作，忙收起槍歉道：「歹勢、歹勢，我有點兒緊張過度。」

「不要緊，」趙近乾擺了擺手。「錢叔在嗎？打他手機找不到人，我想知道事情怎麼樣了。」

「三爺他……」柯德良猶疑一陣，他也不知道自己睡過去那麼久，三爺究竟是有消息了沒有，忙對著刑房那頭喊道：「德昌，趙少來了，你聯絡到三爺了嗎？德昌？德昌、德昌……」喊著喊著也沒回應，他兀自納悶著，隨後忽然想起刑房是裡外隔音，不禁尷尬一笑，信步走去要叫出自己弟弟……。

哪有想到一解開鎖，那道厚重的隔音門就突地猛然大開！

柯德良人就剛好站在門後，給這下促不及防的衝擊震得踉蹌跌去，眼花撩亂間，依稀見得兩個身影奪門而出，隨後是弟弟的聲音急喊道：「別跑啊！站住！給我回來！」

柯德良搖搖晃晃的拔出槍，眼前視線還沒完全恢復，只模糊看見逃跑的兩人撞倒了愣在原地的趙少，而其中一人奪走趙少身上跌出來的一樣物事。他頂著昏眩追上，亂槍打中其中一人，卻沒能阻止另一個從鐵捲門下溜出工廠，好不容易緩過神智追了上去，卻早就不見影兒了。

找？或者不找？

不找。柯德良當機立斷拉下鐵門，將也不知道是死是活總之沒吭半聲的冬瓜給拖回刑房內，冷冷看著被綁在刑房柱上的弟弟道：「幹，麻煩你解釋一下這是怎麼回事？」也沒打算替他解綁，想讓他多體會一下教訓。

「我也不知道啊，你叫我看著，我就乖乖待在裡頭看著。但你也知道這爛房間設計不良不怎麼通風，悶了一陣子以後周公就來找我泡茶了啊。喔……不對，不是周公那糟老頭，是兩個水到不行的越南大奶妹，唉，都是建仔跟我講了那些，反正我就——」

柯德良實在很想揍自己弟弟幾拳，但拳頭揚在空中還是改了途徑，鬆拳輕拍腦袋。「簡短，說重點，我不想揍你。」

「我不知道，我睜開眼就發現他們掙脫了，他們兩個打我一個，把我綁了起來，」柯德昌哭喪著臉，「可不可以先幫我解開，被綁著難受……」

「幹，就會捅樓子……」柯德良碎念著，找來了藍波刀割麻花繩。割著割著不禁覺得奇怪，自己都得用刀才能弄開麻花繩的牢固制肘，那兩人卻是怎麼掙脫的？他向來不是動腦的料，難解之謎再添上一樁，使得他更加心煩，暗惱著三爺究竟去了哪裡，怎麼一點消……三爺？腦海浮現三爺，他才忽然記起外頭還有個來找三爺的趙少，趕忙加緊弄開繩索。

「我……我先離開了。」柯德良還沒割開繩索，趙近乾就出現在門外，臉上慘白，聲音顫抖的道：「有錢叔消息的話，告訴他我在找他。」

柯德良心裡暗嘲這年輕人也太沒膽識，這種小場面就給嚇成這副德性，嘴上卻說著：「收到，我會轉達的，你快先離開，這裡不能待了。」

趙近乾魂不守舍的離去後，柯德良忙嘟囔著要弟弟也快點準備。他要趙近乾快點離開並非無的放矢，這裡的確是不能再待下去了，無論是那逃掉的趙阿隆又或是自己剛才開的那幾槍，都可能引來非常棘手的麻煩……。

「哥，他好像死了耶。」柯德昌伏在冬瓜身上，側耳聽著心跳。

「死了就死了，又不是死你老媽。」柯德良沒好氣的說。對於這個結果他也不意外，他心理早就有底了。死了人對柯德良來說一向不是什麼值得放在心上的事，死了人以後會引發怎麼樣的後續效應才是。那冬瓜不過是介載黑貨的司機，沒有什麼過硬的背景，只需屍體處理得當就好，他並不怎麼擔心。「我去把車開進來，你把冬瓜拖過去點，好好守著別亂跑。」

鐵捲門緩緩升高到可以彎腰通過的高度，刺眼的陽光從東邊射來，柯德良下意識舉起了右手去擋——這個動作，讓他沒有第一時間發現有人在對橫在外頭的那輛發財車上下其手。

直到那人出了聲音。

「抱歉，先生。請問一下，您有看到把這台發財車停在這裡的人嗎？」

十三

這世界上，有些事情若非親眼所見，實在難以想像……。

比如說：真的有人能赤手空拳擊潰四個武裝過的大漢？

當然，這種事對於充斥在這世界上每個角落的好萊塢電影而言，實屬稀鬆平常，但那畢竟是電影，不會有人當真。而且，除非電影的基調本來如此，不然導演通常不會安排一場戲，讓一個人能夠赤手空拳單挑數個武裝大漢，那無法說服觀眾，更一點也不合乎現實。

在現實中，派四個人去應付三個人，絕對是綽綽有餘的一件事……。

綽綽有餘？石頭現在才知道，根本是大錯特錯。

他們連一個人都應付不來。

石頭是第一個被攻擊的，那人的手法很快，把他的槍拍落以後，隨即賞了他一記下勾拳。他第一次知道被下勾拳擊中是真的會騰空飛起，而他甚至還浮在半空中，就聽見了槍火迸發。他知道同伴沒有在這一輪的槍戰中得手，因為平老九在滿口胡亂叫嚷。他掙扎爬起，找回了從手中噴出去的槍，戰戰兢兢沿著打鬥痕跡追去，很快在兩個隔間外遭遇了戰鬥。他不曉得為什麼明明己方有槍枝優勢卻還是發生了眼前的混戰。這樣扭打在一塊的情況開槍很可能會射傷自己人，他選擇留在原地舉槍對準目標等待機會。

只見那人即使被擒抱著，卻還是靠著頭錘擊退了平老九，同時腳下一勾順著作用力將背後的禁錮給過肩摔了出去——石頭本要趁著這個機會開槍，那人卻顯然有所感應，立刻欺近平老九快速施以幾個亂拳，拉扯著平老九、藉著他的肉身掩護竄離。石頭對著他逃離的方向連開數槍無果，那人矮身翻滾，在建物的掩護下消失。

平老九下達「分頭搜」的指令，石頭隱隱覺得不妥，卻沒有提出異議。沿途他不斷聽見槍響，而那些槍響顯然還是沒能制服那人，同伴持續的叫嚷證明了這一點。他開始懷疑對方是刻意選擇這處廢墟的，這裡有太多掩藏視線的地方，有利於單打獨鬥，甚至是分散己方來個一一擊破。

一一擊破？他突然想起對方不是只有一個人，心裡頭惶恐不安。

第一個被擊潰的是平老九，石頭見到他的時候，他倒在地上呻吟，渾身狼狽，嘴角和眼窩都滲出了血，整張臉像是妝容化掉的小丑般恐怖。石頭詢問他有沒有事——同時注意到他身上沒有槍傷——卻只得到氣若游絲的幾個簡短音符。「去、去……」平老九抬起手指著方向，石頭明白了過來，朝指點的方向追去。而當他終於追到戰鬥的地點時，只見到自己另外兩個同伴一個已經面目全非，而另一個則被那面目猙獰的人壓制著痛毆。

「住手！」他憤怒的抬起手，盡可能發出自己最大的聲量來制止那個人繼續施暴。然而那人卻只是瞥了他一眼，無視他的喝止、無視他手上的威脅，繼續砸下重拳。明擺著的挑釁激起了石頭心頭怒火，也顧不得會不會傷到自己同伴，決定就要給那不知好歹的傢伙一點教訓……。

他扣下了扳機。「砰！」

伴隨著槍口的花火，子彈音速飛旋而出。

只是在那之前，石頭的後腦勺就先猛然受到重擊，斜下去的身體讓子彈偏離預想的目標很遠、很遠，聽聲音像是打穿了一塊金屬。

他倒在地上，覺得頭昏腦脹，眼角餘光有個手持球棒的傢伙出現，踩住了他的手、踢開了他的槍，看也沒看他一眼，自顧著對著旁人抱怨。「不是我要說你……買了槍就要用，槍不是用來當擺飾的東西，懂了嗎？」隨後又露出極其討厭的笑容。「不過我不得不說聲抱歉，沒想到你說的是真的，阿阮真的能夠一個打十個，厲害、厲害，佩服、佩服……」

石頭這下知道了原來那個赤手空拳就解決了他們的人叫做阿阮……只是知道也沒用了，那個阿阮這時已經走了過來，往他腦門上砸下大拳。

「媽的！」這是在意識消散前，石頭心中所冒出的最後一句話。

油骰佬掛掉電話，拿起桌上那杯酒一飲而盡，隨後像是靈魂被抽離了般渾身癱軟在辦公椅上。他沒想過行動會失敗，他原本以為最壞的情況就只是找不到人罷了，而現在……情況變得複雜了起來。

他滿腔怒火，實在很想拿出抽屜裡頭那把槍，走到八指閻王面前朝他腦門上開個洞，畢竟這一切都要歸咎那傢伙，要不是他把槍帶了進來，現在的情況就不會是自己該頭疼的問題……。

「現在必須冷靜，好好想想該怎麼做才是。」他壓下衝動，闔上眼讓自己靜下心情。他的腦中轉過了許多「接下來」的選項，一筆一筆評估利益。許久後他睜開眼走向保險箱，取出了原本別有用途的一筆錢，決定乖乖支付那自稱是「劉先生」的傢伙所要求的贖金。

畢竟，錢再賺就有，而三爺……卻是怎樣也得罪不起的。

「怎樣？結果怎麼樣？」劉雲才剛掛斷電話，鳥仔龍就迫不及待的湊上去詢問結果。劉雲圈起了食指與拇指，在他眼前晃了晃。「ＯＫ？嗯……ＯＫ就好，那——」

「這不是ＯＫ，這是個數字。」劉雲打斷鳥仔龍的話。

「三百……不，」鳥仔龍察言觀色。「三千萬？」

「就是三千萬。」劉雲先是笑了笑，隨後又嘆了口氣。「只怪我不知道行情，也不知道那油骰佬能付出多少錢，打不定可以更多的。」

「夠多了、夠多了，」鳥仔龍歡喜得手舞足蹈。「那油骰佬只是弄了間小賭場，三千萬肯定是他老本了。就是不知道他沒病沒痛，買個黑市器官要做什麼來著？」

「反正不關我們的事，我們只管收錢。」劉雲把手機塞回已經被打到半死不活的平老九兜裡。

「對了，咱們的拳王哪去了？」

「喏，在那兒。」鳥仔龍指了方向，阿阮正拖了個人朝他們走來。

「哎唷，這不是仲介小哥嗎？」劉雲蹲下來，饒有興味的看著阿阮拖過來的王小和。他的臉顯然也被阿阮狠揍了一頓，只是還沒暈過去。「我還想說怎麼藏匿的地方會曝光呢，看來是小哥賣了咱們，從咱們一走就在跟了吧？真是辛苦。不過……這是不是那個……那個……有點沒職業道德啊？」

「呸，」王小和吐出一口和著血的唾液。「知不知道你們惹到了誰？」

「知道。」劉雲展了個笑容。「那你又知不知道你們惹到了誰？」

「你們誰也不是，你們完——」王小和沒能把話說完，阿阮的大拳就砸了下來，這拳是劉雲使眼色讓他砸的。

「現在也許誰也不是，不過今後每個人都會記住我是誰。」劉雲拍了拍王小和的臉，使了個眼色給阿阮。「可惜你看不到那時候了。」

他話聲一落，阿阮立刻亂拳雨下，王小和不久就沒了聲息。

之後劉雲也懶得掩埋這五具屍體，隨意扔在了牆角，就喊著要鳥仔龍跟阿阮準備離開。他倚靠在後車廂上發號施令，手指觸摸到一個孔洞，心跳陡然漏了一拍，趕忙喊過鳥仔龍來打開後車廂。

一開後車廂，鳥仔龍就給嚇得連退幾步，是讓阿阮扶住了才沒摔倒。「媽啊，這……怎……怎麼死了。」抱頭作懊惱狀。「怎麼辦，這下怎麼辦，好不容易到手的三千萬啊！」

劉雲無奈看著那眉心中央開了個孔的黑傢伙，杵著臉沉吟。他也沒料到幾番折騰終於敲定買賣，到臨頭了居然倒這種大楣……不過這不致於讓他慌了手腳，他只是有點惋惜。他一臉惋惜的道：「唉，雖然說買賣有道，但這人死了實在是怪不得咱們，就算那開賭坊的老爺倒楣吧。」隨後他笑了開，笑得居然比剛完成那筆交易時還開心。「這下，咱們要空手套白狼了。」

十四

折騰了整夜，李永祥覺得自己快累掛了，雖然這一夜本來該是他的休息時間，但警隊教官那句「記住，警察是沒能休息的職業」一直深刻在他心裡，何況這場禍闖得還不小，自己居然讓偷車賊幫忙運槍枝，想到就膽顫……。

喔，不，李永祥膽顫的當然不是那三個偷車小賊；他膽顫的是這下要沒做好處理，恐怕局長就真的要叫他從警界滾蛋了！還好那林旱走有記帳習慣，他按著帳本一筆一筆核對，搞了整夜總算確定扣押的槍枝沒有半點遺失，那三個偷車賊倒也沒有膽大到在他眼皮底下偷槍。真是幸好。

他伸了伸懶腰，一臉疲倦離開證物室，淡黃色的光芒刺得他闔上了眼，他伸起手臂去格，這才從射過來的陽光角度驚覺已經日上三竿。他躡手躡腳走進辦公室，觀察到局長不在，才昂然挺起胸走到小陳桌邊。

也不知道小陳是全神凝注還是全神放空，反正沒注意到有人來到一旁，李永祥不過輕拍了他的肩膀，他竟就像是驚弓之鳥般彈身而起，辦公椅被他震飛老遠，連帶著嚇著了周邊經過的人。

「幹嘛？做壞事喔？」李永祥壞笑著，瞥了一眼小陳桌上的冊子。

「沒有啦，在想事情……」陳承樂反手闔上冊子，從桌上抽了張紙遞給李永祥。「喏，你的報告，這是我精心傑作，局長肯定滿意。」

「謝啦，」李永祥將報告對摺收進口袋。「走，我請你吃早餐。」

「早吃過啦，英雄哥。都幾點了，我都要下班了。」

「好吧，改天再請你。」李永祥拍了拍小陳，跟幾個同事打過招呼以後出了警局，晃到附近的早餐店買過飯糰跟豆漿，接著又晃回警局門口，坐在外頭那個小廣場的石凳上呷。他雙眼空乏的望著前方，嘴裡咬著豆漿杯子的吸管卻沒有吸吮的動作。再過一會兒，他就完全不動了，活像是尊雕刻好的石像。

累了一夜，他的大腦乃至於整個人都進入了短暫停機狀態。

「啊，原來你在這喔……」最後是陳承樂的聲音驚動到了石像，石像才剝下層層外殼恢復成人。「我還跑去早餐店找你。」

李永祥起身，將杯裡的豆漿給吸乾，然後將杯子連同包著飯糰的塑膠袋一同拋入邊上的垃圾桶。「怎麼了嗎？」

「兩個消息，」陳承樂道。「第一個，雞哥那邊問出了你在找的那個趙阿隆與林旱走的關係，原來他前陣子在他們那裡買過槍。」

「雞哥問了誰？」

「你逮到的那個林偉建，雞哥負責訊他。」

「確定嗎？」李永祥皺起眉頭。「那個趙阿隆怎麼看都不像是預謀要去攻擊林旱走啊……」

「雞哥是這樣告訴我的，我也不清楚實際審訊是什麼情況。」陳承樂聳了聳肩。「說不定他們有什麼交易糾紛，他本來就要去找林旱走理論，結果好死不死就在巷子裡碰著了。」

「也許吧……」李永祥沉吟了一陣，覺得這個說法雖然解釋得通，卻不是真相。「這之後我再來搞清楚吧，你說第二個消息是什麼？」

「洪老闆丟了的那輛車，竊盜科那邊還沒找著，不過靠監視器鎖定了幾條路正在派人搜尋，我在想你應該會想知道這件事。」

「這個你應該先說啊！」李永祥哀怨道。往警局方向走去。「走、走，我們去逮那幾個居然敢愚弄我的……」見陳承樂站在原地沒動，疑道：「欸？你不去嗎？」

「英雄哥，我下班了啦。」

「好、好，那你早點回家休息，我來聯絡竊盜科。」

「不用，」陳承樂拉住了要往局裡衝的李永祥，塞了張字條過去。「我已經幫你問到了……唉，早知道不告訴你了，你根本就沒睡。」

「你真是貼心，」李永祥揚手眉前，邊做著道謝手勢邊說：「可惜我是直男，不然一定愛上你了。」

「少噁心了。」陳承樂沒好氣地道。「快去做你的英雄吧，英雄哥。」

「……是啊，就被派來看守犯人，無聊死了。」「沒有啊，臨時被叫來的，哪有時間帶書來看……」「還不就那李永祥、英雄哥，做事情亂七八糟不計後果，還留一堆爛攤子給我們這種基層收……」「好啦，寶貝放心，我會準時到的。」「對了，幫我帶球衣啊，邱福容背號那件。」「不會遲到啦，從這裡過去很快……」「好唷，寶貝啾啾，到時見。」

警員編號 1408 結束了通話，桿子終於鬆了一口氣。再聽下去，他很肯定自己內心的小吐槽會不小心脫口而出，導致自己裝昏的事情被發現。這是他唯一能逃脫的機會，他不能讓自己露出半點馬腳。

他醒來其實已經有好長一段時間了，長到他連這是哪間醫院、負責他的醫生姓啥名啥，乃至於現在約莫幾點鐘都弄得清清楚楚，而他覺得在這個員警的看守下，自己很有機會能夠逃脫。

現在看守他的1408是個浮躁的人——不像上一個，桿子即使閉著眼都能感覺到自己被盯著——時不時就在病房裡來回踱步，再不然就是聊手機、玩手機遊戲，總之就是閒不下來，沒多認真在盯。這讓桿子有許多機會微微睜眼觀察，他已經擬定好逃脫方案，連解開手銬的工具都物色到了，他只需要得到一分鐘的空檔，整個房間只有他自己的一分鐘空檔。

而現在，等了許久的機會終於來了。

警員編號1408掛掉電話沒多久，桿子就聽到他掏零錢的聲音，估計是要去買點東西。桿子來過這間醫院探視朋友，所以他猜想這條子最有可能是要到電梯口投飲料，雖然他還不知道自己的病房在哪個位置，離電梯口來回可能小於也可能大於一分鐘，但不管怎樣已經是個機會，他打算搏一搏。

一聽到房門闔上，他立刻起身拔掉點滴針頭，抽了病歷單上的迴紋針，三兩下將銬在右手的手銬打開。這過程還花不到他十秒。真是容易。他想著，躡手躡腳走到門邊拉開一小縫，確定條子還沒出現在走道，便大膽走了出去。

接著是二選一的問題，他不知道條子是往哪個方向離去，但他必須在接下來的四十秒內從反方向離開這層樓，而且不能奔跑，奔跑會引人注意。他選了左邊。他賭對了。雖然通道上有幾名護士、病人、家屬，卻沒有條子，更沒有任何人多看他一眼。

他找到了安全梯，不是朝下而是往上走，這是為了爭取更多時間。他曉得條子很快會發現他逃跑並且聯合醫院保全進行搜查，自己身上還穿著病人裝束很容易就會被逮著，他需要換套衣服。而條子肯定會先從下層樓開始搜起，要往上走才有更多時間與機會。

他覺得自己運氣不錯，才進到第二間病房就找著了合身衣物，還附帶得到一頂棒球帽。球帽很好，戴上去可以稍微遮掩一點臉孔。他默默感謝（不是真心的）那鼾聲如雷的病人，踩著輕鬆的步伐走下安全梯，只要一聽見有可疑的腳步，就馬上轉進最近的那層樓換條樓梯走。他知道條子那邊人手不夠，他只需要謹慎點就能安然下樓。

然而下樓以後才是最大的難題，桿子也早就知道這是無可避免的——在醫院大門以及急診室出口，都有保全把守著一一確認每個離開的人……。

最下下策是硬闖，但桿子沒那麼笨，他知道硬闖跑不了多遠，唯有神不知鬼不覺的離開才是上策。

他躲在一個小角落，觀察、等待一個能製造騷動的契機。

那個看起來凶神惡煞的壯漢，或許可以製造他跟旁邊那個愁眉苦臉的眼鏡仔起衝突？又或是角落那個精神委靡的小子，也許可以將他推去撞倒些什麼來聲東擊西？桿子思考著，前者風險太大，自己可能會捲入戰火，後者則有可能引發不了太大的騷動……。

桿子最後選擇了後者。

但他還沒碰到那小子，急診室外就傳來嗚笛，很快的外頭風風火火推進來一個不曉得發生什麼狀況但顯然很嚴重的傷者，那守在門口的保全就這樣撇了手頭工作跑去幫忙推輪架。

「天助我也。」桿子想著，一溜煙就閃出了醫院。

「這台破車喔？」柯德良雖然被突如其來的聲音給嚇到，卻沒顯露出半點驚慌。「媽的，也不知道誰亂停的，凌晨就在這兒了。」

「是喔，唉……」那人嘆著，從陽光下走了出來。「看來人早就跑了。」

看清楚了那人露出的臉，柯德良的頭一下子劇痛起來……。

媽的，這瘟神怎麼會來這裡？

那「瘟神」不是別人，正是刑事警察局的李永祥，他循著竊盜科給的線索一路找下來，終於給他找著了「利鑫家具」失竊的發財車。

「原來是大名鼎鼎的李警官，家弟是你的粉絲哩。」柯德良知道這時候得寒暄幾句，以免被追著盤問。要擺脫這燙手山芋可不能急。「這台亂停的破車是怎麼回事？贓車嗎？」

「是啊，有三個小賊偷了這輛車。這位……」李永祥拉長話音，柯德良隨即報上了自己名姓。

「柯先生您好，請問您整晚都待在工廠嗎？有沒有聽見或看見什麼不尋常？」

「有出去買過夜宵，不過是整晚都待在這裡沒錯，」柯德良一面尋思著李永祥在查的究竟是偷車還是自家三爺那黑市買來的貨，一面沉著應對。「奇怪的事嘛……倒是沒發現有什麼奇怪的事情吶。」

「這工廠是您的嗎？」

「不是，我哪像有錢人啊。」柯德良展了個很真的假笑。「我老闆的，設備都遷走了，廠房還沒賣掉，所以偶爾借來跟朋友打打牌……」

「打牌？」

「不、不……沒有賭錢的。」柯德良露出驚慌。這是他故意賣的破綻，他必須降低李永祥的戒心，他猜想李永祥不會管這種小事。

他猜得很對，李永祥只是「會心」笑道：「小賭怡情可以，別把身家玩下去知道嗎？」

「是、是，李警官說得是。」柯德良連忙點頭，心中卻在暗笑。

「裡面還有別人嗎？」

「就剩家弟，其他人都走了。」柯德良應道。「他喝醉了，我正要去把車開過來載他回家。」

「您沒喝吧？」李永祥嗅了兩下。

「戒好久囉。生過大病，不敢喝了。」

「好吧，謝謝。打擾您了，您去忙吧，我還得把這車弄回去。」

「怎麼弄？」柯德良假裝好奇。「接線？」

「不，」李永祥笑著，手上露出一串鑰匙。「他們把鑰匙留下了。」

「這些賊倒是好心。」柯德良莞爾一笑，心中卻在暗惱著自己怎麼沒先發現這串鑰匙把車弄走……幸好沒釀成後患。他放下心頭大石，邊按遙控器拉下鐵捲門，邊辭道：「那李警官你加油，我先走一步了。」

「好的，您慢……」李永祥那「走」字還未吐出，工廠裡頭突然傳來「哎唷」一聲，隨後接著「你個香蕉拔辣，摔死我了。看你小小一隻，怎麼拖起來這麼沉……」之類的莫名話語。

「是家弟，」柯德良暗叫不妙，面上鎮定陪笑。「他又在發酒瘋了。」

「是喔，他在拖什麼啊？」李永祥奇道。蹲了下去，想從還沒完全降下的鐵捲門看進去。只是還沒得及看見裡頭情況，一道厲風便自腦後襲來，縱然李永祥反應已算奇快，即時反手護住了頭部，卻還是讓那股突如其來的沉猛腳力給踢翻……他沒有因此被打趴下，在親吻到地面之前，他單手撐地，趁著作用力順勢翻滾，踩著地，旋過身正面彈起；只是才站穩，就見得那沒多久前還老實巴交的柯德良居然從腰間掏出槍對準了他。他半刻也不敢猶疑，一躍欺近柯德良懷中，出手扣住了他右腕欲將槍支擰落。

柯德良也不是省油的燈，手上被制，立即做出反應，腳下一勾要絆倒李永祥；哪知李永祥下盤沉穩，他這一勾反讓自己失卻重心，讓李永祥得以將他頂向背後那台發財車，他胸口一悶，肺部的空氣一下子全被擠壓出來，一時失卻了渾身氣力，手腕一軟，槍枝鬆手……只是這並沒有讓戰鬥結束，沒了槍，柯德良反而更能放開來打，他重新吸進一口氣，曲膝朝李永祥腹部襲去。

李永祥沉手格檔，免不了被震退幾步；不過他也不讓自己吃虧，趁著退勢把槍踢得更遠，再度飛身回去與柯德良肉搏。兩人你來我往的拳腳酣鬥，誰也沒注意到那降下去了的鐵捲門又緩緩升了起來。

就在李永祥占了上風，一輪猛攻終於擒拿住柯德良的時候，後方突然冒出了一道聲音，大喊著：「別動！」

李永祥將柯德良壓制在發財車上，四肢全用來緊緊箝制住他的身軀，只剩下頭能扭過去看情況……這一看，情況是大大不妙，有個人隔著點距離拿槍指向這裡，顯然就是柯德良口中的「家弟」。

這樣的距離讓李永祥無計可施，他心頭苦笑，知道自己騎虎難下了。

「開槍！」柯德良吼道。「弄死他。」

「李……李……英……」柯德良詫異。「哥，你們怎麼打在一塊了？」

「媽的，還不是你捅出來的樓子！」

「放下槍。」李永祥偏頭道：「柯先生，請你放下槍！」

「還不開槍？」柯德良急惱著。「再不走，來更多人就走不掉了！」

「放下槍！」

「開槍！」

「放下槍！」

「快開槍，你搞什麼東西？」柯德良怒道。

「可是……」柯德昌一臉為難。「可是他是英雄哥耶！」

「英你媽的哥啦，」柯德良氣惱道。「我才是你親哥哥！」

「柯先生，現在放下槍，我會在檢調那邊幫你說幾句好話。」李永祥懷柔道。他聽那「家弟」居然在袒護自己，著實有點意外。他實在沒想到事情會有這樣的發展。他心想自己有很大機會逃過這一劫。

「開槍！」

「放下槍！」

「開槍！」

「啊啊啊！」柯德昌突然發出瘋叫。「你們別嚷嚷，讓我先想——」

他的話沒能說完。他的話因為突然爆出的巨響沒能說完。

不曉得怎地，他竟然誤扣了扳機。「砰！」

平地聲雷，三個人全愣在當場，柯德昌隨即拋掉手槍，一臉驚慌失措，膝蓋軟了下去，口中喃喃著：「對不起、對不起，我不是故意的、真的不是故意的……」而李永祥則低頭見到紅色血汙在他的白襯衫上暈開，側腰傳來陣陣紅辣的灼熱。他沒有過度驚慌，他的經驗告訴他子彈只是燒過了腰際，沒有造成太大傷害。

那麼……子彈去了哪裡？

沒聽見子彈最後的金屬彈跳，李永祥不禁納悶。隨後他才反應到手中箝制著的柯德良身軀軟軟，沒了強硬的反抗。

「救護車，」這下他總算知道子彈哪去了，著急回過身對著跪在地上做投降姿態的柯德昌喊道。

「快打電話叫救護車！」

十五

即使順利離開了醫院，身無分文的桿子還是哪裡都去不了，於是他又幹回了扒手的老本行。他一面想著剛剛離開醫院的時候依稀見到「柯家兄弟」的老二，一面沿路偷了過去。雖然有點生疏，但沿路他還是偷到了七個皮夾以及一支手機……七個皮夾加一加居然只有五千多塊，讓桿子暗譙了一陣。

他滑開手機，琢磨著可以打給誰求助，很快腦袋就浮現了好些個名字，手碰上了屏幕，才意識自己根本不記得那些人的電話號碼——他向來都是把號碼記在通訊簿裡頭的。他氣得想摔掉手機，但隨即想到這玩意兒還能上網，便尋思著可以登入通訊軟體找到朋友。

他操作著手機，在下載通訊軟體的時候，一則手機原主人與他人的訊息交流吸引了他的注意……他點進了看，這一看乖乖不得了，手機原主人居然偷拍到了一段知名富二代與男人的「祕事」影片，藉此跟那富二代勒索！

「哇操，連老天都幫我！」他心頭狂喜，不覺笑了出來，冒險走回原路尋找手機原來的主人——他決定弄掉那人，自己獨吞這筆錢。

雖然他也不大記得手機原來的主人長什麼樣，但很快他就鎖定了一個獐頭鼠目的傢伙，那個人驚慌失措的在四處找尋些什麼。桿子記得自己的確偷過這人，只是不記得究竟是偷了他的錢包還是手機，小心翼翼地跟蹤了一陣，直到那人進了一間麵館詢問店家有沒有撿到手機才終於確認。

他不動聲色的繼續跟，直到那人走到人煙稀少的地方，才將手插入上衣口袋、指作槍狀，上前頂住那人腰際耳語威脅道：「我手上有槍，不准回頭、不准提問題。你的手機在我同伴手上，我知道裡面有什麼，乖乖合作你還可以分到羹。瞭解了就點個頭繼續往前走，跟我同伴會合。」那人就這樣給唬住，點頭後照著桿子的指示左彎右拐，被誘入了罕無人煙的地區。

「這東西你還有沒有備份？」他們進到了一條無人的死巷，桿子才終於再度開口。那人點了點頭。「唉，錯誤答案。」桿子嘆道。隨即張開臂彎，以迅雷不及掩耳的速度扣死那人咽喉、藉著雙手的力量將那人給活活窒息。

窮途末路的人最是可怕，桿子雖然做的是非法生意、幹的是非法行當，卻從來沒有殺過人，連年輕時也沒有過，這還是第一次。桿子本來打算要是這人沒備份就隨便嚇唬他讓他離開，誰知他回錯了答案，只好滅口……他也不想這麼幹的，他還是喜歡安穩的生活，但誰叫那個生活在一夜間沒有了，建仔搞不好也被逮了，他必須替未來打算，他需要這筆錢；而要拿到這筆錢，他需要變回以前那個敢於逞凶鬥狠的他……。

不過，畢竟這還是他第一次殺人，他花了好些時間才讓自己稍緩過來，找了個巷裡頭棄置的塑膠桶將人塞了進去，快步離開犯罪現場。他重新回到人聲鼎沸的世界，剛開始還有些兒惴惴，是注意到了根本沒人在注意他以後，心緒才又更穩了些。

做都做了，自己幹非法行當十來年了也沒怕過，殺個人又算得了什麼？他邊這麼自我催眠，邊拿出手機檢視那幾則勒索訊息。那即將得手大筆贖金的狂喜，漸漸沖淡了他親手殺人的不安。

他想著自己都殺了人了，這事已然退無可退勢必得成，不只得成，還得妥妥的不能有任何意外，於是幾番思量後，決定給那富二代「好好」提醒一下關係利害，以免時候到了他不出現交錢。

他找了處露天咖啡廳，跟櫃檯點了杯咖啡、要了紙筆，擬定好一套劇本與應對說詞以後，便按著那富二代所留下的聯絡電話撥了過去。

趙阿隆很希望這一切都是場夢，但很顯然的不是，他能夠明確感受到自己的雙腿在燃燒、肺囊在哀號、血液在尖叫，而大腦則拚命告訴他：「快跑，佛羅斯！跑！快跑！再跑快一點！不要被追上！」

「那個人會不會死了？」他的腦袋裡，全是那個跟他一起逃跑的傢伙中槍倒地的畫面。他越想越害怕，壓根兒不敢回頭，只是拚命的跑。他拐過了好幾個彎，卻依然不敢鬆懈。心裡頭想著至少要見著了人影才能停下。

不幸的是，這周遭杳無人煙，他跑了半天連個影兒也沒見到。一直要到他終於穿出寂靜的工廠路、眼前出現一條大道的時候，才有了丁點人氣——也就是在這同時，他身上突然響起了鈴聲。他驚慌失措，忙不迭地掏出手機想摁掉來電，卻不小心誤觸到接通的按鈕。「喂……喂……姓趙的，聽見了嗎？」

趙阿隆雖然沒將手機貼在耳邊，卻還是聽見那頭傳來的呼喊。

這支手機當然不是趙阿隆的，是他方才從那被撞倒的人身上所奪來，原意是想找個地方停下來報警，渾沒料到那些壞蛋竟會打來找。他環顧四周，見不遠處就有人煙，稍稍有了膽氣，將手機靠到耳邊，怯聲道：「我在。你……你們完蛋了，我——」

「完蛋？哈哈。」手機那端的人不屑地打斷趙阿隆發言。「姓趙的，你的把柄在我手上，這樣的威脅可有點弱吶。」

「把柄？」趙阿隆疑惑。

「少裝傻，你知道是什麼。我提醒你，你跟你那可愛『小女友』的未來都掌握在我的手上，可別想報警啊，報警的話別怪我不留情面。」

小女友？

喔，不……他們怎麼會抓了琳琳？「你……你們對她做了什麼。」趙阿隆雖然被女友無情劈腿背叛，不久前甚至還氣到想登門算帳，但那畢竟是因為還愛著，此刻他聽得對方這麼說，也不知其中曲折，誤以為事情波及到王琳，不免擔心起來。「不關她的事，跟她沒關係，快……快放了她，不要傷害她，所有事情我來承擔！」

手機那端的人自然是桿子了。他聽得這回答，心裡雖然覺得莫名其妙，卻還是清了清嗓子，照著排練好的劇本道：「沒想到趙先生居然是個情痴啊。放心，只要你乖乖準備好東西來四葉球場，保證你們什麼事也沒有。」

「準……備什麼東西？」趙阿隆一頭霧水。

「你自己心裡有數。」桿子加重了語氣。「記住啊，第四局以前我要看到你人出現。沒出現，那休怪我無情。」

「嘟、嘟、嘟……」手機那頭掛訊，留下趙阿隆愣在原地滿腦子問號。他不曉得對方究竟要自己準備什麼，想撥回去問個清楚，然而手機卻用密碼鎖屏了。他一點辦法也沒有，左思右想，就是想不出那人所留下的謎題——是準備錢嗎？可自己窮光蛋一個，戶頭領出來也就十來萬，人家會看在眼裡？難道是命？但來電的人又保證只要準備好東西帶過去就什麼事也沒有。

他想破腦袋也想不著，愣愣盯著手中那支奪來的智慧型手機……。

手機？

他忽然「明白」過來對方要跟自己索取些什麼了。

雖然除了果凍套裡頭包著三千塊錢以外，手機本身沒有任何蹊蹺，但裡頭肯定有什麼機密資料吧？一定是這樣，他這麼確信。

不然還有什麼可能？對方搞錯了我是誰？

他暗嘲著自己這個「不切實際」的想法，信手招下對街駛來的計程車。

十六

「……後來我哥就叫我把那個冬瓜拖進去點，那我就照做了啊，誰曉得那個矮不拉機的小個子竟然沉得要命，我只好用點力，結果咧，我只是稍稍用力拉了一下，那個冬瓜的肩膀就咔啦一下脫臼，害得我摔了一屁股……不過也就是那時候我才想到，冬瓜是用肩膀脫臼這招來逃脫的，肩膀鬆了，咱們繩子捆再緊都沒用對不對？英雄哥，你說說是不是就是這樣？不是也沒關係，我就是想知道這有沒有道理。」

「我不在現場怎麼會知道。你不要跑題。」李永祥意興闌珊地道。他杵著頭，連連打著哈欠，在審訊間裡聽著柯德昌招供。

將柯德良送上救護車以後，他就領著柯德昌回到局裡做筆錄。而這個筆錄做得實在有夠久，主因並非柯德昌三緘其口，而是他滔滔不絕的一直講、一直講……李永祥沒想到這個柯德昌還真是自己粉絲，在聽見自己哥哥沒有生命危險以後，就彷彿敞開了心房般不斷灌輸字句到李永祥耳裡，在壓他過來的路上是；在審訊間裡頭也是。李永祥就要被煩死了，但他沒有辦法離開，局長交代下來要他好好弄清楚是怎麼回事，他就只能一直聽著。

「總之冬瓜是因為弄丟了我們的東西，所以才給我們抓了。」柯德昌繼續說著。「但他弄丟了什麼我不能說，就算你是英雄哥我也不能說，這背後牽扯的東西太大條了，說出來可能會引發大地震。但不要擔心，我會認供，剩下的如果英雄哥你查到了那也不關我的事。不過我跟你說喔，那冬瓜是個送黑貨的司機，黑貨就是從黑市買來的貨你知道吧？對不起、對不起，你當然知道，你可是英雄哥……反正那個冬瓜就是因為要跑，我哥才開槍，真的是不小心才擊斃的，可不可以算是過失殺人？唉，我想是不能，但我們兩兄弟做這行，早就有會被抓的心理準備了，要定我們的罪我們也無話可說。對了……我們會被判多久啊？」

「我不是法官。」李永祥懶懶地回道。

「好吧，說的也是。不過——」

「停、停、停，」李永祥在他繼續滔滔不絕之前打斷了他的話。「你先告訴我，他到底丟了什麼東西要賠上一條命？」

「哎唷，真的不能說嘛，英雄哥你不要這樣為難人家，江湖道義雖然在現代社會變得很淡薄，但我還是很尊崇的。而且我說啦，那真的是個意外，我哥一定不是故意的，本來我們是打算找回失物就放了他的，哪知道他會跑……說到這個，還好之前在他醒過來的時候——喔，那時候他還被綁在柱子上，我也還沒睡著，哎呀，對不起我又扯遠了，反正總而言之、言而總之，就是在他還醒著的那個時候，我趁機問了他那個有人拿出三千萬要邱福容在今天比賽打假球的傳言是不是真的？結果你知道他說什麼嗎？他說：千真萬確……欸，英雄哥，如果我供出那個出錢的人是誰，有沒有機會得到減刑啊？」

「這種事不歸我管，我沒辦法保證。」李永祥面無表情，緩緩起身。「如果你沒什麼要說，那筆錄就做到這了。」

「不是，」柯德良急道。「我還有很多可以說的。」

「好，我相信你。」李永祥伸了個懶腰，朝門邊走去。「我去倒咖啡，你仔細想想還要說些什麼，等我回來。」

「好、好……」柯德良嘴上雖是這麼說，卻沒有半點要放李永祥離開的打算。他在李永祥退出去之前，還是抓緊機會繼續叨叨：「等等，先別走，先讓我道個歉，真的很對不起，」他雙手合十。「對不起，早前射傷了你，我真的不是故意的，還好你沒事……哎唷，對了，說起這回事，我可以知道當時你在想什麼嗎？我是說我用槍指著你的那個時候，你是不是已經想好了好幾個套路來制服我？啊，沒關係，你可以說的，不用害怕會傷到我的自尊。」

「也沒想什麼，」李永祥停下腳步，覺得這問題實在好氣又好笑。「就在想你要是開槍我就死定了……總之，就是在害怕吧。」

「英雄哥也會害怕？」柯德良的表情像是很不可置信。

「不然你以為會是怎樣？」李永祥有些哭笑不得，想著這社會到底把他想成了什麼樣子？一個超級英雄？「我又快不過子彈，當時那情況，我除了勸你放下槍，哪還有別的辦法……」皺起眉。「不說了，乖乖等我回來。」

「好的、好的，辛苦你了。」柯德良面上看來有點不捨。「啊……如果可以的話，我也想來一杯。」

李永祥哭笑不得，點完頭後快速帶上門離開，走往茶水間斟了杯咖啡。

他留在了茶水間沒有馬上回去。

其實他很不想再回去聽那「小粉絲」繼續言語轟炸，但又想著這種「賊拿他當偶像」的機會實在難得，縱是他很大可能不會全盤托出這宗殺人命案的來龍去脈，搞不好還是能在他身上套出其他案件的線索……李永祥淺淺啄著熱呼呼的咖啡，斟酌不定要不要回去繼續聽那人叨叨。「永祥，」忽然，有個聲音喊了他的名。「原來你跑出來了。」

李永聽出那是局裡資深員警王甫基的聲音，放下杯子轉身。「雞哥還沒下班啊？怎麼了？找我什麼事？」

「大事，我這老骨頭處理不來的大事。」王甫基誇張地說道。「我在跟進你那個趙阿隆的案子，他……可能涉入了一宗命案。」

「真的假的，」李永祥驚訝道。「怎麼回事？」

「幾個鐘頭前，龍山分局那邊接獲報案聽到槍聲，他們就派人去查。在報案地點發現了趙阿隆的車，然後車的附近有六具屍體……」

「都是些什麼人？」李永祥皺眉。

「身分還在核實，」王甫基搖搖頭。「不過應該不是什麼好貨，除了一個阿豆仔之外，其他人身上都有槍。」

「確定真的是他幹的？」李永祥茫然問道。他的直覺一向很準，而直覺告訴他趙阿隆並非什麼凶徒……至少，不可能是個殺人凶徒。

但直覺不是辦案的基礎，證據才是，若然雞哥所言屬實，那他的直覺在同一個晚上就失靈了兩次，不僅讓他錯縱了偷車賊，更忽視掉殺人犯……。

他癟起了嘴，臉上失落，懊惱自己沒有盡好該盡的職責。

「不確定，」王甫基察覺了李永祥的挫折，拍拍他的肩膀，道：「我老骨頭了幹不來這種事，所以你得去逮人回來確定。」

「人找到了？」李永祥眼睛一亮。

「我聽到消息後就先發了個內部通緝，然後五分鐘前我接到地方員警疑似發現他身影的匯報。」

「在哪、在哪？快告訴我在哪。」李永祥磨刀霍霍，將審訊間裡頭那個還在等著他的柯德昌給忘得一乾二淨。

「先提醒你，他殺人的手法很殘暴，假如真的是他幹的，那得小心。」王甫基將手上幾張血腥照片交過李永祥。「匯報說，他在四葉球場。」

十七

人山人海，四葉球場附近一片人山人海，各色各樣不同生活圈的人們，都為了今日的比賽紛紛聚集到了這裡，人潮延綿了好幾條街區，有的人穿著印有背號的球衣，有的臉上塗著隊徽化妝，還有的舉著自製加油看板一路揮舞，現場就如嘉年華會般歡歡騰騰、好不熱鬧。而之所以有如此盛況，不單單因為這是場假日比賽，更多的人，是為了今天四葉隊的主投而來。

四葉隊的主投邱福容無疑就是今天這場比賽的焦點，支持者無不希望他那連續三十九局無失分的紀錄延續下去；而敵對的支持者則巴不得親眼看見他第一局翻船……無論如何，他都是這場比賽的目光所在。

只不過，在那些人群中，有那麼樣的幾個人來到這座巨蛋球場不是為了觀賞比賽，更跟邱福容一點干係也沒有。他們來到這裡，是另有目的。

就在球場西邊，劉雲等人跟著人潮一起走過了斑馬線，他們的目的地正正就是四葉球場，因為劉雲選擇了這個地方做交易地點。

為什麼選擇四葉球場？來到這裡的路途中烏仔龍這麼問過劉雲；而劉雲雖然覺得這個問題很愚蠢，卻還是不厭其煩的跟他分析——

「總之，一切都是為了安全，」劉雲這麼分析道。「我們人少，而且要說實際能打的也就只有阿阮。上一輪算是我們僥倖，對方不明就裡只派了四個人來，阿阮還能夠處理，要是找個什麼隱密的交易點，對方卻埋下了十人、二十人、四十人，那只怕阿阮再能打也插翅難飛了。所以鬧雜人等越多的地方，對我們來說就越安全。懂了嗎？」

聽完這番分析，烏仔龍對劉雲的敬佩又多了幾分。

不過他還是想不明白，有人潮的地方很多，為什麼要選擇這麼侷限的地方呢？再開放一點的空間不是更好更安全嗎？他滿腹困惑，卻沒出口質疑，他告訴自己要相信劉雲，依劉雲的安排肯定沒錯。

當然，劉雲的確是經過深思熟慮後才選擇這裡的，只是他疏忽了一點：他沒料到四葉球場今天會有這麼多人。

他們險些連票都買不到……。

趙阿隆也是一樣，他也差點沒買到票。

在劉雲等人穿越馬路的同時，趙阿隆就在另一個對角等待著行人號誌。他沒有想得太多，跳上了計程車就直接到了這裡。至於計畫什麼的，根本就不是他那直愣的腦袋所能想出來的事兒，就連對方說不要報警，他也就傻傻的連警察也不敢靠近。他腦袋裡頭想著的唯一一件事兒，就是趕快把手機還給人家來換回女友的安全……。

不，他不是想藉著英雄救美來挽回這段感情，雖說才短短一天過去，他沒可能就這樣割捨掉這段感情，但他心裡頭抱持的想法，就只是希望女友能平平安安的沒有任何閃失。就只有這樣。來到這裡的一路上，他就只有這麼樣一個念頭，至於其他的，譬如說後續結果，又或者是他「殺人未遂」的那回事，他都暫時放到了一邊沒想。

他就排在劉雲等人後頭沒多遠，但在這種人潮中，他當然沒可能發現到那三個將他給迷昏的人近在眼前。他只是懷著忐忑跟著隊伍前進。

而劉雲等人當然也沒看到他，他們雖然眼觀四面，卻是在尋找油骰佬的身影以制敵機先，他們根本就不會去注意趙阿隆這麼個不起眼的人。不過他們也沒找到油骰佬。油骰佬甚至在驗票隊伍的更前頭，即將就要進場……。

另一邊廂，趙近乾老早就與陳承樂會合，在球場的ＶＩＰ包廂裡頭，拿著望遠鏡緊盯著場內其中一個位置。在昨天以前，這對砲友都沒料到彼此的第二次見面居然會是在這種情況之下。他們對彼此都不熟悉，沒了曖昧調情與床第纏綿，兩個不同生活圈的人之間氣氛明顯尷尬。

陳承樂不喜歡這樣的尷尬，一直想找個方法破冰，然而始終沒有頭緒。

幸好再尷尬，他們畢竟還是為了同一件事情而來，不致沒了話語。「要我說，」陳承樂放下望遠鏡，偏頭看向被憂鬱籠罩的趙近乾。「這樣找根本是大海撈針，不如先打給對方，等交了錢我再來跟吧。」

「沒辦法，」趙近乾皺起眉頭。「我手機掉了，連同聯絡方法也沒了。」

「掉了？怎麼會掉的？」

「說來話長……總之我先停掉了號碼。」

「這樣的話，」陳承樂聽得出他沒打算解釋，也沒追問。「對方會不會誤以為你不想給錢，就把影片流了出去？」

「希望不會……」趙近乾黯然道。縮起了眉頭。

空氣中的憂鬱成分似乎又更增添了些。陳承樂自覺說錯了話，一時間不敢再開口，只好默默舉起望遠鏡繼續觀察。直到開球儀式結束、球員紛紛上場準備，他才再度說道：「球賽要開始了，接下來觀眾席會十分混亂，我覺得我還是得跟你一起下去，才有辦法跟蹤、確定那人身分。」

「你怎麼好就怎麼做吧，只要能讓他刪除備份就好。」趙近乾戴上帽子與口罩，遮住自己大半部分的臉，接著拿起手邊提箱。

「三千萬，就這麼一個小箱子裝得進？」陳承樂困惑道。

「不然呢？你以為三千萬很——」趙近乾說到一半，把最後「多嗎」那兩字嚥了回去。他發現這樣有點瞧不起人的味道在。「抱歉。是的，就這麼樣一個手提箱剛剛好，這就是設計來放三千萬的提箱。」

「我可以拿拿看嗎？」陳承樂問道。趙近乾將提箱遞了過去。陳承樂接過後上下晃著手臂踮量，隨後微笑道：「挺沉的嘛。」

「還行。」趙近乾接回遞還的提箱，依然愁眉苦臉。

「好啦，別擔心太多。」陳承樂還是掛著淺淺的笑容，趁趙近乾沒注意時伸出手揉了揉他的眉宇。「我們會順利解決這件事的。」

趙近乾愣了愣，回過神後馬上撇開了頭。

他眉宇間的緊縮沒有因此被揉散，但他心中泛起了感激，他很感激陳承樂這個冀圖能讓他安心的舉動。有股衝動要他回過頭去親吻陳承樂，但他知道時機不對，地點也不對。他壓抑住衝動，頭也不回朝門口走去。

而陳承樂見了這冷冷的態度，誤以為自己的舉動觸怒到了他，暗惱弄巧成拙。想道聲抱歉，卻又躊躇著不知怎麼開口，最後只是看著他憂傷的背影，咬著下脣默默跟了上去。

劉雲等人雖然進了球場看臺，卻沒有依著座位入席，就站在最高層，杵在圍牆邊上觀察四周來往人們的一舉一動。劉雲要確認油骰佬究竟是不是隻身赴會，如果不是，那是帶了多少人？他希望能弄清這一點，好有備無患。

他拿著望遠鏡四處張望，旁人看來就像是在觀看場內，實際上他卻是在尋找可疑目標。不過嘛……雖說他們只有一副望遠鏡，可那阿阮與鳥仔龍看上去一點也不像劉雲那般認真在觀察四周——阿阮靠在圍牆上東瞧瞧西望望，渾不在乎的吹著口哨，不似在觀察，倒像是在看妹；而鳥仔龍就更扯了，從頭到尾就拿著那支從人家車上A來的球棒，像馬戲團般玩著雜耍。

「我說……」累積了好一陣子的不悅，劉雲終於忍不住爆出埋怨。「他娘的你是愛上了那支球棒是吧？收好，你再拿起來玩別怪我不客氣。」

「對不起，我太興奮了。」鳥仔龍唯唯諾諾，將球棒夾在了腋下。

「真不曉得你還帶著做什麼……」劉雲嘀咕著。

「當武器啊，」鳥仔龍應道。「你知道嗎？球棒可是最近似於古代武將在用的那種大刀的武器，不管是揮擊的方式或是——」

「噤聲，」劉雲揚手制止鳥仔龍的話語。他方才那句話其實是在挖苦鳥仔龍根本不敢用那支球棒來打人——在商場廢墟的時候，是劉雲從猶豫不決的鳥仔龍手上搶過球棒打了石頭一記——沒想到鳥仔龍居然沒聽懂。「別哩哩嗹嗹的，專心注意周邊狀況，確認沒人在埋伏我們。」

「不可能啦，這裡那麼多人，油骰——」

「我剛剛和你說什麼？」劉雲陰笑著看向鳥仔龍。

鳥仔龍打了個寒顫，捂住了自己的嘴，用手肘推了推一旁的阿阮。阿阮偏過頭，看見劉雲神色卻不怎麼搭理，自顧自的繼續吹著口哨。劉雲倒也知道自己目前還管不動這越南打手，只得壓下心緒，再度拿起望遠鏡掃看場邊。

球賽很快就要展開。

事實上，劉雲就是在等球賽展開。球賽展開以後，他就更容易分辨出場內有哪些人不是為了球賽而來。那些不是為了球賽而來的人，肯定就是油骰佬的幫手。他這麼想著，不禁為自己「實在太聰明了」而咧嘴笑開。

場上投手練投完畢，打者走上了打席。

比賽開始。

一進到球場，趙阿隆就枯站在球場商區正中央的那根柱子底下，等著有人來給他下一步指示。就這樣足足過了半個鐘頭，他眼巴巴看著一個又一個的人離開商區進入球場看臺，卻始終沒有人來與他接觸。他不知道自己確切該去哪裡交還東西，只能一直盯著手機，像是要將它給盯穿一樣……。

最後，整個商區除了店員外，終於就剩下他一人。

他心裡發慌，想著會不會是沒注意錯過了來電，便滑開手機，而當他一往螢幕上的內容看去，立刻就懵了——手機右上角，居然顯示「沒有讀取到SIM卡」的圖示！

這個發現令他手足無措，腦袋亂成一團，徒在柱子底下來來回回踱步，心中直想著該怎麼辦好。一陣子後，他才好不容易想到要離開原地去找人。他在商區轉了會兒，確定真沒人在這等他，才找進了球場看臺。然而這一進場，他的腦袋就更渾了，球場那麼大，茫茫人海該從何找起？他煩惱著，原地踏了個圈，想到居高臨下找人容易些，便朝著球場看臺的頂端走了上去。

好巧不巧，一踏上高臺，映入他眼簾的第一組人馬就是劉雲等人。一陣激靈鑽進了他的意識，腦中朦朦朧朧浮現昨晚的畫面，依稀記起自己昨晚在昏昏沉沉中見過這弎——不對，不止，他想起自己當時只是昏昏沉沉在嘔吐，然後三人中那個看來有點邪門的傢伙遞了條手帕過來……「根本就是這三人用藥物把我迷昏的。沒有錯，就是他們。」他全都回憶了起來。

至於中間發生的曲折，他當然一點不知曉。

他只知曉自己被劉雲給迷昏，醒來就看到了柯家兄弟，他把這兩組人馬連繫成一夥人，當然再合理不過。而現在，他也理所當然的認為劉雲就是那個在這裡等著他交還手機的人，三步併兩步匆匆忙忙跑上前，雙手奉上手機，怯聲道：「東……東西就在這裡，請放過……請不要傷害我女友。」

劉雲此時正緊盯著望遠鏡視界，突然冒出的莫名話語讓他皺起眉頭。放下望遠鏡，見眼前竟是昨晚那醉漢，不由得嚇了一跳，驚疑著這人怎麼會出現在這兒……是巧合？還是另有玄機？

「小哥，認錯人了吧？」劉雲心兒猛打轉，面上卻是不動聲色。

「不……我……」趙阿隆有點疑惑，瞥看劉雲身邊二人，確定自己真沒認錯，認為對方是在挖苦自己，更加惶恐道：「對不起，真的很對不起，但、但是……但是大家不都說禍不及親朋好友嗎？對不對？不要傷害她，有什麼事衝我來就好，東西還給你們，我……我可以跟你們走。」

劉雲這下更糊塗了，雖然他聽得懂趙阿隆話中意思，也看得出趙阿隆是真著急不似有詐，卻完全搞不懂他女友被人綁票了跟自己有毛關係……他沒有糾結在這上頭，他很快便意識到現在不能節外生枝，尋思著將人給打發。

還沒想到辦法，阿阮就先停下了口哨咕噥。

雖然聽不懂越南話，但在相處中劉雲也瞭解了阿阮會有怎樣的舉動，忙橫手制止，開口道：「很好，看你還有點誠意，」接過趙阿龍遞來的手機。「跟我們來。你敢喊半句，女友小命不保。」眼神示意阿阮、鳥仔龍跟上。

劉雲領頭，鳥仔龍、阿阮殿後，趙阿隆夾在他們中間誠惶誠恐的跟著。他們離開球場看臺，無視警示用的紅龍柱進到球場相關人員以及ＶＩＰ會員才能夠進入的區域。這塊區域的死寂與牆的另一面形成鮮明的對比，趙阿隆心頭惴惴，隨著前方腳步沿著圓弧長廊深入這塊區域，他不曉得前方的腳步究竟要領他去到哪兒、那兒又有什麼在等著他……他有種感覺，感覺自己是一頭即將要被拉去市場宰掉的迷途羔羊。

「其實……」劉雲的腳步終於停下，趙阿隆也跟著停下。他們停在一道門外，而劉雲回過頭衝著趙阿隆陰陰笑著，開口道：「小哥，抱歉吶，其實你真的認錯人了。」在趙阿隆吐出疑問之前，劉雲就以迅雷不及掩耳的速度將他重重壓制在牆上，死死捂住了他的口。「沒有錯，你腦袋裡頭現在在想的一點也沒錯，你女友不是我們綁的，我們自然也不可能去傷害她了。至於誰綁的？我也不曉得……」眼神示意阿阮過來接手。

「放了……唔唔唔。」趙阿隆只來得及吐出兩字，嘴就又被捂住。

「喔，你當然會要我們放你走，甚至會保證絕對不會阻礙咱們，但……該怎麼說呢？」劉雲笑吟吟地拍拍趙阿隆的臉。「誰叫你倒楣遇上了我們，還遇上兩次。上次我們不趕時間，只是跟你借借車；但這次你就真霉了。我們正在做事，怕讓你給壞了，所以……」往自己脖子上橫指一抹。「你懂的，死人是絕對不會壞事的。」話畢，他開啟了那道門。是堆滿了雜物的儲藏室。

趙阿隆瞪大了雙眼，面孔因恐懼而扭曲，他嘴上「唔唔」的喊著救命、身軀拚命扭動掙扎，卻是無濟於事，只見劉雲優雅地擺出「請」的手勢，阿阮隨即一扭趙阿隆關節，欲將他給壓進房內解決。

趙阿隆已然絕望……。

然而，也許是天可憐見，又也許是他命不該絕，他這兩日雖然遇著不少倒楣事，卻總是沒倒楣到極點。在那道儲藏室的門關上以前，有道聲音喝止了劉雲等人要幹的犯行：「你們在做什麼！」

忽地一聲喝喊，讓鳥仔龍慌了手腳，劉雲忙先穩住他免得露出破綻，才冷靜地轉向聲音來源。見只是球場警衛，劉雲稍稍放寬了心，展出笑容沉著應對道：「沒事，跟朋友鬧著玩罷了。」

「這裡不能隨便進來，」警衛手扶警棍上前。「離開。」

「好的、好的，警衛小哥，對不住，我們這就走。」劉雲打著哈哈，轉過身給阿阮、鳥仔龍使了個眼色，二人立時會意……趙阿隆也是。

趙阿隆只是沒心計，但他不是傻子，他看到劉雲使的眼色，立刻明白他們也要對那警衛下手。他趁著阿阮加固在他身上的束縛鬆脫，而鳥仔龍還沒及接手制住他的那一剎那，一把撞開橫在跟前的劉雲，躲到了警衛身後。「殺、殺人啊，他們要——」話還沒說完，警衛面門就中了一大拳再加上一大棒，直直倒了下去。趙阿隆見狀，也顧不得什麼，撇下警衛拔腿就跑。

「追，快追！」在劉雲這麼說之前，阿阮早就電閃衝出，而鳥仔龍雖慢了一步，在聽到指示後也要追去。但劉雲卻一把拉住了他。「事情有變，」劉雲快舌快語快速交代道：「你跟阿阮去追那貨，我來聯繫油骰佬拿錢，你們不要鬧出太大動靜，一有麻煩立刻脫出，之後電話聯繫。」

「好。雲哥小心。」鳥仔龍落話，就往隆、阮二人離開的方向追去。

計畫永遠趕不上變化，好好一場局被趙阿隆的突然出現給攪亂，劉雲也不禁心煩意亂……不過，他還是很快就讓自己恢復冷靜，冷靜才能成大事，一直以來他都信奉著這一點。在人都離開以後，他冷靜了下來，看向那倒地不起的警衛，一面讚嘆阿阮著實是個可用之才——順便小小嘉許鳥仔龍的進步，是鳥仔龍揮出了那直襲腦門的一棒——一面將人給拖進了儲藏室。

警衛倒是還活著，劉雲沒有在「要不要殺了警衛」這件事情上多猶豫。雖然他橫豎也是個殺人共犯了，但要親自下手他可還做不來。在儲藏室中就有繩子和膠布，他將人牢牢捆起、封住嘴巴，隨後便反鎖了儲藏室。

他小心翼翼地離開，直到出了這片區域，才拿出手機撥給了油骰佬。

也不知道是誰整的爛設計，這四葉球場的VIP包廂居然跟球場看臺不相通，要去到看臺區域，還得繞過半座球場，真是莫名其妙……啊，也許是為了VIP的隱私吧。陳承樂邊這麼想著、抱怨著不著邊際的事兒，緊跟在趙近乾的緩慢腳步後頭。

從方才開始，他們就半句話也沒說，氛圍尷尬得不得了。陳承樂不喜歡這樣的氛圍，卻又無可奈何，他不曉得該要怎麼做才能鼓舞、安撫跟前那個鬱結的男人。他看著趙近乾的背影，隱隱約約感受得到他周遭所散發出的糾結與沉重，卻又沒那麼確切能捕捉個具體，他們畢竟不是同個世界的人，看待這個荒唐勒索的嚴肅程度更是不能並論，陳承樂就算想，也不能真正體會得趙近乾扛著怎樣的包袱，他只能盡量幫助他……。

他們走在工作人員用道，長廊剛走過一半，陳承樂就見到有那麼兩個人從長廊底的橫向通道風風火火跑了過去；待得他走近橫向通道，復又見那兩人匆匆忙忙從去處奔回。陳承樂本來沒多在意，只是在跟著拐過那個轉角後，他看著那風、火二人的背影，模模糊糊的影像在腦海浮現。

接著，影像愈來愈清晰——那兩個人，不就是昨晚偷了洪老闆發財車，還膽大到開來局裡的其中兩個犯嫌嗎？天啊，該如何是好？現下有個亟需自己幫忙，自己也答應要幫忙的破事要處理；可是，怎麼樣也不能對跑過眼前的罪犯視若無睹啊……怎麼辦？

陳承樂這下好生為難，心頭雜雜，不自覺停下了腳步。

前頭的趙近乾察覺了這個異狀，也跟著停下步伐，回過身溫言道：「怎麼了嗎？」這話聲一落，他立刻就被自己溫柔的語氣給嚇了一跳。

其實他也不喜歡這氛圍，也不是不曉得這讓人很不舒服的氛圍就是自己剛剛那看似冷漠的扭頭所引起的。但他也一樣莫可奈何。事實上，他有點喜歡陳承樂，打從他們第一次見面他就發現了這一點——這也是之所以為什麼他前晚必須打給陳承樂，他擔心他就是拍下那影片的人——但他必須要克制，他不能愛上、不能陷入，他是遠圖的接班人，有些事情他悲哀的無從選擇。

不過，那一聲柔語關懷終究洩了他的底……。

陳承樂倒是沒注意到這一點，他只是抿起嘴，隨後語帶歉意地道：「對不起，可不可以給我一點時間……剛剛跑過去那兩人，有點問題。」

「是疑犯嗎？」趙近乾問。陳承樂點頭。趙近乾看了看錶道：「離第四局應該還有點時間，你去吧，我可以拖一下。」

「真的？」陳承樂雙手伸出，握向趙近乾的右手。「謝謝你的體諒……我很快解決，我會看情況的，來不及搞定我就會回來幫你。」

趙近乾沒抽手，舉起另支手拍拍陳承樂的肩。「快去吧。」

陳承樂將手放開，朝二人消失的方向飛速追去。

而趙近乾看著他離去的背影，嘆了一聲，繼續拖著緩慢的腳步前進。

因恐懼而刺激出來的腎上線素，讓趙阿隆跑得飛快，超越了他本該有的體能極限，雖不致於能甩開後頭的追殺，卻足夠讓他利用視覺死角躲進一個沒上鎖的房間了。他靠在門上，側耳傾聽外頭，聽得踏踏的腳步遠去，才舒了一口氣，如軟泥般癱坐在地……。

可惜，他沒能獲得放鬆。「呀！」他才剛癱了下去，背後就突然傳來了驚呼。他驚彈跳起，轉過身一看，沒想竟是春豔無比，一名身材曼妙、上半身只貼著NUBRA的窈窕女孩就在眼前。她捂著嘴，臉上先是訝異，隨後很快就轉為惱怒。

「別、別喊。」趙阿隆忙用手矇住眼。「我在躲人，對不起、對不起，我不會看，讓我在這裡躲一下，對不起。」

「我不管，你給我趕快……欸、欸？你不是琳琳的表哥嗎？」女孩本來就要開罵了，卻突然話鋒一轉，更向著裡處喊道：「琳琳，你表哥在這裡。」

琳琳？琳琳在這？她沒事？怎麼她居然沒事？表哥？

趙阿隆心裡頭滿是問號，卻是不敢放下手臂。

「你夠了沒有？幹嘛跑到這裡來？你煩不煩？知不知道這裡是我工作的地方？」有道聲音這麼接二連三吐出帶有情緒的質問。

「妳……妳沒事？」趙阿隆聽出是女友的聲音，從指尖開出一小縫。

「我有什麼事？你才很有事，」王琳臉色難看，推著趙阿隆出門，趙阿隆現在腦子裡頭一團混亂，竟沒抵抗就傻傻地給推了出去，渾忘了外頭有人在追殺他。「這是啦啦隊的休息室，」女友又開口。「你少來這邊搗蛋，我不想見到你。」語畢，就要將門關上。

趙阿隆這時稍稍回神，忙抵住門道：「不是，有人和我說……說……」他結結巴巴道不出所以。因為就在這時，他腦袋忽地一通，猛然發現對方根本也沒說過「綁了你女友」這種話，只說「你和你小女友的未來在我手上」。他思緒炸了開，想及自己從昨晚開始就一直被倒楣鬼附身，難不成……。

「說什麼啊？你還想再掰什麼理由？」王琳沒好氣道。

「不是……我以為……啊，那些不重要了，」趙阿隆想及還有人在追殺自己，暫時拋開思緒哀求道：「拜託，先讓我進去，有人在追殺我。」

「最好是，」王琳翻了個白眼。「如果真的有人在追殺你，那你還有心情跑到這裡來？就這麼剛好有人追殺你到這裡來？趙阿隆，我一直都以為你是個老實人，這下我終於看清你了。」

「不……我……」

「你煩不煩？還想說什麼？」王琳施力要關上門。「鬆手，你真的很煩知不知道？如果真的有人要殺你，那你就乾脆點去死一死好嗎？」

王琳這句話有如無情的槍頭，直直刺穿趙阿隆心窩，他讓這一擊給直接斃命，渾身乏了力氣，淚水從眼眶滾滾冒出，承受不住重量落下。萬念俱灰的心碎讓他不由自主鬆手。門被強硬關上，緊接著上鎖。

無所謂了，一切都無所謂了……。

趙阿隆身心俱疲，名為「無助」的壓力將他重重壓垮在地，三魂七魄彷彿都離了殼，渾身上下感覺不到半點生機，就連阮、鳥二人折回來找著了他，他也只是軟軟的沒有抵抗就給人擒住。

然而……。

嗯，該怎麼說呢？

就姑且說是谷底反彈的威力不容小覷吧。

趙阿隆此刻雖然意志消沉，終究沒沉到連求生意志都消散。他不想死，他想活。而在他因求生意念萌生而恢復了點生機的那剎那，胸中的那口惡氣也跟著迸發。突然迸發出的能量激起了巨大反應，他凶悍地嘶吼，瞬間就掙脫了鳥仔龍的制肘，並且閃電般朝阿阮面門上揮去一記猛拳。這拳去得很快，縱如阿阮這般的技擊能手也沒能反應過來，他也料不到前一刻還死氣沉沉的人會突然有這麼樣猛烈的反撲，只來得及偏開要害，顴骨中拳踉蹌斜去。

這下雖是一擊得手，卻也不過就是趙阿隆的一時奮起。揮完那拳，他身上激起的那股反彈力量又迅速落了下去，他立刻又害怕起來，滿口像是個瘋子一般「啊、啊、啊」的連續叫喊，沒命似地跑向通道的其中一端。

「站住！」趙阿隆頭也不回的跑，而他聽見背後有人這麼喝令。先後有兩個都這麼喝令。一個聲音很近，顯然就是那拿球棒的猴腮臉喊出的；而另一個聲音離得很遠，怎樣都不可能是從那個受了他一拳的人口中所出。

那麼……是誰喊的？

是誰喊的，趙阿隆壓根兒沒想知道，他現在只知道要堅持心中那唯一一個念頭：別理，快跑就對了。

阿阮聽不懂中文，從暈眩中恢復過來立刻箭步奔出要追上那個賞了他一拳重擊的臭小子。而烏仔龍在聽到後來那聲「站住」之後，卻是愣了一下往聲音來源看去，見人是衝向自己，顯然直指自己而來，忙把球棒甩了過去阻止，拔腿就往阿阮離開的方向跑去……。

而後不久，有個脅下插滿了球棒的工作人員經過這塊地方，踢著了烏仔龍拋掉的那支球棒，兀自納悶怎麼會有支球棒落在這兒。但他也沒多想，將球棒撿了起來加入脅下球棒群，就繼續往四葉隊的選手區走去。

桿子肯定是球場內「別有目的」的人當中，最關心這場球賽的人了。他本來就是四葉隊的球迷，更是邱福容的鐵桿粉絲，既然都來到了這裡，不好好替四葉隊加油個幾局怎麼說得過去？他這麼想，可又邊煩惱著自己是逃犯兼殺人犯，總覺得現在不是悠悠哉哉看球的時候，應該快點拿了錢離開才是……他心裡頭就這麼反覆鬧著，左右為難，陷入了正常人無法理解的痛苦中。

不過他的痛苦為難只持續到球賽伊始——在邱福容僅僅三球俐落解決上場的第一個打者後，他跳將起來振臂高呼，立刻將來到這裡的目的給暫時拋到腦後，決定好好享受個幾局比賽再說。

他就坐在那手機原主人與富二代約定好的正後一格位置上，一派輕鬆地嗑著爆米花，就像是專程來看球的人一般。直到第三局上半一人出局，在那第九棒打者揮出一支擦棒界外以後，他才想著是不是該催催人了。他往褲子上抹了抹手，正要掏出手機，就聽得後方起了陣莫名騷動。「在鬧什麼？」他不悅地嘟囔著，停下手頭動作轉頭望去，先是注意到那個手持著提箱、整張臉用一堆配件蒙起的傢伙，才尋到騷動源頭——四個男人，二前、一中、一後，互相追逐著……而那「二前」其實也分前後，後邊的人緊緊咬著前頭的人，沒兩步立刻追上，抓住了前頭那人衣領，將人扭過身，舉起大拳作勢就要砸下……。

就在這時，整座球場突然爆出驚呼。

聽得這陣驚呼，桿子心跳陡然漏拍，趕忙看回球賽，他很清楚這陣呼聲代表什麼——果不其然，當他順著沒被騷動影響的觀眾目光追去，就看到那顆四縫線球劃在空中，弧線往這個方向墜落……。

而那顆球，就這麼巧，直直落在那作勢打人，卻沒得及下拳的人頭上。

桿子看著那倒楣傢伙身體斜去，腳下一空，眼見就要倒下，卻還死命抓著人，結果是兩個人都倒了楣，一同「咕隆隆」地滾下了階梯；緊接著，本來追逐在中間的那人快速從眼前閃過——桿子這時才認出是前陣子來買過槍的鳥仔龍——途中碰倒了那蒙著面的傢伙；而在追逐隊伍中的那最後一人，不知怎地竟停下了腳步，與那被碰倒的蒙面人交談了幾句才又繼續動作。桿子目光順著追下，就見那頭雙雙摔下的二人之一——差點要挨揍的那傢伙——不曉得腦袋裡裝了什麼狗屎，爬起身後竟翻過圍牆，跑進場內，而被球砸中的那人——搖搖晃晃的明顯受創不小——與鳥仔龍、追著鳥仔龍的傢伙，居然也先後跟著翻過圍牆繼續追逐戲碼……。

「他娘的，是在搞哪一齣？」桿子低啐。球賽因這場鬧劇而中斷，邱福容的連續無失分也破了，桿子心情差到不能再差，無心繼續觀賞球賽。他起身掃看四周，找到那個蒙面人，湊到他身旁低語道：「姓趙的？趙老闆？」見那人身體震了一下，更確認是那富二代，便一手扣著他手上提箱，「我想這是要給我的，」一手拿出手機塞進他手裡，「而這東西是給你的。」隨後按著練好的劇本撒了個謊：「等我安全離開就會刪了備份。別擔心，我說到做到，這錢只能夠拿一次我明白，把您逼緊了我肯定完蛋，您說是吧？」

蒙面人當然就是趙近乾，他臉轉向球場內，看著追出去的陳承樂跑遠，心中懊惱不已；但又想著是自己方才告訴他不打緊，要他只管追去，現下也怨不得他，只得在心中暗嘆了聲，緩緩鬆開了手。

「趙老闆，很高興與您交易。」桿子沒想到竟這麼容易，喜上眉梢，樂呵呵地快步離去。

他走往通道、走出了通道，正要轉動腳步走向球場出口，就見得迎面而來一個糟糕至極的人物……媽的，這瘟神怎麼陰魂不散？桿子暗譙，忙在那號人物、忙在李永祥還沒看到他之前，扭過腳步往另個方向走去。

交通堵塞，讓李永祥晚了好久才趕到四葉球場。

有些事情，在離開警局之前他沒仔細想，但一路上的思考過後，卻發現實在沒啥邏輯道理。他終究無法找到一條合理邏輯，將趙阿隆與「殺人凶犯」聯想到一塊。就因為這樣，他心裡一直覺得不踏實，塞車的路上這麼覺得，來到四葉球場後還是這麼覺得。他腦袋瓜兒裡轉著圈圈，揣著滿腹心思，呆呆地直往球場內部走去，也沒注意到眼前有人硬生生扭過了個方向在躲他。

他就跟在桿子後頭，他的目的地其實是警衛室，他想去那裡調看監視，但前頭的桿子卻是心頭惴惴，胡亂瞎猜著自己是不是給「那瘟神」盯上了。

替桿子解圍的，也讓李永祥從思緒中走出來的，是前方發生的打鬥。

聽得打鬥聲，李永祥立刻衝將而出。

而桿子聽得後方發出急速的腳步，也跟著抬腿跑了起來。他倒不是誤會李永祥發現了他，而是既然撞見打鬥，這附近也沒得轉彎離開或是躲藏，不跑上去假裝勸架，未免有點不合常理。

不合常理就代表可疑，他不敢賭李永祥沒注意到這樣的可疑。

桿子先一步抵達爭鬥現場，見是鬧場那四人之三——少了那帶頭翻過圍牆的腦殘——也怎麼不意外。他不是真要勸架，聽得後方李永祥大喊「住手」以後，便靠上去演了個不大逼真的「勸架被波及」，舉起雙手作歉：「好，對不起、對不起，我不管。」聲量故意大到讓還沒能看清狀況的李永祥聽見，之後便慌慌張張的跑開……。

桿子的這齣戲碼讓鳥仔龍一陣莫名其妙，不過他現在全副心神都集中在那跑上前來的李永祥身上，也沒看清那莫名其妙的人是誰。他嚇得不輕，忙要阿阮停下毆打，告訴他：「李狗熊找到咱們了，快撤。」（越南語）

阿阮聽得這話，立即放開手頭上那滿臉是血、幾無反抗能力的人，咧嘴一笑，卻是不退反進，鐵拳一握，就以破竹之勢朝李永祥攻去。

李永祥是滿頭霧水。

他聽得打鬥，以為前方的打鬥與趙阿隆有關，誰想一到現場，卻是意外見得那三個偷車賊的其二正在毆打陳承樂……他差點就沒能認出那被打得面目全非的人是陳承樂。他沒去想陳承樂怎麼會與這幾個賊纏上的，更沒想陳承樂怎麼剛好也在這裡，陳承樂的慘狀讓他心頭火起，阿阮這下直接上來找架正合他意。他側手閃身，拍開當頭那拳，反拳過去，卻是也給擋下。

霎時間，二人你來我往，拳腳互鬥了起來。

鳥仔龍在一旁看得是心焦不已，也不曉得這下該要怎麼辦是好。他還記得劉雲吩咐給他的話，可阿阮在中了那一拳——趙阿隆那一拳——以後，就彷彿發了狂，勸也勸不住，鬧得愈來愈大，現在連那李狗熊也沾上了，想要止歇看來再無可能……他想著，揣了揣腰間的槍，琢磨著要不要掏出來幫忙——就在這當時，李永祥中洞一空，中了一著重踢，向後連退數步。

「哎唷，看不出還是個高手。」李永祥穩下步伐，揉揉胸口，兀自喘著大氣。而阿阮懸起了一邊嘴角，笑容輕藐，反掌勾了勾手挑釁。李永祥見狀，亦擺出同樣架勢。阿阮飛身而出。

「砰、砰！」兩聲槍響，打亂了風雲再起的節奏。阿阮雙腿各中一槍，在還沒碰到李永祥之前就腿軟撲倒，雙手撐地，卻是無力奮起。

「呼，」李永祥抹了抹額頭。「幸好這次我有記得帶槍。」笑笑地看向正用怨毒眼神瞪著他的阿阮。「別那麼氣嘛，這又不是格鬥比賽。你襲警，我開槍，」拿出手銬銬去，「這邏輯再合理不——」

「放開他！」這喊聲打斷了李永祥的動作。他抬頭——與陳承樂對上了眼——見到那另個偷車賊拿著槍抵在無力掙扎的陳承樂頭上。「把槍丟掉，丟遠點。」鳥仔龍說道：「否則……否則他就死定了。」

「你知不知道自己在說什麼啊？」李永祥察言觀色，直覺那偷車賊不會那麼輕易開槍，於是先繼續完成了銬手——將阿阮右手銬在左腳上——才丟掉槍緩緩站起，「你的同伴雙腿中槍，不趕快送醫，腿搞不好會廢掉喔。」

「不、不管，誰讓你銬住他的，快解開，不然我開槍了。」

「唉……」李永祥嘆氣，搖了搖頭。「看來你是要帶他一起走，可是你帶著他也跑不遠不是嗎……」頓了頓，「不然這樣吧，你放過我同事，我就給你十分鐘逃跑，怎麼樣？」

「少唬我，」鳥仔龍用槍推了推陳承樂腦袋。「我有人質，我就是要帶著阿阮一起走。」
「喔？原來他叫阿阮。那你叫什麼？」
「跟……跟你沒關係，」鳥仔龍慌道。「快解開他手銬，你敢亂動我就開槍了。」
「那到底是要我解開手銬？還是要我別亂動？」李永祥挑眉。
「解開手銬，我看到你行為可疑就開槍。」
「好、好……就聽你的。」李永祥點了點頭，退後兩步，蹲下作狀要替阿阮解縛。鳥仔龍全副心神放了過去，神經緊繃，完全沒能反應過來緊接著的事兒──他腳下忽然被勾，隨即給過肩摔了出去。

原來陳承樂一直在等這個機會，而李永祥的諸般廢話也是為了給陳承樂恢復更多力氣。他們早在對話開始前就有了默契。

鳥仔龍翻倒在地，李永祥一個箭步上前踩住他的手腕。「砰」的一聲，鳥仔龍扣下了扳機，不過那是因吃痛而造成的手指反射，子彈沒飛向任何人，倒是貫穿了一旁房間的門板，而門板發出了尖叫……。

不對，是真有人在尖叫。

李永祥驚覺，忙用束帶將鳥仔龍給縛住，對著那門裡頭喊道：「是誰在那裡面，快點出來。」話聲剛落，那躲在門後的人竟破門而出，頭也不回地疾跑逃離。「站住！」李永祥喝喊。但不喊還好，在他這麼喊了以後，那人更是猶如驚弓之鳥般埋頭瘋跑。

李永祥瞇起了眼看向那跑走的背影，越看越覺得那人就是趙阿隆，趕忙確認過陳承樂還挺得住、交了把槍到他手上，忙不迭的電步追去……。

與此同時，桿子在球場內部迷了路。

他三彎五拐，卻怎樣也找不著一條通道走出去，一直在重複的幾條通道裡頭打轉。他滿頭大汗，越走心裡頭越慌，胡想著自己是不是遇著了鬼打牆、是不是自己今兒個殺了的那人化作鬼厲來找自己茬了？

其實他只要靜下心來想，很快就能明白過來，他走進來，而現在正讓李永祥那干人給堵著的那條通道，就是離開這內部的唯一一條路；但他靜不下，焦急著想趕快離開此地的他，一點也靜不下。

一聲槍響，驚得他左顧右盼，腳下步伐更快，一個沒留心，就撞上了一條硬邦邦的柱子……不，不是柱子，是個體型壯碩的男人。

他們其實是互相都沒留心撞在一塊兒的，然而桿子撞上後是重重跌去，手上裝有三千萬的提箱也「咚咚」落地，那人卻只是身體輕輕晃了晃，不見有影響，嘴上邊吐著抱歉，邊搭手拉桿子起身。站直以後，桿子才看清楚拉起自己的人是誰。他一時傻住，握住的手沒鬆開，就連那人遞了提箱過來，他也愣愣地沒做出反應……。

而那在李永祥面前飛一般逃走的人，當然就是趙阿隆沒錯。

他翻進賽場，從賽場內的選手通道跑出以後，就一路的跑、拚命的跑，跑到那房間附近終於沒力再跑下去，就選擇躲了進去。他聽得外頭喧鬧，卻不曉得具體情況，他沒膽子往外瞧，只想躲到人都離開了再說。然而鳥仔龍射穿門板的那槍卻讓他破了功。

他不知道喊住自己的人是李永祥、是英雄哥，就算知道，也不會停下。他只想著要跑，跑脫那些發生在自己身上的一切種種。破門而出後的他，埋起了頭狂奔，想及這兩日來一連串的倒楣遭遇、想及不久前王琳在他心頭上捅的那一槍，無助與悲愴油然而生，眼淚再度不爭氣地流下。

他跑著，瘋狂地跑著，淚水混著汗水不住地在他四周揮灑，最後身心俱疲的他，終於跑到了體力的臨界點。他再也跑不動了，後方追上的李永祥只是那麼輕輕一碰，他就踉蹌撲倒，撲倒在兩雙腿面前……。

那兩雙腿，一雙屬於桿子。

而另一雙，則是四葉隊的投手，邱福容。

邱福容怎麼會出現在這裡？他不是該在比賽當中嗎？

原來，在那顆被全壘打發生以後、在球賽重新開始以後，邱福容一口氣就在同個半局連掉了四分。而在被教練換下來以後，他大發脾氣，摔了手套就逕自換上了自己的鞋跑出休息室，打算出去球場外頭散散心。

也就是因為這樣，他不幸遭遇到了更糟糕的事。

就在那個瞬間——也就是他正要交還提箱給桿子的那個瞬間、趙阿隆撲倒在地的那個瞬間，以及李永祥碰倒趙阿隆並且看到他們的那個瞬間——讓詭異的命運又重新牽引到一塊的那三人，目光同時集中到了他身上。

桿子看到的，是自己的偶像與自己的近距離接觸。

李永祥看到的，則是一個謠傳會在今天打放水球的人，與另一個明明該要被關起來的人，正拿著一個看起來就像是裝錢的箱子在握手。

而趙阿隆，他不懂棒球，更不認識邱福容，他甚至都還沒抬起頭來看到眼前的人是誰；然而，他卻是在那個瞬間裡，情緒最為激動的。他撲倒在地，眼裡頭所看到、僅看到的，是深刻印在腦海中的、前一晚出現在女友家的、現在正穿在邱福容腳上的，那雙難看得要命的亮綠色運動球鞋……。

十八

「昨夜凌晨三點，刑事警察局破獲一處地下賭場，而知名刑警李永祥稍早前在臉書上發……」「好，那麼現在就讓我們一起來聽聽這首……」「有關日前爆發的職棒假球案，檢方有了最新進展，深陷風波的四葉隊王牌投手邱福容目前……」「遠圖集團創辦人趙均衡，於今日下午四點五十三分正式宣布辭……」「說時遲那時快，白小甫一劍……」「而接班人趙近乾在稍晚的發言中，公開表示自己的……」「沙沙……」「沙沙沙……」「沙沙沙沙……」

離開訊號範圍，轉來轉去都只剩「沙沙」聲了，劉雲只好關掉收音機，百無聊賴地躺在漁船甲板上仰望滿天星辰。他在海上，一望無際的大海上，這艘漁船正帶著他，前往另一個國家。

當天他與阮、烏二人分頭行動後，很快就聯絡到了油骰佬。而當他一見著油骰佬、見著油骰佬那渾沒點鎮定的焦急模樣，立刻就聯想到那些給人詐騙的蠢蛋，暗想著要從這傢伙手上順利拿到錢應該是易如反掌的事……果然，他當下只是稍微施了一點詭計，就順利拿到錢並且甩掉了人。

「早知道那麼容易，就不搞那麼複雜了。」他當時就這麼想著。之後他遠離了四葉球場、遠離了風波，找了間旅館藏身。

進了旅館，始終聯絡不上烏仔龍，開了電視、看了新聞，他才曉得烏仔龍跟阿阮都給抓了。抓補的理由新聞上沒明講，可他知道警方早晚會順藤摸瓜查到他身上，便琢磨著出國避避風頭。

他不敢循正常管道出去，怕在海關就給逮了，最後足足花了三天——畢竟他對地下世界還很陌生——才找到管道偷渡離開這個他生長大的地方。他倒也不怎麼留戀他的國家，只是有些扼腕，他實在不想在還沒幹出一番大事之前就這麼離開。他把一切都怪罪在鳥仔龍身上，想著肯定是他出包、想著自己明明就交代他別鬧動靜怎麼還會給抓了、想著之前對他的想法一點錯也沒有，有這種沒大腦的人在身邊肯定會壞事、想著幸好自己在那一刻選擇分頭行動，否則自己很可能也被逮住……。

「往後做事一定要慎選隊友。」這是他想到最後的結論。

他呼吸著海風，手指交錯著在那裝著三千萬的提箱上反覆敲打，心裡琢磨著接下來自己該要做些什麼才好。想了半天，也想不出個定數，最後他決定等到了目的國家，弄清楚了那裡的風土民情、地下規則再來想也不遲……。

話說回來，這趟船得坐多久呢？

船都離岸了一個多鐘頭，他才突然想到這個問題。

他向著船艙裡邊喊問，裡頭卻沒過來回應，他想著是海風大沒聽見，就起身走了過去。「船家，」他靠在艙門邊，掛起笑容對著掌舵的問：「不知這趟船還要多久才到對岸？」

「燜得好，」掌舵的慢慢回過身，將槍口對向了劉雲。「偶也不機道。不如你幫苟忙，幫偶燜魚企。」

「砰！」

姜華

◆作者簡介

柯政廷（筆名姜華），一九八六年生，畢業於中國文化大學史學系，從小喜愛閱讀歷史故事，因此大學也進了歷史科系，渾渾噩噩唸了五年差點沒能畢業，才開始審視自己的喜好，從而正視到自己喜歡的並非歷史而是故事，更進而發現光是閱讀故事已經沒法滿足自己，遂開始了寫出自己作品的路。幾年下來創作了無數短篇以及幾部石沉大海的中、長篇，此前未有著作出版，僅有一部描寫活屍末日的小說《屍落之城》於網路上緩慢連載中。

◆得獎感言

首先得感謝黃建銘先生，我的高中同學、我的朋友，他的成功激勵了我，若是沒有他，肯定就不會有這部作品的誕生。再來是我的家人，我的父母，感謝他們對我的任性予以寬容，讓我得以持續寫作；我的妹妹，雖然我的所有創作她一個子兒也沒看過，卻是這些年來幫忙我最多的人；我的女友，感謝她在我陷入瓶頸的時候給予我指正和建議。然後是從初審到決審的所有評審們，謝謝你們，不勝感激，你們是第一批在寫作上給予我肯定的人，讓我重拾初寫作時的自信。最後是主辦單位，感謝你們舉辦這個比賽，希望之後能夠長久辦下去，鼓勵更多作家以電影為發想創作出精采的作品。

評審的話

◆小野

《追趕跑跳，砰！》是一位很高明的作者所寫出來的類型電影，多線情節，作者又可掌握每組人物間的對話、情節，巧妙地鋪陳，最後讓所有人馬全都聚在一起產生劇情的高潮，是一部成功的類型電影。

◆林靖傑

很厲害的寫手，每場戲都有效果，文字俐落精準，對白生活化、自然有神采，是個嫻熟電影語言的作者。多線進行，多組人物，寫來井然有序、錯綜而不亂，巧妙扣連，不同人物各展丰姿，到位且有人味。很值得讚嘆的電影寫作能力。可是較遺憾的是，整部作品機巧有餘、味道層次豐富，但要表達的根本主題是什麼？已是非常難能可貴的工藝巧匠，期待更進一步有藝術家的靈魂、哲學家的視野，賦予作品大家風範。

◆周芬伶

一事接一事，一波未平一波又起，深得電影轉場與剪接之流動節奏，在眾多警匪故事中，此篇概念清晰，手法乾脆俐落，畫面感較佳，具有可拍性，然題材之特殊性與故事亮點很可加強，為電影而寫的類型示範，小說的想像深度還要加強。

◆陳玉慧

多線交錯的故事，看似無厘頭又理所當然，錯綜複雜，編織有序，劇情推展快速，人物以男性為主，性格刻劃明顯，有黑色喜劇氛圍，是一佳作。

◆蔡國榮

有工人誤以為打死人而逃亡，有偶像刑警追偷車賊，有罪犯搶劫到不值錢的「貴重物品」，有財團老董從黑市買來的「非法器官」被劫，以及他的獨子被人偷拍「同性戀影片」並遭高額敲詐，五條匪夷所思的戲劇線齊頭並進，又相互糾纏，過程緊湊，充滿動感，種種陰錯陽差令人發噱。劇情匪夷所思，卻寓含人生哲理，對白活脫各色人等的聲口，又充滿笑趣，確是相當精采的黑色喜劇。

◆駱以軍

感覺是蓋瑞奇《偷拐搶騙》的台灣黑幫版，線索繁錯，多組人馬之間，巧合、荒誕、倒楣，像仲夏夜之夢，所有人的命運堆骨牌般聯結在一起，這樣的編劇非常聰明，人物線索關係圖的設計嚴絲合縫，若拍成動作片，是非常好看，沒有冷場的電影。

佳作／

換骨

黃兆德

一

天空飄著毛毛細雨。

明明是上午十點多的白晝時段，太陽卻和烏雲勾結換班，天色幽微暗沉，彷彿隨時能擠出淡墨；加上樹林的袒護，亮度氛圍幾乎與日落時分無異。

四名警察駝著身子，身穿幾近與景色融為一體的暗藍雨衣，亦步亦趨的跟在一名老伯身後。那老伯頭戴斗笠，頸披鵝黃汗巾，一衫白內衣洗到鬆弛無力，像多了幾十歲的皮裹在身上；下身短褲藍白拖，小腿肌老而彌辣，發達健壯不亞於小夥子。

濛濛細雨濕潤了腳下土，但老伯速度不受影響，在斜坡滑石上穩穩前行。倒是四名警察只有一位跟得上老伯腳步，另外三名越走越是落後。

「阿伯，愛更偌久？」

「欲到啊，蹛頭前遐！」

其實詢問的員警剛提出疑問就心裡有底了。濕潤的林氣逐漸滲進一股臭味，宛如隱藏叢林間的青竹絲伸出蛇信，一吐一吸，雨水也無法藏匿那股味道。隨著步伐前進，眾人的眉頭也越鎖越緊，彷彿暗示了即將到來的相遇。

「就是遐，有看見無？」

老伯側身站在一棵樟樹旁，指著十五公尺外一棵光禿禿的樹木。張牙舞爪的枝幹上掛著人影，背對眾人，招呼似的晃蕩著。

員警們戴上口罩和手套，拒絕腐臭的侵襲。但來到樹下，臭味輕易突破防禦，占據鼻腔。領頭的員警檢視環境；林葉環繞，沒有通道小徑，常人根本不會注意到這，也不容易抵達。

抬眼觀察，那人的頸椎已經勒斷，頭歪曲九十度垂在胸口，隨時可能分離掉落。

衪穿著全套男性西裝和黑尖頭皮鞋，上班族打扮；樹幹下斜倚著公事包和摺疊傘。

死者腫脹的右手中指指尖凝聚水珠，紅似花苞。小隊長站在死者身後，示意另外三名員警解下吊在樹上的老兄。

員警們面容愁苦，活像吞了混著蚯蚓的泥巴團子。他們彼此交換眼色，嘴裡抖著佛號，輕手輕腳解下衪。

最近氣候悶熱潮濕，細菌特別亢奮。死者已經出現巨人觀，略為浮腫，暗綠的屍斑隱約可見；失去光澤的雙眼蒙上一層濁白，嘴部開大，舌尖貼著下巴。腫脹的五官走樣，難辨生前樣貌。小隊長只瞄了一眼，視線轉向老伯。

「阿伯，你何時看見？」

「就今仔日早起啊！」老伯兩眼偷偷斜向屍體，才剛觸及連忙扭開，發顫解釋他原本要在下面一點的地方採筍子，但被臭味引上，才見到這幅害他漏尿的畫面。

「啊，你認識他嗎？」小隊長放棄不流暢的台語。

「應該是無，但是伊變成按呢……」老伯猶疑，卻也不敢仔細確認。

「好，沒關係，有問題我們會再請你協助，多謝！」隊長做完紀錄，轉身聯絡當地檢察官支援。

二

台中市政府警察局內，二樓一處獨立空間的辦公室，一名中年男子埋首文件堆，神情凝重的閱讀資料，時不時用五指後梳那薄稀見頂的煩惱絲，彷彿為此吐出粗重的鼻息。

男子體態微胖，上半身仍可看出壯年間扎實鍛鍊的胸肌臂膀，一伸一縮依然是雕塑過的肌理條紋，但腹部開始顯露疲憊，分門別派的腹肌刻紋漸漸被油脂灌溉，融為一體。

男子名叫楊斌，二十五歲警大畢業，之後一直在刑事組工作，現職為台中市政府警察局刑事警察大隊大隊長。破獲不少案件，但相較前人事蹟，都是些尋常小事，層出不窮的搶案或竊盜，不值一提。有時他會自嘲，究竟是時代太平，還是他沒能力？近年來他已失去菜鳥警察對破案或緝凶捕惡的熱誠，逐漸委靡靠向退休一途。

楊斌仰靠椅背，閉上字詞飛繞的雙眼稍作休憩，門卻匆忙退開；他睜開右眼，一名年約二十好幾的青年來到他面前。

「老大，這是今天早上的上吊案件。」青年眉清目秀，書香挺拔，稚嫩的外貌看起來像暑期工讀的雜役；實際上已二十九快三十，若非工作繁忙，眼袋加班，被誤認在學也是常有之事。

「衍宸啊……報告給我聽。」楊斌接過報告，隨手翻閱。

「從死者身上找到身分證，確認是五十四歲的陳宏明。家住台中西平港，已婚，育有二子一女，妻子是林筱芬，前天才報協尋失蹤人口，剛剛已聯絡家屬來認屍。」蔡衍宸像介紹自家人般流暢匯報。

楊斌皺眉頷首。

「現場採證？」

「沒有發現他人涉足跡象，也沒有打鬥或掙扎的痕跡。陳屍現場乾淨，判斷是第一現場，初步排除他殺可能。」

「背景？」

「死者背景乾淨，無不良嗜好，也無重大財務或情感糾紛。上禮拜升副經理，房貸去年繳清，經濟狀況穩定，小康。家庭狀況不清楚，還要調查。不過從死者家屬慌張的情況來看，應該沒有失和的問題。」年輕刑警最後加上自己的推測。

「死亡時間多久了？」

「推估至少三天以上。死者三天前受公司外派出差，前兩天家人以為他太累沒接到電話，第三天才開始緊張。可能第一天就……」

「嗯……這已經是這個月第四起自殺案件了吧？」楊斌一手翻閱資料，一手食指敲打桌面。

「是。」

「真是，自殺不能解決問題啊。」他搔頭，表情說不出是責備或惋惜。

「但是老大，他們的經濟狀況都沒問題啊。像這個上禮拜才升副經理，之前那個還是小公司的老闆呢。」蔡衍宸不是很相信這些經濟條件優渥的人會自殺身亡。他出身單親家庭，靠母親和外婆一手帶大，國中開始半工半讀，好不容易熬上警察公職，近幾年才有能力扶養家人。對他而言，除了活下去，其他問題都不是問題。

「人生不是只有錢這一關。」楊斌拍了拍他肩膀，肅穆的像在告誡。「反正照程序跑吧。從他身邊的人調查一遍，問家屬願不願意解剖驗屍，如果檢察官也確認沒有他殺疑慮，就自殺結案。」

蔡衍宸答應，拿起文件轉身。

「喔對了，你昨天那件竊盜案處理完了嗎？」楊斌忽然叫住他。

「呃，還沒有，失主說今天下午會過來做筆錄……」

「幾點？」

「我跟他約五點。」

「好，這就我接手吧。你把這之前的事忙完就可以回去了。」

蔡衍宸瞪大雙眼，努力控制喜悅不要牽動嘴角。「可、可是老大……」

「你媽不是今天生日嗎？就當我送的生日禮物，早點回去陪陪她吧。」他用力拍了蔡衍宸背脊一掌，以示鼓勵。

這算僅次加薪的喜悅。

「謝謝你，老大！」

「不要笑得那麼開心，小心被家屬看到。」

衍宸收斂神色，但仍留了些在嘴角，抓耳撓腮的去了。

楊斌這一忙直到七點過後，才開著 TOYOTA 的 ALTIS 轎車離去。從警局約三十分鐘的車程到家。途中他還去便利商店買包寶馬涼菸，點了一根，剩下的塞到車上置物箱。反正在家也不能抽，女兒肯定會跟他碎念，宣導抽菸的壞處和可能帶來的病變。

「又不是找小三。」他吐槽一句，笑聲在菸中穿梭兩下便沒了動靜。

「小三……如果還能有小三該有多好……」

楊斌將車停在離家步行十分鐘的收費停車場，出了地下室，打開公寓大門，登三樓，推開自家大門時順口喊道：「我回來了。」

「時間真剛好，你該不會在家偷裝監視器之類的吧？」今年大一的女兒從廚房現身，兩手在繪有三隻小熊製作蛋糕的圍裙上胡亂擦拭。

「呦，香呀！」楊斌將公事包隨手抛向沙發，快步到木製長方餐桌。

「你又偷吸菸齁。」楊玉敏銳的在他身上嗅出端倪，語調不善。他神色尷尬，滿桌的食物香沒能掩護他多繞十五分鐘透氣的祕密。

「妳媽吃了嗎？」他逃避楊玉的質問，目光對桌上的菜色上下其手。上頭擺著一盤炒空心和炒青江菜，一盤白斬肉和兩顆煎蛋，一鍋冬瓜蛤蜊湯。忍不住誘惑的楊斌來不及就坐，迫不及待抓了一片白肉就吞。

「拜過了。」楊玉替他添飯。

他點點頭；端了飯菜，到客廳的沙發坐下。

「對了爸，這是今天和同學出去玩求來的護身符，聽說很靈驗，可以保佑你平安，升官發財。」她從口袋掏出一件樣式尋常的八卦形摺紙護身符，套著背底亮紅、正面透明的長方形塑膠護套，頂端繫著紅線掛繩；除了在紅面印有「大甲鎮瀾宮」的字樣外，實是稀鬆平常，隨處可見。女兒神情得意，似簽了這期六合彩頭獎。

「喔，謝謝。」楊斌接過，彷彿收到不怎麼出色的成績單，冷淡擱置桌上，繼續關心飯菜。

楊玉小嘴一嘟，收走菜盤。

「妳幹嘛？我還沒吃完……」

「一直吃一直吃……那是我送你的護身符耶！隨便亂丟……」

楊斌只敢在心裡哀號。「沒有啦，阿爸在吃飯，手油油的，等一下會好好收起來。」

「是齁。那我幫你放在你常穿的外套，這樣就不會忘記了。」女孩撇下盤子，說到做到。

他斜了眼神桌上的檀香盤，裡頭堆滿各大、小廟求來的平安符，都快可以擺出廟宇間的護符種類和流變史。但不曉得是靈驗還無用，生活依舊不好不壞。

「說到護身符，妳……還會……」楊斌拿著筷子朝她兩眼劃了劃。

「沒問題了喔。」楊玉安撫一笑，「那個師傅真的很厲害耶，現在已經完全看不到了。」

「……沒事就好。有定時去過香吧？」

「有……啊！你把肉都吃完啦！我還沒吃耶！」她指著空盤碎肉哀號。「怎麼吃這麼快？你是不是又變胖了？看看你的肚子——」她伸手欲戳，楊斌連忙吸氣縮腹。「來不及了啦，只是從大巨蛋變小巨蛋而已！」

「我是身不由己好不好？每天工作就累死了，哪有時間運動顧身材？」他用力扒兩口飯，替自己抗辯。

「身材好不好看是一回事，重點是健康啊。你這樣會被犯人笑，說怠忽職守，追不到人家。」楊玉刻意嘲諷。「對了，你這禮拜有沒有空？我們去爬山！」

楊斌筷子一顫，速度放緩。

「爬山啊……不行，我一堆工作，不能丟給弟兄們忙，我一個人去逍遙……」

「少來，你有固定休放吧？期限也快到了齁？想騙我？窩在家裡看電視或玩平板，不如跟我出去運動。」

「工作很累耶……難得假日，讓我好好休息不行嗎？」

「拜託，有美女伴遊耶！不然我就答應班上男生一起去囉？」

收到關鍵字，人父果然面色一沉。

「不行！哪個臭小子吃了熊心豹子膽？我銬他回警局！」

「嘿嘿，是吧。這是你才有的福利耶！就當陪我爬囉？」

俗話說：「女兒是老爸上輩子的情人。」像楊玉這種軟硬兼施的情況，試問有多少老爸能狠心拒絕？至少楊斌辦不到。

他的假期隨著嘆息煙消雲散。

「……如果沒事的話，有工作就不行。」他給自己留了後路，但天曉得他會不會用到。

「好，就這麼說定，不許賴皮。」

楊玉拉起他的手打勾勾，嘰嘰喳喳計畫下禮拜的行程。

盯著女兒和亡妻神似的俏麗側臉，他在意的是另一件事。

「小玉……」

「嗯？你放心我不會要你爬太難的山。」

「不是……」楊玉因為他的欲言又止打住思考，面向他。「如果妳想交男朋友，先讓爸爸看過。好歹阿爸也見過不少心術不正的人，多少能看出好壞……妳那是什麼笑容？」

楊玉靦腆不答，雙頰熱辣辣暈紅。

楊斌冰冷冷顫抖。腮紅吸收他所有希望，只留下糟糕的猜想。那笑容太熟悉了，他太太年輕時見到他就是這模樣，羞澀裏著嫵媚。母女的眼睛多像啊，但現在只讓他覺得大事不妙。

「……妳該不會交了吧？」

楊玉笑而不語。

「你們進展到哪了？牽手？親嘴？」老爸質問。

「哎呦，問那麼多幹嘛！我去折衣服了。」被逼急的少女嘴巴一嘟，留下哼聲回到房間。他獨坐沙發，對接下來該採取什麼行動毫無頭緒，一顆心像他第一次下廚五味雜陳。他終於能體會為何岳父第一次見到他時殺氣四溢；沒將他釘在牆上已經很給他太太面子了。

「就不要讓我知道是哪個臭小子……！」

三

他睡得很不安穩，作了夢，夢見女兒和人相好，不理他苦苦哀求，打算和人遠走高飛，到一個沒有他這逐漸年邁的老父的國度。他抓住女兒的手，卻被她身旁的男人一掌拍開。他大怒，掏槍解保險就想請對方吃子彈；那人獰笑，有著一張他岳父的臉，咆哮：「現在你終於明白我的感受了吧！哈哈哈……！」

然後他就醒了。好個狗屁倒灶的夢。

他已許久不曾和岳父見面，有四、五年了吧。自從佳萱走了之後。但不代表兩家人斷絕往來；長假或楊玉有空，都會去外公外婆家探訪，兩老也疼她跟塊寶玉似，呵護備至。他若去，岳母也是一同招呼；只是有他在的場合，就一定見不到岳父。宛如棋盤上的將帥，王不見王。

佳萱是他們的獨女。就像楊玉是他的血脈。

他明白。因此岳父的面容變得愈來愈模糊，像被粉飾的傷疤。

他帶著愧疚和哀戚出了臥房，到餐桌前坐下，翻閱日報。

撒嬌的環抱從身後撲上；這有兩種意思：許願或告解。

他轉過身，果然楊玉雙手合十，高舉過頭，面孔朝下對著他拜。

「對不起！」

父親神色漠然，像在告解室聆聽整日懺悔的神父。

「今天是系上表演的日子，有一位同學臨時有事不能到場，拜託我代替她。我推辭不過，所以……」

「所以就放生老爸了是吧？」

「對不起啦！你也知道我沒辦法拒絕外人的請求嘛！」

「沒關係，我也樂的在家輕鬆。」他的口氣像足了嫌葡萄酸的狐狸，內心其實一陣落寞。

女兒聽出父親的葡萄酸，心頭愧疚更是快將她腐蝕，牙一咬便打算回絕同學的請託。但終究是人性怪誕，對親近熟識之人總能拉下臉軟求死賴，對外人卻彬彬有禮；寧可委屈自己，不願得罪生人。

「好嘛爸，算我欠你一次！」

「妳欠我的次數還有少嗎？」楊斌拎起報紙，來到客廳，準備臥躺在沙發上。楊玉見狀連忙拉住他：「不行不行！你還是得去運動啦！」

「妳都不去了。」

「不行啦，你不能就整天賴在沙發上啊！」她一面說，一邊將楊斌原先準備好的登山背包放到他微凸的肚岳上。「就算我沒陪你還是要運動！」

「嘖……」

楊斌明白家人關心健康的嘮叨叮囑；但周而復始的操勞終於碰到逗點時，多數人還是渴望待在家中休息。為了健康下班後固定運動，那是只存在史詩神話的波瀾壯闊。

他試著找藉口，但楊玉毫不退讓，搬出肥胖和不運動可能產生的慢性病；雙方僵持不下。楊玉只得祭出殺手鐧。

「如果你體重維持在七十不超過七十五，我就答應你交男朋友的話，先給你鑑定過。」

楊斌放下報紙。「真的？」

「如果你不答應，我馬上去交一個！」

「竟然威脅阿爸……」楊斌抓起登山包，起身。「記得妳說過的話呀！」

她俏吐舌尖，頑皮的扮個鬼臉，背起肩包，「那我走啦。回來我會看你有沒有履行承諾喔！」

楊斌擺了擺手，彷彿重新披甲上陣的老將。

楊玉在心裡留下足夠的歉疚，關上門走了。

楊斌好整以暇的換完衣物，蹲了會兒廁所，才抓起車鑰匙和登山包，套上登山鞋，出發。

一點也沒有郊遊踏青的興奮，倒讓他回憶起當兵站哨 0204 那段時光。

他直達目的地，驅車到山腳下。這座山是他在楊玉還小時，一家三口閒暇踏青的地方。山不高，路不長，走完大約三小時上下。那時他們偏好一早來登山，太陽不會燥熱，流出的汗沒有太多抱怨；另一邊的山腳下有不少攤販，正好當作下山的午餐。接著回家洗澡，睡午覺；運動後的睡眠最是舒暢，特別香沉。楊玉那時還是個天真爛漫，不會威脅爸爸的好孩子……。

步道依然歪斜不齊，似整壞的亂牙；而今山腳下只剩他一人了。山景幾十年如一日，又或者變了什麼他沒發覺？不知道，自從楊玉上國中後，他們一家便很少造訪山林了。

順著石階蜿蜒爬行，往日的畫面逐漸在樹林和山道間復甦，點綴的微風鳥語也恰到好處。這一路他沒有休息，直攻山頂。暢快揮汗讓他自覺年輕多歲，一步步踏向當年……。

山頂有間小土地公廟，步道旁還有紅柱綠頂的涼亭。他在涼亭歇坐，飲了幾口涼水，擰乾頸子上汗涔涔的毛巾。

山間林葉擺盪，重岩疊嶂。今天登山的人意外稀少，只在半途遇見一名青年。這種「空山不見人，但聞鳴蟲鳥」的氛圍，大有與世隔絕，閒淡恬雅的隱士清淨。

他倚著亭柱閉目養神，忽然憶起年幼的楊玉最喜歡到廟中悠轉，玩些火柴蠟燭之類的東西。這畫面已離他們十分遙遠，這次順道拍些照片回去；一來說不定她會懷念，二來也比那些青松翠竹，山泉林道來的有佐證力。

心念至此，他收拾好背包，往土地公廟走去。廟身不大，占地約十坪，一層樓高，廟口外有一座銅金色天地爐；三隻爐腳中朝外的那隻壞損，像被截鋸，爐身向前傾斜，微妙的支撐沒有倒塌。

楊斌感嘆連爐腳都要偷；拍下廟的外觀後，跨過門檻。裡頭供奉的是土地公，但楊斌沒見到神像，只有神位上覆著紅布，罩著某樣東西。

他皺起眉頭，將紅布取下。縱使對神神道道的事沒研究，也聽過老一輩口耳相傳；據說將神像覆上紅巾紅布，便能讓神仙見不到人間事。

蒼天閉眼，魔煞橫行。

「誰弄的啊……」

抽掉紅布，底下卻讓他一愣；是個沒見過的神像。

那雕像通體發黑，似隱隱透著紅光；左腳踏龍，右腳踩虎，沒有雙臂，一張臉全是淺洞，坑坑疤疤，彷彿被蟲蛀過，看不出五官。

他一陣厭惡。本能覺得不祥，甩手將紅布重新蓋上。

「搞什麼鬼……」到底是誰將原本的土地公替換成這尊妖氣沖天的雕像？難怪會被人用紅布遮

蓋。還是說，其實是他孤陋寡聞，那奇形怪狀的雕像是正神來著？

他心神不寧，一不注意踢到地板上的東西，滴溜溜的滾出去，撞到牆，反彈至門扉內側暗角。他繞到門後，撿起那東西到亮處。

是個人偶頭顱。

頭顱慈眉善目，銀鬚飄飄，儼然是和藹可親的老者雕像。楊斌背脊一片惡寒；這不是土地公的頭嗎？

塑像只剩頭顱，頸部以下是參差不齊的木屑斷面，顯是外力粗暴掰斷。

楊斌驚疑不定，在廟內審視一圈，組合玩具般又發現剩餘的軀幹。四肢同樣讓人用蠻力卸下，一尊神像分成五塊，隨意丟棄。

他再也受不了，將四分五裂的神像屍身放在供桌上，逃難似的奔出廟內。

紊亂的腳步持續近十分鐘，楊斌內心的恐懼才逐漸驅散，喚回步調。山林仍是鳥語花香，松竹競秀，風光明媚如世外桃源。他深吸氣，決定打道回府；登山的追憶歡快早已蕩然無存。

他對民俗學沒研究，也就不費心去煩惱那神像究竟是什麼？有無特別含意？但那扭曲的形象，卻如同在汗巾中裹上冰塊，令他麻冷不止。

下山的路上他哼著歌，算給自己壯膽，也散心分神，不讓對神像的恐懼在腦中發酵繁衍。時間積累在歌聲中；五首……十五首……二十二首；他終於察覺怪異。這山路走過不下數十次，一路到底，從無岔路，照理說早該出山，到商街住宅才對。可周圍蓊蓊鬱鬱，繁茂蔽空的景色，顯示仍在山區腹地。

他十分確定自己沒走到岔路。

再次確認錶針：下午一點五十一分。正午時刻，豔陽當頭；俗話說正午陽氣足，再凶的妖魔鬼怪都忌憚三分。況且自己行直坐正，除暴安良，緝凶拿惡；加之愛妻如命，惜女如金，根本是模範丈夫和父親，何懼之有？

他彷彿獲得良善的保證，心緒漸穩，仔細觀察周遭變化。

遠遠他看見前方的步道上立著某樣東西。再前進幾步，他像踩到了麻醉陷阱，腿肌發軟踉蹌，險些跌倒。

只見那尊邪氣沖天的無臂神像，大剌剌的立在步道上。

楊斌腦袋激轉，無數念頭飛馳：有人惡作劇嗎？怎麼會出現在這？鬼打牆？超自然現象？還是另有什麼他不了解的情況？

一串串念頭快轉出火來，他忙叫自己冷靜。到底還是警察，走得是唯物主義，信得是科學實證；雖然隱約感到不可思議，相信還是認為自己沒瞧出箇中機關。他遲疑了一圈秒針，在路旁撿了條粗樹枝，看查雕像。

那塑像一樣通體黑中帶紅，缺了兩臂，一臉坑疤。只是這回多了張嘴，哀號嘶吼般張咧，彷彿巨大的痛苦卡在喉間，撐開嘴要爬出來。

楊斌研究一會；除了外表難看，身有殘疾，就只是一般木雕，沒有特異之處。他不是這方面的專家，無法斷定下不了山和祂有無關係，只得摸摸鼻子，繞過神像繼續前進。

可才剛翻過一個上坡，缺臂的塑像又在前方攔路。

他知道不對，連忙掉頭折返；那東西卻出現在腳下，嚇得他連退數步才站穩。

楊斌火氣也上來了；自己好不容易休假，被女兒逼得出門運動不說，還被放鴿子，上山來還莫名其妙碰上這邪門東西，他是招惹誰了？問心無愧，幹什麼一驚一乍，像被戲耍的鵪鶉？氣往腦衝，一腳踹翻那雕像，挫骨揚灰的猛踐暴踏。

塑像發出斷裂聲，從中裂成兩截。

「呸，裝神弄鬼！」楊斌一腳將祂掃出步道外，吐上唾沫，罵罵咧咧的下山。

可走沒幾步，小腿忽然一陣搔癢；他低頭一望，右腿肚上爬著條黑黝黝的小蟲，尺蠖般一縮一張的爬行。他抖了幾下沒掉，伸手彈去。但指尖一疼，那蟲竟然咬住他，黏在指尖。

楊斌吃痛，使勁的甩，蟲子卻像釘子戶無動於衷。他定睛觀察，大吼一聲將手砸向一旁的山壁。那蟲子狀似缺了雙臂的人，跪趴著身，靠著嘴巴的咬合弓起身體前進，儼然是那尊神像的縮小版。

他收回手，蟲子不見蹤影；楊斌不敢多做停留，撒腳便跑。隨著體溫升高，被蟲啃咬的地方漸感麻癢。他抬手，指尖處腫脹發疼，似長了疣；然而仔細觀察，會發現那些過敏反應的顆粒，竟是一張張神像的坑疤臉，極欲鑽出皮膚般蠕動著。

他放聲怪吼，卯盡全力奔跑；他能感覺發癢疼痛的部位，逐漸分化擴散，像蝌蚪在體內流竄。被某種東西寄生的預想更令他恐懼混亂，腳步也被這股驚慌錯亂，受到暴牙的石階暗算，傾前撲倒。

他自然而然伸出右手支撐，卻直撞地面。他命令左手撐起，也不聽使喚，最後只能靠額頭弓起身軀。然後他發現，石階上橫置兩條臂膀。

他轉望左右兩肩，那兒空蕩蕩，什麼也沒有。

血液不動聲色的噴湧。數十條神像外型的小蟲，在血湧處鑽進鑽出，他卻一點知覺也沒有。好似那不是他的身體，他也不在這；頻道切換恰巧接收這畫面而已。

楊斌瘋吼，奮身逃跑。眼前的路蜿蜒到樹叢內；他來不及思考，像坐在沒有煞車，油門壓到底的列車，直衝而入。

剎那間心中的警鈴響了；他從沒印象下山的路需要鑽樹叢。

他的腳察覺騰空，風在耳邊快速嘲笑，一聲高過一聲……。

四

一開始接到消息的時候，楊玉還祈望是同名同姓的誤傳。但身處殯儀館，凍僵在停屍床上，確實是十八年朝夕相處的楊斌。她趴在大體上，淚水滾滾而落，崩潰大哭。

楊斌失蹤一個多禮拜。從登山被楊玉放鴿子那天晚上起，聯絡不上他的楊玉隔天便報警。刑事組偵查隊大隊長失蹤畢竟非同小可，警方當天便展開搜尋，在楊玉提供的登山口腳下發現他的車子，但山上的搜索一無所獲。警方甚至一度懷疑是被道上仇家綁票復仇，檢閱可能關係人，卻也抓不到頭緒。直到一個禮拜後才接到其他登山客報案，在土地公廟附近的山崖下發現屍體。鑑識小組和檢察官檢定後，確認為第一現場，排除棄屍的可能。

奇怪的是，該地並不特別隱蔽，警方當初來來回回也搜尋過三、四次，不可能沒注意到。搜索該區域的警員還被質疑辦事不力，逼得他們拿自己的祖宗發誓搜索時真的什麼都沒見到。

這種弔詭現象，辦案的員警多少都碰過或耳聞一些；負責偵辦的警官也只能暗自喊玄，不再追究。

楊斌的死亡檢驗出爐：死因是腦部劇烈撞擊，失血過多。經現場採集調查後，研判是天雨路滑，失足滑落山崖。

蔡衍宸將這份報告轉告楊玉時，她差點沒當場從二樓跳下去。她用最惡毒最愧疚的嘶吼詛咒自己；若不是她強迫楊斌去登山，兩人也不會生死相隔，天倫難續。

「妳不要自責，這真的只是意外，不是妳的錯……」蔡衍宸知道楊斌請假的原由，猜出她內疚愧死。

「不要說了。」楊玉低著頭，瞧不見表情，嘶啞乾燥的嗓音連她自己也嚇一跳。「拜託你……不要說了……」

蔡衍宸後半段的話出不了齒縫。在他看來，這件事誰都沒錯；為了家人健康要求他運動，和為了不讓家人擔心而運動，哪裡有錯？錯只錯在石子太滑，濕氣太重。走了一個，也毀了剩下一個。

楊玉這時在想，如果她不硬逼父親爬山，楊斌是不是就能繼續躺在沙發上慵懶，偶爾讓菸味先敲門回家。或者，如果那天她推掉同學的請託，陪他登山，那在危急的時後，她也許能救他一命。不，一定可以！她拚了命也會救！只是為什麼那天她不在他身邊，而是在學校弄一些芝麻蒜皮的小事。

在父親逐漸凋零，死亡在他傷痕累累的軀體烙下印記時，她在學校載歌載舞，彷彿慶祝父親的消逝。

她怎麼能夠如此！每當想起那天的歡快，就是對父親的嘲諷汙辱，不可原諒的大逆不孝！該死的應該是她！

上天慈悲！應該滿身瘡痍，面目全非的是她！父親那因滾落山壁而刮出的一臉坑疤，就像在細數她的罪惡，譴責她為什麼還留在世上？

她恨學校活動，恨同學，恨自以為關心父親要求他運動的自己；爸爸是被她害死的。

她是殺人凶手。

她難過的想和父親當面道歉，可必須先將他的後事辦完。她再無法承受更多的愧疚。

這天，楊玉在家收拾楊斌的遺物，每見到一份和他有關的物品，心中都是一陣抽蓄酸楚，接著發酵成自責愧疚，堆疊成自滅的懺悔。

楊斌的私人物品不多；老舊的鍍銀打火機，幾件穿到退色破洞的內衣物，款式萬年不變的襯衫西裝褲，和妻子的合影，還有一張她不認識的年輕女子獨照。

她不在乎照片中的陌生人；也許是工作上的被害人或加害者。無所謂。她只是機械式的整理劃分。

當楊玉整理到楊斌當天登山所穿的夾克外套，忽然憶起自己將護身符放進衣內暗袋；掏了掏，護符健在，而今物在人亡，她幾乎能聽到護符嘲諷的大笑。

「連我爸都保護不好，廢物！」

她憤怒一擲，砸向壁面，平安符反彈落在地板上，灑出細細碎碎的灰末。她一愣，拈按了些，在理解這些黑灰碎片後，雞皮疙瘩全醒了。

是平安符的咒紙！楊玉將袋口傾倒，化成灰末的符紙細細飄散。

不可能呀！她交給楊斌時明明是正常的暗黃八卦符紙，她還拿出來確認過。可這像被火舌舔拭過的粉灰是怎麼回事？就算有人燒掉，也無法不傷到符袋，更別提保持形狀的將灰燼放回袋內。根本不可能辦到！

這種離奇的現象，楊玉聯想到民間平安符消災擋禍的說法。只是常見的情況是配戴的紅線斷掉，沒聽過整張符化成灰的。

也就是說，平安符有作用——

「爸爸……爸爸他不是意外死的……？」

驚覺父親可能不是被自己，而是其他東西害死，楊玉的頭腦霎時清醒許多。她翻出死亡報告，從頭細讀一遍，發現先前忽略的疑點。報告上說，楊斌除了跌落山崖時的外傷，沒有其他人為創口。奇怪的是，他的雙肩磨損非常嚴重，似乎用來爬行。但他的兩手明明完好在身，沒有內外傷，為什麼會產生那種傷痕？

另外，楊斌陳屍的地點在土地公廟附近，廟則在離步道十來公尺的山崖上，險要處都設有欄杆等防護措施，正常情況下再怎麼「失足」，都無法滑落……。

除非刻意翻越。

報告的疑點，加上成灰的護符，讓她懷疑父親死因不單純。

楊斌從前就有登山的經驗，這次去的地點也是常年熟悉的山岳，不可能犯下這種低級錯誤。

她打給警局，激動中透出興奮。對方聽完後，只淡淡表示，依現場蒐證和檢驗判斷，沒有蛛絲馬跡的可疑。縱使死法離奇詭譎，辦案講究科學證據；她所提的疑點過於怪力亂神，不足採信。

楊玉冷了一半；對方說得沒錯，台灣哪條法律有「鬼殺人」？可這關乎她父親的死因，和往後該如何面對自己；她哀求對方再仔細調查一次。

「這個……就老實跟妳說吧。」對方深吸氣，像賣場經理碰上難纏的客戶。「妳爸爸是警裡老鳥，出事大夥都很難過，也希望查明真相。我們同事已經特別多調查兩次，但真的什麼都沒有。現場從頭到尾就只有楊警官的蹤跡，那天就他一個人上山。」

「整個假日就只有我爸一個人上山？這也太奇怪了吧？」

「現代人忙啊。那天要不是楊警官請假，他也有的忙呢！」

這句話剜去楊玉胸口的溫度，鳩占鵲巢的發出惡寒。

「我告訴妳，這案件也關係到我們警察的顏面，如果真有凶手而我們當意外結案，不給對方笑歪牙才怪！所以妳……」

楊玉曉得對方不勝其煩，冷冷道謝，掛上電話。

「等等。」對方猛地嘆氣：「那個啊……不是我不幫妳，只是有些事情礙於身分，沒辦法明講。」他頓了頓。「當天搜查的同仁也發現土地公廟有異樣，裡頭的神像被拆得四分五裂，上面只有楊警官的指紋。而廟前的香爐也被破壞，少了一腳；不曉得和楊警官有沒有關係……總之，如果妳想往這方向查的話，給妳點建議，樂田巷裡面有間廟還挺靈的。」

說完不等楊玉道謝就掛斷電話。

楊玉上網搜尋，才知是間小有名氣的廟宇，位在稍微偏遠一點的地區，附近是稻田農家。記下地址後，她騎著車齡九歲的風雲125出門。

繞了快四十分鐘才重見google地圖上的街景，途中還靠手機GPS指路。

乍見廟宇的外型，楊玉認真思考先前是否和那名員警結怨。那廟甚小，大約四、五個流動廁所大，用紅磚砌成；屋頂的福祿壽三尊神像彷彿風災後的漂流物，隨時會被資源回收。廟內陰暗無光，幾撮香炷紅點，忽豔忽暗，猶似菸頭閃爍。外邊搭建臨時的鐵架遮雨棚，成了一鼎鏽跡斑斑的天地爐的天穹；爐上輕煙裊裊，朦朧似幻。

她再三核對門牌地址，希望它多一撇少一劃。

猶豫了輕煙飄轉數圈的時間，楊玉還是決定進去。這時，廟身右側的鐵皮屋忽然開啟；一對母子退了出來，少婦不斷對裡頭的人彎腰道謝，活像神尊真佛降臨。那人擺擺手，推卻少婦的紅包，仰天大笑，豪氣萬千。

楊玉留心觀察；那人約五十多歲的中年男子，身穿白吊嘎，棕色短褲，腳踏藍白拖，凸出的肚腩比楊斌還雄偉；短髮黑中參白，稀疏見頂。從婦人的舉止推測，那人八成就是林廟公。

婦人終於傳達完感恩之情，攜著女童的手離去；男子背過身，招招手要她進來。

她遲疑了幾個念頭，捏捏口袋的手機，跟進。

「小妹妹，妳臉色很凝重喔。」

楊玉進到屋內環視一圈；鐵屋雖小，但一應俱全。右手邊擺著一張單人床緊貼牆面，斜對角架著一台老舊方形電視。門口左側安著神桌，奉著觀音木雕，蓮花寶座，垂瓶持柳。左牆角則堆疊吃剩的泡麵碗筷，小瓦斯爐和一些鍋盆。

生活習慣看起來挺隨興的；這和楊玉想像的高人異士有些出入。

「我……」

「妳家人出事齁。」

她心頭一驚；聽聞有些道士或算命先生，靠得是心理學和觀察當事者語調或面容變化，推測自己的說法是否命中，再加以修正。雖然細法不清楚，但明白是讀心術或心理學原理。她很快恢復冷靜。

「妳爸走了。」男子背對她禮佛，一箭射穿她安撫自己的推論。

「你……你怎麼知道？」

「妳左耳缺，日角微凹，下脣上包，左額偏高，臉是陰沉憔悴，眼中帶黑；這還不夠明白嗎？」

他拆解數學公式般輕描淡寫；楊玉卻感背脊發涼，毛骨悚然。

那人從頭到腳打量楊玉，拉過一張板凳坐下，翹起二郎腿：「妳小時候見過吧？」

「什麼？」

「那些東西。」

這下她全身的雞皮疙瘩都醒了，走火般想從她身上逃離。

男子撥開她的瀏海，審視左右眼角，有了結論：

「是在妳十三、四歲的時候吧？嗯，妳媽是在那時候走的。」

楊玉已說不出話，對方宛如散發佛光。

「妳這不是天生的。八字多少？」

「我忘了……先前幫我處理的師傅說我八字不錯，會突然看得到，是被人放符的關係……」

法師聽到「放符」時皺起眉頭。

「出生年月日給我。」

「一九九一年九月三號。」

「時辰呢？」

「我不確定……印象中是十一點五十幾吧？」

楊玉本來以為他會閉眼掐指一捏，就擠出她八字輕重；他卻走到神桌，翻起一本書皮破爛的本子。這舉動讓她少了些驚奇，多了點心安。

「妳八字四兩二，算不上大富大貴，倒也平安無礙，跟這些好兄弟應該是到死不相往來。」他沉吟，凝視楊玉。

「妳現在也不過十八、十九，跟人結不了什麼梁子。妳爸媽是幹什麼的？」

「我爸是警察，我媽是裝潢設計師。」

「知道是誰幹得嗎？」

「不知道。」

那人點點頭。

「算了，之前的師傅處理的很好，沒留下什麼大問題。想我幫妳什麼？替妳爸作醮？」語氣輕鬆彷彿她今天來做美容護膚。

「……我覺得我爸不是意外死的。」

她舔著乾澀的嘴唇，像揭弊一樁食安黑幕。「他是被害死的。」

「怎麼說？」

楊玉將發生的事從頭到尾交代，唯獨略過他上山的理由。

「雖然警察說現場只有我爸的痕跡，但他不是粗心大意的人。那座山他從小帶我去爬，熟悉的很。還有，他身上有著無法解釋的外傷，而我給他的護身符變成這樣。」

對方接過那團灰末摸拈，在鼻下嗅了嗅，宣布：「妳爸碰上髒東西了。能讓符化成這樣，本事不小。」

男子第一次神色擔憂。

「為什麼……我爸爸做了什麼對不起祂的事，為什麼要這樣害他？」楊玉的淚水撲簌簌滴落，裡頭的成分除了哀傷憤怒，還偷渡了些解脫救贖。

情緒失控的家屬他見多了；男子熟練的拍背安撫，溫聲道：「小妹妹，我不是神仙，很多事還是必須親眼見過才能下判斷。或許是他無意間觸怒山神，或者招惹到修行中的山精鬼魅，也可能有人作法害他。總之，現在還不好說。」

最後一句話點出了新的思考方向；她爸是刑事組警察，工作就是拿凶緝惡，說不定有人報復或嫌他礙事，用這種方式除掉他。只是楊斌很少說工作上的事，她必須尋問他的同事，才有可能找出線索。

她補充警方在搜查時發現土地公廟的異狀；男子臉色一變，認定是他人作法的關係。

「尋常精怪魍魎能不被收服就不錯了，絕沒能力毀壞神像。定是有人作法，故意破壞土地神像，讓他連一點獲救的可能都沒有。如果我沒料錯，神像是頭、手、腳分家，連同身體一共被分成六塊，對吧？哼，『乞丐趕廟公』，很敢、很敢。」

男子一下子便說出楊玉沒提及的細節，料事如神。談到這她不再猶疑，激動求道：「大師！請您……請您一定要幫我抓到仇人！」

男子扶起她，沉吟不語。

「這件事多有凶險，我不好保證。讓我先問過觀音娘娘。」

他取下神桌上的筊杯，收整儀容，嚴肅虔誠的跪下，口中喃喃不止。楊玉閉眼睛祈求，不敢看他擲杯。

三次杯響，她聽見男子起身吁氣才睜眼。

「好吧，這也是觀音娘娘的意思，我就幫妳一把吧。」

楊玉終於明白為何那對母女會如此激動誠懇的道謝；她雙膝一彎，又要跪下；男子上前扶住，說道：「不必謝我，一切都是觀音娘娘的旨意，我只是奉命辦事而已。」

「謝謝大師！對，關於紅包的部分……」

「不用不用，這是觀音娘娘的意思，收紅包觀音娘會不高興。這樣吧，真想謝我的話，就帶些水果或民生用品吧。」

楊玉沒口子的答應，男子接著道：「明天有沒有空？帶著妳爸生前常穿的衣物，我們去一趟出事的現場。」

他們約定明晚十點在登山口碰面，一起上山。

出了鐵皮屋，楊玉覺得神清氣爽；雖然仍不曉得害死父親的凶手是誰，至少有了方向，猶如在迷林中找到一條通道。

到家後，她撥了通電話給蔡衍宸，要求他將楊斌最近偵查的案件，和可能有過節的對象整理給她。

「妳知道這些要做什麼？」

「衍宸哥，你真的覺得我爸是意外走的嗎？」

「……科學鑑定上，確實……」

「先不管科學，你自己覺得呢？」

他咕噥幾句，最後也坦承感覺不尋常。

「你知道嗎，我送給我爸的護身符，放在他外套……就是當天他穿得那件，灰化了。」

「什麼？」蔡衍宸先是茫然，然後理解楊玉想表達的含意。「這個，說不定是某種化學作用……」

「我爸當天身上也帶著其他便條紙，全都正常。況且護符還有符袋保護，沒可能沾到其他東西。」楊玉淡淡反駁。「衍宸哥，你在第一線，肯定有察覺更多可疑的東西，難道要繼續忽視嗎？」

蔡衍宸閉上眼，偵查過程中的疑竇一一浮現：缺腳的天地爐、四分五裂的土地公神像、離奇的陳屍地點、搜索過程中莫名的遺漏和遺體身上奇怪的傷口；這些互不相合的拼圖碎片，都在嘲笑他們的無能。

「好吧，就算讓妳知道，又能怎樣？」衍宸動搖了。

「如果科學束手無策，還有民間的辦法。」

有一段時間楊玉只聽見自己急促的呼吸。

「我不知道……這樣把案件和鬼神扯在一起……」

「衍宸哥，那間廟還是你們同事推薦的喔。」

電話又是一段沉默，但比上次短了兩個呼吸。

他用嘆息吹散猶豫，也吹出他知道的所有事……。

「你是說，我爸爸最近處理的案子，都是登山意外或自殺事件？」

「對。只是有些奇怪，雖然我們最後以意外或自殺結案，但調查中，發現那些死者大多數沒有登山的習慣或嗜好，可是某天忽然就興致勃勃的去爬了，結果就……少數幾名登山老手也一樣，爬著爬著也消失了。這真的……很奇怪。那座山不大，從頭到尾也就一條路而已。」

就像我爸一樣；楊玉在心裡補上一句。

「什麼時候開始的？」

「六年前第一次出人命，在這之前最多只有受傷和迷路的紀錄。之後差不多一年一條人命，目前已經有八人喪生了。」他頓了頓，解釋道：「這是很可怕的數字，就連玉山或其他高山都不到這種比例。而且詭異的是，法醫研判的死亡時間到搜救隊尋獲，這當中都至少經過了幾十組登山客，就是沒有人發現。陳屍的地點也不是什麼隱蔽的草叢山崖，搜救隊在搜索時也經過許多次，但就是沒辦法在第一時間找到。最少都過了三、四天……妳知道，山裡的野生動物多，屍體被發現時都不完整。」

楊玉想像所謂的不完整，但只有塵封已久，模糊的電影特效畫面。

「……被吃掉了？」

「對。我們找到屍體的時候，最長過了兩個禮拜，最短三天吧，但不論長短，都有動物嚙咬的痕跡，遺失部分器官……」

「你覺得這不尋常？」

「不，重點不是屍體被吃，而是我們交給動物中心核對齒痕，他們也不曉得究竟是哪種動物。」

楊玉寒毛微豎。

「不可能吧？那座山離市區不遠，也不大，早就被人摸透，怎麼會有未確認的生物？」

「不知道。我們當初再三跟對方確認，負責比對的教授拿他的博士學位保證，是從未見過的物種。當初他還滿心期待的帶學生去蹲點，但蹲了一年多，什麼都沒發現。」

楊玉半信半疑，思考大腳怪和天蛾人的可能性。

「後來我和外婆提到這件事，她說那座山會吃人，要不就有東西成精了。在他們那年代，要就每年祭拜，不然就是請神明和山神溝通。放著不管，祂就挑喜歡的帶走。」

楊玉默不作聲，衍宸連忙打哈哈：「妳別太認真，那只是當時人民普遍知識水平不高，加上登山知識和裝備不夠，才會對山有恐怖的想像。況且有未知生物很好啊，說不定是台灣才有的特有種呢。」

「沒關係衍宸哥，我會把這些消息告訴專業人士讓他判斷。」楊玉有些害怕，但有刑警推薦的法師，底氣還是大過恐懼。

「專業人士……你們現在打算怎麼做？」

楊玉將今天下午尋求民間人士協助的過程一五一十說了。

「不管怎麼說，我不建議妳單獨跟他上山，各方面來說都太危險了。」蔡衍宸堅決反對。「妳應該找更多人……妳還有親戚嗎？」

「外公外婆。但我不想讓老人家擔心。」楊玉也果斷回絕。「至於朋友……我都覺得爸爸死因不單純，怎麼能夠隨便拖人下水。」

這是她的善良。蔡衍宸左思右想，只剩一個辦法。

「我陪妳去吧。」

「咦？」

「我不放心，妳知道一年下來我們總共處理過多少神棍詐欺，人財兩失的案件嗎？妳竟然這麼沒警覺，老大平常……」他猛然想到對方喪父不久，硬生生打住。「總之，我不能讓妳一個人在半夜上山，如果怕法師不開心，說我是妳表哥或什麼遠親就行了。」

「不行！你已經告訴我這麼多訊息，這樣就夠了……」

「嘿、嘿，聽我說。」蔡衍宸像在哄妹妹般，溫聲平和。「老大……妳爸爸他很照顧我，我不能看他女兒亂闖犯險，什麼都不做。何況，調查案件本來就是警察的工作，於公於私我都該幫妳。」

話筒先是沉默，接著沙啞哽噎。

「我以為……以為聽到這種怪力亂神的事，沒人會相信我……」楊玉的聲音迷惘、困惑，又混著寬慰。她知道親人被「超自然」害死這種論調，某種程度上是瘋狂的。但是，另一部分的她卻也希望真有「東西」害死爸爸。否則，要求父親去爬山的自己，不就成了罪魁禍首嗎？現在有人肯相信她的說法，無疑是種救贖。

蔡衍宸不知道楊玉心中存有這層糾結，還以為她單單是怕被笑話迷信，才不願向人求助，柔聲安慰道：「妳不要覺得這樣做很奇怪，我們在辦案時也遇過不少稀奇古怪的事。有的同事就被託夢過，才找到被害人的屍體。也有人抓錯犯人，受害者託夢跟他說抓錯，說凶手是某某某……這些事情雖然很玄，但我們多少都遇過，不會不相信。」

「衍宸哥，謝謝你……謝謝。」

「不客氣，能幫助人是我的快樂。這也是我為什麼當警察的原因。」

五

晚上九點五十分，楊玉和衍宸已在約定的山腳下碰頭。夜涼如水，星空繁爍，若非此處離市區尚近，光害嚴重，銀河會更顯悸動。

法師到了十點十一分才姍姍來遲，向楊玉嘻皮笑臉的閒扯兩句，轉頭斜睨衍宸，神色大是不善，像流氓叫囂問道：「他是誰呀？不是說今晚只能我們兩人而已嗎？」

「大師，他是我堂哥啦，他和我爸爸感情很好，所以想要來看看能不能幫忙。」

「哼，招魂有太多人在場便不靈了，何況又是陽氣盛的男人。妳要知道，萬一沖到妳爸爸的魂魄，讓他不能投胎，這可怪不得我了。」

「這……這個……」楊玉察覺衍宸一臉鄙夷，打算回嘴，連忙揣了揣他衣襬。「大師您一定有辦法吧？我爸爸那麼疼哥哥，一定也很想見他一面。您就好人做到底，幫個忙吧！」

「哼嗯……也不是不行啦。待會要他乖乖待在旁邊，要他做什麼就做什麼，不然就別怪我趕他下去，知道嗎？」楊玉半是軟求半是撒嬌，法師的面色才稍緩，高高在上的原諒他。

衍宸嘴上道謝，偷偷用眼神尋問楊玉：這人怎麼跟妳說得善良敦厚不一樣？

楊玉只能聳肩。

法師背起一袋登山包，打亮手電筒，在前端領頭，楊玉和衍宸緊跟在後。此時蟲聲唧唧，藉著星月微光，石階山路依稀可辨。若不提及此趟目的，頗似古人「秉燭夜遊」的雅興。

路上楊玉將從衍宸那獲得的情報和法師說了。對方聽完後沉默半晌，才幽幽開口：「你們知道『換骨』嗎？」

兩人一頭霧水，齊聲否定。法師點頭，一步跨兩階，說道：「這是聽我師傅說的，他說，人的一生好壞，除了算命算時辰能夠知道外，還有一種方法就是『摸骨』，也就是『骨相』。這種方法跟算命比起來……其實差不多，一樣是看你這個人的特徵來判斷……未來富貴貧賤。本來是……單純的占卜推算……」法師步伐愈來愈緩，愈來愈沉，氣喘吁吁，話語散漫，體能出人意料的低落。

「壞就壞在，有人歪腦筋動得快……你們猜猜……怎麼樣？」

楊玉腦袋轉了一圈，已經聯想到七八成；但懷疑自己，小聲道：「難不成，『換骨』……是和別人交換骨頭嗎？」

「沒錯！答對了！小妹妹，有慧根哦。」法師已經受不了，坐在一旁的大石上休息，手電筒照向楊玉他們。「妳不要覺得我瞎掰，書上真的就這麼記載。相傳這法術最早出現在元代，有個農家窮人救了一名道士，那道士感念救命之恩，問那人希望什麼回報。窮苦人家苦日子過怕了，九成九的願望都是變得有錢，富貴下半生。那窮人也一樣，希望日子好過點。道士點頭說沒問題，等他幾天。」

法師旋開寶特瓶蓋，像在豪飲般灌了幾口水。

「兩三天後，那窮人一覺醒來，發現自己變了。原本他身材矮小，一夜之間突然抽高許多，但也只是如此，沒其他特別的地方。不過說也奇怪，自從他莫名增高後，好事接連不斷，不是撿到走失的牛羊就是作物豐收。存點小錢後，自己做起生意，結果一發不可收拾，整個人像黃金吸盤，財運滾滾。沒多久便成了一方首富，娶妻生子，爽到祖宗十八代都忘了。」

衍宸又再向楊玉投以懷疑的目光。

法師沒察覺衍宸的眉來眼去，依然口沫橫飛：「後來那農人過了一段吃香喝辣的日子，直到一天，那道士又忽然出現，跟他說，他之所以能突然改頭換面，種田的變成叫人種田，全是因為幫他換骨的關係。原來那道士答應農人的要求後，便在附近繞，恰巧遇上一名員外過世不久，還沒下葬。於是他潛入員外家，神不知鬼不覺的將員外骨頭偷了出來。員外家人隔天一看屍體沒了骨頭，軟趴趴的還以為屍變，嚇得急忙火化。現在農人壽命將盡，道士打算將骨頭物歸原主。農人知道自己快死了，不斷哀求道士救命。但道士只告訴他生死有命，人力難為。農人下葬當天，他的屍身也軟綿綿，像沒了骨頭一樣。這就是最早的換骨記載。」

法師點了根菸，舒爽的吐出菸圈。

「一開始的換骨其實也還好，借得是死人骨，德是缺了點，但至少不傷人命。只是不曉得從什麼時候開始，流傳說死太久的效力不夠，得用剛下葬的，然後越變越邪，最後得從活人身上取下，還規定時辰，真他媽噁心。你們如果有機會，再向警察打聽，每具屍體少掉的器官裡，一定有脊髓下三處的脊髓骨，就是所謂的『靈骨』，沒有我剁掉。」

吸完最後一口菸，法師隨手彈掉菸蒂；猩紅的菸頭彷彿紅色彗星，撞至山壁，殞落山崖，白煙懺悔出長長軌跡。

楊玉偷偷望向衍宸；後者嚴肅點頭，讓她頭皮發麻。

三人繼續前行，到涼亭時，楊玉出聲叫住法師：「就是這裡了。」

他不發一語，晃著手電筒，左看右顧，一會嗅嗅地上土壤，一會端詳周遭林木，打燈仰望。衍宸見他也不解釋，自顧自的東搖西晃，愈來愈不耐煩；他本來便對這法師存疑，這時再也忍不住，出聲問道：「道長，你在看什麼？」

法師恍若不聞，衍宸又問了一遍；他擺擺手，示意他閉嘴。

在附近轉完一圈後，他對楊玉問道：「土地公廟在哪？」

「那裡。」她伸手指向涼亭後的一棟小屋，三人走到廟前。

廟裡一片漆黑，衍宸剛開始以為是神桌燈沒亮的關係，但舉起手電筒，才發現裡面充滿墨水似的黑煙，在廟內緩緩流動。

「這、這是！」楊玉和衍宸同時驚叫，退避數步。

「看樣子正神已經不在了。」

法師眉頭深鎖，從背包內拿出三枝清香，點燃後插在石板的縫隙內，對著廟口跪下，拜了三拜，口中念念有詞。

楊玉和衍宸毫無頭緒；只見一路走來吊兒啷噹，行事輕浮的法師面色凝重，畢恭畢敬的大禮膜拜，想來情況不太樂觀。

法師跪在地上，兩眼直勾勾瞪視香頭，足足過了一分鐘，才大氣鬆口，站起身來。

「大、大師，請問這是……？」

他打了手勢，要楊玉先別問，到涼亭那再說。三人離開廟口，法師悄聲解釋：「裡面是山中的精怪，正在修練，有沒有瞧見黑煙？道行起碼有兩百年了。我們等於是衝撞了人家，幸好這次遇上脾性好點的，才沒怎樣，要是遇到火爆一點的，嘿嘿，說不定妳爸就有伴了。」他拍拍膝蓋上的髒汙，恢復先前痞氣橫流的模樣。「不過別擔心，有我在，祂不敢對你們怎樣。打起來也是兩敗俱傷，不划算！只不過祂好像很討厭男人，小兄弟，你要注意一下哦！」

衍宸見這法師一上來就給人當孫子跪，又油腔滑調；一雙縫眼直往楊玉身上飄，越看越覺得他和先前抓過的神棍一個樣。只是一時還看不透廟中的古怪，還有這傢伙到底在賣什麼藥。時機未到，便一笑而過，忍隱不發。

「大師，那我爸爸他……是不是被祂……」楊玉聽見法師這麼說後，自然和父親的死因搭上關係。

「不是，不用緊張，妳爸的事跟祂沒關。對了，我叫妳帶的東西準備好了嗎？」

楊玉點頭，從包包內拿出一套內衣褲、淺藍牛仔褲和淡藍襯衫；這些都是楊斌常穿的衣物。

法師走到楊斌墜落的懸崖邊，攤開衣服，排列成人形。接著從背包內拿出四尊十五公分大的神像，分別手持玉印、玉劍、大戟、水火，身批戰甲，面色分別是紅、灰、藍、粉紅，個個怒目而視，虎步龍行。

法師示意兩人靠過來，將神像放置在距離他們三人十尺左右的東西南北四方；點起三炷香，手持帝鐘，對楊玉二人吩咐道：「等會我會開始唸法，你們就不斷叫妳父親的名字，讓祂回來，知道嗎？」

兩人點頭。鈴響和缺乏抑揚頓挫的持咒聲先是暖身般和緩平靜，接著慢慢加速，罵街似的激情充斥在靜寂的山林內。此刻星月無光，雲層遮蔽了月明；原先的蟲啼闃然，被夜風穿梭的沙沙私語掩蓋。

衍宸雖然不信這法師真有什麼本事，但四周漆黑難辨，陰風陣陣，林葉交錯擺盪，加之聲聲淒楚的人名叫喚，寒毛也不禁直豎。

悲喚持續一陣子。衍宸的心情漸漸平復，周遭也無任何異樣改變。輕視之心隨著時間的流逝越漲越滿，就在即將衝破他的耐性，帝鐘和持咒聲戛然而止。

「不對，妳爸的魂魄可能被困住了，不然不會這麼久沒反應。」法師在山崖處張望，從背包拿出一條紅繩，將衣服的褲腳轉向懸崖，綁上繩頭，另一端拋下崖處；接著繼續搖鈴持咒，繞著楊玉轉。

衍宸的表情活像對方正在教他如何當個好警察，嗤之以鼻。他心想對方裝模作樣還挺有一套，人都死了難不成還會順著繩索爬上來？省省力氣吧，根本是場鬧劇！

此時，垂在懸崖邊的繩索忽然抽動兩下，繃緊，彷彿有東西攀在上頭。

他一時呆愣，忙將手電筒對準繩索。

應該只是眼花吧——繩索又動了兩下，接著保持規律震動，似乎真有人攀著它，緩緩上來。

楊玉嚇壞了，連呼喚都停下，靠在衍宸邊；他對她比出動物的手勢。但這山沒猴子啊，究竟還有哪種動物能順著繩子上爬，他不願多想。

震動的情形維持一分多鐘，無預警的靜止。他們緊張的盯住繩末，祈禱不要有東西……不，是祈禱猴子或正常的野生動物現身。

法師的持咒和搖鈴也停了，淡漠道：「妳爸上來了。」

懸崖那並沒有任何東西出現，但當法師說完這句話，地上原先呈大字狀的衣物，緩緩收攏臂膀和大腿，像人平躺在地。

「你是楊斌嗎？是的話請上移右手。」

衍宸瞪大眼；沒有風吹，也沒釣線或其他外力，襯衫的右手緩緩上移。

「好，你女兒掛念你，覺得你走的不明不白，想問你究竟是怎麼走的？是意外舉左手，如果是其他原因，右手舉著不要放下。」

楊玉緊盯左袖，希望它不要移動。

可它緩緩上移。

她自責掩面，淚水撲簌簌滾落。

「喂，這又該怎麼解釋……」聽見衍宸困惑發顫的疑問，楊玉放下雙手；只見襯衫雖然上移了左袖，右臂卻也不動，維持方才的姿勢。

「奇怪？」法師又對楊斌說了一次，但靜候數分鐘，衣物沒再有任何變化。

「我爸……我爸他走了嗎？」

「沒有，我可以感受到……」還沒說完，原先平攤在地的衣物忽然彈了起來，兩袖捲向法師的脖子，緊緊勒住。

楊玉和衍宸大吃一驚；衍宸衝了上去，想幫忙扯開衣袖。

法師從懷中摸出一只玉珮，雙手結印，朝襯衫胸口印下；勒住他的襯衫失去勁力，連同牛仔褲一同垂軟散落。

「法師……你沒事吧？」

他驚惶未聞，嘴裡不曉得在碎唸什麼，似乎是「搞什麼鬼、這麼快」，神情激動，抬頭轉了一圈，倉皇跑向土地公廟。

楊玉和衍宸追上，落後他兩、三步，只見他在廟門口臉色鐵青，面容糾結。

兩人順著他的目光而去，同時大叫：廟裡的詭譎黑霧已消失無蹤，但理應沒有神像的神明桌上，竟然坐著一尊人身大小的雕像。那塑像墨中帶紅，雙臂缺失，臉上盡是坑疤不平，一張嘴乖大扭曲，呈嘶嚎狀；身材瘦骨嶙峋，裸身無衣。

「這是……這是什麼……」衍宸撇頭問法師：那塑像的樣貌太過邪異，令人無法直視。

「苦難菩薩……」

「什麼？」

「肉身佛……嘖，太快啦……」法師不理會手足無措的兩人，翻找自己身上的口袋，掏出一張護符，緊握手中，露出安心又不懷好意的笑容。

「抱歉啦，怪不得我，實在是你們運氣不好，要是時間再多一點……真可惜，難得遇到漂亮合我胃口的……」

衍宸他們還無法掌握況狀，周遭突然傳出人類窒息般的呵氣聲。

追尋聲源，是廟裡傳來的。

那具等身大塑像，正從喉嚨發出「呵呵呵」的乾癟摩擦聲，似笑非笑，衍宸下意識朝腰間摸去，但這不是出勤，配槍當然鎖在局內。

塑像的喉嚨隨著「呵呵」聲的加劇，不斷鼓起，從嘴巴潰堤出墨黑的濃稠液體……不對，那灘東西流動快速，直到越過門檻，衍宸才看出色澤暗沉的潮流其實是一群蠕動的蟲子。

「別說我不懂得憐香惜玉，楊妹妹，給妳個機會，跟著我，包妳平安無事。想想看，妳還年輕，這麼早死很可惜不是嗎？其實信徒給了我很多錢，我在台北市還有五間房子，其中一間就送給妳吧。跟著我包妳吃香……嗚啊！」法師醜惡的嘴臉招降到一半，衍宸便飛撲和他扭打一團；他是受過專業訓練的刑警，加上出奇不意，一動手就制服對方，用擒拿繳下他手中的護符。

法師雖然受制，但反應不弱；後腦勺猛向後撞，衍宸登時噴出兩道鼻血，護符也掉了出去，落在蟲海，埋沒消失。

法師傻了眼；不是因為救命的護符被掩埋，而是那群蟲子根本不當回事的蓋上去。

「騙我……那個死小鬼騙我！」他粗蠻掙扎。

衍宸因為護符無效的關係仍在驚訝，鬆懈力道；結果法師用力過猛，整個人跌入蟲海內。蟲群像漆黑的王水，不到半刻，悶聲的哀號愈來愈小，至終絕斷。

衍宸拉著嚇傻的楊玉調頭下山。他不明白到底出了什麼事，但生存的本能驅使他逃命。他們一路奔走，直到脫離蟲群的騷動聲，楊玉喘到快斷氣，不得已才放慢腳步。

「是真的……妖怪……妖怪……」楊玉陷入慌亂，口齒打顫不清的呢喃。

衍宸想安慰她，張口卻又不知道該說什麼。眼前所見的事太過玄乎，他的腦袋還跟不太上。從那法師的行為態度來看，並非全然神棍，似乎懂些門道；但也僅此而已，否則不會連自己的命都保不了。

「你有看到那些蟲子的模樣嗎？……像沒有手的人，在地上蠕動……對，就像那神像一樣……衍宸哥，怎麼辦？大師他死了！我們該怎麼辦？」

「冷靜點，我們走了那麼久它們都沒追上來，一定沒問題！快，下山的路沒有很遠，妳還跑得動嗎？」

楊玉搖頭，「我不行了，腳好像扭到……」

「我背妳，妳幫我照路。」

衍宸聞到一股幽香貼在自己背上，比預期中輕盈些。他跨開步伐，石階在腳下飛逝。

他越跑越不對勁；石階旁忽然出現一尊石像，約常人身高，手持玉劍，紅面黑鬚，神情肅穆，不怒自威。他記得這座山是沒有這種山道神像的呀，況且上山時仔細留意過環境，肯定沒有這東西。

他隱約覺得古怪，又擔心讓楊玉更害怕，只得裝沒事，繼續奔竄；倒是楊玉注意到，先開口問他：「衍宸哥，我們是不是走錯了……我記得這裡沒有那種雕像……」

「我也不知道……總之，下山的路只有一條，跟著石階走應該沒問題。」

可雕像出現的頻率愈來愈高，到後來兩旁全是身形相同的塑像林立，而下山的路仍是蜿蜒不絕，像兩鏡相對，無止無盡。

「這是鬼打牆嗎……」

「咦？」

「妳看地下的公里數告示牌……三．一公里，那是我們剛下土地公廟沒多久的數字。」

「不會吧？」楊玉的手攀得更緊。

「噓，」衍宸突然作勢禁聲，閉息傾聽。「蟲子……好像是蟲子的騷動聲……」

楊玉也側耳，像卡在鐵軌聽見鳴笛的小狗哀號：「我也聽見了，怎麼辦？」

「我們會出不去，十之八九是這些雕像搞得鬼吧……那法師果然有問題。他八成想害死我們，只是不知道怎麼弄得，自己先中招了。」他放下楊玉，低頭在附近張望，拿起一顆較大的石頭，二話不說砸倒最近的一尊雕像。只見倒地的雕像變成零散的碎石，殘骸和成品分量明顯對不上，兩人更加確信是種障眼法。

他們大肆搗毀雕像；蟲群的摩擦聲也愈來愈刺耳。

衍宸知道來不及了；雕像的數量絲毫沒有減少，綿綿延延，不見盡頭。

「楊玉，妳有寶特瓶嗎？或是能裝液體的容器？」

「咦？有啊，你要現在喝？先下山再……」

「不是，快點給我！」

楊玉從背包裡拿出保溫杯，「裡面是熱茶，很燙喔。」

「保溫杯啊……對不起，我會賠妳一個新的。」

衍宸將保溫杯內的茶倒掉，看了楊玉一眼，要她轉過身，不准偷看。

此時楊玉也明白他要幹什麼，氣極敗壞。「衍宸哥你幹什麼啊？要上廁所在旁邊就好啦，幹嘛要我的保溫杯！」

「我也很為難啊！但是聽說童子尿可以避邪，現在只能賭一把了！」

楊玉恍然大悟。各方面來說。

「想不到……想不到衍宸哥你還是……」

「啊啊，不要再提了，我是婚後主義派的。」衍宸抖了兩下，不甚滿意。「可惡，水喝得太少了……」

他用保溫蓋裝了一點，灑在雕像上；雕像頓時消失，還原成山壁。兩人大喜，加快手上的動作。澆了六、七座，衍宸發覺左排的某座雕像忽然動了一下。

他反射性朝黑影晃動的方向望去，但雕像羅列，齊胸排序，怒目前方，沒有任何異狀。他留了心眼，園丁般繼續施肥。

又消失了兩尊雕像，被窺視的聚焦感再次出現；這回他出手迅速，視線還沒跟上，手中的童子尿便潑了出去。

一陣尖銳、像黑板被指甲刮過的鳴叫聲激綻；其中一具雕像衝出列隊，飛奔下山。

「快追！那個應該就是本體了！」

雕像移動的速度不快，衍宸放開腳步，一下便追上；手中的石塊對準雕像的後腦勺就是一下。挨了殺人勁道的雕像被砸翻在石階上，動也不動。他回過頭，翻躺在地的等身大雕像，縮水成約十五公分大的木雕；後腦破了大洞，露出一截灰黑腐敗的羽毛。雕像竟是中空的。

「這是……那個神棍放的吧？」

是法師上山後布置的四尊神像之一。

「那傢伙果然心懷不軌……這是什麼？鳥嗎？」衍宸用樹枝撥了撥那團羽毛；是被削去翅膀和腳爪，只剩軀幹的鳥屍。

「怎麼會……他應該沒理由害我們啊……？」楊玉不可置信，想不透自己哪部分引來殺機。

「不知道，那傢伙的話有幾句能信都是問題。」衍宸澆了點童子尿到鳥屍身上，「但我有聽同事提過他，能幫警方破解多件懸案，應該是真有本事。只是為什麼要害我們，還賠上自己的命……總覺得有古怪。」

周遭的雕像群已消失，兩人朝下山之路前進，沒多久便來到登山口，出了山林。他們對視，腳下不由自主都發了軟；這次能夠脫困實是僥倖，回想方才經歷，還是心有餘悸。

六

衍宸報了警。再次上山，已是晨光熠熠。廟中那妖邪的等身肉像和滿地的妖蟲彷彿露水蒸散消失無蹤。法師的屍體卻實實在在，冷冰冰躺在廟口邊，一張臉像被擰乾的抹布，擠出慘苦。

衍宸呆望楊斌留下的衣物和分散三方的三尊護法神像；此時朝陽高掛，光明四射，當真恍如隔世。

這件案子衍宸和楊玉被列為嫌疑犯，詳加調查。但死者身上除了和衍宸扭打的瘀青和在地上打滾的擦傷外，無明顯外傷；解剖後發現心肌纖維撕裂，心臟出血，簡單說就是驚嚇死亡。由於證據不足，加上兩人的證詞出乎常理，新聞報導一出，便有人斥責鬼神之說是脫罪手段；但也有宗教人士認為可信度高，並非隨口胡謅的開脫之詞。兩派說法僵持不下，演變成鬼神是否存在的宗教和科學之爭。

最終兩人無罪開釋。並非官方承認鬼神，只是證據不足，無法定罪。

事件過後，楊玉對人的信任大幅降低，有些疑神疑鬼。雖然仍想替楊斌追查真相，但已難對陌生人產生信任，一直找不到適合的人選幫忙處理後續。

苦惱了些日子，一天她正把玩護符，突然靈光一閃，翻箱倒櫃挖出楊斌的電話簿，興沖沖撥了過去。

話筒傳來年輕的男性嗓音，語調爽朗：「您好，請問哪裡找？」

「你好，我找姜師傅。」

「噢，不好意思，師傅他走了。」

楊玉這時還聽不明白，追問：「走了？去哪？請問什麼時候回來？」

電話那頭一陣尷尬：「不是，師傅他過世了。」

這時她才恍然大悟，連聲道歉。

「既然妳知道這支電話，應該是師傅的舊客。如果不嫌棄的話，有什麼困難也能跟我說喔。」

「你是……」

「我姓姚，叫我姚樍就好，是師傅唯一的弟子。他老人家走後，基本上就是我接手了。」

楊玉評估，當初幫她處理大小事，關閉陰陽眼的劉師傅，實是個剛正不阿，心地善良的好人；他收的徒弟人品應該也差不到哪去。反正除此之外，她也沒其他對象可信；於是整理一下來龍去脈，將至今所有事都告訴他。

「這樣啊……」電話那端傳來思忖沉吟，「聽說換骨之法已經失傳很久了呢，那個人究竟是怎麼知道的呢？」

「咦？所以這不是假的囉？」

「不是。那位道友說得大致正確，只是最後一次使用換骨之法的記載，出現十分恐怖的結果，於是就被禁止了。」

「恐怖的結果……？」楊玉腦中閃過缺手坑疤臉的塑像。

姚師傅「嗯」了一聲：「最近一次的記錄在明代，據說施行此法的道士沒有遵照前人的儀式，自行更動了部分步驟，接受此法的人變成……非常不好的東西。」

「非常不好是指……？」

「我也不清楚，書上沒有說得很明白。總之，這之後再也沒有出現相關的記載了。」

難道那詭異的塑像和「換骨」之法有關嗎？楊玉在心中思忖。

「另外，那個少了兩條手臂和滿臉坑疤的奇怪神像，如果妳沒看錯，應該是『禪清道人』。」

「『禪清道人』？」

「對，那東西的前身相傳是元代上清觀裡的一名道士。據說道號禪清子，年少入道，但一直無法忘卻紅塵，參悟天地。本來大澈大悟就不是簡單的事，嚮往世間百態也算不上什麼大過，於是他在二十七歲時還俗，娶妻生子。」姚馗清了清喉嚨，「問題出在他三十歲那年，妻小被強盜殺害。他雖然逃過一劫，卻被怕事的官府誣陷，說他殺妻害子，硬是將他押入大牢，判處極刑。」

姚馗的聲音聽起來渾厚低沉，讓楊玉有股懷念感。

「他死後不久，官府的人相繼暴斃，作亂的強盜也不再出現。村民都說是禪清子顯靈復仇。感念祂處理窩囊官府的村民，就找出祂的屍首，建廟膜拜。說也奇怪，祂的屍身也沒有腐敗的跡象，成了肉身佛。當地的村民都將祂當成懲惡揚善的神靈祭祀。」

「你的意思是……我爸做了什麼傷害他人的壞事嗎？」楊玉不掩飾的飄出火藥味。

「不不，我還沒說完。」電話那端連忙澄清，「雖然祂幫了不少人申冤，但終究是枉死的厲鬼，而且又是凌虐致死，戾氣太重，受過祂好處的人也接二連三出事，最後流為禁忌，漸漸沒落。」

「所以……」楊玉不是很明白當中的關聯。

「意思是說，這東西是雙面刃，雖然能達成某些願望，但也必須付出代價，並不是正道。這信仰早在元末就消失了，不可能是誤觸遺物產生的詛咒……也就是說，背後有高人在操弄。」

楊玉緩慢、沉重的吐氣，心中五味雜陳。

「總之，妳希望確認父親的死因是嗎？」

「啊、是的！」

「那麼，請妳明天傍晚到這個地址好嗎？也請帶著令尊的衣物，要出事當天穿的。請放心，這次不會有問題的。」

被道破心聲的楊玉一陣尷尬，幸好話筒不會傳遞臉上的熱度。

「但是，上次我就將所有適合的衣物都帶過去了耶……」

「那，令尊平常有配戴什麼飾品嗎？手錶或項鍊戒指之類的？」

「他有戴手錶的習慣。」

「好，那就帶那隻錶過來。」

留下地址和確認時間後，姚師傅掛上電話。

楊玉撥了一通電話給衍宸，將剛才的決定告訴他。

「嘖，我那時候有班，走不開，妳自己要小心點。把地址告訴我，下班後如果妳還在那，我會過去看看。」

楊玉主張不必那麼麻煩，但衍宸拿出警察的職責遊說，提起前不久的事；心有餘悸的她堅持一會還是妥協了。

第二天，楊玉前往約定的地點；該處是位於市中心外圍的一間私人廟宇，透天三層樓，一樓是廟，二樓以上為住宅。按了電鈴，姚馗要她上二樓。爬過狹陡老舊的樓梯，二樓的大門沒關，屋內燈火通明，四壁鵝黃，布置淡雅樸素；中間隔著日式拉門，毛玻璃窗上印著兩道人影，對坐互望。上一位客人似乎還沒處理好，楊玉坐在牆邊的木椅上靜候；隔間內飄來細碎的交談聲，隱約聽到「什麼時候」、「在哪」、「海邊」、「屍體呢」……之類的詞彙。她明白偷聽私事是不妥的行為，但屋內實在過於安靜，注意力總是不由自主捕捉到對話。

交談在一陣急躁怒斥中結束。其中一人站起，似乎在周遭安置什麼；楊玉猜想那人便是姚馗。放置完後，熄了燈，除了拉門內仍有盞螢火微光外，屋內餘處頓時陷入黑暗。

低沉迷離的持咒聲平穩迴盪，另一人仍維持坐姿，動也不動。姚馗隨著咒聲，腳下不曉得踩著什麼步法；楊玉忽然注意到，房間內瀰漫一股海潮味，伴隨一點刺鼻。沒多久臭味越發濃烈，像肉品腐敗的惡臭，令人呼吸困難。

這時姚馗已經手持帝鐘，咒聲合著鈴響攀高加劇，彷彿在和誰激辯；和式拉門的毛玻璃窗上漸漸顯出第三人的身影。那人趴在地上，宿醉般歪斜起身，身上似乎仍在滴落液體。人影轉了個方向，楊玉險些叫了出來；只見人影的頭部側邊凹了大洞，兩手也呈現奇怪的角度凹折，隔著玻璃透出輪廓，分外詭譎。

坐在地上的人影五體投地，不斷顫抖，顯是怕到了極處；輪廓凹折的影子發出咿咿呀呀的叫喊，似是梟鳴似是人語，啞不成調，和姚馗對談起來。

凹折人影的目標是跪趴在地上的人，姚馗擋在兩者之間周旋；怪影也對他頗有忌憚，幾次拔聲吼叫，張舞雙臂，都被他擋了回去，呻吟中漸染憤怒。

姚馗語調溫和的發出一長串相似的音節，帝鐘也不再搖響；怪影像受了安撫，有如風和日麗的海面，安穩的漸漸淡去；空氣中的海潮和腐臭味也跟著消散。

「師傅，沒事了嗎……」人影放下抱頭的雙手，嗓音還是顫抖。

「沒事了，祂願意跟你和解，條件是照顧他後人，將土地歸還，還有好好安葬、祭拜他。」

「什麼？還要我照顧他的小孩？祂讓我虧了一堆客戶還沒跟祂算帳呢！師傅，你就直接讓祂魂飛魄散吧！」人影像在法庭上不服控告。

「劉老闆，這已經是最好的化解方法了。祂因為你連命都丟了，你還要祂不得超生？」姚媗的口氣嚴峻，正氣凜然。

「大師，如果錢不夠就直接說，缺什麼也不用客氣，不必在這邊裝模作樣的教訓我！我不管你要怎麼處理，反正我要你讓祂閉嘴，不准再騷擾我的生活和事業就對了！」人影挺立胸膛，雙手抱胸，大老闆訓斥下屬似的咄咄逼人。

「劉老闆，另一邊的世界和我們這裡一樣，也是講求制度、紀律，不是有錢就能橫行天下。如果你真要做這麼絕，往後再有什麼岔子，我也護不了你。」

「你……！姚師傅，你是在恐嚇我嗎？」

「劉老闆，為了這件事你也找了不少師傅吧？有多少師傅跟你說過同樣的話，又有誰能幫你，好好想想吧。」

「好……就照你說得辦吧。」拉門粗暴的退開。一名體態臃腫的中年男子怒步而出，臉上肉肥油光，頭頂稀疏；橫了楊玉一眼，啐道：「看什麼！這麼年輕就來這裡肯定是為了墮胎，被小鬼纏上。賤婊子，滾開！」肥短的五指推開楊玉，大搖大擺出門。

平白無故被攻擊，楊玉登時暴怒，正打算問候對方怎麼會用兩腳走路時，身後忽然伸出一隻手，摀住她的嘴，耳邊傳來低語：「這種人不值得讓妳犯妄語誡，損陰德。」

回過身，眉清目秀的青年嘴角掛笑，看起來大她沒幾歲，雙眼亮晃晃，閃爍著自信；整個人高大結實，看起來陽光外向，彷彿即將成熟的橄欖只剩點青澀。

楊玉從頭到腳都覺得他不像驅邪治鬼，倒似籃球校隊。

「妳是楊小姐吧？」姚馗爽朗一笑。這笑容使她想起楊斌。

「對。你是姚師傅？」

「不用叫我師傅啦，我應該大妳沒幾歲，叫我姚馗就好，那是我的道號。」說完又嘻嘻一笑，和面對那富商的態度氣氛截然不同。說到那人，楊玉記得他是有名的建商集團負責人，前些日子還見到他的海報占去半棟新建完工的大廈；那海報讓她這些日子都不敢隨便抬頭張望，肯定不會記錯。

「姚師傅……」

姚馗正眨著雙眼，溫柔的望著她；楊玉到口的疑問又乾咳兩聲，退場做收。

「你想問我為什麼要幫劉老闆是嗎？」

她嚇了一跳，倒是姚馗不以為忤，走到墊子上盤腿坐下，示意楊玉坐在對面。

她跨過門軌，內室正中間架設一張神明桌，上頭供奉觀音塑像，供桌擺著清水素果。房間中央放著一張矮桌，前後兩端鋪著坐墊。整間房間雖然不大，但擺設典雅，讓人覺得平靜安寧。另外，左側還有一條通道，上頭掛著門簾，看不清裡頭的狀況。

「我們的對話妳聽到多少？」

「呃，其實聽不清楚……」

姚馗替她倒了杯茶水，自己也斟了一杯。

「老實說，那位冤親債主是劉老闆逼死的。詳細過程我不清楚。老闆含糊其辭，那位好兄弟也說得顛三倒四，一心只想報復。總之，最後好像逼得人家跳海輕生就是了。」

楊玉靜靜聽著。

「妳一定在想，為什麼我要幫那種大爛人。其實我不是幫他，是在幫那位好兄弟。」

她驚露出詫異。「什麼意思？」

「簡單的說，陰間也有陰間的法律，即使對方是仇人，你也必須先取得官方許可，才能報仇。那位好兄弟並沒有『報官』，如果放任祂亂來，就算報了仇，下場也不好過。」

這種說法楊玉也曾聽人說過，但終究非專業領域，也無天縱之資，到底孰是孰非難以判斷。姚媹也看出她半信半疑，微笑揭過。

「瞧我說到哪去，妳的事還沒處理呢。東西有帶來嗎？」

「有，這裡。」她將皮製錶帶的鐘錶交給姚媹。那是七年前楊斌生日，楊玉用存了兩年的零用錢買給他的禮物。見到那隻錶，她又感一陣鼻酸。

「抱歉，可能會弄壞它。」姚媹到廚房內拿了一盆米白的濁水出來，接著從神桌上拿起一張符紙，闔上眼，念念有詞，將火化的符灰投入水裡，最後把錶也沉了進去。

長針過了兩刻，原先濁白的水色漸漸化為烏青，稠的像灘水溝泥，臭不可擋。

楊玉摀起鼻子，驚疑交集：「姚師傅，這是……」

「簡單的測試法，這盆水是糯米、稻、麥、菽、稷所泡的水，也就是所謂的五穀水，具有驅邪拔毒的功用。照這反應，令尊生前確實是碰上髒東西了。」

楊玉握緊拳頭，指甲陷入肉裡。「是怎麼碰上……」

姚媹從烏青臭水中撈起錶，走入門簾後，拿著一捲宣紙出來，並將洗乾淨的錶還給她。

「幫我把紙鋪在地上。」

楊玉依言將全開宣紙鋪平在木地板上；只見姚馗站在神桌前，兩手捧著那盆汙水，對宣紙呢喃，接著順時鐘繞轉宣紙，腳踏禹步，將汙水瀉倒在宣紙上，繞了五圈才一滴不剩。

說也奇怪，澆落的汙水竟似大師潑墨，濃淡有致，飛濺成廓；走到兩圈半，楊玉便瞧出這是幅畫，而畫中的主角竟是那天在山上驚見的無臂邪像。汙水的不規則噴濺更彰顯畫中物象的怪誕扭曲；楊玉撇過頭，發現姚馗眼放異光的瞪著自己。

「令尊當天在山上遇到的就是這東西。」一開口，奇異的目光便斷絕。

「這到底是什麼？我們當天在山上遇到的也是這……東西。這就是你說的『禪清道人』嗎？」

「沒錯，應該可以確定令尊是被人施法害死的。只是究竟是誰，除非他再次下手，否則我也沒辦法知道他在哪。」姚馗歉然。

「意思是，我們只能處於被動嗎……？」

青年搔頭，「硬要說的話，其實還是有辦法的，只是……」欲言又止的瞄向她。

楊玉登時會意。「要我當誘餌是嗎？」

「從對方還會設下陷阱等妳上門，可以判斷妳還是他的目標。」

「我要怎麼做？」

姚馗凝視她良久，嘆口氣：「『楊小姐，我勸妳還是放棄吧』——這種話妳也聽不進去……如果近幾年出事的都是那座山的話，『換骨』之法十之八九是同一個人幹的，不能放任他為所欲為……」他雙手抱胸，閉眼深思。

「我現在還沒辦法想到確切的做法，能讓我思考幾天嗎？」分針沉默了兩圈，姚馗歉疚要求寬限。

「好。老實說，經過上次的事情後，除了姚師傅，我也不曉得還能信任誰了。」

「既然這樣，今天就到這吧。妳戴著這個，另一個交給妳的警察朋友。」姚馗交給她兩張護符；一張是尋常鵝黃，一張是罕見的墨紫符紙。上頭皆繪有字咒，兩張似乎不太一樣，但字跡龍飛鳳舞，楊玉也分辨不出來。

「黃色那張妳自己收著，紫色那張才是給妳朋友的，別弄錯了。」姚馗嚴肅叮囑，像炸彈上的紅藍線。

「這……請問有什麼不同嗎？」

「你們兩個雖然躲過鬼物擊殺，但沾染陰氣，時運受沖，短時間內有可能被其他髒東西纏上。那兩張符是保你們平安，還有若是對方再施法加害，能抵擋一陣。符的顏色只是男女有別的區分，不用放在心上。」姚馗拍了拍楊玉肩膀，語態誠懇。「記得，有什麼狀況就打給我，多晚都行。」

她雙眼迷濛，模模糊糊似是楊斌拍著她的肩膀，悉心關切；楊玉哽咽道謝，對姚馗深深一鞠躬，拜別而去。

出了私人小廟，楊玉打給衍宸，跟他說了姚馗之事，兩人相約在附近的咖啡廳見面。

「之前林師傅的事，有什麼消息了嗎？」

衍宸風塵僕僕的進店，坐在楊玉對面，要了杯焦糖拿鐵，滿臉倦容的搖頭。

「我們搜索半天，只確認那間房子是一名鄭姓男子賣出。但循線找下去，卻發現根本沒有這個人。那個神棍之前有段時間是混混，弄些暴力討債、圍事、皮條客等非法事務，後來不曉得為什麼，突然轉當廟公……雖然說是神棍，但似乎解決不少民眾的麻煩，不完全像是唬弄詐騙。」咖啡上桌，他一口氣喝掉半杯。

「有沒有可能是他自己製造麻煩，再假裝解決？」

「有可能。但現在人都死了，很多事情也只能是猜測。」衍宸轉動僵硬的頸部，一天的疲勞喀喀作響。

「但是經過交叉比對，他是在鄭姓男子過戶房子給他後，才開始幹起神棍，那個姓鄭的人或許知道什麼……另外，他本來不會任何道法咒術，從小也沒這方面的天賦或靈異體質，突然半途出師又口碑不錯，怎麼想都覺得奇怪……」

攪拌剩餘的咖啡，衍宸兩眼疲累無神。「我在猜……也許有人在背後替他撐腰……」

「嗯……你還記得他死前說得話嗎？」這點令楊玉非常在意。

「『臭小子騙我』，是吧？如果考慮這點進去，可能性就增加了。問題是，那個人理論上存在，實際上卻沒有任何關於他的線索。」警察自暴自棄的埋怨，「是有人數次見過他和陌生男子同進出啦，但對方又是口罩又是太陽眼鏡，根本沒辦法辨識樣貌。他留下的通訊紀錄，也沒有可疑的對象。如果真有幕後黑手，真不曉得他們是如何聯絡。總之，不管怎麼說，線索到這就斷啦。」

楊玉盯著只剩奶泡的杯底，吐出自己也懷疑的推論。

「會不會……他們不是用現代的方法啊？」

「妳的意思，是他們用『民俗方法』互相交換訊息囉？」額頭抵在桌上，兩手遮蓋後腦勺的衍宸動了一下，彷彿上岸後碰到水的魚。

「因為，都遇見那種事了……即使有千里傳音或心電感應之類的方法，我也不會太驚訝了。」

楊玉帶著自我催眠的語調呢喃。

「怎麼辦？」

「反正我會繼續調查，剩下就等那個師傅的回答囉。」

衍宸喝光咖啡。「今天先這樣吧。現在晚了，我送妳回去。」

「啊，這是姚師傅要我交給你的。」楊玉遞上那暗紫護符。

「沒見過的顏色呢。」衍宸興致忽起，翻轉打量了一會。「真特別。」

「對啊，我一開始還以為師傅偏心呢。」

「偏心？」衍宸雙眼圓睜，神情驚駭。

「你想到哪去啦！不是啦！」楊玉用力拍了他的背；兩人相視而笑，嘻嘻哈哈。這幾個月來的陰霾無助才終於稍稍放晴。

七

衍宸的機車在大馬路上奔馳，右轉進了一條小巷，接著左彎停靠在一棟公寓大門前。

「衍宸哥，謝謝你送我回來。」

「不客氣，小事而已。」

「衍宸哥……」

楊玉欲言又止；後者熄火，掀開護罩靜靜望著她。

「真的很謝謝你……陪我處理這些事。」

「哈哈，不要這樣，沒什麼大不了的。妳這樣認真害我也不好意思了。」

「欸，我很認真耶！」自從楊斌遭逢不測後，能夠依靠的人便一個也沒有了。還不到雙十年華的少女生逢大變，若不是衍宸這個能依靠傾訴的對象，情況只怕會更加淒慘。對於衍宸的感謝，楊玉是銘感五內，恩情難言。

她滿懷恩情的視線，讓衍宸害臊的搔搔鼻尖。「唔、嗯……這是我分內的事，不用這麼客氣……謝謝妳感謝我。」

楊玉對他深深一鞠躬，衍宸靦腆回笑，揮了揮手，發動機車，迴轉出小巷。這是衍宸工作三年來，第一次受到如此真誠慎重的道謝，一路上心情甚佳，像灌了一打氫氣，飄飄然。

約四十分鐘的路程後，他將機車停進小學附設的地下停車場，徒步十分鐘抵達住宅。那是棟外觀老舊，漆彩斑駁的暗白四層樓民房。這裡一個月房租只要五千出頭，十坪大，獨立衛浴，基本家電一應俱全，離上班的警局只需十五分鐘車程。

這是他能找到離工作地點最近，又便宜的房屋了。

他的房間位在三樓，公寓只有樓梯，是用大理石混水泥灌製而成，灰亮圓滑。打開門，點亮燈，十坪空間一覽無遺。右手邊是廁所加浴室，床鋪在中間右側，床頭貼牆；床的正對面是一台十五吋的懸掛液晶電視，中小型的冰箱則貼在角落。

他準備沐浴，脫下的衣物隨手拋進滿溢的洗衣籃內。「啊，差點忘了。」他將護符從口袋翻出，擱放書桌上。另外掏了點飼料加入鳥籠裡的飼料盒；鐵灰的籠內住著一隻文鳥，見到飼料連忙湊上，啁啾不已。

他進到淋浴間，仰頭享受沖澡的舒暢，預想明天工作行程。

衍宸洗著頭，在水聲干擾下，似乎聽見外頭傳來陣陣吵雜；一會人群高談闊論，彷彿鑑賞拍賣他的家具；一會音樂價響，歡騰喧天。他狐疑，揣了浴巾包裹下身，探頭一望，什麼聲響都沒有，房間靜得像在質疑他。

「搞什麼……」他掏掏耳朵。

「咚咚。」

大門敲響。他本想沐浴完後再應門，但門聲急促。

他回到浴室套上湛藍淺點浴衣，粗略檢察儀容後開門。

門外站著一名中年婦女，身形矮胖，只到衍宸胸口，懷中抱著一隻馬爾濟斯；端正清秀的五官塗著嫣紅淡妝，嘴角抹著笑意。若再年輕勻稱些，不失為佳人尤物。

「啊，房東太太。」

「剛洗完澡？」見到黑髮濕漉，門扉遮擋浴衣的房客，房東笑意更濃。

「呃，算是吧……」衍宸將門又再闔上一些。「不好意思，等我一下，我拿這個月房租給妳。」

「最近工作很忙嗎？怎麼不過來坐坐？」房東也不管他衣著不便，推開門大剌剌進來；說是話家常，更像母親質問久在他鄉工作的兒子為什麼不回家。

「這……很忙啊，很多事情要處理……」

「總有排休吧？」房東安撫忽然躁動不安的狗，繼續道：「小莉說從上次見面後，你就沒約她了。男人這樣不行啊，要主動點。我們家小莉不曉得有多少男人追，全都被我擋回去了，你有多幸運你知不知道？要積極點。這個星期天有沒有空？晚上約去吃飯啊？」

正好背對她的衍宸翻了白眼，克制的回答：「阿姨，謝謝妳的好意，但我現在沒打算交女朋友。況且我只是個小小員警，配不上妳女兒啦。」

「配得上配得上！她那麼天真善良，像你這種經常看見社會黑暗面工作的人，正需要一個純真的伴侶讓你感受人性善良的一面，這樣你才不會被扭曲。你們兩個正好天生一對啊！」

衍宸回想她所謂的「天真善良」，是頭一次吃飯就問他薪水，然後露出彷彿他在拾荒或做義工的驚訝表情；或是當他騎著那台車齡將近十五年的風雲老１２５要送她回家，臉上藏不住的同情悲憫。話說回來，當初會有那頓不堪回首的飯局，追根究柢便是房東算計挖坑的關係。

還在推銷女兒的母親，沒發覺衍宸的厭煩，自顧自吹噓：「還有啊，她曾經拿過大學水墨畫冠軍，也會小提琴和吉他，碩博士更是留美回來。雖然有時驕縱了點，但丈夫讓一下太太又有什麼關係？都是自家人，也不用顧慮那麼多……霏霏，不要亂動！坐好！」房東懷中的馬爾濟斯激動掙扎，對著門大吠，但叫沒幾聲，又變成討饒般的低嗚。

「怎麼回事？牠怎麼啦？」衍宸藉機轉移話題。

「不知道啊，這孩子突然這樣，真奇怪。」房東梳理牠的毛，試圖安撫。

衍宸將房租交給房東，朝馬爾濟斯叫吠的大門走去；樓梯間空蕩蕩，什麼都沒有。他左右張望，忽覺腳下一團毛茸茸的東西鑽過，只聽房東在身後大喊：「霏霏！快回來！」

馬爾濟斯閃出房門，一跳一躍消失在樓梯轉角。房東急了，錢也不點，擠過衍宸追了出去，離去時還不忘對他大喊：「對不起啊！我先去追霏霏，有空就多約我女兒出去呀！要把握機會！知道嗎！」話到一半，叮嚀和人已經分隔兩層樓的距離。

他說不上生氣還是發笑，嘆口氣當作折衷；關上門，繼續未完的淋浴，順道考慮搬家的可能。

敲門聲又響了起來。他轉大水量，決定裝作沒聽見；但門響也隨著水量變得又快又急，像在擊鼓。

他罵了髒字，踏出浴室；外邊的鳥籠也跟著騷動不已。

「來了！」

房東太太佇立門外，神情木然，身上血跡斑斑；尤其是嘴和下巴，濕漉漉彷彿嗑壞的番茄，懷中抱著一團血淋淋的東西；衍宸細看，竟然是剛才活蹦亂跳的馬爾濟斯。

他大吃一驚，以為發生車禍，連忙察看她的傷勢。

「怎麼了？受傷嗎？」

房東毫不理會，似乎驚嚇過度，逕自走入房內，呆站在書桌前。

「房東太太，妳沒事吧？」

雖然僅是短暫一瞥，房東似乎無恙；斑斑血跡可能是那隻奄奄一息的馬爾濟斯貢獻的。是愛犬受傷傷心過度嗎？他替行為異常的房東解釋。但房東腳下滴滴答答匯集成一窪血灘。以這種水龍頭流濺的出血量，馬爾濟斯恐怕快只剩皮骨了。

「房東太太……」

她突然拾起桌上的紫色護符，抹布般拋下馬爾濟斯，呵呵笑了起來。狗落在床上，翻了幾圈，拓出血痕，還滾下不知是腦還是腸的粉色條狀物。

狗頭去了半塊，像被什麼噬咬過；剩下一邊的眼珠子灰濛濛，彷彿牠還被困在那隻眼珠內。透過灰濁的眼珠反射，衍宸看見他的臉同牠一樣驚惶錯愕。

房東轉身，臉上已是衍宸在山中見過的坑疤。紫符在祂手上冒出陣陣黑煙，猶如抽大麻般，祂將煙全數吸走，滿足的咂嘴。

他兩個跨步撞門，激烈轉扯門把。但門似乎鐵了心要和門框生死相依，打踹怒罵都不為所動。那東西立在電視旁打量他。

「幹！快開啊！」

沒用。

他放棄破門而出，抄起門旁的掃把，進入備戰姿態。

衍宸的呼吸急促粗重的可怕，彷彿祂的手已搭上他的脖子。他大喝一聲，掃把直直往滿是坑疤的顏面劈落。

那東西不閃不避，嘲諷似的捱了這一下。衍宸右腳一抬，將祂踹倒在冰箱旁。

好！有機會——正當他腦中燃起一線希望，那東西忽然一抖彈起，撞上衍宸，「碰」的讓他飛回門前。

他趴在地上嘔吐，前胸後背猛然縮緊，五臟六腑都像蔥油餅般拍扁。那東西比他預期的更有力，更快速；而他只有一件浴衣和彎了三十度的鋁柄掃把，連自盡都辦不到。

那東西歪頭側身，被鳥籠中驚駭亂竄的文鳥吸引。祂伸出滿是血漬的枯手，扯餅乾袋般輕鬆掰彎鐵籠，拉出文鳥，張口咬斷牠的頭，啃甘蔗似的咀嚼著。

見狀衍宸一把抄起牆角的折凳，全力砸向落地窗；跟著豎肩衝撞，一聲碎響，人已在陽台邊。

肩膀、背肌、腳底板鑽入玻璃碎塊，但腎上腺素的分泌使他還要過段時間才會有所痛楚。

他無暇回頭，對準鄰近的松樹奮力跳躍。但才剛離地，右腳踝旋即一緊，整個人在半空中失衡，只勾搭到枝椏末梢，失速下墜。

人行道傳來悶響。

行人幫忙驚叫。

八

空氣中瀰漫著消毒水氣味。

皎白沉默的病房內只有心跳監視儀盡責報數；衍宸躺在床上，戴著呼吸器，頭上纏了彷彿皺紋的繃帶，讓他看起來蒼老了一世紀。

楊玉捧了花束，玻璃瓶裝半滿水，插了花，擺在床頭旁的矮桌。當她從他的同事聽見他從三樓跳下，就猜測脫不了鬼神之事，聯絡姚馗。

醫生說衍宸的昏迷指數三，盆骨碎裂，右腳開放性骨折，痊癒最快要兩個月，之後還得復健。至於何時會醒，天知道。

楊玉愧疚的哭了。若不是她，衍宸不會在病床上，像根被折斷的芹菜奄奄一息。

姚馗閉眼合手，低聲祝禱。

「大師，衍宸哥是被那東西害的嗎？」

姚馗站到病床側，伸出右手，五指併攏懸在衍宸印堂，掃描器般緩緩移動到腳趾。「不算是，他身上的穢氣不多，應該不是直接受到傷害，而是受到驚嚇或迷惑，自己跳樓的。」

「能治好嗎？」楊玉沒聽懂姚馗的意思，迷濛追問。

姚馗面露難色，低頭道：「抱歉，這部分是醫學問題，不是我的專業。」

楊玉的面容從木然漸漸浮現憎恨，雙手握拳發抖。

「大師，我想主動找出凶手。」

「就算你這麼說……」

「拜託了！」懇求的姿態很低，氣勢卻如頑石一般堅硬。

姚馗面有難色的垂首，別過臉。「對不起，我……」

楊玉不待他說完，行了一禮，瀟灑離開病房。

長時間的擔憂和防範，早已在她心頭發酵成怨懟；衍宸的事正好成為引爆的火把，炸出殺意。

她不願再畏縮、懇求、等待。

楊玉沒有考量可行性的問題，單純在氣頭上。被動的現況使她無法心平氣靜，為了行動而行動。

因此，當她在圖書館查詢目中，搜出一籮筐和道法、咒術、鬼怪相關的書籍時，腦袋冷卻許多。

她挑了《道教符咒選講》翻閱，一邊取笑自己的狂妄；人家能出師，無非是天命天資，或經過十幾年甚至幾十年的刻苦修行，才有降妖伏魔的本領。一個外行中的外行，憑什麼想要靠自己解決？根本是褻瀆專業。

楊玉越是翻查相關著作，越覺自己愚昧可笑。她換過一本《道教符籙大全》，瞪著有如抽象藝術的符咒印刷，懷疑會是眼睛還是腦袋先抽筋。

倏地她靈光一閃，拿出姚馗所給的護身符，從第一章的「淨心神咒」開始比對，一直到所有加持、拔災、驅魔的符咒都對完了，仍沒有找到相符的咒印。

「什麼嘛，這本書也太遜了吧？」

她一邊碎念，一邊翻閱下去，突然定止不動。她反覆比對姚馗的符印和書本上的樣式，一筆一畫的對齊後，腦袋彷彿成了咒字扭動一團混亂。

「不……怎麼……」

姚馗給她的符咒，正好和「藏魂入門咒」中的「惡鬼引符」如出一轍。她不信邪，想從勾勒的角度高低證明自己的錯誤，卻只證明姚馗的符印有多精細準確而已。

這沒道理。姚馗和她素不相識，為什麼要陷害她？楊玉猜想說不定是印刷或標錯名目，又翻查其他書籍；每一本都跟她說姚馗居心不軌。

她感到暈眩，像迷航在茫茫大海，船上唯一的導航儀卻包藏禍心，引導她駛入卡律布狄斯。

她想起姚馗給衍宸的護符；說不定不是沒效，而是發揮效用了……。

她不曉得究竟還能信任誰。窗框內的陽光下班回到山頭下，天花板的日光燈接替太陽的工作。直到星群的聚會來到高潮，她才失魂落魄的回家。

她手持護符，佇立在神桌前發愣，帶著燒炭自盡的悲壯，點燃姚馗的符咒；客廳頓時充滿頭髮燒焦的臭味。

楊玉打開窗戶讓味道消散。

手機響了。

是護符的主人。她不想接，或者說還不曉得該如何面對他。電話響了兩次，安分一會，又傳來簡訊通知。

「為什麼燒掉護身符？」

楊玉盯著手機，苦惱、遲疑、憤怒、傷心、恐懼在她腦海飛竄；她不知道該讓哪種心情去詢問。或者，該不該問？但最後索性把心一橫，直截了當的回道：

「你為什麼要害我？」

「我為什麼要害妳？把符燒掉，是妳自己害自己。」

「我查過了，你給我的符咒是降災招鬼的。為什麼？」

「妳別胡思亂想，妳現在到永春東路那的咖啡店，我再給妳新的符。」
「你給我朋友的也是招鬼的吧。紫色的符紙是向陰邪借法的最高端。」
他沒有回覆。楊玉再傳。
「為什麼要害我們？」
「過得了今晚再說吧。」他回道。
之後手機和她冷戰，猶如戰前封閉的港口。
楊玉的視線被簡訊綁架，崩潰大哭。她手足無措，不曉得該如何是好；能給予幫助、關懷的人已經一個也不剩了。霎時間她覺得昏天黑地，求生緝凶的意志不再光芒，死亡的誘惑舒適動人。
她讓眼淚奔流，高漲的情緒逐漸下降，回歸安定值，不甘心的念頭也顯露鋒芒；先不論楊斌的死因，光是讓衍宸住院這點就該讓他也住一回。
「混帳，那個外表陽光內在陰沉的騙子！」楊玉抹甩鼻涕淚水。「活下來就活下來，老娘就特別替你奔喪啦！」
反擊的節奏敲響，她開始思考如何防範。從姚馗的恐嚇中，只能推測他似乎打算在今晚發難，但具體的方法手段，完全沒有頭緒。
此外，不論是一般物理人為的侵入，或是玄學超自然的攻擊，楊玉都沒有完善的應對辦法。問題從左腦拋到右腦，又從右腦推給左腦，最後她決定固守家園。一來離最近的警察局不用二十分鐘；二來是家中至少還有祖先和供奉的關公像，能求個保佑。
楊玉鎖上鐵門，緊閉門窗，檢查家中所有對外的通口，儼然是進入戰爭的閉鎖套房小國。
物理入侵方面她不怎麼憂心，鐵門和桌椅足夠抵擋到警察趕來。但若是靈異攻擊，她就像遇上飛彈的中世紀，一籌莫展。最多只能準備民間流傳的辦法，如：鹽、鏡子、艾草、甘草、芙蓉葉……沒了。

對，沒了。雖然還有硃砂或黑狗血一類的說法，但一般家裡誰會有這些東西啊！她只能在神桌前祈求祖先和關公保佑，搬棉被和枕頭到神桌前，打算今夜就這樣窩一晚。

楊玉原先緊張到睡不著，客廳燈火通明，時不時檢查大門和窗口；到了凌晨兩點多，仍是風平浪靜，燈光連閃爍明暗，製造懸疑氣氛的意願都沒有。她開始恍神了。為了鎮守疆域，到廚房泡了即溶咖啡，呼喚精神。

然後就出事了。

客廳的大燈熄滅，只剩神桌上兩旁的檯燈幽幽亮著，像進入緊急發電的防空建築，一抹戰事告急的色彩。

她戰戰兢兢的走向大燈開關，腳下忽然被東西一絆，咖啡淋了電視一身。

回頭一望，只見一隻中小型犬大小的四腳東西拉住她。那東西像只有四隻腳的喇牙，每隻腳都烏漆抹黑，油油亮亮，近乎楊玉的胳膊粗；中間是紙人頭，用黑墨畫出五官，還塗上腮紅，根本是喪禮中常見的紙紮人。

睡意尖叫暈厥。

她一把掏出預備好的粗鹽擲去；那東西只略為一縮，四腳跳踢踏舞般飛快踏動，被激怒似更凶暴的纏上來。

人頭喇牙從她的腳一路上爬，竄到胸前，兩腳緊緊勒住她的脖子。楊玉伸手去扯，觸感像大量的頭髮集結而成，頗有彈性，一時難以扯斷。

她摸上神桌，用打火機燒，蛋白質燒焦的臭味飄出。那東西發出「啵啵啵」的聲音，跌落在地。楊玉倉皇躲到神桌下，在神桌前又灑了一圈鹽。

這時她才看清楚，陰暗中，大門門縫下彷彿蛙人登陸，陸陸續續鑽出好幾隻；走廊也有幾張紅紙臉探頭，就連客廳的窗戶外都攀著四、五隻，「喀喀喀」搖動窗戶，試圖入侵。

楊玉感覺她每根頭髮乍豎，像隻受驚的貓；她抓緊打火機，在神桌底下縮成一團，嘴裡不斷叨著佛號；說也奇怪，那群東西不曉得是懾於神威，或另有原因，一直在神桌外徘徊，遲遲沒有攻擊。

她惶恐瞪著那群在外徘徊伺機的怪物，腦袋稍微能冷靜運轉，逐漸和圖書館中的資料聯結起來。如果沒記錯，此怪似乎是正一道的支派所創。《道法會元》上記載，以施術者的髮、血相混，置入活蠍或蜈蚣、蜘蛛等毒物，埋於沼內三個月圓後挖出，之後每晚午夜敲擊該容器，直到裡頭傳來回應，才能開封。此物能任施術者驅使，但需每月以血餵養，並補充髮束。

至於解咒法，她忘了。畢竟沒有過目不忘的本領，又只是粗略瀏覽；隱約浮現以血攻血，但何人、何種、如何使用，記憶全都上了層毛玻璃，模糊不清。

正當楊玉苦苦擦拭回憶的玻璃窗，那群東西忽然又騷動起來，像接獲命令的士兵，三三兩兩合在一起，成了兩頭或三頭，觸手更粗，彷彿手掌一樣的怪物。

它們隨意抓取客廳內的物品，砲彈般朝關公像投擲。

「糟糕！」

楊玉慢了一步攔截。關公像落到地上，三隻怪物蠕動上前，張手包覆；只見千絲萬縷的怪手下隱隱透著紅光，鼻腔又嗅到焚燒怪物時的臭味。

那東西也不斷縮小；每當紅光即將突破包圍時，另一隻怪手連忙補上缺口。幾十秒後，紅光消失。而最後一隻替補上的怪物，也只剩原先三分之一的大小。

「噢……天啊……」

楊玉求救的望向列祖列宗的牌位。

剩下的三隻紙紮人頭也一同轉向；祖先牌位旁的神桌燈熄了。

怪物們回向楊玉，紙臉笑得開懷。

「幹！」她忍不住暴粗口，開大門想往外衝，但外頭一片黑壓壓。起先她以為電燈壞了，卻發現那些黑會蠕動，還有紙紮臉孔流動，才驚覺鐵門外堵滿了那些東西。

她甩上門朝廚房奔去，想搜尋些易燃物燒掉這些鬼東西再說。但走廊只跑了一半，腳踝又是一緊，一隻怪物纏了上來。她蹬了兩腳，想無視它繼續衝刺，但速度一緩，後頭的東西一個接一個黏上。

楊玉被撲倒在地，她的雙腳被縛，一隻纏上頭，遮蔽視線。她嚇得放聲尖叫，但叫聲還在口腔，大量的頭髮就舔進她嘴裡，把叫聲推回喉嚨；她覺得呼吸困難，雙手被縛，無能為力。

她奮力咬斷髮絲，但量太多、太粗，彷彿橡皮筋團，根本咬不斷。忽然間她舌頭一疼，髮絲像受驚嚇的魚群，瞬間從她口中抽離。她側在一旁乾嘔，吐出殘餘的斷髮，一股鏽鐵味在口中蔓延。她咬破舌頭了。

楊玉靈光一閃，憶起老一輩提過，咬破舌尖噴出去的血，能驅鬼避邪。她望向先前想窒息她的怪物；那東西癱在一旁，像泡過水似的半融半腐。

她又咬了一口舌尖，「噗」的噴向纏住她手腳的東西；它們同樣驚乍散開，蠕動成一團冒泡半腐的穢物，彷彿癱在那幾個月沒動過。

「好痛……」

她舔了舔傷口，眼角出淚；電視上咬舌的輕描淡寫，果然是虛假的表演。

進到廚房，她從浴室抽了條毛巾，綑在鍋鏟上，上頭淋滿波蘭生命之水，用瓦斯爐滾上烈火；她又拿了把平常剪肉的剪刀，舉著臨時火把重回客廳。

一道人影在火光下妖異舞動，彷彿幀數過低的影片跳動。最後一隻怪物通過鏤空的窗戶，融入抽蓄的人狀異形中。

那些東西藉由將觸手束成十字狀，上下串聯，組出歪斜扭曲的類人形。紙紮人頭或歪或正的對著楊玉，彷彿她是受向日葵歡迎的日光。

「來啊！你們這群噁心的臭毛球！」她的聲音出奇冷靜。

怪物「咻咻咻」動了起來，宛如髮絲的摩擦聲；它的行動不似外表那般殘障，一個跨步來到楊玉身前半尺，右手纏上她的脖子。

她用火把回敬；一團髮鬚率先捲上火炬，壓熄火焰。

她的信心也熄了一半；剪刀咧嘴，隨即被其他髮束捲縛，無法張口。

楊玉一咬牙，再次咬破舌尖，一口鮮血朝怪物噴去。

——簡直媲美王水。所濺之處無不化成一灘稀泥似的穢物。

她又噴了兩、三次舌尖血，確保蠕動抽蓄、紙紮笑臉轉成驚恐的怪物沒法死裡復生。

她癱軟坐倒，舌尖的刺痛是唯一清醒的知覺；這大概會好一陣子讓她不想說話。

窗框外，青光幽幽，似明未亮，約莫凌晨五、六點。楊玉的手機震動兩下。

「如何，好玩嗎？」

「廢物。我還活著。」

「那是因為時辰沒到，還有全靠楊斌那齷齪的血緣。不過這也是妳該死的原因。」

她激動撥出電話。對方拒接。

「明早到福德橋下，聖安街一七八號三六弄一樓。如果我在中午前沒見到妳，我就讓妳爸魂飛魄散。相信我，我很樂意這麼做。」

楊玉的話筒又傳來數次關機答錄。她憤怒擲出手機。

楊玉坐在地上，先前的無畏果敢猶如朝露，隨著太陽升起消失。她愛楊斌，如果這威脅發生在這一連串事件前，她會秀出白眼，或直接報警——跟楊斌報告。而現在，她知道威脅不再是讓人嗤之以鼻的空話；對方有能力辦到，勢在必行。

楊玉無助的哭了。一夜無眠的疲憊和緊張，在哭泣後得到短暫的宣洩。

她睡著了。

在夢中，她見到楊斌，像小時候讓她坐在肩膀上，背著她嬉鬧，咯咯大笑。

楊斌放她下來，緊緊抱住她，接著放手朝遠方走去。她不斷追逐、大喊，但高壯的背影愈來愈遠，頭也不回……。

醒來時窗外已經一片橘紅。揉揉眼，她無視地板上亮紅剔透，彷彿火焰結晶的玻璃殘片，以及擴散橫流的怪物屍體；她先到廚房替自己弄了碗泡麵，不疾不徐的品嘗，像是最後一次享受味蕾。

接著拿出信紙，寫下她至今的遭遇。

最後，出門購買防狼辣椒噴霧、催淚瓦斯、電擊器……等防身器具，另外準備了些小刀、美工刀等適合藏身的利器。

楊玉明白即使她赴約，姚馗也不一定會放過楊斌；她不能任憑爸爸魂魄飛散而無動於衷。她能做的，就是在姚馗動手前，早一步殺掉他。

或同歸於盡。

備妥武器，她開始調查人體脆弱的部分，如何有效殺人。多數點出太陽穴、心、肺、臟器、跨下、雙眼；但考量自身氣力和成年男性的差距，楊玉認為偷襲頸部較有機會一擊斃命。

牢記這些知識後，她就回床睡覺，養精蓄銳。但惡夢還是找到她，嚇退睡意。清晨五點左右她便睡意全失，雕像般呆坐在客廳，沉靜心神；七點多她強迫自己吃了點東西；八點多她騎車到姚馗指定的地點。仰望那棟建築，本能上讓她很不舒服。

那是棟三層高的透天厝，外邊還有圍欄大門，門前有空庭，格局相當氣派。

……如果沒有庭院荒草漫漫，整棟房子像馬雅遺跡斑駁藤生，大白天也因為建蓋角度的關係，陽光不易照射，陰氣森森的話。

楊玉上前，鏽跡點點的圍欄上還掛有幾張廣告版紙，大部分都褪得瞧不出原樣。其中一張勉強辨識出是出租廣告，幾組數字不分你我的縮在角落。

門沒有鎖。嚴格來說，鎖頭已經爛到連擺飾都當不成。前院內長滿幾乎到楊玉胸口的雜草，裡頭綻放各種寶特瓶或鋁箔包一類的垃圾，不然就是玻璃瓶碎渣子。

她小心腳步到門前，調整心境；鐵門卻如自動門感應退開。

姚馗站在門後，臉上還是掛著跟楊玉第一次見面時同樣爽朗開懷的笑容。好似他們今天是來約會談天，不是互搏相殺。

「進來。」

他側過身，讓楊玉進去。裡頭的窗簾全數拉上，加上採光問題，瞬間如同進到黑夜的肚腹。楊玉雙眼一時無法適應。

「姚師傅，人都到齊了嗎？」

聽到其他人聲時楊玉嚇了一跳；她以為這是她和姚馗的恩怨而已，沒想到竟然有其他人在場。嗓音聽起來氣派渾厚，應該是個中年男子。

楊玉的心跳跳不出谷底；她沒料到姚馗竟然有幫手，這下可說是必死無疑。絕望在懸崖上冷冷俯視著她。

「是啊，人都到齊了。現在只要等時辰到就可以開始了。」

「姚師傅，一次這麼多人……沒問題嗎？」另一個尖酸刻薄的女聲提問。

楊玉的心跳又摔了一次；她壯烈犧牲的想像裡可沒這麼多人在場，更別說有男有女。姚馗究竟想幹什麼，她已經完全弄不懂了。

她暗暗握住防狼辣椒噴霧器，不動聲色的退到角落；中間不小心踩到某人的腳，年輕的男性嗓音用國罵警告她小心點。

幾十秒後，她的眼睛才逐漸適應黑暗。

屋內的裝潢是樓中樓；一樓是客廳，鋪了層厚灰塵作地毯，還撒上玻璃渣子當擺飾；電視破裂，沙發生出彈簧，日曆缺了一角，掛畫斜了一邊。整間屋子像被黑暗和破敗開過同樂會，找不到一絲居家的氣味。

「讓各位久等了，不好意思。」

二樓的護欄上亮出兩盞燭光。姚馗在兩支紅燭間雙手撐著木欄，發表演說似的開口。

「劉老闆，你最近狀況如何？」

「別提了，你教我的那方法雖然有效，但太麻煩了。而且最近的效果也愈來愈差，還是快點幫我弄你說的那個能夠持續一輩子的方法吧！」

楊玉聽出來，這個劉老闆，就是上次在姚馗家遇到的富商。

「不要急，劉老闆，我保證今天過後，你會開始懷念那些煩惱的。」

「嘿，鬼才會想念那些麻煩！我說過，只要你幫我辦好，你要什麼都沒問題。」

「當然，你放心。」姚馗和劉老闆露出政客與官員血濃於水的笑容，楊玉幾乎看見他們倆勾肩搭背的親暱狀。

姚馗轉換視線，對向一名年約四、五十，濃妝豔抹的婦人。

「薛太太，你和你丈夫還好嗎？」

「不好，一點都不好！」薛太太面容愁苦，彩妝像經歷板塊震盪，陷入皺紋海溝。「那傢伙……那傢伙昨天又帶那狐狸精回來，吵著跟我離婚！我不答應、我絕不答應！他竟然打我……！他竟敢……竟敢！我爸連凶都沒凶過我！他竟然打我！姚師傅拜託你一定要幫我！」

「嗯，你希望我讓你丈夫痛苦嗎？」

「不不，不要傷害他！我知道他是愛我的，只是被那賤人迷住而已。我希望他能像從前那樣愛我、疼我……但是那賤人我要她死無葬身之地！讓她知道勾引我男人的下場！我要她生不如死！」

楊玉聽見劉老闆嘀咕「瘋子」、「老女人」、「更年期」、「醜」……之類的字句。

「好，這也好辦。」

「謝謝大師！謝謝大師！姚師傅！如果真的成功，我老公的公司股票就給你十八趴，我和他就到夏威夷的別墅去享清福，不回台灣了。」

「哈哈，薛夫人，妳真大方。」姚馗的笑容有如夏威夷般熱情。

他轉向剛才被楊玉踩到的年輕人。

「那麼你呢？吳先生。」

「好的話就不會來麻煩你了，姚師傅。」那年輕人大約三十上下，一頭挑染紅髮，穿著鼻環，猩紅的菸頭在暗處一明一滅。「阿泰那傢伙愈來愈囂張了，跟我搶位子，偏偏一堆笨蛋還挺他，操！媽的！一群智障！老大又不讓我動他……姚師傅，聽說這方面你是專家？」

「不敢。不過讓人想不開或想太開，還稍微可以。」

「那就拜託了。以後有什麼需要我的地方……」他做了電話手勢在耳旁搖晃。

姚馗拱手。「那就先謝過了。」

他跳過楊玉，逕自道：「你們的願望，我都聽到了。人生實難，活著就有千苦萬劫，身不由己。然而為什麼有些人一生平步青雲，家庭祥和，享盡榮華富貴；有些人卻命途坎坷，父棄母死，貧病交迫？不公平，這世界是不公平的！他們什麼努力也沒付出，只是投到好人家，就一輩子吃香喝辣，憑什麼！」

姚馗在欄杆上激動一槌。底下的信眾半認同半迷惑，偷偷交換眼神。

「既然這世界對我不友善，那我也不用對他客氣！別人有的，我必須要有！還要更好、更多！這是社會、這世界欠我的！」

劉老闆鼓掌。

「說得太好了，姚師傅。我底下的員工就必須是你這種人才，有狼性！有侵略才有收穫，強者從弱者身上取得利益是天經地義的事。什麼關懷弱勢，一堆假道學假正義，噁心取暖的偽君子，呸！」

姚馗怨毒的回笑。

「劉老闆，我這個人還是公正的。誰有恩於我，我一定會報答他；同樣，誰欺負過我、占過我便宜，我也一定會全部討回來。」他神色和緩的掃過樓下所有人。「一個都跑不掉。」

「是、是啊，有仇不報非君子嘛……」劉老闆勉強附和。

「說起來我和各位也認識一段時間了，總算能在今天把帳都算清。」

薛太太像發現野狗的家貓豎毛警戒。「什麼意思，姚師傅？」

「還記得嗎？姚春庭。」姚馗斂起笑容，談論天色般平靜。

劉老闆先是困惑思索，接著臉色刷青。

「你……你怎麼會知道這名字……」

「薛太太，被你凌晨三點叫上工的女清潔工，還記得嗎？」

婦人皺眉，驚乍起回憶。

「吳先生，便利商店收規費和砸店的事，你還像以前一樣順手嗎？」

流氓幹了聲。

「老子幹過的事太多，不記得了。就算有，你想怎樣？」

姚馗冷笑，鼓掌，然後搓了起來。

「怎麼樣？你們每個人都沾過我媽的血，就拿命來賠吧。」

「等一下，我連你是誰你媽長什麼樣子都沒見過，關我什麼事啊！」楊玉終於明白姚馗和這些人有過節，要算總帳；但她就像在軍事演習場附近被流彈誤擊的民宅，莫名其妙。

「沒關係？」姚馗俯視她，神色扭曲。「是啊、是啊，怎麼會沒關係？妳是在場跟我最有關係的人了。」

「什麼……」

楊玉臉色凶狠，卻滿頭問號的咀嚼他的意思。

「裝什麼傻？妳難道不知道妳那人渣老爸的情史嗎？」

「你才人渣！我爸到底跟你有什麼深仇大恨，要這樣子對他！」提到楊斌她就湧出復仇的勇氣。

「不知道嗎？那更該死！他壓根兒沒打算想起她，根本沒把她放在心上！我早說過了！早說過了！」姚馗失控的捶了欄杆好幾拳，似在對誰控訴。

「妳聽好了，妳那混帳老爸是個喜新厭舊，始亂終棄沒責任沒人性的王八！他丟下我和她，就為了那個賤女人，為了妳媽！」

「……什麼？」楊玉像被擊中太陽穴，一陣暈眩，隱約明白什麼。

她想起了整理楊斌遺物時發現的陌生女子照片。

「他在我十一歲的時候拋棄我們母子，她那天還跪著求……」姚馗戛然而止，一嘴的苦恨。

他嚥下仇苦，吐出詛咒。

「你們每一個人都對不起我媽、對不起我！所以我要他死！要你們死！憑什麼你們做壞事還可以有幸福快樂的家庭，我什麼錯事都沒幹，卻背了一堆不幸！憑什麼！」他大吼。

「我是報應，你們所有人的報應！今天，你們一個也別想走！」

劉老闆轉身奪門，卻打不開；流氓操著粗話狠踹，大門不為所動。

「省省吧，別傷到骨頭了，我媽下輩子還靠你們呢。」姚馗像對著即將出售的家畜冷笑。

「什、什麼意思……」劉老闆的語氣猶如屠宰場上暖身的豬隻。

「你們雖然是王八，但骨相確實不錯，否則這輩子也不會過得這麼滋潤了。啊，吳先生你除外。」

「難、難道說……」

「讓你們失望啦，今天『換骨』的對象不是你們，是我媽。」

楊玉頭皮一陣發麻。離奇的山難、缺損的遺體、不明的動物齒痕、楊斌的死、林師傅、「換骨」的傳說、土地公廟那尊邪氣沖天的雕像……一下子在腦中飛旋拼湊。

「放、放屁！那女人不是死了！你要怎麼、怎麼——」

劉老闆壯膽的大聲駁斥，還是藏不住顫抖。

「劉老闆，嘴巴放乾淨點，不然我拔了你的舌頭讓你吞下。我媽是走了沒錯，可是她還在啊。」

姚馗搖起三清鈴；他身後蹣跚透出人影，歪斜僵硬的走到燭光前。玄關處的所有人面色驟變。

那人穿著英式米黃連身洋裝，臂膀處空洞輕飄，臉上的五官除了乾裂的闊嘴外，滿是坑疤，在燭火下搖曳成深淺不一的穴口，猶如昆蟲的複眼；烏亮的長髮順柔整齊，與風乾的降紫屍皮對比，更顯違和詭異。

毫無疑問，眼前的乾屍就是楊玉在山上遇見的邪像。不同的是多了少女青春洋溢，呵護備至的秀髮，以及膚色的改變。山上的怪物是黑中透紅。

「這是『禪清道人』……難道也是你……」

「『禪清道人』？」姚馗啞然失笑。「那是我胡謅的，根本沒有『禪清道人』這回事。那是我媽，為了讓她能親手殺掉欺負過她的人。」

「……你騙我？……所以林師傅說的……」

楊玉的字句彷彿戳到姚馗的笑穴，他格格發笑。

「還在林師傅？妳沒搞懂嗎？他跟我是一夥的。嗯，其實這麼說也不對。他也是我報仇的對象，只是利用他和警察打好關係，了解警方的動向。原本打算借他的手解決妳的，竟然被妳躲過。害我還要重新算時辰和日子。」

楊玉想起林師傅死前的吶喊和不自然，一股寒意直達腳底。

姚馗已經將所有狀況都預想好了。包含楊玉可能尋求的協助，都在他的計算之內。

「好了，時辰也差不多，可以開始了。」

鈴聲再度搖響；打扮時尚的乾屍躍上欄杆，翻身落在楊玉他們面前。劉老闆他們全貼著牆，驚懼交雜的警戒著。

鈴音催命激盪，乾屍不自然的扭曲；楊玉原先以為這是祂進擊前的準備，幾個動作後，卻發覺祂似乎在抵抗什麼；隨著持咒和鈴響的白熱化，抵抗消失，乾屍朝薛夫人撞去。

夫人嘔出半截尖叫，後半段成了濕黏短促的悶哼。

薛夫人被壓倒在地，兩手又推又扯的想移開胸前的怪物；但喉嚨一片嫣紅，熱血逃難似的湧出。

劉老闆失聲咒罵，摀住嘴拚命後退，巴不得躲到牆裡。

薛夫人獨自堵著背棄她的鮮血，捶打壓在身上的復仇者，而後抽蓄、沉靜。

楊玉瞪著身旁不過三尺上演的殘殺，一時間還質疑眼前的畫面；本能卻率先誠實的顫抖起來。逃命的念頭在腦中大鳴大放，猛被一聲大喝打斷。她慢了半拍才意識到是國罵。

吳先生跑上樓梯：是發現了脫逃的辦法嗎？不，他手上握著反射燭光的微亮匕首。

楊玉「啊」了一聲，眼看銀白的刀身即將末入姚馗的腹部——但一聲木板爆響，乾屍躍上二樓，將吳先生撞翻，雙腿盤膝壓坐在他身上。

「『擒賊先擒王』，還算不錯的判斷。」姚馗頷頭，像看著用新公式解題的學生。「可惜以前就有人試過了。」

「媽的，混蛋！」吳先生彷彿被壓在五指山下的潑猴，齜牙咧嘴。

「雖然你的骨相不佳，不能替我媽盡一份心力。不過我這個人相信『沒有真正的廢物，只有舞台的適合度』，特地為你準備一個你能勝任的工作。」

他像給更生人改過自新機會的面試官，從側背布袋拿出一隻活蟾蜍；拔下吳先生幾根毛髮，兩手結印持咒，再到蟾蜍前搖晃；只見蟾蜍舌頭一捲，乾淨下肚。

「吳先生，這幾次幫你作法祈福，有沒有特別愛吃過熟的食物啊？」

「你……混帳……你該不會……」

「這法術的缺點就是事前準備長，有些費事。」

他又從布袋拿出一盒方形、約比婚戒盒大上兩倍的漆黑盒子。掀開盒蓋，一群黑壓壓的吵鬧東西蜂湧而出，直奔薛夫人的屍體。

是蒼蠅。

那群吵雜的小傢伙宛如在開自助餐會，完全包下屍體，成了亮黑的人形。

「去吧。你拿手的吃人不吐骨頭。」他對吳先生擠眼。

姚馗將蟾蜍放到地上。牠一蹦一跳來到蒼蠅的佳餚前，以驚人的速度吞食正在用餐的小傢伙們。

吳先生四肢著地，模仿青蛙的蹲坐；他一臉抗拒，在跟什麼對抗，似跳非跳的跟在後頭。

這時蟾蜍吃完三分之一的蒼蠅，薛夫人的上半身重見天日。楊玉卻倒抽一口冷氣，劉老闆顫聲呢喃。

薛夫人的屍體霜淇淋般融化，魯肉似的湯湯水水，勉強剩個人形。姚楦下樓，拿根長鐵夾在肉泥中翻攪，夾出一截脊椎骨，放入布袋。

「好了，開動吧。」

吳先生趴在地板，抿嘴湊上那攤鮮肉汁，兩眼淚流的吸食。

當蟾蜍吃光蒼蠅，薛夫人的上半身也進了吳先生的胃袋。

「不錯不錯，效果比我預期的好。看來另外兩個也沒問題了。」爽朗一笑，姚楦像是見到診療有效的主治醫生。

劉老闆左右張望，「噗通」一聲跪下。

「姚……姚師傅，以前是我不好、我該死！不、不是！事情都過那麼久，你……你母親也走了，殺掉我沒什麼意義，冤冤相報何時了嘛！看在我們認識這麼久，放我一馬，你要什麼，全都沒問題！還有什麼仇人，我幫你全都揪出來！」

姚楦仍是一貫淺笑，是聽人告解的神父。他朝乾屍努努嘴：「我媽就在那，你跟她說去。」

劉老闆轉望乾屍；油黃的牙齒還染著薛夫人的血，乾枯的下巴一片殷紅。他只遲疑了一個眨眼，跪爬到偉人像般挺立的乾屍腳邊，以敲碎腦袋的氣勢磕頭。

「姚……姚夫人，先、先前的事是我不對，我畜牲、我渾蛋！我知道錯了，請……請祢大發慈悲，饒我一命！」他稍微抬頭，偷瞄姚楦的反應。

淺笑仍在，鼓勵他說下去。

「我、我會隆重辦理祢的後事，請人辦最好的法會！還、還有，你兒子的下半輩子我來養，有任何問題我會替他解決！」劉老闆的腦袋又敲痛幾次磁磚。「請祢……放過我吧……！」

「你當年也這麼有誠意就好了。」姚馗猶如翻閱舊照，帶著一絲緬懷。「我想如果是我媽的話，肯定原諒你了吧。她總是心太軟。」

劉老闆聽見皇帝大赦般欣喜昂首。

姚馗同情的對他搖頭。

「那是我媽善良。可惜我沒遺傳到。」

劉老闆連個音節都沒能發出，喉嚨就同薛夫人，逃出許多紅色難民。

他一手摀著喉頭，在地上掙扎翻身，爬向大門。姚馗木然凝視；好似他不過擰斷蟑螂的頭，好奇觀察後續反應。

劉老闆拖出飽滿的血痕，停在門前三尺，不再發出空調破裂的漏氣聲。姚馗沒有嘲弄或手舞足蹈，很謹慎的確認他的脈搏永遠退休了。

「妳稍等一下，我把這邊處理完就換妳。」他從布袋內拿出另一盒小黑盒子，對楊玉說道。如果光看笑容和發言，楊玉還錯以為她到了哪家餐館排隊。

三具屍體，一具在別人肚子裡；三個人，一個不曉得還算不算活著。

只剩她和姚馗了，說不定待會她也會進到那擁擠的胃袋，和另外兩人不分彼此，你儂我儂……。

楊玉異常冷靜。也許事情的發展超乎她的預期和常理，情感被拋在後頭禁止跟上。

或者生存的本能運轉，強迫她冷靜思考。

「有必要殺掉他們嗎？」楊玉小聲倒不像在提問，而是自言自語。

姚馗的手像車輛行經坑洞時頓了一下，然後沒事般繼續行駛。

「我知道你很恨他們，他們也或許真的對不起你，但是有必要……有必要……」

劉老闆的屍體鋪上一層嗡嗡作響的死亡證明。姚馗回過身，神態輕蔑帶點憤怒。

「有，當然有。如果可以，我還希望他們能多死幾次。」

楊玉難過又同情的搖頭。

「你應該報警，讓司法審判他們。你……」

姚馗從懷中取出巴掌長的竹筒，外頭以硃砂寫滿咒文。他展示般搖晃它，接著點火燒掉。

「楊斌的魂魄。」

楊玉瞪大眼，嘴巴又開又闔，發不出半點聲音。她渾身顫抖，雙拳緊握，眼窩泛淚，瞪視的目光刺矛般凝聚在姚馗身上。

「騙妳的。」

姚馗皮笑肉不笑，饒富興味的觀賞楊玉錯愕混亂的變化。

「怎麼樣？妳剛剛一定很想殺掉我吧。管他什麼警察、法規、道德規範，只要能讓那渾蛋斷氣就好。」姚馗睨了眼剩下半截的劉老闆。「我們沒有不同，妳沒有比較高尚，我沒有比較卑劣。」

楊玉想起背包裡的殺意。

動搖了。

他說得沒錯，楊玉心想。她不也正是帶著和他同歸於盡的想法來的嗎？

楊玉暗暗準備好防狼噴霧，計算時機。
「我爸呢？」
姚馗拿出另一個竹筒。這次上頭繞滿黃符。
「我照約定來了。放他走。」
姚馗伸出食指晃了晃。
「我只說你不來就滅了祂，可沒說妳來就要放祂走哦。」
楊玉漲紅臉，低聲詛咒：「你這個小人！」
「是妳蠢。楊斌是我最恨的人。要不是他，我媽不會遇到這些爛人，最起碼也不必忍氣吞聲！還有妳媽那個賤女人，當初讓她死的那麼乾脆，我有些後悔了。」
楊玉的腦袋又挨了一拳。「我媽……你說什麼？」
「我恨不得你們全家死光，可惜我當年功力不夠，只弄死了那個賤女人。」
「難道說……我小時候能看見，也是因為……」
姚馗厭惡的揮手。「要不是那個死老道，我早就送妳去和妳媽團圓了。不過沒關係，我進步的很快，兩年後我們便旗鼓相當，再兩年我就宰掉了他。」
楊玉覺得想吐。
所有的一切都是姚馗從中作梗。媽媽死去前兩年莫名罹患憂鬱症，投河自殺；也幾乎是相同的時間點，她開始能見到一些相貌駭人的鬼怪騷擾她。要不是佳萱死的離奇，楊斌不再鐵齒，找人幫忙，否則楊玉十之八九也會步上母親的後塵。
而始作俑者竟然和她有血緣關係，是她同父異母的哥哥。現今站在她面前稱心如意的淺笑，想連她一併殺掉。

她從來不曉得楊斌的過去，她怎麼會知道？且造成姚尷悲慘的生活，和楊玉半點關係都沒有。她只是出生在楊家，連說「不」的權利都沒有。

然後帳算到她頭上？

她從未如此同情又痛恨一個人。

她握緊拳頭，人體的弱點在腦中一一浮現。

「姚尷，我很抱歉——」

她飛快掏出防狼噴霧，對準姚尷的臉噴灑。這是她最快速流暢的動作，若時光倒流，楊玉也不認為能做得比這次更好。

但姚尷輕易預測到她的意圖，側身避開噴霧，將她的手扭到身後制伏。

「妳真以為我不知道妳在打什麼主意嗎？我觀察妳很久了。」

「可惡……」

楊玉掙扎，但終究敵不過成年男性的力氣，無法掙脫。

姚尷將她兩手折到腰際，單手抓住；左手扶托她的下巴，露出柔嫩的咽喉。

「這樣就全部結束了。來吧，媽媽。」他將楊玉扭向乾屍，語氣雀躍像在夏天捉到蟬的男孩。

女屍聳立原地，沒有反應。

「媽媽，祢在幹什麼，快來啊。」

乾屍彷彿被切斷通信的搖控車，不論姚尷如何叫喚、下令都毫無動靜。

「媽媽——」

楊玉被撞倒，一瞬間還以為自己的喉嚨也要破個洞，連忙護住要害；卻聽見一旁的姚馗傳來扭打聲。

乾屍竟然撲到姚馗身上，食人魚般覬覦他的咽喉。

「媽媽，祢怎麼了？我是小姚啊！」

乾屍壓在他身上，不斷朝喉頭挺進；姚馗雙臂交疊架住祂脖子，一臉錯愕。

但他很快發現原因。在洋裝右肋骨處，濕了一片，裡頭的符紙若有似無的顯現，咒字暈散。是剛才的防狼噴霧濺到的，姚馗心想。他拿出預備符紙，在暈染處補上。

屍體霎時安分。姚馗重新掌握主導權。

洋裝上那顯眼的紫符，和兩者間南轅北轍的對比，楊玉頓時明白幾分。

乾屍迎面衝來，楊玉強忍轉身逃跑的衝動，左臂護著咽喉，做好衝擊的準備。但她氣力不夠，一下被撞倒在地，臂膀被啃咬，一塊肉進了對方的嘴裡。

而她的防狼噴霧全灑在乾屍的洋裝上。

她聞到屍體嘴上濃烈的血腥味。

怪物停止在她身上匍匐前進，緩緩起身，轉向姚馗。

他的笑意不再從容。

「媽，別這樣看我。」

血口張露。

姚馗保持淺笑，苦澀搖頭；布袋內拉出一條紅棉繩，上頭貼滿紫符，彷彿裝飾用的彩條。

他率先行動，但乾屍的爆發力仍占上風。他以微米之差避開血盆大口，符串的一頭黏在乾枯的頸部邊。姚媸東藏西躲，鬥牛般躲過了乾屍所有攻擊，穩定增加纏繞在屍體身上的圈數。

到了第三圈，怪物觸電般抽動，氣勢和動作明顯遲鈍許多。姚媸沒有錯失空隙，又多纏了兩圈。

楊玉不清楚他們反目成仇的理由，但她明白，若是錯過這次機會，單憑自己要制伏姚媸，抹脖子還乾脆些。

她的防狼噴霧已經告罄，但還有催淚瓦斯、電擊器、四把美工刀和一把藏在腰間的美國執法者摺疊短刀。那是楊斌的收藏。

她準備好電擊器，預測姚媸躲避的方向，不動聲色的湊上。

但他們彷彿相斥的磁鐵，姚媸巧妙避開電擊，還反踢楊玉一腳，讓她絆倒乾屍。

最後一道紫符按上乾癟的額頭。

「我很怕妳剛才會逃走呢。雖然沒有地方出得去就是了。」他拍去塵埃，撫平衣上皺褶。

「如果妳沒來插手，我還得費一番工夫，謝謝妳了。」

楊玉跪坐仰望。聽語氣，還以為她剛從火場救了他親人。

乾屍又忠心不貳的候在姚媸身旁：纏了一層層的紫符，活像地瓜葉假扮的聖誕樹。

「你在操控祂嗎？」楊玉半跪著，思緒飛轉。

「畢竟祂死了。」

「我不是這意思。你……在強迫祂做違背心願的事。對吧？」

他舔舔嘴脣。瞳仁像被投入石子的池面，泛起漣漪。

「不，我是在幫祂。祂太心軟了，生前就讓一堆人踩在頭上，這樣不行。」

姚媸與其說在對楊玉解釋，更像在說服自己。

「這輩子祂命太苦了。不過沒關係，換完骨後我會好好安葬祂，超渡祂，讓祂下輩子有富貴命，無憂無慮……」

「是嗎？可是你媽剛才恨不得殺掉你呢。你一定很常惹祂生氣。」楊玉隨口胡謅。

姚馗的臉色瞬間沸騰，像有人搧了他兩巴掌。

「妳懂什麼？我跟我媽相依為命，妳懂什麼！」他激動揮拳，像在列車上被人指為色狼。

「妳個胡說八道的賤人，我要先撕下妳的嘴，再讓妳吃下去——」

姚馗倏地後倒，側翻一圈拉開和楊玉的距離。

她趁著姚馗暴怒時發難，電擊器掠過他腿上。要不是姚馗反應神速，後躍避退，不會只麻痺左腿，而是躺在地板作夢去了。

楊玉跪地飛撲，全身的力氣壓在電擊器上。但偷襲失敗，一旁的乾屍抬腿踢翻楊玉；姚馗奪走凶器。

「有妳的。」他搓揉不受控制的左腿。「跟妳浪費太多時間了。」

暗紅的犬齒逼進楊玉；她起身逃向最近的房間，卻在半途被撲擊，背脊撞上木雕圍欄。她兩手推抵乾屍下巴，乾癟又混雜血液的濕黏觸感令她作嘔。對方的力氣讓她聯想到垃圾車內的加壓機，她即將像垃圾被壓縮變形。

楊玉的腰快斷成兩截；但支撐的圍欄早一步斷裂，整排傾倒。楊玉連同乾屍一起摔落；幸好空中翻了一圈，上下交替，她才沒內傷吐血。

在楊玉還分不清東南西北，頭腦發脹時，兩肩忽然被人架住向後拖行。她回頭一望，激動到講不出話來。

「妳沒事吧？那東西到底是什麼？」衍宸頭纏繃帶，左臉頰黏著OK繃，故作鎮定卻洩漏恐懼的瞪著那具掛滿符咒的乾屍。

「你醒了？怎麼會跑來這裡？你的傷沒事嗎？」楊玉握著他的手，幾乎語無倫次。

「晚點再說。這東西是山上的神像嗎？」

「對……但也不對。祂是姚馗的媽媽。」

乾屍從殘木中站了起來。

楊玉聽見附近傳來驚呼，才發現五、六名荷槍實彈的警察已經包圍這棟房子。吳先生也被帶到門邊保護，一旁的員警正聯絡指揮處派遣救護車。

離衍宸最近的一名員警下巴鬆懈，警戒的M&P9c不自覺降低角度。

「哇靠……我沒看錯吧？這……這……」

「上帝啊！」一名員警手畫十字架禱告。

「為什麼警察能夠找到這地方來？」姚馗皺眉。為了計畫順利，他可是在四周作法布陣，杜絕閒雜人等發現或進入這棟房。「難道被人破了？」

「姓姚的，你真以為全台灣就你一個道士呀？」衍宸冷笑。

「這附近有點能力的都打點過了，我們立了咒，不可能違背。除非外縣市……」

「管他內縣外縣，總之你完了！」

姚馗噗哧笑了出來。

「好啊。警察大人，請問我犯了什麼法？我媽沒下葬，你只能算我毀損屍體，最多不過五年。了不起再加直系血親加重二分之一。但我可是思念唯一的親人，還有精神疾病，很大的機會減刑或判緩。」姚馗像是斷尾的壁虎，陰邪的審視尾巴扭動。「太划算了。」
「你這個人渣……」
姚馗挑釁一笑，指了指吳先生。
「與其針對我，小心那個男人會比較好喔。畢竟他瘋瘋癲癲的，在我眼前吃掉了兩個人的屍體呢。」
「胡說什麼……」
一名員警的話還沒說完，膚色黝黑的警察驚痛大喊，一邊壓制發出怪聲，雙齒不斷空咬扭動的吳先生。黝黑警員的側頸鮮血直冒，缺了一塊。吳先生持續發出低沉的怪聲，彷彿泥巴堆中的蛙鳴。
「搞什麼，這傢伙嗑藥了嗎？」
「他說的……是真的。」楊玉回想吳先生「清理」的過程，痛苦的閉上眼。「他……施法讓劉老闆和薛夫人的屍體半液化，再強迫吳先生吃下去……」
員警們多是質疑；但當楊玉指出兩人身亡的地點，上頭還殘有人形的肉色液體及腥臭的氣味後，氣氛顯得詭譎壓抑許多。
「不是要辦我嗎？快啊，不然我就要走囉？」姚馗的口氣像攤販講價，不買拉倒。
「總之先扣他回去吧。」帶隊的警官下令，隨即兩名隊員上樓帶姚馗下來。
「隊長，這個……」留著八字鬍的警員示意彷彿裝置藝術的乾屍，不知如何是好。雖然祂只有起身站立這動作，但光是屍體能動，就比姚馗拿著衝鋒槍對他們掃射還令人驚恐。
「還是得照規矩走，找人來驗屍吧。」警官又望了乾屍一眼，打了冷顫，轉身指揮其他人封鎖現場。

「看樣子你們不好處理呢。媽媽，祢先躺下吧。」姚馗開口，屍體直挺挺的後倒，卻沒發出任何聲響，羽毛般靜悄悄躺在地板上。

這下所有人都面容扭曲，眼神交換驚恐。

姚馗惡作劇成功般竊笑。

衍宸站了出來。

「姚馗，或許法律不能制裁你，但你胡作非為，一定會有報應的！」

姚馗給了他一個同情的眼神。

「警察竟然說我會有報應，而不是用證據定我的罪，這不正是無能的證明嗎？太好笑了。」他搖頭，彷彿他們在爭論聖誕老人的存在。「這世上根本沒有所謂的神。想要報應，想要公道，就自己去討回來。」

「也許你是對的。但你所做的一切，終會回到你身上。」

衍宸走到平躺的乾屍旁，掏弄口袋，掌上立著一鼎迷你銅黃香爐。他撕去金符包裹的封條，移開爐蓋，盡可能將裡頭的粉末均勻灑在乾屍全身。

一開始姚馗還任由警員架著，彷彿後臺很硬的民代；但見到香爐和金符後臉色凝結，激烈扭動，震驚大吼：「不可能！不可能！你怎麼會有那東西！快住手！住手聽見了沒有！」

衍宸同情的看著他，灑完爐中的白粉。

乾屍忽然抖了起來，九十度立起。

所有人近乎同時散開，有的員警甚至拔槍警戒。

「衍宸，你幹了什麼？」

「我、我不知道，這是那個老人交給我的，他說灑在女屍身上，事情自然會落幕……」

乾屍轉身面對姚馗。一旁架住他的兩名員警登時背脊發涼，想退又不能離開姚馗身邊。

姚馗露出酸苦的笑容，滿是憐愛的望著祂：「媽，別生氣，我們就快成功了。」

下一秒他整個人後倒，雙手攤開；好似在晴空萬里的瓦胡島，身後是一望無際的蔚藍海洋。

屋內降下紅霧。從姚馗的頸子，溫熱濕黏。

乾屍佇立，濺滿鮮血的仰天長嘯。那嘯聲飽含怨憤，卻又蘊藏悲痛，聲到最末反倒像在慟哭。

紅霧放晴了。

嘯聲也停止了。

乾屍像重新死了一遍，失去震懾人心，詭譎靈動的氛圍。祂頹然傾倒；這次發出了腐朽木塊落地的聲響，空洞卻扎實。

警員忙著對姚馗急救，請求支援。

姚馗嘴角淌血，用眼神示意楊玉靠近他。他的聲帶連同支氣管都被咬掉，所剩的時間無幾。他將懷中貼滿符紙的竹筒交給楊玉，發出不成調的氣音。從嘴型來看，楊玉猜是說：「媽媽生氣了」。

十幾分鐘後，救護車吵吵鬧鬧的來了。

楊玉被推上車，一名年輕的男護理幫她包紮手臂。她望著躺在地上的姚馗，一名救護人員蹲在他身旁，闔上失去光澤的雙眼。

楊玉握著竹筒。符紙殘留的體溫逐漸冷卻。

九

「我出門囉。」

「好，路上小心，會回來吃晚飯吧？」

「會呀，我五點就下班了。」

「好好，騎車小心嘿。」

和在廚房忙碌的外婆打完招呼，楊玉晃著車鑰匙，下了三層樓，跨上停在騎樓外白線格內的光陽VJR110，風馳電掣的上路。

奪回楊斌的魂魄已過了十一個月。楊玉最後由外公外婆扶養，取得監護權。

這段期間她找了間大廟，替竹筒裡的亡父超渡，留了一魄引回家中的神主牌供奉。

她始終不明白為何姚馗會這麼乾脆的將竹筒交給她，但她猜測和姚馗的母親脫不了干係。姚馗的母親似乎不願復仇，卻一直被操弄逼迫，最終才反對姚馗下毒手。但真相究竟如何，已經沒人能證實了。

而衍宸遇見，幫助他們破解姚馗陣法的高人；據他描述，是一位年約七十上下，朱紅眉毛，粗衣白髮的削瘦老人。那人出現在衍宸的夢裡，跟他說他的朋友有難，要衍宸趕緊去救人，並交給他一鼎小香爐，說能讓死者自由。醒來後他人在醫院，頭上纏著繃帶，桌旁擺著一封信和一鼎老舊的迷你香爐。

「這夢實在太離奇了，可那封信又是妳的字跡沒錯。我只好先去妳家，又狂打手機給妳，但是都沒有回應。於是我回局裡一趟，打算偷偷帶裝備出來。想不到同事都說做了一個怪夢，有個赤眉白髮的老先生要他們準備去救人。因為妳爸的關係，我們想說去看看也無妨，然後就真的碰上妳啦。」這是楊玉被送到醫院做檢查時，衍宸對她的解惑。

赤眉這個特徵，讓楊玉想起小時候幫她處理陰陽眼的道長，便是留著兩道硃砂般的眉毛，凜然中不失慈祥。

但姚馗不是說殺掉他了嗎？是他弄錯了？或是老道長同宗派的師兄弟出手？不知道。畢竟在這之後，沒人再見到相同特徵的人物了。但楊玉希望……不，是認為一定是幫助過她的道長又再度出手相助。

「結束了。」她騎著車，在半邊天穹著火的傍晚踏上歸途。馬路上各牌汽機車引擎嘶吼較勁，掩蓋她自語呢喃。

是的，結束了。她的生活回歸常軌，升上大二，上學期還拿了書卷，下學期準備到系辦打工。她變得討厭山，連照片都不想看；害怕展示櫥窗的模特兒，或布偶、布袋戲。嚴格來說，舉凡具有人類特徵的物品都令她感到噁心、厭惡，和程度不一的恐懼。她也不再吃義大利麵、絞肉……等，色澤肉紅，樣態稀爛的食物；事實上，近來她很少吃葷，幾乎是個素食者。

她的生活照常運轉，循規蹈矩，像塊記憶金屬；雖被重擊，但總會回復原貌。

也許是經歷過差點被奪去性命的死劫，讓她對生命有了超然的感想與體悟。也可能某部分崩毀死去，但還沒自覺，以欺瞞維持生活。

吳先生就沒那麼走運；據說他後來進了精神病院，瘋瘋癲癲，整天只是學蛙鳴。若有人叫他吃東西，他就開始尖叫亂竄，像要被宰殺的家禽。

她到家，停在離早上的白線格右三格的線內，鎖好龍頭，上樓。外婆以笑容應門，廚房的飯菜飄香也趕來相迎。

這樣就好，楊玉想。至少還有能夠珍惜的人。

晚餐後她主動替外婆按摩，順便聊聊今日上班發生的事。他們聊著，楊玉的手在外婆皺縮的肩膀上游移。她發現了奇怪的地方。

外婆的頸背處，有一條淡粉色的疤，長度大約半截鉛筆。一股不好的念頭順著楊玉的手上爬；她小心翼翼的開口。

「阿嬤，妳的背後怎麼有條疤？」

「疤？喔喔，那是我請師傅幫我改善身體的啦。」

「改身體？」按摩的速度慢下。

「對啊，阿嬤最近都睡不好，妳阿公也是，一直作惡夢。後來聽人家介紹，有一位年輕的師傅很厲害。他就幫我們作個法，精神就好很多，也沒再作惡夢了捏！他說是我們家風水有問題，要來幫我們看看。」外婆像在誇耀孫兒般滔滔不絕。

楊玉已經完全停下，肌肉僵硬，額角冷汗不斷。

「阿嬤，妳說的師傅，叫什麼啊？」

「不知道耶，大家都師傅師傅的叫，我也沒注意。不過，他長的有點像妳爸爸年輕的時候，所以妳阿公不是很喜歡他。」外婆呵呵的笑了起來，說外公一把年紀還如此幼稚。

楊玉繞到外婆面前蹲下，嚴肅中流露恐懼。

「阿嬤，妳不要……」

門鈴響了。

同時，楊斌的神主牌從神桌上倒下。

外婆無視楊玉，夢囈般自言自語，起身開門。

「姚師傅來了，來幫我們看風水了……」

鐵門緩緩退開。楊玉五官扭曲，失心瘋大吼起來……。

黃兆德

◆作者簡介

黃兆德，一九九一年生，台北人。目前就讀東華大學碩士班，第一次獲得全國性競賽獎項，不勝惶恐。

◆得獎感言

九年。

從初次提筆幻想獲獎，到實踐成真。

九年。

雖然寫得斷斷續續，放棄的念頭也像直銷三不五時登門按鈴，我終究還是沒捨得真甩下這誘人的筆桿田。

常聽人說，寫作是件掏空自己的事。這話很對，如今我就埋在土裡，將現有的一切獻給它，只求發芽、抽高、開花、生果。若是果子開不出來，我八成也就這樣出不來了吧。

感謝評審們的肯定，不足之處，會加緊腳步。期許自己能不斷精進，直到成為一口罈。

最後，願讀者們都能享受作品。

評審的話

◆**小野**

《換骨》的情節設計，類似近幾年上映的台灣本土恐怖片，有掌握到台灣民俗傳說中鬼魅駭人的調性。

◆**林靖傑**

民俗靈異傳說是一種可以討好大眾，卻不容易寫好的題材，因為親民，所以通俗，因為通俗，寫的時候容易掉以輕心，陳腔濫調。本作品在危險邊緣，文字敘述風格一開始像電視劇，父女互動看得出來想寫得活潑，但設定過於模式化，作品失去獨特的個性，開頭失分。幸而接下來關於靈異傳說的部分，寫來不慍不火，層層推進，用考據來落實奇想，不致於天馬行空不著邊際，難得地展現說服力。有不少情境的文字描述，突然像風花雪月的新詩習作，有點格格不入。

電影文字宜簡明精練，否則容易產生曖昧模糊的意義，除非打定主意要拍藝術片。

◆**周芬伶**

鄉野傳奇中帶著恐怖驚悚，「換骨」故事點子有亮點，具有驚聳效果，民俗的情節加深真實感，土味十足，讓一個原本普通的故事在最後有了提神作用，人物較扁平，情節發展也較緩慢、平直，然具有可拍性，也能呼應當前的大眾口味。

◆**陳玉慧**

以父女之情，帶入一個玄祕的故事，以懸疑的情節步步鋪陳，多重怪異及恐怖的畫面感，塑造淒厲鬼嚎的氛圍，年輕的女孩尋覓父親的死因，文筆流暢，故事以線性發展，溶入台灣民俗靈異的氣味，有類型恐怖電影的可能。

◆蔡國榮

乍看，這是一篇推理小說；再讀下去，鬼怪陸續出籠，原來是志怪小說；看到最後，哈！居然是復仇小說；真教人又驚嘆又好笑。

能將不同的元素冶於一爐，須有高明的企劃布局，還得具有精準的執行力，作者還輔以此起彼落，種種駭人聽聞的殺人害命情節，無論是神祕氣氛的渲染，或者影像感的經營，都有別出心裁的表現。

◆駱以軍

這是一個充滿邪氣，詭魅氣氛的作品。匪夷所思的道士法術的場面，似乎對這個系統的知識考古下了頗深工夫，瘋狂妖幻的場景也充滿原創性。姚師傅的瘋狂變態，報復執念設置局終局的懸疑、怪戾、詭異的凶殺案，和那台灣民間社會底層的鬼神恐懼潛意識，奇異的結合在一起。

新人間叢書 258

大裂

第六屆「BenQ 華文世界電影小說獎」得獎作品集

作　　者	胡遷、倪子耘、鄭端端、姜華、黃兆德
編　　輯	謝翠鈺
校　　對	彭小恬
行銷企劃	廖婉婷、李昀修
美術設計	賴佳韋
內頁排版	呂瑋嘉
董事長 總經理	趙政岷
出版者	時報文化出版企業股份有限公司 10803 台北市和平西路三段二四〇號七樓 發行專線：（〇二）二三〇六六八四二 讀者服務專線：〇八〇〇二三一七〇五 （〇二）二三〇四七一〇三 讀者服務傳真：（〇二）二三〇四六八五八 郵撥：一九三四四七二四時報文化出版公司 信箱：台北郵政七九～九九信箱
時報悅讀網	http://www.readingtimes.com.tw
法律顧問	理律法律事務所　陳長文律師、李念祖律師
印　　刷	盈昌印刷有限公司
初版一刷	二〇一六年七月二十二日
定　　價	新台幣三八〇元

行政院新聞局局版北市業字第八〇號

國家圖書館出版品預行編目（CIP）資料

大裂：「BenQ 華文世界電影小說獎」得獎作品集．
胡遷、倪子耘、鄭端端、姜華、黃兆德作．-- 初版．-- 臺北市：
時報文化，2016.07
面；　公分．--（新人間叢書；258）
ISBN 978-957-13-6719-4（平裝）
857.61　　105011524

ISBN 978-957-13-6719-4
Printed in Taiwan